마담 보바리

마담 보바리

귀스타브 플로베르 지음 | 김중현 옮김

더클래식

파리 변호사 협회 회원이자
전 국회의장이며
전 내무대신이신
마리 앙투안 쥘 세나르[1]에게

친애하는, 그리고 고명하신 친구시여,

당신의 이름을 이 책의 머리에, 게다가 헌사보다도 먼저 새겨 넣는 것을 허락해 주십시오. 왜냐하면 이 책이 출판되게 된 것은 무엇보다 당신 덕분이기 때문입니다. 당신의 아주 훌륭한 변호를 거치면서, 저의 작품은 제 자신에게 뜻하지 않은 어떤 권위 같은 것을 가져다주었습니다. 그러므로 여기 저의 감사의 마음을 표하니 받아 주십시오. 감사의 마음이 아무리 클지라도 당신의 열변과 헌신에 보답하는 데까지는 결코 미치지 못할 것입니다.

귀스타브 플로베르
1857년 4월 12일, 파리.

---

1) 《마담 보바리》가 공중도덕 및 종교적 미풍양속을 해쳤다는 이유로 플로베르가 피소되었을 때 변론을 맡아 피고 측에 대한 무죄 선고를 이끌어 낸 변호사이다. 1857년 1월에 피소되어, 그해 7월에 무죄 선고를 받았다. 《마담 보바리》는 〈르뷔 드 파리〉지에 1856년 10월 1일부터 6회에 걸쳐 연재되었는데, 그때는 루이 부이예(Louis Bouilhet)에게 헌사가 바쳐졌다. 1857년에 출판된 이 단행본에는 변호사 세나르에게 바치는 헌사가 추가되었다.

| 차례 |

제1부

1

   평복 차림의 '신입생' 한 명과 큰 책상 하나를 든 학교 급사가 교장 선생님을 따라 들어왔을 때, 우리는 자습실에서 공부를 하고 있었다. 엎드려 자던 아이들은 깨어났고, 숙제를 하던 아이들은 마치 놀라기라도 한 듯 각자 자리에서 일어났다.

   교장 선생님은 우리에게 앉으라고 손짓했다. 그런 다음 자습 감독 선생님 쪽을 돌아보면서 나지막한 목소리로 말했다.

   "로제 선생, 여기 학생 한 명 부탁합니다. 중등반 2학년에 들어왔습니다. 공부와 품행에서 모범을 보이면 월반도 가능하겠지요. 나이도 그럴 만하니."

   출입문 뒤쪽 구석에 서 있어서 간신히 보였던 그 신입생은 열다섯 살가량 된 시골 소년으로 우리 중 그 누구보다도 키가 컸다. 머리는 마을 성가 대원처럼 이마 위로 가지런히 잘랐고, 태도는 분별 있어 보였지만 아주 어색해했다. 어깨가 벌어지지는 않았지만 검은 단추가 달린 초록색 나사 웃옷은 거북스럽게 보였고, 소맷부리 장식 사이로는 아무것도 걸치지 않는 버릇 때문에 빨개진 손목이 드러나 보였다. 푸른색 긴 양말

11

을 신은 다리는 멜빵으로 한껏 추켜올려진 노르스름한 바지 밖으로 드러나 보였다. 그는 징을 박아 단단하기는 하지만 깨끗이 닦이지 않은 구두를 신고 있었다.

학과 암송이 시작되었다. 그는 감히 다리를 꼬지도 팔꿈치로 턱을 괴지도 못하고 설교를 들을 때처럼 주의해서 암송을 들었다. 그리고 2시가 되어 종이 쳤을 때 자습 감독 선생님은 그에게 우리와 함께 줄을 서도록 일러 주었다.

우리는 교실에 들어가면서 손이 보다 더 자유롭도록 모자를 교실 바닥에 내던지는 버릇이 있었다. 교실 문턱에 들어서자마자 벽에다가 후려치듯 의자 밑으로 모자를 휙 날려야 했는데, 그럴 때면 먼지가 뿌옇게 일었다. 어쨌든 그것이 우리의 '행동 방식'이었다.

그러나 이 행동 요령을 알아채지 못했든, 아니면 따라 할 용기를 내지 못했든 그 신입생은 기도가 끝났는데도 모자를 무릎 위에 그대로 얹어 놓고 있었다. 그것은 깃 달린 모자와 창기병 모자, 둥근 모자, 수달 모피 모자, 잠자리 모자 등의 요소들이 혼합되어 있는 모자로, 요컨대 그 말 없는 추함이 마치 얼간이의 얼굴처럼 표현의 깊이를 더해 주고 있는 그런 형편없는 물건의 하나였다. 받침살로 불룩하게 형태를 잡은 달걀 모양의 그 모자는 세 개의 원형 테로 시작하여, 한 개의 붉은색 띠를 가운데 두고 양쪽으로 벨벳과 토끼털 가죽이 마름모꼴로 서로 교차하면서 이어졌다. 거기엔 복잡한 장식 끈들이 붙은 자수로 뒤덮인 마분지로 된 다각형으로 끝이 나는 자루 같은 것이 달려 있는데, 그 자루에는 너무나도 가늘고 긴 끈 끝에 금실로 만든 장식 술 일종인 작은 가로 막대 하나가 매달려 있었다. 그 모자는 새것이어서 챙이 번쩍거렸다.

"일어서렴." 하고 선생님이 말했다.

그가 일어섰다. 그러자 모자가 바닥으로 떨어졌다. 반 학생 전체가 웃기 시작했다.

그는 몸을 굽혀 모자를 집었다. 옆에 앉아 있던 한 학생이 팔꿈치로 모자를 툭 쳐서 떨어뜨리자 그는 다시 그것을 주웠다.

평소 재기가 넘치는 선생님이 말했다.

"그러니 모자를 치워."

초등학생들의 폭소는 그 불쌍한 소년을 당황하게 만들어서 자기 모자를 손에 들고 있어야 할지, 바닥에 내려놓아야 할지, 아니면 머리에 써야 할지 알 수 없었다. 그는 다시 자리에 앉았더니 모자를 무릎 위에 올려 놓았다.

선생님이 다시 말했다.

"일어나서 이름을 말해 보렴."

신입생은 알아들을 수 없는 목소리로 너무 빨리 말해서 이름이 명료하게 들리지 않았다.

"다시 말해 봐."

이번에도 똑같은 말투여서 교실은 야유로 뒤덮였다.

"더 크게!" 하고 선생님이 소리쳤다.

그러자 단단히 각오를 한 신입생은 지나치게 입을 크게 벌려 마치 누구를 부르기라도 하듯 목청을 다해 샤르보바리(Charbovari) 하고 내뱉었다.

갑작스럽게 터져 나온 날카로운 목소리들(아이들은 고함을 치고, 소리를 지르고, 바닥에 발을 굴러 대며, '샤르보바리! 샤르보바리!'를 반복했다)이 일거에 솟아올라 점점 더 커지다가, 이윽고 따로따로 웅얼대다가 간신히 잠잠해지더니, 마치 다 꺼지지 않은 폭죽처럼 억누른 웃음들이 늘어선 한 줄 한 줄의 의자에서 이따금씩 다시 터져 나오는 소란이 일었다.

그렇지만 조용히 하지 않으면 벌을 잔뜩 내리겠다고 하자 교실은 점점 질서를 회복했고, 그 이름을 자신에게 구술하게 하고 철자를 말하게 하고 다시 읽어 보게 한 결과 마침내 샤를 보바리(Charles Bovary)라는 이름을 알아내는 데 성공한 선생님은 즉시 그 불쌍한 녀석에게 강단 밑에 있는 벌서는 자리로 가서 앉으라고 명령했다. 그는 움직이기 시작했으나, 그 자리로 가려다가 주춤거렸다.

"뭘 찾는 거니?" 하고 선생님이 물었다.

"저의 모……." 하고 수줍어하면서 신입생은 불안한 시선으로 주위를 둘러보며 말했다.

"이 반 전체는 시 500행씩을 써 내거라." 하는 노기 띤 한마디의 목소리가 마치 쿠오스 에고(Quos ego)[2]처럼 또다시 소란이 폭발하려는 것을 즉각 잠재웠다.

"조용히 하라고 했어요!"

성이 난 선생님이 계속 말하고는, 모자에서 막 꺼낸 손수건으로 이마를 닦았다.

"너 말이야, 신입생. 넌 내게 'ridiculus sum'[3]이라는 말을 스무 번 써서 제출하도록 해."

그러고는 보다 더 부드러운 목소리로 이렇게 말했다.

"그래, 찾게 될 거야. 네 모자 말이다. 누가 도둑질해 가지 않았을 테니!"

반 전체가 다시 조용해졌다. 머리들을 마분지 위로 숙였고, 신입생은 때때로 펜촉으로 튕긴 동글동글한 종이 뭉치를 얼굴에 맞기도 했지만 두 시간 동안 모범적인 자세로 앉아 있었다. 그는 손으로 얼굴을 닦으며 눈을 내리깐 채 움직이지 않고 있었다.

저녁때 자습실에서 그는 책상에서 자기의 팔 토시를 꺼내 긴 다음 자잘한 물건들을 정리하기도 하고, 종이에 정성 들여 괘선을 긋기도 했다. 우리는 그가 단어를 하나하나 사전에서 찾는 등 아주 애를 써 가면서 열

---

2) "그자들을 내가……."의 뜻으로, 성난 바다의 신 넵튠이 바람을 멎게 하기 위해 바람에게 가했던 위협이다(베르길리우스, 《아에네이스》I, 135쪽).

3) "나는 어리석은 자다."라는 뜻의 라틴 어이다.

심히 공부하는 것을 보았다. 아마도 그가 보여 준 그런 열의 덕분에 그는 하급 학년으로 내려가지 않아도 되었다. 실제로 그는 웬만한 문법은 알고 있었지만 표현상 세련됨은 거의 없었다. 그에게 라틴 어 기초를 가르쳐 준 사람은 마을 사제였는데, 그의 부모가 돈을 아끼려고 최대한 늦게까지 학교에 보내지 않았기 때문이다.

퇴역 보조 군의관이었던 그의 아버지 샤를 드니 바르톨로메 보바리 씨는 1812년 징병 관련 사건에 연루되어 그 무렵 군대를 떠나야 했는데, 그때 신체적인 매력을 이용하여 6만 프랑의 지참금을 차지하기 위해 그의 풍채에 반한 한 양품점 상인의 딸에게 몸을 내맡겼던 것이다. 그는 미남인 데다 허풍쟁이로 박차를 요란하게 울리며 다녔고, 콧수염에 구레나룻을 함께 기르고 있었으며, 손가락에는 항상 여러 개의 반지를 끼고, 화려한 빛깔의 옷을 입었다. 그는 또한 세일즈맨이 갖는 까다롭지 않은 쾌활함과 함께 늠름한 용모를 가지고 있었다. 일단 결혼을 하자 그는 이삼 년 동안 융숭하게 식사를 하고, 늦게 일어나고, 자기(瓷器)로 만든 고급 파이프로만 담배를 피우고, 저녁에는 연극이 끝난 뒤에나 돌아오고, 카페에 자주 드나들면서 아내의 재산으로 먹고살았다. 장인이 죽었을 때에는 거의 남은 재산이 없었다. 이에 화가 난 그는 '제조업'에 투자했다가 얼마간의 돈을 잃고 시골로 내려와 살았는데, 그곳에서 '토지 개간 사업'을 하고 싶어 했다. 그러나 그는 인도 사라사에 대해서와 마찬가지로 경작에 대해서도 소양이 거의 없었다. 그래서 말을 농사에 이용하는 대신 자기가 타고 다녔고, 능금주를 담으면 병에 담아 파는 대신 자기가 마셔 없앴고, 마당에 기르는 닭 가운데 가장 통통한 것은 싹 잡아먹어 버렸으며, 돼지를 길러 얻은 비계로는 사냥용 구두를 닦는 데 사용해 버렸으므로 일체 투자를 그만두는 게 더 낫겠다는 것을 깨닫는 데는 시간이 그렇게 오래 걸리지 않았다.

그리하여 연 200프랑을 치르고 그는 코 지방과 피카르디 지방 경계에 있는 한 마을에 반은 농가이고 반은 주택인 셋집 한 채를 얻었다. 그래서 몹시 우울해하고, 회한에 시달리고, 하늘을 원망하고, 누가 됐든 시기를 일삼게 된 그는 마흔다섯 살 때부터(그의 말에 따르면) 사람들에게 혐오감을 느껴 평화롭게 살기로 결심하고는 집 안에 틀어박혀 버렸다.

그의 아내는 전에는 그에게 홀딱 빠져 있었기에 아주 맹목적으로 그를 사랑했지만 오히려 그런 사랑이 그로 하여금 그녀에 대한 마음을 멀어지게 만들었다. 예전에는 명랑하고 활달하고 아주 상냥했던 그녀는 늙어 가면서 (식초로 변해 가는 변질된 포도주처럼) 성미가 까다로워지고 떽떼거리고 신경질적이 되었다. 그녀는 남편이 마을의 온갖 바람둥이 처녀들을 다 쫓아다닐 때도, 저녁이면 감각이 마비된 채 술 냄새를 풀풀 풍기면서 환락가에서 돌아왔을 때에도 처음에는 불평 한마디 하지 않고 잘 참았다. 그러다가 마침내 그녀의 자존심이 반란을 일으켰다. 그녀는 말 없는 인내 속에 분노를 삼키며 입을 다물어 버렸는데, 죽을 때까지 그렇게 참으며 말없이 살았다. 그녀는 일을 처리하기 위해 끊임없이 뛰어다녔다. 소송 대리인들이나 재판장 집을 찾아가기도 하고, 어음 지불 만기일을 기억하여 그 기한을 연장하기도 했다. 집에서는 빨래를 하고, 다리미질을 하고, 바느질을 하고, 일꾼들을 부리고 그들의 품삯을 정산했다. 그 반면, 집안일에는 전혀 신경도 쓰지 않고 뿌루퉁한 무기력 상태에서 점점 정신이 둔해져 간 보바리 씨는 난롯가에서 줄곧 담배를 피우면서 재에 침이나 퉤퉤 뱉어 댔으며, 아내에게 무례한 말을 할 때만 그 무기력한 상태에서 깨어나곤 했다.

아이가 태어났을 때, 그녀는 아이를 보모에게 맡겨야 했다. 다시 부모의 손으로 돌아온 아이는 마치 왕자처럼 애지중지 키워졌다. 어머니는 그를 잼만 먹여 키우려 했다. 반면에 아버지는 아이가 맨발로 뛰어다니도록 내버려 두었으며, 철학자인 체하느라고 아이가 짐승 새끼들처럼 완전히 옷을 벗은 상태로 지내도 좋다고 말하기까지 했다. 어머니의 성향과는 반대로 그는 어린아이에 대한 어떤 남자다운 이상을 머릿속에 갖고 있어서, 그 이상에 따라 자기 아들을 키우려고 했다. 그리하여 자기 아들을 스파르타식으로 엄하게 키워 건강한 체질을 갖게 되기를 바랐다. 그는 아이를 난로도 없는 방에서 재우기도 했고, 럼주를 벌컥벌컥 마시는 법과 예배 행렬을 향해 욕을 퍼붓는 것을 가르쳐 주기도 했다. 하지만 선천적으로 온화한 그 어린아이는 아버지의 노력에 응분의 보답을 하지 못했다. 그의 어머니는 그를 항상 곁에 데리고 다니면서 마분지를 잘라 주거나 이야기를 해 주었으며, 우울한 농담과 아첨으로 가득 찬 독백의 말을 그와 끝없이 나누곤 했다. 평생을 줄곧 외롭게 살아온 그녀는 자신의 헝클어지고 부서진 모든 허영심을 그 아이의 머리 위에 쏟았다. 그녀는 아이의 높은 지위를 꿈꿔, 벌써부터 키가 크고 미남이고 재치 있으며, 토목 기사나 사법관이 되어 있는 아들의 모습을 상상하고 있었다. 그녀는 아들에게 읽기를 가르쳤고, 심지어는 자기가 가지고 있던 낡은 피아노로 짧은 연가 두세 곡을 연주하도록 가르치기까지 했다. 그러나 그 모든 것에 대해, 특히 문예에 대해서는 그다지 관심을 갖지 않는 보바리 씨는 '그런 것은 쓸데없는 짓!'이라고 일갈하곤 했다. 그런 짓들이 아이를 공립학교에 보내 교육시켜 공직이나 영업권을 얻어 주는 데 필요하기나 한가? 더욱이 '남자는 배짱만 두둑하면 언제나 세상에서 성공을 거두는 법'이다. 그런 남편의 태도에 보바리 부인은 입술을 깨물었고, 아이는 마을을 배회했다.

그는 농부들을 따라다니면서, 날아오르는 까마귀에 흙덩어리를 던져 떨어뜨리곤 했다. 그는 도랑을 따라 자라는 뽕나무에서 오디를 따 먹었고, 장대를 들고 칠면조를 지켰다. 수확기에는 베어 낸 곡식을 널어 말렸고, 숲 속을 뛰어다녔다. 그리고 비 오는 날이면 교회 현관에서 돌차기 놀이를 했고, 대축제일 때는 커다란 밧줄에 매달려 공중으로 날아오르는 재미를 맛보기 위해 성당지기에게 종을 대신 치게 해 달라고 간청하기도 했다.

그렇게 하여 그는 건장하게 자랐다. 팔은 힘이 넘쳤고, 혈색도 좋았다.

열두 살이 되자 어머니는 아들이 공부를 시작해도 좋다는 허락을 얻어 냈다. 사제에게 아이의 공부를 맡겼다. 그러나 공부 시간이 너무 짧은 데다가 잘 따라가지 못해 그에게 큰 도움이 되지 못했다. 사제는 세례식과 장례식 사이의 자투리 시간에 성구실에서 선 채로 바삐 가르쳤다. 그렇지 않으면 '삼종 기도' 뒤에 외출할 일이 없을 때 자기의 학생을 불러들였다. 학생은 사제의 방에 올라가 자리를 잡았다. 날벌레와 밤나방들이 촛불 주위를 맴돌았다. 날씨가 더워 아이는 졸곤 했다. 그러면 그 호인도 배에 두 손을 얹고 졸다가, 곧 아예 입을 벌린 채 코를 고는 것이었다. 어느 날은, 근처에 사는 한 환자에게 임종의 성체 배령을 하고 돌아오는 길에 들판에서 장난치고 있는 샤를을 발견하자 그를 불러 15분가량 설교를 한 다음 그 기회를 이용해 나무 밑에서 동사 변화를 시키기도 했다. 비가 와서 수업이 중단되기도 했고, 또는 때마침 지나가는 아는 사람 때문에 중단되기도 했다. 게다가 사제는 언제나 학생에게 만족해했고, '젊은이'가 기억력이 아주 좋다고 말하기까지 했다.

샤를은 거기에 머물러 있을 수만은 없었다. 부인은 극성이었다. 보바리 씨는 수치스러워서, 아니 더 정확히는 지쳐 버려서 별 저항 없이 따랐다. 그렇지만 아들이 첫 성체 배령을 받을 때까지 1년을 더 기다려야 했다.

다시 반년이 흘렀다. 이듬해에 마침내 샤를은 루앙 중학교에 입학했는데, 10월 말경 생 로맹 시장이 설 때 아버지가 직접 그를 데리고 갔다.

이제 우리 가운데 누구도 그에 대해서는 아무것도 기억해 내지 못할 것이다. 그는 쉬는 시간에는 맘껏 뛰어놀고, 자습 시간에는 공부하고, 수업에 귀 기울이고, 기숙사의 공동 침실에서는 잘 자고, 학교 구내식당에서는 밥을 맛있게 먹는 소년이었다. 그의 보증인은 강트리 거리에 있는 한 철물 도매상인이었는데, 한 달에 한 번 일요일이면 가게 문을 닫고 그를 데리고 나가 선창가에서 배를 구경하고 산책을 시킨 다음 저녁 식사 전 7시가 되면 다시 학교로 데려다 주곤 했다. 매주 목요일 저녁이면 그는 어머니에게 붉은 잉크로 길게 편지를 써서 봉함용 풀로 붙였다. 그런 다음 역사 공책을 펴서 복습을 하거나, 아니면 자습실에 굴러다니는 낡은 책《아나카르시스》[4]를 읽었다. 산책을 할 때는 그와 마찬가지로 시골 출신인 하인과 이야기를 나누었다.

공부에 전념한 덕분에 그는 항상 학급에서 중간 정도의 성적을 유지했다. 한번은 박물학 과목에서 1등을 해 상을 타기까지 했다. 그러나 제3급 학년이 끝나자 그의 부모는 아들이 대학 입학 자격시험까지 혼자 해낼 수 있으리라 확신하고는 그에게 의학 공부를 시키기 위해 중학교를 그만두게 했다.

어머니는 아들에게 오 드 로벡 강가에서 염색업을 운영하고 있는 한 친지의 집 5층에 방 하나를 얻어 주었다. 그녀는 아들의 하숙에 대한 일 처리를 마무리한 뒤 가구로 책상 하나와 의자 두 개를 구해 주었고, 집에 있던 야생 벚나무로 된 오래된 침대를 가져다주었으며, 가엾은 아들을 따뜻하게 해 줄 장작과 함께 주물로 된 난로도 하나 사 주었다. 그러고 나서 그녀는 이제 그가 스스로 살아 나가야 하는 만큼 처신을 잘하도록 노파심에서 이런저런 충고를 해 주고는 일주일 만에 떠났다.

게시판에서 읽은 수업 과목들은 그에게 현기증을 불러일으켰다. 위생학, 약물학은 차치하고라도 해부학 강의, 병리학 강의, 생리학 강의, 약학 강의, 화학, 식물학, 임상학, 치료학 강의 등 그 어원조차도 알 수 없는 이름들은 하나같이 그에게 어둠으로 가득 찬 신전의 문들 같았다.

그는 뭐가 뭔지 도통 몰랐기에 귀를 기울여 들었지만 이해가 되지 않

---

4) 스키타이의 전설적 철학자. 18세기 장 자크 바르텔레미의 동명의 저서. 바르텔레미는 이 철학자의 시선을 통해 그리스의 문화를 기행문 형식으로 소개하고 있다.

왔다. 그렇지만 그는 공부를 했고, 제본된 공책을 사 가지고 있었다. 그는 모든 강의를 들었으며, 단 한 번도 회진에 빠지지 않았다. 그는 자기가 무엇을 빠고 있는지 알지 못한 채 눈을 가리고 연자방아를 돌리는 말처럼 그날그날의 자질구레한 자기 일과를 완수해 나갔다.

비용을 절약하기 위해 어머니는 매주 심부름꾼을 시켜 화덕에 구운 송아지 고기 한 덩어리씩을 보냈는데, 병원에서 돌아오면 그는 구두창으로 벽을 툭툭 치면서 그것과 함께 아침 식사를 하고는 했다. 그러고 나서 강의실로, 계단강의실로, 시료원(施療院)으로 달려가야 했고, 그 모든 길을 거쳐 다시 집으로 돌아와야 했다. 저녁이면 집주인이 차려 주는 빈약한 저녁 식사를 한 뒤 방으로 올라가 벌겋게 달아오른 난로 앞에서 다시 공부를 시작하곤 했는데, 젖은 옷을 입고 있으면 몸에서 김이 모락모락 피어올랐다.

날씨가 좋은 여름날 저녁 따뜻한 거리에 사람이 없는 시간, 하녀들이 문간에서 공치기를 하면 그는 창문을 열고 창턱에 팔꿈치를 괴었다. 시냇물은 루앙의 이 동네를 역겨운 작은 베네치아처럼 만들면서 눈 아래 여러 다리와 철책들 사이로 노란색이나 보라색 혹은 푸른색을 띠면서 흐르고 있었다. 노동자들이 강가에 쭈그리고 앉아서 강물에 팔을 씻고 있었다. 고미 다락방 꼭대기에 세워진 장대들 위에서는 면 실타래들이 바람에 흩날리며 마르고 있었다. 정면으로 보이는 지붕들 저쪽으로는 청명한 하늘이 드넓게 펼쳐져 있고 붉은 해가 지고 있었다. 저곳에서는 얼마나 즐거운 일들이 벌어지고 있을까! 너도밤나무 숲 아래는 얼마나 시원할까! 그는 자기에게까지 날아오지 않는 들판의 향기들을 들이쉬기 위해 콧구멍을 벌름거렸다.

그는 수척해졌고, 키는 커졌으며, 얼굴은 애처로운 표정을 띠고 있어서 매력적이라 할 만했다.

자연히 나태해지면서 그는 자신에게 해 왔던 모든 다짐을 저버리기에 이르렀다. 그는 한번은 회진에 빠지더니, 그 이튿날에는 수업을 빼먹었다. 그렇게 조금씩 나태의 맛을 즐기더니, 이제는 수업에 들어가지도 않게 되었다.

그는 도미노 게임에 대한 열정과 함께 선술집에 드나드는 버릇이 들었다. 저녁마다 지저분한 도박장에 틀어박혀 검은 점들이 박힌 작은 양뼈 패를 대리석 탁자 위에 던지는 것은 그에게는 스스로에 대한 존중으로 자기의 격을 높여 주는 귀중한 자유의 실천처럼 보였다. 그것은 마치 세상의 입문이나 금지된 쾌락에의 접근 같아서 안으로 들어갈 때면 거의 관능적인 쾌락을 느끼며 출입문 손잡이에 손을 댔다. 그때, 그의 안에서는 억압되어 있던 많은 것들이 부풀어 올랐다. 그는 환영식에서 불렀던 노래들을 몇 곡 외웠고, 베랑제의 노래에 열광했고, 펀치를 만들 줄 알았으며, 마침내 사랑을 알게 되었다.

그 인생 공부 덕분에 그는 공의(公醫) 면허[5] 시험에 보기 좋게 낙방했다. 그런데 바로 그날 저녁 집에서는 합격을 축하하기 위해 그를 기다리고 있었다.

그는 걸어서 출발하여 마을 어귀에서 멈춰, 그곳에서 어머니를 불러 달라고 하여 자초지종을 다 고해바쳤다. 그녀는 낙방을 시험관들의 불공정성 탓으로 돌리면서 아들을 용서해 주었고, 사태에 대한 해결을 떠맡겠다고 함으로써 아들에게 어느 정도 격려가 되었다.

5년이 지나서야 보바리 씨는 그 사실을 알게 되었는데, 이미 오래전의 일인 데다가 자기 몸에서 나온 인간이 멍청이라고는 생각할 수 없어서 그는 참아 주었다.

그래서 샤를은 공부를 다시 시작하여, 쉬지 않고 시험 준비를 했고 각

---

5) 의과 대학이나 의료 학교 제3급 반을 수료한 뒤 시험에 응시하여 합격한 자에게 주어지는 자격증이다. 학생들은 대학 입학 자격시험 합격자여야 할 의무는 없었다. 17세부터 시험에 응시할 수 있으며, 자격증 소지자는 특정 지역에서만 의료 행위가 가능했다. 이 제도는 19세기가 끝날 무렵 폐지되었다.

과목의 모든 문제를 미리 다 외워 버렸다. 그는 꽤 좋은 점수로 합격했다. 어머니에게는 얼마나 기분 좋은 날이었던지! 그는 성대한 저녁 식사를 대접받았다.

어디에서 인술을 펼칠 것인가? 토트가 될 것이다. 그곳에는 늙은 의사가 한 명 있을 뿐이었다. 오래전부터 보바리의 어머니는 그 늙은 의사가 죽기만을 기다렸지만, 여전히 짐을 싸지 않자 샤를은 마치 그의 후임자인 양 맞은편에 자리를 잡았다.

그러나 아들을 키워 의학 공부를 시키고, 의술을 펼칠 곳으로 토트를 찾아 준 것으로 다 끝나는 일이 아니었다. 그에게는 신붓감이 필요했다. 어머니는 아들에게 신붓감을 찾아 주었는데, 마흔다섯 살에 1200리브르의 연금을 받는 디에프의 한 집달리의 과부였다.

비록 못생기고 빼빼 말랐으며 얼굴에는 종양이 많았지만 그 뒤뷔크 부인에게는 선택할 혼처들이 없지는 않았다. 자기의 목적을 달성하기 위해 보바리의 어머니는 그들 모두를 물리쳐야 했는데, 사제들의 지지를 받고 있는 한 돈육 상인의 술책을 아주 노련하게 좌절시키기까지 했다.

샤를은 자신이 보다 더 자유로울 것이고 그녀와 그녀의 돈을 사용할 수 있으리라 상상하면서 결혼을 통해 더 나은 여건이 도래하리라 예상했다. 그러나 아내가 주인이었다. 그는 사람들 앞에서 이렇게 말을 해야 하고 저렇게 말을 해서는 안 되고, 매주 금요일에는 고기 없는 식사를 해야 하고, 아내가 원하는 대로 옷을 입어야 하고, 치료비를 지불하지 않은 환자들을 그녀가 시키는 대로 들볶아야 했다. 아내는 그의 편지를 뜯어 보고, 거동을 몰래 감시했으며, 여성 환자가 왔을 때에는 진료실에서 진찰하는 내용을 칸막이를 통해 엿들었다.

매일 아침 그녀에게는 초콜릿과 끝없는 배려가 필요했다. 그녀는 끊임없이 자신의 신경과 가슴과 기분이 좋지 않다고 불평을 했다. 발소리는 그녀에게 고통을 주었고, 그가 곁을 떠나면 그녀의 고독은 견딜 수 없는 것이 되었고, 그녀 곁에 다가가면 분명 자기가 죽어 가는 것을 보러 온 것이라고 말했다. 저녁에 샤를이 집에 돌아오면 그녀는 침대 시트 밑에서 길고 메마른 두 팔을 꺼내어 그의 목에 감고 그를 침대가에 앉히고는 그가 자기를 소홀히 대하고 있다, 다른 여자를 사랑하고 있다, 자기가 불행해질 거라는 말을 들었다는 등 마음속의 시름들을 늘어놓기 시작하여, 건강에 좋은 시럽을 좀 가져다줄 것과 좀 더 많은 사랑을 줄 것을 요구하면서 마침내 끝을 내는 것이었다.

2

어느 날 밤 11시경에 그들은 집 문 앞에서 말 한 마리가 멈춰 서는 소리에 잠을 깼다. 하녀가 다락방 유리창을 열고 길에 서 있는 한 남자와 잠시 이야기를 나누었다. 그는 의사를 부르러 왔고, 편지 한 통을 가지고 있었다. '나스타지'가 추워 떨면서 계단을 내려가 자물쇠와 빗장을 차례로 열었다. 그 남자는 말을 놓아두고 다짜고짜 하녀 뒤를 따라 들어왔다. 그는 회색 술이 달린 챙 없는 모직 모자에서 낡은 헝겊으로 싼 편지 한 장을 꺼내더니 샤를에게 조심스럽게 내밀었다. 샤를은 베개에 팔꿈치를 괴고 읽었다. 나스타지는 침대 옆에서 등불을 들고 서 있었다. 부인은 부끄러워 벽 쪽으로 돌아누운 채 등을 보이고 있었다.

푸른색 밀랍으로 조그맣게 봉인이 찍힌 그 편지는 보바리 씨에게 즉시 베르토 농장으로 와 부러진 다리를 좀 치료해 달라고 간청하고 있었다. 그런데 토트에서 베르토까지는 롱그빌과 생 빅토르를 거쳐 지름길로 가더라도 족히 25킬로미터나 되는 거리였다. 밤은 깜깜했다. 아내 보바리 부인은 남편에게 사고가 나지 않을까 걱정했다. 그래서 마부가 먼저 앞질러 가기로 했다. 샤를은 세 시간 뒤 달이 뜨면 출발하기로 했다.

그에게 농장으로 가는 길을 안내하고 담장을 열어 주도록 아이를 한 명 마중 내보내기로 했다.

새벽 4시경, 샤를은 외투로 몸을 단단히 두르고 베르토를 향해 길을 나섰다. 아직도 이불 속의 포근한 잠을 이기지 못해 졸면서 그는 말의 평화로운 발걸음에 몸을 맡긴 채 흔들거리고 있었다. 밭고랑가에 파 놓은, 가시나무로 둘러쳐진 구덩이들 앞에 말이 멈춰 서면 샤를은 소스라치며 잠에서 깨어나 부러진 다리를 얼른 떠올리며 자기가 알고 있는 모든 골절의 종류를 다시 기억해 보려 애썼다. 비는 더 이상 내리지 않았고, 날이 새기 시작했다. 잎이 다 떨어진 사과나무 가지 위에는 새 몇 마리가 찬 새벽바람에 작은 깃털들을 곤두세우고 꼼짝도 않고 앉아 있었다. 평평한 평야가 드넓게 펼쳐져 있었고, 농가들을 둘러싼 작은 숲들이 널찍한 간격으로 멀리 우중충한 색조의 하늘 속으로 사라져 가는 그 거대한 회색 지면 위에 어두운 보랏빛 반점들을 만들어 놓고 있었다. 샤를은 이따금 눈을 뜨곤 했다. 그러나 정신이 피곤하고 자기도 모르게 다시 졸음이 몰려와 이내 일종의 반수면 상태에 빠져들었는데, 그 상태 속에서 최근의 느낌과 기억들이 뒤섞이면서 자기 자신이 이중으로 지각되어 학생인 동시에 기혼자이고, 방금 전처럼 침대에 누워 있기도 하고 예전처럼 수술실을 지나가고 있는 것 같기도 했다. 찜질 약들의 뜨뜻한 냄새가 머릿속에서 푸릇한 이슬 냄새와 뒤섞였다. 병원 침대들의 막대기 위로 둥근 철사 고리들이 미끄러지는 소리가 들렸고, 아내가 잠자는 소리가 들렸다. 바송빌을 지날 때쯤 도랑가 풀밭에 한 어린 소년이 앉아 있는 것이 보였다.

"의사 선생님이세요?" 하고 그 아이가 물었다.

그렇다는 샤를의 대답을 듣자 그 아이는 나막신을 손에 들고 앞장서 달리기 시작했다.

의사는 길을 가는 동안 어린 안내자의 이야기에서 루오 씨가 부유한 농부들 중 한 사람임에 틀림없다는 것을 알게 되었다. 그는 전날 저녁 이웃집의 '주현절 축제'에 갔다 오다 다리가 부러진 것이었다. 그의 아내는 2년 전에 죽었다. 그에게는 그를 도와 살림을 하는 '결혼하지 않은 딸' 하나뿐이었다.

수레바퀴 자국이 더 깊어졌다. 베르토 농장에 가까워지고 있었다. 그때 어린 소년은 울타리 구멍으로 스르르 사라지더니, 마당 끝으로 다시 와 살문을 열어 주었다. 말은 젖은 풀밭 위를 미끄러지듯 지나갔고, 샤를은 나뭇가지 아래를 지나가기 위해 머리를 숙였다. 개집에 있던 집 지키는 개들이 쇠줄을 끌며 짖어 댔다. 이에 베르토 농장으로 들어서던 말은 겁을 집어먹고는 펄쩍 뛰며 뒤로 물러섰다.

외관이 훌륭한 농장이었다. 마구간에는 밭갈이용 살찐 말들이 열린 문들 위로 새로 만든 꼴시렁 속의 꼴을 조용히 먹고 있는 것이 보였다. 건물들을 따라 넓게 널린 퇴비 위에서는 모락모락 김이 올라오고 있었다. 코 지방에서 집에서 기르는 날짐승들로서는 사치스러운 대여섯 마리의 공작이 암탉과 칠면조들 사이에서 모이를 쪼고 있었다. 양 우리는 길고 곳간은 높았으며, 그 벽들은 손바닥처럼 반들반들했다. 헛간에는 바퀴가 두 개 달린 큰 짐수레 두 대, 쟁기 네 대, 그리고 그것들에 필요한 말채찍, 마구 등 장비 일체가 갖춰져 있었고, 그 장비들을 싼 푸른 모직의 숱이 많은 털들은 지붕 밑에서 떨어지는 가는 먼지로 더럽혀져 있었다. 대칭되게 간격을 두어 나무를 심어 놓은 마당은 오르막으로 경사가 져 있었고, 못 가까이에서는 거위 떼들이 내는 밝은 소리가 울려 퍼지고 있었다.

세 줄의 장식 밑단이 달린 푸른색 메리노 모직 드레스를 입은 한 젊은 여자가 집 문간까지 나와 보바리 씨를 맞이했고, 그를 난롯불이 활활 타고 있는 부엌으로 안내했다. 그 주위에는 일꾼들의 아침 식사가 크고 작은 냄비들에서 끓고 있었다. 벽난로 안쪽에서는 젖은 옷가지들이 마르고 있었다. 크기가 한결같이 아주 큰 부삽, 부젓가락, 풀무 꼭지 등은 윤이 나는 강철처럼 번쩍거렸고 벽에는 많은 부엌 가구들이 죽 걸려 있었는데, 난로의 환한 불빛이 창유리를 통해 들어오는 아침 햇살과 어우러져 그것들 위에서 불규칙하게 번쩍이고 있었다.

샤를은 환자를 보기 위해 2층으로 올라갔다. 그는 침대 속에서 이불을 둘러쓰고 땀을 흘리고 있는 환자를 발견했는데, 잠자리 모자는 멀리 팽개쳐져 있었다. 그는 흰 피부에 푸른 눈을 가진 쉰 살가량의 뚱뚱하고 키가 작은 사람이었는데, 앞머리가 대머리인 데다 귀걸이를 하고 있었다. 옆에 놓인 의자 위에는 커다란 브랜디 병 하나가 있었는데, 자신에게 용기를 북돋기 위해 이따금 그것을 마시곤 했다. 그러나 의사를 보자마자 흥분이 가라앉으면서 열두 시간 전부터 욕설을 내뱉어 온 것과는 전혀 다르게 약하게 끙끙대며 앓는 소리를 내기 시작했다.

골절은 아무런 합병증도 유발하지 않는 간단한 것이었다. 샤를은 이처럼 간단하리라고는 생각하지 못했다. 그래서 부상자들의 침대 옆에서 그의 선생님들이 취하던 태도를 기억하면서 마치 메스에 바르는 기름과 같은 외과용 애무랄 수 있는 온갖 재간 있는 말로 환자를 위로해 주었다. 부목(副木)을 마련하기 위해 헛간에서 각재 한 묶음을 가져오게 했다. 샤를은 그중 하나를 골라 여러 조각으로 자른 다음 유리 조각으로 다듬었다. 한편 하녀는 침대 시트를 찢어서 붕대를 만들었고, 엠마 양은 작은 쿠션을 만들어 보려고 했다. 그녀가 오랫동안 바느질 상자를 찾지 못하자 아버지는 짜증을 냈다. 그녀는 대꾸 한마디 하지 않았다. 그러나 바느질을 하면서 손가락이 여러 번 바늘에 찔렸고, 그럴 때면 손가락을 입으로 가져가 빨곤 했다.

샤를은 그녀의 흰 손톱 색깔에 놀랐다. 아몬드 모양으로 다듬어진 끝이 뾰족한 손톱들은 반짝반짝 윤기가 나고 있었고, 디에프산 상아보다도 더 깨끗하게 정리가 되어 있었다. 그렇지만 손은 예쁘지 않았는데, 물론 그다지 희지도 않았고, 손가락이 좀 말라 있었다. 또 손이 너무 길어서 쥐고 펼 때 윤곽선에 부드럽고 유연함이 없었다. 그녀에게 아름다운 것은 눈이었다. 갈색이었지만 속눈썹 때문에 검게 보였고, 시선은 순진하면서도 대담하게 주저함 없이 상대방을 향했다.

붕대를 다 감고 나자 루오 씨는 극구 의사에게 '빵 한 조각이라도 먹고' 가라고 권했다.

샤를은 1층에 있는 방으로 내려갔다. 터키 인들이 그려진 인도 사라사로 꾸민 닫집이 달린 큰 침대의 발치에 놓인 조그만 식탁에는 은잔들과 함께 식기 두 벌이 놓여 있었다. 창문을 마주 보고 있는 큰 떡갈나무 장롱에서 붓꽃 분말 냄새와 젖은 침대 시트 냄새가 풍겨 나왔다. 방구석들에는 바닥에 밀 자루들이 차곡차곡 세워져 있었다. 세 단의 돌계단을 딛고 올라가면 있는 옆 곳간에 다 넣지 못하고 남은 것들이었다. 초석(硝石) 밑으로 녹색 칠이 얇게 벗겨져 일어난 벽 중앙에는 방을 꾸미기 위해 그림 한 점이 걸려 있었는데, 금도금된 액자에 끼워진 까만 목탄으로 그린 미네르바의 두상으로 그 그림 아래쪽에는 '사랑하는 나의 아빠에게.'라는 글귀가 고딕체로 씌어 있었다.

처음에는 환자에 대한 말이 오가다가 이어 날씨, 큰 한파, 밤에 어슬렁대며 들판을 돌아다니는 늑대들에 대한 말이 오갔다. 루오 양은 무엇보다 자기가 혼자 농장 살림을 맡고 있는 지금의 시골 생활이 전혀 즐겁지가 않다고 했다. 방이 싸늘했기에 그녀는 식사를 하는 내내 몸을 떨었는데, 그로 인해 도톰한 입술이 좀 드러나 보였고, 말을 하지 않을 때에는 입술을 가볍게 깨무는 습관이 있었다.

그녀의 목은 접힌 흰 깃 위로 쑥 나와 있었다. 머리카락은 양쪽으로 갈라진 검은 머릿단이 마치 하나씩의 덩어리처럼 보일 정도로 윤기가 흘렀고, 두개골의 곡선을 따라 약간 들어간 가느다란 가르마에 의해 머리 한 가운데에서 갈라져 있었다. 양쪽 귀 끝만 겨우 보이게 빗어 넘긴 머리는 관자놀이를 향해 물결치다가 목 뒤쪽에서 한데 만나 풍성하게 쪽진 머리를 이루고 있었는데, 시골 의사는 이런 머리칼을 생애 처음으로 보았다. 그녀의 두 뺨은 장밋빛이었다. 그리고 마치 남자처럼 블라우스 단추 두 개 사이에는 바다거북 껍질로 만든 코안경을 걸고 있었다.

샤를은 루오 영감에게 작별 인사를 하러 올라갔다가 내려와, 출발하기 위해 1층에 있는 큰 방으로 다시 들어갔을 때 그녀를 보았다. 그녀는 얼굴을 창문 쪽으로 향하고 서서 강낭콩 버팀목들이 바람에 쓰러져 있는 뜰을 바라보고 있었다. 그녀가 몸을 돌리며 물었다.

"찾고 있는 것이 있으세요?"

"제 승마용 채찍을 좀." 하고 그가 대답했다.

그러고는 그는 침대 위, 문 뒤, 의자 밑을 샅샅이 뒤지기 시작했다. 그러나 그것은 밀 자루들과 벽 사이의 바닥에 떨어져 있었다. 엠마 양이 그 채찍을 발견하고는 밀 자루 위로 몸을 구부렸다. 샤를은 환심을 사려는 태도에서 급히 다가가 그 역시 똑같은 동작으로 팔을 뻗었다. 그는 몸을 굽히고 있는 그 처녀의 등에 자신의 가슴이 가볍게 닿는 것을 느꼈다. 그녀는 얼굴이 새빨개진 채 몸을 다시 일으키더니 소 힘줄로 만든 채찍을 내밀면서 어깨 너머로 그를 바라보았다.

그는 약속한 사흘 뒤가 아닌 바로 그다음 날 다시 찾아왔고, 이따금 실수인 척 들른 뜻밖의 왕진을 제외하고도 일주일에 두 번씩 정기적으로 그 집을 찾았다.

게다가 모든 것은 잘 되어 갔다. 치료도 규칙에 따라 행해졌다. 그래서 46일이 지나 루오 영감이 자기의 '오막살이'에서 혼자 걷는 시도를 하자 사람들은 보바리 씨를 용한 능력을 가진 의사로 여기기 시작했다. 루오 영감은 이브토나 심지어 루앙의 일류 의사들도 이보다 더 잘 치료하지는 못했을 거라고 말했다.

샤를은 자기가 왜 그렇게 기꺼이 베르토에 가는지 자문해 보려 하지 않았다. 설령 생각을 해 보았을지라도 그는 자신의 열의를 증세의 심각성이나 아니면 그로부터 기대하는 수입 탓으로 돌렸을지도 몰랐다. 그렇지만 그 농가로 왕진을 가는 일이 그의 생활의 변변찮은 일과 속에서 매력적인 예외가 된 것이 정말 그 때문이었을까? 그 농가에 왕진을 가는 날이면 그는 일찍 일어나 서둘러 출발하며 말에 박차를 가했다. 도착하면 말에서 펄쩍 뛰어내려 풀밭에 구두를 닦고, 들어가기 전에 검은 장갑을 꼈다. 그는 마당에 도착하는 자신의 모습을 상상하는 것과, 어깨로 밀면 살문이 빙그르 돌면서 열리는 감촉이 느껴지는 것과, 담벼락 위에서 울고 있는 수탉과 자기를 마중하기 위해 나오는 사내아이를 좋아했다. 또한 곳간과 마구간을 좋아했고, 자기를 은인이라 부르면서 그의 손을 두드려 주는 루오 영감을 좋아했다. 그리고 부엌의 깨끗한 타일 위에 놓인 엠마 양의 귀여운 나막신을 좋아했는데, 뒤축이 높아 그녀의 키가 좀 더 커 보였다. 그녀가 앞장서서 걸어갈 때엔 나막신의 나무 창이 얼른 들어 올려졌다가 반장화의 가죽 창에 닿으면서 딸가닥딸가닥하며 둔탁한 소리를 내는 것이었다.

엠마는 늘 현관 앞 층계의 첫 계단까지 샤를을 배웅해 주었다. 말이 채 준비가 되어 있지 않을 때에는 그녀는 그냥 거기에 서 있었다. 작별 인사를 나눈 뒤라 더 이상의 말은 없었다. 그녀를 감싸고 도는 신선한 바람에 목덜미에 삐져나온 잔머리들이 날리기도 하고, 앞치마 끈들이 허리 위에서 흔들리면서 마치 긴 깃발들처럼 꼬이는 것이었다. 언젠가 한번은 얼음이 녹을 무렵이어서 뜰에 있는 나무들의 껍질에서는 물기가 방울방울 스며 나오고, 건물들의 지붕 위에서는 눈이 녹아내리고 있었다. 엠마는 문간에 서 있다가 작은 양산을 꺼내 와 펼쳐 들었다. 광선의 각도에 따라 색이 바뀌는 비단으로 만들어진 그 작은 양산으로 햇빛이 비쳐 들면서 그녀의 흰 피부에 너울대는 빛 그림자를 만들고 있었다. 그녀는 그 밑에서 포근한 열기를 받으며 미소 짓고 있었는데, 팽팽히 펴진 물결무늬의 천 위에서는 물방울이 한 방울 한 방울 떨어지는 소리가 들렸다.

샤를이 베르토 농장을 자주 찾았던 초기에 아내 보바리 부인은 환자에 대해 알아보는 일을 소홀히 하지 않았고, 심지어는 자기가 관리하고 있던 복식 장부에 루오 씨의 난으로 아무것도 씌어 있지 않은 새 페이지를 따로 마련하기도 했다. 그러나 보바리 부인은 루오 씨에게 딸이 하나 있다는 것을 알게 되자 직접 그 딸에 대해 알아보았다. 그래서 그녀는 루오 양이 성 우르술라 수녀회의 수녀원에서 이른바 '훌륭한 교육'을 받았다는 것, 따라서 그녀가 춤과 지리, 소묘, 자수, 그리고 피아노도 칠 줄 안다는 사실을 알게 되었다. 기가 찰 노릇이었다!

'그래서 그 여자를 보러 갈 때면 얼굴이 그렇게도 밝아졌던 거야. 비를 맞으면 안 되는 걸 알면서도 새 조끼를 입었던 것도 바로 그 때문이었던 거야! 아아! 그 여자야! 바로 그 여자야!' 하고 그녀는 생각했다.

그리하여 그녀는 그 여자를 본능적으로 미워했다. 처음에는 빗대어 빈정거림으로써 화를 달랬다. 하지만 샤를은 그 빗댐을 이해하지 못했다. 그다음에는 억지스런 지적들을 해 댔지만 분위기가 험악해질까 봐 샤를은 그냥 흘려들었다. 마침내는 샤를이 어떻게 대꾸해야 할지 모르는 갑작스런 폭언들을 퍼부어 댐으로써 마음을 달랬다.

"왜 자꾸만 베르토에 가는 거예요? 루오 씨는 완치되었고, 게다가 아직 치료비도 지불하지 않았잖아요. 아아! 거기에 '어떤 한 사람'이 있기 때문인 거죠? 대화 상대가 되고, 수도 놓을 줄 아는, 재치 있는 여자가 말이에요. 당신이 좋아하는 건 바로 그런 거죠. 그래, 당신에게는 도회지 아가씨가 필요했던 거야!"

그녀는 계속해서 말했다.

"루오 영감의 딸이 도회지 아가씨라고! 설마, 그럴 리가! 그 여자의 할아버지는 목동이었고, 사촌 하나는 싸우다가 나쁜 짓을 저질러 중죄 재판소에 갈 뻔했다고요. 그렇게 허세를 부리고, 일요일에 백작 부인처럼 비단옷을 입고 교회에 나타나 봤자 별수 없다고요. 게다가 그 한심한 노인은 지난해에 유채가 아니었더라면 미불금도 못 갚아 쩔쩔맸을 거라고요!"

샤를은 지쳐서 베르토에 가는 것을 그만두었다. 사랑의 감정을 요란하게 폭발시킨 엘로이즈가 격한 흐느낌과 입맞춤 뒤에, 그에게 《미사경본(經本)》에 손을 얹게 하고 더 이상 베르토에 가지 않겠다는 맹세를 하게 했던 것이다. 그리하여 그는 복종하게 됐다. 그러나 욕망의 대담함은 자신의 비굴한 행위에 반항하여, 그녀를 만나는 것을 금지당한 대신에 그녀를 사랑할 권리를 얻은 것이라는 일종의 순진한 위선을 내세우게 되었다. 게다가 그의 과부 아내는 말라빠졌고, 이빨이 길쭉했으며, 그 끝이 견갑골(肩甲骨) 사이로 늘어져 있는 검은색 작은 숄을 1년 내내 걸치고 있었다. 그녀의 딱딱한 몸통은 통이 좁고 몸에 꼭 맞는 시드 드레스 속에 꽉 끼어 있었고, 드레스가 너무 짧아 회색 양말 위로 서로 엉켜 있는 헐렁한 구두끈과 함께 그녀의 발목이 드러나 보였다.

샤를의 어머니는 아들 부부를 보러 가끔 왔지만 며칠이 지나면 며느리는 시어머니를 마치 칼날로 찌르는 것 같았다. 그러면 두 자루의 칼처럼 그녀들은 잔소리와 불쾌한 참견으로 샤를을 제물로 바치는 데 열심이었다. 그렇게 많이 먹어서는 안 좋다! 왜 항상 아무에게나 술을 내놓느냐? 플란넬을 입지 않으려는 것은 무슨 고집이냐! 등등.

봄이 올 무렵 과부 뒤뷔크의 재산 관리인인 앵구빌의 공증인이 물결이 잔잔할 때 그의 사무실에 위탁한 모든 돈을 가지고 배를 타고 도망가 버린 일이 일어났다. 엘로이즈는 6천 프랑으로 산정되는 선박 주식 외에도 생 프랑수아 거리에 자기의 집을 아직 소유하고 있었다. 그렇지만 그토록 요란하게 자랑했던 재산 가운데 가구 몇 가지와 몇 벌 안 되는 옷가지를 제외하고는 살림에 보탠 것이 아무것도 없었다. 사실을 규명할 필요가 있었다. 디에프의 집은 저당이라는 벌레가 기둥뿌리까지 파먹고 있었다. 그녀가 공증인에게 맡겨 놓았던 것이 무엇인지는 신만이 알고 있었고, 선박 주식의 배당금은 일천 에퀴를 넘지 않았다. 그러니 그 망할 여자가 거짓말을 했던 것이다! 보바리 영감은 분개하여 길바닥에 의자를 집어 던져 박살을 내면서 가죽 값에도 못 미치는 마구를 단 그런 말라빠진 말 같은 여자에게 아들을 매어 놓아 불행을 가져다주었다며 자기 마누라를 책망했다. 샤를의 부모가 토트에 왔다. 그들은 자신들의 생각을 분명히 밝혔다. 몇 번이나 분노를 표출했다. 엘로이즈는 눈물을 흘리면서 남편의 품 안에 몸을 던지며 시부모로부터 자기를 방어해 달라고 간청했다. 샤를은 그녀를 변호해 주고 싶었다. 부모는 화를 내고는 가 버렸다.

그러나 그녀는 '심한 충격'을 받았다. 일주일 뒤 그녀는 뜰에 빨래를 널다가 각혈을 했다. 그리고 그 이튿날 샤를이 창문의 커튼을 내리기 위해 몸을 돌리고 있을 때, 그녀가 "아이고 이런!" 하고 말하며 한숨을 내쉰 뒤 실신해 버렸다. 그녀는 죽어 있었던 것이다. 이 얼마나 경악을 금치 못할 일인가!

묘지에서 모든 일이 끝나자 샤를은 집으로 돌아왔다. 아래층에는 아무도 없었다. 2층에 있는 침실로 올라가자, 알코브 밑에 아직도 아내의 드레스가 걸려 있는 것이 보였다. 그는 책상에 기댄 채 저녁까지 고통스러운 생각에 잠겨 있었다. 뭐니 뭐니 해도 그녀는 그를 사랑했던 것이다.

3

어느 날 아침, 루오 영감이 샤를에게 다리 치료비를 가지고 왔다. 40수짜리 주화로 75프랑과 칠면조 한 마리였다. 그는 샤를의 불행을 이미 알고 있었으며, 할 수 있는 한 그를 위로해 주었다.

그는 샤를의 어깨를 두드리면서 말했다.

"난 그게 어떤 심정인지 잘 알아요. 나도 당신과 같았던 적이 있었으니까요! 불쌍한 아내를 잃었을 때 난 혼자 있고 싶어서 들로 나갔지요. 나무 밑에 쓰러져 울기도 하고, 하느님을 부르다가 그분에게 욕설을 퍼붓기도 했어요. 차라리 우글거리는 벌레들로 배가 터져 죽거나, 나뭇가지에 걸려 있는 두더지 같은 존재가 되고 싶었지요. 그리고 다른 사람들은 지금쯤 상냥하고 사랑스런 아내를 포옹하며 함께 있을 거라고 생각하며 나는 지팡이로 땅바닥을 후려쳤지요. 난 거의 미쳐서 아무것도 먹지 못했어요. 믿지 않을지 모르지만 카페에 간다는 생각만 해도 역겨웠어요. 그런데 말이에요, 그럭저럭 하루가 다른 하루를 몰아내고, 봄이 겨울을 내몰고, 여름 뒤에 가을이 이어지면서 그것도 조금씩 조금씩 흘러가다가 아예 사라져 버린 거예요. 날 떠나 버린 거지요. 아니 가라앉아 버렸다고 말하고 싶군요. 여기, 이 가슴 밑바닥에는 항상 무언가가, 말하자면……어떤 묵직한 것이 남아 있으니까요! 그렇지만 이게 우리 모두의 운명이니 나약해져서는 안 됩니다. 다른 사람이 죽었다고 해서 죽고 싶어 하는 건…… 기운을 내야 해요, 보바리 씨. 다 흘러가 버릴 거요! 우리를 만나러 오시오. 잘 알겠지만 내 딸애는 이따금 당신을 생각하고는 해요. 당신이 자길 잊었을 거라고 그렇게 말하기도 해요. 곧 봄이 올 거요. 마음이 좀 가라앉도록 토끼 사냥이라도 합시다."

샤를은 그의 권고를 받아들였다. 그는 베르토에 다시 갔다. 그에게는 모든 것이 전날과 같이, 다시 말해 다섯 달 전과 같았다. 배나무들에는 이미 꽃이 만발해 있었고, 루오 영감은 이제는 다 나아 이리저리 돌아다녔으므로 농장은 더 활기를 띠게 되었다.

고통스러운 처지에 있기 때문에 의사에게 최대한 정중하게 대접해 주는 것이 의무라고 생각한 루오 영감은 그에게 모자를 벗지 않아도 된다고 했고, 마치 환자라도 되는 것처럼 그에게 소곤소곤 말했으며, 작은 통에 담은 크림이나 구운 배 같은, 좀 더 가벼운 음식으로 준비하지 않았다며 화를 내는 시늉까지 했다. 그는 몇 가지 재미있는 이야기도 해 주었다. 샤를은 문득 자기가 웃고 있다는 것을 깨달았다. 그러나 아내의 기억이 불현듯 떠올라 다시 우울해졌다. 커피가 나오자 그는 더 이상 아내를 생각하지 않았다.

혼자 사는 데 익숙해짐에 따라 그는 죽은 아내에 대한 생각을 덜 했다. 구속받지 않는 생활에서 오는 색다른 즐거움으로 고독을 이겨 낼 수 있었다. 그는 이제 식사 시간을 마음대로 조절할 수가 있었고, 이유를 대지 않고도 집을 드나들 수 있었다. 그리고 아주 피곤할 때는 침대에 사지를 쭉 펴고 널찍이 누워 있을 수도 있었다. 그래서 자신의 몸을 아끼고 소중히 여겼으며, 사람들이 건네는 위로의 말을 받아들였다. 다른 한편, 아내의 죽음은 직업에 있어서도 큰 도움이 되었다. 왜냐하면 한 달 가까이 사람들이 그를 향해 "저 가엾은 젊은이! 얼마나 불행하겠어!" 하고 되풀이 했기 때문이다. 그의 이름은 널리 알려졌고, 환자 수도 늘어났다. 게다가 이제는 마음대로 베르토에 갈 수가 있었다. 그는 목표 없는 어떤 희망, 막연한 행복을 가지게 되었다. 그래서 거울 앞에서 구레나룻을 빗으며 자기의 얼굴이 전보다 더 밝아졌음을 느꼈다.

어느 날 그는 3시경 베르토에 도착했다. 모두가 들에 있었다. 부엌으로 들어가 보았지만, 처음에는 엠마를 발견하지 못했다. 덧창이 닫혀 있었다. 덧창 문살 틈새로 새어 들어오는 빛이 바닥 타일 위에 가는 선들을 그리며 길게 뻗어 가다가 가구들의 모서리에서 굴절되기도 하고 천장에서 흔들리기도 했다. 식탁 위에는 파리 몇 마리가 쓰고 난 유리컵들을 따라 기어 올라가기도 하고, 또 잔 밑바닥에 남은 능금주에 빠져 붕붕거리기도 했다. 굴뚝을 따라 비쳐 드는 빛은 난로 뚜껑의 그을음을 부드럽게 느껴지게 했고, 꺼진 재를 약간 푸르스름하게 보이게도 했다. 창문과 난로 사이에서 엠마는 바느질을 하고 있었다. 숄을 걸치지 않고 있어서 드러난 어깨에 작은 땀방울들이 보였다.

시골 풍습에 따라 그녀는 뭘 좀 마실 것을 권했다. 샤를이 거절하자, 엠마는 뭐라도 마시라고 자꾸 권하더니, 마침내 함께 술을 한잔씩 하면 어떻겠느냐고 웃으면서 그에게 제안했다. 그리하여 그녀는 붙박이장 속에 있는 퀴라소[6] 병을 꺼내서는 잔 두 개를 집어다가, 하나에는 잔 끝까지 가득 채우고 다른 하나에는 아주 적은 양만 따른 다음 건배를 하고는 입으로 가져갔다. 잔이 거의 비어 있었기에 그녀는 술을 마시기 위해 몸을 뒤로 젖혔다. 그렇게 머리를 뒤로 젖히고 목을 길게 뺀 채 입술을 내밀었는데도 술 맛이 느껴지지 않자 그녀는 웃으면서 이빨 사이로 혀끝을 내밀어 잔 밑바닥을 홀짝거리며 핥았다.

엠마는 다시 앉더니 하던 일, 즉 흰색 면양말을 깁는 일을 계속했다. 그녀는 고개를 숙인 채 일을 하고 있었다. 아무 말도 하지 않았다. 샤를도 마찬가지였다. 바람이 문 밑으로 새어 들어오면서 타일 위에 먼지를 조금 일으켰다. 샤를은 먼지가 흩어지는 것을 바라보고 있었다. 오직 저쪽 마당에서 알을 낳는 암탉의 울음소리와 자기의 머릿속에서 고동치는 소리만이 들려올 뿐이었다. 엠마는 이따금 양 볼에 손바닥을 갖다 대 열을 식혔고, 그런 뒤 손바닥을 벽난로 안의 커다란 장작 받침쇠에 갖다 대 차가워지게 했다.

엠마는 이 계절이 시작되면서부터 현기증을 느낀다고 불평을 하면서, 해수욕이 도움이 되는지에 대해 물었다. 그러고는 그녀가 수녀원에 대한 이야기를, 그리고 샤를이 중학교에 대한 이야기를 꺼내자, 그들 사이에 할 말들이 계속 떠올랐다. 둘은 엠마의 방으로 올라갔다. 엠마는 샤를에게 예전의 음악 공책과 상으로 받은 작은 책들, 그리고 장롱 아래쪽에 처박아 둔 떡갈나무 잎으로 된 관(冠)들을 보여 주었다. 그녀는 또 샤를에게 자기 어머니와 어머니의 묘지에 대해 말해 주었고, 어머니의 묘지에 갖다 놓기 위해 매월 첫 금요일에 꽃을 따는 마당의 화단을 손가락으로

---

6) 오렌지 껍질로 만든 술 이름이다.

가리켜 보여 주기까지 했다. 그런데 집에 고용한 정원사는 자신의 그 행동에 대해 전혀 이해하지 못해 별로 신경을 써 주지 않는다는 것이었다. 그녀는 날씨가 좋은 여름에는 낮이 길어 시골 생활이 훨씬 더 권태롭지만, 적어도 겨울 동안만이라도 도시에서 살고 싶다고 했다. 이렇게 하는 말에 따라서 그녀의 목소리는 또렷하고 날카롭다가, 갑자기 우울감에 빠져 길게 늘어지던 억양이 자기 자신에게 말할 때처럼 중얼거림으로 끝나 버리기도 했다. 또한 때로는 명랑해져서 천진난만하게 눈을 크게 뜨기도 했고, 혼란스러운 생각에 빠져 눈꺼풀을 반쯤 감은 채 권태에 잠긴 시선을 보이기도 했다.

저녁에 집으로 돌아오면서 샤를은 아직 그녀를 알지 못했던 때의 생애 부분을 채우기 위해 그녀가 한 말들을 한 마디 한 마디 되뇌며 그 의미를 완성해 보려고 노력했다. 그렇지만 그녀를 처음 보았을 때나 혹은 방금 전 떠나올 때의 모습을 제외하고는 머릿속에 그려 볼 수 없었다. 그리고 그는 만일 그녀가 결혼을 하면 어떻게 변할지, 또 누구와 할지 등에 대해 생각해 보았다. 루오 영감은 아주 부자였다. 그리고 그녀는…… 너무도 미인이었다! 엠마의 얼굴이 계속해서 그의 눈앞에 나타났고, 팽이 돌아가는 소리 같은 단조로운 소리가 귓전에 울렸다. "그런데 만일 내가 그녀와 결혼한다면! 만일 내가 결혼한다면!" 밤에 그는 잠을 이루지 못했다. 목이 조였고 갈증이 났다. 그는 일어나 물병의 물을 마시고 창문을 열었다. 하늘은 별들로 뒤덮여 있었고, 포근한 바람이 스쳐 지나갔다. 멀리 개들이 짖고 있었다. 그는 베르토 쪽을 향해 고개를 돌렸다.

결국 우려할 게 아무것도 없다고 생각한 샤를은 기회가 오면 청혼을 하리라 결심했다. 그러나 그때마다 적절한 말을 찾아내지 못하지는 않을까 하는 두려움에 입술이 들러붙곤 했다.

루오 영감은 집안에 별로 도움이 되지 않는 딸을 데려가는 것을 애석하게 생각하지 않았다. 그는 농사를 짓는 사람치고 백만장자가 된 사람이 없기에 하늘의 저주를 받은 직업이라고 생각했고, 자신의 딸이 농사를 짓기에는 너무 똑똑하다고 생각해 그래도 내심 참아 주고 있었던 것이다. 영감은 농사로 돈을 벌기는커녕 매년 적자만 보고 있었다. 왜냐하면 그가 직업적인 술책을 즐길 수 있는 상거래에는 탁월했지만, 그에 반해 본래 의미에서 농사일이나 농장 내부 관리 등에 있어서는 누구보다도 부적격했기 때문이다. 그는 쉽사리 주머니에서 손을 빼지 않았고, 잘 먹고 잘 입고 잘 자고 싶어 했기에 생활과 관련된 것에 대해서는 전혀 절약하지 않았다. 그는 막 걸러 낸 하급 능금주와 설익힌 양 다리 고기와 오랫동안 휘저어 끓인 '글로리아'[7]를 좋아했다. 그는 부엌 난로 앞에서 극장에서처럼 다 차려 내온 조그만 식탁에서 혼자 식사를 했다.

그리하여 루오 영감은 샤를이 자기 딸 곁에 있으면 두 볼이 붉어진다는 것—그것은 머지않아 그가 딸에게 청혼을 할 거라는 것을 의미했는데—을 알아차리고는 그 일에 대한 모든 문제를 미리 곰곰이 생각해 두었다. 영감은 물론 샤를을 좀 볼품없는 사람이라고 생각했기에, 그가 원하던 그런 사윗감은 아니었다. 그렇지만 사람들은 샤를의 행실이 바르다고 말했고, 검소한 데다 교육도 많이 받았기에 분명 지참금에 대해 그다지 억지를 부리지는 않을 것 같았다. 게다가 루오 영감은 벽돌공과 마구상에게 많은 빚이 있었고, 포도 압착기의 굴대도 갈아야 했기에 '그의 토지' 중 9만 제곱미터를 팔지 않으면 안 되었으므로 '딸을 달라면 주지.' 하고 그는 생각했다.

대천사 미카엘 축제 때 샤를은 베르토에 와서 사흘을 보냈다. 마지막 날도 이전 이틀처럼 1분 1분 미루다가 다 흘러가 버렸다. 루오 영감은 그를 전송해 주었다. 그들은 움푹 패인 길을 걸어가고 있었고, 곧 헤어져야 할 시간이 되었다. 지금이야말로 기회였다. 샤를은 울타리 모퉁이까지

---

7) 브랜디를 넣은 커피이다.

왔다. 마침내, 그곳을 지나칠 때 그는 중얼거렸다.

"루오 영감님, 긴히 드릴 말씀이 있습니다."

그들은 멈췄다. 샤를은 말이 없었다.

"그래, 이야기해 봐요! 내가 아무것도 모르는 줄 알아요?" 하고 루오 영감은 기분 좋게 웃으면서 대꾸했다.

"루오 영감님…… 루오 영감님……." 하고 샤를이 말을 더듬었다.

"나야 더 이상 바랄 게 없지요. 아마 딸애도 생각이 나와 같겠지만 그래도 그 애 생각은 어떤지 본인에게 물어봐야 하겠지요. 그러니 오늘은 그만 돌아가세요. 나도 집으로 돌아갈 테니. 내 말 잘 들어요, 그 애가 좋다고 하더라도, 다시 올 필요는 없어요. 사람들 시선도 있고 하니. 게다가 그 애가 너무 충격을 받을지도 모르고. 그렇지만 당신이 굉장히 초조해할 테니 덧창을 벽 쪽으로 활짝 열어 놓겠어요. 뒤편 울타리에 기대서 보면 그걸 볼 수 있을 거요."

그렇게 말하고는 그는 떠났다.

샤를은 나무에 말을 맸다. 그는 달려가 오솔길에 자리를 잡고 기다렸다. 반시간이 지났다. 그는 다시 시계를 보며 속으로 열아홉까지 셌다. 그때 갑자기 벽에서 소리가 들렸다. 덧창이 열려져 있었고 걸쇠가 아직도 흔들렸다.

다음 날 9시, 그는 이미 농장에 와 있었다. 샤를이 들어갔을 때 엠마는 태연한 척하며 좀 웃어 보려고 무척 노력하면서도 얼굴을 붉혔다. 루오 영감이 미래의 자기 사위를 껴안아 주었다. 그들은 관심사에 대해 이야기를 나누었다. 그러나 아직 시간이 많이 남아 있었다. 샤를의 복상 기간이 끝날 때까지, 그러니까 이듬해 봄까지는 결혼식을 올릴 수가 없었기 때문이다.

겨울은 그렇게 기다림 속에서 지나갔다. 루오 양은 자신의 혼수 준비에 전념했다. 혼수 일부는 루앙에 주문을 했고, 속옷과 잠자리 모자 같은 것들은 유행하는 디자인에 따라 스스로 만들었다. 샤를이 농장에 올 때면 그들은 결혼식 준비에 대한 이야기를 나누었고, 피로연은 어느 방에서 열 것인지 의논했으며, 필요한 음식의 양과 전식은 어떤 것으로 할지 등에 대해 생각했다.

엠마는 오히려 자정에 횃불을 켜 놓고 결혼식을 올리고 싶어 했다. 그러나 루오 영감은 그런 생각이 전혀 이해가 되지 않았다. 그래서 결국 마흔세 명의 하객이 열여섯 시간 동안이나 식사를 했으며, 잔치는 그다음 날에 다시 시작되었고, 그 후로도 며칠 동안 계속되었다.

4

하객들은 일찍부터 한 마리 말이 끄는 소형 이륜 포장마차, 두 바퀴 달린 달구지, 포장이 없는 낡은 이륜마차, 가죽 커튼이 달린 합승 마차 등을 타고 도착했고, 아주 가까운 마을에 사는 청년들은 짐수레를 타고 왔는데, 말이 속보로 달리는 데다 견디기 힘들 정도로 흔들려 떨어지지 않으려고 짐칸 가로장을 손으로 꽉 잡고 줄지어 서서 타고 있었다. 고데르빌, 노르망빌, 카니 등 40킬로미터나 되는 먼 곳에서도 왔다. 양가 친척이 모두 초대되었고, 사이가 좋지 않은 친구들과도 이 기회를 이용해 화해했으며, 오래전부터 만나지 못했던 지인들에게도 초대장을 보냈다.

이따금 울타리 뒤편에서 말 회초리 소리가 들려오면 곧 살문이 열렸다. 그러면 소형 이륜 포장마차가 경쾌하게 들어오는 것이었다. 현관의 첫 번째 계단 앞까지 빠른 속도로 달려오던 마차는 우뚝 멈추면서 사람들을 비워 냈고, 그럴 때면 그들은 무릎을 문지르거나 기지개를 켜면서 아무 데로나 뛰어내렸다. 보닛 모자를 쓴 부인들은 도시풍의 드레스를 입고 있었다. 손목에는 금 시곗줄이 걸려 있었고, 짧은 외투를 끝이 엇갈리게 허리띠 속에 찔러 넣거나 아니면 장식 핀으로 등에 고정시킨 여러 색상의 세모꼴 숄을 걸치고 있었는데, 그 사이로 목 뒤가 드러나 있었다. 아이들은 아빠들과 비슷하게 옷을 입고 있었는데, 새 옷이어서 불편해 보였다(심지어 많은 아이들이 그날 난생처음으로 장화를 신었다). 그들 곁에는 첫 영성체 때 입었던 흰색 드레스를 이번 기회에 길이를 늘여서 입은 열대여섯 살 된 다 큰 여자아이가 말 한마디 없이 서 있었는데, 아마도 남자아이들의 사촌이거나 누나인 것 같았다. 얼굴을 몹시 붉힌 채 어리둥절해하며 머리에 장미 머릿기름을 바른 그녀는 장갑을 더럽힐까 봐 걱정하고 있었다. 말을 매어 두기 위한 일손이 충분치 않았기에 손님들이 팔을 걷어 올리고 손수 그 일을 했다. 사회적 지위에 따라 그들은 연미복, 프록코트, 보통 웃옷, 예복 대용의 웃옷 들을 입고 있었다. 바람에 나부끼는 꼬리가 긴 프록코트, 원주 모양의 깃이 달린 프록코트, 자루처럼 큰 주머니가 달린 프록코트, 챙 둘레에 구리 테를 두른 모자에 보통 잘 어울리는 웃옷, 등에 두 개의 단추가 두 눈처럼 서로 가까이 달린, 마치 목수가 늘어진 옷자락을 도끼로 단번에 뚝 잘라 낸 것 같은 아주 짧은 예복 대용의 웃옷 등 모두가 격식을 차려야 할 때를 위해서만 장롱에서 꺼낸, 가정의 모든 배려가 깃들어 있는 훌륭한 복장들이었다. 또 어떤 사람들은(그런데 이 사람들은 물론 식탁 말석에서 식사를 해야 했다) 예식 때 입는 작업복, 즉 깃이 어깨 위로 처져 있고 등에는 작은 주름들이 잡혀 있으며 허리춤 훨씬 아래에 허리띠가 부착되어 있는 옷을 입고 있었다.

그리고 속옷들은 마치 갑옷처럼 가슴 위로 불룩 내밀고 있었다. 모두가 머리를 아주 짧게 새로 깎아 귀가 훤히 드러나 보였으며, 수염도 깨끗하게 밀었다. 심지어 어떤 이들은 동이 트기 전에 일어나 잘 보이지 않는 상태에서 깎느라 코밑에 칼자국이 비스듬히 나 있기도 하고, 턱을 따라 내려가면서 3프랑짜리 은화 크기만 하게 피부 껍질이 벗겨진 상처가 오는 동안 찬바람에 벌겋게 붉어지면서 희고 환한 큰 얼굴에 분홍색 반점을 만들어 놓기도 했다.

　면사무소는 농장에서 2킬로미터 정도 떨어져 있어서, 그곳까지 걸어
갔다가 일단 교회에서 결혼식을 마치자 다시 걸어서 돌아왔다. 행렬은
처음에는 색상이 여럿인 하나의 스카프처럼 한 무리를 지어 들판의 푸
른 밀밭 사이로 난 좁고 구불구불한 오솔길을 따라 물결치듯 걷더니, 곧
줄이 길어지면서 여러 무리로 끊어져 제각기 이야기를 하느라 늦어졌다.
바이올린 악사는 조가비 모양으로 리본 깃털을 장식한 바이올린을 들고
앞장서 갔다. 신랑 신부가 그 뒤를 따랐고, 부모에 이어 친구들이 그 뒤
를 뒤섞여 따랐으며, 아이들은 귀리 싹에서 방울 모양의 꽃부리를 따거
나 눈에 띄지 않게 서로 장난질을 하며 여전히 뒤처져 있었다. 엠마의 드
레스는 너무 길어 단이 땅에 약간 끌렸다. 그녀는 이따금씩 드레스를 끌
어 올리기 위해 멈춰 서곤 했는데, 그때마다 거친 풀과 엉겅퀴 잔가시들
을 장갑 낀 손으로 조심스럽게 떼어 냈다. 그러면 손에 아무것도 들지 않
은 샤를은 엠마가 그 일을 마칠 때까지 기다렸다. 머리에는 새 비단 모자
를 쓰고 소맷부리가 손톱 끝까지 덮는 검은색 예복을 입은 루오 영감은
보바리의 어머니에게 팔을 내주고 걷고 있었다. 보바리 영감은 거기 있
는 모든 사람을 깔보았기에 군대식으로 단추가 한 줄 달린 프록코트를
간단히 입고 왔는데, 작은 카페에서나 통하는 감언이설을 금발의 한 시
골 처녀에게 지껄여 대고 있었다. 그녀는 인사를 했지만 얼굴을 붉히며
어떻게 대해야 할지를 몰라 했다. 다른 하객들은 자신들의 사업에 대해
이야기를 하거나, 벌써부터 즐거움에 들떠 등 뒤에다 서로 짓궂은 장난
을 치기도 했다. 그리고 귀를 기울이면, 들판에서 악사의 싸구려 바이올
린 소리가 계속해서 들려왔다. 무리들이 자기와 멀리 떨어져 있다는 것
을 알아차린 그는 멈춰 서서 숨을 돌리고는, 현이 소리를 더 잘 내도록
활에 오랫동안 송진을 먹였다. 그러고는 박자를 잘 맞추기 위해 바이올
린 목을 올렸다 내렸다 하면서 다시 걷기 시작했다. 악기 소리에 작은 새

들이 멀리 달아나곤 했다.

　잔칫상은 짐수레를 넣어 두는 헛간에 차려졌다. 상 위에는 소의 허릿고기 네 덩어리, 닭고기 프리카세[8] 여섯 개, 송아지 스튜, 양고기 다리 세 개, 그리고 한가운데에는 참소리쟁이 소시지 네 개와 함께 아주 먹음직스럽게 구운 젖먹이 돼지 한 마리가 놓여 있었다. 상 모서리마다에는 브랜디를 채운 물병들이 놓여 있었다. 순한 능금주로 채운 물병에서는 마개 주위로 거품이 진하게 배어 나오고 있었고, 잔이란 잔에는 넘칠 정도로 미리 포도주가 따라져 있었다. 노란 크림을 담은 큰 접시들은 상에 아주 작은 충격만 가해도 출렁거렸는데, 그 평평한 표면 위에는 작은 사탕과자로 된 아라베스크 필체로 신혼부부의 이니셜이 새겨져 있었다. 투르트[9]와 누가는 이브토에 있는 한 과자 제조자를 불러와 만들었다. 그는 이 지방에서 첫발을 내딛은 것이기에 정성을 들였다. 후식 때는 손수 데커레이션케이크를 하나 만들어 왔는데, 하객들은 탄성을 질러 댔다. 우선 바닥엔 푸른색 네모꼴의 마분지로 사원을 만들고, 그 주위를 빙 둘러 주랑과 기둥들을 만들었으며, 금색 종이로 된 별들이 촘촘히 박혀 있는 벽감(壁龕) 속에는 석고상들이 세워져 있었다. 그리고 둘째 단에는 사부아 지방 케이크로 된 탑이 하나 세워져 있고 설탕에 절인 안젤리카 줄기, 아몬드, 건포도, 오렌지 조각 들로 된 작은 성채가 에워싸고 있었다. 마지막으로, 맨 위쪽의 편편한 곳은 초록 목초지였는데 바위, 잼으로 채워진 호수, 개암나무 껍데기로 만든 배 들이 있고 초콜릿 그네를 타고 있는 조그마한 사랑의 신이 보였으며, 그네의 양쪽 기둥 꼭대기에는 둥근 구슬 대신 장미꽃 생화 두 송이를 꽂아 놓았다.

　사람들은 밤까지 먹고 즐겼다. 앉아 있다가 피곤하면 마당을 산책하거

---

8) 흰 살코기나 닭고기·양고기·생선 살을 소스에 익힌 스튜의 일종이다.

9) 파이처럼 생긴 가염된 둥근 과자로 뜨겁게 데워 전식으로 먹는다.

나 헛간에서 병마개 놀이를 하고는 다시 식탁으로 돌아왔다. 어떤 사람들은 만찬이 끝나 갈 무렵 상에 엎드려 코를 골며 잠들었다. 그러나 커피가 나오자 모두들 생기가 돌았다. 그들은 노래를 부르기 시작했고, 힘쓰는 묘기들을 해 보였으며, 엄지손가락을 처들어 옆으로 눕히고는 그 밑으로 지나가는 익살을 부리기도 했다. 또한 짐수레를 어깨로 들어 올리려 애를 쓰기도 했고 약간 상스러운 농담을 해 대는가 하면 부인들을 껴안기도 했다. 저녁에 집으로 돌아가기 위해 말을 매려 했지만 말들은 배가 터질 정도로 귀리를 먹어 끌채 사이로 들어가는 데 애를 먹였다. 뒷발질을 하기도 하고 뒷발로 일어서기도 했으며, 그러다가 마구가 부서지면 주인들은 욕설을 내뱉거나 웃어 댔다. 밤새도록 달빛 아래에서는 전속력으로 달리는 성마른 포장마차들이 도랑 속으로 뛰어들고 자갈 더미 위로 튀어 오르는가 하면, 비탈에 바짝 붙어 달려가면 여인들이 말고삐를 붙잡으려 마차 밖으로 몸을 내밀기도 했다.

베르토에 남은 사람들은 부엌에서 술을 마시며 밤을 지새웠다. 아이들은 벤치 아래에서 잠들어 있었다.

신부는 결혼식 때 하객들이 관례적으로 하는 농담들을 하지 못하게 해 달라고 아버지에게 간청해 두었었다. 그럼에도 불구하고 사촌들 중 생선 도매상을 하는 사람(그는 결혼 선물로 넙치 두 마리를 가져오기까지 했다)이 입에 머금고 있던 물을 자물쇠 구멍으로 내뿜으려던 찰나, 때마침 도착한 루오 영감에게 들켜 저지당하고 말았다. 루오 영감은 사위의 중량감 있는 신분은 그런 무례한 행위를 허락하지 않는다고 점잖게 그에게 설명해 주었다. 그렇지만 사촌은 그 설명을 받아들이려 하지 않았다. 그는 루오 영감이 꽤나 으스댄다고 마음속으로 아니꼬워하면서 하객 네댓이 모여 있는 한 구석진 장소로 가 그들과 어울렸다. 우연히 맛없는 고기를 연달아 먹게 된 그들 역시 대접이 좋지 않다고 주인에 대해 수군거리며 넌지시 그가 망해 버렸으면 하고 바랐다.

보바리의 어머니는 하루 종일 입을 다문 채 말을 하지 않았다. 며느리의 옷차림에 대해서나 잔치의 순서에 대해 누구 하나 의논해 오지 않았기에 그녀는 일찌감치 방에 들어가 있었다. 남편은 그녀를 따라가지 않고 생 빅토르에서 사 오게 한 여송연을 날이 밝아 올 때까지 연거푸 피워 댔다. 그러면서 동석한 사람들이 알지도 못하는 그로그[10]를 계속해서 마셨는데, 버찌에 브랜디를 섞은 혼합 음료를 마치 자기 자신을 훨씬 더 존경받게 해 주는 원천이라도 되는 듯 생각했다.

샤를은 농담을 잘하는 인물이 전혀 아니어서 결혼식 동안에는 빛이 나지 않았다. 그는 식사를 시작할 때부터 사람들이 의무 삼아 쏘아붙이는 신랄한 말, 험담, 애매한 뜻을 지닌 말, 칭찬, 외설적인 말 들에 대해 그럭저럭 대꾸를 하며 받아넘겼다.

반면 다음 날이 되자, 그는 딴사람처럼 보였다. 사람들은 오히려 그를 전날 밤의 처녀로 착각할 정도였고, 그에 반해 신부는 자기 자신에 대해 뭔가 짐작하게 할 만한 거리를 전혀 남기지 않았다. 가장 짓궂은 사람들조차 엠마에게 어떻게 대응할 줄 몰랐고, 그녀가 곁을 지나갈 때면 그들은 엄청나게 긴장을 한 채 그녀를 바라보기만 했다. 그러나 샤를은 아무것도 숨기지 않았다. 그는 그녀를 아내라 부르며 친숙하게 말을 놓았고, 아무에게나 그녀가 어디에 있느냐고 물으며 사방으로 찾아다녔다. 그는 또 자주 엠마를 마당으로 데리고 나가기도 했는데, 그녀의 허리를 팔로 감싸고 비스듬히 몸을 기댄 채 블라우스의 가슴 장식을 머리로 짓누르며 계속 걷고 있는 모습을 멀리서도 나무 사이로 볼 수 있었다.

결혼식이 있은 지 이틀 후 부부는 떠났다. 샤를은 환자들 때문에 자리를 더 오래 비울 수가 없었다. 루오 영감은 자기의 소형 이륜마차로 그들을 데려다 주게 했다. 그리고 바송빌까지 그들과 동행했다. 그는 그곳에

---

10) 럼주나 브랜디에 설탕·레몬·더운물을 섞은 음료이다.

서 내려 마지막으로 딸을 포옹해 주고는 집으로 돌아왔다. 100보쯤 걸어가다 그는 발걸음을 멈췄다. 마차가 바퀴에 먼지를 진하게 일으키며 멀리 떠나가고 있는 것이 보이자 그는 깊은 한숨을 내쉬었다. 그리고 자신의 결혼식과 지나간 세월과 아내의 첫 임신 등을 회상했다. 그 역시 아내를 말 등에 태우고 빠른 걸음으로 눈길을 달려 자기 집으로 데려오던 날은 즐거웠다. 크리스마스 무렵이어서 들은 온통 흰빛이었다. 아내는 한 손으로는 그를 붙잡고, 다른 한 손으로 바구니를 들고 있었다. 때때로 코 지방풍의 머리 장식이 달린 긴 레이스들이 그녀의 입가를 스치며 바람에 나부꼈다. 고개를 뒤로 돌릴 때면 어깨 바로 위에서 금빛 창이 달린 보닛 모자 아래로 말없이 미소 짓고 있는 아내의 귀여운 분홍빛 얼굴이 보였다. 이따금 그녀는 손을 따뜻하게 하기 위해 그의 가슴에 손을 찔러넣기도 했다. 이 모든 것이 얼마나 오래된 옛일인가! 아들이 살아 있다면 지금쯤 서른이 되었을 것이다! 그때 루오 영감은 뒤를 돌아보았다. 길 위에는 더 이상 아무것도 보이지 않았다. 가구를 비운 빈집처럼 쓸쓸함이 느껴졌다. 성찬의 술기운으로 흐려진 그의 머릿속에 감동적인 추억과 우울한 생각들이 한데 뒤섞이자, 잠시 교회 쪽을 한 바퀴 둘러보고 싶었다. 그렇지만 그 경치에 더욱 쓸쓸함을 느낄 것 같아 곧장 집으로 돌아갔다.

샤를 부부는 6시경에 토트에 도착했다. 이웃들이 그들 의사의 새 아내를 보기 위해 창가로 갔다.

늙은 하녀가 나와 인사를 하고 저녁 식사를 아직 준비하지 못한 것을 사과하며 그동안 집 안을 한 바퀴 둘러볼 것을 부인에게 권했다.

5

벽돌로 된 건물의 정면은 그냥 길이라기보다는 간선 도로인 대로와 나란히 면해 있었다. 현관문 뒤에는 작은 깃이 달린 외투와 말굴레와 검은 가죽으로 된 챙 달린 모자가 걸려 있었고, 한쪽 구석 바닥에는 아직도 마른 흙이 묻어 있는 각반 한 켤레가 놓여 있었다. 오른쪽으로는 큰 방, 즉 식당 겸 거실로 쓰는 방이 있었다. 위쪽에 연한 빛 화환 무늬로 테를 두른 밝은 노란색 벽지 한 장이 잘못 발라져 우는 바탕천 위에서 전체적으로 나풀대고 있었다. 가장자리에 붉은색 줄을 붙인 흰 면포 커튼이 창문들을 따라 서로 교차되어 드리워져 있었고, 벽난로의 좁은 틀 위에는 히포크라테스의 두상(頭像)이 달린 벽시계가 은도금한 두 개의 촛대 사이 타원형의 조명등 아래서 번쩍거리고 있었다. 복도 건너편에는 샤를의 진찰실이 있었는데, 대략 여덟 걸음 넓이의 방으로 테이블 한 개에 의자 세 개, 사무용 안락의자 한 개가 놓여 있었다. 서로 붙은 페이지들을 아직 자르지도 않은, 그러나 이 사람 저 사람에게 팔려 오면서 장정이 훼손된 《의학사전》한 질이 전나무 책장의 여섯 칸을 가득 채우고 있었다. 진찰을 하는 동안 루[11] 냄새가 벽을 통해 진찰실로 들어오는가 하면, 마찬가지로 부엌에서는 진찰실에서 환자들이 기침하는 소리와 그들이 말하는 모든 이야기가 다 들려왔다. 그 옆으로는 마구간이 있는 마당으로 바로 통하는 황폐해 보이는 큰 방이 하나 있었다. 화덕이 달린 방으로 지금은 장작을 쌓아 두거나, 술을 저장하거나, 팔다 남은 물건들을 넣어 두는 곳으로 사용되며, 그 밖에 어디에 쓰는지도 알 수 없는 먼지투성이의 많은 물건들과 함께 고철과 빈 술통, 못 쓰게 된 농기구 들로 가득 차 있었다. 폭보다 길이가 더 긴 뜰은 과수장의 살구나무로 뒤덮인 두 개의 흙담 사이로 들과 경계를 이루는 가시나무 울타리까지 뻗어 있었다. 뜰 한가운데 있는 벽돌 좌대 위에는 청석돌로 된 해시계가 있었고, 초라한 들장미 몇 그루가 심어진 네 개의 화단은 그보다 더 실용적인 네모난 화단을 대

---

11) 밀가루와 버터를 섞어 익힌 것으로 소스를 진하게 하는 데 쓰인다.

칭으로 에워싸고 있었다. 맨 안쪽 가문비나무들 아래에는 《성무일과서》를 읽고 있는 사제의 석고상이 있었다.

엠마는 2층 방들로 올라갔다. 첫 번째 방은 가구가 갖추어져 있지 않았지만, 부부 침실인 두 번째 방에는 붉은 휘장이 드리워져 있는 알코브 안에 마호가니 침대가 하나 놓여 있었다. 조개껍질로 만든 상자 하나가 서랍장 위에 장식으로 놓여 있었다. 창 밑에 있는 책상 위 물병에는 오렌지 꽃다발이 흰 새틴 리본으로 묶여 꽂혀 있었다. 그것은 신부의 꽃다발로, 죽은 전아내의 것이었다. 그녀가 그것을 바라보자 샤를은 눈치를 채고 그 꽃다발을 가져다가 다락방으로 옮겨 놓았다. 그때 안락의자에 앉아 있던(사람들이 주위에 그녀의 물건들을 갖다 놓고 있었다) 엠마는 종이 상자 속에 포장해 온 자신의 결혼 꽃다발을 생각하면서 만일 자기가 우연히 죽게 되면 그것은 어떻게 될지 몽상에 잠기면서 자문해 보았다.

엠마는 결혼 초기에는 집 안을 어떻게 바꿀 것인지 궁리하는 데 몰두했다. 구형 유리 조명등을 떼어 내고 새 벽지를 바르게 했으며, 계단에 페인트를 새로 칠하게 하고 마당에 있는 해시계 주위에 벤치를 몇 개 갖다 놓게 했다. 그녀는 분수대를 설치해 물고기가 노는 연못을 만들려면 어떻게 해야 하는지 물어보기까지 했다. 아내가 마차를 타고 둘러보는 것을 좋아한다는 것을 안 남편은 마침내 중고 '보크'12)를 한 대 사 주었는데, 초롱을 새것으로 달고 누비 가죽 흙받이를 달아 주니 거의 2인승 이륜 경마차와 비슷했다.

그래서 샤를은 행복했으며 아무 근심이 없었다. 둘이서 마주 앉아 먹는 식사, 저녁의 대로를 거니는 산책, 가르마를 탄 머리를 쓸어 올리는 그녀의 손동작, 스페인식 창문 고리에 걸려 있는 그녀의 밀짚모자의 모습, 그리고 샤를로서는 기쁨을 줄 것이라 전혀 예상하지 못했던 그 밖의 숱

---

12) 한 마리의 말이 끄는 포장을 뒤로 젖힐 수 있는 이륜마차로, 보게(Boghei, boguet)의 줄임말이다.

한 것들이 이제는 그에게 끝없이 행복을 가져다주고 있었다. 아침이면 그는 침대 베개에 나란히 누워 잠자리 모자의 얇은 귀덮개에 반쯤 가린 그녀의 뺨 위에 난 금빛 솜털 사이로 햇살이 비쳐 드는 것을 바라보았다. 가까이에서 본 그녀의 눈은 아주 커 보였는데, 특히 그녀가 잠에서 깨어나 눈꺼풀을 여러 번 계속 깜빡일 때 더 그랬다. 그늘에서는 까맣게 보이고 밝은 빛에서는 짙푸르게 보이는 그 눈은 여러 겹의 색깔 층으로 이루어진 것 같았는데, 안쪽은 더 짙었고 에나멜처럼 윤기 나는 표면으로 나올수록 색이 더 밝아지고 있었다. 샤를은 아내의 눈 깊숙한 곳으로 빨려들어 갔는데, 머리에 쓴 머릿수건과 반쯤 열어젖힌 내의 윗부분과 함께 어깨까지 축소된 자기의 모습이 그 속에 비치고 있는 것을 볼 수 있었다. 그는 잠자리에서 일어났다. 엠마는 남편이 왕진을 떠나는 것을 보려고 창문 쪽으로 갔다. 그러고는 헐렁한 실내복 차림으로 창턱에 놓인 두 개의 제라늄 화분 사이에 팔꿈치를 괴고 서 있었다. 샤를은 길에 나와 경계석 위에 발을 올려놓고 박차 끈을 매고 있었고, 그녀는 계속 그에게 큰 소리로 말했다. 그러면서 그녀는 입으로 꽃이나 푸른 잎을 뜯어 그를 향해 불어 보냈는데, 그것들은 흩날리기도 하고 공중에 떠 있기도 하고 새처럼 반원형을 그리기도 하다가 문 앞에 꼼짝도 않고 서 있는 늙은 흰색 암말의 엉킨 갈기에 걸려 있다가 떨어지곤 했다. 말에 올라탄 샤를은 아내에게 키스를 보냈다. 그녀는 손짓으로 응하고는 창문을 닫았고, 샤를은 출발했다. 그는 나무들이 궁륭을 이루고 있는 움푹 패인 길과 먼지가 리본 모양으로 끝없이 길게 이어지는 대로를 지나 밀이 무릎까지 자라 있는 오솔길로 접어들면 태양은 어깨 위로 내리비추고, 아침 공기를 콧구멍으로 들이마시고, 가슴은 전날 밤의 행복으로 가득 차올라 마음이 안정되고 만족스러웠다. 그는 마치 저녁에 먹은 송로의 맛을 되새기는 사람들처럼 행복을 되새김질하면서 가는 것이었다.

지금까지 그의 삶에서 행복했던 일이 무엇이었던가? 그는 높은 벽 안에 갇혀 있었고 그보다 더 부유하고 더 힘센 친구들이 그의 억양을 비웃고 복장을 놀려 댔으며, 그들의 어머니들이 토시 안에 과자를 숨겨 가지고 면회실로 찾아오곤 했던 외로웠던 중학교 시절이 행복했을까? 그 후 의학을 공부하면서 정부가 되어 주었던 어떤 여직공과 카드리유 춤을 추러 갈 만큼 두둑한 지갑을 가져 본 적이 없던 시절이 행복했을까? 그 후에 그는 14개월 동안 발이 얼음 조각처럼 차갑던 과부와 한 침대에서 살았었다. 그러나 지금 그는 열렬히 사랑하는 예쁜 한 여자를 평생 소유하게 되었다. 그에게 있어서 세상은 아내의 비단 치마의 부드러운 둘레 장식을 벗어나지 않았다. 그래서 그는 아내에 대한 자신의 사랑이 부족하지는 않은지 자책했고, 아내가 보고 싶어 빨리 집으로 돌아와서는 두근거리는 가슴으로 계단을 올라갔다. 엠마는 자기 방에서 화장을 하고 있었다. 그는 소리 없이 다가가 아내의 등에 키스를 했고, 그러면 그녀는 소리를 지르는 것이었다.

샤를은 그녀의 빗, 반지들, 세모꼴 숄을 끊임없이 만지지 않고는 견딜 수 없었다. 때로 그는 그녀의 볼에 요란한 키스를 열렬하게 해 댔고, 손가락 끝에서 어깨까지 노출된 팔을 따라 가벼운 키스를 연달아 해 대기도 했다. 그러면 그녀는 치맛자락을 잡고 매달리는 아이에게 그러하듯 웃는 얼굴로 귀찮다는 듯 그를 밀쳐 내는 것이었다.

엠마는 결혼을 하기 전에는 샤를에게 애정을 품고 있다고 믿었었다. 그러나 그 사랑의 결과로 주어져야 할 행복이 느껴지지 않자 자신이 잘못 생각하고 있는 것이 틀림없다고 생각했다. 그리하여 엠마는 책에서는 그토록 아름답게 생각되었던 '행복'이니 '정열'이니 '사랑의 도취'니 하는 말들이 생활 속에서는 정확히 어떤 의미로 이해되고 있는지 알려고 애를 썼다.

6

엠마는《폴과 비르지니》를 읽고, 대나무로 지은 작은 집과 흑인 노예 도밍고, 강아지 피델, 그리고 무엇보다 교회의 종루보다 더 높은 큰 나무 위에 올라가 붉게 익은 과일들을 따다 주거나 모래밭을 맨발로 달려가 새 둥지를 채취하여 갖다 주는 착하고 어린 형제[13]의 아름다운 우정을 꿈꾸었었다.

그녀가 열세 살 때 아버지는 그녀를 직접 도회지로 데리고 가서 수녀원에 넣었다. 부녀는 생 제르베 구역에 있는 한 여관에 머물렀는데, 밤참을 먹을 때 드 라 발리에르 양[14]의 이야기를 묘사하는 그림이 그려진 접시들이 나왔다. 칼자국들로 여기저기가 지워진 그 전설적인 설명은 한결같이 종교와 우아한 마음과 궁정의 호화로움을 찬양하고 있었다.

처음에 그녀는 수녀원이 권태롭기는커녕 수녀들과 함께 지내는 것이 좋았다. 수녀들은 그녀를 즐겁게 해 주기 위해 구내식당에서 긴 복도를 따라가면 나오는 예배당으로 데리고 가곤 했는데, 엠마는 휴식 시간에도 거의 놀지 않았고 교리 교육을 잘 이해했으며, 보좌 신부의 어려운 질문들에 대답하는 것도 언제나 그녀였다. 교실의 따뜻한 분위기로부터 결코 벗어남이 없는 구리 십자가가 달린 묵주를 든 창백한 안색의 그 여자들 사이에서 살면서, 그녀는 제단의 향과 성수반(聖水盤)의 신선함과 촛대들의 불빛에서 발산되는 신비주의적인 나른함에 슬며시 잠이 들었다. 미사에는 주의를 기울이지 않고 책 속에 쪽빛 선으로 둘려진 경건한 그림들을 바라보곤 했는데, 그녀는 병든 어린 양이나 날카로운 화살에 찔린 성스러운 가슴, 또는 십자가를 지고 걸어가다 쓰러진 불쌍한 예수에

---

13) 베르나르뎅 드 생 피에르의 목가적인 소설《폴과 비르지니》(1787) 속의 '폴'을 가리킨다.
14) 루이 14세가 총애했던 정부이다.

대한 그림을 좋아했다. 그녀는 고행을 위해 시험 삼아 하루 종일 아무것도 먹지 않기도 했다. 그녀는 자신이 수행할 어떤 맹세를 머릿속에서 찾아보기도 했다.

엠마는 고해를 하러 갈 때면, 어둠 속에서 무릎을 꿇고 손을 합장하고 사제의 속삭이는 소리가 들리는 격자창에 얼굴을 대고서 고해실에 보다 더 오랫동안 머물러 있기 위해 사소한 죄들을 생각해 내기도 했다. 설교 속에서 되풀이되어 나오는 약혼자, 남편, 천상의 애인, 영원한 결혼 등의 비유는 그녀의 영혼 깊숙한 곳에 뜻밖의 감미로움을 자아내기도 했다.

저녁에 기도를 올리기 전에는 자습실에서 종교 서적을 읽었다. 주중에는 성사(聖史)들에 대한 요약이나 프레시누 사제의 《강의》[15]를, 그리고 일요일에는 기분 전환을 위해 《기독교의 정수》[16]의 몇 구절을 읽었다. 처음 한동안 엠마는 지상과 내세의 모든 메아리를 통해 되풀이되는 낭만적인 우수가 깃든 낭랑한 탄식에 얼마나 귀 기울였던가! 만일 어린 시절이 상가의 가게 뒷방에서 흘러갔다면 그녀는 아마도 통상적으로 작가들의 표현에 의해서만 비로소 우리에게 엄습해 오는 대자연의 서정에 빠져들었을 것이다. 그러나 그녀는 시골을 너무나 잘 알고 있었다. 가축들의 울음소리도, 소젖 짜기도, 쟁기질도 다 알고 있었다. 고요한 정경들에 익숙했기에 반대로 그녀는 변화가 많은 것들로 마음이 향하곤 했다. 그녀는 오로지 그 격심한 풍랑 때문에 바다를 좋아했고, 초목도 폐허 속에 드문드문 흩어져 있을 때만 좋아했다. 그녀는 사물들로부터 일종의 개인적인 이득을 끌어낼 수 있어야 했다. 그래서 즉각적인 감정적 성취에 기여하지 못하는 것은 모두 무용한 것이라 하여 내던져 버렸다. 그녀는 예술적이라기보다 감상적인 기질로, 풍경이 아니라 감동을 추구하는 사람이었다.

---

15) 19세기 설교사로 유명했던 드 프레시누(De Frayssinous) 사제의 설교집이다.

16) 기독교를 찬양한 샤토브리앙의 저서이다.

수녀원에는 매달 찾아와서 일주일 동안 쌓인 속옷을 손질해 주는 노처녀가 있었다. 혁명기에 파산한 옛 귀족 가문 출신이어서 대주교의 보호를 받는 그녀는 구내식당에서 수녀들과 함께 식사를 했으며, 식사 후에는 그녀들과 함께 가벼운 잡담을 조금 나눈 뒤 다시 일을 하러 올라갔다. 기숙생들은 자주 자습실에서 빠져나가 그녀를 보러 갔다. 그녀는 지난 세기의 연애 노래들을 외우고 있었는데, 바느질을 하면서 낮은 소리로 노래를 부르곤 했다. 그녀는 여러 가지 이야기를 해 주었고 수녀원 밖의 소식들도 알려 주었다. 시내로 심부름을 해 주기도 했고, 큰 여자아이들에게는 앞치마 호주머니 속에 항상 넣고 다니는 소설책을 몰래 빌려주기도 했는데 그녀 자신도 일하는 중간중간 그 책의 긴 장(章)들을 탐독하기도 했다. 그것들은 사랑, 남녀 연인들, 아무도 없는 별채에서 숨겨가는 학대받는 여인들, 역참마다 살해당하는 마부들, 페이지마다 녹초가 되어 쓰러지는 말들, 음침한 숲, 마음의 동요, 맹세, 흐느낌, 눈물과 키스, 달빛 아래 조각배, 작은 숲 속의 꾀꼬리, 사자처럼 용감하고 어린 양처럼 온순하며 더할 수 없는 덕망을 지녔으며 언제나 멋지게 차려입고 물 단지처럼 눈물을 흘리는 '신사들'에 대한 이야기들뿐이었다. 그래서 열다섯 살에 엠마는 반년 동안 낡은 도서 대여점의 책 먼지로 자신의 손을 더럽혔다. 그 후 그녀는 월터 스콧의 역사 소설에 몰두하여 불룩한 모양의 여행용 궤짝, 위병 대기실, 중세의 음유 시인 들에 대해 상상했다. 클로버 문양의 첨두아치 밑에서 돌에 팔꿈치를 괴고 손으로 턱을 감싼 채 들 저편에서 흰 깃털 장식이 달린 투구를 쓴 기사가 흑마를 타고 달려오는 것을 바라보면서 하루하루를 보내는 긴 블라우스를 입은 성주의 여인들처럼, 그녀는 시골의 오래된 성에서 살아 보고 싶었다. 그 무렵 그녀는 메리 스튜어트[17]를 숭배했고 유명하거나 불운한 여인들을 열렬히 존경했

---

17) 프랑수아 2세의 아내였다. 프랑수아 2세가 죽자 스코틀랜드로 쫓겨났다. 굉장한 미인이었던 그녀의 파란만장했던 생애에 대한 작품들이 많이 존재한다.

다. 잔 다르크, 엘로이즈, 아녜스 소렐,[18] 아름다운 페로니에르,[19] 클레망스 이조르[20]는 그녀에게 역사의 무한한 어둠 속에 혜성들처럼 또렷이 빛나 보였다. 거기에는 또 여기저기에, 서로 아무 관계도 없이 망각 속에 묻혀 있는 떡갈나무 잎이 꽂힌 모자를 쓴 성 루이, 죽어 가는 바이야르, 루이 11세의 몇몇 잔혹한 행위, 생 바르텔레미 학살에 대한 약간의 면모, 베아른 사람의 투구에 꽂힌 깃털 장식, 루이 14세를 찬양하는 그림이 그려진 접시들에 대한 기억들이 끊임없이 돌출했다.

음악 시간에 부르는 연가에서는 황금 날개가 달린 어린 천사들, 성모 마리아, 석호(潟湖), 곤돌라의 뱃사공 등에 대한, 보잘것없는 문체와 경박한 곡조를 통해 감상적 현실의 매력적인 몽환을 어렴풋이 보여 주는 평화로운 곡들뿐이었다. 그녀의 친구 중 몇몇은 새해 선물로 받은 낭만주의 시대에 유행한 증정용 호화 장정 기념 선집[21]들을 수녀원에 가지고 오기도 했다. 그것들은 숨겨 놓지 않으면 안 되는 난처한 것들이었기에 침실에서 읽었다. 그것들의 아름다운 새틴 장정을 부드럽게 만져 보면서 엠마는 대체로 책 아래쪽에 인쇄돼 있는 백작이나 자작인 저자들의 이름에 감탄 어린 시선을 떼지 못했다.

그녀가 몸을 떨면서 판화를 덮고 있는 얇은 종이를 입김으로 불어 넘기면, 그 종이는 반쯤 넘어가다가 다시 천천히 책장 위로 살포시 내려앉는 것이었다. 그것은 발코니 난간 뒤에서 짧은 외투 차림의 젊은 청년이 허리에 돈주머니를 찬 흰 드레스 차림의 처녀를 팔로 껴안고 있는 그림이거나, 둥근 밀짚모자를 쓰고 맑고 큰 눈으로 이쪽을 바라다보는 알 수 없는 금발 곱슬머리의 영국 귀부인들에 대한 초상화들이었다. 공원 한가

18) 샤를 7세가 총애했던 여인이다.

19) 프랑수아 1세의 정부였으며, 레오나르도 다빈치의 초상화가 유명하다.

20) 중세 때의 전설적인 여인으로, 그녀에게 바쳐진 시, 그림, 조각 등 많은 예술 작품이 남아 있다.

21) 명시 선집으로, 7월 왕정과 제2제정기에 유행했다.

운데로 미끄러지듯 달려 들어오는 마차 안에 비스듬히 누워 있는 여인들도 볼 수 있었는데, 흰 반바지 차림의 두 어린 마부가 빠르게 몰고 있는 한 쌍의 말 앞에 사냥개 한 마리가 펄쩍 뛰어오르고 있었다. 또 어떤 귀부인들은 개봉된 편지를 옆에 놓아둔 채 소파에 앉아 몽상에 잠겨 검은색 커튼이 드리워진 빙긋이 열린 창문으로 달을 응시하고 있었다. 순진한 귀부인들은 뺨에 눈물을 흘리며 고딕식 새장 창살 사이로 멧비둘기 한 마리에 입을 맞추고 있거나, 어깨에 머리를 기댄 채 미소를 지으면서 끝이 뾰족한 구두처럼 손가락을 위로 치켜들고 데이지의 꽃잎을 따고 있었다. 그리고 또 푸른 잎에 덮인 정자 밑에는 무희들의 팔에 안겨 황홀해하는 긴 파이프를 입엔 문 술탄, 이교도, 터키의 검, 그리스식 모자 들을 볼 수 있었고, 무엇보다 디오니소스를 찬양하는 나라의 어슴푸레한 풍경 속에는 종려나무와 전나무들이, 오른쪽에 호랑이 몇 마리와 왼쪽에 사자 한 마리가, 저 멀리 지평선에는 타타르식 회교 첨탑들이, 전경에는 로마의 폐허가, 그리고 앞발을 세우고 앉은 낙타들을 동시에 보여 주고 있었다. 그런데 이 모든 것은 아주 깨끗한 처녀 숲으로 둘러싸여 있었고, 수직으로 내리쬐는 강렬한 한 줄기 햇살이 수면 위에서 부서졌고, 강철빛이 도는 수면을 배경으로 백조들이 할퀸 하얀 자국처럼 드문드문 떠다니고 있었다.

엠마의 머리 위 벽에 걸려 있는 켕케식 양등의 갓은 공동 침실의 고요 속에서 이런 세계의 모든 그림들을 비춰 주었고, 늦은 시간에 아직도 한 길을 달리고 있는 삯마차들의 바퀴 소리가 들려오고 있었다.

그녀는 어머니가 돌아가셨을 때 처음 며칠은 많이 울었다. 그녀는 고인의 머리카락으로 추도용 그림을 만들게 했고, 인생에 대한 우울한 생각들로 가득 찬 편지를 베르토에 보내면서 훗날 자기가 죽으면 어머니와 같은 무덤에 묻어 달라고 부탁했다. 딸이 병이 났다고 생각한 아버지가 방문을 했다. 엠마는 보통 사람들은 결코 도달하지 못하는, 활기 없는 생활에서 갖게 되는 이 희귀한 이상(理想)에 단번에 도달했다는 사실에 내심 만족해했다. 그래서 그녀는 라마르틴이 겪었던 사랑[22]의 우여곡절에 빠져들었고, 호수에서 들려오는 하프 소리, 죽어 가는 백조의 온갖 노랫소리, 모든 낙엽 지는 소리, 승천하는 순결한 처녀들의 소리, 골짜기에서 울려오는 신의 목소리에 귀 기울였다. 그러나 그녀는 곧 이런 일들에 싫증을 느꼈다. 그것을 인정하지 않았으므로 처음에는 습관적으로, 그다음에는 허영심에서 계속 귀를 기울이곤 했지만, 결국엔 마음이 진정되고 이마 위의 주름이 걷히듯 슬픔이 사라지는 것을 느끼고는 놀랐다.

수녀들은 사실 루오 양의 자질을 과대평가하고 있었는데, 그녀가 자기들이 베푸는 배려를 피하는 것 같다는 것을 알아차리고는 크게 놀랐다. 그녀들은 실제로 루오 양에게 미사, 묵상회, 9일 기도, 설교에 빠짐없이 참석게 했고, 성자와 순교자들에게 바쳐야 할 존경에 대해 너무도 잘 가르쳤고, 육체의 절제와 영혼의 구원에 대해 많은 조언을 해 주었기에 그녀는 고삐에 끌려가는 말과 같았다. 그런 그녀가 갑자기 멈춰 섰고 그로 인해 재갈이 입에서 벗겨져 버린 것이었다. 꽃들 때문에 교회를 좋아하고 연가의 노랫말 때문에 음악을 좋아하고 정열적인 흥분 때문에 문학을 좋아했던, 하지만 자신의 그런 열광 속에서 현실적이었던 이 영혼은 신앙의 신비에 대해 반항했으며 자신의 기질에 뭔가 상반되는 규율에 대해서는 더더욱 화를 냈던 것이다. 아버지가 그녀를 기숙사에서 데리고 나갈 때 아무도 그녀가 떠나는 것을 서운해하지 않았다. 수녀원장은 수녀들에 대한 엠마의 태도가 최근 들어 별로 공손하지 않다는 생각까지 하고 있었다.

집으로 돌아온 엠마는 처음에는 하인들을 부리며 즐거워했지만 곧 시

---

22) 불치의 병에 걸렸던 쥘리 샤를이라는 여인과의 사랑이 유명하다. 그녀는 곧 죽었다. 그때의 사랑을 기반으로 한 시집 《명상시집》(1820)은 큰 성공을 거두었다. 라마르틴은 프랑스 시대 낭만주의 4대 시인 가운데 한 사람이다.

골이 싫어져서 수녀원을 그리워했다. 샤를이 맨 처음 베르토에 왔을 때 그녀는 자기가 깊은 환멸에 빠져 있다고 생각했기에 더 이상 배울 것도 느껴야 할 것도 없었다.

그러나 새로운 상황에 대한 불안감, 아니 어쩌면 이 남자의 출현으로 인해 야기된 흥분은 그때까지 장밋빛 날개를 가진 큰 새처럼 눈부시게 빛나는 시의 하늘을 날아다닌다고 여겼던 그 멋진 정열을 마침내 자기 자신도 소유하게 됐다고 믿게 하기에 충분했다. 그렇지만 엠마는 지금 자기가 살고 있는 이 고요한 삶이 그녀가 꿈꾸었던 행복이라고는 생각할 수 없었다.

7

그래도 엠마는 바로 이런 생활이 자신의 생애에서 가장 행복한 나날들이고, 흔히들 말하는 밀월이라고 종종 생각하곤 했다. 밀월의 감미로움을 맛보기 위해서는 은은한 지명을 가진 지방들로 가서 보다 더 달콤한 게으름을 맛보며 신혼의 나날을 보낼 필요가 있었다. 푸른색 비단 차양을 친 역마차를 타고, 염소들의 방울 소리, 둔탁한 폭포 소리와 함께 되풀이되는 마부의 노랫소리를 들으면서 산속의 가파른 길을 천천히 오른다. 해가 저물어 가면 굽이진 바닷가에서 레몬 나무의 향기를 들이마신다. 그리고 저녁에는 별장의 테라스에서 단둘이서 손을 맞잡고 앞날을 계획하며 별을 바라본다. 다른 곳에서는 잘 자라지 않는 어떤 토양 고유의 식물이 있는 것처럼, 이 지상에는 반드시 행복을 생산해 내는 어떤 곳들이 존재한다고 그녀는 믿었다. 어째서 그녀는 옷자락이 길게 늘어진 검은색 비로드 연미복을 입고 부드러운 장화에 뾰족 모자를 쓰고 소매 장식을 단 남편과 함께 스위스의 작은 별장 발코니에 팔꿈치를 괴거나 스코틀랜드의 우아한 전원주택에서 자기의 슬픔을 달랠 수가 없단 말인가!

아마도 그녀는 이 모든 속내를 누군가에게 털어놓고 싶었을 것이다. 그러나 구름처럼 쉽게 형상이 바뀌고 바람처럼 회오리치는 이 종잡을 수 없는 불안을 어떻게 말할 것인가? 결국 그녀는 표현할 말을 찾지 못했고, 기회도 대담함도 없었다.

그렇지만 만일 샤를이 듣고 싶어 했더라면, 만일 샤를이 짐작만이라도 해 주었더라면, 만일 샤를의 눈길이 단 한 번만이라도 그녀의 그런 생각을 맞이하러 달려갔더라면, 마치 손만 갖다 대도 과수장에서 수확물들이 떨어지듯 그녀의 마음속에서 많은 이야기들이 우수수 쏟아져 나왔을 것이다. 그러나 그들 사이에 친밀함이 더해 감에 따라 내면의 분리가 일어나면서 그녀는 남편에게서 멀어져 갔다. 샤를의 대화는 마치 길가의 보도처럼 재미없는 것이었으며, 누구나 하는 뻔한 생각들이 평상복 차림으로 줄지어 지나가기만 할 뿐 감동도 웃음도 몽상도 불러일으키지 못했다. 그는 루앙에 사는 동안 파리에서 온 배우들을 보러 극장에 가고 싶었던 적이 한 번도 없었다고 말했다. 그는 수영을 할 줄도 검을 사용할 줄도 권총을 쏠 줄도 몰랐고, 어느 날 그녀가 소설에서 읽었던 승마 용어에 대해 물었을 때 그것을 설명해 주지도 못했다.

반대로 남자란 모든 것을 알아야 하고, 여러 활동 분야에서 뛰어나야 하고, 열정의 힘과 세련된 삶과 모든 신비로움에 대해 가르쳐 주어야 하지 않았던가? 그러나 이 남자는 아무것도 가르쳐 주지 않았고, 아무것도 몰랐으며, 아무것도 원하지 않았다. 그는 그녀가 행복하다고 믿고 있었다. 그러나 그녀는 너무도 잘 자리 잡힌 그 평온과 그것이 주는 답답함과 자신이 그에게 안겨 주는 행복까지 원망하고 있었다.

엠마는 가끔 그림을 그리곤 했다. 그러면 그녀 곁에 서서, 그녀가 자기 작품을 더 잘 보기 위해서 눈을 가늘게 뜨거나, 엄지손가락 위에 있는 빵 조각을 동그랗게 굴리면서 도화지 위로 몸을 숙이는 그녀를 바라보는 것이 샤를에게는 큰 즐거움이었다. 피아노를 칠 때에도 그녀의 손가락이 건반 위에서 빨리 움직일수록 그는 더욱 감탄했다. 그녀는 침착하게 건반을 두드렸고, 아래 음부터 높은 음까지 쉬지 않고 건반 전체를 거침없이 누볐다. 이렇게 거칠게 두들겨 댐으로써 줄이 늘어져 음이 흔들리는 그 낡은 악기는 창문이 열려 있을 경우 마을 끝까지 소리가 들렸고, 맨머리에 실내화를 신고 큰길을 지나가던 집달리의 서기가 종종 멈춰 서서는 손에 서류를 든 채 귀를 기울이곤 했다.

한편 엠마는 가정도 곧잘 꾸려 나갔다. 그녀는 청구서 느낌이 들지 않게 쓴 우아한 편지 속에 왕진료 계산서를 동봉해 환자들에게 보내곤 했다. 일요일에 부부가 이웃과 저녁 식사를 할 때면 그녀는 멋을 부린 음식들을 내놓았고, 포도나무 잎사귀에 서양 자두를 피라미드 모양으로 쌓아 놓는 데도 능숙했고, 잼통을 접시에 뒤집어 놓고 사용하기도 했다. 심지어 그녀는 식후에 입 가시는 물그릇을 사야겠다는 말을 하기도 했다. 이런 모든 일들은 사람들에게 보바리에 대한 큰 존경심을 갖게 해 주었다.

샤를은 그러한 아내를 얻었다는 사실로 자기 자신을 한층 더 중시하게 되었다. 그는 아내가 연필로 그린 작은 스케치 두 점을 아주 큰 액자에 넣어 기다란 녹색 끈으로 벽에 걸어 놓고는 자랑 삼아 보여 주곤 했다. 미사를 보고 돌아올 때면 사람들은 자수를 놓은 예쁜 실내화를 신고 문 앞에 서 있는 그를 보곤 했다.

샤를은 밤 10시나, 때로는 자정에 돌아오기도 했다. 그럴 때면 그는 먹을 것을 달라고 했는데, 하녀가 잠들었기 때문에 식사를 차려 주는 것은 엠마였다. 그는 좀 더 편하게 저녁 식사를 하기 위해 프록코트를 벗었다. 그는 자기가 만났던 모든 사람들, 왕진 갔던 마을, 써 준 처방전 들에 대해 차례대로 말을 했고, 자신에 대해 만족해하면서 남은 쇠고기 스튜를 다 먹어 치운 다음 치즈 껍질을 벗기고, 사과 하나를 와작와작 씹어 먹은 다음 물병을 비웠다. 그러고 나서는 침대로 가 반듯이 누워 코를 고는 것이었다.

오랫동안 잠자리 모자를 쓰는 데 버릇이 들어 있었기에 머리에 쓴 머릿수건이 귀에 얌전히 붙어 있지 않았다. 그래서 아침이면 엉망진창인 머리카락이 얼굴 위로 늘어져 있었고, 밤에 끈이 풀어진 베갯속에서 솜털이 삐져나와 그 위에 하얗게 붙어 있었다. 그는 항상 튼튼한 장화를 신고 있었는데, 두 개의 두꺼운 주름이 발목의 복사뼈 쪽으로 비스듬히 돌아가 있었고, 발잔등 외의 나머지 부분은 마치 나무로 된 발이 신은 것처럼 팽팽한 채 일직선으로 되어 있었다. 그는 그게 '시골에서 지내는 데는 충분하다.'고 말하곤 했다.

어머니는 그런 절약에 대해 그를 칭찬하곤 했다. 그녀는 자기 집에 세찬 돌풍이 약간이라도 불어오면 예전처럼 아들을 보러 오곤 했던 것이다. 그렇지만 보바리의 어머니는 며느리에 대해 선입관을 가지고 있었다. 며느리에게서 '그들의 처지에 비해 너무 고상한 부류'의 면모를 발견했던 것이다. 장작이나 설탕, 양초가 '대옥(大屋)에서처럼 금세 사라져 버렸고' 부엌에서 타고 있는 숯불은 스물다섯 접시의 요리를 해도 남을 것 같았다. 그녀는 장롱의 옷들을 정리해 주기도 하고 정육점에서 고기가 배달돼 오면 꼼꼼히 살펴보라고 가르쳐 주기도 했다. 엠마는 그러한 가르침을 받았고, 시어머니는 그런 가르침을 아끼지 않았다. '애야!'와 '어머님!'이라는 말이 하루 종일 고부간에 오고 갔지만 그때마다 입술은 가볍게 떨렸고, 부드러운 말투와 달리 목소리는 화가 나 있었다.

뒤뷔크 부인이 며느리였을 때는 이 노부인은 아들에게서 자기가 며느리보다 더 사랑을 받고 있다고 느꼈었다. 그러나 지금은 엠마에 대한 샤를의 사랑이 자신의 애정에 대한 변절처럼 보이기도 하고 자기 것이었던 것에 대한 침범처럼 보이기도 했다. 그래서 그녀는 마치 파산한 사람이 자신의 옛집의 식탁에 앉아 있는 사람들을 창유리를 통해 바라보듯이 우울한 침묵으로 아들의 행복을 지켜보았다. 그녀는 자신이 겪었던 희생과 고통을 추억 삼아 아들에게 환기시켰고, 그것을 엠마의 소홀하고 데 면스러운 태도와 비교해 보면서 그렇게까지 외곬으로 그녀를 숭배하듯 하는 것은 분별 있지 못한 행동이라고 결론을 내렸다.

샤를은 어떻게 답변해야 할지 몰랐다. 그는 어머니를 존경했고, 아내 를 한없이 사랑하고 있었다. 그는 어머니의 판단이 틀림없이 옳다고 생 각하면서도 아내도 나무랄 데가 없다고 여겼다. 어머니가 떠나고 나자 샤를은 어머니에게서 들은 잔소리들 가운데 가장 가벼운 것 한두 가지 를 머뭇거리는 말투로 용기 내어 말했다. 그러자 엠마는 그가 잘못 생각 하고 있다는 것을 한마디로 증명해 보이고는, 가서 환자나 치료하라며 쫓아내 버렸다.

그렇지만 그녀는 자신이 옳다고 생각하는 이론에 따라 사랑을 느껴 보 고 싶었다. 달밤에 뜰에서 자신이 외우고 있는 모든 열정적인 시구를 읊 었고, 한숨을 지으면서 우수 어린 아다지오들을 그에게 불러 주곤 했다. 그러나 곧이어 자신이 전과 다름없이 냉정하다고 느꼈고, 게다가 샤를도 자기를 더 이상 사랑하지도 감동을 받는 것 같지도 않았다.

이렇게 남편의 가슴에 부싯돌로 불을 일으켜 보려 했지만 불꽃이 일 지 않자, 게다가 의례적인 형태로 나타나지 않는 것이면 아무것도 믿지 못하고 자신이 경험해 보지 않은 것이면 이해도 하지 못하는 그녀는 샤 를의 열정에서 그동안 좀 과도하다고 느껴졌던 측면이 사라져 버렸다고 쉽게 믿어 버렸다. 감정의 토로는 규칙적인 것이 되어 버려 일정한 시간 에만 키스를 했다. 그것은 여러 가지 습관들 중 하나였는데, 이를테면 단 조로운 저녁 식사 후에 나오는 디저트 같은 것이었다.

보바리 씨가 폐렴을 치료해 준 한 사냥터지기가 보바리 부인에게 이탈 리아산 그레이하운드 새끼 한 마리를 갖다 주었는데, 그녀는 그것을 데 리고 산책을 다녔다. 잠시 동안이나마 혼자 있기 위해서, 그리고 또 늘 같 은 뜰과 먼지 이는 큰길을 더 이상 보고 싶지 않아서 그녀는 이따금 외출을 하곤 했던 것이다.

엠마는 들 쪽으로 담장 모퉁이에 버려진 정자 가까이에 있는 반빌의 너도밤나무 숲까지 가곤 했다. 넓은 도랑 속 잡초들 사이에는 날카로워 살을 베는 잎이 긴 갈대들이 있었다.

그녀는 지난번에 왔을 때와 달라진 것은 없는지 알기 위해 주위를 둘러보기 시작했다. 디기탈리스, 향꽃 나무, 큰 돌들을 둘러싸고 있는 쐐기풀 다발들, 세 개의 창문을 따라 마치 판(板) 모양으로 돋아나 있는 이끼도 그 자리에 변함없이 놓여 있었다. 늘 닫혀 있는 창의 덧문은 녹슨 쇠빗장 위에 떨어질 듯 걸려 있었다. 들판을 빙빙 돌기도 하고, 노랑나비를 낑낑대며 따라가기도 하고, 밀밭 개양귀비들을 물어뜯으면서 뾰족뒤지를 사냥하기도 하는 강아지처럼, 그녀의 생각은 처음에는 목표도 없이 되는 대로 방황하고 있었다. 그러다가 조금씩 생각들이 한곳으로 쏠리기 시작했는데, 그녀는 잔디 위에 앉아 작은 양산 끝으로 잔디를 꼭꼭 찌르며 마음속으로 되뇌었다.

"아아, 내가 왜 결혼을 했지?"

그녀는 우연의 다른 조합으로 딴 남자를 만날 수는 없었을까를 자문했다. 그러고는 그 일어나지 않은 사건들, 그 달라졌을 삶, 알지 못하는 그 남편의 모습을 상상해 보려고 애썼다. 실제로 누가 됐든 저 남자는 닮지 않았을 것이다. 그는 미남이고 재치 있고 기품이 있으며 매력적이었을 것이다. 그는 틀림없이 옛 수녀원 친구들이 결혼했던 그 남자들 같았을 것이다. 그 친구들은 지금쯤 어떻게 되었을까? 도회지 거리의 소음과 극장의 웅성거림과 무도회장의 눈부신 광채 속에서 가슴이 부풀고 관능이 활짝 피어나는 생활을 했을 거야. 그러나 그녀의 삶은 마치 빛들이창이 북쪽으로 나 있는 다락방처럼 차가웠고, 소리 없는 거미와도 같은 권태는 어둠 속에서 그녀의 마음 구석구석에 집을 짓고 있었다. 엠마는 학창 시절의 시상식을 회상해 보았다. 그녀는 조그만 관을 받기 위해 연단으로 올라갔다. 세 갈래로 땋아 늘인 머리, 흰 드레스에 발등이 드러난 푸르넬 천의 신발을 신은 그녀는 예뻤고, 자리에 다시 돌아올 때 신사들이 몸을 숙여 축하해 주었다. 마당은 마차들로 가득 차 있었고, 마차 문 너머로 그녀에게 작별 인사를 했고, 음악 선생님은 바이올린 케이스를 들고 지나가면서 인사를 해 주었다. 그 모든 것이 얼마나 먼 옛일이 되어 버렸는가! 얼마나 먼 일이 되어 버렸는가!

엠마는 잘리를 불러 무릎 사이에 앉히고는 갸름하고 긴 머리를 쓰다듬으면서 말했다.

"자, 네 주인에게 키스를 해 주렴. 네겐 슬픈 일이 없겠지."

천천히 하품을 하는 그 날씬한 개의 우수에 찬 표정을 바라보자 그녀는 불쌍한 생각이 들어 그것을 자신과 비교해 보면서 마치 애통해하는 누군가를 위로하듯 아주 큰 소리로 개에게 말을 걸었다.

이따금 돌풍과 산들바람이 바다에서 불어와 코 지방의 고원 전체를 일거에 휩쓸고 지나가면서 들녘 멀리까지 염분을 머금은 서늘함을 느끼게 해 주었다. 땅에 닿을 듯 등심초들이 바람에 휩쓸리면서 휙휙 소리를 내고, 너도밤나무 잎들이 빠르게 떨리면서 살랑대는 소리를 내는가 하면, 나무 끝의 가지들은 끊임없이 흔들거리면서 계속해서 씽씽 소리를 내고 있었다. 엠마는 어깨에 숄을 바짝 조여 묶고 일어섰다.

한길에서는 나뭇잎에 반사된 초록색 햇빛이 그녀의 발밑에 부드러운 소리를 내며 밟히는 낮게 깔린 이끼를 비추고 있었다. 해가 지고 있었다. 하늘은 나뭇가지들 사이로 붉게 빛나고 있었고, 일직선으로 심어 놓은 가로수의 똑같은 모양의 줄기들은 황금빛 바탕에 또렷이 드러나는 갈색 주랑 같았다. 뭔가 두려움에 사로잡히자 그녀는 잘리를 불러 큰길을 따라 서둘러 토트로 돌아와 안락의자에 털썩 주저앉았고, 저녁 내내 말을 하지 않았다.

그러나 9월이 끝나 갈 무렵, 그녀의 삶에 특별한 어떤 일이 우연히 일어나게 되었다. 보비에사르에 있는 당데르빌리에 후작 댁에 초대를 받았던 것이다.

복고 왕정기에 국무경을 지냈던 후작은 정계 복귀를 위해 힘쓰고 있었는데, 오래전부터 하원에 출마하려고 준비하고 있었다. 그는 겨울에는 아주 많은 장작을 나누어 주었고, 자기 군에 도로를 놓아 달라고 도의회에 아주 적극적으로 요구하고 있었다. 몹시 더울 때, 입에 난 종기를 샤를이 파침(破鍼)으로 적절히 곪은 데를 째서 마치 기적처럼 치료해 주었다. 수술비를 지불하러 토트에 보냈던 하인이 저녁에 돌아와 의사 집의 좁은 뜰에서 멋진 버찌나무 몇 그루를 보았노라고 말했다. 그런데 보비에사르에서는 버찌나무가 잘 자라지 않아 후작은 보바리에게 꺾꽂이를 하기 위한 가지를 몇 개 부탁했고, 그에 대해 직접 감사의 마음을 표하는 것이 의무라고 생각돼 찾아왔던 것이다. 그때 후작은 엠마를 보았는데 몸매가 예쁘다는 것과 인사를 건네는 몸가짐이 농촌 여자 같지 않다는 생각을 했다. 그래서 후작은 그 젊은 부부를 저택에 초대하면서도 그게 관대함의 한계를 넘어서는 일이거나, 실수를 범하는 일이라고 생각하지 않았다.

어느 수요일 3시, 보바리 부부는 그들의 '보크'를 타고 출발했다. 마차 꽁무니에는 큰 트렁크가 매달려 있었고 흙받이 앞에는 모자 케이스가 놓여 있었다. 샤를은 그 밖에도 무릎 사이에 마분지 상자를 하나 끼고 있었다.

그들은 해질 무렵 마차들을 밝혀 주기 위해 저택 정원에 초롱불을 켜기 시작할 때쯤 도착했다.

앞쪽으로 돌출된 좌우의 날개와 세 개의 현관 층계가 달린 이탈리아풍
의 현대식 건축인 저택은 드넓은 잔디밭 아래쪽에 펼쳐져 있었다. 잔디
밭에는 간격을 두고 드문드문 들어선 큰 나무숲들 사이에서 암소 몇 마
리가 풀을 뜯고 있었고, 한편 만병초, 고광나무, 까마귀밥나무 들이 이루
고 있는 광주리 모양의 관목 숲들은 굽은 모랫길을 따라 작고 고르지 못
한 초록빛 더미들을 불룩불룩 드러내 보이고 있었다. 시냇물이 다리 밑
으로 흐르고 있었고, 목초지에는 안개 사이로 초가지붕들이 띄엄띄엄 보
였다. 목초지 가장자리를 따라서는 나무숲으로 뒤덮인 두 개의 작은 언
덕이 완만하게 경사지어 뻗어 있었고, 뒤편 숲에는 헐린 고성(固城)의 잔
해인 마차 창고와 마구간이 두 개의 평행선을 이루며 남아 있었다.

샤를의 '보크'는 중앙 현관의 층계 앞에 멈춰 섰다. 하인들이 나타났다.
후작이 다가와 의사의 아내에게 팔짱을 끼게 하고 현관으로 안내했다.

현관엔 대리석 타일이 깔려 있고 천장이 아주 높아서 발소리와 이야기
를 나누는 목소리가 마치 교회당 안에서처럼 울려 퍼졌다. 정면에는 곧
장 올라가는 계단이 있었고, 왼쪽에는 정원에 면해 있는 회랑이 당구실
로 이어져 있었다. 당구실에서는 상아로 된 공을 치는 소리가 문간에서
부터 들려왔다. 살롱으로 가려고 회랑을 지나가면서 엠마는 당구대 주
변에서 진지한 얼굴의 남자들을 보았는데, 넥타이는 턱 밑까지 추켜세우
고 있었고, 모두가 훈장을 달고 있었으며, 조용히 미소를 지으며 큐를 밀
고 있었다. 장식 벽판의 어두운 내장재 위에는 커다란 금박 액자들이 걸
려 있었고, 그 테두리 아래쪽에는 몇몇 이름들이 검은 글씨로 씌어 있었
다. 그녀는 그것을 읽었다. "장 앙투안 당데르빌리에 디베르봉빌, 보비에
사르 백작 겸 라 프레네 남작, 1587년 10월 20일, 쿠트라 전투에서 전사."
또 다른 액자 아래쪽에는 이렇게 적혀 있었다. "장 앙투안 앙리 기 당데

르빌리에 드 보비에사르, 프랑스의 제독, 생 미셸 훈장의 기사, 1692년 5월 29일, 라 우그 생 바이스트 전투에서 부상, 1693년 1월 23일 보비에사르에서 사망." 그다음에 이어지는 것들은 거의 알아볼 수가 없었는데, 등잔의 불빛이 당구대의 녹색 카펫 위만 비추면서 실내에 어스름한 그림자가 떠돌고 있었기 때문이다. 나란히 걸려 있는 그림들을 갈색으로 물들인 그 불빛은 바니시의 균열들을 따라 날카로운 각을 이루면서 그림들 위에서 부서지고 있었다. 금테로 장식한 커다란 검은 액자들 여기저기에는 창백한 이마, 보는 이를 응시하는 두 눈, 붉은 제복의 분 바른 어깨 위로 흘러내리는 가발, 또는 토실토실한 장딴지에 스타킹을 고정시키는 띠의 버클 같은, 그림의 보다 밝은 부분들이 드러나 보였다.

후작이 살롱의 문을 열었다. 부인들 중 한 명(바로 후작 부인)이 일어나 엠마를 맞으러 왔고, 자기 곁에 있는 2인용 안락의자에 앉혔다. 그러고는 그녀는 마치 오래전부터 아는 사이나 된 것처럼 엠마에게 정답게 이야기를 하기 시작했다. 마흔 살 정도 된 부인은 어깨가 아름다웠다. 매부리코인 데다가 단조롭고 질질 끄는 듯한 목소리를 지닌 그녀는 그날 저녁에는 자신의 밤색 머리에 삼각형 모양으로 접어 뒤로 늘어뜨린 수수한 기퓌르[23] 숄을 쓰고 있었다. 옆에 있는 긴 등받이 의자에는 금발의 한 젊은 여인이 앉아 있었다. 예복의 장식 단춧구멍에 작은 꽃을 한 송이씩 꽂고 있는 남자들은 벽난로 앞에 둘러앉아 부인들과 담소를 나누고 있었다.

7시에 만찬이 나왔다. 수가 더 많은 남자들은 현관에 있는 첫 번째 식탁에 앉았고, 부인들은 후작 부부와 함께 식당에 있는 두 번째 식탁에 앉았다.

엠마는 식당으로 들어가면서 꽃향기와 아름다운 리넨 제품들의 향기와 고기 냄새, 그리고 송로 향기 등이 뒤섞인 훈훈한 공기에 감싸이는 것

---

23) 모티프들만을 듬성듬성하게 이어 맞춘 레이스이다.

을 느꼈다. 샹들리에의 촛불들은 종 모양의 은제 덮개 위에 불빛을 길게 늘어뜨리고 있었고, 뿌연 김으로 뒤덮인 크리스털들은 서로 창백한 빛을 반사하고 있었다. 꽃다발들은 식탁 끝에서 끝까지 한 줄로 놓여 있었고, 테두리가 넓은 접시들 속에는 주교관(主敎冠) 모양으로 정돈된 냅킨들이 저마다 벌려진 두 주름 사이에 조그만 달걀 모양의 빵을 하나씩 물고 있었다. 바닷가재의 붉은 집게발들이 접시 밖으로 삐죽 튀어나와 있었고, 안이 들여다보이는 바구니 속의 굵은 과일들은 이끼 위에 층층으로 쌓여 있었다. 깃털이 달린 메추라기에서는 김이 올라오고 있었다. 비단 양말에 짧은 바지, 흰 넥타이, 가슴 장식을 단 옷을 입고 마치 재판관처럼 근엄한 표정의 급사장이 회식자들의 어깨 사이로 먹기 좋게 칼질을 한 음식들을 내와서는 그들이 선택하는 것을 한 조각씩 숟가락으로 떼어 주었다. 구리로 된 장식 테두리를 붙인 큰 자기 난로 위에는 턱까지 옷을 두른 여인상(像)이 꼼짝도 하지 않고 사람들로 가득 찬 방을 응시하고 있었다.

보바리 부인은 여러 부인이 장갑을 유리잔 속에 넣어 놓지 않은 것을 눈여겨보았다.[24]

그런데 식탁 끝 상석에 그 모든 부인들 사이에서 냅킨을 어린애처럼 목 뒤에 동여매고 음식이 가득 든 접시에 몸을 구부린 채 소스를 흘리며 혼자 식사를 하고 있는 노인이 보였다. 눈에는 핏발이 서 있었고, 짧게 땋은 머리에는 검은 리본이 감겨 있었다. 그는 후작의 장인으로, 콩플랑 후작 댁에서 보드뢰이유 수렵 대회를 열던 시절에는 아르투아 백작으로부터 총애를 받았고, 소문에 따르면 쿠아니 씨와 드 로쟁 씨 중간에 끼어 있었던 마리 앙투아네트 왕비의 한때 애인이기도 했던 라베르디에르 노(老)공작이라는 사람이었다. 그는 결투, 도박, 부녀 유괴를 밥 먹듯이 하며 떠들썩한 방탕의 삶으로 재산을 탕진했으며, 온 가족을 두려움에 떨

---

24) 장갑을 유리잔 속에 넣어 두는 것은 더 이상 마실 의사가 없으니 술을 따르지 말라는 의사 표시이다.

게 했었다. 하인 하나가 의자 뒤에 서서 그가 더듬거리며 손가락으로 가리키는 음식의 이름을 귀에다 대고 큰 소리로 말해 주고 있었다. 엠마의 눈길은 자신도 모르게 마치 특별하고 존엄한 뭔가를 바라볼 때처럼 입술이 축 늘어진 그 노인에게로 자꾸만 향하곤 했다. 그는 궁중에서 살았고, 왕비들의 침대에서 잤던 것이다!

하인이 얼음에 채운 샴페인을 따랐다. 엠마는 입속에서 차가움이 느껴지자 온몸이 오싹해졌다. 그녀는 석류를 본 적도, 파인애플을 먹어 본 적도 없었다. 가루 설탕조차도 다른 데서보다 더 희고 고와 보였다.

곧이어 부인들이 무도회를 준비하기 위해 각자의 방으로 올라갔다.

엠마는 데뷔할 때의 여배우처럼 꼼꼼하게 주의를 기울여 단장을 했다. 미용사의 권고에 따라 머리 매무새를 고치고, 침대 위에 펴 놓았던 바레주 천으로 된 드레스를 입었다. 샤를의 바지는 배 부분이 꽉 끼었다.

"바지의 발목 끈 때문에 춤추는 데 좀 불편하겠어." 하고 샤를이 말했다.

"춤을 춘다고요?"

엠마가 말을 이었다.

"그럼!"

"아니, 정신이 나갔군요! 놀림을 당할 거예요. 자리에 그냥 가만히 앉아 있으세요. 게다가 그러는 편이 의사에겐 더 어울려요." 하고 그녀가 덧붙였다.

샤를은 잠자코 있었다. 그는 엠마가 옷을 다 입기를 기다리면서 방 안을 서성거렸다.

그는 두 개의 촛대 사이에 놓인 거울 속에 비친 그녀를 뒤에서 바라보고 있었다. 엠마의 검은 눈은 더 까맣게 보였다. 부드럽게 불룩해진 양쪽 머리 타래가 귀 쪽으로 가면서 푸르게 빛나고 있었다. 틀어 올린 머리에 꽂은 한 송이 장미의 잎사귀 끝에는 일부러 뿌린 물방울이 흔들리고 있었다. 그녀는 푸른 잎이 섞인, 방울 술같이 작은 꽃이 피는 장미꽃 묶음 세 개로 장식된 연한 사프란 빛 드레스를 입고 있었다.

샤를은 엠마의 어깨에 키스를 하러 다가왔다.

"이러지 마세요. 옷이 구겨지겠어요." 하고 그녀가 말했다.

바이올린의 간주곡과 호른 소리가 들려왔다. 엠마는 뛰어가고 싶었지만 꾹 참으면서 계단을 천천히 내려갔다.

카드릴 춤이 시작되고 있었다. 사람들이 몰려들고 있었다. 서로 몸을 밀치기도 했다. 엠마는 문 옆에 놓인 긴 의자에 앉았다.

콩트르당스 춤[25]이 끝나자, 마루는 비워지고 그 자리는 무리 지어 담소를 나누는 남자들과 제복 차림으로 큰 쟁반에 음식을 날라 오는 하인들로 채워졌다. 부인들이 줄지어 앉아 있는 곳에서는 그림 부채들이 흔들리고 있었고, 꽃다발들이 미소 짓고 있는 얼굴들을 반쯤 가리고 있었으며, 금빛 마개가 달린 향수병들이 반쯤 펴진 손 안에서 돌려지고 있었다. 손톱 모양이 잘 드러나 보이도록 손에 꼭 낀 흰 장갑이 손목의 살을 조이고 있었다. 레이스 장식과 다이아몬드 브로치와 메달이 달린 팔찌가 블라우스 위에서 흔들거리고, 가슴에서 반짝거리고, 드러낸 팔에서 살랑대는 소리를 내기도 했다. 이마에 딱 붙이고 목덜미에서 살짝 꼬부린 머리칼에는 물망초, 재스민, 석류꽃, 보리이삭, 수레국화 등이 왕관 아니면 꽃송이나 가지 모양 그대로 꽂혀 있었다. 찌푸린 얼굴을 하고 평온하게 앉아 있는 몇몇 노부인들은 터번 모양의 붉은색 부인용 모자를 쓰고 있었다.

엠마는 남자 파트너가 그녀의 손가락 끝을 잡고 춤추는 대열에 끼어 바이올린 연주가 시작되기를 기다리고 있을 때 가슴이 조금 두근거렸다. 그러나 곧 흥분이 걷혔다. 오케스트라의 리듬에 몸을 좌우로 흔들고 가

---

25) 무용수들이 서로 마주 보고 도형을 만들며 추는 춤이다. 대무(對舞)라고도 한다.

볍게 목을 움직이면서 그녀는 미끄러지듯 앞으로 나아갔다. 이따금 다른 악기들이 연주를 멈추고 바이올린만이 홀로 연주될 때는 그 소리의 어떤 경쾌함에 입가에 미소가 떠올랐다. 옆에서는 카드놀이 하는 테이블의 탁자보 위로 쏟아지는 루이 금화의 낭랑한 소리가 들려왔다. 모든 악기가 일제히 다시 연주를 시작했고 낭랑한 코넷 소리가 울려 퍼졌다. 발들은 박자에 맞춰 바닥을 디뎠고, 부풀어 오른 치마들이 서로 스쳤고, 손들은 서로 잡았다가 떨어졌고, 눈들은 똑같이 아래로 내리깔았다가 다시 들어 서로를 정면으로 바라보았다.

춤추는 사람들 사이에 흩어져 있기도 하고 문 입구에 서서 담소를 나누기도 하는 스물다섯에서 마흔에 이르는 몇몇 남자들(열댓 명 정도)은 나이와 옷차림과 용모가 다르긴 했지만 서로 유사한 점이 있어서 다른 사람들과 구별이 되었다.

보다 잘 지어 입은 그들의 예복은 더 부드러운 옷감으로 만든 것 같았고, 관자놀이 쪽으로 컬을 살려 내려뜨린 머리는 고급 포마드를 발라 윤기가 흘렀다. 그들은 부자들의 안색을 지니고 있었는데 그것은 도자기의 창백한 빛깔, 새틴의 물결무늬, 아름다운 가구들의 광택에 의해 더욱 돋보였고, 신중한 식이요법으로 그 하얀 얼굴을 건강하게 유지했다. 그들의 목은 낮게 맨 넥타이 위에서 편안하게 움직였고, 긴 구레나룻은 접혀진 칼라 위까지 길게 자라 있었다. 그들은 그윽한 향수 향기를 풍기며 이니셜을 크게 수놓은 손수건으로 입을 닦곤 했다. 늙어 가기 시작한 사람들에게서는 젊은 기분이 느껴졌고, 반면 젊은이들의 얼굴에서는 어떤 원숙함이 드리워져 있었다.

그들의 무관심한 눈빛에는 나날이 정념을 만족시키는 데서 오는 평온이 감돌고 있었다. 그리고 그들의 부드러운 태도에서는 체력을 기르고 허영심을 채워 줄 수 있는 쉽지만은 않은 일들, 즉 혈통 좋은 말을 다루거나, 윤락 여성들과 교제하는 일들을 잘 처리하는 데서 생겨난 그 특유의 흉포함이 풍겨 나오고 있었다.

엠마에게서 세 발자국 정도 떨어진 곳에 푸른 예복을 입은 한 신사가 진주 장신구로 치장을 한 창백한 젊은 여인과 이탈리아에 관해 이야기를 나누고 있었다. 그들은 성 베드로 성당의 거대한 기둥들과 티볼리 시, 베수비오 화산, 카스텔라마레 항구, 카시노 산책로, 제노바의 장미, 달빛 아래의 콜로세움 원형 극장을 찬양했다. 엠마는 다른 한 귀로는 자신이 모르는 말들로 가득 찬 그 대화를 엿듣고 있었다. 그 전주에 영국에서 '아라벨 양'과 '로밀뤼스'를 몰아 도랑을 건너뛰어 2천 루이를 번 한 젊은 남자 주위에 사람들이 모여 있었다. 어떤 사람은 살이 찐 자신의 경주마들에 대해 못마땅한 말들을 늘어놓았고, 또 다른 사람은 인쇄상의 실수가 자기 말의 이름에 손상을 입혔다고 투덜댔다.

무도회장의 공기는 무거웠고, 램프들의 불빛은 희미해지고 있었다. 사람들은 당구실로 몰려갔다. 한 하인이 의자 위에 올라갔다가 유리창 두 장을 깨트렸다. 유리 깨지는 소리에 보바리 부인은 고개를 돌렸는데, 정원에서 격자무늬 쇠창살에 기대고 이쪽을 바라보고 있는 몇몇 농부의 얼굴이 보였다. 그러자 베르토에 대한 기억이 떠올랐다. 농장과 질퍽한 늪, 작업복 차림으로 사과나무 아래 서 있는 아버지, 우유 보관소에서 손가락으로 우유 항아리들에서 크림을 떠내던 자신의 예전 모습이 생각났다. 그러나 현재가 번개처럼 번쩍이자, 그때까지 또렷했던 지난날의 삶이 깡그리 사라져 버렸고, 과거에 자신이 그렇게 살았던 게 맞는지 의심이 들 정도였다. 그녀는 거기에 있었다. 그리고 무도회장 주변에는 어둠이 모든 것들 위로 드리워져 있었다. 그때 그녀는 버찌 술을 가미한 아이스크림을 먹고 있었다. 은으로 도금한 조개껍질 모양의 그릇을 왼손에 들고, 숟가락을 입에 넣은 채 지그시 눈을 감았다. 그녀 곁에 있던 한 부인이 부채를 떨어뜨렸다. 마침 춤을 추던 한 남자가 그 앞을 지나가고 있었다.

"죄송하지만, 제 부채 좀 주워 주시겠어요? 저 소파 뒤에 떨어졌어요."

부인의 말에 남자가 몸을 굽혔다. 엠마는 그가 팔을 뻗고 있는 동안 그 젊은 부인의 손이 뭔가 세모로 접은 흰 것을 남자의 모자에 집어넣는 것을 보았다. 그 남자는 부채를 집어 정중하게 부인에게 건네주었다. 그러자 그녀는 고갯짓으로 감사를 표한 뒤 자신의 꽃다발 향기를 맡기 시작했다.

스페인산 포도주와 라인산 포도주, 비스크 수프[26]와 아몬드 즙을 넣은 수프, 트라팔가르 푸딩, 젤리가 접시 속에서 흔들리고 있는 온갖 종류의 냉육들로 밤참을 푸짐히 먹은 뒤 마차들이 하나둘씩 떠나가기 시작했다. 사람들은 구석에서 모슬린 커튼을 약간 열어젖히고 마차들의 초롱 불빛이 어둠 속으로 미끄러져 사라지는 것을 보고 있었다. 긴 의자들에는 사람들이 듬성듬성 앉아 있었다. 카드놀이를 하는 사람들이 아직도 몇몇 남아 있었고, 악사들은 혀로 손가락 끝을 식히고 있었다. 샤를은 문에 등을 기댄 채 선잠이 들어 있었다.

새벽 3시에 코티용 춤[27]이 시작되었다. 엠마는 왈츠를 출 줄 몰랐다. 당데르빌리에 양과 후작 부인까지도 왈츠를 추었다. 남은 손님은 저택에서 숙박할 열두 명 정도밖에 없었다.

그러는 동안 춤을 추고 있는 사람 중 한 명이 두 번째로 보바리 부인에게 다가와 같이 춤을 추자고 권했다. 앞이 많이 터진 가슴에 꼭 맞는 조끼를 입은 그를 사람들은 친숙하게 '자작'이라고 불렀는데, 그는 자기가 리드하면 잘 출 수 있을 거라고 그녀를 안심시켰다.

그들은 천천히 춤을 추기 시작했다. 이어 더 빨라졌다. 그들은 빙글빙글 돌면서 춤을 추었다. 램프, 가구, 장식 벽판, 마루 등 모든 것이 마치 축 위의 원판처럼 빙빙 돌았다. 문 근처를 지나갈 때면 엠마의 옷자락이

---

26) 주로 가재류를 재료로 해서 만든 걸쭉한 수프.

27) 넷 또는 여덟 명이 함께 추는 춤의 일종이다. 무도회 마지막에 모두 함께 추는 춤이기도 하다.

그의 바지에 스치곤 했고, 다리가 서로의 다리 사이로 들어가기도 했다. 그의 눈은 그녀를 내려다보고 있었고, 그녀의 눈은 그를 올려다보고 있었다. 어떤 마비 상태에 빠져 그녀는 잠시 멈추었다 다시 춤을 추기 시작했다. 자작은 보다 빠른 동작으로 그녀를 리드하면서 함께 회랑 끝으로 사라졌다. 거기에서 그녀는 숨이 차 쓰러질 것만 같아서, 잠시 그의 가슴에 머리를 기대었다. 자작은 좀 더 천천히 돌면서 그녀를 제자리로 데려다 주었다. 엠마는 몸을 뒤로 젖혀 벽에 기대고는 두 손으로 눈을 가렸다.

그녀가 다시 눈을 떴을 때 살롱 한가운데 등이 없는 의자에 앉아 있는 한 부인 앞에 세 명의 남자가 무릎을 꿇고 있었다. 그 부인은 자작을 택했고, 바이올린이 다시 연주되기 시작했다.

사람들은 그들을 바라보고 있었다. 그들은 춤을 추며 사람들 앞을 지나갔다가 다시 되돌아오곤 했다. 그 부인은 몸을 움직이지 않은 채 턱을 아래로 숙이고 있었고, 자작은 한결같이 똑같은 자세로 몸을 뒤로 젖히고 팔꿈치를 둥글게 한 채 입을 앞으로 내밀고 있었다. 그 여자는 왈츠를 출 줄 알고 있었던 것이다! 그들은 오랫동안 계속 춤을 추었고, 바라보던 사람들은 모두 지쳐 버렸다.

사람들은 한동안 잡담을 나누었고, 작별 인사를, 더 정확히 말하면 아침 인사를 나눈 뒤 잠을 자러 들어갔다.

샤를은 층계 난간을 붙들고 기다시피 몸을 끌며 올라갔는데, 무릎이 '몸속으로 기어들어 가는 것만' 같았다. 그는 할 줄도 모르면서 다섯 시간 동안 도박대 앞에 서서 휘스트 놀이를 지켜보며 시간을 보냈던 것이다. 그래서 마침내 장화를 벗었을 때 만족스러운 한숨을 크게 내쉬었다.

엠마는 어깨에 숄을 걸치고, 창문을 연 뒤 팔꿈치를 괴었다.

밤은 깜깜했다. 비가 몇 방울 떨어지고 있었다. 그녀는 눈꺼풀을 서늘하게 해 주는 습한 공기를 들이마셨다. 무도회의 음악 소리가 아직도 귓속에서 윙윙거렸다. 얼마 후면 단념해야 할 이 호화로운 생활에 대한 환상을 연장하기 위해 그녀는 잠들지 않으려고 노력했다.

새벽이 왔다. 엠마는 오랫동안 저택의 창문들을 바라보면서 전날 밤 자신이 눈여겨보았던 모든 사람들의 방이 어느 것인지 알아맞혀 보려고 애를 썼다. 그녀는 그들의 생활을 알고 싶었고, 그 속으로 파고 들어가 어울리고 싶었다.

그러나 그녀는 추워서 몸이 떨렸다. 그녀는 옷을 벗고 시트 속으로 들어가 잠을 자고 있는 샤를을 등지고 몸을 움츠렸다.

아침 식탁에는 많은 사람이 있었다. 식사는 10분 만에 끝이 났다. 술이 전혀 나오지 않았는데 의사에게는 좀 놀라운 일이었다. 그 후 당데르빌리에 양이 정원 연못의 백조들에게 가져다주기 위해 브리오슈 빵 조각들을 작은 광주리 안에 주워 담았고, 사람들은 따뜻한 온실로 산책을 갔다. 그곳에는 털이 비죽비죽 솟은 괴상한 식물들이 매달아 놓은 화분들 아래 피라미드 모양으로 겹쳐져 있었다. 그 화분들의 가장자리에는 뱀 소굴에 우글거리는 뱀들 같은 초록색 긴 가닥들이 서로 얽힌 채 늘어져 있었다. 온실 끝에 있는 오렌지 나무 정원은 저택의 부속 건물로 연결되어 있었다. 후작은 이 젊은 여인을 즐겁게 해 주기 위해 마구간으로 데리고 갔다. 바구니 모양의 꼴 시렁들 위에 있는 도자기 판에 말들의 이름이 검은색 글씨로 적혀 있었다. 칸막이 안에 있는 말들 곁을 지나칠 때면 혀를 푸드득대며 몸을 움직였다. 마구간 바닥은 살롱의 마루처럼 윤이 났다. 마차의 마구들은 중앙에 있는 나선형의 두 기둥에 걸려 있었고, 재갈, 채찍, 등자(鐙子), 재갈 사슬 등이 벽을 따라 일렬로 정돈되어 있었다.

샤를은 그사이에 그의 '보크'에 말을 매달도록 하인에게 부탁을 하러 갔다. 하인이 현관 앞에 마차를 준비해 놓고 모든 짐을 싣자 보바리 부부는 후작 부부에게 작별 인사를 하고 토트를 향해 떠났다.

엠마는 마차 바퀴가 돌아가는 것을 잠자코 바라보고 있었다. 샤를은 좌석 맨 끝자리에 앉아 두 팔을 벌리고 말을 몰고 있었다. 작은 말은 너무 넓은 끌채 속에서 느릿느릿 달리고 있었다. 땀에 젖어 늘어진 말고삐가 말의 엉덩이를 치고 있었고, '보크' 뒤에 끈으로 묶어 놓은 상자가 주기적으로 차체에 부딪히면서 덜커덩대는 소리를 냈다.

티부르빌 언덕에 이르렀을 때 갑자기 여송연을 입에 문 기사들이 웃으면서 그들 앞을 지나갔다. 엠마는 그들 사이에서 자작을 본 것 같았다. 그녀는 몸을 돌려 뒤를 바라보았다. 그러나 달리는 속도의 고르지 못한 리듬에 따라 멀리 머리들이 올라갔다 내려갔다 하는 움직임밖에 볼 수 없었다.

1킬로미터 정도 더 갔을 때 끊어진 말의 엉덩이끈을 다시 잇기 위해 잠시 멈춰 서야 했다.

그러나 샤를은 마구를 마지막으로 점검하면서 말 다리 사이에 무언가가 떨어져 있는 것을 보았다. 그는 그것을 집어 들었는데, 초록색 비단으로 테를 빙 두르고 가운데에 사륜 포장마차의 문에 다는 것 같은 문장을 새긴 여송연 케이스였다.

"여송연이 두 개나 들어 있는걸. 저녁을 먹은 뒤 피우면 되겠어." 하고 그가 말했다.

"아니, 당신이 담배를 피운다고요?"

"이따금, 기회가 되면."

그는 뜻밖의 횡재를 호주머니에 집어넣은 뒤 말에 채찍을 가했다.

그들이 집에 도착했을 때 저녁 식사는 아직 준비되어 있지 않았다. 부인은 벌컥 화를 냈다. 나스타지가 무례하게 대꾸를 했다.

"나가 버려! 당장 쫓아내 버릴 거야." 하고 엠마가 말했다.

저녁 식사로는 양파 수프와 참소리쟁이를 곁들인 송아지 고기가 나왔다. 엠마 앞에 앉은 샤를이 행복한 표정으로 두 손을 비비면서 말했다.

"역시 집이 편해!"

나스타지가 우는 소리가 들렸다. 샤를은 그 가엾은 소녀를 좀 좋아하고 있었다. 전에 그가 홀아비 생활을 하며 풀이 죽어 있을 때 그녀와 많은 밤을 어울려 지냈었다. 그녀는 샤를의 첫 번째 환자였고, 그 고장에서 가장 오래전부터 알아 온 사람이기도 했다.

"당신 정말 저 애를 내쫓을 거요?" 하고 그가 마침내 물었다.

"그래요. 누가 나를 막아요?"

그녀가 대답했다.

그들은 잠자리가 준비되는 동안 부엌에서 몸을 녹이고 있었다. 샤를이 담배를 피우기 시작했다. 그는 입술을 쭉 내밀고 연신 침을 뱉어 대면서 연기를 내뿜을 때마다 몸을 뒤로 뺐다.

"몸에 해로울 거예요." 하고 경멸하듯 그녀가 말했다.

그는 담배를 내려놓고 펌프장으로 달려가 찬물 한 컵을 벌컥벌컥 들이마셨다. 엠마는 여송연 케이스를 집어 장롱 속으로 힘껏 던져 버렸다.

그 이튿날은 하루가 길었다. 엠마는 같은 오솔길을 왔다 갔다 하기도 하고, 화단 앞, 과수원 담장 앞, 사제의 석고상 앞에 잠시 멈춰 서서 자신이 그토록 잘 알고 있는 그 모든 옛날 물건들을 바라보면서 흠칫 놀라기도 했다. 무도회는 벌써 아주 오래된 옛날 일처럼 생각되었다. 도대체 무엇이 그제 아침과 오늘 저녁 사이를 이토록 멀리 떼어 놓았는가! 보비에사르에 갔던 일은 마치 폭풍우가 종종 하룻밤 사이에 산에 만들어 놓은 커다란 균열처럼 그녀의 삶에 구멍 하나를 만들어 놓았다. 그렇지만 그녀는 체념했다. 아름다운 옷과, 마루의 미끄러운 양초에 바닥이 노랗게 물든 새틴 신발까지도 서랍장 속에 소중하게 간직해 두었다. 마음도 그 신발과 같아서, 호화로움에 물들어 지워지지 않는 무언가가 그 위에 덧씌워진 것 같았다.

그리하여 그 무도회에 대한 추억은 엠마에게 하나의 일거리가 되어 버렸다. 수요일이 돌아올 때마다 그녀는 눈을 뜨면서 "아아! 한 주 전에…… 두 주 전에…… 삼 주 전에…… 거기에 갔었는데!" 하고 생각하는 것이었다. 그러나 사람들의 모습은 차츰 기억 속에서 뒤범벅이 되어 갔고, 콩트르당스의 곡조도 망각 속으로 사라져 갔다. 하인들의 제복과 방들도 더 이상 선명하게 떠오르지 않았고, 몇몇 하찮은 부분들은 기억에서 완전히 지워져 버렸다. 그렇지만 아쉬움은 여전히 남아 있었다.

9

종종 샤를이 외출을 하고 없을 때 엠마는 장롱 속에 접어 놓은 속옷들 사이에 넣어 둔 초록색 비단의 여송연 케이스를 꺼내 보곤 했다.

그녀는 그것을 바라보다가 열어서 마편초와 담배 냄새가 섞인 그 안 감의 냄새를 맡아 보기까지 했다. 누구의 것이었을까? 그 자작의 것이었을 거야. 아마도 애인이 준 선물이었을 거야. 모두에게 숨기는 예쁜 살림 도구, 즉 자단으로 만든 자수틀로 아주 많은 시간을 들여서 수를 놓았을 거야. 컬을 준 머리를 숙인 채 수를 놓으면서 많은 생각에 잠겼겠지. 사랑의 숨결이 바탕천 위의 코 사이사이를 지나갔을 거야. 한 코 한 코 뜰 때마다 희망이나 추억을 거기에 새겨 두었을 거야. 그러니 서로 얽힌 이 비단실은 변함없는 정념의 소리 없는 연속, 바로 그것이었을 거야. 그리고 어느 날 아침, 자작은 그것을 받아 가지고 갔겠지. 벽난로 틀 위, 꽃병과 퐁파두르 추시계 사이에 이 물건이 놓여 있었을 때, 그들은 서로 어떤 이야기들을 했을까? 그녀는 토트에 있을 거야. 그리고 그는 지금 저 멀리 파리에 있겠지. 바로 그곳 말이야! 그 파리라는 곳은 어떤 곳일까? 얼마나 엄청난 이름인가! 엠마는 나직이 그 이름을 되뇌며 즐거운 기분에 빠졌다. 그 이름은 마치 대성당의 큰 종소리처럼 그녀의 귓전에 울렸고, 심지어 포마드 병에 찍혀 있을 때조차 그녀의 눈에 불처럼 타올랐다.

밤에 생선 도매상들이 짐수레를 타고 '마르졸렌' 노래를 부르면서 창문 밑을 지나갈 때면 그녀는 잠에서 깨곤 했다. 그리고 마을을 빠져나가는 순간 희미해지는 쇠바퀴 소리에 귀를 기울이며 이렇게 생각했다.

"저 사람들은 내일이면 파리에 도착하겠지!"

그녀는 생각 속에서 구릉을 오르내리고, 마을을 가로지르고, 별빛 비치는 대로를 달리며 그들을 따라갔다. 아련한 거리를 지나고 나면 언제나 막연한 어떤 곳에서 그녀의 공상이 다하는 것이었다.

엠마는 파리의 지도를 하나 사서 손가락 끝으로 수도의 이곳저곳을 돌아다녔다. 길을 표시하는 선들이 마주치는 모퉁이들과 집을 나타내는 흰색 사각형들 앞에서 잠시 멈춰 서기도 하고, 넓은 길을 따라 올라가기도 했다. 마침내 눈이 피곤해지면 그녀는 눈을 감았다. 그러면 어둠 속에서 가스 가로등이 바람에 흔들리는 것과 극장의 회랑 앞에 떠들썩하게 늘어서 있는 사륜 포장마차들의 발판이 떠오르곤 했다.

엠마는 여성 신문인 〈바구니〉지나 〈살롱의 요정〉지를 구독했다. 그녀는 아무것도 그냥 지나치지 않았다. 연극의 초연, 경마, 야회에 대한 모든 비평란을 샅샅이 훑었고, 여가수의 데뷔와 가게의 오픈에 흥미를 가졌다. 그녀는 새롭게 유행하는 패션들, 옷 잘 짓는 의상실의 주소들, '숲의 날' 축제[28]나 '오페라의 날'에 대해서도 알고 있었다. 그녀는 외젠느 쉬 작품에서 가구들을 설명하는 부분을 연구했고, 발자크와 조르주 상드를 읽어 자신의 개인적인 갈망을 상상을 통해 충족시켰다. 식사를 할 때조차도 책을 가져와, 샤를이 그녀에게 이야기를 하면서 식사를 하는 동안 책장을 넘기곤 했다. 책을 읽을 때면 자작에 대한 추억이 항상 떠올랐다. 그녀는 그와 지어낸 작중 인물들을 연관 지어 생각했다. 그러나 그를 중심으로 한 원은 점점 그 둘레가 확대되었고, 그의 후광은 얼굴에서 벗어나 더 멀리 퍼져 나가면서 다른 모든 꿈들을 환하게 비추었다.

---

28) 불로뉴 숲의 축제를 말한다.

그리하여 대양보다도 더 광대한 파리가 진홍빛 찬란한 분위기로 엠마의 눈앞에 어른거렸다. 파리의 그 소란 속에서 분주히 돌아가는 수많은 삶은 몇 가지 부류로 나뉘어, 뚜렷이 구별되는 장면들로 분류되어 있었다. 엠마는 그중 두세 부류밖에 보지 못했는데, 그것이 나머지 부분들을 모두 가려 버려서 마치 그 부류만이 인류 전체를 대표하는 것처럼 여겨졌다. 대사 계층의 사람들은 거울로 내벽을 두른 살롱에서 금빛 술이 달린 비로드 보를 덮은 타원형 테이블 주위의 윤이 나는 마루 위를 걷는다. 거기에는 옷자락이 땅에 끌리는 드레스, 대단한 신비, 미소 뒤에 숨겨진 고뇌 들이 있다. 그다음에는 공작 부인들의 세계가 있다. 그녀들은 창백하고, 오후 4시가 되어서야 잠에서 깨어난다. 가엾은 천사들! 그 부인들은 옷자락을 영국식으로 바느질한 속치마를 입고 있고, 천박한 외모로 능력을 제대로 평가받지 못한 남자들은 승마 오락으로 말을 지치게 만들고, 바덴바덴에서 여름철을 보낸 다음, 결국 마흔 살쯤에 이르러서야 상속녀와 결혼한다. 자정이 지나 밤참을 먹는 레스토랑의 별실들에서는 환한 촛불 밑에서 문인과 여배우들의 잡다한 무리가 흥겹게 떠들고 논다. 그들은 제왕처럼 방탕한 자들로, 이상적인 야망과 환상적인 망상으로 가득 차 있다. 그것은 하늘과 땅 사이에서, 다른 삶들을 초월한 폭풍우 속의 숭고한 그 무엇이다. 그 밖의 세계는 뚜렷한 장소도 없이 사라져 버려서 마치 존재하지 않는 것 같았다. 게다가 어떤 것들이 가까이 있으면 있을수록 그녀의 생각은 그것들로부터 더 멀어졌다. 그녀를 둘러싸고 있는 모든 것, 즉 권태로운 시골 생활, 어리석은 소시민들, 초라한 생활은 그녀에게 이 세상 속의 예외, 그녀가 걸려든 특별한 하나의 우연처럼 보인 반면, 저 너머에는 행복과 정열의 광대한 나라가 끝없이 펼쳐져 있는 것처럼 보였다. 그녀는 욕망으로 말미암아 사치스런 생활의 감각적 쾌락과 마음의 기쁨을, 그리고 관습에 의한 우아함과 감정의 섬세함을 혼동하고 있었다. 인도의 식물들이 그러듯이 사랑에도 준비된 토양과 특수한 기후가 필요하지 않던가. 그러므로 달빛 아래서의 탄식, 긴 포옹, 내맡긴 손등에 흐르는 눈물, 육체의 강렬한 흥분, 사랑의 번민은 한가로움이 가득 찬 대저택의 발코니, 아주 두꺼운 카펫이나 꽃이 풍성하게 들어찬 화분, 단 위에 놓인 침대와 비단발이 쳐 있는 규방, 보석의 광채와 하인들이 입은 제복의 어깨 장식과도 떼어 놓고 생각할 수 없었다.

매일 아침 말을 손질하러 오는 마부가 큰 나막신을 신고 복도를 지나갔다. 작업복에는 구멍이 나 있었고, 발에는 양말을 신지 않았다. 그 젊은 마부는 이런 짧은 바지 차림에 만족할 수밖에 없었다. 일이 끝나면 그는 더 이상 모습을 보이지 않았다. 왜냐하면 샤를이 집에 돌아오면 손수 마구간에 말을 매고, 안장을 벗겨 고삐를 걸었기 때문이다. 그러는 사이 하녀가 늘 그렇게 하듯이 짚단을 가져다가 사료통에 던져 넣어 주었다.

나스타지(그녀는 끝내 눈물을 철철 흘리면서 토트를 떠났다)를 대신하여 엠마는 얼굴 생김이 아주 유순한 열네 살짜리 고아 여자아이를 데려왔다. 그녀는 그 아이에게 잠자리 모자의 착용을 금지시켰고, 주인에게 삼인칭을 써서 말할 것과 물컵을 접시에 받쳐서 가져올 것, 방에 들어올 때에는 노크를 할 것 등을 일러두었고, 다리미질하는 법, 옷에 풀 먹이는 법, 자기에게 옷 입혀 주는 법을 가르쳤다. 엠마는 그 아이를 자신의 몸종으로 만들고 싶었다. 새로 온 이 하녀는 쫓겨나지 않기 위해 군말 없이 복종했다. 그리고 부인은 평소에는 항상 찬장을 열쇠로 잠가 두지 않았기 때문에 펠리시테는 매일 밤 설탕을 조금씩 챙겨 두었다. 그리고 기도가 끝난 뒤 잠자리에서 그것을 혼자 먹곤 했다. 오후에 이따금 그 아이는 마부들과 잡담을 나누러 나가곤 했다. 부인은 위층 자기의 방에 틀어박혀 있었다.

부인은 가슴이 깊게 파인 실내복을 입고 있어서, 숄 모양으로 접혀진 깃 사이로 금단추 세 개가 달린 주름진 내의가 드러나 보였다. 허리띠는 실을 꼬아 만든 달걀형의 장식 끈이 달린 것이었고, 검붉은색 작은 실내화는 폭이 넓은 리본의 장식 술이 발목을 뒤덮고 있었다. 그녀는 편지를 써 보낼 상대는 없었지만 압지, 종이, 펜대, 봉투 등을 사 놓았다. 그녀는 선반의 먼지를 털기도 하고, 거울 속의 자신을 들여다보기도 하고, 책을 몇 줄 읽으며 몽상에 잠기다가 그것을 무릎 위에 떨어뜨리기도 했다. 그녀는 여행을 하고 싶기도 했고, 자신이 있었던 수녀원으로 돌아가고 싶기도 했다. 죽고 싶은 동시에 파리에 가서 살고 싶기도 했다.

샤를은 눈이 오나 비가 오나 지름길로 말을 타고 갔다. 농가의 식탁에서 오믈렛을 먹기도 하고, 땀에 젖은 환자의 침대에 손을 집어넣기도 하고, 미지근한 사혈의 핏방울이 얼굴에 튀기도 하고, 죽어 가는 사람의 헐떡임을 듣기도 하고, 대야를 살펴보기도 하고, 더러워진 환자의 속옷을 걷어 올리기도 했다. 그러나 저녁마다 활활 타고 있는 난롯불, 차려 놓은 식탁, 푹신한 가구, 그리고 그녀의 내의에서 풍기는 것인지 피부에서 풍기는 것인지 모르는 신선한 향기를 내뿜는 매력적인 옷차림의 아내를 보게 되는 것이었다.

엠마는 여러 가지 세심함으로 그를 매료시켰다. 때로는 새로운 모양으로 종이를 접어 촛농받이를 만들기도 했고, 드레스의 장식 밑단을 바꾸기도 했으며, 하녀가 실패한 요리에 기이한 이름을 붙여 샤를이 조금도 남기지 않고 맛있게 먹을 수 있도록 했다. 그녀는 루앙에서 회중시계에 패물을 뭉치뭉치 달고 다니는 부인들을 보고는 자신도 패물들을 구입했다. 그녀는 벽난로 위에 푸른색의 커다란 항아리를 한 쌍 놓아두고 싶었고, 얼마가 지난 뒤에는 또 상아 반짇고리를 사 진홍색 골무를 넣어 두고 싶었다. 샤를이 그 멋진 것들에 무지했으므로 한층 더 그것들에 매료되었다. 그것들은 그의 감각적 기쁨과 가정생활의 즐거움에 무엇인가를 더해 주고 있었다. 그것은 마치 그의 삶의 좁은 오솔길을 따라서 뿌려 놓은 금가루 같은 것이었다.

샤를은 건강했고, 안색도 좋았다. 명성도 완전히 자리를 잡았다. 거만

하지 않았으므로 시골 사람들은 그를 각별히 사랑했다. 그는 아이들을 쓰다듬어 주었고, 술집에는 절대 출입하지 않았다. 뿐만 아니라 도덕심으로 신뢰를 불어넣어 주었다. 그는 특히 카타르성 염증과 폐질환을 잘 치료했다. 환자를 죽이지나 않을까 매우 두려워하며 샤를은 실제로 진정제 이외의 처방은 거의 내리지 않았고, 이따금 구토제나 족욕(足浴)이나 거머리 요법 정도를 처방할 뿐이었다. 외과 수술이 두려워서 꼭 그랬던 것만은 아니다. 그는 말한테 그랬던 것처럼 사람에게도 사혈을 듬뿍 뽑았고, 이를 뽑는 데는 '놀라운 손'을 갖고 있었다.

마침내 그는 '돌아가는 형편을 알기 위해' 광고 전단에서 본 적이 있는 새로 출간된 잡지 〈의학 총림〉을 구독했다. 저녁 식사를 마친 뒤 그 책을 조금 읽었으나, 방이 더운 데다 먹은 것을 소화시키느라 5분도 채 지나지 않아 잠들어 버렸다. 그는 두 손으로 턱을 괴고 머리카락은 말갈기처럼 램프 밑으로 늘어뜨린 채 잠에 빠져 있었다. 엠마는 그를 바라보면서 어깨를 으쓱했다. 어째서 자신은 밤마다 책에 파묻혀 연구하고, 마침내 류머티즘에 걸릴 나이인 육십이 되어서는 엉성하게 지은 검은 예복에 훈장을 달고 다닐 그런 과묵한 열정을 지닌 남자를 남편으로 두지 않았을까. 그녀는 이제 자기의 것이기도 한 보바리라는 성이 유명해져서 서점에서도 그 이름의 책들이 진열되어 있는 것을 볼 수 있고 신문에도 자주 거론되어 프랑스 인들 모두가 아는 그런 성이 되기를 원했다. 그러나 샤를은 전혀 야망이 없었다. 최근에 진찰을 함께한 이브토의 한 의사는 친척들이 모여 있는 환자의 침상에서까지 그에게 다소 모욕을 주었다. 샤를이 저녁에 그 이야기를 하자 엠마는 그 동업자에 대해 화를 벌컥 내며 나쁜 소리를 해 댔다. 샤를은 그에 감동했다. 그는 눈물을 흘리며 아내의 이마에 키스했다. 그러나 그녀는 수치심에 몹시 화가 나 남편을 때려 주고 싶기도 했다. 그녀는 마음을 가라앉히기 위해 복도로 나가 문을 열고 신선한 바깥바람을 들이마셨다.

"정말 형편없는 남자야! 정말 한심한 남자야!" 하고 그녀는 입술을 깨물면서 아주 조그만 소리로 말했다.

게다가 그녀는 남편에 대한 짜증이 점점 늘어났다. 남편은 나이가 들어 갈수록 행동이 둔해졌다. 디저트 시간에 할 일 없이 빈 병의 마개를 잘랐고, 음식을 먹고 난 뒤에는 혓바닥으로 이 사이를 후벼 팠으며, 수프를 한 모금 한 모금 홀짝거리며 먹으면서 혼자 낄낄거리기도 했다. 몸에도 점점 살이 붙기 시작해 전에도 작았던 눈이 광대뼈에 붙은 불룩한 살때문에 관자놀이를 향해 치켜 올라간 것처럼 보였다.

엠마는 때때로 붉은색 스웨터의 끝을 조끼 안으로 집어넣어 주기도 했고, 넥타이를 바로잡아 주거나 그가 끼려 하는 색 바랜 장갑을 빼앗아 던져 버리기도 했다. 그런데 그런 일은 샤를이 믿고 있는 것처럼 그를 위해서가 아니었다. 그것은 커진 이기심과 신경질에서 비롯된 그녀 자신을 위해서였다. 또한 때때로 그녀는 자기가 읽은 소설이나 새로운 희곡의 한 구절, 또는 신문의 문예란에서 이야기하는 '상류 사회'의 일화를 그에게 들려주곤 했다. 왜냐하면 샤를은 항상 귀를 열어 놓고, 맞장구를 쳐 줄 준비가 되어 있는 사람이었기 때문이다. 그녀는 자신의 강아지한테도 속내를 털어놓곤 했다. 할 수만 있다면 벽난로의 장작더미와 시계에 달린 시계추한테도 그렇게 했을 것이다.

그러나 영혼 깊은 곳에서는 어떤 우연스런 사건이 발생하기를 기다리고 있었다. 마치 조난당한 선원들처럼 수평선의 바다 안개 속에서 어떤 흰 돛을 단 범선이 나타나지 않을까 두리번거리면서 자신의 고독한 삶에 절망적인 시선을 두루 보내곤 했다. 그녀는 그 우연스런 사건이 어떤 것일지, 그 우연스런 사건을 자신한테까지 밀어다 줄 바람이 어떤 것일지, 그 우연스런 사건이 자기를 어느 해안으로 데려갈지, 또 그것은 작은 보트일지 아니면 3층 갑판선일지, 거기에 고뇌가 가득 실려 있을지 현문(舷門)까지 행복으로 가득 차 있을지 알지 못했다. 그러나 매일 아침 눈을 뜨면 그날 그 사건이 일어나기를 바라면서 모든 소리에 귀 기울이기도 하고, 소스라쳐 일어나기도 하고, 그 사건이 일어나지 않는 것에 놀라기도 했다. 그러다가 해가 지면 늘 한층 더 우울해져서 내일이 되기를 기다렸다.

다시 봄이 돌아왔다. 엠마는 배나무 꽃이 필 무렵의 초여름 더위에 가슴이 답답해짐을 느꼈다.

7월이 시작되면서부터 그녀는 당데르빌리에 후작이 어쩌면 보비에사르에서 다시 무도회를 열지도 모른다고 생각하면서 10월이 되려면 몇 주가 남았는지 손꼽아 헤아려 보곤 했다. 그러나 초청장도 방문도 없이 9월도 다 지나가 버렸다.

그런 실망이 가져다준 우울이 지나가자, 그녀의 가슴은 다시 허전해졌다. 그리고 똑같은 일련의 날들이 다시 시작되었다.

그리하여 나날들은 이제 줄을 지어, 늘 똑같이, 수도 없이 계속되었지만 아무런 일도 일어나지 않았다. 다른 사람들의 생활들은 아무리 단조로워도 적어도 한 가지 사건이 일어날 기회는 있었다. 뜻밖의 한 사건은 때로 예기치 못한 사건들을 줄줄이 야기하고, 그에 따라 주변의 환경이 변하기도 한다. 하지만 그녀에게는 아무 일도 일어나지 않았다. 신이 그러기를 바랐던 것인가! 그녀에게 미래는 그 끝에 나 있는 문이 꼭 잠겨 있는 캄캄한 복도와 같은 것이었다.

엠마는 음악을 그만두었다. 연주를 할 이유가 뭐가 있는가? 누가 들어 줄 것인가? 그녀는 한 콘서트에서 짧은 소매의 비로드 드레스 차림으로 에라르 피아노의 상아 건반을 유연한 손가락으로 두드리면서, 자기 주위를 황홀한 속삭임이 미풍처럼 떠도는 것을 느낄 수 없을 것이기에 힘들여 피아노 연습을 할 필요가 없었던 것이다. 그녀는 데생용 마분지와 장식 융단도 장롱 속에 처넣어 버렸다. 무슨 소용이 있단 말인가? 무슨 소용이? 바느질도 짜증이 났다.

'난 읽을 건 다 읽었어.' 하고 그녀는 생각하곤 했다.

그러면서 그녀는 부젓가락을 붉게 달구거나 비가 내리기를 바라면서 홀로 앉아 있었다.

일요일 저녁 예배 종소리가 울릴 때면 그녀는 얼마나 우울했던가! 그녀는 몽롱함 속에서도 금이 간 종소리가 한 번 두 번 울리는 것에 주의 깊게 귀 기울였다. 지붕 위에서는 고양이가 느릿느릿 걸으면서, 파리한 햇살에 등을 동그랗게 구부리고 있었다. 큰길에서는 바람이 길게 먼지를 일으키며 불고 있었다. 멀리서는 이따금 개가 짖어 댔다. 종은 같은 간격으로 계속 울리고 있었고, 그 소리는 들판으로 사라져 버렸다.

그동안에 사람들은 교회에서 나왔다. 깨끗이 닦은 나막신을 신은 여인들, 새 옷을 입은 농부들, 그들 앞에서 맨머리로 깡충깡충 뛰어노는 아이들 모두가 집으로 돌아가고 있었다. 그렇지만 늘 똑같은 대여섯 사람들은 저녁이 될 때까지 주막의 대문 앞에 남아 병마개 놀이를 했다.

겨울은 추웠다. 유리창은 매일 아침 성에로 덮였고, 그리로 들어오는 햇살은 마치 반투명 유리를 통과하는 것처럼 희끄무레한 채 하루 종일 변하지 않았다. 그래서 오후 4시가 되면 램프에 불을 밝혀야 했다.

날씨가 좋은 날에는 엠마는 마당으로 내려갔다. 이슬은 양배추들 위에 길고 투명한 실이 달린 은빛 기퓌르 레이스를 남기고, 그 실들은 옆에 있는 양배추들로 연결되어 있었다. 새소리는 들리지 않았고, 짚으로 덮은 과수원 담벼락도, 가까이 다가가 보면 수많은 발이 달린 쥐며느리가 기어가는 것이 보이는 담장의 갓돌 아래로 병든 큰 뱀처럼 누워 있는 포도 덩굴도 모두 잠들어 있는 것 같았다. 생울타리 가까이 있는 가문비나무들 사이에 삼각모를 쓰고 《성무일과서》를 읽고 있는 사제 석고상은 오른 발이 떨어져 나가 버렸고, 게다가 추운 날씨에 석고가 떨어져 나간 바람에 얼굴에 흰 버짐이 피어난 것 같았다.

그녀는 다시 방으로 올라가 문을 닫고 숯불을 헤쳤다. 난로의 열기에 의욕이 떨어지면서 권태가 그녀를 한층 더 짓눌렀다. 그녀는 아래층으로 내려가 하녀와 이야기를 나누고 싶었지만 수치심이 그녀를 붙들었다.

매일 같은 시간이면 검은색 비단 모자를 쓴 학교 선생님이 자기 집의 덧창을 열었고, 시골 순경이 작업복에 칼을 차고 지나갔다. 아침과 저녁에는 역마차를 끄는 말들이 늪에 물을 마시러 가려고 세 마리씩 짝을 지어 길을 건너가곤 했다. 때때로 술집 문에 달린 방울 소리가 울렸고, 바람이 불면 이발소의 간판 구실을 하는 구리 대야들이 두 개의 막대기 위에서 삐걱거리는 소리가 들렸다. 그 이발소에는 오래전에 유행했던 판화한 장이 유리창에 붙어 있었고, 머리카락이 노란 밀랍 부인의 흉상이 하나 놓여 있었다. 이발소 주인 역시 가게가 잘 안 되는 것과 가망이 없는 미래에 대해 한탄하면서, 대도시, 예를 들면 루앙 같은 도시의 부둣가나 극장 근처에 가게를 내는 것을 꿈꾸면서, 침울한 표정으로 하루 종일 면사무소에서 교회까지 왔다 갔다 하기도 하고, 손님을 기다리면서 시간을 죽이기도 했다. 보바리 부인이 고개를 들기만 하면 라스팅 모직 상의에 그리스식 모자를 귀까지 눌러쓴, 보초를 서고 있는 보초병 같은 그의 모습이 항상 그곳에 보였다.

오후에는 때로 거실의 유리창 너머로 한 남자의 얼굴이 나타나곤 했는데, 검은 구레나룻에 햇볕에 그을린 그 남자는 하얀 이를 드러내면서 다정한 미소를 씨익 지어 보였다. 이내 왈츠곡이 시작되었다. 조그만 살롱 안에서 크랭크 오르간 연주에 맞춰 손가락만 한 크기의 남자 댄서들과 터번 모양의 장밋빛 모자를 쓴 여인들, 재킷 차림의 티롤 사람들, 검은 옷을 입은 원숭이 같은 인간들, 짧은 바지를 입은 남자들이 안락의자와 테이블 사이를 빙빙 돌았는데, 그 모습은 금종이 조각들로 모서리를 이어 붙인 거울 속에 비치고 있었다.

그 남자는 왼쪽과 오른쪽으로, 그리고 또 창문 쪽으로 눈길을 주면서 오르간의 핸들을 눌러 댔다. 때때로 대문의 귓돌에 누런 침을 힘껏 내뱉으면서 단단한 멜빵 때문에 어깨가 피곤한지 무릎으로 악기를 받쳐 올리곤 했다. 어떨 땐 구슬프고 느릿느릿하게, 또 어떨 땐 명랑하고 빠르게 구리로 만든 아라베스크 무늬의 갈고리에 걸어 놓은 장밋빛 커튼 사이로 웅웅대며 새어 나왔다. 그들은 다른 곳들, 즉 극장이나 살롱 같은 곳에서, 또는 저녁에 환히 실내를 밝히는 샹들리에 아래에서 춤을 추는 곡조들로, 엠마에게까지 들려오는 사교계의 메아리였던 것이다. 그칠 줄 모르는 사라반드 무곡들이 그녀의 머릿속에서 펼쳐졌고, 양탄자의 꽃무늬 위에서 춤을 추는 인도 무희처럼 그녀의 생각도 곡조와 더불어 춤을 추며 꿈에서 꿈으로 슬픔에서 슬픔으로 흔들렸다. 그 사람은 챙 달린 모자에 적선을 받았고, 곧이어 푸른색 낡은 모직 담요를 접은 다음 오르간을 등에 메고 발을 무겁게 끌며 멀어져 갔다. 그녀는 그가 떠나가는 것을 가만히 바라보고 있었다.

그러나 엠마가 특히 견딜 수 없었던 것은 난로에서 연기가 품어져 나오고, 문이 삐거덕거리고, 벽에서 물기가 스며져 나오고, 바닥 타일이 축축한 아래층의 좁은 거실에서 저녁 식사를 할 때였다. 그녀는 생활의 모든 쓴맛이 접시에 차려져 나오는 것 같았고, 삶은 고기에서 올라오는 김 냄새를 맡으면 영혼 저 깊숙한 곳에서 또 다른 구역질 같은 것이 울컥 솟아 올라오곤 했다. 샤를은 음식을 느리게 먹었다. 그래서 그녀는 개암 몇 개를 이로 갉아 먹거나, 아니면 팔꿈치를 괴고 나이프 끝으로 밀랍을 먹인 책상보에 금을 그으며 시간을 보냈다.

엠마는 이제 가정의 모든 일들은 되는대로 내버려 두었다. 사순절의 며칠을 토트에서 보내려고 온 보바리의 어머니는 이 같은 변화에 크게 놀랐다. 전에는 그토록 빈틈이 없고 꼼꼼하던 그녀가 이제는 하루 종일 옷도 제대로 갖춰 입지 않았고, 회색 면양말을 신고 있었으며, 양초에 불을 켜 놓고 있었다. 엠마는 자기들은 부자가 아니기 때문에 절약을 해야 한다는 말을 되풀이하면서, 자신은 지금 매우 만족스럽고 행복하다, 토트가 아주 마음에 든다는 등의 말들을 덧붙였다. 그 밖에도 그동안 들어 보지 못한 말들을 함으로써 시어머니가 입을 떼지 못하게 만들었다. 게다가 그녀는 더 이상 시어머니의 충고를 따르려고 하지도 않았다. 한번은 주인은 하인의 종교를 감시해야 한다고 주장했다가 엠마가 성난 눈초리와 싸늘한 미소를 지으며 대꾸하는 바람에 보바리의 어머니는 더 이상 그 문제를 건드리지 않았다.

엠마는 까다롭고 변덕스럽게 변해 갔다. 하녀에게 여러 가지 요리를 주문해 놓고 손도 대지 않았고, 어떤 날은 아무것도 넣지 않은 우유만 마셨으며, 그다음 날에는 차만 열두 잔이나 마셔 댔다. 외출을 하지 않겠다고 고집을 부리다가 나중에 숨이 막힐 지경이 되면 창문을 열어젖히고 얇은 옷으로 갈아입었다. 하녀를 심하게 다루고 나서는 선물을 주거나 이웃집으로 놀러 보내기도 했다. 마찬가지로 그녀는 아버지의 손바닥에 박힌 못 같은 그 뭔가를 마음속에 항상 지니고 있는 대부분의 시골 출신들처럼 상냥하지도 않고 타인의 감정에 쉽게 좌지우지되지도 않으면서 가끔씩 지갑 속에 있는 은화를 가난한 사람들에게 모두 던져 주었다.

2월 말경, 루오 영감은 사위에게 치료받아 완쾌되었던 일을 떠올리며 아주 통통한 칠면조 한 마리를 손수 가지고 와서 토트에 있는 사위집에 사흘 동안 머물렀다. 샤를은 환자들을 돌봐야 했으므로 엠마가 그의 곁에 머물렀다. 루오 영감은 방에서 담배를 피우거나, 벽난로 안에 있는 장작 받침쇠에 침을 뱉으면서 농사일, 송아지, 암소, 집에서 기르는 날짐승, 면의회 등에 대해 이야기했다. 그래서 아버지가 떠났을 때 그녀는 자기 자신도 놀랄 정도로 시원함을 느끼며 문을 닫아 버렸다. 게다가 그녀는 어떤 것에 대해서도, 어떤 사람에 대해서도 멸시의 감정을 더 이상 숨기지 않았다. 또한 그녀는 이따금 이상한 의견을 주장하기 시작하여, 사람들이 칭찬하는 일에 대해서는 비난을 하고, 못되고 부도덕한 일에 대해서는 칭찬을 해서 그의 남편을 놀라게 했다.

이런 참담한 상황은 언제까지 지속될 것인가? 그녀는 그 상황에서 벗어나지 못할 것인가? 그렇지만 그녀는 행복하게 살고 있는 다른 모든 여인들에 비해 못할 것이 없었다! 그녀는 보비에사르에서 자기보다 더 둔중한 몸집과 더 평범한 외모를 지닌 공작 부인들을 보았기에, 신의 불공평을 증오하기도 했고, 벽에 머리를 기대고 눈물을 흘리기도 했다. 그녀는 떠들썩한 생활, 가면무도회의 밤, 온갖 열광을 지닌 쾌락 들을 부러워했다. 물론 그것을 경험해 보지는 못했지만 그 쾌락들이 분명 열광을 주리라고 믿었다.

엠마는 창백해졌고, 심장이 뛰었다. 샤를은 그녀에게 쥐오줌풀과 장뇌욕(樟腦浴)을 처방해 주었다. 아내를 위해 그가 시도한 모든 처방이 더 그녀를 짜증스럽게 했다.

그녀는 며칠씩 흥분에 휩싸여 한없이 떠들어 대기도 하다가 이어 갑자기 무기력 상태에 빠지면서 말도 하지 않고 움직이지도 않았다. 그때 그녀에게 기운을 되찾게 해 주는 방법은 두 팔에 오 드 콜로뉴 한 병을 뿌려 주는 것이었다.

그녀가 토트에 대해 끊임없이 불평을 늘어놓았기에 샤를은 병의 원인이 틀림없이 어떤 지역적인 영향에 있다고 생각하게 되었고, 그 생각에 이르자 다른 곳으로 가서 개업을 할 것을 진지하게 고려해 보았다.

그때부터 엠마는 식초를 마셔 몸을 야위게 했고, 마른기침을 조금씩 하더니, 마침내는 식욕을 완전히 잃게 되었다.

4년을 살면서 '자리를 잡아 가기 시작하는' 때 토트를 떠나는 것은 샤를에게는 비용이 많이 드는 일이었다. 그렇지만 그렇게 해야만 한다면! 그는 아내를 루앙에 데리고 가서 옛 스승에게 보였다. 신경성 질환이었다. 그러니 환경을 바꿀 필요가 있었다.

여기저기를 둘러본 뒤, 샤를은 뇌샤텔 군에 용빌 라베이라는 큰 마을이 있는데 그곳 의사가 폴란드 출신 망명자로 그 전주에 도주해 버린 것을 알게 되었다. 그래서 그는 그곳 약제사에게 편지를 써서 인구가 어느 정도이고, 가장 가까이에 있는 동업자와의 거리가 얼마나 되며, 이전에 있었던 동업자의 연 수입은 얼마나 되었는지에 대해 알아보았다. 그리고 그에 대한 답변들이 만족스러워 그는 엠마의 건강이 회복되지 않으면 봄이 올 무렵 이사를 해야겠다고 결심을 했다.

출발에 대비하여 서랍을 정리하던 어느 날, 그녀는 무엇인가에 손가락을 찔렸다. 그것은 그녀의 결혼 부케의 철사였다. 오렌지의 꽃봉오리들은 먼지로 누렇게 바래 있었고, 은테를 두른 새틴 리본들의 가장자리에는 실이 풀려 있었다. 그녀는 그것을 불 속에 집어 던져 버렸다. 그것은 마른 짚보다 더 빨리 타 버렸다. 이윽고 그것은 빨간 덤불 같은 것이 되어 재 위에 남더니 천천히 무너져 내렸다. 그녀는 그것이 타들어 가는 것을 바라보고 있었다. 마분지로 만든 작고 둥근 열매들은 툭툭 소리를 내며 터졌고, 놋쇠 철사들은 뒤틀렸으며, 장식 끈들은 힘없이 녹아내렸다. 종이로 만든 꽃잎들은 오그라들어 마치 검은 나비들처럼 난로의 철판을 따라 나풀대더니 마침내 연통 속으로 날아가 버렸다.

3월에 토트를 떠날 때, 보바리 부인은 임신을 하고 있었다.

제2부

1

용빌 라베이(파손된 건물조차 남아 있지 않은 성 프란체스코파 수도회의 옛 수도원이 있었기 때문에 그렇게 붙여진 이름)는 루앙에서 30킬로미터 떨어진 큰 마을로서 아베빌로 가는 도로와 보베로 가는 도로 사이, 조그만 리월 강이 흐르는 계곡의 골짜기에 위치해 있다. 이 강은 하구 근처에 있는 세 개의 물레방아를 돌리고는 랑델 강으로 흘러드는데, 송어들이 좀 있어 일요일이면 사내아이들이 낚시를 즐긴다.

부아시에르로 가는 큰길을 벗어나 평탄한 길을 따라 뢰 언덕 꼭대기까지 계속 가면 그 계곡이 보인다. 그 계곡을 가로지르는 강이 마치 서로 다른 두 지역처럼 양 지역을 갈라놓고 있는데, 왼쪽으로는 전부 목초지이고 오른쪽으로는 경작지이다. 이 목초지는 똬리 같은 낮은 언덕들 아래로 길게 펼쳐지다가 그 뒤쪽으로 브레 지방의 방목장과 이어져 있는 반면, 동쪽으로는 평원이 비스듬히 오르막을 이루며 넓어지면서 황금빛 밀밭이 끝없이 펼쳐져 있다. 목초지 가장자리를 흐르는 강은 한 줄의 흰 선으로 목초지의 색깔과 경작지의 색깔을 갈라놓고 있어서, 들판은 비로드 깃을 달고 은색 장식 줄로 가장자리를 두른 큰 외투를 펼쳐 놓은 것처럼 보였다.

이곳에 이르면 위에서 아래로 고르지 못하게 띠 모양으로 붉고 긴 줄이 쳐진 생 장 언덕의 급경사면들과 함께 아르괴이 숲의 떡갈나무들이 지평선 끝에 정면으로 나타난다. 이 줄들은 빗물이 흘러내리면서 패인 흔적이고, 산의 회색빛 색조 위에 가는 끈 모양으로 그어진 벽돌 빛 색조는 주변 지역에 흐르는 철분이 함유된 많은 샘들에 기인한다.

이곳은 노르망디와 피카르디, 그리고 일 드 프랑스의 경계에 위치하고 있고, 풍경에 특색이 없는 것처럼 언어에도 억양이 없는 잡종 지역이다. 이 지역에서 가장 질이 좋지 않은 뇌샤텔 치즈가 생산되는 곳도 바로 이곳이며, 한편 모래와 자갈이 너무 많아 땅이 푸석푸석해서 기름지게 하려면 퇴비를 많이 주어야 하기에 경작 비용이 많이 든다.

1835년까지는 용빌까지 통행 가능한 길은 하나도 없었는데, 그 무렵 아베빌로 가는 도로와 아미엥으로 가는 도로를 이어 주는 '지방 도로'가 건설되어, 때론 루앙에서 플랑드르로 가는 짐마차꾼들이 이용하기도 한다. 그러나 용빌 라베이는 '새로운 수송로'에도 불구하고 답보 상태에 머물러 있다. 경작지를 개량하기는커녕, 아무리 가격이 떨어져도 여전히 목장을 고집하고 있어 평야에서 떨어져 있는 이 게으른 마을은 자연스럽게 강 쪽으로 계속 커져 갔다. 그래서 물가에서 낮잠을 자는 소치기처럼 강둑을 따라 길게 누워 있는 모습의 이 마을을 멀리서도 알아볼 수 있다.

언덕 밑에 있는 다리를 건너면 어린 사시나무들을 심어 놓은 둔덕길이 입구에 있는 가옥들까지 곧바로 이어졌다. 생울타리로 둘러쳐진 이 가옥들은 흩어진 건물들, 압착기, 짐수레 보관 창고, 브랜디를 증류하는 곳들로 복잡한 마당 한가운데에 위치했고, 그 흩어진 건물들 위 무성한 나뭇가지들에는 사다리, 장대, 낫 들이 걸려 있었다. 눈 위까지 눌러쓴 모피 모자처럼 초가지붕은 낮은 창들의 거의 3분의 1까지 늘어져 있었고, 조악한 유리들은 병 밑바닥 모양으로 불룩하게 휘어 있었다. 검은 마루 귀틀들이 대각선으로 가로지르고 있는 회벽에는 군데군데 헐벗은 배나무 가지가 걸려 있고, 현관문에는 조그만 회전식 살문이 달려 있는데 그것은 능금주에 적신 갈색 빵 조각들을 쪼아 먹으러 문지방 위로 올라오는 병아리들을 막기 위한 것이었다. 마당은 점점 줄어들고 집과 집 사이의 간격이 좁아지면서 울타리는 사라진다. 창 밑에 매달아 놓은 빗자루 끝에는 고사리 한 단이 이리저리 흔들리고 있다. 편자를 만드는 대장간이 있고 그 옆에는 수레 만드는 목공소가 있는데, 목공소 밖에는 두세 대의 새 수레가 길을 잠식하고 있다. 이어 살울타리를 지나면 원형의 잔디밭 너머에 하얀 집 한 채가 나타난다. 잔디밭에는 입에 손가락을 갖다 대고 있는 큐피드상이 세워져 있고, 현관 계단 양 끝에는 주철로 된 꽃병이 하나씩 놓여 있으며, 문에는 방패꼴의 표지가 반짝이고 있다. 그 집이 바로 공증인의 집으로 이 지방에서 가장 좋은 집이다.

성당은 거기서 스무 걸음 정도 떨어진 길 반대편 광장 입구에 자리 잡고 있다. 성당 옆에 팔꿈치로 기댈 정도 높이의 담벼락으로 둘러싸인 조그만 공동묘지는 무덤이 꽉 차 있어서 지면과 거의 같은 높이를 이룬 오래된 묘석들은 한데 이어진 포석처럼 되어 있어서 그 위에 자라는 풀은 저절로 반듯반듯한 초록색 사각형을 만들어 놓고 있다. 이 성당은 샤를 10세 통치 기간이 끝나 갈 무렵 개축되었다. 나무로 된 둥근 천장은 꼭대기에서부터 썩기 시작해서, 그 푸른색의 여기저기에 검은 구멍들이 우묵하게 패여 있다. 파이프 오르간이 있어야 할 문 위쪽 자리에는 남자용 주랑이 하나 있고 그 위로는 나막신을 신고 오르면 소리가 울려 퍼지는 나선형 계단 하나가 나 있다.

무늬 없는 스테인드글라스를 통해 들어오는 대낮의 햇빛은 밀짚 방석이 군데군데 못에 걸려 있는 벽 옆에 놓인 벤치들을 비스듬히 비치고 있고, 그 밀짚 방석 아래에는 '아무개 씨의 좌석'이라고 굵은 글씨로 적혀 있다. 좀 더 앞쪽, 내부 공간이 좁아지는 곳에는 고해실이 작은 성모 마리아 입상과 마주 보고 있는데, 그 입상은 새틴 드레스에 은빛 별들이 박힌 얇은 망사 베일을 머리에 쓰고 있었고, 샌드위치 군도[29]의 우상처럼 광대뼈가 온통 자줏빛이다. 마지막으로 안쪽 네 개의 샹들리에 사이에서 주제단(主祭壇)을 내려다보고 있는 '내무대신 기증'이라고 쓰인 '성 가족' 복사 그림 한 점이 성당 내부의 전망을 마무리하고 있다. 전나무로 만든 성가대의 좌석들은 페인트가 칠해져 있지 않았다.

스무 개가량의 기둥으로 떠받치고 있는 기와지붕 건물에 불과한 시장 하나가 용빌 대광장의 거의 절반을 차지하고 있다. '파리의 한 건축가의 설계를 바탕으로' 건축된 면사무소는 그리스 사원풍으로, 약방 쪽 코너에 자리 잡고 있다. 면사무소 현관에는 이오니아 양식 기둥이 세 개가 있고, 2층에는 천장이 반원형인 회랑이 하나 있다. 회랑 끝에 있는 삼각 모퉁이는 한쪽 발은 프랑스 헌장을 딛고 있고 다른 쪽 발은 정의의 저울을 쥐고 있는 '갈리아의 수탉' 한 마리가 공간을 다 차지하고 있다.

하지만 가장 눈길을 끄는 것은, 다름 아닌 '황금빛 사자' 여관집 맞은편에 위치한 오메 씨의 약방이다. 주로 저녁에 켕케식 양등이 켜지고 약방의 정면을 더욱 돋보이게 하는 붉고 푸른 약병들이 땅바닥 위로 두 가지 색의 불빛을 멀리까지 비출 때면, 그 불빛들 너머로 여러 가지 색깔의 불꽃을 한꺼번에 터트리는 폭죽 안에 들어앉은 것처럼 자기의 작은 책상에 팔을 괴고 있는 약제사의 그림자가 어렴풋이 보인다. 그의 집에는 꼭대기에서 아래까지 세로획의 끝을 둥글게 구부려 올린 서체(書體)의 영어로 '비시 광수, 소다수, 바레주 유황수, 정화용 농밀 시럽, 라스파이유 내복약, 아랍 라카우, 다르세 당의정, 르노 연고제, 붕대, 온천, 건강 초콜릿 등등'이라고 또렷하고 정성 들여 쓴 광고문들이 덕지덕지 붙어 있다.

---

29) 하와이 군도의 옛날 명칭이다.

가게 전체의 폭을 다 차지하는 간판에는 금색 글자로 '약제사, 오메'라고 씌어 있다. 가게 안쪽 계산대 위에 고정시켜 놓은 큰 저울 뒤로는 '조제 실'이라는 단어가 유리 문 위쪽에 보이고, 문 중간 정도의 높이에도 다시 한 번 검은 바탕에 금색 글자로 '오메'라고 씌어 있다.

이제 용빌에는 더 이상 볼 것이 아무것도 없다. 소총의 사정거리 정도 로 몇몇 가게가 길가에 늘어서 있는 길(그 길 하나밖에 없다)은 큰길의 커 브가 꺾이는 곳에서 돌연 끝이 난다. 큰길을 오른쪽에 두고 생 장 언덕 밑을 따라가면 이내 공동묘지가 나타난다.

콜레라가 유행했던 때, 묘지를 확장하기 위해 벽면 일부를 허물고 옆 으로 1만 2천 제곱미터의 땅을 사들였다. 그러나 새로 넓힌 그 부분은 거 의 비어 있고, 무덤들은 전처럼 계속 문 쪽으로 들어차고 있다. 묘혈을 파 는 동시에 교회지기이기도 한 공동묘지 관리자는(교구의 사망자들로부터 이중의 이득을 얻기 위해) 빈 땅을 이용해 그곳에 감자도 심어 먹었다. 그 렇지만 해가 가면서 그의 작은 밭떼기는 좁아 들어, 전염병이 발생할 때 에는 사람들이 죽는 것을 기뻐해야 할 것인지 아니면 무덤이 늘어나는 것을 슬퍼해야 할 것인지 알지 못했다.

"레스티부두아, 당신은 죽은 사람들을 먹고 사는군요." 하고 어느 날 사 제가 그에게 말했다.

이 음산한 말은 깊은 생각에 빠지게 만들어, 얼마 동안 그는 경작을 그 만두었다. 하지만 지금 그는 다시 감자를 심어 먹고 있고, 그것이 저절로 나고 있다고 태연자약하게 주장하기까지 했다.

이제부터 이야기하려는 사건들 이후에도 용빌에는 사실 변한 것이 아 무것도 없다. 양철로 만든 삼색기는 성당 종탑 꼭대기에서 변함없이 빙 빙 돌고 있고, 새로운 제품을 파는 가게에는 여전히 두 개의 인도 사라 사 플래카드가 나부끼고 있으며, 약방에 놓인 흰 부싯깃 같은 태아들은 더러운 알코올 속에서 점점 썩어 가고 있다. 또 여관집 대문 위에는 '빗물에 색이 바랜 낡은 황금빛 사자가 굽슬굽슬한 털을 통행인들에게 변함 없이 보여 주고 있다.

보바리 부부가 용빌에 도착하기로 되어 있는 날 저녁, 이 여관집 안주 인인 과부 르프랑수아 부인은 너무 바빠 냄비를 휘저으며 땀을 뻘뻘 흘 리고 있었다. 다음 날이 이 마을의 장날이었던 것이다. 먼저 고기를 썰 어 놓아야 했고, 닭 내장을 비워야 했으며, 수프와 커피를 준비해 놓아야 했다. 그뿐 아니라 여관에 묵고 있는 손님들의 식사, 그리고 의사 부부 와 하녀의 식사도 준비해야 했다. 당구실에서는 폭소가 울려 퍼졌고, 작 은 홀에 있는 세 명의 방앗간 사람은 브랜디를 가져오라고 소리치고 있 었다. 장작불이 타오르고 있었고, 숯불이 투다닥 소리를 내고 있었다. 부 엌의 길쭉한 식탁 위에는 생고기 상태의 양고기 덩어리 사이에 무더기 로 쌓여 있는 접시가 시금치를 써는 도마의 진동에 흔들리고 있었다. 닭 장에서는 목을 따려고 달려드는 하녀를 피해 달아나는 닭들이 내지르는 소리가 들려왔다.

금색 술이 달린 비로드 모자에 초록색 가죽 실내화를 신은, 약간 천연 두 자국이 있는 한 남자가 난로에 등을 쬐고 있었다. 얼굴에는 온통 스스 로에 대한 만족감이 드러나고 있었고, 머리 위에 매달린 버들가지 새장 안의 방울새처럼 삶이 평온해 보였다. 그가 바로 약제사였다.

"아르테미즈! 장작을 좀 패. 물병에 물을 가득 채우고 브랜디를 가져다 드려, 어서! 그런데 올 손님들에게 디저트로 뭘 내놓으면 좋을지 모르겠 구나! 뭐야! 이삿짐 짐꾼들이 당구실에서 또 시끄럽게 떠들지 않니! 자 기들 짐마차는 대문 아래 되는대로 처박아 놓고 말이야! '제비호'가 들 어오면서 들이받을 수도 있어! 이폴리트를 불러 그걸 다른 데로 옮기라 고 해! 나 원 참, 오메 씨, 아마 저들은 아침부터 열댓 번은 다투었을 거 예요. 능금주를 여덟 병이나 마셨지 뭐예요! 저러다간 당구대 양탄자를 찢어 놓고 말 거예요."

여관집 안주인이 거품을 떠내는 국자를 손에 든 채 멀리서 그들을 쳐다보면서 계속 말을 해 댔다.

"손해가 크지는 않을 겁니다. 새것으로 하나 사지요, 뭐." 하고 오메 씨가 대꾸했다.

"새 당구대라고요!"

미망인이 소리를 질렀다.

"르프랑수아 부인, 저건 이제 다 됐어요. 다시 말하지만, 부인은 손해를 보고 있어요! 손해를 보고 있다고요! 게다가 요즘 당구 애호가들은 좁은 포켓과 무거운 큐를 좋아해요. 구슬치기 같은 것은 이제 하지 않아요. 모든 게 변했다니까요! 시대에 따라야 해요! 텔리에를 좀 보세요……."

여관집 안주인은 화가 나서 얼굴이 붉어졌다. 약제사가 덧붙여 말했다.

"부인이 뭐라고 하든 그 사람의 당구대가 부인 집 당구대보다 더 좋아요. 게다가 예를 들어 폴란드나 리용의 수재민들을 돕기 위해 판돈[30]을 거는 애국적인 게임을 계획할 생각까지 하니……."

여관집 안주인이 살찐 어깨를 으쓱하며 말을 끊었다.

"두려운 건 그 인간 같은 교활한 상인들이 아니에요! 두고 보세요, 오메 씨! '황금빛 사자'가 살아 있는 한 손님은 올 거예요. 우린 돈도 많이 모았어요! 오히려 어느 날 아침, '카페 프랑세'가 문을 닫는 것을 보게 될 거예요. 차양에는 멋진 광고 포스터가 새로 달릴 테고요! 당구대를 바꾸라니요!"

그녀는 혼잣말로 계속 말했다.

"빨래를 널기에도 너무 편리해요. 사냥철에는 손님 여섯 명까지 그 위에서 잤는걸요! 그런데 이 느림보 이베르가 왜 안 오지!"

---

30) 1830년 11월 바르샤바 민중 봉기 때 그 봉기를 지원하기 위한 모금 운동이 7월 왕정 내내 행해졌다. 당구 게임에서 그 모금을 위해 건 판돈을 말한다. 리용의 수재민은 1840년 큰 홍수가 났을 때의 수재민을 말한다.

"손님들 저녁 식사 때문에 기다리는 건가요?" 하고 약제사가 물었다.

"그를 기다린다고요? 아니에요. 비네 씨를 기다리는 거지! 6시가 땡 치면 들어올 거예요. 정확성에서라면 세상에 그 사람만 한 사람은 없을 거예요. 그는 늘 작은 홀에 앉아야 해요. 죽어도 다른 자리에서는 먹지 않아요. 그리고 또 얼마나 까다롭던지! 능금주에 대해서도 너무 까다롭고! 그 사람은 레옹 씨 같지가 않아요. 레옹 씨는 때론 7시에도 오고 심지어는 7시 반에도 오지 뭐예요. 그는 자기가 뭘 먹고 있는지도 별로 신경 쓰지 않아요. 참 좋은 젊은이지요! 다른 사람한테 큰 소리 한번 내 본 적도 없어요."

"아시다시피 큰 차이가 있겠지요. 교육을 받은 사람과 기병 출신 세무 관리 사이에는 말이에요."

6시가 울렸다. 비네가 들어왔다.

그는 마른 몸에 일직선으로 쭉 뻗은 푸른색 프록코트를 입고 있었다. 챙 달린 가죽 모자 꼭지에는 끈으로 묶여진 겹장식이 몇 개 달려 있었고, 쳐들린 챙 밑으로는 대머리 이마가 보였는데, 그 이마에는 늘 모자를 쓰고 다녀서 모자 자국이 움푹 패여 있었다. 검은 나사 조끼에 회색 바지를 입고 있었고, 깃은 말총 깃이었다. 장화는 사시사철 왁스로 깨끗이 닦아서 신었고, 튀어나온 발가락 때문에 양쪽이 비슷하게 불룩 튀어나와 있었다. 황금빛 목걸이가 밖으로는 머리카락 한 올도 삐져나오지 않았다. 턱을 에워싸고 있는 그 목걸이는 화단의 가장자리 장식처럼 길고 생기 없는 얼굴을 둘러치고 있었고, 눈은 작고 매부리코였다. 갖가지 카드놀이와 사냥에 능하고 글씨도 아주 잘 썼다. 그는 집에 선반(旋盤)을 가지고 있어서 냅킨에 꽂는 둥근 고리들을 깎는 일을 즐겼는데, 예술가로서의 시샘과 소시민으로서의 이기심으로 온 집 안을 그걸로 혼잡스럽게 만들기도 했다.

그는 작은 홀로 향했다. 하지만 먼저 거기에 있는 세 명의 방앗간 사람을 내보내야 했다. 식사가 준비되는 동안 비녜는 난로 곁 자기 자리에 조용히 앉아 있었다. 마침내 그는 문을 닫고 평상시처럼 모자를 벗었다.

"그에게 말을 건다는 건 예의가 아니겠어요!"

여관집 안주인하고만 남게 되자 약제사가 말했다.

"절대로 말을 하지 않아요. 지난주에 나사 옷차림의 여행자 두 명이 왔는데, 재주가 대단한 젊은이들이어서 저녁에 어찌나 농담을 해 대던지 웃겨서 눈물이 날 지경이었지요. 그런데도 그는 청어처럼 말 한마디 없이 앉아 있었지 뭐예요." 하고 그녀가 대답했다.

"그래요. 상상력도 없고 재치도 없어요. 사교적인 인간이 지니는 것이라고는 조금도 갖고 있지 않아요!" 하고 약제사가 말했다.

"그렇지만 능력은 있다던데요." 하고 여관집의 안주인이 이의를 제기했다.

"능력이 있다고요! 그 사람이! 능력이요? 카드놀이에서는 그럴지도 모르지요."

오메 씨가 이렇게 대꾸하고는 좀 더 차분한 어조로 덧붙였다.

"아! 사업상 교류가 상당한 상인이나 법률가, 의사, 약제사는 일에 너무 몰두하다 보니 변덕스럽게 되기도 하고 무뚝뚝해지기까지도 한다는 걸 난 이해해요. 이야기 속에서도 그런 행동을 볼 수 있으니까요. 그렇지만 그건 적어도 그들이 뭔가를 생각하고 있기 때문입니다. 예컨대 제 경우를 보더라도, 가격표를 쓰려고 책상에서 펜을 찾다가 결국 귀에 꽂혀 있는 것을 발견할 때가 얼마나 자주 있는지 모릅니다!"

그렇게 말하는 사이에도 르프랑수아 부인은 '제비호'가 돌아오고 있는지 보기 위해 문간으로 나갔다. 그녀는 소스라쳤다. 검은 옷을 입은 한 남자가 부엌으로 불쑥 들어왔다. 석양의 희미한 빛을 통해 몹시 붉은 그의 얼굴과 건장한 체격을 알아볼 수 있었다.

"무슨 일이 있으세요, 신부님?" 하고 벽난로판 위에 양초를 꽂아 주랑처럼 정렬해 놓은 구리 촛대 가운데 하나를 집어 들면서 여관집 안주인이 물었다.

"뭐라도 좀 드시겠어요? 카시스 술이나 포도주 한잔 드릴까요?"

성직자는 아주 공손하게 거절했다. 그는 자기 우산을 찾으러 왔는데, 요전에 에르느몽 수도원에 깜박 잊고 놓아두고 왔던 것이다. 그날 밤 안으로 그걸 찾아 사제관에 보내 달라고 그녀에게 부탁하고는 성당으로 가기 위해 집을 나섰다. 교회에서는 '만종'이 울리고 있었다.

광장에서 사제의 구두 소리가 더 이상 들리지 않자 약제사는 방금 전 그의 행동이 매우 무례하다는 생각이 들었다. 그리하여 음료를 받아 마시기를 거절한다는 것은 가장 가증스런 위선으로 보인다고 공격했다. 그리고 또 사제들 모두가 사람들이 보지 않는 곳에서는 실컷 먹고 마셔 왔고, 십일조의 시대[31]로 되돌아가려고 애쓰고 있다는 것이었다.

여관집 안주인은 사제를 두둔했다.

"그렇지만 그분은 당신 같은 사람 네 명은 무릎에 얹어 놓고 꼼짝 못하게 할 거예요. 작년에는 우리 일꾼들이 밀짚단을 들이는 것을 도와주셨는데 한꺼번에 여섯 단을 들었어요. 그만큼 힘이 세요."

"대단하시군요! 그렇다면 그런 체질의 건장한 남자들에게 따님들을 고해하러 보내시지! 만일 제가 정부 책임자라면 매월 한 번씩 사제들에게서 피를 뽑도록 하고 싶군요. 그래요, 르프랑수아 부인, 치안과 풍기를 위해 매월 많은 피를 뽑겠어요!" 하고 약제사가 말했다.

"그만 입 닥쳐요, 오메 씨! 당신은 불경한 사람이에요! 전혀 신앙도 없어요!"

그러자 약제사가 대꾸했다.

"웬걸요. 있어요, 제 나름의 신앙이 말입니다. 위선과 편협함을 가진

---

31) 중세 시대를 일컫는다. 십일조 헌납 제도는 종교 개혁 이후에 폐지되었다.

그 모든 사람들의 신앙보다 더 나은 신앙이지요! 반대로 저는 신을 숭배합니다. 그가 누구건 상관없어요. 저는 시민으로서 아버지로서 의무를 다하도록 이 세상에 우리를 보내신 '지고의 존재', '창조자'를 믿습니다. 하지만 저는 성당에 가서 은그릇에 입 맞추거나 우리보다 더 잘 먹고 지내는 어릿광대 무리들을 내 주머닛돈으로 살찌울 필요는 없다고 믿어요! 왜냐하면 옛날 사람들처럼 숲에서도, 들판에서도, 심지어는 창공을 응시하면서도 그분을 잘 숭배할 수 있기 때문입니다. 저의 신은 소크라테스의 신, 프랭클린의 신, 볼테르의 신, 베랑제의 신과 같은 신입니다! 저는 '사부아 보좌 신부의 신앙 고백'과 1789년의 불후의 원칙[32]을 지지합니다! 그러기에 저는 지팡이를 들고 화단을 산책하거나, 친구들을 고래 배 속에 머물게 하거나, 절규하면서 죽었다가 3일 후에 다시 살아나는 그런 신을 믿는 순진한 사람을 용납하지 않습니다. 그런 일들은 그 자체로 불합리할 뿐만 아니라 모든 물리학의 법칙에도 전적으로 어긋납니다. 말이 나왔으니 하는 말인데, 그것은 사제들이 늘 비열한 무지 속에 빠져 있으며, 사람들도 그 속으로 빠져들게 하려 한다는 것을 증명해 주는 것입니다."

오메는 자기 주위에 청중이라도 있나 찾아보면서 잠시 침묵했다. 왜냐하면 말에 열광한 나머지 자신이 시의회 한가운데에 있는 것처럼 잠시 착각했기 때문이다. 그러나 여관집 안주인은 그의 말을 이미 듣지 않고 있었다. 그녀는 멀리서 들려오는 마차 구르는 소리에 귀를 기울이고 있었던 것이다. 땅을 치는 수레바퀴의 느슨한 쇠테 소리에 뒤섞여 마차 소리가 또렷해졌다. 마침내 '제비호'가 대문 앞에 와 섰다.

그것은 커다란 두 개의 바퀴 위에 올려놓은 노란색 상자 같은 것으로, 바퀴가 포장 높이까지 올라와 있어 타고 있는 사람들이 길을 내려다볼

---

32) 1789년에 공표된 '인권 선언'의 원칙을 가리킨다.

수도 없으면서 괜히 어깨만 더럽히게 되는 것이었다. 마차의 좁은 창의 작은 유리들은 마차 문이 닫혀 있을 땐 틀 속에서 흔들거렸고, 소나기에 조차 씻겨 나가지 않을 만큼 묵은 먼지가 겹겹이 쌓여 있었으며, 여기저 기에 진흙이 튀어 있었다. 이 마차는 세 마리의 말이 끌도록 되어 있었다. 한 마리를 가운데 앞장세우고 두 마리를 뒤에 나란히 매어 놓았는데, 언 덕을 내려갈 때에는 뒤가 땅에 닿으면서 마구 흔들렸다.

용빌의 주민 몇몇이 광장에 모여들었다. 그들은 새로운 소식을 묻기 도 하고 사정 설명을 요구하기도 하고 생선 광주리를 달라고 하기도 하 면서 모두가 한꺼번에 말을 쏟아 냈다. 이베르는 어디에 장단을 맞춰야 할지 몰랐다. 시내에 나가서 그들의 용무를 대신 보아 주는 이가 바로 그 였다. 그는 가게들에 들러서 구두점에는 가죽 두루마리를, 제철공(蹄鐵 工)에게는 고철을, 자기 안주인에게는 청어 한 궤짝을, 여성용 모자 가 게에는 모자들을, 그리고 미장원에는 머리 타래를 구해다 주었다. 돌아 오는 길에 그는 말들이 알아서 가게 내버려 두고는 마부석에 선 채 목청 껏 외치면서 길을 따라 부탁받은 물건 꾸러미들을 마당 담장 위로 던지 는 것이었다.

한 우연한 사건으로 그의 도착이 지체되었었다. 보바리 부인의 강아지 가 들판으로 도망가 버렸던 것이다. 족히 15분 이상을 휘파람을 불어 대 며 강아지를 찾아다녔다. 이베르 자신도 좀 더 가면 찾을 수 있으려니 하 면서 오던 길을 2킬로미터나 되돌아갔다. 하지만 결국 되돌아와야 했다. 엠마는 눈물을 흘리기도 하고 화를 내기도 하면서 이 불행에 대해 샤를 을 원망했다. 그녀와 함께 마차를 타고 있던 옷감 장수 뢰뢰는 오랜 세월 이 지난 뒤에도 주인을 알아보는 집 잃은 개들의 예를 여럿 들면서 그녀 를 위로해 보려고 애썼다. 콘스탄티노플에서 파리로 돌아온 개에 대한 이야기도 해 주었다. 또 어떤 개는 강을 네 개나 헤엄쳐 건너 200킬로미 터를 곧장 달려오기도 했다는 것이다. 자기 아버지도 북슬개 한 마리가 있었는데, 잃어버린 지 12년이 지난 어느 날 밤 시내로 저녁을 먹으러 가는데 길에서 갑자기 그의 등으로 뛰어오르더라는 것이었다.

2

엠마는 마차에서 제일 먼저 내렸다. 이어 펠리시테, 뢰뢰 씨, 그리고 한 유모가 내렸는데, 구석진 자리에서 자고 있던 샤를은 깨우지 않으면 안 되었다. 그는 날이 어두워지면서부터 완전히 잠에 빠져들어 버렸던 것이다.

오메가 자기를 소개했다. 그는 보바리 부부에게 정중히 인사를 건네면서 약소하나마 도움을 드릴 수 있어서 기쁘다고 말한 뒤, 무례함을 무릅쓰고 이렇게 불청객으로 나왔으며 게다가 자기 아내는 집에 없어서 함께 오지 못했노라고 극진한 태도로 덧붙였다.

보바리 부인은 부엌에 들어서자마자 난로 옆으로 다가갔다. 두 손가락 끝으로 무릎께의 드레스를 잡아 발목까지 추켜올린 다음, 빙빙 돌며 구워지고 있는 양고기 넓적다리 위로 검은 편상화를 신은 발을 뻗어 불을 쬐었다. 불길은 옷의 올과 흰 피부의 고른 모공과 이따금씩 깜빡거리는 눈꺼풀을 강렬한 빛으로 파고들며 전신을 밝혀 주었다. 반쯤 열린 문을 통해 들어오는 바람결에 따라서 크고 붉은 불길이 그녀 위를 스쳐 지나가곤 했다.

난로 맞은편에는 금발의 한 젊은이가 조용히 엠마를 바라보고 있었다.

기요맹 법률가 사무실에서 서기로 일하고 있는 레옹 뒤피 씨(그가 바로 '황금빛 사자' 여관집에 두 번째 단골 투숙객이었다)는 용빌에서 권태로움을 느끼고 있었기 때문에 저녁에 이야기를 나눌 여행객이 여관에 올지도 모른다고 기대하면서 저녁 식사 시간을 자주 뒤로 미루곤 했다. 할 일을 다

끝낸 날에는 무슨 일을 해야 할지 몰라 정확한 시간에 도착해 어쩔 수 없이 수프에서 치즈를 먹을 때까지 비네와 마주 앉아 있어야 했다. 그래서 새로 온 손님들과 저녁 식사를 하면 어떻겠느냐는 여관집 안주인의 제안을 아주 흔쾌히 받아들였다. 그래서 그들은 르프랑수와 부인이 네 명 분의 식사를 성대하게 차려 놓은 큰 홀로 들어갔다.

오메는 코감기에 걸릴까 두려워 그리스식 모자를 그냥 쓰고 있으니 용서해 달라고 부탁했다. 그러고는 자기 곁에 앉아 있는 보바리 부인을 돌아보면서 말했다.

"부인께서도 물론 피곤하시겠지요? '제비호'가 너무나 끔찍이도 흔들려서!"

"정말 그래요. 하지만 다른 곳으로 이동하는 일이 제게는 항상 즐거운 걸요. 저는 이동을 좋아해요." 하고 엠마가 대답했다.

"한곳에 눌러사는 것은 아주 따분한 일이지요." 하고 서기가 한숨을 내쉬며 말했다.

"만일 당신이 끊임없이 말을 타고 다녀야 하는 저 같은 입장이라면……." 하고 샤를이 말했다.

"하지만 그보다 더 유쾌한 일은 없을 것 같은데요. 그렇게 할 수만 있다면 말이에요." 하고 레옹이 보바리 부인에게 말을 건네면서 덧붙였다.

뒤이어 약제사가 말했다.

"게다가 이 지방에서는 의료 행위가 그렇게 힘들지는 않습니다. 왜냐하면 도로가 좋아 이륜마차를 이용할 수 있는 데다, 경작자들의 살림이 넉넉해서 진료비도 꽤 만족스럽게 지불하니까요. 의학과 관련해서 보더라도 장염, 기관지염, 담즙병 등 흔한 질병들이에요. 수확기엔 종종 열병들이 있긴 하지만, 중병이랄 것은 거의 없으며 특별히 조심해야 할 질병도 없습니다. 다수의 연주창을 제외하면 말입니다. 그건 아마 농가 주택의 한심한 위생 조건에서 기인할 겁니다. 아! 싸워야 할 편견들은 많이 만나게 될 겁니다, 보바리 선생님. 선생님의 학문적 모든 노력은 매일같이 완고한 인습들과 충돌하게 될 겁니다. 왜냐하면 그들은 당연히 의사나 약제사에게 오기보다는 9일 기도나 성유물이나 사제에게 기대기 때문입니다. 하지만 기후는 그렇게 나쁘지 않습니다. 심지어 이곳에는 90대도 몇 명이나 되니까요. 온도계(제가 관찰했습니다만)는 겨울에는 4도까지 내려가고, 여름에는 25도, 기껏해야 30도까지 올라갑니다. 열씨(列氏)로는 최고 24도이고, (영국식 계산인) 화씨로는 54도지요. 그 이상은 올라가지 않습니다. 그리고 실제로 이곳은 한쪽으로는 아르괴이 숲이 북풍을 막아 주고 있고, 다른 한쪽으로는 생 장 언덕이 서풍을 막아 주고 있습니다. 그러나 이 열기는 강에서 생겨나는 수증기와 목초지에 있는 상당수의 가축 때문이지요. 아시다시피 가축들은 많은 양의 암모니아, 즉 질소, 수소, 산소(아니, 질소와 수소뿐입니다)를 발산하니까요. 또한 대지의 부식토를 펌프질하여 그것의 온갖 다양한 발산물을 혼합하고, 이를테면 그것들을 하나의 다발로 묶어서 대기에 퍼져 있는 전기와 결합되는 이 열기는 마침내 열대 지방에서처럼 건강에 해로운 독한 냄새를 발생시킬 수가 있습니다. 제가 말하는 이 열기는 그것이 불어오는, 더 정확히 말해 불어올지도 모를 쪽, 즉 남쪽에서 남동풍에 의해 적절히 약화됩니다. 그 남동풍은 센 강을 지나면서 저절로 서늘해져서 때로는 갑자기 러시아의 미풍처럼 불어옵니다."

"어쨌든 주변에 산책할 곳은 좀 있겠지요?"

보바리 부인이 그 젊은이에게 물었다.

"오! 거의 없습니다. 언덕 위 숲 가장자리에 '방목장'이라고 불리는 데가 한 곳 있습니다. 일요일에 가끔 저는 그곳에 갑니다. 책을 읽기도 하고 해질 무렵에는 석양을 바라보면서 있기도 합니다." 하고 그가 대답했다.

"저녁노을만큼 멋진 것은 없는 것 같아요. 하지만 특히 바닷가에서 그렇지요."

그녀가 말을 이었다.

"오! 저는 바다를 너무 좋아합니다."

레옹 씨의 말에 보바리 부인이 대꾸했다.

"그리고 또, 바라보고 있으면 영혼이 고양되고 무한에 대한 생각이 떠오르는 그 끝없이 광활한 곳에서는 정신이 보다 더 자유롭게 항해할 것 같지 않으세요?"

"산의 풍경도 마찬가지입니다. 제 사촌이 작년에 스위스를 여행했는데, 호수의 시정과 폭포의 매력, 빙하의 웅장한 인상을 사람들은 이루 상상할 수 없을 거라고 말하곤 했어요. 급류의 흐름을 가로질러 뻗어 있는 믿을 수 없을 정도로 큰 소나무들, 벼랑에 걸쳐 있는 오두막집들, 구름이 반쯤 걷힐 때면 발아래 천 길 낭떠러지 밑으로 완전히 드러나 보이는 계곡 등 그런 풍경들은 바라보고 있는 사람들을 틀림없이 열광시킬 것이고, 기도하고 싶은 마음이 들게 하고, 황홀경에 빠져들게 해 줄 거예요! 그래서 저는 상상력을 더 북돋우기 위해 어떤 장엄한 장소 앞에 가서 피아노를 연주하는 습관을 갖고 있다는 그 유명한 음악가의 이야기에 놀라워하지 않아요." 하고 레옹이 말했다.

"당신도 음악을 하세요?" 하고 그녀가 물었다.

"아닙니다. 그렇지만 음악을 아주 좋아합니다."

오메가 접시 위로 몸을 수그리면서 그의 말을 끊었다.

"아! 보바리 부인, 그 말 곧이듣지 마십시오. 순전히 겸손에서 하는 말입니다. 뭐야, 자네! 아니! 요전 자네 방에서 '수호천사'를 황홀해질 정도로 불러 놓고는. 조제실에서 자네 노랠 들었는데 성악가 못지않았어!"

실제로 레옹은 광장이 바라다보이는 약제사의 집 3층에 있는 작은 방에서 살고 있었다. 그는 집주인의 칭찬에 얼굴이 붉어졌다. 그러나 이미 집주인은 의사에게로 몸을 돌려 용빌의 주요 인사들을 하나하나 열거하고 있었다. 그는 몇몇 일화를 이야기해 주기도 하고, 참고할 만한 자료들을 제공해 주기도 했다. 공증인의 재산에 대해 정확히 아는 사람이 없다든가, 아주 잘난 체하는 '튀바쉬 집'이 있다든가 하는 것들이었다.

엠마가 말을 계속했다.

"그럼 어떤 음악을 좋아하세요?"

"오! 독일 음악을 좋아합니다. 몽상을 자극하지요."

"파리에 있는 이탈리아 극장을 아세요?"

"아직요. 하지만 내년에 법률 공부를 마치러 파리로 가면 가 볼 거예요."

"도망친 그 불쌍한 야노다[33]에 관해 선생님께 말씀드렸습니다만 그가 터무니없는 짓들을 한 덕분에 부인께서는 용빌에서 가장 안락한 집 중 하나에서 사시게 될 겁니다. 그 집은 특히 의사가 살기에 편리한 집이지요. '골목길'로 문이 하나 나 있어서 사람들의 눈에 띄지 않고 출입할 수가 있습니다. 게다가 그 집에는 세탁실, 딸린 방이 있는 부엌, 응접실, 과일 저장소 등 살림하기에 편리한 것은 모두 갖춰져 있지요. 그 사람은 지출 같은 것은 염두에 두지도 않는 인간이었지요! 정원 끝 연못 옆에는 여름에 시원하게 앉아 맥주를 마시기 위해서 일부러 정자를 세웠습니다. 만약 부인께서 정원 가꾸기를 좋아하신다면 부인께서도……." 하고 약제사가 말했다.

"제 아내는 그런 일에는 거의 신경을 쓰지 않습니다. 아무리 운동을 권해도 늘 자기 방에 남아 책 읽기를 더 좋아하지요." 하고 샤를이 말했다.

"저 같군요. 사실, 바람이 유리창을 흔들고 램프가 타고 있는 밤, 책을 들고 난롯가에 앉아 있는 것보다 더 기분 좋은 일이 있을까요?" 하고 레옹이 대꾸했다.

---

33) 샤를이 오기 전에 용빌에 있었던 의사를 가리킨다.

"그렇죠?" 하고 그녀는 까만 눈을 아주 크게 뜨고 그를 쳐다보면서 말했다.

"아무 생각도 나지 않아요. 시간은 그렇게 흘러가지요. 가만히 앉아서 눈으로 보듯 여러 나라를 돌아다녀요. 생각은 지어낸 이야기 속으로 얽혀 들어가 자잘한 묘사 속에서 놀기도 하고, 사건들의 윤곽을 따라가기도 합니다. 제가 곧 등장인물들이 되기도 하고, 그들이 입는 옷을 입은 듯 가슴이 설레는 것 같기도 하지요." 하고 그가 계속했다.

"그래요! 정말 그래요!" 하고 그녀가 말했다.

"이따금 부인은 옛날에 가졌던 막연한 생각이나 멀리서 되살아오는 어떤 흐려진 영상이나 자신의 가장 섬세한 감정을 모두 표현해 놓은 것 같은 것을 책 속에서 뜻밖에 접해 본 적이 있었습니까?" 하고 레옹이 물었다.

"그런 걸 느껴 본 적이 있어요." 하고 그녀가 대답했다.

"그러기에 저는 특히 시인을 좋아합니다. 운문이 산문보다 더 감미롭고, 또 훨씬 더 눈물을 자아내는 것 같습니다." 하고 그가 말했다.

"그렇지만 운문은 결국 싫증이 나고 말아요. 그래서 지금은 반대로 단박에 읽히는, 두려움이 느껴지는 그런 이야기들이 아주 좋아요. 저는 주변에 있을 것 같은 평범한 주인공들이나 무딘 감정들은 질색이에요." 하고 다시 엠마가 말했다.

"실제로 그런 작품들은 심금을 울리지 못하기에 예술의 참된 목적에서도 벗어나는 것 같습니다. 인생의 환멸들 속에서 고귀한 성격과 순수한 감정과 행복의 정경들을 상상해 볼 수 있다는 것은 감미로운 일입니다. 여기 세상에서 멀리 떨어져 사는 저로서는 그것이 저의 유일한 소일거리입니다. 도대체가 용빌에는 즐길 만한 일이 이렇게도 없으니!" 하고 서기가 지적했다.

"아마 토트와 같은 모양이네요. 그래서 저는 늘 도서 대여실에 회원 가 입을 해 두었어요." 하고 엠마가 말을 이었다.

"만일 부인께서 원하신다면 볼테르, 루소, 드릴르, 월터 스코트, 신문 〈소설의 메아리〉 등 일류 작가들의 작품들로 꾸며진 제 서재를 마음대로 사용하실 수 있습니다. 여러 정기 간행물들도 받아 보고 있으니까요. 그중에서도 〈루앙의 표지등〉지는 매일 받아 보고 있는데, 뷔시와 포르즈, 뇌샤텔, 용빌, 그리고 그 주변 지역 들의 통신원이기 때문입니다." 하고 약제사가 말했다.

벌써 그들은 두 시간 반이나 식탁에 앉아 있었다. 하녀 아르테미즈는 헌 실내화를 타일 바닥 위로 질질 끌면서 요리 접시들을 하나씩 하나씩 무사태평하게 날랐고, 시키는 일마다 모두 잊어버리거나 아무것도 알아듣지 못했고, 또 당구실 문을 언제나 반쯤 열린 채로 두어서 빗장 걸쇠 끝이 벽에 부딪치기도 했다.

레옹은 열심히 이야기를 하느라 자기도 모르게 발을 보바리 부인이 앉아 있는 의자의 받침살에 얹어 놓고 있었다. 그녀는 푸른색의 작은 비단 넥타이를 매고 있었는데, 그것은 마치 16세기의 주름 장식깃처럼 둥근 가두리 장식을 한 흰 고급 삼베로 칼라를 똑바로 받치고 있었다. 그래서 머리를 움직임에 따라 얼굴 아랫부분이 속옷 속에 묻히기도 했다가 얌전스레 드러나기도 했다가를 반복했다. 이처럼 샤를과 약제사가 서로 가까이 앉아 담소를 나누고 있는 동안 보바리 부인과 레옹은 막연한 대화 속으로 빠져들었는데, 그런 대화에서는 우연한 말들도 항상 대화자들을 서로 간의 공감이라는 확고한 중심으로 이끈다. 파리의 연극, 소설의 제목, 새로운 카드릴 춤, 그들이 알지 못하는 사교계, 그녀가 살았던 토트, 지금 그들이 있는 용빌 등, 저녁 식사가 끝날 때까지 그들은 모든 것을 다 검토해 보았고, 모든 것에 대해서 다 이야기를 나누었다.

커피가 나왔을 때, 펠리시테는 새집으로 방을 갖추어 놓으러 갔고, 회식자들도 곧 물러갔다. 르프랑수아 부인은 잿더미 곁에서 잠을 자고 있었고, 한편 마구간지기는 초롱을 손에 들고 보바리 부부를 집으로 안내하기 위해 기다리고 있었다. 붉은색 머리카락에는 지푸라기들이 묻어 있었고, 왼쪽 다리는 절름거렸다. 그가 다른 한 손으로 사제의 우산을 집어 들자 그들은 걷기 시작했다.

마을은 잠들어 있었다. 시장 건물의 기둥들이 그림자를 길게 드리우고 있었다. 대지는 마치 여름밤처럼 온통 회색빛이었다.

그러나 의사의 집은 여관집에서 50보 정도의 거리에 있었기 때문에, 잠시 후 서로 작별 인사를 해야 했고, 일행은 모두 흩어졌다.

엠마는 현관에서부터 회벽의 냉기가 마치 젖은 빨래처럼 어깨 위로 내려앉는 것을 느꼈다. 벽은 새집처럼 깨끗했지만 계단들이 너무 삐거덕거렸다. 2층 방에는 커튼이 없는 창들을 통해 희끄무레한 빛이 비쳐 들고 있었다. 나무의 우듬지들이 어슴푸레하게 보였고, 더 저쪽으로는 하천 줄기를 따라 달빛 속에 뿌옇게 피어오르는 안개 속에 목초지가 반쯤 잠겨 있었다. 방 한가운데에는 서랍장 서랍, 병, 커튼 봉, 그리고 도금한 막대들이 의자 위의 매트리스, 마룻바닥 위의 대야 들과 함께 제멋대로 흩어져 있었다. 가구를 운반해 왔던 두 사람이 거기에 그것들을 모두 아무렇게나 놓아두고 가 버렸기 때문이다.

엠마가 외지에서 잠을 잔 것은 이번이 네 번째였다. 첫 번째는 수녀원에 들어가던 날이었고, 두 번째는 토트에 도착했던 날, 세 번째는 보비에사르에서, 그리고 네 번째는 바로 이번인데, 그녀의 삶에서 저마다 어떤 새로운 국면의 개막과도 같았다. 그녀는 상이한 장소에서 똑같은 일들이 일어나리라고는 생각하지 않았다. 그리고 살아온 몫은 좋지 않았으니까 남은 몫은 틀림없이 더 나으리라.

3

다음 날 눈을 떴을 때 엠마는 서기가 광장에 있는 것을 보았다. 그녀는 실내복을 입고 있었다. 서기는 고개를 들어 그녀에게 인사했다. 엠마는 얼른 가볍게 몸을 숙여 인사를 하고는 창문을 닫았다.

레옹은 온종일 저녁 6시가 되기를 기다렸다. 그러나 여관집에 들어섰을 때 그는 비네 씨 혼자 식탁에 앉아 있는 것을 발견했다.

전날의 저녁 식사는 그에게는 중대한 사건이었다. 그는 이제껏 두 시간 동안을 한 '여성'과 계속해서 이야기를 해 본 적이 없었다. 예전 같으면 잘하지 못했을 그 많은 말들을 어떻게 그토록 멋지게 그녀에게 할 수 있었던 걸까? 평소 그는 소심하고 수줍어했으며, 동시에 뭔가를 숨기는 듯한 조심스러운 태도를 지니고 있었다. 용빌에서 그는 '훌륭한' 예의범절을 지니고 있는 것으로 통하고 있었다. 그는 나이 든 사람들이 하는 말을 주의 깊게 들었고, 젊은 사람치고는 놀랍게도 정치에 관해 전혀 흥분하지 않았다. 게다가 그는 몇 가지 재능을 가지고 있었다. 그는 수채화도 그렸고 악보도 읽을 줄 알았으며 저녁 식사 후 카드놀이를 하지 않을 때는 문학에 기꺼이 시간을 투자했다. 오메 씨는 교양 있는 그를 높이 평가했고, 오메 씨 부인은 그의 친절함을 특히 좋아했다. 왜냐하면 그는 항상 더러운 낯바닥에 아주 막돼먹은 데다가 제 어머니를 닮아 임파성 체질인 오메의 아이들을 자주 정원에 데리고 나갔기 때문이다. 오메 부부의 집에는 아이들을 보살펴 주도록 하녀 외에도 오메 씨의 먼 사촌인 쥐스탱이라는 견습생이 있었다. 베푸는 마음에서 그를 집으로 데려왔지만, 동시에 하인 역할도 하고 있었다.

약제사는 이웃들 중에서 가장 친절한 태도를 보였다. 그는 보바리 부인에게 물품을 공급해 주는 상인들을 안내해 주었고, 능금주 장수를 일부러 불러서는 손수 술 맛을 보았으며, 지하실에 가서 술통이 제대로 잘

놓였는지 신경을 써 주기도 했다. 또한 그는 버터를 싸게 구입하려면 어떻게 해야 하는지를 알려 주었고, 성당과 장례에 관한 일 외에도 사람들의 기호에 따라 시간 단위나 1년 계약으로 용빌의 주요 정원들을 손질해 주는 성당지기인 레스티부두아와 계약을 맺어 주기도 했다.

남을 돌봐 주고 싶은 좋은 마음에서만 약제사가 비굴할 정도의 성심성의를 다하고 있는 것은 아니었다. 그 밑바닥에는 하나의 속셈이 있었다.

그는 면허증이 없는 자는 누구나 의료 행위를 금지하는 프랑스 공화력 11년 제6월 19일[34]자 법령 제1조를 어겨서 누군가의 은밀한 밀고로 루앙의 검사에게 호출당한 적이 있었다. 어깨에 흰 담비 가죽띠가 달린 제복에 법관 모자를 쓴 검사는 특별실에서 선 채로 그를 맞았다. 법정이 개정되기 전 아침이었다. 복도에서는 헌병들의 힘찬 장화 소리가 들려왔고, 멀리서는 커다란 자물쇠를 채우는 소리 같은 것이 들려왔다. 약제사의 귓속에서는 졸도해서 쓰러지는 게 아닐까 싶을 정도로 이상한 소리들이 울려 퍼졌다. 지하 감옥, 눈물을 흘리는 가족, 팔려 버린 약방, 흩어져 있는 온갖 약병 들이 어렴풋이 떠올랐다. 그래서 그는 정신을 차리기 위해 소다수를 탄 럼주 한잔을 마시러 카페에 들어가지 않을 수 없었다.

그 두려웠던 경고에 대한 기억이 차차 희미해지자 오메는 예전처럼 가게 뒷방에서 가벼운 진찰을 계속했다. 그러나 면장이 그를 비난했고, 동업자들도 시기하고 있었으므로 그들 모두를 두려워할 수밖에 없었다. 그러므로 공손하게 굴어 보바리 씨의 신뢰를 얻고 그에게 감사하는 마음을 갖게 하여 나중에 설령 그가 무슨 낌새를 채더라도 입을 막기 위한 속셈이었다. 그래서 매일 아침 오메는 그에게 '신문'을 가져다주었고, 오후에는 종종 약방을 잠시 비우고 의사의 집에 찾아가 이야기를 나누곤 했다.

샤를은 우울했다. 환자가 없었던 것이다. 그는 오랜 시간을 말 한마디

---

34) 지금의 달력으로는 2월 19일부터 3월 21일까지이다.

없이 앉아 있기도 했고, 진찰실에 들어가 잠을 자거나 아내가 바느질하는 것을 바라보고 있기도 했다. 기분을 풀기 위해서 그는 육체 노동자처럼 집안일을 맡아 했고, 페인트공들이 남기고 간 남은 페인트로 다락방을 칠해 보기도 했다. 그러나 돈 문제가 걱정이었다. 토트의 집수리와 아내의 치장, 그리고 이사에 돈을 너무 많이 써 버려서 3천 에퀴 이상 되는 결혼 지참금을 2년 만에 모두 날려 버렸다. 게다가 마차가 너무 흔들려 캥캥푸아의 포도(鋪道)에 떨어져 산산조각이 나 버린 사제 석고상은 차치하고라도, 토트에서 용빌로 운송 도중 파손되거나 못 쓰게 된 것들이 얼마나 많은가!

그나마 한 가지 즐거운 걱정거리, 즉 아내의 임신이 그의 기분을 풀어 주었다. 해산일이 가까워짐에 따라 그는 아내를 더욱더 소중히 아꼈다. 그것은 또 하나의 피붙이 관계가 형성되는 것으로, 끊임없이 느껴지는 보다 더 복합적인 결합에 대한 감정 같은 것이었다. 그녀의 둔한 거동과 코르셋도 하지 않은 엉덩이 위에서 서서히 상체를 돌리는 모습을 멀리서 보았을 때, 또는 마주 보고 앉아서 아내를 마음 놓고 바라볼 때, 안락의자에 피곤한 자세로 앉아 있는 것을 볼 때면 그는 행복감을 억제하지 못하고 벌떡 일어나서 껴안으며 두 손으로 얼굴을 쓰다듬으면서 귀여운 엄마라고 불렀고, 그녀에게 춤을 춰 보라고도 했고, 반은 웃고 반은 눈물을 글썽이면서 떠오르는 온갖 다정한 농담을 늘어놓았다. 아이를 갖게 되었다는 생각은 그를 아주 즐겁게 했다. 지금 그에게 부족한 것은 아무것도 없었다. 그는 인간의 삶이 줄 수 있는 것을 모두 체험하고 있어서, 두 팔을 괴고 침착하게 식탁에 앉아 그 삶을 맛보고 있었다.

엠마는 처음에는 몹시 놀랐지만, 엄마가 된다는 게 어떤 것인지를 알기 위해 빨리 아이를 낳고 싶었다. 그러나 자신이 원하는 만큼 지출을 할 수가 없어서 장밋빛 커튼이 달린 곤돌라 모양의 요람과 수놓은 갓난아기용 모자를 살 수 없게 되자 그녀는 쓰라린 감정을 느끼며 아이용 물품들의 준비를 포기하고, 고르지도 흥정해 보지도 않고 마을의 품팔이 여인에게 맡겨 버렸다. 그러다 보니 어머니들의 모성애를 한껏 북돋는 준비 과정을 즐기지 못했고, 아이에 대한 애정도 어느 정도 약해져 있었다.

그렇지만 식사를 할 때마다 샤를이 아이에 대해 말을 했기에, 곧 그녀도 그 일을 더 꾸준하게 생각했다.

엠마는 아들을 원하고 있었다. 그 애는 튼튼하고 갈색 머리일 것이고, 이름을 조르주라 지어 주리라. 사내아이를 갖고 싶다는 생각은 지난날의 모든 무력함에 대한 앙갚음 같은 것이었다. 적어도 남자는 자유롭다. 온갖 정욕을 경험할 수 있고, 온갖 지방을 두루 돌아다닐 수 있다. 장애물들을 뚫고 나아갈 수 있고 아주 멀리 있는 행복도 물어 올 수가 있다. 그러나 여자는 끊임없이 방해를 받는다. 무기력한 동시에 유순한 여자는 법률의 속박과 함께 육체의 연약함을 갖고 있다. 여자의 의지는 모자에 끈으로 고정해 놓은 면사포처럼 바람이 부는 대로 요동치고, 충동질하는 어떤 욕망과 억제시키는 어떤 체면이 항상 공존한다.

엠마는 어느 일요일 6시경, 해 뜰 무렵에 아이를 낳았다.

"딸이야!" 하고 샤를이 말했다.

엠마는 얼굴을 돌렸다. 그리고 바로 실신해 버렸다.

즉시 오메 부인과 '황금빛 사자' 여관집의 안주인 르프랑수아가 달려와 그녀를 껴안아 주었다. 사려가 깊은 사람인 약제사는 반쯤 열린 문으로 그녀에게 우선 몇 마디 축하 인사만 건넸다. 그는 아이를 보았으면 했고, 신체가 정상인 것을 알았다.

회복기 동안 엠마는 딸의 이름을 지어 주는 데 몰두했다. 우선 클라라, 루이자, 아망다, 아탈라 같은 이탈리아 어의 어미를 가진 모든 이름을 하나하나 검토해 보았다. 그녀는 갈쉬앵데라는 이름을 꽤 좋아했지만, 이죄나 레오카디라는 이름을 훨씬 더 좋아했다. 샤를은 아이에게 아이 엄마와 같은 이름을 지어 주기를 바랐지만 엠마가 반대했다. 샤를 부부는 성인의 이름이 적힌 달력을 처음부터 끝까지 훑어보았고, 다른 사람들과도 의논했다.

"요전에 함께 이야기를 나눈 레옹 씨는 요즈음 아주 유행하는 마들렌이라는 이름을 고르지 않는 것에 놀라워하고 있습니다." 하고 약제사가 말했다.

그러나 보바리의 어머니는 그 죄 많은 여자의 이름에 대해 소리를 지르며 아주 격렬하게 반대했다. 오메 씨는 오메 씨대로 위대한 사람, 유명한 사건이나 관대한 개념을 환기시키는 모든 이름에 대한 편애를 가지고 있었다. 바로 그러한 사고방식 속에서 그는 자기의 네 아이의 이름을 지었던 것이다. 그런 식으로 나폴레옹은 영광을, 그리고 프랑클랭은 자유를 상기시켰다. 물론 이르마는 낭만주의에 대한 양보였다. 그러나 아탈리는 프랑스 희곡 중 불후의 최고 걸작에 대한 경의에서 지어졌다. 왜냐하면 그의 철학적 확신이 예술적 찬미를 방해하지는 않았기 때문인데, 사색가는 감수성 예민한 인간을 질식시켜서는 안 된다고 그는 생각했다. 그는 철학과 예술 간의 차이를 알았고, 상상력과 광신을 구별할 줄 알았다. 예컨대 그는 이 비극의 사상은 비난했지만 문체에는 감탄했다. 또한 전체적 구상은 몹시 싫어하면서도 모든 세부에 대해서는 박수갈채를 보냈고, 인물들에 대해서는 몹시 화를 냈지만 그들의 대사에는 열광했다. 극의 위대한 문구들을 읽으면서 열광했으나, 신자들이 그 문구들을 자신들의 이득을 위한 수단으로 이용한다고 생각하면 가슴이 아팠다. 어찌할 바 모르는 그런 혼란스러운 감정 속에서 그는 자신의 두 손으로 라신에게 월계관을 씌어 줄 수 있었으면 했고, 동시에 그와 15분쯤 토론을 벌였으면 하고 바랐다.

마침내 엠마는 보비에사르 저택에서 후작 부인이 한 젊은 여자를 베르트라고 부르던 것을 기억해 냈다. 그래서 곧 그 이름이 선택되었고, 루오 영감이 올 수 없기 때문에 오메 씨에게 아이의 대부가 되어 주기를 부탁했다. 오메는 선물로 자기 집에 있는 모든 제품들, 즉 대추 여섯 상자, 병에 가득 담긴 라카우,[35] 물렁물렁하고 달콤한 막대 젤리 세 상자, 거기에다 벽장 속에서 찾아낸 정제 설탕 여섯 개를 곁들여 가져다주었다. 축하식이 있던 날 저녁에는 성대한 저녁 식사가 준비되었다. 사제도 참석을 했고, 참석자들은 모두 들떠 있었다. 오메 씨는 술이 얼큰해지자 '착한 사람들의 하느님'을 노래하기 시작했고, 레옹은 뱃노래를, 그리고 대모인 보바리의 어머니는 제정 시대의 연가를 불렀다. 마침내 보바리 영감은 손녀를 데리고 내려오게 하여 아이의 머리 위에 샴페인 한 잔을 부으며 세례를 주기 시작했다. 첫 번째 성사(聖事)에 대한 이런 조롱은 부르니지앵 사제를 분노케 했다. 보바리 영감이 '신들의 전쟁'[36]을 인용하면서 반박하자 사제는 일어나 가 버리려고 했다. 부인들이 가지 말아 달라고 당부를 했고, 오메가 중재를 해서 간신히 성직자를 자리에 앉게 만들었다. 사제는 반 정도 마시다 만 찻잔을 컵받침 위에서 다시 조용히 집어 들었다.

보바리 영감은 한 달을 용빌에 더 머물렀는데, 아침이면 은빛 장식 줄이 있는 멋진 경찰모를 쓰고 광장에 나와 파이프 담배를 피우곤 해서 사람들을 경탄케 했다. 또한 브랜디를 많이 마시는 습관이 있어서 자주 하녀를 시켜 '황금빛 사자' 여관집에 가서 브랜디 한 병을 사 오게 하고서는 아들 앞으로 외상값을 달아 놓게 했던 것이다. 그는 또 자기의 스카프를 향기롭게 하기 위해 며느리가 사 놓은 오 드 콜로뉴를 다 써 버리기까지 했다.

며느리는 그와 함께 있는 것을 불편해하지 않았다. 그는 세상을 두루 돌아다녀 본 사람이어서 베를린, 비엔나, 스트라스부르에 대해 알려 주

---

35) 밀가루 · 전분 따위로 만드는 터키 · 아랍의 분식.

36) 파르니의 반종교적인 시.

었고, 장교 시절 그의 정부들, 자신이 주최했던 성대한 점심 식사들에 대해 이야기해 주었다. 게다가 그는 다정한 태도를 보이며 계단이나 정원에서 며느리의 허리를 껴안으며 이렇게 소리치곤 했다.

"샤를, 너 조심해라!"

그러면 보바리의 어머니는 아들의 행복에 대해 겁도 나고, 또 자기 남편이 어떤 식으로든 젊은 며느리의 생각에 부도덕한 영향을 끼치지 않을까 걱정되기도 해서 서둘러 떠날 것을 재촉했다. 어쩌면 그녀는 그보다 더 심각한 불안을 가지고 있었는지도 모른다. 보바리 영감은 지킬 것을 지키는 사람이 전혀 아니었기 때문이다.

어느 날, 엠마는 불현듯 유모인 목수의 아내 집에 맡겨 놓은 딸이 보고 싶은 마음에 사로잡혀, 성모의 6주간[37]이 아직 계속되고 있는지 달력에서 확인도 해 보지 않고 롤레의 집으로 향했다. 유모의 집은 마을 끝 언덕 아래 큰길과 목초지 사이에 있었다.

정오였다. 집의 덧문들은 닫혀 있었고, 푸른 하늘의 따가운 햇살 아래 반짝이고 있는 청석 돌판 지붕은 그 박공 꼭대기에서 불빛을 튀기고 있는 것 같았다. 짓누르는 듯한 무거운 바람이 불어오고 있었다. 엠마는 걸어가면서 힘이 빠지는 것을 느꼈다. 보도의 자갈들이 발을 아프게 했다. 그녀는 그냥 집으로 돌아갈지 아니면 어느 곳에 들어가서 좀 앉아 있을지 망설였다.

그때 레옹 씨가 서류 뭉치를 옆구리에 끼고 이웃집 문에서 나왔다. 그는 엠마에게 다가와 인사를 하고는 뢰뢰의 가게 앞에 돌출해 있는 회색 차양 밑으로 그늘을 찾아 들어갔다.

보바리 부인은 아이를 보러 가는 길인데, 몸이 피곤해지기 시작한다고 말했다.

---

37) 산모에게 육체적인 노동을 금하는 근신 기간.

"만일……" 하고 레옹이 말을 이었지만, 감히 말을 더 계속하지는 못 했다.

"어디 일 보러 가세요?"

그러고는 서기의 대답을 듣자 엠마는 자기를 좀 데려다 달라고 부탁 했다. 저녁이 되자 곧 그 일은 용빌에 다 알려졌다. 면장의 아내 튀바쉬 부인은 하녀 앞에서 '보바리 부인이 자기 자신의 평판을 위태롭게 만들 었다.'고 말했다.

유모의 집까지 가려면 거리를 지나 묘지로 가는 왼쪽 방향으로 틀어 서, 오막살이집들과 마당 사이 쥐똥나무들이 양쪽으로 늘어서 있는 오솔 길을 따라가야 했다. 쥐똥나무들은 꽃이 만개해 있었다. 개불알풀, 들장 미, 쐐기풀, 덤불 들 사이에 우뚝 솟아 있는 산딸기나무들 역시 꽃이 피 어 있었다. 생울타리 구멍을 통해 오막살이집의 두엄 위에 누워 있는 돼 지들과 나무줄기에 뿔을 비벼 대고 있는 끈에 매인 암소들이 보였다. 그 들은 나란히 천천히 걷고 있었다. 엠마는 서기에게 몸을 기대고 있었고, 서기는 엠마의 보폭에 맞춰 걷고 있었다. 그들 앞에는 파리 떼가 더운 공 기 속에서 윙윙거리며 이리저리 날아다녔다.

그들은 오래된 호두나무 한 그루가 그늘을 드리우고 있는 집을 보았 다. 갈색 기와지붕을 이은 나지막한 그 집은 창고의 빛들이창 아래에 양 파가 염주처럼 걸려 있었다. 가시나무 울타리에 기대어 세워 놓은 나뭇 단들이 네모진 상추밭과 몇 그루의 라벤더, 섶 위로 기어올라 꽃을 피우 고 있는 완두콩 들을 둘러치고 있었다. 지저분한 물이 풀밭 위로 흩어지 며 흘러가고 있었고, 그 주위로는 형체가 불분명한 남루한 옷가지, 뜨개 질한 양말 들이 사방에 흩어져 있고, 붉은색 인도산 사라사 캐미솔 하나 와 두껍고 큰 시트가 생울타리 위에 길게 널려 있었다. 살문이 열리는 소 리에 젖을 빨고 있는 아이를 팔에 안은 유모가 나타났다. 다른 한 손으 로는 허약한 한 불쌍한 남자아이를 데리고 있었다. 얼굴에 종기투성이인 그 아이는 루앙의 한 양품상의 아들로 부모가 너무 바빠 시골에 잠시 맡겨 놓은 것이었다.

"들어오세요. 부인의 아이는 저기서 자고 있어요." 하고 그녀가 말했다.

집 안에 단 하나뿐인 아래층 방에는 커튼이 없는 넓은 침대 하나가 벽 안쪽에 붙어 있었다. 창가 쪽에는 밀가루 반죽통이 놓여 있었고, 깨진 유리창에는 태양 모양으로 오린 푸른 종이가 붙여져 있었다. 문 뒤쪽 구석에는 번쩍이는 징이 박힌 가죽 장화 몇 켤레가 세탁장의 편평한 돌 밑에 가지런히 놓여 있었고, 그 옆에는 좁은 주둥이에 깃털이 하나 꽂혀 있는 기름이 가득 찬 병이 있었다. 먼지 낀 벽난로 위로는 '마티외 랭스베르' 달력이 부싯돌과 양초 토막, 부싯깃 부스러기 들 사이에 널브러져 있었다. 끝으로 이 방에 없어도 되는 물건인 나팔을 불고 있는 '르노메' 그림이 있었는데, 그것은 틀림없이 어떤 향수 광고에서 직접 오려 낸 것으로 나막신 만들 때 쓰는 대가리 없는 못으로 벽에 박아 놓은 것이었다.

엠마의 아이는 바닥에 놓여 있는 버드나무 요람 안에서 자고 있었다. 그녀는 이불에 덮여 있는 아이를 들어 안고는 몸을 좌우로 흔들면서 조용히 노래를 부르기 시작했다.

레옹은 방 안을 이리저리 걷고 있었다. 이런 누추한 집에서 담황색의 남경 직물 드레스를 입고 있는 이 아름다운 부인을 보는 것이 그에게는 이상하게만 느껴졌다. 보바리 부인의 얼굴이 빨개졌다. 그는 아마도 자기 시선이 무례하게 느껴졌을 거라고 생각하고 몸을 돌렸다. 엠마는 조금 전 턱받이 위에 젖을 토한 아이를 다시 자리에 눕혔다. 유모는 얼른 다가와 아이를 닦아 주면서 자국이 남지 않을 거라고 말했다.

"자주 이랬어요. 씻어 주기에 바쁘답니다! 그러니 필요할 때 비누를 좀 갖다 쓸 수 있게 잡화상 카뮈에게 말해 주실 수 있으세요? 그렇게 하면 부인께서도 더 편리할 것이고, 저도 부인을 귀찮게 해 드리지 않아도 되고요." 하고 그녀가 말했다.

"좋아요. 그렇게 하겠어요. 그럼, 안녕히 계세요, 롤레 아주머니!" 하고 엠마가 말했다.

그러고는 그녀는 문지방에서 발을 닦고 나왔다.

유모는 마당 끝까지 그녀를 바래다주면서 밤중에 깨어 일어나야 하는 어려움에 대해 늘어놓았다.

"때론 너무 피곤해 의자에서 잠이 들곤 한답니다. 그러니 아침에 일어나 우유에 타서 마시게 가루 커피 450그램도 주시겠어요? 한 달은 먹을 수 있을 거예요."

보바리 부인은 유모에게 감사하다는 말을 여러 번 들은 뒤 떠났다. 오솔길을 따라 좀 걸어가고 있을 때 나막신 소리가 들려 그녀는 뒤를 돌아보았다. 유모였다.

"무슨 일이지요?"

그러자 이 시골 부인은 엠마를 느릅나무 뒤로 따로 데리고 가서는 자기 남편에 대해 말하기 시작했다. 자기 남편은 그렇고 그런 직업이어서 십장이 주는 연 6프랑의 수입으로는…….

"빨리 말해 보세요." 하고 엠마가 말했다.

유모는 말 사이사이에 한숨을 내쉬며 계속했다.

"그래서 저 혼자 커피를 마시는 것을 보면 그 사람이 쓸쓸해할까 봐 걱정이군요. 부인도 아시겠지만 남자들이란…….."

"준다고 했잖아요. 줄게요! 귀찮게 하지 마세요!" 하고 엠마가 다시 말했다.

"아이고, 부인! 사실 상처 때문에 그 사람 가슴에 심한 경련이 있어서요. 능금주를 많이 마셔 몸이 약해졌다는 말까지 하네요."

"그래, 어서 좀 말해 보세요, 롤레 아주머니."

그녀가 고개 숙여 절을 하면서 다시 말했다.

"그래서 부인께 이런 부탁을 드리는 것이 지나치지 않는 한, 편하실 때

브랜디 한 병만……. 그러면 혓바닥처럼 부드러운 부인 아이의 발도 그걸로 닦아 주겠어요."

그녀는 애원의 시선을 보내며 다시 한 번 고개 숙여 절했다.

유모를 떨쳐 낸 엠마는 다시 레옹 씨의 팔을 잡았다. 그녀는 한동안 빨리 걷다가, 발걸음을 늦추었다. 앞을 향하고 있던 시선이 검은 비로드 깃이 달린 프록코트를 입은 그 젊은이의 어깨에 부딪혔다. 잘 빗은 밤색 직모는 프록코트 위로 늘어져 있었다. 그녀는 그의 손톱을 눈여겨보았는데, 용빌에 있는 누구보다도 더 길었다. 손톱을 손질하는 일은 서기의 주된 일거리 중의 하나였다. 그렇기에 그는 그 용도의 아주 특별한 칼 하나를 문구 상자 속에 간직하고 있었다.

그들은 물가를 따라 용빌로 돌아왔다. 무더운 계절에는 하천 둑이 더넓어져 마당의 담벼락이 아래 토대까지 드러나 보였고, 거기에는 하천으로 내려가는 몇 개의 층계가 놓여 있었다. 하천은 소리 없이 흘러가고 있었고, 육안으로 보기에 빠르고 차가운 느낌이었다. 가늘고 긴 풀들이 밀려오는 물결에 따라서 물 위로 휘어져, 마치 버려진 초록 머리카락들처럼 투명한 물결 속에 펼쳐져 있었다. 때로 등심초 끝이나 수련 잎 위에 가는 발을 가진 곤충 한 마리가 기어가거나 가만히 멈춰 서 있었다. 햇살은 물결 위에 생겨났다 사라지는 작고 푸른 물방울들을 뚫고 지나가고 있었고, 가지를 친 묵은 버드나무는 회색 껍질을 물 위에 비추고 있었다. 좀 더 멀리 있는 주위의 목초지는 텅 비어 있는 것 같았다. 농가의 저녁 식사 시간이어서, 젊은 부인과 그녀와 동행하고 있는 젊은이에게는 오솔길의 땅 위에서 들려오는 그들의 규칙적인 발소리와 그들이 주고받는 말소리와 엠마의 드레스가 주위를 가볍게 스치는 소리밖에 들리지 않았다.

갓돌에 깨진 병 조각들이 박힌 마당의 담벼락은 마치 온실의 유리처럼 달궈져 있었다. 담벼락의 벽돌 틈에는 무아재비들이 자라고 있었고, 지나가는 보바리 부인의 양산 끝에 쓸려 시든 무아재비 꽃들이 노란 가루가 되어 떨어졌고, 담 밖으로 늘어져 있는 인동덩굴과 클레마티스 가지들이 잠시 비단 천에 끌리다가 양산 끝에 달린 술에 걸리기도 했다.

그들은 루앙 극장에서 곧 공연이 예정되어 있는 스페인 무용단에 대해 이야기를 나누었다.

"가실 거예요?" 하고 그녀가 물었다.

"갈 수만 있다면요." 하고 그가 대답했다.

그들은 다른 화젯거리가 더 없었던가? 그들의 눈은 그렇지만 보다 더 진지한 이야기로 가득 차 있었다. 평범한 말들을 찾으려 노력하는 동안에도 똑같은 어떤 번민이 그들 둘을 사로잡고 있음을 느꼈다. 그것은 마치 목소리의 속삭임을 압도하는 심오하고도 지속적인 영혼의 속삭임 같은 것이었다. 새롭게 느끼는 이런 감미로움에 놀라 당혹스럽기도 했지만 그들은 그것이 주는 감동에 대해 이야기하거나 그 이유를 찾아보려는 시도는 하지 못했다. 미래의 행복은 열대 지방의 해안처럼 그 앞에 펼쳐지는 광대한 공간에 향긋한 미풍처럼 타고난 무기력을 분출하는 것이었다. 그러기에 내다볼 수 없는 수평선에 대해 불안해하지도 않고 이 도취 속에서 졸음에 빠지는 것이다.

땅바닥의 어떤 곳들은 가축들의 발자국으로 움푹 꺼져 있어서 진흙탕 속에 띄엄띄엄 박혀 있는 초록색의 큰 돌들을 밟으며 걸어가야 했다. 종종 그녀는 잠시 멈춰 서서 편상화를 디뎌야 할 곳을 살펴보곤 했다. 그러고는 흔들거리는 돌을 잘못 디뎌 비틀거리며 두 팔을 쳐들고 몸을 구부린 채 눈을 어디에 두어야 할지 몰라 하면서 물웅덩이에 빠질까 봐 겁이 나 웃어 대기도 했다.

그들이 그녀의 집 뜰 앞에 이르자 보바리 부인은 작은 살문을 밀어 열고는 계단을 뛰어 올라가 방 안으로 사라져 버렸다.

레옹은 사무실로 돌아갔다. 주인은 없었다. 그는 서류들을 흘낏 보고는 깃털 펜을 정리한 뒤, 마침내 모자를 쓰고 사무실을 나왔다.

그는 아르괴이 언덕 위, 숲 입구에 있는 '방목장'으로 갔다. 그리고 전나무 아래 누워 손가락 사이로 하늘을 바라보았다.

"왜 이리도 지겨운지! 너무나 지겨워!" 하고 그는 속으로 말했다.

그는 오메를 친구로, 기요맹 씨를 주인으로 삼고 이 마을에서 살고 있는 것이 불만스러웠다. 금테 안경을 끼고 붉은 구레나룻에 흰 넥타이를 한, 일에만 정신이 팔려 있는 기요맹 씨는 정신적인 섬세함에 대해서는 아무것도 이해하지 못했다. 하지만 초기에는 그의 뻣뻣한 영국식 위엄에 감탄하기도 했었다. 약제사의 아내에 대해 말하자면, 그녀는 노르망디 지방에서 가장 훌륭한 아내였다. 그녀는 양처럼 순하고, 아이들과 아버지, 어머니, 사촌들을 소중히 여기고, 타인의 고통에 눈물을 흘리고, 가정의 일은 전혀 간섭을 하지 않고, 코르셋을 싫어했다. 그러나 동작이 너무 굼뜨고, 사람들의 말을 듣기를 귀찮아하고, 너무 평범한 얼굴에 대화도 제한되어 있어서, 비록 서른 살인 그녀와 스무 살인 그가 서로 문을 맞댄 채 잠을 자고 매일 말을 주고받고는 있지만, 그녀가 어떤 남자에게 여자일 수 있다든가 드레스 이외에 여성스러운 어떤 것을 소유하고 있다든가 하는 생각은 전혀 해 본 적이 없었다.

그다음에 또 누가 있었던가? 비네와 몇몇 상인, 두세 명의 술집 주인, 사제, 마지막으로 면장 튀바쉬 씨와 그의 두 아들이 있었다. 그들은 부유하고 무뚝뚝하고 둔하며 자기 손으로 자기 땅을 경작하고 집에서는 푸짐하게 잘 먹었고, 게다가 신앙심까지도 깊은 정말 지긋지긋한 집단이었다.

그러나 이런 모든 인간들의 평범한 면면의 배경 위에 엠마의 얼굴은 저 멀리 외따로 뚜렷하게 드러나 보였다. 왜냐하면 그녀와 자신 사이에는 막연한 심연 같은 것이 느껴졌기 때문이다.

처음에 그는 약제사와 함께 그녀의 집에 여러 번 간 적이 있었다. 샤를은 그가 오는 것을 별로 원하지 않는 것 같았다. 그래서 레옹은 경거망동

한 행동이 되지 않을까 하는 두려움과 거의 불가능한 일로 여겨지지만 친해지고 싶은 욕망 사이에서 어떻게 해야 할지 알지 못했다.

4

첫 추위가 시작되면서부터 엠마는 자기 방을 놓아두고 거실에서 기거했다. 천장이 낮고 긴 그 방에는 벽난로 위에 가지가 무성한 산호초 하나가 거울을 마주 보고 늘어져 있었다. 그녀는 창가 안락의자에 앉아서 보도 위를 지나가는 마을 사람들을 바라보았다.

레옹은 하루에 두 번씩 그의 사무실에서 '황금빛 사자' 여관집으로 갔다. 엠마는 그가 다가오는 소리를 멀리서 듣곤 했다. 그러면 그녀는 몸을 굽히고 귀를 기울였다. 그 젊은이는 언제나 똑같은 옷을 입고 얼굴을 돌리는 일도 없이 커튼 뒤로 미끄러져 들어갔다. 그러나 석양 무렵 왼손에 턱을 괴고 막 시작한 자수를 무릎 위에 놓아두고 있을 때 그녀는 종종 갑자기 나타나 미끄러지듯 지나가는 이 그림자의 출현에 몸을 떨었다. 그러고는 자리에서 일어나 식사 준비를 시켰다.

오메 씨는 저녁 식사를 하는 동안 찾아오곤 했다. 그는 손에 그리스식 모자를 들고 아무에게도 방해가 되지 않도록 발소리를 죽이면서 "안녕들 하세요, 여러분!" 하고 항상 똑같은 말을 되풀이하면서 들어오는 것이었다. 그러고는 식탁을 마주하고 엠마 부부 사이에 자리를 잡고 앉으면 이내 의사에게 환자들의 소식을 묻곤 했다. 그러면 의사는 치료비를 얼마 정도 받으면 좋을지에 대해 상의했다. 이어 그들은 '신문에 난 뉴스' 들에 대해 이야기를 나누었다. 그 시간쯤이면 오메는 그것들을 거의 머릿속에 꾀고 있었다. 그래서 그는 기자의 견해들, 프랑스와 외국에서 일어난 개인적인 재난에 관한 온갖 이야기들과 함께 그 기사의 내용을 전부 전해 주었던 것이다. 그러나 화제가 끊기면 곧 자기 앞에 보이는 요리들에 대한 견해를 밝혔다. 때로는 엉거주춤 일어서서 고기의 가장 연한 부분을 보바리 부인에게 살짝 가리켜 보이기도 했고, 하녀 쪽을 돌아보며 스튜의 취급 방법과 조미료의 위생에 대한 조언을 하기도 했다. 그리고 향료, 오스마좀, 즙, 젤라틴에 대해서도 감탄할 정도로 설명을 늘어놓았다. 그뿐 아니라 약방에 약병이 가득 차 있는 것 이상으로 머리에 요리법이 가득 차 있는 오메는 다양한 종류의 잼, 식초, 감미로운 술을 만드는 데 뛰어났다. 또한 새로 개발한 온갖 경제적인 냄비들에 대해서뿐만 아니라 치즈를 보관하고 상한 술을 관리하는 기술까지도 잘 알고 있었다.

8시에 쥐스탱이 약방을 닫기 위해 그를 데리러 왔다. 그러자 오메 씨는 비웃는 듯한 시선으로 그를 바라보았다. 펠리시테가 거기에 있을 때는 자기 견습생이 의사의 집을 무척 좋아하고 있다는 것을 눈치채고는 특히 더했다.

"녀석이 무슨 엉뚱한 생각을 하기 시작했어요. 저 녀석이 선생님 댁의 하녀에게 반한 것 같아요." 하고 그가 말했다.

그러나 오메가 꾸짖는 더 큰 결점은 그가 항상 남의 대화를 열심히 엿듣는다는 것이었다. 예를 들어, 일요일 날 안락의자에 누워 너무나 헐렁한 옥양목 커버를 등으로 끌어당겨 덮고 잠들어 있는 아이들을 데려오라고 오메 부인이 그를 아무리 불러도 그는 응접실에서 나갈 줄을 몰랐다.

약제사 집의 저녁 모임에는 사람들이 그리 많이 오지는 않았다. 그의 비방과 정치적 견해가 여러 훌륭한 사람들을 그에게서 계속 멀어지게 했기 때문이다. 그러나 서기는 빠지는 일이 없었다. 초인종 소리가 들리자마자 보바리 부인을 마중하러 달려 나가서는 숄을 받아 들었고, 눈이라도 오는 날이면 그녀가 구두 위에 신고 오는 장식 끈이 달린 큰 덧신을 약제사의 책상 밑에 따로 간수하기도 했다.

참석자들은 먼저 트랑테 앵 카드놀이를 몇 판 벌리고 다음에는 오메 씨가 엠마와 에카르테 카드놀이를 했는데, 레옹은 그녀 뒤에서 조언을 해 주었다. 선 채로 그녀의 의자 등받이에 손을 얹고는 그녀의 틀어 올린 머리에 꽂혀 있는 장식용 빗살을 바라보기도 했다. 카드를 던지려고 움직일 때마다 저고리의 오른쪽 옆구리 부분이 치켜 올라가곤 했다. 틀어 올린 머리로부터는 갈색 그림자가 등 뒤로 흘러내리다가 점차 색이 희미해지면서 어둠 속으로 사라져 버렸다. 주름이 가득 잡힌 치마는 부풀어 올라 의자 양쪽으로 늘어지면서 바닥으로 펼쳐졌다. 때로 자기 장화의 창에 그녀의 옷자락이 밟히는 것이 느껴지면 레옹은 마치 누군가를 밟은 것처럼 흠칫 비켜서곤 했다.

카드놀이가 끝나면 약제사와 의사가 도미노 놀이를 했고, 엠마는 자리를 옮겨 책상에 팔꿈치를 괴고 〈삽화〉라는 잡지를 대충 훑어보았다. 그녀는 패션 잡지를 집에서 가지고 왔었다. 레옹도 그녀 곁에 앉아 있었다. 그들은 함께 삽화들을 보았는데, 먼저 읽은 쪽이 책장 끝에서 기다리기도 했다. 종종 엠마는 레옹에게 시를 암송해 달라고 부탁하기도 했다. 그러면 레옹은 느릿느릿한 목소리로 시를 낭송해 주었고, 사랑에 관한 대목에서는 슬쩍 숨이 끊어지는 듯 읊었다. 그러나 도미노 놀이를 하는 소리 때문에 방해를 받았다. 오메 씨는 도미노 놀이에 강해서 샤를을 더블식스로 이겼다. 100점짜리 세 판이 끝나자 둘은 난로 앞에 몸을 쭉 펴고 눕더니, 곧 잠들어 버렸다. 불은 재 속에서 꺼져 가고 있었고, 찻주전자는 비어 있었다. 레옹은 계속 시를 낭송하고 있었고, 엠마는 램프 갓을 습관적으로 돌리면서 레옹의 암송을 듣고 있었다. 램프 갓의 얇은 천에는 마차를 탄 광대들과 평행봉을 쥐고 있는 여자 줄타기 곡예사들이 그려져 있었다. 레옹은 잠들어 버린 청중을 몸짓으로 가리키면서 시 낭송을 멈췄다. 그래서 그들은 소곤소곤 이야기를 나누었는데, 그 대화는 아무에게도 들리지 않았기 때문에 그들에게는 보다 더 다정스럽게 느껴졌다.

이렇게 그들 사이에는 일종의 결사가, 즉 책과 연가의 끊임없는 교류가 성립되었다. 하지만 질투심이 거의 없는 보바리 씨는 이에 대해 이상하게 여기지 않았다.

보바리는 흉곽까지 온통 숫자로 상감 세공한 파란 페인트를 칠한 멋진 골상학용 두개골 하나를 생일 선물로 받았다. 그것은 서기의 배려였다. 그는 루앙에 가서 의사의 심부름을 해 주는 등 여러 가지 배려를 베풀었다. 한 소설가의 책이 잎이 두툼한 식물을 키우는 것을 크게 유행시켰는데, 레옹은 그것을 부인에게 선물하기도 했다. 그는 화분을 무릎 위에 안고 '제비호'를 타고 가져왔는데, 단단한 가시에 온통 손가락을 찔렸다.

엠마는 이 화분을 올려놓기 위해 유리창 난간에 작은 널빤지를 맞추어 달게 했다. 서기 역시 그렇게 걸어 놓은 작은 정원을 만들었다. 그들은 각자의 창에 매달아 놓은 꽃을 돌보는 서로의 모습을 바라보곤 했다.

마을의 창문들 가운데에는 훨씬 더 빈번히 사람의 모습이 보이는 곳이 하나 있었다. 일요일에는 아침부터 저녁까지, 그리고 날씨가 화창할 때에는 매일 오후 다락방의 빛들이창에 선반 위로 몸을 구부리고 있는 비네 씨의 여윈 옆모습이 보이곤 했는데, 부르릉거리며 돌아가는 선반의 단조로운 소리는 '황금빛 사자' 여관집에까지 들려왔다.

어느 날 저녁 집으로 돌아왔을 때, 레옹은 연한 바탕천에 꽃잎을 수놓은 비로드와 양모로 짠 카펫 한 장이 방 안에 놓여 있는 것을 발견했다. 그는 오메 부인, 오메 씨, 쥐스탱, 오메 부부의 아이들, 그 집 식모를 불렀다. 그리고 주인에게도 그 카펫에 관한 이야기를 해 주었다. 모두가 그 카펫을 보고 싶어 했다. 왜 의사의 아내가 서기에게 그런 '후한 인심'을 베푼 것일까? 이상하게 보이는 것이었다. 그래서 그들은 마침내 그녀가 '그의 애인'임에 틀림없다고 생각해 버렸다.

레옹은 그렇게 생각하게끔 행동해 왔다. 그만큼 그녀의 매력과 재치에 대해 끊임없이 이야기해 왔던 것이다. 그래서 비네가 한번은 그에게 이렇게 거칠게 대꾸를 한 적이 있었다.

"그게 나하고 무슨 상관이야. 난 그 여자와 어울려 지내는 사이도 아닌데."

그는 어떤 방법으로 그녀에게 '사랑을 고백해야 할지'를 생각해 보기 위해 머리를 쥐어짰다. 그리고 늘 그녀의 기분을 상하게 하지 않을까 하는 두려움과 너무 소심한 자신에 대한 수치심 사이에서 망설이면서 그는 낙담과 욕망 때문에 눈물을 흘리곤 했다. 그리고 이윽고 그는 단호한 결정을 내렸다. 몇 통의 편지를 썼다가는 찢어 버리기도 하고, 보내는 일을 미루고 또 미루었다. 간혹, 어떻게든 감행해 보겠다는 계획 속에서 움직이기도 했다. 그러나 엠마 앞에만 서면 그 결심은 곧 녹아내려 버렸고, 불쑥 나타난 샤를이 자기의 '보크'를 타고 함께 근처의 환자를 보러 가자고 제안을 해 오면 즉각 수락을 하고는 부인에게 인사를 하고 가 버리는 것이었다. 그녀의 남편도 엠마의 일부인 그 무엇이 아니었던가!

엠마로서는 자기가 레옹을 사랑하고 있는지 어떤지 알아보려는 생각조차 해 보지 않았다. 사랑은 번개의 번쩍이는 섬광처럼 불현듯 찾아와야 하는 것으로, 하늘에서 삶 위로 떨어져 그 삶을 뒤집어엎고 마치 나뭇잎인 양 의지를 뽑아 버리며 마음을 온통 심연 속으로 몰고 가는 폭풍과도 같은 것으로 생각하고 있었다. 그녀는 집 안의 테라스의 빗물받이 홈통이 막히면 빗물이 호수를 이룬다는 것을 몰랐다. 그래서 안심하고 있다가 돌연 벽에 금이 간 것을 발견했던 것이다.

5

2월의 어느 일요일, 눈이 날리는 오후였다.

보바리 부부, 오메, 그리고 레옹 등은 함께 용빌에서 2킬로미터 정도 떨어진 계곡에 세워지고 있는 아마포 방적 공장을 구경하러 떠났다. 약제사는 나폴레옹과 아탈리를 운동시키기 위해 데리고 갔다. 쥐스탱도 우산을 몇 자루 어깨에 메고 아이들을 따라갔다.

그러나 이보다 더 보잘것없는 구경거리도 없었다. 모래와 자갈 더미들 사이에 이미 시뻘겋게 녹이 슨 몇 개의 톱니바퀴들이 무질서하게 널브러져 있는 넓은 공터 한가운데에 조그만 창들이 여러 개 나 있는 길쭉한 사각형 건물이 하나 덩그렇게 서 있을 뿐이었다. 그것은 아직 완성이 되지 않았는데, 지붕의 대들보 받침대들 사이로 하늘이 올려다보였다. 박공의 작은 들보에는 이삭들이 뒤섞인 밀짚 한 단이 삼색 리본을 바람에 펄럭이며 매달려 있었다. 오메는 떠들어 대고 있었다. '일행'에게 이 공장이 장차 갖게 될 중요성에 대해 설명해 주었고, 마루 판자의 견고성과 벽의 두께를 계산해 보기도 하면서 비네 씨가 개인적으로 사용하려고 지니고 다니는 것과 같은 막대자를 가져오지 않은 것을 많이 후회하고 있었다.

레옹에게 팔을 맡기고 있는 엠마는 그의 어깨에 약간 기댄 채 멀리 안개 속에서 눈부시면서도 창백한 빛을 발산하고 있는 원반 모양의 태양을 바라보고 있었다. 그러나 얼굴을 돌렸을 때 샤를이 거기에 있었다. 그는 챙 달린 모자를 눈썹 위까지 눌러쓰고 있었다. 두터운 두 입술을 가볍게 떨고 있었는데, 그로 인해 그의 얼굴은 더욱 바보스럽게 보였다. 그의 등을, 그 평화스러운 등을 보는 것만으로도 짜증이 났는데, 엠마는 프록코트로 덮여 있는 그 등 위에 그라는 인물의 진부함이 온통 드러나 보이는 것 같았다.

그렇게 짜증이 난 상태에서 일종의 비정상적인 쾌감을 맛보면서 그녀가 남편을 바라보고 있는 동안, 레옹이 한 걸음 다가왔다. 그를 창백하게 만드는 추위는 얼굴에 보다 더 감미로운 우수를 내려앉게 하고 있는 것 같았다. 넥타이와 목 사이로 좀 헐렁한 와이셔츠 깃이 살갗을 드러내 보이고 있었다. 한쪽 귀 끝이 머리 타래 밑으로 비죽 나와 있었고, 구름을 바라보고 있는 크고 푸른 눈은 하늘이 비치는 산속의 호수보다도 더 투명하고 아름다워 보였다.

"이런 놈을 봤나!" 하고 갑자기 약제사가 소리쳤다.

그러고는 아들에게로 달려갔는데, 아이가 막 석회 더미 속으로 뛰어들어 신발을 하얗게 칠하려는 참이었다. 호된 꾸지람에 나폴레옹은 엉엉 울기 시작했고, 쥐스탱은 짚을 섞은 벽토로 신발을 닦아 주었다. 그러나 칼이 있어야 했는데, 마침 샤를이 자기가 가지고 있던 것을 내주었다.

'어머나! 농사꾼처럼 칼을 주머니에 넣고 다니다니!' 하고 그녀가 속으로 말했다.

나뭇가지에 서리가 뒤덮이기 시작했다. 그래서 일행은 용빌로 향했다.

보바리 부인은 그날 저녁에 이웃집에 가지 않았다. 샤를이 이웃집에 간다고 나간 뒤 혼자 있게 되자 마치 직접 보고 있는 것처럼 명료하게, 그리고 기억이 대상에 부여하는 조망이 확대되면서 다시 비교되기 시작했다. 환히 타오르는 불빛을 침대에서 바라보면서 그녀는 거기에 서서 한 손으로는 가는 지팡이를 휘도록 눌러 짚고 다른 손으로는 조용히 얼음덩어리를 핥고 있는 아탈리의 손을 잡고 있는 레옹을 다시 마음속에 그려 보았다. 그녀는 레옹이 매력적이라 생각되었고, 그를 마음에서 떨칠 수가 없었다. 그녀는 이전의 다른 날들에 보았던 그의 자태, 그가 한 말들, 목소리, 그리고 그의 용모 전체를 기억했다. 그러고는 마치 키스를 하려는 듯 입술을 앞으로 삐죽 내밀면서 이런 말을 되풀이했다.

"그래, 매력적이야! 매력 있어! 그 사람이 누군가를 사랑하고 있는 것은 아닐까?" 하고 그녀는 자문했다.

"그렇다면 누구를? 누구긴, 바로 나지!"

이에 대한 모든 증거가 한꺼번에 머릿속에 펼쳐지자 그녀는 가슴이 두근거렸다. 벽난로의 불꽃이 천장에 비쳐 밝게 일렁이고 있었다. 엠마는 기지개를 펴면서 반듯이 돌아누웠다.

그러자 한없는 탄식이 시작되었다.

"오! 하늘이 소망을 들어주신다면 좋으련만! 왜 그렇게 안 되는 거지? 도대체 무엇이 방해하는 거지?"

샤를이 한밤에 돌아왔을 때 그녀는 잠에서 깬 척했다. 그러면서 그가 옷을 벗느라고 소리를 내자 머리가 아프다고 불평을 해 대고는 밤에 있었던 일에 대해 심드렁하게 물어보았다.

"레옹 씨는 일찍 자기 방으로 올라가 버렸어." 하고 그가 말했다.

그녀는 미소를 짓지 않을 수 없었다. 그리고 마음에 새로운 환희로 가득 차면서 잠이 들었다.

다음 날, 해질 무렵 엠마는 신상품을 파는 뢰뢰 씨의 방문을 받았다. 이 상인은 장사에 능한 자였다.

가스콩에서 태어났지만 노르망디 사람이 된 그는 코 지방 사람들의 교활함과 남프랑스 사람들의 달변을 함께 지니고 있었다. 수염이 없고 통통하고 기름지며 살갗이 늘어진 얼굴은 마치 연하게 달인 감초 물을 바른 것 같았고, 흰 머리카락은 작고 까만 눈의 거친 광채를 훨씬 더 날카롭게 만들었다. 과거에 그가 무슨 일을 했는지에 대해서는 알려지지 않았다. 어떤 사람들은 그가 도붓장사였다고 했고, 또 어떤 사람들은 루토에서 은행업을 했다고도 했다. 확실한 것은 비네조차도 경악시킬 정도로 복잡한 계산을 암산으로 척척 해낸다는 것이었다. 비굴하게 느껴질 정도로 공손한 그는 항상 인사를 하거나 초대를 하는 사람의 자세로 허리를 반쯤 구부리고 있었다.

크레이프로 장식된 모자를 문에 걸어 둔 뒤, 그는 테이블 위에 초록색 종이 상자 하나를 내려놓고는 오늘날에 이르기까지 부인의 신뢰를 얻지 못하고 있었다며 아주 예의 바르게 넋두리를 늘어놓기 시작했다. 자신의 가게는 '우아한 부인'의 호감을 살 정도는 못 된다며, '우아한 부인'이라는 말에 힘을 주어 말했다. 그렇지만 주문만 해 주신다면 수예 재료든 리넨 제품이든, 양품류든, 신상품이든 원하시는 것은 뭐든지 대 드리겠다는 것이었다. 자기는 한 달에 네 번 정기적으로 시내에 나갔다 오기 때문이라는 것이었다. 그는 아주 유력한 가게들과 거래를 맺고 있어서, '3형제', '황금빛 수염', '멋진 미개인' 같은 큰 가게에 가서 물어보면 그 상점 주인들이 자신에 대해 속속들이 잘 알고 있다고 했다. 그래서 오늘 그는 지나는 길에 아주 얻기 드문 기회를 이용해서 자기가 갖고 있는 다양한 물건을 부인에게 보여 주기 위해 들렀다는 것이었다. 그러고 나서 수를 놓은 칼라 여섯 개를 상자에서 꺼냈다.

보바리 부인은 그것들을 살펴보았다.

"저는 아무것도 필요 없어요." 하고 그녀가 말했다.

그러자 뢰뢰 씨는 다양한 색깔의 줄무늬 직물로 짠 스카프 세 개, 영국제 바늘 몇 갑, 밀짚 실내화 한 켤레, 그리고 끝으로 죄수들이 만든 속이 비치게 세공한 야자수 계란 그릇 네 개를 조심스럽게 꺼내 보여 주었다. 그러고는 두 손을 테이블 위에 얹어 놓고 상체를 앞으로 구부려 잔뜩 목을 내밀고는 입을 헤 벌린 채 그 물건들 사이를 망설이면서 오가는 엠마의 눈길을 따라다녔다. 때때로 먼지라도 털려는 듯 그는 길게 펼친 비단 스카프들을 손톱으로 톡톡 치기도 했다. 그러면 그것들은 가벼운 소리를 내며 떨렸고, 천에 박힌 금박들이 해질 무렵의 푸르스름한 빛을 받아 작은 별들처럼 반짝이곤 했다.

"이 스카프들은 얼마죠?"

"싸게 팔고 있습니다. 아주 싸게요. 게다가 급히 값을 치를 필요도 없습니다. 주시고 싶을 때 주시면 됩니다. 저희는 유대 인이 아니니까요." 하고 그가 대답했다.

엠마는 한동안 곰곰이 생각하더니, 결국 뢰뢰 씨의 호의를 사양했다. 이에 그는 전혀 서운함을 내색하는 일이 없이 이렇게 대답했다.

"그렇게 하세요. 좀 더 지나면 서로 잘 알게 되겠지요. 전 부인들과는 항상 뜻이 잘 맞았습니다. 제 아내하고는 그렇지 못하지만 말이지요!"

엠마는 미소를 지었다.

그는 농담 뒤에 사람 좋아 보이는 모습으로 말을 계속했다.

"말씀드리고자 하는 것은 전 돈 같은 것에는 신경을 쓰지 않는다는 겁니다. 필요하시면 꿔 드릴 수도 있습니다."

그녀는 놀란 시늉을 해 보였다.

"아! 돈을 얻어다 드리기 위해 멀리 갈 필요가 없습니다. 믿으셔도 됩니다." 하고 그는 경쾌하고도 낮은 목소리로 말했다.

그리고 그는 당시 보바리 씨한테서 치료를 받고 있던 '카페 프랑세'의 주인 텔리에 영감의 소식을 묻기 시작했다.

"텔리에 영감은 도대체 어떻게 된 겁니까? 집이 흔들릴 정도로 기침을 하던데요. 머지않아 플란넬 캐미솔 대신 전나무 외투가 더 필요하지 않을까 정말 걱정됩니다! 젊었을 때 어지간히도 방탕한 생활을 했지요. 부인, 그런 사람들은 조금도 정상적인 삶을 살아 본 적이 없어요. 브랜디로 내장을 새까맣게 태워 버린 거예요! 그렇지만 어쨌든 아는 사람이 또 먼저 가는 것을 보는 건 유감스러운 일이지요."

종이 상자를 다시 닫는 동안 그는 의사의 환자에 대해 이렇게 떠들어 댔다.

"아마 날씨 때문에 그런 병에 걸렸겠지요?"

찌푸린 얼굴로 유리창을 바라보면서 그가 말을 이었다.

"저 역시 몸이 편치 못해 근일 중 진찰을 한번 받으러 와야 할 것 같은데요. 등에 통증이 있어서요. 아무쪼록 안녕히 계십시오, 보바리 부인. 필요하시면 언제라도 불러 주십시오. 또 뵙겠습니다!"

그렇게 말하고는 그는 조용히 문을 닫고 나갔다.

엠마는 쟁반에다 저녁 식사를 차려 자기 방 난롯가로 가져오게 했다. 그녀는 오랫동안 천천히 식사를 했다. 모든 것이 맛있어 보였다.

"내가 참 현명했지!" 하고 그녀는 스카프들을 생각하면서 속으로 말했다.

계단에서 발소리가 들려왔다. 레옹이었다. 그녀는 일어나 서랍장 위에서 가장자리를 접어 감칠 행주 더미 가운데서 맨 위의 것을 집어 들었다. 그가 들어섰을 때 엠마는 아주 바쁜 사람처럼 보였다.

대화는 보바리 부인이 줄곧 머뭇머뭇한 데다 레옹은 레옹대로 아주 당황스러워하는 것 같았기에 활기가 없었다. 그는 벽난로 곁의 낮은 의자에 앉아서 상아 바느질 상자만 손으로 만지작거렸고, 보바리 부인은 바느질을 하거나 때로는 손톱으로 천의 주름을 잡기도 했다. 그녀는 말이 없었다. 레옹은 마치 그녀의 말에 포로가 되었다면 그랬을 것처럼, 그녀의 침묵에 포로가 되어 잠자코 있었다.

'가엾은 청년!' 하고 그녀는 생각했다.

'내가 뭐가 맘에 안 들었지?' 하고 그는 자문해 보았다.

그러다가 마침내 레옹은 사무실 일 때문에 근일 중에 루앙에 가야 할 것 같다고 말을 꺼냈다.

"음악 잡지 구독이 끝났는데, 제가 다시 예약해 드려요?"

"됐어요." 하고 그녀가 대답했다.

"왜요?"

"그건……."

그녀는 입술을 오므리면서 바느질감에서 바늘에 걸린 긴 회색 실을 천천히 뽑아 올렸다.

그 일은 레옹을 자극했다. 엠마의 손가락 끝 살갗이 상처 나 벗겨질 것 같았기 때문이다. 그녀의 마음을 살 만한 멋진 문구가 머리에 떠올랐지만 감히 말하지 못했다.

"그럼 그만두시는 건가요?" 하고 그가 다시 말했다.

"뭘요? 음악요? 아, 예! 꾸려 나가야 할 집안일과 내조해야 할 남편 등 그보다 먼저 해야 할 일이 많이 있는걸요!" 하고 그녀가 성급히 말했다.

그녀는 추시계를 쳐다보았다. 샤를이 돌아올 시간이 되었는데 늦어지고 있었다. 그러자 그녀는 걱정스런 표정을 지었다. 두세 번 그녀는 이 말을 되풀이했다.

"그 사람은 참 착한 분이에요!"

서기도 보바리 씨를 무척 좋아하고 있었다. 그러나 남편에 대한 그런 애정에 레옹은 불쾌한 방식으로 놀라웠다. 그럼에도 불구하고 레옹은 보바리 씨에 대한 칭찬을 계속했고, 그의 말에 의하면 누구한테나 그를 칭찬하는 말을 들었는데 특히 약제사가 그러더라는 것이었다.

"아! 그분은 선량한 분이세요." 하고 엠마가 말을 받았다.

"그야 물론이지요." 하고 서기가 다시 말했다.

그러고 나서 그는 오메 부인에 대해 말하기 시작했는데, 그 부인은 옷차림에 너무 신경을 쓰지 않아서 평소에 늘 그들에게 웃음거리가 되곤 했었다.

"그게 어떻다는 거지요? 가정에 충실한 주부는 몸치장에 신경 쓰지 않아요." 하고 엠마가 말을 끊었다.

그러고는 그녀는 다시 침묵 속으로 빠져들었다.

다음 날도, 그다음 날도 마찬가지였다. 그녀의 말, 그녀의 태도 등 모든 것이 달라졌다. 사람들은 그녀가 집안일에 열렬한 관심을 갖고 성당도 착실하게 나가고 하녀도 더 엄하게 관리하는 것을 보았다.

엠마는 유모한테서 베르트를 데리고 왔다. 손님들이 올 때에는 펠리시테가 아이를 데리고 왔고, 그러면 보바리 부인은 아이의 팔다리를 보여 주기 위해 옷을 벗겼다. 그녀는 어린아이들을 매우 좋아한다고 말하곤 했는데, 아이야말로 자신의 위안이자 기쁨이고 정열의 대상이라는 것이었다. 그래서 자신의 애정 표현에 서정적인 표현을 곁들였는데, 용빌밖의 사람들에게는 《노트르담 드 파리》에 나오는 사셰트를 연상시키기도 했다.

샤를은 집으로 돌아올 때면 난로의 재 옆에 놓아둔 자기의 실내화가 따뜻해져 있는 것을 발견하곤 했다. 이제는 조끼에 안감이 제대로 달려 있지 않거나, 와이셔츠에 단추가 떨어져 있는 경우는 없었다. 샤를은 장롱 속에 모든 잠자리 모자들이 차곡차곡 가지런히 정리되어 있는 것을 바라보는 즐거움마저 느낄 수 있었다. 그녀는 예전처럼 뜰을 돌보는 것도 꺼리지 않았다. 비록 남편이 제안하는 것들의 뜻을 확실히 헤아리지는 못했지만 아무 불평 없이 항상 동의했다. 저녁을 먹은 뒤 융숭하게 먹어 부른 배를 두 손으로 어루만지고, 두 눈은 행복에 젖어 있고, 소화를 시키느라 뺨은 불그레한 상태로 두 발을 벽난로 안 장작 받침쇠 위에 올려놓고 있는 보바리 씨와 그 옆에 양탄자 위를 기어 다니고 있는 어린아이, 그리고 안락의자의 등받이 뒤로 다가와 남편의 이마에 키스를 하는 날씬한 아내를 보았을 때 레옹은 이렇게 속으로 말했다.

'내가 미쳤지! 저러니 어떻게 저 여자에게 가까이 다가갈 수 있단 말인가?'

그녀는 너무도 정숙하고 다가가기 어려운 여자로 보여서 모든 희망이, 심지어는 가장 막연한 희망마저도 그에게서 사라져 버렸다.

그러나 이러한 단념을 통해서 레옹은 그녀를 특별한 상황에 놓아두던 것이다. 그에게 있어서 그녀는 육체적인 특성들을 초월해 있어서, 그 측면에서는 그녀에게 아무것도 얻어 낼 것이 없었다. 그래서 그의 마음속에서 그녀는 웅장하게 높이높이 날아오르는 인격신처럼 육체를 벗어나는 것이었다. 그것은 일상의 삶을 방해하지 않고, 희귀한 것이기에 그것을 소유해서 음미하고 즐기고 맛보고 즐거워하는 것보다 잃어버리는 것이 더욱 가슴 아프게 느껴지는 그런 감정들 가운데 하나였다.

엠마는 수척해졌다. 뺨은 창백해지고 얼굴은 홀쭉하게 길어졌다. 앞가르마를 탄 검은 머리, 커다란 눈, 반듯한 코, 가벼운 걸음걸이, 게다가 이제는 항상 말이 없는 그녀의 모습은 삶에 거의 닿지 않은 채 스쳐 지나가는 것 같았고 이마에는 어떤 어렴풋한 숭고한 숙명의 자국이 찍혀져 있는 것 같았다. 동시에 그녀는 너무 우울하고 너무 조용하고 너무도 다정하고, 또 너무도 신중해서 이웃 사람들은 그녀 곁에 있으면 마치 성당 안에서 대리석 냉기가 서린 꽃향기에 몸이 부르르 떨리듯, 얼음처럼 차가운 매력에 홀린 것 같은 느낌이 들었다. 다른 사람들도 이런 매력에서 벗어나지 못했다. 약제사는 이렇게 말하곤 했다.

"저 여성은 대단한 사람이어서 군수 관사에 있어도 제격일 거야."

부인들은 그녀의 절약을, 환자들은 그녀의 공손함을, 그리고 가난한 사람들은 그녀가 베푸는 마음씨를 칭찬했다.

그러나 그녀는 탐욕과 분노와 증오심으로 가득 차 있었다. 주름이 똑바로 잡힌 드레스는 어지러운 마음을 감추고 있었다. 그렇지만 아주 신중한 그 입술은 마음의 고뇌에 대해서 발설하지 않았다. 그녀는 레옹을 사랑하고 있었다. 그리고 더 자유롭게 레옹의 모습을 만끽할 수 있도록 고독을 추구하고 있었다. 그가 직접 눈앞에 보이면 그 명상의 즐거움은 깨져 버렸다. 엠마는 그의 발소리에 가슴이 두근거리다가도 마주 대하면 감동이 사라져 버렸고, 곧이어 엄청난 정신적 동요만이 남았다가 그것마저도 슬픔으로 끝나 버리곤 했다.

절망적인 심정으로 엠마의 집을 나설 때 레옹은 그녀가 뒤따라 일어나 길을 걸어가는 자신을 바라보는 것을 알아채지 못했다. 그녀는 그의 일거수일투족에 신경을 썼고, 그의 얼굴을 살폈다. 그녀는 그의 방을 찾아갈 구실을 찾기 위해 이야기를 꾸며 내기도 했다. 약제사의 아내는 레옹과 한 지붕 아래에서 잠을 자니 정말 행복하겠다는 생각이 들었다. 그리고 마치 장밋빛 발과 흰 날개를 그 집 지붕 밑 빗물받이 홈통에 적시러 날아오르는 '황금빛 사자' 여관집의 비둘기들처럼, 그녀의 생각은 끊임없이 약제사의 집으로 향하는 것이었다. 그러나 엠마는 자신의 사랑을 의식하면 할수록 그것이 밖으로 드러나지 않도록, 그리고 그것을 약화시켜 보려고 더 마음을 억눌렀다. 그녀는 레옹이 그것을 짐작해 주기를 바랐다. 그리하여 그녀는 그런 짐작을 도와줄 우연이나 큰 사건을 상상하곤 했다. 그녀를 붙잡는 것은 아마도 게으름이나 두려움이었을 것이고, 부끄러움도 있었을 것이다. 그녀는 자신이 그를 너무 멀리 밀어내 버려서 이미 때는 늦었다, 모든 게 다 끝장나 버렸다고 생각하기도 했다. 그러다가 '나는 정숙해.' 하고 속으로 말하거나 체념한 자세를 취하면서 거울 속의 자신을 바라볼 때의 그 오만함과 즐거움이 자신이 지금 치르고 있는 희생을 어느 정도 위로해 주었다.

그렇지만 육체에 대한 욕망, 돈에 대한 탐욕, 정욕에서 오는 우울도 모두 같은 고뇌 속에서 뒤섞였다. 그런데 그런 것들에 대한 생각을 떨치기는커녕 더 자신을 붙들어 매면서 그 고통에서 자극을 느꼈고 그럴 기회를 사방으로 찾아다녔다. 그녀는 실패한 요리나 반쯤 열려 있는 문 때문에 화를 내기도 했고, 자신이 갖지 못한 비로드 옷과 행복, 너무 큰 자신의 꿈, 너무 좁은 집에 대해 한탄하기도 했다.

더욱 화가 나는 것은, 샤를이 그녀의 극심한 괴로움을 짐작하지 못하고 있다는 점이었다. 엠마를 행복하게 해 주고 있다는 그의 확신은 그녀에게 얼간이 같은 모욕으로 느껴졌고, 게다가 그가 그렇게 안심하고 있는 것이 배은망덕처럼 보였다. 그렇다면 그녀는 누구를 위해 정숙했던가? 이 남자야말로 모든 행복의 장애물, 모든 불행의 씨앗, 그리고 그녀를 사방에서 졸라매고 있는 이 복잡한 가죽 벨트의 뾰족한 핀 같은 것이 아니었던가?

그리하여 그녀는 자기의 권태에 기인하는 온갖 증오심을 오직 그에게만 다 쏟아부었고, 그것을 삭이려고 노력할 때마다 오히려 늘어날 뿐이었다. 왜냐하면 그 무용한 수고는 또 다른 절망의 동기들에 더해져 둘 사이를 더욱더 벌어지게 하는 데 기름을 부었기 때문이다. 그녀는 자신의 상냥함에 대해서마저도 불만을 느꼈다. 평범한 가정생활은 그녀에게 호화로움에 대한 환상을 품도록 부추겼고, 부부간의 애정은 불륜의 사랑을 탐하는 욕망을 충동질했다. 그녀는 샤를이 자신을 때려 주었으면 하고 바랐다. 그러면 오히려 그를 미워하고 복수하는 것이 더 정당화될 수 있을 것이기 때문이었다. 그녀는 때로 마음속에 떠오르는 이러한 끔찍한 가정들에 놀라곤 했다. 그래서 항상 미소를 지어 보여야 했고, 당신은 행복하다는 말을 되풀이하는 것을 들으면서 그런 척해야 했고, 그렇다고 믿어야 했던 게 아닌가?

그러나 그녀는 이제 그 위선이 전혀 내키지 않았다. 새로운 운명을 시도해 보기 위해 여러 번 레옹과 함께 아주 먼 어디론가 도망치고 싶은 유혹에 사로잡혔다. 그러나 그때마다 그녀의 마음속에서는 이내 암흑으로 가득 찬 심연이 어렴풋이 커다란 입을 열어젖혔다.

"게다가 그는 이제 나를 사랑하지 않아. 난 어떻게 되는 거지? 어떤 구원이 기다리고 있을까? 어떤 위안이, 마음에 어떤 진정이?" 하고 그녀는 생각하곤 했다.

엠마는 기진맥진하여 숨을 헐떡거리며 무기력하게 있다가, 눈물을 쏟으며 나직이 흐느껴 울었다.

"왜 주인어른께 말씀드리지 않으세요?"

그녀가 발작으로 인해 흥분 속에서 힘들어하고 있을 때 들어온 하녀가 물었다.

"신경성일 뿐이야. 말씀드리지 마. 마음만 아플 테니까." 하고 엠마가 대답했다.

"아! 알겠습니다. 마님은 꼭 제가 여기 오기 전 디에프에서 알았던 게린 같아요. 폴레의 어부 게랭 영감의 딸이었는데, 너무너무 우울해서 집 문간에 서 있는 그녀를 보면 마치 그 집에 초상이라도 난 것 같았어요. 그녀의 병은 머릿속에 들어 있는 일종의 안개 같은 것이어서 의사들도 손을 써 볼 도리가 없었어요. 신부님도 마찬가지였고요. 너무 힘들 때면 그녀는 혼자 바닷가로 달려가곤 했지요. 세관원이 순찰을 돌면서 해변의 조약돌 위에 납작 엎드려 흐느끼고 있는 그녀를 자주 발견하곤 했대요. 그런데 결혼을 하고 나자 그 병이 감쪽같이 나았다고 해요." 하고 펠리시테가 말했다.

"하지만 난 결혼을 하고 나서 생긴 병인걸." 하고 엠마가 대답했다.

6

어느 날 저녁, 열린 창가에 앉아 회양목의 가지를 치고 있는 성당 관리인 레스티부두아를 쳐다보고 있을 때, 엠마에게 문득 '삼종 기도'의 종소리가 들려왔다.

4월 초순이었고, 앵초 꽃이 피어 있었다. 훈훈한 바람이 갈아 놓은 화단 위를 스치듯 불었고, 정원들은 마치 여인들처럼 여름 축제를 위해 화장을 하고 있는 것 같았다. 정자의 창살 저편으로 보이는 목초지의 시냇물은 풀밭 위에 꾸불꾸불한 굴곡을 그려 놓고 있었다. 피어오르는 저녁 안개가 아직 잎이 돋지 않은 포플러 나무들 사이를 지나가면서 가지 위에 걸려 있는 얇은 가제 천보다 더 희미하고 투명한 보랏빛 나무의 윤곽을 지워 놓고 있었다. 저 멀리 가축들이 어슬렁거리고 있었지만 그 발소리도 울음소리도 들려오지 않았다. 계속해서 울려 퍼지는 종소리는 대기 속에서 평화롭게 애가를 부르고 있는 것 같았다.

그 종소리를 들으며 젊은 부인의 상념은 처녀 시절과 기숙사 시절에 대한 추억들 속에서 서성이고 있었다. 제단 위 꽃이 가득 꽂힌 꽃병들 위로 불쑥 솟아오른 큰 촛대들과 작은 기둥들이 떠받치고 있는 감실(龕室)이 떠올랐다. 그녀는 기도대 여기저기에 몸을 숙이고 있는 수녀들의 빳빳하고 검은 수녀복으로 인해 더 대조되어 보이는 흰 면사포의 긴 대열에 옛날처럼 끼고 싶었다. 일요일 미사를 볼 때, 머리를 들면 푸르스름하게 피어오르는 향의 소용돌이 사이로 성모 마리아의 온화한 얼굴이 보였다. 그럴 때면 어떤 감동에 사로잡혀 폭풍우 속에서 이리저리 날리는 새의 솜털처럼 나약하고 완전히 버림받은 자신을 느꼈지만, 영혼을 복종시킴으로써 자신의 존재가 다 사라지기만 한다면 어떤 신앙이라도 바칠 각오가 돼 있다는 생각을 하며 성당으로 향하곤 했었다.

엠마는 돌아오고 있던 레스티부두아와 광장에서 마주쳤다. 그는 하루 일과를 끝내기보다는 잠시 쉬었다가 다시 시작하려고 자기 편한 대로 '삼종 기도'의 종을 울렸던 것이다. 그가 다른 때보다 더 빨리 종을 친 이유는 그것 외에도 아이들에게 교리 문답 시간을 알리기 위해서였다.

벌써 달려온 몇몇 아이들은 묘지 포석 위에서 구슬치기를 하고 있었다. 또 다른 아이들은 담에 걸터앉아 나막신을 신은 발을 흔들면서 낮은 울타리와 최근에 쓴 무덤들 사이에 자라고 있는 큰 쐐기풀들을 쓰러뜨리고 있었다. 그곳이 유일하게 녹색으로 풀이 덮인 곳이었고, 남은 곳은 모두 묘석들뿐이었는데 성기실(聖器室)에 빗자루가 있음에도 불구하고 늘 미세한 먼지로 덮여 있었다.

운동화를 신고 있는 어린아이들은 그곳이 마치 자기들을 위해 만들어 놓은 마루인 양 뛰어다니고 있었다. 터져 나오는 그들의 고함 소리가 웅웅거리는 종소리 사이로 크게 들려오고 있었다. 굵은 밧줄의 흔들림이 멈춰 감에 따라 종소리는 잦아들고 있었고, 종탑 꼭대기에서부터 늘어져 내려오는 밧줄은 땅바닥에 늘어져 끝이 끌리고 있었다. 제비 몇 마리가 짹짹거리면서 마치 칼날처럼 공기를 가르며 날아가 빗물받이 기와 밑의 노란색 둥지로 재빨리 돌아가고 있었다. 성당 안쪽에는 램프가 하나 켜져 있었는데, 매달아 놓은 컵 속에 심지를 박아 놓은 야등이었다. 그 빛은 멀리서 보면 기름 위에서 흔들리고 있는 희끄무레한 반점 같았다. 한 줄기의 햇살이 중앙 홀 전체를 길게 가로질러 비추면서 측랑(側廊)과 구석진 곳들을 더욱 어둡게 만들고 있었다.

"신부님은 어디 계시니?"

구멍에 박힌 헐렁해진 회전 고리를 흔들어 대며 놀고 있는 한 아이에게 보바리 부인이 물었다.

"곧 오실 거예요." 하고 그 아이가 대답했다.

실제로 사제관의 문이 삐걱거리는 소리가 들리더니 부르니지앵 사제가 나타났다. 아이들이 우루루 흩어져 교회 안으로 달아났다.

"저런 개구쟁이 놈들! 언제나 저 모양이지!" 하고 사제가 중얼거렸다.

그러고는 발에 채인 갈가리 찢어진 《교리 문답서》를 주워 들면서 말했다.

"공경하는 마음이 전혀 없으니!"

하지만 보바리 부인을 보자마자, "미안합니다. 알아보지를 못해서." 하고 말했다.

그는 《교리 문답서》를 호주머니에 집어넣고, 성기실의 묵직한 열쇠를 두 손가락으로 계속 흔들어 대면서 멈춰 섰다.

그의 얼굴을 가득 비추는 석양빛에 라스팅 직물 사제복의 빛깔이 흐릿해 보였고, 팔꿈치는 닳아 반들거리고 옷자락은 해져 보풀이 일어 있었다. 넓은 가슴에 작은 단추들을 따라 기름때와 담뱃불 자국이 나 있었는데, 가슴 장식에서 멀어질수록 개수가 더 많아졌다. 그의 붉은 피부에는 주름이 져 있었는데, 얼굴에 박힌 노란 반점들은 희끗희끗한 수염의 빳빳한 털 속에 묻혀 보이지 않았다. 그는 방금 전 저녁 식사를 끝낸 터라 가쁜 숨을 몰아쉬고 있었다.

"건강은 어떠십니까?" 하고 그가 덧붙였다.

"좋지 않아요. 힘들어요." 하고 엠마가 대답했다.

"그렇군요! 나도 그렇습니다. 이런 초여름 더위에는 누구든 아주 나른해지지 않던가요? 어떻게 하겠어요. 우린 성 바울이 말씀하신 것처럼 고통을 받기 위해 태어났는데. 그런데 보바리 씨는 어떻게 생각하시던가요?" 하고 사제가 말을 이었다.

"그 사람이야!" 하고 그녀는 경멸적인 태도로 말했다.

"뭐요! 남편이 어떤 처방도 해 주지 않았단 말이에요?" 하고 사제는 놀라 대꾸했다.

"아! 제게 필요한 건 이 세상의 약이 아닌걸요." 하고 엠마가 말했다.

그러나 사제는 이따금 성당 안을 바라보았는데, 모두 무릎을 꿇고 앉아 있는 아이들이 서로 어깨를 밀치는 바람에 마분지로 만든 수도사들처럼 주르르 쓰러지기도 했다.

"좀 알고 싶은 게 있어서요……." 하고 그녀가 다시 말을 이었다.

"거기 있어. 거기 있으라니까, 리부데. 이 못된 개구쟁이 녀석, 가서 귀싸대기를 화끈거리게 해 주겠어!" 하고 사제가 성난 목소리로 소리쳤다.

그러고 나서 엠마 쪽으로 몸을 돌리면서 다시 말했다.

"부데 목수의 아들이지요. 부모가 넉넉하니 아일 아무렇게나 키우는군요. 그렇지만 하고자 하면 빨리 배울 놈이에요. 머리가 아주 좋은 놈이거든요. 그래서 때로 저놈을 농담 삼아(마름으로 가려면 지나게 되는 언덕 이름처럼) 리부데라고 부르지요. 몽[38] 리부데라고 부르기도 합니다. 하하하! 그런데 몽 리부데[39]이기도 해요! 언젠가 이 말을 주교님께 말씀드렸더니 웃으시더군요. 웃어 주셨다니까요. 아, 그런데 보바리 씨는 어떻게 지내십니까?"

그녀는 듣지 못한 것 같았다. 그러자 그가 계속해서 말했다.

"항상 바쁘시겠지요, 물론? 그분과 나는 확실히 이 교구에서 할 일이 가장 많은 두 사람이니까요. 하지만 그분은 몸을 치료하는 의사이고 나

---

38) mon, '나의'라는 뜻이다.

39) Mont-Riboudet, '리부데 산'이라는 뜻이다.

는 영혼을 치료하는 의사지요!" 하고 그가 거칠게 웃으면서 덧붙였다.

엠마는 애원하는 듯한 눈으로 사제를 뚫어지게 바라보았다.

"맞아요…… 신부님은 모든 고뇌를 덜어 주시지요." 하고 그녀가 말했다.

"아! 내게 그런 말 하지 마세요, 보바리 부인! 오늘 아침까지만 해도 나는 '부은' 소 때문에 바 디오빌까지 가야 했어요. 사람들은 그 병이 저주라고 믿고 있었어요. 그들의 소가 모두, 글쎄 왜 그런지는 모르겠는데…… 아, 죄송합니다! 롱그마르, 그리고 너 이 녀석 리부데! 이런, 빌어먹을! 그만두지 않겠니!"

그러고는 그는 단숨에 교회 안으로 달려 들어갔다.

그때 어린아이들은 큰 책상 주위로 몰려들기도 하고, 성가대 의자 위로 기어 올라가기도 했으며,《미사 경본》을 들춰 보기도 했다. 또 어떤 애들은 감히 고해실 안으로 살금살금 들어가기도 했다. 그러나 사제는 느닷없이 달려들어 모두에게 우박처럼 따귀를 퍼부었다. 아이들의 멱살을 잡아 벌떡 들어 올려서는 성가대 바닥돌 위에 세차게 무릎을 꿇렸는데, 마치 거기에 그 아이들을 심어 두기라도 하려는 것 같았다.

"보세요. 농민들은 정말 불쌍해요." 하고 그가 엠마 가까이로 다시 돌아와, 인도 사라사로 만든 큼직한 손수건 모서리를 이로 물어 펴면서 말했다.

"그런 사람들은 또 있겠지요."

"물론이지요. 예컨대 도시의 노동자들도 그렇고요."

"불쌍한 사람들은 정작 그들이……."

"미안합니다만, 나는 그곳에 사는 불쌍한 주부들, 정숙한 여인들, 정말이지 성녀같이 참된 여인들을 알고 있었답니다. 그런데 그 사람들은 빵한 조각도 못 먹고……."

"그렇지만 이런 여인들도……." 하고 엠마가 말을 이었다(그런데 말을 할 때 그녀의 입술 양쪽 끝이 비틀렸다).

"신부님, 빵은 있지만 여전히 뭔가 부족한 여인들은……."

"아, 겨울에 땔감이 없는 여인들 말이군요." 하고 사제가 말했다.

"아니! 그런 게 뭐가 중요해요?"

"무슨 말씀인지! 그런 게 뭐가 중요하냐고요? 내 생각에는 말이에요, 몸이 따뜻하고 잘 먹기만 하면…… 왜냐하면 결국은……."

"어머나! 어머나, 신부님도!" 하고 그녀가 한숨을 내쉬었다.

걱정이 되는 표정으로 다가오면서 그가 말했다.

"어디 불편한 곳이라도 있습니까? 아마 소화가 잘 안 나 봅니다. 보바리 부인, 집으로 돌아가서 차를 좀 드세요. 힘이 날 겁니다. 아니면 흑설탕을 탄 시원한 물 한잔을 마시던지."

"왜지요?"

그녀는 막 꿈에서 깨어난 사람 같았다.

"손으로 이마를 짚으시기에 현기증이 난 줄 알았습니다."

그는 뭔가가 다시 생각난 듯 말했다.

"그런데 내게 무언가 물어보셨지요? 그래, 뭐였지요? 생각이 안 나는군요."

"제가요? 아무것도요…… 아무것도……." 하고 엠마가 되풀이했다.

그리고 그녀의 시선은 주변을 이리저리 살피더니 사제복을 입은 그 노인에게로 천천히 내려앉았다. 그들은 마주 서서 말없이 서로를 바라보았다.

이윽고 그가 말하기 시작했다.

"그럼, 보바리 부인, 실례하겠습니다. 아시다시피 의무가 무엇보다 먼저지 않습니까. 저 말썽꾸러기 녀석들을 쫓아내야겠군요. 곧 첫 성체 배령이 있는데 또다시 허둥대지 않을까 두렵군요! 그래서 승천제부터 저 애들을 수요일마다 '어김없이' 한 시간씩 더 붙잡아 두고 있습니다. 저런 한심한 녀석들을 말이에요! 게다가 주님께서 그분의 성스런 아들의 입을 통해 직접 우리에게 권하셨듯이, 저런 녀석들을 하느님의 길로 인도하는 데는 빠를수록 더 좋은 법입니다. 건강하세요, 부인. 남편께도 안부 전해 주세요."

그는 그렇게 말하고는 성당 입구에서 무릎 꿇어 경배하고는 교회 안으로 들어갔다.

엠마는 그가 머리를 어깨 위로 약간 기울인 채 두 손을 반쯤 펴서 뒷짐을 지고는 무거운 발걸음으로 두 줄로 늘어선 의자 사이로 사라지는 것을 보았다.

그런 뒤 그녀는 마치 축 위에 세워진 조각상처럼 발뒤꿈치로 휙 돌아서 집으로 가는 길로 들어섰다. 그러나 사제의 굵직한 목소리와 아이들의 맑은 목소리가 여전히 그녀의 귀에 들려왔고, 다음과 같은 말이 계속해서 뒤를 따라왔다.

"당신은 기독교 신자가 맞습니까?"

"예, 신자입니다."

"기독교 신자란 무엇입니까?"

"영세를 받고…… 영세를 받고…… 영세를 받은 사람입니다."

엠마는 난간을 붙잡고 계단을 올라갔다. 그러고는 방 안으로 들어가 안락의자에 털썩 주저앉았다.

유리창에 비치는 희끄무레한 해가 넘실대며 넘어가고 있었다. 가구들은 제자리에 놓여 있었지만 더욱 꼼짝도 하지 않은 채 암흑의 대양 속으로 가라앉듯 어둠 속으로 사라져 버리는 것 같았다. 벽난로는 불이 꺼져 있었고, 추시계는 여전히 똑딱대고 있었다. 그러자 엠마는 자신의 마음에서 일어나고 있는 극심한 동요와 달리 사물들이 그토록 고요한 것에 약간 놀랐다. 창문과 바느질 탁자 사이에는 어린 베르트가 서 있었는데, 뜨개질로 짠 반장화를 신고 있던 아이는 엄마에게 비틀비틀 다가서며 앞치마에 달린 리본 끝을 잡으려고 했다.

"저리 가!" 하고 그녀가 아이를 손으로 떼어 놓으면서 말했다.

그래도 어린 딸은 엄마의 무릎께로 더 가까이 다가갔다. 아이는 두 팔로 무릎을 짚고서 크고 푸른 눈을 들어 엄마를 올려다보았는데, 입술에서 흘러나온 맑은 침 한 줄기가 비단 앞치마 위로 떨어졌다.

"저리 가라니까!" 하고 짜증이 난 젊은 여인은 되풀이했다.

아이는 엄마의 얼굴을 보고 겁이 나 울기 시작했다.

"아니, 그러니까 저리 가라잖아!" 하고 그녀는 아이를 팔꿈치로 떼밀면서 말했다.

베르트는 서랍장 밑에 있던 구리 쟁반 위로 나가떨어졌다. 뺨이 긁혀 피가 흘렀다. 보바리 부인은 달려가 아이를 일으킨 뒤 초인종 줄을 잡아당기다가 끊어지자 있는 힘을 다해 하녀를 불러 댔다. 그리고 자신을 저주하기 시작했을 때 샤를이 들어왔다. 마침 저녁 식사 시간이어서 집으로 돌아왔던 것이다.

"이것 좀 보세요, 여보. 놀다가 넘어져서 저렇게 다쳤답니다." 하고 엠마가 침착한 목소리로 그에게 말했다.

샤를은 상처가 그렇게 심하지 않다며 아내를 안심시킨 뒤 고약을 구하러 갔다.

보바리 부인은 거실로 내려가지 않았다. 아이를 돌보며 혼자 있고 싶었던 것이다. 이윽고 잠이 든 아이를 바라보자 걱정이 서서히 사라졌다. 그러자 조금 전 별것 아닌 일에 침착하지 못했던 자신이 너무나 어리석게 느껴졌다. 실제로 베르트는 더 이상 울먹이지 않았다. 아이의 호흡에 따라 면 이불이 조금씩 올라갔다 내려갔다 하고 있었다. 굵은 눈물 몇 방울이 반쯤 감긴 눈꺼풀 언저리에 맺혀 있었고, 속눈썹 사이로는 깊이 박혀 있는 창백한 두 눈동자가 보였다. 뺨에 비스듬히 붙어 있는 반창고는 살갗을 팽팽히 잡아당기고 있었다.

'이상하기도 하지. 애가 이렇게도 못생겼으니!' 하고 엠마는 생각했다.

밤 11시쯤 약방(저녁 식사 후 그는 남아 있는 고약을 돌려주러 갔었다)에서 돌아왔을 때 샤를은 요람 곁에 서 있는 아내를 보았다.

"별것 아니라고 말했잖소. 걱정하지 말아요, 여보. 그러다가 병이 나겠어." 하고 그는 아내의 이마에 키스를 하면서 말했다.

그는 오랫동안 약제사의 집에 있었다. 그렇게 기분이 상해 보이지 않는데도 오메 씨는 그를 안심시키고 '사기를 북돋워 주려고' 애를 썼다. 그래서 어린아이들에게 생길 수 있는 여러 위험과 하인과 하녀들의 부주의에 대해서 이야기를 나눴다. 오메 부인은 어린 시절 식모가 놀이옷에 잉걸불을 쏟아 데인 자국이 아직도 가슴에 남아 있었기에 그런 일에 대해서는 잘 알고 있었다. 그래서 이 착한 부모는 아이들에게 주의를 많이 기울이고 있다고 했다. 칼은 절대로 갈아 놓지 않고, 방도 밀랍을 먹이지 않는다고 했다. 창에는 쇠창살을 해 달았고, 창이나 난로의 틀에는 단단한 빗장을 대 놓았다. 오메 씨의 아이들은 자유롭게 뛰어놀았지만 그들을 지켜보는 사람 없이는 어디에도 갈 수 없었다. 미미한 감기에도 아버지는 호흡기 질환 약을 잔뜩 먹였고, 네 살이 넘도록 아이들은 모두 솜이 누벼진 털모자를 쓰고 다녔다. 그건 오메 부인의 편집광적인 기질 때문이었다. 남편은 그와 같은 압박이 지능과 관련된 기관들에 가져올 수 있는 영향을 염려하면서 아내의 편집광적인 태도를 내심 걱정했다. 그래서 이런 말까지 입에서 튀어나왔다.

"도대체 애들을 카리브 인이나 보토쿠도 인으로 만들 작정이오?"

샤를은 그러는 동안 여러 번 대화를 중지시키려 시도했다.

"당신에게 할 이야기가 있어요." 하고 그는 앞서 계단을 내려가고 있는 서기의 귀에다 대고 나지막이 속삭였다.

'뭔가를 눈치챈 건가?' 하고 레옹은 자문했다. 가슴이 두근거렸고, 여러 가지 억측에 빠져들었다.

문을 닫고 난 뒤 샤를은 그에게 루앙에 가면 고급 은판 사진 한 장 가격이 얼마인지를 좀 알아봐 줄 것을 부탁했다. 그것은 아내를 위한 사랑의 깜짝 선물로 세심한 배려에서 생각해 낸 것으로, 검은색 예복 차림의 자기 초상화였다. 그러나 그는 먼저 가격 등 '사정을 좀 알고' 싶었던 것이다. 이런 요구는 거의 매주 시내에 나가는 레옹에게는 거추장스러운 것이 아니었다.

어떤 목적에서? 오메는 거기에 대해 뭔가 '젊은이의 정사', 즉 어떤 밀통을 의심하고 있었다. 그러나 그의 생각은 틀렸다. 레옹은 바람을 피우고 있지 않았다. 그 어느 때보다 우울했는데, 르프랑수아 부인은 그가 요즘 남기는 음식의 양을 보고 그 우울을 눈치채고 있었다. 좀 더 자세한 내용을 알아보려고 그녀는 세무 관리에게 물어보았다. 그러자 비네는 자기는 '경찰로부터 정보 제공의 대가로 돈을 받아먹고 사는 사람이 아니'라고 건방진 말투로 대꾸하는 것이었다.

그러나 비네에게도 그의 식당 동료인 레옹이 아주 이상하게 보였다. 왜냐하면 자주 팔을 벌리면서 의자 등받이에 벌러덩 몸을 젖히면서 자기 인생에 대해 얼핏얼핏 불평을 늘어놓았기 때문이다.

"그건 충분히 기분 전환을 해 주지 않기 때문이지요." 하고 세무 관리가 말했다.

"어떤 기분 전환 말이에요?"

"내가 당신이라면 선반을 하나 사겠는데!"

"하지만 저는 그걸 돌릴 줄도 모르는데요." 하고 서기가 대답했다.

"오, 그렇지!" 하고 상대방은 만족감과 경멸이 섞인 표정으로 턱을 쓰다듬으며 말했다.

레옹은 구체적인 성과도 없이 사랑하는 것에 싫증이 나 있었다. 그리고 또 재미도 없고 삶을 지탱해 줄 희망도 없이 반복되는 똑같은 삶에서 오는 압박을 느끼기 시작했다. 그는 용빌과 용빌 사람들이 너무나도 지

151

굿지굿하게 느껴졌기 때문에, 그곳 사람과 집들을 보면 견딜 수 없을 정도로 화가 치밀었다. 그리고 약제사도 호인이긴 하지만 그에게는 견디기 힘든 대상이 되어 버렸다. 그러면서도 새로운 상황의 전망에 끌리기도 했지만 또 그만큼 두렵기도 했다.

이 두려움은 오래지 않아 초조로 바뀌었다. 그리고 그때 멀리서 파리가 회색 작업복 차림의 바람기 있는 젊은 여공들의 웃음소리와 더불어 가면무도회의 요란한 소리로 그를 흔들어 댔다. 파리로 가서 법학 공부를 끝내야 하는데, 어째서 떠나지 못했던가? 누가 가로막았던가? 그래서 그는 마음의 준비를 하기 시작했다. 그는 할 일들을 미리 정리해 보았다. 머릿속에 그가 살게 될 방의 가구도 생각해 놓았다. 거기서 예술가의 생활을 해 보리라! 기타 레슨을 받으리라! 실내복 한 벌, 바스크풍의 베레모 하나, 푸른색 비로드 실내화 몇 켤레를 사리라! 게다가 벽난로 위에 두 자루의 검술용 칼을 십자가형으로 엇갈려 놓은, 그 위에 해골과 기타를 장식한 모습을 상상하며 미리 감탄하기까지 했다.

어려운 것은 어머니의 승낙을 받아 내는 일이었다. 그렇지만 이보다 더 분별 있는 행동도 없을 것 같았다. 그의 주인조차도 그가 더욱더 성장할 수 있는 다른 사무실을 찾아보도록 권했던 것이다. 레옹은 그 중간 정도의 해결책을 택해 루앙에서 다시 서기 자리를 찾아보았으나 구하지 못했다. 그래서 그는 마침내 즉시 파리로 가서 살아야 하는 이유를 자세히 설명한 장문의 편지를 써서 어머니에게 보냈다. 어머니는 승낙했다.

그는 서두르지 않았다. 한 달에 걸쳐 매일 이베르는 용빌에서 루앙으로, 루앙에서 용빌로 상자와 가방, 그리고 짐을 운반해 주었다. 옷장을 고치고, 세 개의 안락의자에 속을 넣게 하고, 스카프도 충분히 사 두었다. 한마디로 세계 일주를 위한 것보다 더 많은 준비를 마친 뒤, 어머니로부터 방학이 시작되기 전에 시험을 치르려면 어서 출발해야 한다고 재촉하는 내용의 두 번째 편지를 받을 때까지 한 주 두 주 출발을 미루고 있었다.

작별의 순간이 오자 오메 부인은 눈물을 흘렸고, 쥐스탱도 흐느꼈다. 강한 남자인 오메는 감정을 숨기고는, 루앙까지 자기 마차로 레옹을 데려다 주겠다는 공증인의 집 철책 앞까지 그의 외투를 손수 들어다 주고 싶어 했다. 레옹은 간신히 보바리 씨와 작별 인사할 시간이 있었다.

레옹은 층계 꼭대기에 올라서자 멈춰 섰다. 그만큼 숨이 차는 것을 느꼈다. 그가 들어서자 보바리 부인은 급히 일어섰다.

"또 왔습니다." 하고 레옹이 말했다.

"그러리라 믿었어요!"

그녀는 입술을 깨물었다. 살갗 아래에서 피가 물결치듯 흐르면서 이마 끝에서부터 목의 주름 장식 주변까지 온통 장밋빛으로 물들었다. 그녀는 어깨를 벽의 널빤지에 기댄 채 서 있었다.

"그런데 남편께서는 안 계십니까?" 하고 그가 말을 이었다.

"안 계세요."

그녀는 되풀이했다.

"안 계세요."

그러고 나자 침묵이 흘렀다. 그들은 서로를 바라보았다. 똑같은 번민 속에 녹아든 그들의 생각은 두근거리는 두 가슴처럼 서로를 꼭 껴안았다.

"베르트를 안아 주고 싶은데요." 하고 레옹이 말했다.

엠마는 몇 계단 내려가서 펠리시테를 불렀다.

그는 재빨리 주위를, 즉 벽과 서가, 벽난로 등 모든 것을 꿰뚫을 듯이, 그리고 모든 것을 가져갈 듯이 시선을 던지며 훑어보았다.

그녀가 다시 들어왔고, 하녀가 베르트를 데리고 왔다. 베르트는 머리를 숙이고 끈 끝에 달린 팔랑개비를 흔들어 대고 있었다.

레옹은 여러 번 아이의 목에 키스를 해 주었다.

"잘 있어라, 아가야! 잘 있어, 귀여운 아가야, 잘 있어!"

그러고는 아이를 어머니에게 넘겨주었다.

"아이를 데리고 가." 하고 엠마가 말했다.

그들은 둘만 남았다.

보바리 부인은 등을 돌린 채 유리창에 얼굴을 기대고 있었다. 레옹은 챙 달린 모자를 손에 들고 그것으로 넓적다리를 가볍게 톡톡 치고 있었다.

"비가 올 것 같아요." 하고 엠마가 말했다.

"외투가 있는걸요." 하고 그가 대답했다.

"아, 그렇군요."

그녀는 턱을 숙이고 이마를 앞으로 내민 채 몸을 돌렸다. 햇빛이 마치 대리석 위를 미끄러지며 비추듯 둥근 눈썹까지 비추고 있었다. 엠마가 저 멀리 무엇을 바라보고 있는지, 마음속에 무엇을 생각하고 있는지 알 수 없었다.

"그럼, 안녕히!" 하고 레옹이 한숨지으며 말했다.

그녀가 갑자기 얼굴을 쳐들었다.

"그래요, 안녕히……. 가 보세요!"

그들은 서로를 향해 다가갔다. 레옹이 손을 내밀었다. 그녀는 주저했다.

"그럼, 영국식으로." 하고 자기 손을 내맡기고는 웃으려고 애쓰면서 그녀가 말했다.

레옹은 손가락 사이에서 그녀의 감촉을 느꼈다. 그러자 자신의 모든 존재가 송두리째 그 촉촉한 손바닥 속으로 가라앉는 것 같았다.

이윽고 그는 손을 놓았다. 그들의 눈이 다시 마주쳤다. 그리고 그는 사라졌다.

시장 건물 밑까지 왔을 때 그는 멈춰 섰다. 네 개의 초록색 블라인드가 있는 그 하얀 집을 마지막으로 바라보기 위해 기둥 뒤에 몸을 숨겼다. 엠마의 방 창문 뒤로 그림자 하나가 보이는 것 같았다. 그러나 마치 아무도 손을 대지 않는 것처럼 커튼이 커튼걸이에서 풀려나면서 비스듬히 길게 늘어진 주름들이 천천히 흔들렸다. 그러다가 그 주름들이 단번에 모두 쫙 펴진 뒤, 똑바로 멈추어 회벽보다도 더 미동하지 않았다. 레옹은 달리기 시작했다.

멀리 길 위에 그의 주인의 이륜 포장마차가 보였다. 옆에는 마포 옷차림을 한 사람이 말을 붙들고 있었다. 오메와 기요맹 씨가 함께 이야기를 나누고 있었다. 그들은 레옹을 기다리고 있었다.

"작별 키스를 해 주게. 자, 자네의 외투가 여기 있네. 감기 조심하게! 몸조심하고! 건강에 신경 쓰게!" 하고 약제사가 눈에 눈물을 글썽이며 말했다.

"자, 레옹, 마차에 오르게." 하고 공증인이 말했다.

오메는 흙받이 위로 몸을 굽히고 흐느낌 때문에 자꾸 끊기는 목소리로 이 두 마디를 슬프게 내뱉었다.

"잘 가게!"

"잘들 있으시오. 이제 그만 놓아주시오!" 하고 기요맹 씨가 대답했다.

그들은 출발했다. 오메는 집으로 돌아왔다.

보바리 부인은 뜰 쪽으로 난 창문을 열고 구름을 바라보고 있었다.

구름은 루앙 쪽 해지는 곳에서 뭉게뭉게 일어나 시커멓게 소용돌이치면서 빠른 속도로 몰려오고 있었다. 그 구름 너머로부터는 마치 공중에 매달려 있는 황금 화살 장식들처럼 햇살이 길게 뻗어 나오고 있었고, 하늘의 남은 빈 부분은 도자기처럼 흰빛을 띠고 있었다. 그러나 돌풍이 불면서 포플러 나무들이 휘어지고 있었다. 그러더니 갑자기 빗방울이 떨어졌다. 비가 초록색 잎들 위로 떨어지며 투둑투둑 소리를 내고 있었다. 잠시 뒤 다시 해가 떴다. 암탉들이 울었고, 참새 몇 마리가 젖은 덤불 속에서 날개를 파닥이고 있었다. 모래 위의 물웅덩이들에서는 물이 흘러나오면서 분홍색 아카시아 꽃들이 휩쓸려 가고 있었다.

'아아! 이미 멀리 갔을 거야!' 하고 엠마는 생각했다.

오메 씨는 평소대로 6시 반, 저녁 식사 중에 왔다.

"그러니까 오후에 우리의 그 젊은 친구를 떠나보낸 거지요?" 하고 그는 자리에 앉으면서 말했다.

"떠났다면서요!" 하고 의사가 대답했다.

그러고는 의자에 앉은 채 몸을 돌리면서 말을 계속했다.

"그런데 선생님 댁에 뭐 새로운 일이라도 있습니까?

"그다지요. 다만 제 아내가 오늘 오후에 좀 흥분했었답니다. 아시다시피 여자들은 아무것도 아닌 일에 흥분을 잘하지요! 제 아내는 특히 더합니다! 그렇다고 그에 성질을 내서는 안 될 겁니다. 여자들의 신경 조직은 우리보다 훨씬 더 유연하기 때문이지요."

"가엾은 레옹! 파리에서 어떻게 살아갈는지⋯⋯. 거기에 익숙해지겠지요?" 하고 샤를이 말했다.

보바리 부인은 한숨을 쉬었다.

"설마요! 요릿집에서의 호화스런 파티! 가면무도회! 샴페인! 이 모든 것들이 릴레이식으로 굴러갈 텐데요, 뭘. 틀림없어요." 하고 약제사가 혀를 차면서 말했다.

"저는 그 사람이 방탕해지리라는 생각은 안 해요." 하고 보바리가 반박했다.

"저도 그렇게 생각해요! 위선자로 통할 위험을 무릅쓰고 다른 사람들을 따라야만 할 경우라도 말이에요. 그렇지만 라탱 구에서 못된 장난을 치는 인간들이 여배우들과 놀아나는 생활에 대해서는 모르실 테지요! 더구나 파리에서는 학생들에 대한 인식이 아주 좋습니다. 즐겁게 해 주는 어떤 능력이 아주 조금만 있어도 최고의 사교계에 초대됩니다. 그들과 사랑에 빠지는 생 제르맹 구의 부인들까지도 있어요. 그런 경우 나중에 아주 훌륭한 결혼을 할 기회가 생기기도 하지요." 하고 오메 씨가 얼른 말을 받았다.

"그렇지만 그가 걱정이 되는 점은…… 거기에서는……." 하고 의사가 말했다.

"옳은 말씀입니다. 그건 메달의 이면에 불과해요! 거기에서는 호주머니 위에 손을 항상 얹어 놓고 있어야 해요. 예를 들면, 선생님께서 공원에 있다고 가정해 보겠습니다. 어떤 남자가 나타납니다. 그는 옷을 잘 차려입고 있고 훈장까지 달고 있어서 외교관으로 착각할 정도이지요. 그가 선생님께 다가옵니다. 선생님은 그에게 말을 하게 됩니다. 그러면 그는 말에 슬쩍 끼어들어, 선생님께 코담배를 건네기도 하고 모자를 집어 주기도 합니다. 그러고 나면 보다 더 친해집니다. 그는 선생님을 카페에도 데리고 가고, 시골에 있는 자기 집에도 초대하고, 얼근히 취해서 온갖 부류의 사람을 소개합니다. 그런데 네 번 중 세 번은 선생님의 지갑을 도둑질하거나 선생님을 위험한 곳으로 이끌기 위한 수작일 뿐입니다." 하고 약제사가 말했다.

"맞는 말씀입니다. 그렇지만 저는 무엇보다 여러 가지 질병에 대해서, 예를 들면 특히 지방에서 온 학생들이 잘 걸리는 장티푸스 같은 병에 걸리지 않을까 걱정이 됩니다." 하고 샤를이 대답했다.

엠마가 몸을 떨었다.

"음식이 바뀌기 때문이기도 하고 그로 인해 인체 구조 전반에 생기는 이상 때문이기도 하겠지요. 그리고 또 선생님도 아시겠지만 파리의 물과 음식점의 요리 등 향신료를 넣은 음식들은 결국 피만 뜨겁게 할 뿐 누가 뭐래도 맛있는 포토프 스튜[40] 한 그릇만 못해요. 저로 말하면 항상 평범한 가정 요리를 좋아했습니다. 건강에 더 좋거든요! 루앙에서 약학을 공

---

40) 가정에서 만들어 먹던 고기와 야채를 삶은 스튜의 일종이다.

부활 때도 저는 기숙사에 있었고, 선생님들과 함께 식사를 했습니다." 하고 약제사가 말을 계속했다.

그리고 그는 자신의 일반적인 견해와 개인적으로 호감을 갖는 것들에 대해 이야기를 계속했다. 그때 쥐스탱이 에그 밀크[41]를 만들어야 한다며 그를 데리러 왔다.

"한시도 쉴 틈이 없으니 원! 늘 이렇게 사슬에 묶여 있으니! 잠시도 자리를 뜰 수가 없어요! 농사용 말처럼 피땀을 흘려야 하니! 무슨 이런 고역이 있는지 모르겠습니다!" 하고 그가 소리쳤다.

그리고 문 앞에까지 왔을 때 이렇게 다시 말했다.

"그런데, 그 소식을 알고 계십니까?"

"무슨 소식을요?"

"가망성이 아주 높을 것 같아서요. 센 앵페리외르 주(州)의 농업 경진 대회가 올해는 용빌 라베이에서 열릴 거라던데요. 어쨌든 그런 소문이 나돌고 있습니다. 오늘 아침 신문에서도 그것에 대해 조금 언급했던데요. 우리 군으로서는 절대적으로 중요한 일입니다! 그 일에 대해서는 나중에 이야기를 나누지요. 쥐스탱이 등불을 들고 있으니까 잘 보이는데요. 하여간 고맙습니다." 하고 눈썹을 치켜뜨면서 아주 진지한 표정으로 오메가 말했다.

7

엠마에게 다음 날은 우울한 하루였다. 모든 것이 사물의 표면에 어지럽게 떠다니는 검은 대기에 에워싸여 있는 것 같았고, 슬픔은 마치 버려

---

41) 뜨거운 우유에 계란 노른자를 푼 음료이다.

진 저택들 안으로 겨울바람이 들이치듯 부드러운 소리를 내면서 영혼 속으로 불어닥치고 있었다. 그것은 더 이상 되돌아오지 않는 것에 대한 몽상이었고, 한 가지 일을 완수하고 난 뒤 엄습해 오는 권태, 다시 말해 모든 익숙한 동작의 중단이나 계속되던 진동이 갑작스럽게 정지당할 때 오는 그런 고통이었다.

보비에사르에서 돌아와서 카드릴 춤이 머릿속에서 맴돌았을 때처럼, 그녀는 음울한 우울과 무기력한 상태의 절망에 빠져 있었다. 레옹의 모습이 더 크게 더 아름답게 더 그윽하게 그리고 더 어렴풋이 다시 떠오르곤 했다. 비록 떨어져 있었지만 그는 그녀를 떠난 것은 아니었다. 그는 그녀 곁에 있었고, 집 안의 벽들은 그의 그림자를 간직하고 있는 것 같았다. 그녀는 레옹이 서성이며 걸었던 그 카펫과 앉았던 그 빈 의자들에서 눈을 뗄 수 없었다. 시냇물은 변함없이 흐르면서 미끄러운 양쪽 둑을 따라 잔물결을 밀어붙이고 있었다. 그들은 그곳에서 속삭이는 물결 소리를 들으면서 이끼 긴 조약돌 위를 여러 번 산책했었다. 따뜻한 햇볕이 내리쬐고 있었다. 뜰 안쪽 그늘에서 얼마나 유쾌한 오후를 둘이서만 보냈던가! 그는 모자를 쓰지 않고 마른 나무토막으로 만든 의자에 앉아 책을 읽기도 했다. 목초지의 시원한 바람에 책장과 정자의 한련 꽃이 떨리기도 했다. 아아! 그녀의 삶의 유일한 매력이자 행복을 줄 수 있는 유일한 희망이었던 그는 떠나 버렸다. 왜 그녀는 그 행복이 눈앞에 있을 때 잡지 못했던가! 그 행복이 달아나려 할 때 왜 두 손에, 두 무릎에 잡아 두지 못했던가! 그녀는 레옹을 사랑하지 못한 자신을 저주하면서 그의 입술을 갈망했다. 달려가 그를 다시 만나 그의 품 안으로 몸을 던지고는 "나예요. 나는 당신 거예요." 하고 말하고 싶은 욕망에 그녀는 사로잡혔다. 그러나 엠마는 그러한 시도가 어렵다는 것을 알고 지레 어찌할 바를 몰라 했다. 그러므로 그녀의 욕망은 후회의 감정으로 인해 더욱 강하게 끓어올랐다.

이때부터 레옹과의 추억은 그녀의 권태의 중심이 되어 버렸다. 그것은 러시아의 대초원에서 여행자들이 눈 위에 버리고 간 불꽃보다도 더 강렬하게 권태 속에서 탁탁 튀며 타고 있었다. 그녀는 그 불꽃을 향해 달려가서는 그 옆에 쪼그리고 앉아 꺼져 가는 불을 조심스럽게 휘저어 보고, 더 타오르게 할 수 있는 뭔가를 찾아 주변을 사방으로 돌아다녔다. 그래서 가장 가까이 있는 기회와 가장 먼 과거의 어렴풋한 추억, 상상했던 것과 경험했던 것, 흩어져 버린 관능적 욕망, 바람에 찢어지는 마른 나뭇가지들처럼 무산되어 버린 행복에 대한 계획, 보람 없는 정숙, 무너져 버린 희망, 가정의 보금자리 등 모든 것을 그러모으고, 받아들여 자신의 슬픔을 재연(再燃)하는 데 사용했다.

하지만 땔감이 다 떨어져서든 아니면 지나치게 많이 쌓아 올려서든 불꽃은 사그라졌다. 사랑은 부재로 인해 조금씩 식어 갔고, 미련은 습관 속에서 질식되어 버렸다. 그리고 그녀의 창백한 하늘을 붉게 물들이던 그 불빛도 어두운 그림자에 묻혀 점점 사라져 갔다. 의식이 졸고 있는 상태에서 그녀는 남편에 대한 혐오를 애인에 대한 갈망으로, 불타오르는 증오를 다시 불붙는 애정으로 착각하기까지 했다. 하지만 폭풍이 계속 불어오고 있었고 정열은 재가 될 때까지 다 타 버렸지만 어떠한 구원의 손길도 다가오지 않고 햇빛도 전혀 나타나지 않아 사방이 깜깜했기에 그녀는 뼛속으로 스며드는 추위 속에서 갈피를 잡지 못하고 있었다.

그래서 토트에서와 같은 형편없는 나날들이 다시 시작되었다. 그녀는 지금의 자신이 훨씬 더 불행하다고 생각하고 있었다. 왜냐하면 슬픔을 경험한 데다 그 슬픔이 끝나지 않으리라는 것을 확신하고 있었기 때문이다.

그토록 큰 희생을 치르는 여인은 정말 변덕 없이는 살아갈 수 없었다. 그녀는 고딕식의 기도대를 샀다. 한 달 사이에 소제용 레몬을 사느라 14프랑을 썼다. 푸른색 캐시미어 드레스는 루앙에 주문했고, 뢰뢰의 가게에서는 가장 아름다운 스카프를 골라 구입했다. 그녀는 그것을 실내 복 위에 어울리게 둘렀다. 그런 우스꽝스런 차림으로 덧문을 닫은 채 손에 책을 들고 소파 위에 길게 몸을 누이고 있었다.

그녀는 자주 머리 스타일을 바꾸었다. 중국식 스타일로 하기도 하고 약하게 컬을 주기도 했으며 길게 땋아 늘어뜨리기도 했다. 또 남자처럼 머리 한쪽으로 가르마를 타 머리칼을 밑에서 말아 올리기도 했다.

그녀는 이탈리아 어를 배우고 싶어서 사전 몇 권과 문법책 한 권, 그리고 백지를 충분히 구입했다. 역사나 철학 등 무게 있는 내용의 독서도 시도했다. 밤중에 샤를은 종종 환자가 자기를 부르러 온 것 같은 느낌이 들어 벌떡 일어나 "가겠소." 하고 중얼거리기도 했다.

그런데 그것은 엠마가 램프에 다시 불을 붙이려고 그어 대는 성냥 소리였다. 그러나 그녀의 독서는 시작하다 말고 장롱에 어지럽게 가득 채워 둔 수예와 마찬가지였다. 읽다가는 그만두고 다른 책으로 옮겨 가곤 했다.

그녀는 감정이 폭발하곤 했는데, 그럴 때면 괴상한 말과 행동을 저지르기도 했다. 어느 날 그녀는 브랜디 반 컵을 마시겠다고 남편에게 우겨 댔다. 그런데 샤를이 어리석게도 그렇게 마시지는 못할 거라고 하자 그녀는 브랜디 병을 들고 단숨에 바닥까지 비워 버렸다.

엠마는 자신의 경박한 태도(이것은 용빌 여자들의 말이었다)에도 불구하고 즐거워 보이지 않았고, 노처녀들이나 실망한 야심가들의 얼굴에 나타나는 굳어져 버린 일그러짐을 항상 입가에 보이고 있었다. 그녀는 얼굴 전체가 창백했고, 리넨 천처럼 희었다. 코 부위의 살갗은 콧구멍 쪽으로 당겨져 있었고, 눈은 정신 나간 듯 멍했다. 관자놀이 위에서 흰 머리칼 세 개를 발견하고는 자신이 늙었다고 말하기도 했다.

그녀는 종종 기절했다. 하루는 각혈을 하기도 했다. 샤를이 걱정을 하며 달려들자 그녀는 이렇게 대답했다.

"에이! 그게 어쨌다는 거예요?"

샤를은 진찰실로 피해 갔다. 그러고는 테이블에 두 팔꿈치를 괴고 사무용 안락의자에 앉아 골상학의 해골 밑에서 울었다.

그래서 그는 어머니에게 편지를 써서 좀 다녀가 달라고 부탁을 했다. 그리고 모자는 엠마 문제에 대해 오랫동안 함께 의논했다. 어떻게 해야 할까? 일체의 치료를 거부하고 있으니 어떻게 해야 할까?

"네 아내에게 필요한 게 뭔지 아니? 어쩔 수 없이 해야 하는 일, 손을 놀려 하는 일들일 거야! 많은 다른 사람들처럼 네 아내도 밥벌이를 해야 할 처지였다면 머리를 자극하는 그런 우울증 따위는 생기지 않았을 거야. 그런 것은 머릿속에 기어드는 많은 잡념과 지금 네 아내가 누리고 있는 무위도식에서 오는 거란다." 하고 보바리의 어머니가 말했다.

"그렇지만 저 사람은 바쁩니다." 하고 샤를이 말했다.

"뭐라고! 네 아내가 바쁘다고! 도대체 무슨 일에 바쁘다는 거냐? 소설이나 나쁜 책들, 종교를 거역하고 볼테르에게서 인용한 말들로 신부님을 조롱하는 작품들을 읽느라 바쁘다는 거겠지. 얘야, 그런 것은 아주 해로운 결과를 가져올 수 있단다. 늘 보면 신앙심이 없는 사람은 결국 나쁘게 풀리게 돼 있어."

그래서 엠마가 소설을 읽지 못하도록 하자는 결정이 내려졌다. 이 시도는 절대로 쉬울 것 같지 않았다.

부인이 그 일을 맡았다. 그녀는 루앙을 지날 때 도서 대여실에 직접 들러 엠마가 정기 구독을 그만두기로 했다고 대신 말해 줄 것이었다. 만일 그래도 책방 주인이 풍속을 교란하는 일을 계속한다면 경찰에게 알릴 권리가 그녀에게는 있었다.

시어머니와 며느리의 작별 인사는 무덤덤했다. 함께 있었던 3주 동안 식탁에서 마주칠 때와 밤에 침대에 몸을 누이기 전 간단한 인사말을 제외하면 그녀들은 거의 말을 나누지 않았다.

보바리의 어머니는 어느 수요일에 떠났는데, 그날은 용빌의 장날이었다.

아침부터 광장은 줄지어 늘어선 짐수레들로 가득 차 있었다. 짐수레들은 모두 뒷부분은 땅에 붙이고 끌채는 공중에 들린 채 교회에서부터 여관까지 집을 따라서 줄을 지어 있었다. 반대편으로는 면제품과 이불, 모직 양말, 말고삐, 바람에 날리고 있는 푸른색 리본 다발 들을 파는 천막이 몇 개 쳐져 있었다. 피라미드 모양으로 쌓아 놓은 계란과 치즈를 담은 광주리 사이에는 큰 쇠그릇들이 땅바닥에 진열되어 있었다. 치즈 광주리에서는 끈적끈적한 밀짚 몇 개가 솟아나와 있었다. 밀 탈곡기 옆 조잡스런 닭장 안에서는 닭 몇 마리가 창살 밖으로 모가지를 내밀고는 꼬꼬댁거리고 있었다.

한곳에 모인 많은 사람들이 움직이지 않자 순식간에 혼잡해졌고, 때로는 약방의 진열창이 깨질 뻔한 적도 있었다. 수요일마다 약방은 대만원을 이뤄 서로를 밀쳐 대곤 했는데, 약을 사기보다는 진찰을 받기 위해서였다. 그만큼 주변 마을에서 오메 씨의 평판은 좋았다. 그의 침착하고 활기찬 모습이 시골 사람들을 매료시켰던 것이다. 그들은 그를 그 어떤 의사보다도 훌륭하다고 생각하고 있었다.

엠마는 창에 팔꿈치를 기대고 밖을 보고 있었다(그녀는 자주 그렇게 하곤 했는데, 시골에서 창은 극장과 산책을 대신한다). 떠들썩한 시골 사람들을 바라보고 있을 때 초록색 프록코트를 입은 한 남자가 보였다. 그는 튼튼한 각반을 차고 있음에도 불구하고 노란색 장갑을 끼고 있었다. 머리를 숙이고 깊이 생각에 잠긴 듯이 걷고 있는 농부 한 사람을 데리고 그는 의사의 집으로 향하고 있었다.

"선생님을 뵐 수 있습니까?" 하고 그는 문간에서 펠리시테와 이야기를 나누고 있는 쥐스탱에게 물었다.

그러고는 쥐스탱이 이 집의 하인인 걸로 착각하고 다시 말했다.

"로돌프 불랑제 드 라 위셰트라는 사람이 찾아왔노라고 말씀드려 주시오."

방금 온 이 사람이 성 앞에 귀족을 표시하는 소사[42]를 붙인 것은 자기의 영지를 자랑하고 싶어서가 아니라 자신을 더 잘 알리기 위해서였다. 실제로 라 위셰트는 용빌 근처에 있는 영지로, 그가 얼마 전 그곳 저택과 농장 두 곳을 구입하여 크게 어렵지 않게 스스로 경작하고 있었다. 그는 독신으로 살고 있었는데, '적어도 1500리브르의 연수입'은 될 거라고 사람들은 알고 있었다.

샤를이 진찰실로 들어왔다. 불랑제 씨는 자기 하인을 의사에게 소개했다. 하인은 '온몸이 근질근질해서' 사혈을 하고 싶어 했다.

"그렇게 해 주시면 시원할 것 같습니다." 하고 하인은 아무리 말려도 듣지 않고 이렇게 말하는 것이었다. 그래서 보바리는 붕대와 대야를 가져와서 쥐스탱에게 그것을 잡아 달라고 부탁했다. 그러고는 이미 파랗게 질려 있는 그 시골 사람에게 이렇게 말했다.

"이봐, 겁내지 말아요."

"그럼요, 겁 안 내요. 하여간 어서 해 주세요!" 하고 상대편이 대답했다.

그는 허세를 부리며 굵은 팔을 내밀었다. 란세트를 찌른 자리에서 피가 솟아올라 거울에까지 튀었다.

"그릇을 좀 가까이 대!" 하고 샤를이 소리쳤다.

"조심! 꼭 작은 분수 같네요! 내 피가 이렇게도 붉다니 원! 좋은 징조임에 틀림없겠지요, 그렇지요?" 하고 농부가 말했다.

"때로는. 처음에는 아무 느낌도 없다가 좀 지나서 기절해 버리는 경우도 있어요. 특히 이 사람처럼 체격이 좋은 사람들이 더 그렇습니다." 하고 의사가 말을 이었다.

---

42) 귀족의 표시로 성 앞에 붙이는 de를 가리킨다.

이 말에 시골 사람은 손가락으로 만지작거리던 란세트 케이스를 떨어뜨렸다. 어깨가 발작적으로 들썩거리자 의자 등받이가 삐걱거렸다. 그의 모자가 바닥에 떨어졌다.

"이럴 줄 알았어요." 하고 보바리가 손가락으로 혈관을 누르며 말했다.

쥐스탱 손에 들려 있는 대야가 떨리기 시작했다. 다리가 비틀거리면서 얼굴이 창백해졌다.

"여보! 여보!" 하고 샤를이 불렀다.

재빨리 엠마가 계단을 내려왔다.

"식초 좀 가져와요! 아이고! 이런, 둘이 한꺼번에." 하고 그가 소리쳤다. 그는 당황하여 습포를 갖다 대기가 힘들었다.

"아무것도 아닙니다." 하고 불랑제 씨가 두 팔로 쥐스탱을 부축하면서 침착하게 말했다.

그런 다음 그를 책상 위에 앉히고는 벽에 등을 기대게 해 주었다.

보바리 부인은 그의 넥타이를 풀기 시작했다. 셔츠 끈에 매듭이 있었다. 그녀는 잠시 머뭇거리다가 젊은이의 목덜미에 손가락을 집어넣어 느슨하게 해 주었다. 이어 자기의 흰 고급 삼베 손수건에 식초를 좀 묻혀 그것으로 그의 관자놀이를 톡톡 두드리면서 적셔 준 다음 그 위를 가볍게 불어 주었다.

마차꾼은 눈을 떴다. 그러나 쥐스탱은 아직 실신 상태에서 깨어나지 않았다. 눈동자는 마치 우유 속의 푸른 꽃잎처럼 창백한 공막 속에 파묻혀 보이지 않았다.

"이걸 보여서는 안 좋을 거야." 하고 샤를이 말했다.

보바리 부인은 대야를 들어 책상 밑으로 치워 놓았다. 그렇게 하려고 몸을 숙이자 드레스(그것은 네 개의 밑단 장식이 달린 기장이 길고 폭이 넓은 노란색 드레스였다)가 진찰실의 타일 위에 나팔 모양으로 둥그렇게 펼쳐졌다. 그리고 몸을 굽힌 상태에서 엠마가 두 팔을 벌리고 약간 비틀거리자 몸통 부분이 구부러지면서 부풀어 올랐던 치마폭이 군데군데 눌렸다. 이어 물병을 가지고 와 설탕 몇 조각을 넣어 녹이고 있었는데, 그때 약제사가 들어왔다. 하녀가 약제사를 데리러 급히 달려갔던 것이다. 자기 견습생이 눈을 뜨고 있는 것을 보자 그는 숨을 돌렸다. 그러고 나서 그의 주위를 돌면서 위아래로 훑어보았다.

"바보 같으니라고! 이런, 정말 바보 같으니! 여지없는 바보! 아무리 어쨌더라도 그저 사혈일 뿐인데! 어떤 것도 겁내지 않는 녀석이! 어지러울 정도로 높은 곳에도 올라가 호두를 흔들어 따는 다람쥐 같은 녀석이었는데! 안 그래? 말 좀 해 봐. 자랑 좀 해 봐! 바로 그게 나중에 약방을 하기 위한 훌륭한 기질이란 말이야! 중대한 상황에 처하면 법정에 출두해서 법관들의 인식을 명확히 해 줄 수 있을 테니까. 그땐 냉정을 잃지 않고 이치를 따지면서 남자다움을 보여 줘야 하는 거야. 안 그러면 바보 취급을 당할 거란 말이야!" 하고 그가 말했다.

쥐스탱은 대답하지 않았다. 약제사는 계속해서 이렇게 말했다.

"누가 너더러 와 달라고 부탁했어? 넌 만날 이 집 두 분께 폐만 끼치고 있단 말이야. 더구나 수요일엔 넌 내게 없어서는 안 돼. 지금 약방에는 손님이 스무 명이나 있단 말이야. 네가 걱정이 돼서 다 두고 왔어. 자, 어서 가 봐라! 뛰어가! 가서 기다리고 있어. 약병들을 잘 지키고!"

쥐스탱이 옷을 고쳐 입고 떠나자 그들은 기절에 대해 잠시 이야기를 나누었다. 보바리 부인은 여태껏 한 번도 기절이라는 것을 해 본 적이 없었다.

"그건 여자분으로서는 참 대단한 일입니다. 그런데 아주 예민한 사람들이 있습니다. 한 예로 저는 결투에서 단지 권총에 탄환을 재는 소리에 입회인이 정신을 잃어버리는 것을 본 적이 있습니다." 하고 불랑제 씨가 말했다.

"저는 말이에요, 남의 피를 보는 것은 아무렇지도 않아요. 그런데 내가 피를 흘린다는 것은 생각만 해도 기절해 버릴 것 같습니다. 그걸 너무 생각하다 보면 말이지요." 하고 약제사가 말했다.

그러는 동안에 불랑제 씨는 이제 망상은 사라졌으니 마음을 진정시키라고 하면서 하인을 돌려보냈다.

"이 망상 덕분에 이렇게 여러분을 알게 되었습니다." 하고 그가 덧붙여 말했다.

이 말을 하면서 그는 엠마를 쳐다보았다.

그러고는 책상 모서리에 3프랑을 내려놓고는 건성으로 인사를 한 뒤 돌아가 버렸다.

그는 어느새 시냇물 건너편에 있었다(그것이 그가 라 위세트로 돌아가는 본래 길이었다). 엠마는 그가 목초지의 포플러 나무 밑을 마치 깊은 생각에 빠져 있는 사람처럼 이따금 발걸음을 늦추면서 걷고 있는 것을 보았다.

'아주 사랑스러운 여자야! 아주 사랑스러워, 의사의 아내 말이야! 예쁜 치아, 까만 눈, 아담한 발, 게다가 파리 여자 같은 맵시. 도대체 어디 출신이지? 도대체 어디에서 그 여잘 구한 거야, 그 뚱뚱한 녀석은?' 하고 그는 마음속으로 생각했다.

로돌프 불랑제 씨는 서른네 살이었다. 그는 거친 기질에 머리가 잘 돌아갔고, 뿐만 아니라 여자들과 교제가 많아서 여자에 정통해 있었다. 그런 그에게 엠마는 예뻐 보였다. 그래서 그녀에 대해, 그리고 그녀의 남편에 대해서도 공상에 빠졌다.

"그 인간은 아주 바보 같아 보여. 그녀는 아마 남편에게 진력이 나 있을 거야. 손톱은 지저분하고, 수염은 3일 정도는 깎지 않았어. 환자들에게 종종걸음 치며 돌아다니는 사이, 그녀는 집에서 양말이나 꿰매고 있을 거야. 그러니 권태롭겠지! 도시에 살면서 매일 밤 폴카를 추고 싶겠지! 가엾은 여자! 저 여자는 마치 물을 떠나 도마 위에 놓인 잉어처럼 사랑이 떠난 뒤 권태로워 하품이나 하고 있겠지. 달콤한 말 몇 마디면 열렬히 덤벼들 거야. 틀림없어! 상냥할 거야! 매력적일 거고! 그래, 그런데 나중에 어떻게 떨쳐 버리지?"

그러자 쾌락의 장애물들이 어렴풋이 예감되었고 서로 대조가 되면서 자신의 정부가 생각났다. 그녀는 루앙의 배우였다. 기억만으로도 신물이 나는 그 정부의 모습이 떠오르자 그는 '아아! 보바리 부인이 그 여자보다 훨씬 더 예뻐. 무엇보다 더 싱싱해. 비르지니는 확실히 살이 너무 쪘어. 지겨워하는 것도 더 이상 견딜 수 없어. 게다가 새우는 왜 그렇게도 좋아하는지!' 하고 생각했다.

들은 황량했고, 로돌프의 주위에는 멀리 귀리들 속에 숨어 우는 귀뚜라미 소리와 규칙적으로 풀을 스치는 그의 신발 소리밖에 들리지 않았다. 앞서 진찰실에서 보았던 옷차림 그대로의 엠마를 떠올려 보았고, 옷을 벗겨 보기도 했다.

"좋아! 그 여자를 가지고 말겠어!" 하고 그는 지팡이를 휘둘러 눈앞의 흙덩이를 내리치면서 소리쳤다.

그리고 즉시 그 계획의 전략적인 부분을 검토해 보면서 자문했다.

"어디서 만나지? 어떤 방법으로? 어깨 위에는 늘 애가 매달려 있을 거야. 게다가 하녀, 이웃, 남편 등 모두가 상당히 거치적거리는 것들이야. 에이, 시간을 너무 많이 까먹겠는걸." 하고 그가 말했다.

하지만 그는 다시 생각하기 시작했다.

"그 여자는 나사송곳처럼 마음을 꿰뚫는 눈을 가지고 있어. 그리고 그 창백한 안색……. 난 창백한 여자를 무척 좋아하지!"

아르괴이 언덕 꼭대기에 다다랐을 때 그의 결심은 이미 서 있었다.

"기회를 찾는 일만 남았다. 그래! 종종 그 집엘 들러야겠어. 사냥한 고기도 보내고 집에서 기르는 날짐승도 보내야겠다. 필요하면 찾아가서 사혈도 하자. 그러면 우린 친한 사이가 될 거고, 부부를 집에 초대도 하지 뭐……. 아, 그렇지 참! 곧 농업 경진 대회가 열리는구나. 그 여자도 구경 올 테니 만날 수 있겠지. 그때 시작하는 거다. 과감하게. 그게 가장 확실한 방법이니까." 하고 그는 덧붙여 말했다.

8

마침내 문제의 농업 경진 대회 날이 왔다. 축제 날 아침부터 주민들은 모두 대문에 서서 그 준비에 대한 이야기를 나누고 있었다. 면사무소의 박공은 송악으로 장식되어 있었다. 목초지 안에는 연회를 위해 천막이 하나 쳐져 있었고, 성당 앞 광장 가운데 있는 일종의 구포(臼砲)는 도지사의 도착과 대회에서 수상하는 경작자들의 이름을 알릴 때 사용하기로 되어 있었다. 비쉬의 국민병(용빌에는 국민병이 없었다)이 비네가 대장으로 있는 소방대와 합류하기 위해 와 있었다. 이날 비네의 옷 칼라는 평상시보다 훨씬 더 높은 것이었다. 꽉 끼는 제복 차림의 그는 상반신이 너무 뻣뻣하고 부동자세여서 몸의 생명 있는 부분은 온통 두 다리로 내려와 있는 것 같았는데, 두 다리는 박자에 맞춰 똑같은 동작으로 들어 올려지고 있었다. 세무 관리인 소방대장과 국민병 대령 사이에는 서로 어떤 경쟁의식이 존재했기에, 그들은 자신의 실력을 보여 주기 위해 부하들을 따로따로 훈련시키고 있었다. 사람들은 붉은 견장의 군인들과 검은 흉갑(胸甲)의 소방대원들이 줄을 지어 교대로 왔다 갔다 하는 것을 보았다. 그것은 끝날 줄을 모르고 계속해서 다시 시작됐다. 이와 같은 화려한 행진은 이전에 본 적이 없었다. 많은 주민들은 전날부터 집을 청소해 놓았다. 반쯤 열린 창문에는 삼색기가 걸려 있었고, 선술집은 어디를 가나 만원이었다. 날씨가 좋아 풀을 먹인 챙 없는 모자, 금십자가, 그리고 부인들이 걸치는 세모꼴 숄 들이 눈보다 더 희게 보였고 밝은 햇빛에 번쩍거렸으며, 또 그것들이 여기저기 알록달록 흩어져 있었기에 프록코트와 올이 굵은 푸른색 작업복들의 어둡고 단조로운 빛깔에 생기를 불어넣었다. 인근에 사는 농부의 아내들은 마차에서 내리자 땅에 쓸려 흙이 묻을까 봐 옷자락을 걷어 올려 허리춤에 꽂아 놓았던 커다란 핀을 뽑기도 했다. 그와 반대로 남편들은 모자를 아끼기 위해 손수건을 모자 위에 얹어 둘러싸고는 그 손수건의 끝을 이로 물고 있었다.

군중들은 마을 양쪽 끝으로부터 큰길로 들어오고 있었다. 그들은 골목길과 샛길, 여러 집에서 쏟아져 나오고 있었고, 이따금 대문의 노커들이 다시 걸리는 소리가 들려오곤 했는데 그럴 때면 실로 짠 장갑을 낀 마을 여인들이 축제를 보러 집을 나서는 모습이 보였다. 특히 감탄을 불러일으키는 것은 많은 초롱으로 장식된 두 개의 긴 등불 막대였는데, 그것들은 당국자들이 자리할 연단 양편에 세워져 있었다. 그 밖에도 면사무소의 네 기둥에는 네 개의 장대가 기대어 있었는데, 그것들에는 각기 푸르스름한 바탕에 금색 글씨를 쓴 작은 깃발들이 매달려 있었다. 그중 하나에는 '상업을 위하여!'라고 씌어 있었고, 두 번째에는 '농업을 위하여!', 세 번째에는 '공업을 위하여!', 그리고 네 번째에는 '예술을 위하여!'라고 씌어 있었다.

그렇지만 모든 사람의 얼굴에 밝게 피어나는 이 기쁨이 오히려 여관집 안주인인 르프랑수아 부인을 우울하게 만들었다. 그녀는 부엌 계단에 서서 마치 턱으로 말하듯 투덜거리고 있었다.

"무슨 바보 같은 짓이야! 천막을 쳐서 어쩌겠다는 거야, 바보같이! 지사가 어릿광대처럼 저 천막 속에서 식사를 하면서 편안해할 거라 생각하나 보지? 저렇게 남을 방해하면서 이 지역에 이득이 된다니! 이럴 바에야 뇌샤텔까지 가서 형편없는 요리사를 데려올 필요가 없었는데! 도대체 누구를 위해서였지? 소 치는 사람들을 위해서! 가난뱅이들을 위해서!"

약제사가 지나갔다. 검은색 예복과 담황색의 남경 직물 바지에 비버 가죽 신발을 신고 있었다. 특별히 모자를 쓰고 있었는데, 납작한 모양의 것이었다.

"안녕하세요! 바빠서 그만 실례할게요." 하고 그가 말했다.

하지만 뚱뚱보 과부는 그에게 어디 가느냐고 물었다.

"좀 이상하게 보이지요, 안 그래요? 착한 사람 집에 사는, 늘 치즈 속에 주둥이를 틀어박고 있는 쥐새끼보다도 더 조제실에 틀어박혀 있었으니까요."

"어떤 치즈라고요?" 하고 여관집 안주인이 말했다.

"아, 아니에요! 아무것도 아닙니다! 르프랑수아 부인, 단지 평소에는 집에 틀어박혀 지낸다는 말을 하고자 했을 뿐입니다. 그러나 오늘은 처지에 비추어 하는 수 없이……." 하고 오메가 다시 말했다.

"아아! 저기 가는군요?" 하고 그녀가 경멸하는 듯한 얼굴로 말했다.

"예, 저기에 갑니다. 저도 자문위원회의 일원이잖습니까?" 하고 약제사가 놀란 얼굴로 대꾸했다.

르프랑수아 부인은 잠시 그를 쳐다보더니 마침내 미소를 지으면서 이렇게 대답했다.

"그렇다면 이야기가 다르지요! 그런데 경작이 당신하고 무슨 관계가 있어요? 그쪽으로 잘 안다는 거예요?"

"물론이지요. 잘 압니다. 제가 의사이지 않습니까. 화학자 말이에요! 그런데 르프랑수아 부인, 화학의 목적은 자연의 모든 물체의 상호 작용과 분자 작용을 아는 것이니 농업도 그 영역에 속하는 거지요! 실제로 비료의 성분이나 액체의 발효, 가스의 분석, 부패물에서 발생하는 가스의 영향 등이 다 화학이 아니고 뭐냐고 묻고 싶네요?"

여관집 안주인은 아무 대답도 없었다. 오메가 계속해서 말했다.

"농학자가 되려면 스스로 땅을 일구거나 집에서 기르는 날짐승에 모이를 주어야만 한다고 생각하나 보지요? 그러나 그보다는 문제가 되는 물질의 구조, 지층, 대기 작용, 토양과 광물의 질, 수질, 여러 물체의 밀도와 모세관 현상 등등을 알아야 하지요! 그런데 건물의 건축, 동물의 먹이, 고용 일꾼들의 영양 등을 보살피고 지도하기 위해서는 위생학의 모든 원칙을 철저히 알아야 합니다! 르프랑수아 부인, 또 식물학도 알아야 해요. 식물들의 종류를 식별할 수 있어야 하니까요. 아시겠어요? 어떤 식물이 좋고 어떤 식물이 해로운지, 어떤 식물이 수확이 좋지 않고 어떤 식물이 영양가가 풍부한지, 어디에 있는 것은 뽑아내 버리고 또 어디에 있는 것은 다시 심는 것이 좋은지, 어떤 것은 번식시키고 또 어떤 것은 없애 버리는 것이 좋은지 등을 알아야 합니다. 요컨대 개량과 개선할 점들을 가르쳐 주기 위해서는 소논문들과 신문, 잡지 등의 기사를 통해 과학의 동향에 대해 잘 알고 있어야 하고 공부를 늘 해야 해요.”

여관집 안주인은 '카페 프랑세'의 문에서 눈을 떼지 못하고 있었다. 약제사는 말을 계속했다.

“우리 농업인들이 화학자가 되거나, 아니면 적어도 과학의 조언에 더욱더 귀를 기울여 주었으면 좋겠어요! 그래서 저는 최근에 우수한 소논문을 하나 썼습니다. 〈능금주와 그 제작법 및 효과, 그리고 그에 대한 몇 가지 새로운 고찰〉이라는 제목의 72쪽짜리 논문인데, 루앙 농학자 협회에 보냈지요. 그 덕택에 협회의 농업 부문 과일 분과 위원이 되는 영광까지 누리게 되었어요. 아 참! 만일 제 논문이 세상에 공개되었다면…….”

하지만 약제사는 말을 멈췄다. 그만큼 르프랑수아 부인이 뭔가 딴 데에 정신이 팔려 있었던 것이다.

“아니, 저 사람들을 좀 봐요! 저들은 아무것도 몰라요. 저런 형편없는 식당엘 가다니!” 하고 그녀가 말했다.

그러면서 뜨개질 옷의 코들이 가슴 위에서 팽팽히 당겨지도록 두 어깨를 으쓱하면서 경쟁 상대의 선술집을 손으로 가리켰는데, 그때 거기에서는 노랫소리가 흘러나오고 있었다.

"그런데 저 집도 오래가지 못할 거예요. 일주일도 못 가 끝장날 테니까." 하고 그녀가 덧붙였다.

오메는 어리둥절하여 뒤로 물러섰다. 그녀는 계단을 세 개쯤 내려서서 그의 귀에다 대고 소곤거렸다.

"아니! 그걸 몰라요? 이번 주에 저 집은 압류당할 거예요. 저 집을 공매에 붙인 것은 바로 뢰뢰예요. 어음을 못 갚으니 저 집을 망하게 한 거예요."

그러면서 여관집 안주인은 기요맹 씨의 하인인 테오도르에게서 들은 이야기를 오메에게 들려주기 시작했다. 비록 텔리에를 미워했지만 그래도 뢰뢰를 비난했다. 그 인간은 사기꾼이고 비굴한 인간이라는 것이었다.

"아니! 저기, 시장 건물 밑에 그 인간이 있어요. 초록색 모자를 쓴 보바리 부인에게 인사를 하네요. 부인은 불랑제의 팔짱까지 끼고 있군요." 하고 그녀가 말했다.

"보바리 부인이라고요! 얼른 인사를 드리러 가야겠어요. 아마 주랑 밑 천막 안에 자리를 잡으면 편하실 텐데." 하고 오메가 말했다.

그러고는 좀 전의 이야기를 더 자세히 해 주려고 그를 부르는 르프랑수아 부인의 말을 들은 척도 하지 않고 약제사는 입가에 미소를 머금은 채 의젓하게 빠른 걸음으로 멀어져 갔다. 가면서 좌우로 수없이 인사를 해 댔고, 바람에 검은색 예복의 늘어진 옷자락이 엉덩이 뒤로 크게 나풀거렸다.

로돌프는 멀리서 오메를 알아보고는 발걸음을 빨리하고 있었다. 그러나 보바리 부인은 숨이 가빠졌다. 그래서 그는 속도를 늦추고 미소를 지으면서 거친 말투로 말했다.

"저 뚱뚱보를 피하려고 그럽니다. 알지요, 저 약제사 말입니다."

그녀는 팔꿈치로 그를 한 번 쿡 찔렀다.

'이게 무슨 의미지?' 하고 그는 마음속으로 자문했다.

그리고 계속 걸어가면서 그녀를 은밀히 바라보았다.

그녀의 옆얼굴은 너무도 태연해서 그는 아무것도 짐작하지 못했다. 갈댓잎을 닮은 엷은 색 리본이 달린 외투 안에서 그 옆얼굴은 햇빛을 환하게 받아 돋보이고 있었다. 길게 휘어진 속눈썹을 가진 눈은 정면을 바라보고 있었고, 크게 뜨고 있었지만 두 눈은 섬세한 피부 밑에서 조용히 맥박 치고 있는 혈관 때문에 광대뼈에 의해 약간 주름이 잡힌 것처럼 보였다. 코청에는 장밋빛이 스며들어 있었다. 고개를 어깨 위로 숙이고 있었고, 두 입술 사이로는 진줏빛으로 반짝이는 하얀 치아가 보였다.

'이 여자가 나를 놀리고 있는 건가?' 하고 로돌프는 생각했다.

그러나 엠마의 이 동작은 하나의 주의에 불과했다. 왜냐하면 뢰뢰 씨가 그들을 따라오고 있었기 때문이다. 그는 대화에 끼어들려는 듯 때때로 말을 걸었다.

"날씨가 화창합니다! 모두가 다 밖으로 나왔어요. 동풍이 부는데요?"

그러나 보바리 부인은 그의 말에 대꾸하지 않았고, 로돌프도 마찬가지였다. 반면 그는 그들의 아주 작은 몸짓에도 곁에 다가와서는 모자에 손을 갖다 대면서 "뭐라고 하셨죠?" 하고 말하곤 했다.

제철공(蹄鐵工) 집 앞에 다다랐을 때 로돌프는 쇠창살 문으로 이어지는 길로 가지 않고 돌연 보바리 부인을 잡아끌어 오솔길로 접어들며 이렇게 큰 소리로 말했다.

"그럼, 안녕히. 뢰뢰 씨, 또 만납시다!"

"멋지게 뢰뢰 씨를 쫓아 버렸네요!" 하고 그녀가 웃으면서 말했다.

"왜 딴 인간들이 끼어드는 것을 그대로 두어야 합니까? 오늘 이렇게 당신과 함께 있어 행복한데요……." 하고 그가 다시 말했다.

엠마는 얼굴을 붉혔다. 로돌프는 말을 다 끝맺지 못했다. 조금 후 그는 좋은 날씨와 풀밭 위를 걷는 즐거움 등에 관해 다시 말했다. 마침 데이지가 몇 포기 돋아나 있었다.

"여기 예쁜 데이지가 있네요. 사랑에 빠진 이 지역의 모든 여자들에게 신탁을 전하고 있는 것 같습니다." 하고 그가 말했다.

그는 덧붙여 말했다.

"몇 포기 꺾고 싶은데, 어떻게 생각하세요?"

"사랑을 하고 있으세요?" 하고 그녀는 가볍게 기침을 하면서 말했다.

"아! 글쎄요! 그럴 수도 있겠지요." 하고 로돌프가 대답했다.

목초지는 인파가 가득 넘치기 시작했다. 큰 양산을 쓰고 바구니를 들거나 아이들을 데리고 가는 주부들과 부딪치기도 했다. 이따금 시골 여인들의 긴 행렬이 지나갈 때면 비켜서서 기다려야 했다. 푸른색 양말에 굽이 없는 신발을 신고 은가락지를 낀 하녀들이었는데, 그녀들 옆을 지나갈 때면 우유 냄새가 났다. 그녀들은 사시나무가 일렬로 늘어선 곳에서부터 연회의 천막이 쳐져 있는 곳까지 풀밭 전체에 흩어져 서로 손을 잡고 걸어가고 있었다. 그러나 그때가 바로 심사 시간이어서 말뚝을 따라 길게 줄을 쳐서 만들어 놓은 경마장 같은 곳으로 농부들이 차례차례 들어가고 있었다.

거기에는 가축들이 있었는데, 코는 줄 쪽으로 돌리고 들쭉날쭉 엉덩이들을 마주 대고 어수선하게 줄을 맞추어 서 있었다. 돼지들은 주둥이를 땅속에 처박고 졸고 있었다. 송아지들과 암양들도 제각기 울어 대고 있었다. 암소들은 뒷다리를 구부리고 잔디 위에 엎드려 조용히 되새김질을 하면서 주위에서 윙윙거리는 작은 날벌레들을 향해 무거운 눈꺼풀을 껌벅거리고 있었다. 팔소매를 걷어붙인 짐마차꾼들은 암말들 곁에서 콧구멍을 벌름거리며 뒷발로 일어서며 힝힝거리는 종마의 고삐를 잡고 있었다. 암말들은 머리를 길게 빼고 갈기를 늘어뜨린 채 평화롭게 있었고, 새끼들은 어미 말의 그늘에서 쉬거나 가끔 젖을 빨러 다가오곤 했다. 빽빽이 몰아넣은 이 온갖 몸뚱이들의 긴 출렁임 위로 바람이 불 때면 흰 말갈기가 파도처럼 솟아 일어서는 것이 보이거나, 불쑥 튀어나온 뾰족한 뿔과 뛰어다니는 사람들의 머리가 보이기도 했다. 거기서 100발자국쯤 떨어진 울타리 밖에는 부리망을 씌운 크고 검은 황소 한 마리가 있었는데, 콧구멍에는 쇠로 된 둥근 코뚜레를 한 채 청동으로 만든 가축 동상처럼 꼼짝도 하지 않고 서 있었다. 누더기 옷을 입은 아이가 그 황소의 고삐를 잡고 있었다.

그러는 동안, 두 줄로 늘어선 가축들 사이로 남자 몇 명이 무거운 발걸음으로 나아가면서 동물들을 한 마리 한 마리 검사를 하고는 작은 목소리로 서로 의논을 하곤 했다. 그들 중 더 높은 인물처럼 보이는 한 사람이 걸어가면서 수첩에 뭔가를 기록하고 있었다. 그는 심사위원장 드로즈레 드 라 팡빌 씨였다. 그는 로돌프를 알아보고 재빨리 다가와 다정하게 미소 지으면서 말했다.

"아니, 불랑제 씨, 우리도 안 보고 그냥 가려는 거요?"

로돌프는 이제 막 보러 가려던 참이었다고 둘러댔다. 그러나 위원장이 사라지자, "가긴, 어딜 가." 하고 그가 말을 계속했다. "가지 않습니다. 저 사람과 있는 것보다 당신과 함께 있는 것이 훨씬 더 좋은데요."

그렇게 말하고는 로돌프는 농업 경진 대회를 비웃어 대며 보다 더 편하게 돌아다닐 수 있도록 헌병에게 그의 푸른색 패스를 내보였고, 때때로 그는 몇몇 훌륭한 '출품작' 앞에 멈춰 서기까지 했다. 그러나 엠마는 그런 것들에 거의 관심을 두지 않았다. 로돌프는 엠마가 그렇다는 것을 눈치채고는 용빌 부인들에 대해서, 그녀들의 옷차림에 대해서 농담을 하기 시작했다. 그러고 나서는 아무렇게나 입은 자신의 복장에 대해 스스로 사과를 했다. 그의 복장은 상스러운 것과 세련된 것이 뒤섞인 지리멸렬한 것이었는데, 일반인들은 보통 그것에서 별난 생활, 감정의 혼란, 예술의 횡포, 그리고 사회적 규범 들에 대한 어떤 멸시를 어렴풋이 볼 수 있다고 생각하여 매료당하거나 아니면 분개했다. 예컨대 주름진 소매 깃이 달린 로돌프의 흰 고급 삼베 셔츠는 벌어진 회색 목면 조끼 사이로 불어오는 바람에 마구 부풀어 올랐고, 굵은 줄무늬 바지 아래쪽으로는 비벼 댈 때마다 소리가 나는 에나멜가죽을 댄 담황색 반장화가 발목 부분에 드러나 보이고 있었다. 반장화는 너무 윤이 나서 풀이 비쳐 보였다. 그는 구두로는 말똥을 밟으며 한 손을 상의 호주머니에 넣고 밀짚모자를 비스듬히 쓰고 있었다.

"뿐만 아니라 시골에서 살면……." 하고 그는 덧붙였다.

"모든 것이 헛수고예요." 하고 엠마가 말했다.

"사실입니다! 저 선량한 사람들 중에는 단 한 명도 옷맵시를 알아보지 못하니!" 하고 로돌프가 대답했다.

그리하여 그들은 보잘것없는 시골과 그로 인해 질식할 듯한 생활, 그곳에 살면서 사라져 버린 환상에 대해서 이야기했다.

"그래서 자꾸 우울함에 빠져듭니다."

"당신도요? 하지만 저는 당신이 아주 쾌활한 분이라고 생각했는데요?" 하고 그녀가 놀라며 말했다.

"아! 겉으로는 그렇죠. 사람들 틈에 있을 땐 농담을 즐기는 사람의 마스크를 쓸 줄 알기 때문이지요. 그렇지만 달빛에 비치는 묘지를 보면 그곳에 잠들어 있는 사람들에 합류하는 편이 오히려 낫지 않을까 얼마나 여러 번 생각했는지 모릅니다……."

"어머나! 그럼 당신의 친구들은 어떡하라고요? 그들 생각은 하지 않는군요." 하고 그녀가 말했다.

"친구들이라고요? 도대체 어떤 친구 말입니까? 제게 친구가 있다고요? 누가 저를 걱정해 줍니까?"

그는 이 마지막 말을 하면서 입술 사이에서 휘파람 같은 소리를 함께 내었다.

그러나 한 남자가 뒤쪽에서 높이 쌓아 올린 의자 더미를 날라 오고 있었기 때문에 그들은 서로 떨어지지 않을 수 없었다. 그 남자는 의자를 너무 많이 들고 있어서 쫙 벌린 두 팔 끝과 나막신의 뾰족한 발끝밖에 보이지 않았다. 많은 사람들 사이로 성당의 의자를 운반하고 있는 사람은 묘지기 레스티부두아였다. 자기 이익과 관련된 것이면 어떤 것에든 아이디어가 넘쳐나는 그는 농업 경진 대회를 이용할 생각을 해 냈고, 그 생각은 바로 성공을 거두었다. 왜냐하면 그는 누구의 주문에 응해야 할지 알지 못했기 때문이다. 실제로 더워하고 있던 마을 사람들은 밀짚에서 향내가 풍겨 나오는 그 성당 의자들을 다투다시피 차지해서는 촛농으로 더럽혀진 투박한 등받이에 몸을 기대고 아주 정중하게 앉아 있었다.

보바리 부인은 다시 로돌프의 팔짱을 꼈다. 그러자 그는 혼잣말을 하는 것처럼 계속했다.

"그래요! 제게는 부족한 것이 너무 많았습니다. 늘 혼자였고! 아아! 만일 인생에 목적이 하나 있었다면, 하나의 사랑을 만났다면, 누군가를 찾아냈다면……. 오! 저는 모든 정력을 기울였을 것이고, 모든 것을 극복했을 것이고, 모든 장애물을 부숴 버렸을 겁니다!"

"하지만 제게는 당신이 동정을 받아야 할 사람으로 보이지는 않아요." 하고 엠마가 말했다.

"아! 그렇게 보입니까?" 하고 로돌프가 말했다.

"왜냐하면 결국…… 당신은 자유로우니까요."

그녀는 망설임 끝에 다시 말했다.

"부자시고."

"놀리지 마세요." 하고 그가 대답했다.

그러자 그녀는 놀리는 것이 아니라고 힘주어 말했다. 그때 대포 소리가 울려 퍼졌다. 그러자 사람들은 즉각 서로를 밀쳐 대며 마을 쪽으로 우르르 달려갔다.

그것은 잘못 쏜 경보였다. 도지사는 아직 도착하지 않았다. 심사위원들은 회의를 시작해야 할지 더 기다려야 할지를 몰라 매우 난처해했다.

이윽고 광장 저쪽에 커다란 임대 사륜마차 한 대가 나타났다. 흰 모자를 쓴 마부가 두 마리의 메마른 말을 향해 힘껏 채찍을 휘두르고 있었다. 비네가 "받들어 총!" 하고 호령을 하기가 무섭게 대령도 따라 했다. 사람들은 도지사의 권위를 상징하는 속간(束杆)이 있는 쪽으로 달려갔다. 그들은 서로를 밀쳐 댔다. 어떤 사람들은 칼라를 잃어버리기도 했다. 그러나 도지사가 탄 마차는 이 혼잡을 알아차린 것 같았다. 그리하여 나란히 맨 두 마리의 늙은 말은 사슬을 절렁거리며 몸을 좌우로 흔들면서 좀 빠른 걸음으로 면사무소 회랑 앞에 도착했고 그때 국민병과 소방대가 북을 치고 제자리걸음을 하면서 그곳에 정렬했다.

"제자리 걸어!" 하고 비네가 소리쳤다.

"제자리 서! 좌로 나란히!" 하고 대령이 외쳤다.

그리고 "받들어 총!" 구령에 따라 소총 고리들이 부딪히는 소리가 층계로 굴러떨어지는 구리 냄비 소리처럼 이어졌고, 모든 총이 다시 제자리로 내려졌다.

그때 사람들은 은장식을 한 짧은 연미복 차림의 한 신사가 내리는 것을 보았다. 이마는 대머리였지만 뒤통수에는 머리가 많은 그는 안색이 창백했고 겉으로는 아주 관대해 보였다. 크고 두꺼운 눈꺼풀에 덮인 두 눈은 군중을 바라보기 위해 반쯤 감기곤 했다. 그와 동시에 그는 뾰족한 콧날을 치켜 올리며 우묵하게 들어간 입가에 미소를 띠고 있었다. 그는 어깨에 현장(懸章)을 두른 면장을 알아본 뒤, 지사께서 올 수 없었다고 설명했다. 자신은 주의회 의원이라고 했다. 그리고 나서 그는 몇 마디 변명을 덧붙였다. 튀바쉬가 공손히 그에 답변하자 반대편은 송구스럽다고 했다. 그들은 그렇게 이마가 거의 맞닿을 듯 서로 마주 보고 서 있었고, 그들 바로 옆으로 심사위원들, 면의원, 유지들, 국민병, 그리고 군중 들이 서 있었다. 주의원은 작은 검은색 삼각모를 가슴에 대고 인사를 되풀이했다. 반면 튀바쉬는 활처럼 몸을 구부린 채 미소를 짓기도 하고 더듬거리기도 하고 말을 찾아내려고 애쓰기도 했으며, 왕정에 헌신할 것을 맹세하기도 하는가 하면 용빌에 주어진 명예를 강조하기도 했다.

여관집 하인 이폴리트가 와서 마부에게 말고삐를 받아 안짱다리를 절룩거리면서 '황금빛 사자' 여관집의 입구 근처로 끌고 가자, 많은 농부들이 마차를 구경하기 위해 모여들었다. 북이 울리고, 화포(火砲) 소리가 났다. 그러자 줄을 지어 서 있던 관계자들이 단상으로 올라가서 튀바쉬 부인이 빌려 준 붉은색 유트레히트산 안락의자에 앉았다.

이 사람들은 모두가 비슷한 모습이었다. 볕에 약간 그을리고 살갗이 늘어진 블론드 빛 얼굴은 연한 능금주의 빛깔이었고, 수북이 난 구레나룻은 크고 빳빳한 칼라 밖으로 비어져 나와 있었으며, 아주 가지런한 8자 매듭의 흰 넥타이가 그 칼라를 고정시켜 주고 있었다. 조끼는 모두가 둥근 옷깃이 달린 비로드 제품이었고, 회중시계는 하나같이 긴 리본 끝에 타원형의 홍옥수 도장 같은 것을 달고 있었다. 그리고 바짓가랑이를 조심스럽게 벌리고 두 손을 두 허벅지 위에 올려놓고 있었는데, 윤기가 남아 있는 바지의 나사 천은 튼튼한 장화의 가죽보다도 더 눈부시게 번쩍거렸다.

상류층의 부인들은 뒤쪽 현관 지붕 아래의 기둥들 사이에 자리 잡고 있었고, 반면 대다수의 군중은 맞은편에 서 있거나 아니면 의자에 앉아 있었다. 사실 레스티부두아가 거기에 갖다 놓은 것으로, 목초지에 있는 것들을 모두 옮겨 왔던 것이다. 뿐만 아니라 의자들을 더 가지러 줄곧 성당으로 달려갔던 것이다. 그의 이 같은 장삿속 때문에 통로마저 너무 혼잡해져서 연단의 작은 계단까지 가는 것도 매우 힘들었다.

"내 생각에 저기에다 베네치아식 깃대를 두 개 세워 두었으면 좋았을 것 같아요. 뭔가 간소하면서도 화려한 신상품 같은 것으로 장식을 해서 말이에요. 그랬더라면 아주 멋진 눈요깃거리가 되었을 거예요." 하고 뢰뢰 씨가 (자리를 잡기 위해 지나가고 있는 약제사에게) 말했다.

"물론이에요. 그렇지만 어쩌겠어요! 모든 것을 면장 혼자 다 생각해 냈으니. 별로 감각이 없어요. 저 한심한 튀바쉬라는 사람은. 예술에 대한 재능 같은 것은 아예 없는 사람이지요." 하고 오메가 대답했다.

그동안 로돌프는 보바리 부인과 함께 면사무소 2층 '회의실'로 올라갔다. 그곳은 비어 있었기에 더 편하게 구경할 수 있겠다고 말했다. 그는 군주의 흉상 밑에 있는 타원형 탁자에 딸린 등 없는 의자 세 개를 창 가까이에 갖다 놓고, 보바리 부인과 나란히 앉았다.

연단 위에서는 귓속말과 의논하는 소리들로 계속 소란스러웠다. 마침내 주의회 의원이 일어섰다. 이제 그의 이름이 리외뱅이라는 것이 알려져서, 그의 이름이 군중들 사이에서 산불처럼 퍼져 나가고 있었다. 그는 몇 장의 종이쪽지에 적힌 순서를 확인하고 나서 더 잘 보이도록 그 위에 눈을 가까이 대고는 연설을 시작했다.

"자리해 주신 신사 여러분, 먼저 (오늘의 이 집회의 목적에 대해 말씀드리기 전에, 그리고 여러분들도 이 기분을 함께하시라 확신합니다만) 다시 말씀드리지만, 상부 관청과 정부와 군주께, 여러분, 우리의 주권자, 국가와 개인의 번영 어떤 깃 하나 한 치의 소홀함이 없으시고 폭풍이 몰아치는 바다와도 같은 끊임없는 위기 속에서 국가라는 전차를 너무도 확고하고 현명하게 이끌어 가시는, 그뿐 아니라 전쟁과 더불어 평화를, 공업을, 상업과 농업, 그리고 예술까지도 깊이 고려하시고 계시는 경애하는 국왕께 경의를 표합니다."

"약간 뒤로 물러나 구경해야 할 것 같습니다." 하고 로돌프가 말했다.
"왜요?" 하고 엠마가 말했다.
그러나 바로 그때 의원의 목소리가 이상한 어조로 커졌다. 그는 계속했다.

"지금은, 여러분, 더 이상 내란이 우리의 광장을 피로 물들이거나, 지주, 상인, 노동자까지도 저녁에 평화롭게 잠자리에 들면서 느닷없이 화재를 알리는 종소리에 잠에서 깨어날까 봐 불안에 떨거나, 아주 파괴적인 원칙들이 대담하게도 사회의 토대를 무너뜨렸던 시대는 아닙니다……."

"저 밑에서 저를 알아볼 수도 있을 것 같아서요. 그렇게 되면 한 보름 동안은 정신없이 변명을 하고 다녀야 할 겁니다. 게다가 저는 평판이 별로 좋지 않아서……."
"오! 스스로를 헐뜯고 계시는군요." 하고 엠마가 말했다.
"아닙니다. 아니에요. 저에 대한 평판은 최악입니다. 정말입니다."

"하지만 여러분, 만일 그런 침울한 광경을 우리의 기억에서 지우고 우리 조국의 현금의 상황으로 시선을 돌려 본다면 우리에게 보이는 것이 무엇이겠습니까? 도처에 상업과 예술이 번창하고 있습니다. 가는 곳마다 국가라는 육체 속의 새로운 동맥과도 같이 새로운 교통로가 서로를 새롭게 연결해 주고 있습니다. 우리의 커다란 공업 중심지들이 다시 활동을 시작했습니다. 종교는 기반이 보다 더 굳건해져서 모든 사람의 마음에 미소를 보내고 있습니다. 우리의 항구들은 선박들로 가득하고, 신용이 회복되고 있습니다. 마침내 프랑스는 안도의 한숨을 쉬고 있습니다!" 하고 의원이 계속했다.

"하기야 세상 사람들의 관점에서 보면 아마 옳은 말이겠지요?" 하고 로돌프가 말을 이었다.
"무슨 말씀이세요?" 하고 그녀가 말했다.

"무슨 말이라니요. 끊임없이 고통받는 사람들이 있다는 것을 모르세요? 그들에게는 꿈과 행동이, 아주 순수한 열정과 강렬한 쾌락이 번갈아가며 필요합니다. 그래서 사람들은 온갖 환상과 광기 속으로 뛰어드는 거지요." 하고 그가 말했다.

그러자 그녀는 이상한 나라들을 거쳐서 온 여행자를 바라보기라도 하듯 그를 쳐다보고는 이렇게 말을 이었다.

"우리는 그런 기분 전환조차도 없는데요. 불쌍한 우리 여자들은 말이에요!"

"기분 전환이라는 것도 한심한 겁니다. 거기에서 행복을 찾지는 못하니까요."

"하지만 언젠가는 찾을 수 있는 걸까요?" 하고 그녀가 물었다.

"그럼요, 언젠가는 만나게 될 겁니다." 하고 그가 대답했다.

"그리고 바로 이것을 여러분들은 알고 계십니다. 경작자들과 들일로 먹고사시는 여러분, 모든 문화 활동의 평화적인 선구자이신 여러분! 진보적이고 도덕적인 여러분! 다시금 말씀드리지만, 정치적 격동이 대기의 혼란보다 정말로 더 무서운 것이라는 것을 말입니다……." 하고 의원이 말했다.

"언젠가는 만나게 될 겁니다. 언젠가 행복을 단념하고 있을 때, 문득 말입니다. 그때 지평선이 반쯤 열리면서 '행복이 여기 있다!' 하고 외치는 목소리 같은 것이 들려올 것입니다. 당신은 그 사람에게 당신의 삶을 고백하고 모든 것을 다 주고 모든 것을 희생하고 싶은 욕구를 느끼게 될 겁니다! 마음을 말하지는 않지만 서로 마음을 꿰뚫어 봅니다. 꿈속에서 이미 서로를 보았던 것입니다(그리고 그는 그녀를 쳐다보고 있었다). 마침내 그 행복이 여기 있습니다. 그렇게도 찾아 헤맸던 그 보물이, 여기, 당신 앞에 있는 것입니다. 그것은 반짝이고 있고, 빛나고 있습니다. 그러나 아직도 의심을 하고, 감히 믿으려 하지 않는군요. 마치 어둠에서 빛 속으로 나올 때처럼 당신은 그 행복에 눈부셔 하고 있습니다." 하고 로돌 프는 되풀이했다.

그리고 이 말을 끝내면서 로돌프는 자기의 말에 무언극의 몸짓 같은 것을 곁들였다. 그는 현기증을 갑자기 느끼는 사람처럼 얼굴에 손을 갖다 댔다. 그러고는 그 손을 엠마의 손에 내려놓았다. 엠마는 자기 손을 끌어당겼다. 의원은 계속해서 연설문을 읽어 내려가고 있었다.

"그런데 그렇다고 누가 놀라겠습니까, 여러분? 아주 눈이 먼, 아주 빠져 있는(저는 이렇게 말하는 것을 겁내지 않습니다), 농업인들의 정신을 오해할 정도로 낡은 시대의 편견에 빠져 있는 그런 사람들밖에 없을 것입니다. 사실, 농촌에서보다 더 큰 애국심과 공공의 이익을 위한 헌신을, 요컨대 더 큰 지혜를 찾아볼 수 있는 곳이 어디 있겠습니까? 그런데 저는, 여러분, 한가로운 사람들의 쓸데없는 장식에 불과한 저 피상적인 지혜를 말하는 것이 아니라 무엇보다도 유익한 목적을 추구하는 데 적용되어 법의 준수와 의무의 이행의 결실인, 개개의 복지와 공공의 개선과 국가의 유지에 기여하는 심오하고 온건한 그러한 지혜를 말하는 것입니다."

"아! 그저 의무, 의무. 전 저 말에 진절머리가 납니다. 저들은 플란넬 조끼를 입은 늙은 얼간이 무리들, 발 보온기에 발을 데우고 묵주 신공을 바치는 완고한 노파들로서, 우리의 귀에 대고 끊임없이 '의무! 의무!' 하고 노래를 부르지요. 그래요! 그렇고말고요! 의무라는 것은 위대한 것을 느끼고 아름다운 것을 소중히 여기는 것이지, 사회의 온갖 인습을, 사회가 우리에게 강요하는 굴욕과 함께 받아들이는 것이 아닙니다." 하고 로돌프가 말했다.

"그렇지만…… 그렇지만……." 하고 보바리 부인이 반론을 제기했다.

"아, 이러지 마십시오! 왜 정열을 비난하는 거지요? 그것만이 이 지상에 유일하게 존재하는 아름다운 것이 아닙니까? 영웅적 행위와 열의와 시와 음악과 예술, 요컨대 모든 것의 원천이 아니겠습니까?"

"그렇지만 세상의 여론에도 어느 정도는 따라야 하고 도덕에 복종도 해야 해요." 하고 엠마가 말했다.

"아! 그런데 도덕에는 두 종류가 있지요. 하나는 하찮은 도덕, 의례적인 도덕으로 인간들의 것인데, 그건 끊임없이 변하고 너무도 큰 소리로 고함을 치며, 또 당신도 아는 그 바보들의 집단처럼 땅으로만 낮게 분주히 돌아다닙니다. 그렇지만 다른 하나는 영원한 것으로 우리를 둘러싸고 있는 풍경과 우리를 밝게 비춰 주는 푸른 하늘과도 같이 우리 주위에 그리고 또 우리 위에 존재합니다." 하고 그가 대꾸했다.

리외뱅 씨는 손수건으로 그의 입을 막 훔치고 있었다. 그는 말을 계속했다.

"그리고 여러분, 여기에서 제가 농업의 유용성을 여러분께 말씀드릴 필요가 있겠습니까? 도대체 우리에게 필요한 것을 공급해 주는 사람들이 누굽니까? 도대체 우리에게 식량을 공급해 주는 사람들이 누굽니까? 농업인들이 아닙니까? 여러분, 농업인들이 농촌의 비옥한 경작지에 근면한 손으로 씨를 뿌려 밀을 생산하여 정묘한 기계로 빻으면 소위 밀가루라는 식량이 됩니다. 이어 도시로 운반되어 제빵사에게 이르면 그는 부자와 가난한 자 모두를 위한 식품을 만들어 내는 것입니다. 우리의 의복을 위해 목초지에서 많은 가축을 기르는 것도 농업인들이 아닙니까? 그러니 어떻게 우리가 옷을 입을 수 있겠으며, 어떻게 우리가 먹을 수 있겠습니까, 농업인들이 없다면 말입니다? 마찬가지로 여러분, 이 실례를 찾으러 그렇게 멀리까지 갈 필요가 있겠습니까? 우리의 잠자리에는 폭신폭신한 베개를, 그리고 식탁에는 맛있는 살코기와 달걀을 공급해 주는, 날짐승 사육장의 장식물이기도 한 저 얌전한 동물들의 그 큰 중요성에 대해 종종 숙고해 보지 않은 사람이 누가 있겠습니까? 잘 경작된 땅이 너그러운 어머니와도 같이 자기 아이들에게 아낌없이 주는 갖가지 산물들을 하나하나 열거해야 한다면, 저는 다 헤아리지 못할 것입니다. 여기에는 포도밭이 있고 저기에는 능금주를 담그는 사과나무가 있습니다. 또 저쪽에는 유채가 있고, 더 저쪽에는 치즈와 아마가 있습니다. 여러분, 아마를 잊지 맙시다! 요 몇 년 동안 대단한 증산을 보았기에, 이에 대해 여러분들의 보다 더 특별한 주의를 촉구하는 바입니다."

이 문제에 대해서는 주의를 촉구할 필요도 없었다. 왜냐하면 청중들이 마치 그의 말을 받아 마시기라도 하려는 듯 모두 입을 벌리고 있었기 때문이다. 튀바쉬는 그의 옆에서 눈을 크게 뜨고 경청하고 있었다. 드로즈레 씨는 이따금 눈꺼풀을 천천히 감곤 했다. 더 저편에 있던 약제사는 무릎 사이에 아들 나폴레옹을 끼고 단 한 마디라도 놓치지 않으려고 귀를 손으로 둥글게 감싸며 주의를 기울이고 있었다. 다른 심사위원들도 공감한다는 뜻으로 조끼에 파묻고 있던 턱을 천천히 끄덕이고 있었다. 연단 밑에 자리 잡고 있는 소방대원들은 총검에 기대어 휴식을 취하고 있었다. 그렇지만 비네는 팔꿈치를 내밀고 칼끝을 공중으로 향하게 한 채 꼼짝도 않고 서 있었다. 그는 아마 듣고는 있었지만, 코끝까지 내려온 헬멧의 차양 때문에 아무것도 보이지 않는 것이 분명했다. 그의 부관인 튀바쉬 씨의 둘째 아들의 헬멧은 더욱 가관이었다. 그가 쓰고 있는 헬멧은 너무 커서 인도 사라사 스카프 끝이 밖으로 비어져 나온 채 머리 위에서 흔들리고 있었기 때문이다. 그는 헬멧 밑에서 어린아이같이 상냥한 미소를 짓고 있었는데, 땀방울이 흘러내리고 있는 어리고 창백한 얼굴에는 즐거움과 쇠약함과 졸림의 표정이 배어 있었다.

광장은 주변의 집들까지 사람들로 꽉 차 있었다. 창문마다 팔꿈치를 괴고 구경을 하고 있는 사람들과 대문 앞에 서서 구경을 하고 있는 사람들이 보였다. 쥐스탱도 약방 진열장 앞에 꼼짝 않고 서서 유심히 바라보면서 구경을 하고 있는 것 같았다. 좌중은 조용했지만 리외뱅의 목소리는 공중으로 사라져 가고 있었다. 말들이 토막토막 끊겨서 들려왔고, 그마저 여기저기에서 삐걱거리는 청중들의 의자 끄는 소리에 뚝뚝 끊어지곤 했다. 그러다가 갑자기 뒤쪽에서 황소의 울음소리가 길게 들려왔고, 거리 모퉁이에서는 어린 양들이 울음을 주고받았다. 실제로 소치기들과 양치기들이 거기까지 가축을 몰고 왔었다. 그것들은 콧등에 걸려 있는 나뭇잎 몇 잎을 혀로 뜯어내면서 이따금 울어 대곤 했다.

로돌프는 엠마에게 다가와 낮은 목소리로 빠르게 말했다.

"세상의 저런 음모에 화가 치밀지 않습니까? 비난을 받지 않는 감정이 세상에 단 하나라도 있습니까? 가장 고귀한 본능과 가장 순수한 동정까지도 박해와 비방을 받습니다. 그래서 설사 가엾은 두 영혼이 마침내 만난다 해도 서로 결합될 수 없도록 모든 게 그렇게 되어 있습니다. 그렇지만 그 두 영혼은 노력할 것이고, 날개를 파닥일 것이고, 서로를 부를 것입니다. 오! 상관없어요. 조만간, 아니면 6개월 후, 아니면 10년 후 두 영혼은 결합하여 서로 사랑하게 될 것입니다. 왜냐하면 운명이 그렇게 요구하기 때문이고, 또 두 영혼은 서로를 위해 태어났기 때문입니다."

그는 두 팔을 무릎 위에 엇갈리게 얹어 놓은 채 엠마 쪽으로 고개를 돌려 그녀의 얼굴을 가까이에서 뚫어져라 쳐다보고 있었다. 그녀는 그의 두 눈 속 까만 동공 주변에서 자잘한 금빛 광선들이 퍼져 나오고 있는 것을 보았다. 심지어 그의 머리에 윤이 나도록 바른 포마드 냄새까지 맡고 있었다. 그러자 그녀는 어떤 나른함에 사로잡혀 보비에사르에서 자기를 리드하며 춤을 추었던 자작이 떠올랐다. 그의 수염에서도 로돌프의 머리에서처럼 바닐라와 레몬 향기를 풍기고 있었던 것이다. 그녀는 그 향기를 더 잘 들이마시기 위해 기계적으로 눈을 지그시 감았다. 그러나 의자에 몸을 뒤로 젖히면서 눈을 감을 때, 멀리 지평선 저쪽으로 낡은 '제비호' 합승 마차가 언뜻 보였다. 그것은 뒤에 먼지를 길게 일으키면서 뢰 언덕을 천천히 내려오고 있었다. 바로 저 마차를 타고 레옹은 그토록 자주 그녀 곁으로 돌아오곤 했다. 그러나 그가 영원히 떠나 버린 것도 바로 저 길을 통해서였다! 그녀는 창가에서 그를 마주 보고 있는 것 같았다. 그러고 나서는 모든 것이 뒤섞여 구름처럼 지나가 버렸다. 그녀는 아직도 샹들리에 밑에서 자작의 품에 안겨 왈츠를 추고 있는 것 같았고, 레옹은 멀리 있지 않아 금방이라도 올 것만 같았다. 그러면서도 그녀는 여전히 자기 옆에 있는 로돌프의 머리카락 냄새를 맡고 있었다. 이 감미로운 느낌은 그렇게 지난날의 욕망 속으로 스며들었고, 그 감정들은 마치 바람에 흩날리는 모래알처럼 그녀의 영혼 위로 퍼져 나가는 그윽한 숨결의 향기 속에서 소용돌이치고 있었다. 그녀는 여러 번 콧구멍을 크게 벌름거리며 기둥머리에 얽혀 있는 송악들의 신선한 냄새를 들이마셨다. 그녀는 장갑을 벗고 손을 닦았다. 그리고 손수건을 꺼내 얼굴에 부채질을 하면서 관자놀이의 맥박 소리 저 너머로 군중들의 떠들썩한 소리와 단조롭게 연설을 낭독하고 있는 의원의 목소리를 듣고 있었다.

의원은 이렇게 말하고 있었다.

"그렇게 계속하십시오! 꾸준히 해 나가십시오! 인습의 권유에도, 무모한 경험주의의 너무 성급한 의견들에도 귀 기울이지 마십시오! 무엇보다 토지의 개량과 좋은 비료와 말, 소, 양, 돼지 등 가축의 종자 개량에 힘을 쏟으십시오! 이 농업 경진 대회가 여러분께 평화로운 각축장처럼 되어 마치 경기가 끝나면 승자가 패자에게 손을 내밀어 보다 나은 성공을 기대하면서 서로 형제같이 지내게 되기를 바랍니다! 그리고 존경하는 충복 여러분! 폐하의 겸손한 백성들인 여러분, 지금까지 어떠한 정부도 여러분의 힘든 노고를 배려한 적이 없었지만 이제 여러분이 조용히 쌓은 미덕에 대한 보상을 받으십시오. 그리고 이제부터 국가는 여러분에게서 눈을 떼지 않을 것이며, 여러분에게 용기를 북돋아 줄 것이며, 여러분을 보호할 것이며, 여러분의 정당한 요구를 존중할 것이며, 힘이 미치는 한 여러분의 고된 희생의 짐을 덜어 드릴 것임을 믿어 의심치 마십시오!"

이렇게 말을 마치고 리외뱅 씨가 다시 자리에 앉자, 드로즈레 씨가 일어나 다음 연설을 시작했다. 그의 연설은 물론 의원의 연설보다 화려하지는 못했지만 보다 실제적인 스타일로서, 이를테면 더 전문적인 지식과 더 격조 있는 고찰들로 그 진가를 보여 주었다. 그렇기에 그의 연설에서는 정부에 대한 찬사 부분은 줄었고, 종교와 농업 부분이 더 많은 자리를 차지했다. 그는 그 두 분야 사이의 관계, 그리고 그 두 분야가 어떻게 늘 문명에 공헌해 왔는가에 대해 보여 주었다. 로돌프는 보바리 부인과 함께 꿈과 예감, 자기(磁氣)에 대해 이야기를 나누고 있었다. 연설가는 사회의 발생 초기로 거슬러 올라가 인간이 숲 속에서 도토리를 따 먹고 살았던 그 야만의 시대를 묘사해 주었다. 그 후 인간은 짐승 가죽을 벗어 던져 버리고 천을 걸쳤고, 밭고랑을 파 포도나무를 심었다는 것이다. 그것은 좋은 일이었던가? 그러한 발견에는 이점보다는 불리한 점이 더 많지 않았던가? 드로즈레 씨는 바로 이 문제를 제기했다. 로돌프는 자기에서부터 차차 친화력에 대한 이야기에까지 이르렀다. 한편 심사위원장이 킨키나토스와 그의 쟁기, 양배추를 심은 디오크레티아누스 황제, 파종으로 새해를 시작했던 중국의 황제 들에 대해 언급하고 있는 동안, 젊은 남자는 젊은 여자에게 이 뿌리칠 수 없는 끌림은 어떤 전생에 원인이 있는 것이라고 설명해 주었다.

"그러니 우리는 왜 서로를 알게 되었을까요? 어떤 우연이 그걸 원했을까요? 틀림없이 그것은 두 줄기의 강물이 흘러가다가 합류하여 하나가 되는 것처럼, 멀리 떨어져 있지만 우리 둘 마음의 특별한 기울음이 서로에게 떠밀었기 때문입니다." 하고 로돌프가 말했다.

그러고 나서 그는 엠마의 손을 잡았다. 엠마는 자기의 손을 빼지 않았다.

"전체 경작 우수상!" 하고 위원장이 소리쳤다.

"예를 들면, 조금 전 제가 부인 집에 갔을 때……."

"수상자, 캥캉푸아의 비네 씨."

"당신과 이렇게 함께 있으리라고 알기나 했겠습니까?"

"상금 70프랑!"

"수없이 저는 되돌아가려고 했습니다. 그런데 부인을 따라와서 여기 이렇게 있습니다."

"퇴비 상."

"저는 정말 이렇게 오늘 밤도, 내일도, 그리고 또 다른 날들도, 아니 평생 동안이라도 당신 곁에 있고 싶습니다!"

"아르괴이의 카롱 씨에게 금메달!"

"그동안 누구와 함께 있었을 때에도 이렇게 완전한 끌림을 느껴 본 적이 없으니까요."

"지브리 생 마르탱의 뱅 씨!"

"그러니 저는 당신에 대한 추억을 언제까지나 간직하겠습니다."

"메리노 양(羊) 상……."

"그러나 당신은 저를 잊어버리겠지요. 저는 마치 그림자처럼 당신의 기억에서 사라져 버리겠지요."

"노트르담의 블로 씨에게……."

"오! 아니에요. 제가 당신의 생각 속에서, 당신의 삶 속에서 그 뭔가가 될 수 있을까요?"

"돼지 부문의 공동 수상, 르에리세 씨와 퀼랑부르 씨. 상금 60프랑!"

로돌프는 엠마의 손을 꼭 잡고 있었다. 그 손이 아주 따뜻하게 느껴졌고, 마치 붙잡혀서 다시 날아가려 하는 멧비둘기처럼 부르르 떠는 것이 느껴졌다. 그러나 손을 빼려 했던 것인지 아니면 그렇게 꼭 잡는 것에 응답했던 것인지, 그녀는 손가락들을 꿈틀거렸다. 그는 큰 소리로 말했다.

"아아! 감사합니다! 당신은 저를 거절하시지 않는군요! 좋은 분이시군요! 제가 당신 것임을 알아주시는군요! 당신을 볼 수 있게 해 주세요. 당신을 감탄하면서 바라볼 수 있게 해 주세요."

창문으로 불어 들어온 돌풍에 책상보가 구겨졌다. 저 아래 광장에서는 시골 부인들의 큰 헝겊 모자가 마치 파닥거리는 흰 나비의 날개처럼 모두 쳐들렸다.

"깻묵 활용 상." 하고 위원장이 계속해서 말했다.

그는 호명을 서두르고 있었다.

"플랑드르 비료 부문 상, 아마 재배 부문 상, 배수 부문 상, 장기 임대차 계약 부문 상, 일일 고용인 근무 부문 상."

로돌프는 더 이상 말을 하지 않고 있었다. 그들은 서로를 바라보고 있었다. 극도의 욕망으로 그들의 마른 입술이 부르르 떨고 있었다. 그리고 서서히, 별로 힘들이지 않고, 그들의 손가락이 뒤섞였다.

"사스토 라 게리에르의 카트린 니케즈 엘리자베트 르루, 같은 농장에서 54년간 근무했기에 25프랑 상당의 은메달을 수여함!"

"어디 계십니까, 카트린 르루?" 하고 의원이 되풀이했다.

그녀가 모습을 드러내지 않자 수군거리는 소리가 들려왔다.

"어서 나가요!"

"싫습니다."

"왼쪽이야!"

"겁내지 말아요!"

"아아! 참 바보 같으니라고!"

"아니, 거기에 있습니까?" 하고 튀바쉬가 외쳤다.

"예! 여기 있습니다!"

"그럼, 이리 앞으로 나오게 하세요!"

그러자 키가 작고 늙은 한 여인이 겁먹은 듯 연단 위로 올라가는 것이 보였다. 그녀는 초라한 옷 속에 짜부라진 것 같았다. 그녀는 나무 창을 댄 투박한 신발을 신고 있었고, 허리에는 푸른색의 큰 앞치마가 둘러져 있었다. 테가 없는 끈 달린 모자에 감싸인 마른 얼굴은 시든 레네트종 사과보다 더 쭈글쭈글했고, 붉은색 캐미솔 소매 밖으로는 뼈마디가 굵은 긴 손이 비죽 나와 있었다. 손은 곳간의 먼지, 양잿물, 양모의 기름기 등으로 떡이 지고 생채기가 나고 군은살이 박혀 있어서 깨끗한 물로 씻었음에도 불구하고 여전히 더러워 보였다. 그리고 일을 너무 해 두 손은 반쯤 오그라져 있었는데, 그 손 자체가 그녀가 겪은 많은 고통에 대한 겸허한 증언 같았다. 수도사 같은 어떤 완고함으로 인해 그녀의 얼굴 표정은 더욱 돋보였다. 어떠한 슬픔이나 감동도 그녀의 창백한 시선을 누그러뜨리지는 못했다. 가축들을 기르느라 자주 접촉한 나머지 그녀도 그것들처럼 말없이 조용해졌던 것이다. 그녀로서는 이토록 많은 사람들 가운데 있어 보는 것은 이번이 처음이었다. 깃발, 북, 검은 예복 차림의 신사들, 그리고 의원의 훈장에 겁을 먹은 그녀는 연단으로 나가야 할지 아니면 도망쳐야 할지, 왜 사람들이 자기를 앞으로 떠미는지, 왜 심사위원들이 자기에게 미소를 보내는지 알지 못해 꼼짝도 않은 채 서 있었다. 이렇게 흡족해하는 부르주아들 앞에 반세기 동안 노예 상태에서 살아온 노인이 서 있게 되었다.

"이리 가까이 오세요, 존경하는 카트린 니케즈 엘리자베트 르루!" 하고 의원이 말하면서 수상자 리스트를 위원장의 손에서 받아 들었다.

수상자 리스트와 노파를 번갈아 살피면서 그는 인자한 어조로 되풀이했다.

"가까이 오세요, 가까이!"

"귀가 안 들리나요?" 하고 튀바쉬가 안락의자에서 벌떡 일어서면서 말했다.

그러고는 그녀의 귀에다 대고 이렇게 큰 소리로 말해 주기 시작했다.

"45년간 근무! 은메달! 25프랑! 당신에게 주는 거예요."

그러자 은메달을 받아 든 뒤 그녀는 그것을 뚫어지게 쳐다보았다. 그때 그녀의 얼굴에 어떤 황홀한 미소가 번졌고, 사람들은 그녀가 연단을 내려와 지나가면서 이렇게 혼잣말로 중얼거리는 소리를 들었다.

"우리 신부님께 갖다 드리고 미사를 올려 달라고 해야지."

"이런 광신도 다 있네요!" 하고 약제사가 공증인 쪽으로 몸을 기울이면서 큰 소리로 말했다.

시상식이 끝나자 군중들은 흩어졌다. 연설도 다 끝났으므로 각자 자기 지위를 되찾았고, 모든 것은 평상시 하던 대로 되돌아갔다. 주인들은 하인들을 거칠게 다루었고, 하인들은 뿔 사이에 초록색 화관을 쓰고 축사로 돌아온 무관심한 수상자들인 가축들을 후려쳐 댔다.

그러는 동안, 국민병들은 총검에 브리오슈 빵을 꿰 들고 면사무소 2층으로 올라갔다. 부대의 고수는 포도주 병들이 들어 있는 바구니를 들고 있었다. 보바리 부인은 로돌프의 팔을 꼈다. 그는 그녀를 집까지 다시 데려다 주었다. 그들은 문 앞에서 헤어졌다. 그리고 난 뒤 그는 혼자서 목초지를 산책하면서 연회 시간을 기다렸다.

연회는 길고 떠들썩했지만 먹을 것은 별로 없었다. 사람들이 너무도 우글거려서 팔꿈치를 움직이는 데도 힘이 들 정도였고, 의자 대신 깔아 놓은 좁은 나무판자들은 회식자들의 무게로 자칫 부러질 것 같았다. 그러나 그들은 넉넉히 먹었다. 저마다 자기 몫은 찾아 먹었던 것이다. 모두의 이마에서 땀이 흘렀다. 식탁 위 켕케식 양등(洋燈)들 사이에는 가을 아침 강물 위의 안개처럼 희끄무레한 수증기가 떠다니고 있었다. 천막의 면포에 등을 기대고 서 있는 로돌프는 엠마에 대한 생각이 너무 깊어 아무것도 들리지 않았다. 그의 뒤쪽 잔디밭에는 하인 몇몇이 더러워진 접시들을 쌓아 올리고 있었다. 옆에 있던 사람들이 말을 걸어왔지만 그는 대답하지 않았다. 사람들이 다가와 그의 잔을 채워 주곤 했다. 시끌벅적한 소음이 더해 갔지만 그의 생각 속에는 침묵이 자리 잡아 가고 있었다. 그는 엠마가 했던 말, 엠마의 입술 모양에 대한 공상에 빠져 있었다. 그녀의 얼굴이 마치 마법의 거울 속에 비쳐진 것처럼 원통형 군모의 계급장 위에 빛나고 있었다. 그녀의 드레스의 주름이 천막의 벽을 따라 흘러내리고 있었고, 사랑의 나날들이 미래의 전망 속에는 무한히 펼쳐지고 있었다.

그날 저녁 불꽃놀이가 행해질 때 그는 그녀를 다시 보았다. 그러나 엠마는 그녀의 남편과 오메 씨 부부와 함께 있었다. 오메 씨는 빗나간 불꽃들의 위험에 대해 몹시 걱정하고 있었다. 그리하여 줄곧 그는 일행에서 빠져나와 비네에게 충고를 해 주러 가곤 했다.

튀바쉬 씨에게 보내졌던 불꽃놀이 화약은 조심이 지나쳐 지하실에 보관해 두었다. 그래서 화약은 축축해져서 잘 타지 않아 제 꼬리를 무는 용 형상을 보여 주게 될 가장 볼만한 불꽃이 완전히 불발이 되고 말았다. 때때로 로마의 촛불이라 불리는 보잘것없는 불꽃이 쏘아 올려지곤 했는데, 그럴 때면 군중들은 입을 벌리고 탄성을 질러 댔고 거기에는 어둠 속에서 허리에 간지럼힘을 받는 여자들의 소리도 섞여 있었다. 엠마는 말없이 샤를의 어깨에 가볍게 기대고 있었다. 그러고는 턱을 들어 어두운 하늘에 분사되는 불꽃들을 눈으로 따라가곤 했다. 로돌프는 타고 있는 칸델라들의 불빛 속에서 그녀를 바라보고 있었다.

칸델라들은 차츰 꺼져 갔다. 별들이 빛났다. 빗방울이 좀 떨어졌다. 엠마는 모자를 쓰지 않은 머리를 세모꼴 숄로 둘렀다.

그때 의원의 삯마차가 여관집에서 나왔다. 술에 취해 있던 마부가 갑자기 졸기 시작했다. 멀리서도 포장 위 두 개의 초롱 사이로, 차체를 달아맨 쇠 띠들이 앞뒤로 흔들림에 따라 좌우로 흔들리고 있는 그의 육중한 몸체를 볼 수 있었다.

"정말이지 술주정에 대해서는 강력한 대처가 필요합니다! 매주, 주 중에 술 먹고 정신 못 차렸던 인간들의 이름을 모두 면사무소 정문 '특별' 게시판에 게시했으면 합니다. 뿐만 아니라 통계학적인 관점에서 보더라도 그렇게 해 놓으면 나중에 명백한 연보 같은 것이 되어 필요할 때에는 그것을…… 아, 잠깐 실례하겠어요." 하고 약제사가 말했다.

그러고는 그는 다시 소방대장을 향해 뛰어갔다.

소방대장은 집으로 돌아가고 있었다. 그는 자신의 선반을 돌리러 갈 참이었다.

"아마도 부하 중 한 명을 보내 둘러보게 하든가, 아니면 직접 한번 당신이 둘러보는 게 나을 것도 같은데요……." 하고 오메가 그에게 말했다.

"아 참, 날 좀 이제 그냥 두세요. 아무 일도 없을 겁니다!" 하고 세무 관리가 대꾸했다.

"안심들 하십시오. 조치가 취해졌다고 비네 씨가 확실히 말했습니다. 불티는 전혀 떨어지지 않을 겁니다. 펌프에 물도 가득 차 있다고 하네요. 자러들 가시지요." 하고 약제사는 일행 곁으로 다시 돌아와서 말했다.

"정말 그래요! 저도 잠이 오는데요. 어쨌든, 우리의 축제를 위해서는 아주 멋진 하루였어요." 하고 오메 부인이 말을 한 뒤 하품을 크게 해 댔다.

로돌프는 부드러운 눈길을 보내며 낮은 목소리로 이렇게 되풀이했다.

"그래요! 맞습니다. 아주 멋진 하루였어요!"

그들은 서로 인사를 나눈 뒤 헤어졌다.

이틀 후, 〈루앙의 표지등〉지에는 농업 경진 대회에 대한 기사가 크게 실렸다. 오메가 경진 대회가 있던 다음 날 한껏 멋을 부린 어조로 써서 보냈던 것이다.

"그 꽃 장식들, 그 꽃들, 그 화환들은 무엇 때문인가? 우리의 경작지 위에 뜨거운 열기를 쏟아붓던 태양 아래서 마치 노호하는 파도와도 같은 그 군중들은 어디로 달려가고 있었던 것인가?"

이어 그는 농민들의 처지에 대해 언급하고 있었다. 물론 정부가 많은 일을 했지만 충분하지 않다는 것이었다. "용기를 내라." 하고 그는 정부에 목청을 높였다. "아직도 필히 이루어야 할 개혁이 수없이 남아 있다. 그 개혁을 완수하자." 그러고는 의원의 입장에 동조하면서, 그는 '우리의 민병대의 용감한 모습'에 대해서도, '우리의 아주 활기찬 시골 부인들'에 대해서도, '고대의 족장들처럼 그곳에 참석한' 머리가 벗겨진 노인들에 대해서도 언급하기를 잊지 않았는데, '그 노인들 중 몇몇은 우리의 불멸의 군대의 잔재들로 힘찬 북소리를 들으면 아직도 가슴이 뛰는 것을 느낀다.'고 썼다. 그는 또 자신을 심사위원들 중에서도 으뜸에 속하는 위원으로 언급해 놓고, 주를 달아 약제사 오메 씨는 능금주에 관한 논문을 농학자 협회에 제출한 점을 환기시키고 있었다. 시상에 대한 언급에 이르자 그는 극구 칭찬하는 어투로 수상자들의 기쁨을 묘사해 놓았다. "아버지는 아들을 포옹해 주었고, 형은 아우를, 남편은 아내를 포옹해 주었다. 여러 수상자가 자기의 조그마한 메달을 자랑스럽게 내보이기도 했다. 틀림없이 착한 아내 곁으로 돌아가 눈물을 흘리면서 작은 초가집의 눈에 띄지 않는 벽 구석에다가 그것을 걸어 두었으리라."

6시경, 리에가르 씨의 목장에서 베풀어진 연회에는 대회의 주요 참석자들이 함께했다. 화기애애한 분위기가 끝까지 이어졌다. 여러 번 건배가 행해졌는데, 리외뱅 씨는 군주를 위하여! 튀바쉬 씨는 지사를 위하여! 드로즈레 씨는 농업을 위하여! 오메 씨는 자매와도 같은 공업과 예술을 위하여! 그리고 르플리셰 씨는 개량을 위하여 각각 건배를 제안했다. 밤에는 화려한 불꽃놀이가 별안간 밤하늘을 수놓았다. 진정한 만화경 같았고, 진짜 오페라 무대와도 같았다. 그리하여 우리의 작은 마을은 한동안

《천일야화》의 몽환의 세계 속으로 옮겨 놓아진 것 같았다.

"이 가족적인 회합을 어지럽히는 어떠한 유감스런 사건도 일어나지 않았다는 것을 밝혀 둔다."

그러고는 그는 이렇게 덧붙였다.

"다만 성직자의 불참이 주목을 끌었다. 아마도 성직자들은 진보를 다른 식으로 이해하고 있는 것 같다. 그야 어쨌든 당신들 자유다, 로욜라[43]의 사도들이여!"

9

6주가 흘렀다. 로돌프는 다시 오지 않았다. 어느 날 저녁 그가 마침내 나타났다.

"조만간 그 집에 다시 가지 말자. 서툰 짓일 테니까."

이렇게 결심하고는 그는 주말에 사냥을 떠나었다.

사냥에서 돌아온 그는 너무 늦었다는 생각이 들었지만 이렇게 추론을 했다.

"하지만 만약 그녀가 첫날부터 나를 사랑했다면, 나를 보고 싶어 안달이 나 더욱더 나를 사랑하고 있을 거야. 그렇다면 계속하자!"

응접실에 들어서면서 엠마의 얼굴이 창백해지는 것을 보고는 로돌프는 자기의 계산이 옳았다는 것을 알았다.

그녀는 혼자 있었다. 해가 지고 있었다. 유리창을 따라 드리워져 있는 모슬린 천의 작은 커튼들에 석양이 더욱 짙게 보였고, 기압계의 금박

---

43) San Ignacio de Loyola(1491~1556), 16세기 가톨릭 종교 개혁에서 가장 큰 영향력을 행사했으며, 1534년에 예수회(제수이트 교단)를 창시했다.

이 햇빛을 받아 들쭉날쭉한 산호 가지 사이로 거울 속에 불빛을 비쳐 주고 있었다.

로돌프는 서 있었다. 그리고 그의 첫 인사말에 엠마는 간신히 대답할 따름이었다.

"그동안 일이 좀 있었습니다. 아팠어요." 하고 그가 말했다.

"심하게요?" 하고 그녀가 큰 소리로 물었다.

"아, 아닙니다! 실은 다시 오고 싶지가 않았어요." 하고 로돌프가 그녀 곁에 있는 등 없는 의자에 앉으면서 말했다.

"왜 그러셨어요?"

"짐작이 안 갑니까?"

그는 다시 한 번 그녀를 쳐다보았다. 그러나 그 눈빛이 너무 강렬해서 그녀는 얼굴을 붉히면서 고개를 숙였다. 그는 말을 계속했다.

"엠마……."

"왜 이러세요!"

엠마가 좀 물러서면서 말했다.

"아! 당신도 잘 아시잖아요. 제가 다시 오지 않으려 했던 것이 옳은 판단이었다는 것을 말입니다. 제 영혼을 가득 채우고 있어 무심코 입 밖으로 나오는 이 이름, 이 이름을 당신은 제가 부르지 못하게 하고 있지 않아요! 보바리 부인……, 그래요! 모두가 당신을 그렇게 부르고 있어요! 그렇지만 그건 당신 이름이 아닙니다. 다른 남자의 이름인 거예요!" 하고 그가 우수 어린 목소리로 대꾸했다.

로돌프는 되풀이해서 말했다.

"다른 남자의!"

그러고는 두 손으로 얼굴을 가렸다.

"정말입니다. 저는 끊임없이 당신을 생각하고 있습니다. 당신에 대한 추억이 저를 절망에 빠뜨립니다. 아, 용서하십시오! 그만 가겠습니다. 안녕히…… . 멀리 가 버리겠습니다. 당신이 저에 대한 소식을 더 이상 듣지 못할 만큼 멀리요! 그렇지만…… 오늘은…… 무슨 힘이 저를 당신에게 로 떠밀었는지 모르겠습니다. 인간은 하늘의 뜻에 맞설 수 없고, 천사들 의 미소를 거역할 수 없으니까요. 인간은 아름답고 매력적이고 사랑스런 것에는 어쩔 수 없이 이끌리게 되지요!"

엠마는 이런 말을 듣는 것이 난생처음이었다. 그리하여 그녀의 자존심 은 마치 한증실에서 피로를 풀고 있는 사람처럼 이 뜨거운 말에 온통 맥 없이 늘어져 버렸다.

"그래요. 찾아오지는 않았지만 당신을 볼 수는 없었지만, 아! 적어도 당신을 에워싸고 있는 것을 감탄하면서 많이 바라보았습니다. 밤이면, 아니 매일 밤, 자다가 일어나 여기까지 와서는 당신의 집과 달빛에 빛 나는 지붕과 당신의 방 창가에 흔들리는 뜰의 나무들과 유리창을 통해 어둠 속으로 새어 나오는 자그마한 램프의 희미한 빛을 바라보곤 했습 니다. 아아! 그러나 당신은 거기에, 그토록 가까우면서도 그토록 먼 곳 에 한 가련한 사람이 있었다는 것을 알지 못했겠지요." 하고 그는 계속 해서 말했다.

엠마는 흐느끼면서 로돌프 쪽으로 몸을 돌렸다.

"오오! 당신은 참 착한 분이세요!" 하고 그녀가 말했다.

"무슨 말씀을요. 저는 당신을 사랑하고 있을 뿐입니다! 그 점을 의심하 지는 않겠지요! 그렇다고 말해 주세요. 한마디만! 단 한 마디만!"

그리고 로돌프는 의자에서 마룻바닥으로 서서히 미끄러져 내리고 있 었는데, 그때 부엌에서 나막신 소리가 들려왔다. 응접실의 문이 닫혀 있 지 않다는 것을 그는 알아차렸다.

"원하는 일이 한 가지 있는데 허락해 주신다면 고맙겠습니다." 하고 로 돌프는 일어서면서 말을 계속했다.

그것은 집을 구경하는 것, 집이 어떻게 생겼는지 알고 싶다는 것이었다. 그러자 보바리 부인은 그건 어려운 일이 아니라고 생각했기에 로돌프와 함께 일어섰는데, 그때 샤를이 들어왔다.

"안녕하십니까, 의사 선생님." 하고 로돌프가 샤를에게 인사했다.

의사는 뜻밖의 그 칭호에 으쓱해져서 비굴하게 느껴질 정도로 예의를 차렸다. 로돌프는 의사의 그 틈을 이용하여 마음을 좀 가다듬었다.

"부인께서 건강에 대해 제게 말씀하고 계셨습니다." 하고 그가 말했다.

샤를은 그의 말을 가로막았다. 그는 사실 걱정이 아주 많았다. 아내의 숨 막힘 증세가 다시 시작되고 있었기 때문이다. 그래서 로돌프는 승마가 좋지 않겠느냐고 물어보았다.

"물론! 좋지요. 좋아요. 아주 좋습니다! 그래요, 좋은 생각입니다. 당신 한번 해 보지 그래요."

그러나 말이 없다는 이유로 아내가 반대를 하자, 로돌프 씨가 말 한 필을 제안했다. 그러나 그녀는 그 제안을 거절했다. 그러자 로돌프는 고집하지 않았다. 그러고 나서 그는 자신의 방문 이유를 대기 위해 지난번 사혈을 받은 자기 마차꾼이 계속 현기증을 느낀다고 말했다.

"한번 들르겠습니다." 하고 보바리가 말했다.

"아닙니다. 아니에요. 보내겠습니다. 함께 다시 오지요. 그게 더 편하실 테니까요."

"아! 그래 주신다면 더욱 좋겠지요. 고맙습니다."

그러고 나서 부부만 있게 되자 샤를이 이렇게 물었다.

"당신은 왜 친절한 불랑제 씨의 제안을 거절한 거요?"

엠마는 토라진 기색을 하면서 이런저런 변명을 생각해 보다가 마침내 '어쩐지 좀 이상하게 보일 것 같다.'고 말해 버렸다.

"아! 난 그런 것에 전혀 개의치 않는데! 무엇보다 건강이 제일이지! 당신이 잘못 생각한 거야." 하고 샤를이 한 발로 빙그르르 돌면서 말했다.

"아니! 어떻게 저보고 말을 타라는 거예요, 승마복도 없는데?"

"한 벌 주문하면 되잖아!" 하고 그가 대답했다.

승마복 덕분에 그녀는 결심을 했다.

복장이 준비되자 샤를은 아내가 도움을 받을 준비가 되어 있으며 자기는 불랑제 씨의 친절을 기대하고 있다는 편지를 그에게 보냈다.

다음 날 정오에 로돌프는 명마 두 필을 몰고 샤를의 집 문 앞에 도착했다. 한 필은 귀에 장밋빛 방울 술을 달고 있었고, 등에는 쉬에드 가죽으로 된 여성용 안장이 놓여 있었다.

로돌프는 엠마가 틀림없이 그와 같은 것은 이제껏 본 적이 없을 것이라고 생각하면서 보드라운 가죽 장화를 신고 왔다. 그가 멋진 비로드 승마복에 흰색 편물 반바지를 입고 층계참에 나타났을 때 엠마는 정말로 그의 맵시에 매료되었다. 그녀는 준비를 마치고 그를 기다리고 있었다.

쥐스탱이 엠마를 보기 위해 약방을 빠져나왔다. 약제사도 일손을 멈추었다. 그는 불랑제 씨에게 몇 가지 충고를 해 주었다.

"불행은 아주 순식간에 다가옵니다! 조심하세요! 말들이 좀 성미가 급한 것도 같아서요!"

그녀는 머리 위에서 무슨 소리가 들려오는 것을 느꼈다. 펠리시테가 어린 베르트를 즐겁게 해 주기 위해 유리창을 두드리고 있었던 것이다. 아이가 멀리서 입맞춤을 보내자, 어머니는 승마용 채찍 끝을 들어 보이며 거기에 응답해 주었다.

"좋은 산책 되세요! 조심하세요. 절대로 조심하십시오!" 하고 오메 씨가 소리쳤다.

그들이 멀어져 가는 모습을 바라보면서 그는 들고 있던 신문을 흔들었다.

엠마의 말은 흙냄새를 맡자 곧 질주하기 시작했다. 로돌프도 그녀 곁에서 함께 말을 달렸다. 가끔 그들은 한마디씩 말을 나누었다. 얼굴을 약간 숙이고 손은 쳐들고 팔을 쭉 뻗은 채 그녀는 말의 움직임의 리듬에 몸을 맡기고는 안장 위에서 흔들리고 있었다.

언덕 아래에서 로돌프는 말고삐를 늦추었다. 말이 껑충 뛰어오르면서 함께 다시 출발했다. 언덕배기에 다다르자 갑자기 말들이 멈췄고, 그녀의 크고 푸른 베일이 다시 늘어졌다.

10월 초순이었다. 들에는 안개가 조금 끼어 있었다. 때로 구릉들의 윤곽을 따라 지평선에 수증기가 길게 펼쳐져 있기도 했고, 또 때로는 흩어져 공중으로 날아오르다가 사라져 버렸다. 이따금 갈라진 안개구름 틈으로 햇빛이 비치고 저 멀리 용빌의 지붕, 물가의 정원, 뜰, 담벼락 들, 그리고 성당의 종루가 보였다. 엠마는 자기 집을 찾아보기 위해 눈꺼풀을 반쯤 감았다. 자기가 살고 있는 그 초라한 마을이 일찍이 그토록 작게 보인 적이 없었다. 그들이 올라와 있는 언덕 위에서 보니 계곡 전체가 공중으로 증발하는 희미한 넓은 호수 같아 보였다. 마치 검은 바위들처럼 나무 숲이 여기저기 불룩불룩 솟아 있었다. 안개 위로 비죽 솟아 나와 늘어서 있는 키 큰 포플러 나무들은 바람에 흔들리는 모래톱 같았다.

그 옆, 전나무들 사이 잔디밭 위에는 갈색 빛줄기 하나가 포근한 대기 속으로 흐르고 있었다. 말발굽 소리는 마치 담뱃가루 같은 다갈색 지면에 흡수되어 약하게 들려왔다. 떨어진 솔방울들이 걸어가는 말들의 편자 끝에 걸어 차이곤 했다.

로돌프와 엠마는 그렇게 숲 가장자리를 따라갔다. 엠마는 로돌프의 눈빛을 피하기 위해 종종 얼굴을 돌리곤 했는데, 그럴 때면 계속해서 줄지어 서 있는 전나무 줄기들밖에 보이지 않아서 약간 현기증을 느꼈다. 말들은 숨을 몰아쉬고 있었다. 안장의 가죽이 삐거덕 소리를 내고 있었다.

그들이 숲 속으로 들어섰을 때, 해가 났다.

"하느님이 우리를 보살펴 주시는군요!" 하고 로돌프가 말했다.

"그렇게 생각하세요?" 하고 그녀가 말했다.

"더 갑시다! 더 가요!" 하고 그가 다시 말했다.

로돌프가 혀를 찼다. 말들이 달리기 시작했다.

길가의 긴 고사리들이 엠마의 등자에 끼이곤 했다. 로돌프는 몸을 숙이고 앞으로 나아가면서 동시에 끼인 고사리들을 빼내 주기도 했다. 때론 나뭇가지들을 걷어치워 주기 위해 그녀 곁을 스쳐 지나가기도 했는데, 그럴 때면 엠마는 그의 무릎이 자기 다리를 스치는 것을 느꼈다. 하늘은 맑아졌다. 나뭇잎들은 고요했다. 만개한 히드로 뒤덮인 넓은 곳도 있었다. 식탁보처럼 넓게 펼쳐진 제비꽃, 나뭇잎의 다양한 종류에 따라 뒤죽박죽 얽혀 있는 잿빛 나무, 다갈색 나무, 황금색 나무 들이 번갈아 이어지고 있었다. 덤불 속에서는 종종 작은 새들이 날개를 파닥이며 미끄러지듯 움직이는 소리가 들려오기도 했고, 떡갈나무 숲 속으로 날아가는 까마귀들의 걸걸하지만 듣기 좋은 울음소리도 들려오곤 했다.

그들은 말에서 내렸다. 로돌프가 말들을 나무에 맸다. 엠마는 수레바퀴 자국들 사이에 자란 이끼 위를 걸어가고 있었다.

그러나 그녀의 옷은 너무 길어서 땅에 끌리는 옷자락을 들어 올려 잡고 걸어도 여전히 거추장스러웠다. 그녀의 뒤에서 걸으면서 검은 나사 옷자락과 검은 장화 사이로 드러나 보이는 우아한 흰 양말을 바라보고 있었다. 그 양말은 뭔가 그녀의 알몸처럼 느껴졌다.

그녀는 멈춰 섰다.

"피곤해요." 하고 그녀가 말했다.

"자, 조금만 더 가요. 힘을 내세요!" 하고 그가 다시 말했다.

그녀는 100여 걸음을 더 간 뒤 다시 멈춰 섰다. 쓰고 있던 남성용 모자로부터 허리까지 비스듬히 늘어져 있는 베일을 통해서 마치 쪽빛 물결 속에 잠겨 있기라도 한 듯 푸르스름하고 투명한 그녀의 얼굴을 볼 수 있었다.

"그런데 지금 어디로 가는 거지요?"

그는 아무 대답을 하지 않았다. 엠마는 헐떡거리며 숨을 쉬고 있었다.

로돌프는 주위를 둘러보면서 수염을 깨물고 있었다.

그들은 보다 널찍한 곳에 다다랐는데, 베어진 어린 나무들을 볼 수 있었다. 그들은 쓰러져 있는 나무줄기에 걸터앉았다. 그러자 로돌프는 그녀에게 자기의 사랑에 대해 이야기하기 시작했다.

그는 먼저 몇 가지 찬사를 늘어놓음으로써 그녀가 불안을 느끼지 않게 했다. 그는 침착하고 진지했으며 우수에 잠겨 있었다.

엠마는 머리를 숙이고 발끝으로 땅에 떨어진 나무 지저깨비들을 뒤적거리면서 그의 말을 듣고 있었다.

그러나 "우리의 운명은 이제 하나가 되어 버린 게 아닌가요?" 하는 말에는 그녀는 이렇게 대답했다.

"아, 아니에요. 당신도 잘 아시잖아요. 그건 불가능해요."

엠마는 돌아가려고 일어났다. 그는 그녀의 손목을 잡았다. 그녀는 멈춰 섰다. 그녀는 사랑의 젖은 눈길로 한동안 로돌프를 바라보다가 이렇게 힘주어 말했다.

"아아! 보세요. 그런 이야긴 더 이상 하지 말아요……. 말이 어디 있죠? 돌아가요."

로돌프는 걱정스럽고 화가 난 몸짓을 했다. 그녀는 재차 말했다.

"말 어디 있어요? 어디 있느냐고요?"

그러자 그는 예사롭지 않은 미소를 지으면서 눈을 똑바로 뜨고 이를 악물고 두 팔을 벌리면서 그녀에게로 다가왔다. 엠마는 휘청거리면서 뒤로 물러섰다. 그리고 더듬거리며 이렇게 말했다.

"아아, 두려워요! 힘들어요! 그만 돌아가요!"

"그렇다면 할 수 없지요." 하고 안색이 변하면서 그가 말했다.

로돌프는 곧 다시 정중해졌고 부드럽고 수줍어하는 듯했다. 그녀는 그에게 팔을 맡겼다. 그들은 말이 있는 곳으로 돌아왔다. 로돌프는 이렇게 말했다.

"대체 어떻게 된 일입니까? 왜 그러지요? 전 이해가 안 갑니다. 아마도 잘못 생각하시는 게 아닌가요? 당신은 제 영혼 속에서 마치 높은 대좌 위의 성모처럼 확고하고 순결한 존재입니다. 하지만 저는 살기 위해서 당신이 필요합니다. 당신의 두 눈, 당신의 목소리, 당신의 생각이 필요해요. 저의 친구가, 자매가, 천사가 되어 주세요!"

그러고는 그는 팔을 뻗어 엠마의 허리를 감았다. 그녀는 나약하게 빠져나가려 해 보았다. 그는 그렇게 그녀를 붙들고 걸었다.

그러나 두 마리의 말이 풀을 뜯어 먹고 있는 소리가 들렸다.

"오! 아직 돌아가지 말아요! 조금만 더 있어 주세요!"하고 로돌프가 말했다.

그는 더 저쪽 작은 연못 근처로 엠마를 끌고 갔다. 물 위에는 좀개구리밥의 푸른 잎이 뒤덮여 있었다. 시든 수련 몇 그루가 등심초 사이에 고요히 떠 있었다. 풀 위를 걷는 발소리에 개구리들이 펄쩍 뛰어 몸을 숨기곤 했다.

"저의 잘못이에요. 저의 잘못이라고요! 당신의 말을 듣다니, 제가 미쳤어요."하고 그녀가 말했다.

"무슨 말이에요? 엠마!"

"오! 로돌프……."하고 젊은 여자는 로돌프의 어깨에 몸을 기대며 천천히 말했다.

그녀의 드레스 천이 그의 비로드 옷에 꼭 달라붙어 있었다. 그녀가 흰 목을 뒤로 젖히자, 한숨으로 부풀어 올랐다. 곧이어 그녀는 몸에 힘이 빠지고 눈에 눈물이 가득 고인 채 긴 전율과 함께 얼굴을 가리면서 마침내 몸을 맡겨 버렸다.

저녁 어둠이 내리고 있었다. 지평선에서는 태양이 나뭇가지들 사이를 지나면서 엠마의 눈을 부시게 하고 있었다. 그녀의 주변 잎사귀들이나 땅 위 여기저기에서는 마치 벌새들이 날아다니면서 깃털을 흩뿌려 놓은 것처럼 온통 빛의 반점들이 흔들리고 있었다. 사방이 고요했다. 뭔가 달콤한 것이 나무들에서 발산되고 있는 것 같았다. 그녀는 가슴이 다시 뛰기 시작하는 것을 느꼈고, 우유가 철철 흐르는 것처럼 몸속에서 피가 순환하는 것을 느꼈다. 그때 저 멀리 숲 너머의 다른 언덕에서 희미한 외침이, 꼬리가 길게 늘어지는 듯한 목소리가 들려왔다. 그녀는 그 소리에 귀를 기울였다. 그 소리는 마치 음악처럼 흥분한 신경의 마지막 진동과 뒤섞였다. 로돌프는 여송연을 입에 물고 두 고삐 중 망가진 것을 주머니칼로 고치고 있었다.

그들은 갔던 길을 따라 다시 용빌로 돌아왔다. 그들은 진흙 길 위에 나란히 찍힌 그들의 말 발자국과 가면서 보았던 덤불, 그리고 풀숲 위의 조약돌 들을 다시 보았다. 그들 주변에는 달라진 게 아무것도 없었다. 그러나 그녀에게는 마치 산이 옮겨진 것보다도 더 엄청난 무엇인가가 갑자기 일어났던 것이다. 로돌프는 때때로 몸을 굽혀 그녀의 손을 잡고 키스를 해 주었다.

말을 타고 있는 그녀의 모습은 매력적이었다. 날씬한 상체를 곧게 펴고 말갈기 위에 무릎을 접고 있었고, 저녁의 붉은 노을에 약간 물들어 있었다.

용빌로 들어서자 그녀는 말을 포도 위로 이리저리 몰았다.

사람들은 창문으로 그녀를 바라보고 있었다.

남편은 저녁 식사 때 아내의 안색이 좋아진 것을 발견했다. 그러나 샤를이 자기의 산책에 대해 물었을 때 그녀는 못 들은 체했다. 그리고 타고 있는 두 자루의 촛대 사이에 놓인 접시 옆에 팔꿈치를 괴고 앉아 있었다.

"엠마!" 하고 그가 불렀다.

"뭔데요?"

"아니, 오늘 오후에 알렉상드르 씨 집엘 들르지 않았겠어요. 그 집에 나이는 좀 먹었지만 아주 예쁜 암말 한 마리가 있어요. 무릎만 좀 다쳤어요.

100에퀴 정도면 틀림없이 살 수 있을 것 같은데……."

그는 덧붙였다.

"당신 마음에 들 것 같아서 그걸 말아 두었어. 아니, 이미 사 버렸어. 잘했지? 말 좀 해 봐요."

그녀는 동의한다는 표시로 머리를 끄덕였다. 그리고 15분쯤 지나 이렇게 물었다.

"오늘 저녁에 나가세요?"

"응. 왜?"

"오! 그냥요. 아무 일도 아니에요, 여보."

그러고는 샤를에게서 벗어나자 그녀는 곧 자기 방으로 올라가 틀어박혔다.

처음에는 현기증 같은 것이 느껴졌다. 나무, 길, 도랑, 그리고 로돌프가 보였다. 나뭇잎들이 가볍게 흔들리고 등심초들이 휙휙거리는 소리를 들으며 껴안아 주던 로돌프의 두 팔이 아직도 느껴졌다.

그러나 그녀는 거울 속에 비친 자기의 얼굴을 들여다보고는 놀랐다. 이제까지 이토록 눈이 검고, 크고, 깊어 보인 적이 없었던 것이다. 몸에 퍼져 있는 미묘한 그 무엇이 그녀를 변화시키고 있었다.

엠마는 속으로 되풀이했다. '난 애인이 있어! 애인이!'라고. 마치 또 한 번의 사춘기가 갑자기 찾아올지도 모른다는 기대와 함께 그녀는 애인이 있다는 생각에 아주 즐겁기만 했다. 그녀는 마침내 사랑의 기쁨을, 이미 단념하고 있었던 행복에 대한 열망을 갖게 된 것이었다. 그녀는 모든 것이 정열이요, 황홀이요, 열광일 뿐인 경이로운 그 무엇 속으로 들어가고 있었다. 푸르스름한 어떤 광대한 세계가 그녀를 둘러싸고 있었고, 생각 속에서는 절정에 달한 감정들이 빛을 발하고 있었으며, 평범한 생활은 오직 먼 곳이나 어둠 저 아래, 아니면 꼭대기들 사이의 좁은 틈바구니들에만 있을 뿐이었다.

그때 엠마는 자신이 읽었던 책 속의 여주인공들을 떠올렸고, 불륜에 빠진 다수의 그 서정적인 여인들이 그녀의 기억 속에서 아주 매력적인 목소리로 노래하기 시작했다. 그녀는 자신을 그 상상의 인물들 중 진짜 한 사람으로, 자신이 예전에 그토록 선망했던 그런 타입의 사랑에 빠진 여인으로 여기면서 젊은 시절의 오랜 꿈을 현실화시키고 있었다. 뿐만 아니라 엠마는 어떤 복수의 기쁨도 맛보고 있었다. 그녀는 충분히 고통을 받아 오지 않았던가! 그러나 지금은 승리를 거두었고, 그토록 오랫동안 억눌려 있던 사랑이 기쁨으로 들끓으면서 모조리 분출되고 있었다. 그녀는 회한도 불안도 걱정도 없이 사랑을 만끽하고 있었던 것이다.

다음 날은 또 다른 감미로움을 느끼며 지나갔다. 그들은 서로에게 여러 맹세를 했던 것이다. 그녀는 로돌프에게 자기의 슬픔들을 이야기했다. 로돌프의 키스로 그녀의 말이 중단되곤 했다. 그녀는 눈꺼풀을 지그시 감은 채 로돌프를 쳐다보면서 다시 한 번 자기의 이름을 불러 줄 것과 자기를 사랑한다고 되풀이해 말해 줄 것을 요구했다. 전날과 마찬가지로 숲 속에서 나막신을 만드는 사람의 오두막집 안에서였다. 벽은 밀짚으로 둘러쳐져 있었고, 지붕은 너무 낮아서 몸을 구부리고 있어야 했다. 그들은 마른 나뭇잎 더미 위에서 서로 붙어 앉아 있었다.

그날부터 그들은 매일 밤 어김없이 서로에게 편지를 썼다. 엠마는 시냇물 옆 정원 끝에 있는 테라스의 갈라진 작은 틈에 편지를 꽂아 두었다. 그러면 로돌프가 그곳으로 와서 그 편지를 가져가면서 자기 것을 꽂아 두었다. 그녀는 늘 로돌프의 편지가 너무 짧다고 투덜댔다.

샤를이 새벽부터 외출을 하고 없는 어느 날 아침, 엠마는 당장 로돌프를 보고 싶은 충동에 사로잡혔다. 그녀는 라 위셰트로 서둘러 가면 한 시간 정도 있다가 용빌로 돌아와도 여전히 모두가 잠을 자고 있을 거라고 생각했다. 그런 생각을 하며 그녀는 끓어오르는 욕정에 헐떡거렸다. 그리하여 그녀는 곧 목초지 한가운데 와 있었고, 뒤도 돌아보지 않고 빠른 걸음으로 걸었다.

동이 트기 시작하고 있었다. 엠마는 멀리서부터 애인의 집을 알아보았다. 비둘기 꼬리 모양의 장부촉이 달린 두 개의 풍향계가 희미한 새벽빛을 배경으로 검게 드러나 보이고 있었다.

농장 뜰을 지나자 저택임에 틀림없는 본채가 있었다. 그녀는 다가가자 마치 벽이 스스로 열리기나 한 것처럼 안으로 들어갔다. 똑바로 난 커다란 계단 하나가 복도 쪽으로 나 있었다. 엠마는 어떤 문의 손잡이를 돌렸다. 그러자 별안간 방 저 안쪽에 잠을 자고 있는 한 남자가 눈에 들어왔다. 로돌프였다. 그녀는 소리를 질렀다.

"어, 당신이! 어, 당신이 어떻게 왔어요? 아니, 옷이 젖었잖아요!" 하고 그는 같은 말을 되풀이했다.

"사랑해요." 하고 두 팔로 그의 목을 껴안으면서 그녀가 대답했다.

이 최초의 대담한 시도가 성공을 거두자, 이제 샤를이 일찍 외출할 때마다 엠마는 재빨리 옷을 입고 시냇가로 통하는 낮은 계단을 살금살금 걸어 내려가곤 했다.

그러나 소가 지나다니도록 걸쳐 놓은 판자가 들춰져 있을 때에는 시냇물을 따라 서 있는 벽을 끼고 돌아가야 했다. 경사면이 미끄러웠기 때문에 그녀는 미끄러져 넘어지지 않도록 시든 무아재비 다발들을 손으로 붙들었다. 그녀는 갈아 놓은 들판을 가로질러 갔는데, 얇은 편상화가 흙에 쑥쑥 빠져 비틀거리기도 했고, 풀에 걸리기도 했다. 머리에 맨 스카프는 목초지의 바람에 흩날렸다. 그녀는 황소들이 무서워 달리기 시작했다. 두 뺨에 홍조를 띠고 숨을 헐떡이며 도착했을 때는 온몸에서 수액과 풀잎과 대기의 신선한 향기를 풍기고 있었다. 로돌프는 그 시간이면 아직도 자고 있었다. 마치 봄날 아침이 그의 방 안으로 찾아들어가는 것 같았다.

창문을 따라 내려져 있는 노란색 커튼들 사이로는 진한 황금빛 햇살이 부드럽게 스며들고 있었다. 엠마는 눈을 깜박거리면서 손으로 더듬거리 곤 했는데, 그럴 때면 앞가르마를 탄 머리에 맺혀 있는 이슬방울들이 얼 굴 주위로 온통 황옥의 후광 같은 것을 만들어 놓고 있었다. 로돌프는 미 소를 지으면서 그녀를 끌어당겨서 가슴 위로 꼭 껴안아 주는 것이었다.

그러고 나서 그녀는 방을 살펴보면서 가구들의 서랍을 열어 보기도 했 다. 또 로돌프의 빗으로 머리를 빗기도 하고, 면도 거울에 자기의 얼굴 을 비춰 보기도 했다. 종종 머리맡 탁자 위 물병 옆에 레몬 몇 조각이나 설탕 덩어리와 함께 놓아 둔 커다란 파이프의 대를 이 사이에 물어 보기 까지도 했다.

그들이 헤어지는 데는 15분은 족히 걸렸다. 그때마다 엠마는 울곤 했 다. 결코 로돌프 곁을 떠나고 싶지 않았던 것이다. 자기보다 더 강력한 뭔 가가 그에게로 떠미는 것 같았다. 어느 날에는 느닷없이 불쑥 나타난 그 녀를 보고 그가 난처한 표정을 지으며 얼굴을 찌푸렸다.

"왜 그러세요? 어디가 아프세요? 말 좀 해 보세요!" 그녀가 말했다.

마침내 그는 심각한 표정으로 그녀가 무분별하게 찾아오게 되면서 스 스로를 위태롭게 하고 있다고 말해 주었다.

10

로돌프의 그런 걱정은 차츰 그녀에게로 옮겨 갔다. 처음에는 사랑에 취해 그녀는 그 이상은 아무것도 생각해 보지 않았다. 그러나 그가 그녀 의 삶에 없어서는 안 될 사람이 되어 버린 지금, 엠마는 사랑을 잃지는 않 을까, 혹은 그것을 방해받지나 않을까 걱정이 되었다. 로돌프의 집에서 돌아올 때면, 그녀는 지평선으로 지나가는 형체 하나하나와 누군가 내다 보고 그녀를 알아볼 수 있는 마을의 유리창 하나하나를 살피면서 불안한 눈길을 주위에 던지곤 했다. 발소리, 누군가 외치는 소리, 짐마차 지나가는 소리에 귀를 기울였다. 그러다가 머리 위에서 흔들리는 포플러 나무들의 잎보다 더 파랗게 질린 채 멈춰 서서 떨곤 했다.

어느 날 아침, 그녀는 갑자기 자기를 겨냥하고 있는 것 같은 소총의 긴 총신을 보았다. 그것은 도랑가 풀밭에 반쯤 묻혀 있는 작은 통 끝에 비스듬히 튀어나와 있었다. 엠마는 기절할 뻔했지만 앞으로 나아갔다. 그러자 그 통에서 남자 한 명이 기어 나왔는데, 마치 상자 뚜껑을 열면 튀어나오는 용수철 달린 산발머리 인형 같았다. 그는 무릎까지 졸라맨 각반을 차고 챙 달린 모자를 눈까지 푹 눌러쓰고 있었고, 입술은 추위에 덜덜 떨며 코는 새빨개져 있었다. 바로 비네 소방대장이었는데, 야생 오리를 잡기 위해서 잠복하고 있었다.

"멀리서부터 말씀을 하셨어야 할 걸 그랬습니다! 총을 보면 항상 소리를 질러 알려야 합니다." 하고 그가 큰 소리로 말했다.

세무 관리는 이렇게 말함으로써 자신이 방금 전 느꼈던 두려움을 감추려고 애를 썼다. 왜냐하면 배를 타지 않은 상태에서의 오리 사냥을 금지하는 도령(道令)을 그는 법을 존중한다고 말하면서도 위반하고 있었기 때문이다. 그래서 그는 매 순간 전원 감시인이 오는 소리가 들리는 것 같기도 했다. 그러나 이러한 불안은 쾌감을 고조시켜, 혼자 통 속에 숨어 있으면서 행복과 짓궂은 장난에 대해 기뻐하고 있었다.

엠마를 보자 그는 아주 무거운 짐을 덜기라도 한 듯 곧 이야기를 시작했다.

"날씨가 춥습니다. 살을 에는 듯한데요!"

엠마는 아무 대답도 하지 않았다. 그러자 그가 계속했다.

"그런데 꼭두새벽부터 어디를 다녀오시네요?"

"예. 애를 맡겨 놓은 유모 집에 다녀오는 길이에요." 하고 그녀는 더듬거리며 말했다.

"아! 예, 그러시군요. 보시다시피 저도 새벽부터 이러고 있습니다. 그런데 날씨가 너무 음침해서 새가 바로 총구 앞에까지 오지 않고서야……."

"안녕히 계세요, 비네 씨." 하고 그녀는 그의 말이 끝나기도 전에 돌아서 버렸다.

"예, 부인." 하고 그는 무뚝뚝한 소리로 말하고는 통 속으로 다시 들어갔다.

엠마는 그처럼 부리나케 세무 관리를 떠나왔던 것을 후회했다. 틀림없이 좋지 않은 쪽으로 억측을 할 것이었다. 유모 이야기를 한 것은 가장 바보 같은 변명이었다. 왜냐하면 용빌에 사는 사람이면 누구나 보바리의 딸이 이미 1년 전부터 자기 엄마 아빠 곁에 있다는 것을 잘 알고 있었기 때문이다. 뿐만 아니라 그 근처에는 아무도 살지 않았고, 그 길은 라 위셰트로만 통하는 길이었던 것이다. 그러므로 비네는 그녀가 어디에 갔다 오는지를 짐작할 수 있을 것이고, 입 다물고 있지 않을 것이었다. 그는 떠벌려 댈 게 분명했다. 그녀는 생각해 낼 수 있는 모든 거짓말을 궁리해 보느라 저녁까지 머리를 쥐어짰다. 그렇지만 그녀의 눈앞에는 사냥 망태를 짊어지고 있던 그 얼간이가 끊임없이 어른거렸다.

샤를은 저녁 식사가 끝난 뒤 아내의 걱정스런 얼굴을 보자 기분 전환을 위해 약제사의 집에 데리고 가려 했다. 그런데 그녀가 약방에서 맨 먼저 본 것은 또 바로 그 사람, 세무 관리였던 것이다. 그는 계산대 앞에 서 있었는데, 빨간 약병의 빛이 그의 얼굴을 되비치고 있었다.

"황산염 15그램만 주세요."

"쥐스탱, 황산 좀 가져와라." 하고 약제사가 소리쳤다.

그때 엠마가 오메 부인의 방으로 올라가고 싶어 하자, 그는 그녀에게 이렇게 말했다.

"아니, 여기 그냥 계십시오. 올라가실 필요 없습니다. 아내가 곧 내려올 겁니다. 그사이 난로나 쬐고 계십시오. 죄송합니다. 안녕하십니까, 의사 선생님(약제사는 타인에게 그 말을 씀으로써 마치 그 말에서 느끼는 어떤 화려함이 자기 자신에게까지 반사되도록 하려는 것처럼 이 '의사 선생님'이라는 말을 쓰는 것을 아주 좋아했다). 막자사발들 엎지르지 않도록 조심해라! 그보다 먼저 작은 방에 있는 의자를 가져와라. 응접실 안락의자들을 흐트러뜨려서는 안 된다는 걸 잘 알고 있겠지."

그러고는 오메는 그의 안락의자를 제자리에 갖다 놓으려 계산대 밖으로 급히 뛰어나오고 있었는데, 그때 비네가 당산 15그램을 달라고 요구했다.

"당산이라고요? 그게 뭔지 잘 모르겠는데. 잘 모르겠어요! 아마 수산을 찾으시겠지요. 수산 맞지요?" 하고 약제사가 경멸하는 듯 말했다.

비네는 여러 가지 사냥 장비의 녹을 벗기기 위해 자기가 직접 구리 제품을 닦는 약을 만들어 보려는데, 거기에 쓸 부식제가 필요하다고 설명했다. 엠마는 흠칫 놀라 몸을 떨었다. 약제사는 이렇게 말하기 시작했다.

"사실 습기 때문에 날씨가 안 좋기는 해요."

"하지만 이런 날씨를 좋아하는 사람도 있는 것 같아요." 하고 세무 관리는 교활한 어조로 다시 말했다.

그녀는 숨이 막혀 오고 있었다.

"그리고 또 그것도 좀 주십시오."

'저 사람 절대 안 갈 것 같은데!' 하고 그녀는 생각했다.

"송진과 테레빈유 15그램씩 주고, 노란 밀랍도 120그램 주세요. 그리고 또 골탄도 45그램만 주십시오. 사냥 장비들의 에나멜가죽을 좀 닦아야겠어요."

약제사가 밀랍을 자르기 시작했을 때 오메 부인이 이르마를 안고 나타났다. 나폴레옹은 옆에, 아탈리는 뒤에 따라오고 있었다. 오메 부인은 창쪽에 놓인 긴 흰색 비로드 의자에 가서 앉았다. 남자아이는 등 없는 의자에 쭈그리고 앉았고, 아이의 누나는 아빠 옆에 있는 대추 상자 주위를 어슬렁거렸다. 아빠는 깔때기들을 가득 채워 병에 부은 뒤 마개로 닫고는 라벨을 붙이고 나서 짐을 꾸렸다. 곁에 있는 사람들은 잠자코 있었다. 단지 때때로 저울에 추 올려놓을 때 부딪히는 소리와 견습생에게 지시하는 약제사의 낮은 목소리만 들려오고 있었다.

"아이는 어떠세요?" 하고 갑자기 오메 부인이 엠마에게 물었다.

"시끄러워!" 하고 장부에 액수를 적고 있던 그녀의 남편이 소리를 질렀다.

"왜 아이는 데리고 오지 않으셨어요?" 하고 그녀가 자그마한 목소리로 다시 말했다.

"쉿! 쉿!" 하고 약제사를 손가락으로 가리키며 엠마가 말했다.

그러나 비네는 영수증을 정신없이 들여다보고 있었기에 아무 소리도 듣지 못한 것 같았다. 이윽고 그가 나갔다. 그러자 엠마는 속이 시원해져서 길게 한숨을 내쉬었다.

"왜 그리 숨을 크게 쉬세요!" 하고 오메 부인이 말했다.

"아! 더워서 그래요." 하고 그녀가 대답했다.

그 이튿날 엠마와 로돌프는 밀회 방법을 정비하는 일을 생각해 보았다. 엠마는 선물로 자기 집 하녀를 매수하고 싶었다. 그러나 용빌 안에서 눈에 띄지 않는 집 한 채를 찾아보는 게 더 나을 것 같았다. 로돌프는 그런 집을 한 곳 찾아보겠노라고 약속했다.

겨울 내내 주 서너 번씩 로돌프는 캄캄한 밤에 정원으로 몰래 들어왔다. 엠마는 일부러 정원 살문의 자물쇠를 빼내 놓았는데, 샤를은 그것을 잃어버렸다고 생각했다.

로돌프는 자기가 온 것을 알리기 위해 덧창에 모래를 한 줌 뿌렸다. 그러면 그녀는 소스라쳐 일어났다. 그러나 때로는 기다려야 하기도 했다. 샤를이 난롯가에서 잡담을 늘어놓는 버릇이 있어서 아직 말을 끝내지 않았기 때문이다.

엠마는 초조로 애가 탔다. 할 수만 있었다면 그녀는 두 눈으로 남편을 창문 밖으로 내던져 버렸을 것이다. 마침내 그녀는 밤 화장을 시작했다. 그리고 책을 한 권 집어 들고는 마치 그 책이 재미있기라도 한 듯 아주 조용히 읽기를 계속했다. 그러나 침대에 있던 샤를은 그만 자자며 그녀를 불러 대는 것이었다.

"엠마, 어서 와요. 잘 시간이 되었어." 하고 그는 말했다.

"예, 갈게요!" 하고 그녀가 대답했다.

그러는 사이 촛불에 눈이 부셨기에 그는 벽 쪽으로 돌아누워 잠이 들어 버렸다. 그러면 그녀는 옷을 갈아입지도 않고 숨을 죽이고 회심의 미소를 지으며 두근거리는 가슴을 안고 빠져나갔다.

로돌프는 커다란 외투를 걸치고 있었다. 그는 그것으로 엠마를 푹 덮어 가지고 허리를 팔로 안은 채 아무 말 없이 정원 안쪽으로 그녀를 데리고 갔다.

그곳은 정자 밑에 있는 썩은 나무 벤치였는데, 지난날 레옹이 그토록 사랑스러운 눈빛으로 그녀를 바라보며 여름밤들을 보내곤 했던 바로 그곳이었다. 엠마는 지금 거의 그를 생각하고 있지 않았다.

잎이 진 재스민 나뭇가지 사이로 별들이 반짝이고 있었다. 그들 뒤쪽에서는 시냇물 흐르는 소리가 들려왔고, 때때로 둑 위에서는 마른 갈대의 바스락거리는 소리가 들려왔다. 덩어리진 그림자들이 어둠 속 여기저기에서 부풀어 올랐고, 때때로 그것들은 일제히 흔들리면서 엎치락뒤치락 나아가는 거대한 검은 파도처럼 일어났다 쓰러졌다를 반복하고 있었다. 밤의 추위는 그들을 서로 더욱 꼭 껴안게 했다. 입술에서 새어 나오는 한숨은 더욱 세게 느껴졌고, 겨우 보이는 서로의 눈은 더욱 커 보였다. 고요함 속에서 그들은 아주 낮은 목소리로 말을 주고받았는데, 그 말들은 수정처럼 맑고 낭랑한 울림으로 영혼 위에 떨어지면서 수많은 진동으로 메아리치고 있었다.

저녁에 비가 내릴 때면 그들은 헛간과 마구간 사이에 있는 진찰실로 숨어들곤 했다. 엠마는 책들 뒤에 하나 감춰 두었던 부엌용 촛대에 불을 켰다. 그곳에서 로돌프는 마치 자기 집인 양 편했다. 책장과 사무용 책상 등, 그러니까 방 안의 모든 것을 보고 있으면 기쁨이 고조되었다. 그리하여 로돌프는 참지 못하고 샤를에 대한 농담을 숱하게 해 댔고, 그에 엠마는 당황해했다. 그녀는 보다 더 진지한 그를, 필요할 경우에는 좀 더 진중한 그를 보고 싶었다. 왜냐하면 이번에는 골목에서 발소리가 다가오는 것이 들리는 것 같았기 때문이다.

"누가 와요!" 하고 그녀가 말했다.

그가 촛불을 훅 불어 껐다.

"권총 갖고 있으세요?"

"왜요?"

"왜라니요? 당신을 방어해야지요." 하고 엠마가 다시 말했다.

"당신 남편에 대해서요? 아! 한심한 친구!"

로돌프는 '손가락으로 튀겨서 그를 박살 내 버리겠다.'는 뜻의 몸짓을 하며 말을 맺었다.

엠마는 그 몸짓에서 무례와 숨기지 않는 야비함 같은 것을 느껴 얼굴을 찡그리기는 했지만 그 용기에는 깜짝 놀랐다.

로돌프는 이 권총 이야기에 대해 많이 생각해 보았다. 그의 생각에, 만일 그녀가 진지하게 말했다면 그것은 매우 터무니없고 가증스럽기까지 한 일이었다. 왜냐하면 그로서는 질투로 괴로워하는 그런 자가 아닌 이 선량한 샤를을 미워해야 할 하등의 이유가 없었기 때문이다. 그리고 엠마는 그 점에 관해서 로돌프에게 굳은 맹세를 받고 싶어 했지만, 그에게는 그것이 최선의 취미라고는 생각되지 않았다.

게다가 엠마는 아주 감상적이 되어 가고 있었다. 그들은 세밀화 초상화를 교환해 갖고 있지 않으면 안 되었다. 서로의 머리카락도 한 움큼 잘라 가졌다. 그녀는 이제 영원한 결합의 징표로 반지를, 진짜 결혼반지를 요구하고 있었다. 종종 그녀는 그에게 저녁 종소리와 '자연의 소리'에 대해 이야기해 주었다. 또 그녀는 자기 어머니와 남자의 어머니에 대해서도 이야기했다. 로돌프는 이미 20년 전에 어머니를 잃었다. 그런데도 엠마는 마치 버림받은 어린아이에게 하는 말투로 아양을 떨면서 그를 위로했고, 때로는 달을 바라보면서 이렇게 말하기까지 했다.

"저곳에서 두 어머님들은 함께 우리의 사랑을 허락해 주시리라고 믿어요."

그러나 엠마는 너무도 귀여웠다. 로돌프는 그토록 순진한 여자를 이제껏 소유해 본 적이 없었다. 방종이라고는 없는 이 사랑은 그에게는 새로운 그 무엇, 즉 그를 타락한 교제로부터 벗어나게 하여 자부심과 관능을 동시에 달래 주는 그 무엇이었던 것이다. 그의 소시민적인 양식에는 경멸적으로 보였던 엠마의 열광도 마음속 깊은 곳에서는 매력적으로 여겨졌다. 왜냐하면 그 열광이 자기를 향한 것이었기 때문이다. 그리하여 사랑을 받고 있다는 확신이 들자, 그는 거북스러울 것이 없어서 자기도 모르게 태도가 달라졌다.

로돌프는 예전처럼 엠마를 울리던 감미로운 말도, 그녀를 홀딱 빠지게 하던 열렬한 애정의 표시도 이젠 하지 않았다. 그리하여 그녀가 그 속에 푹 빠져 살았던 열렬한 사랑은 마치 하천 바닥으로 스며드는 강물처럼 그녀의 발밑에서 졸아들며 사라져 가는 것 같았다. 그녀는 그걸 믿고 싶지가 않았다. 그녀는 더욱 애정을 쏟았다. 그리고 로돌프는 갈수록 무관심을 감추지 않았다.

엠마는 자기가 로돌프에게 몸을 맡겼던 것을 후회하고 있는지, 아니면 반대로 그를 더욱 사랑하고 싶은 것인지 스스로도 알지 못했다. 자기가 나약하다고 느끼는 데서 오는 굴욕감은 어떤 앙심으로 변해 갔지만 그 앙심도 육체적인 쾌락에 의해 진정되었다. 그것은 애정이 아니었다. 그것은 지속적인 유혹과도 같은 것이었다. 로돌프는 엠마를 지배하고 있었던 것이다. 그녀는 그 점에 대해 두려워하기까지 하고 있었다.

그렇지만 겉으로는 그 어느 때보다도 더 평온했다. 로돌프가 자기의 일시적 기분에 따라 간통을 성공적으로 이끌어 가고 있었기 때문이다. 그리하여 6개월이 지나 봄이 다시 찾아왔을 때, 그들은 가정의 따뜻한 불꽃을 평화롭게 지켜 나가는 부부처럼 서로 마주 보고 있었다.

이맘때면 루오 영감이 자기 다리를 치료해 준 데 대한 기념으로 '그의' 칠면조를 보내오곤 했다. 선물은 항상 한 통의 편지와 함께 배달되었다. 엠마는 바구니에 묶어 놓은 편지의 끈을 잘라 내고는 다음과 같이 써 내려간 편지를 읽었다.

"사랑하는 애들아,

건강하게 지내고 있을 너희들에게 이 선물이 잘 닿기를 바라며, 이 칠면조도 그동안 보냈던 것들에 못지않으리라 기대한다. 이렇게 말해도 될지 모르지만 지금 보내는 이것은 살이 좀 더 연하고 더 묵직하게 보이기 때문이란다. 그렇지만 너희들이 '가시'[44]를 그렇게 고집하지 않는 이상 다음번에는 닭 한 마리로 바꾸어 보내겠다. 그러니 미안하지만 지난번 것 두 개와 함께 이 손잡이 없는 광주리를 되돌려 보내 주었으면 한다. 마차 창고에 불운한 일이 하나 생겼다. 어느 날 저녁, 바람이 몹시 불었는데 마차 창고 지붕이 숲으로 날아가 버렸지 뭐냐. 올해는 수확도 그리 좋지는 않다. 어쨌든 언제 너희들을 보러 갈 수 있을지는 잘 모르겠다. 내가 혼자된 이후로는 이제 집을 두고 떠나기가 이토록 어렵구나. 귀여운 엠마야!"

마치 노인이 잠시 뭔가를 생각해 보기 위해 펜을 내려놓은 듯, 여기에

---

44) 칠면조.

서 줄 사이에 간격이 있었다.

"나는 건강하단다. 일전에 이브토 시장에 갔을 때 걸린 감기가 아직 다 낫지가 않아서 그렇지. 양치기를 구하러 갔었지. 먼저 있던 애는 입이 너무도 걸어서 내보냈단다. 그런 불한당 같은 놈들은 하나같이 아주 개탄스럽단다! 게다가 그놈은 정직하지도 못했어.

이번 겨울 네가 사는 고장을 돌아다니다가 이를 하나 뽑은 보부상에게서 들은 이야기인데, 보바리는 늘 열심히 일하고 있다더구나. 놀랄 일은 아니지. 그 사람은 내게 자기 이를 보여 주기도 했어. 우리는 함께 커피도 한 잔 마셨다. 그 사람에게 너를 보았느냐고 물었더니, 만나지는 못했지만 마구간에서 말 두 마리를 보았다는구나. 그로부터 나는 사업이 잘되고 있구나 하고 결론을 내렸단다. 참 잘된 일이다. 사랑하는 아이들아, 하느님께서 상상할 수 있는 모든 행복을 너희에게 내려 주시기를 빈다.

나의 사랑하는 손녀 베르트 보바리를 아직도 보지 못한 것이 몹시 안타깝단다. 네가 살았던 방 창 밑 마당에 그 애를 위해 아부안종 서양 자두나무 한 그루를 심어 놓았다. 훗날 그 아이에게 자두 설탕 조림을 만들어 주려는 것이기에 그 나무에 손을 대지 못하게 할 것이다. 장롱 속에 보관해 두어 그 애가 올때 먹을 수 있도록 할 작정이다.

잘들 있거라, 내 사랑하는 아이들아. 내 딸에게도, 사위에게도 인사를 보낸다. 손녀에게는 두 뺨에 키스를 보낸다. 그럼, 이만 그친다.

너의 사랑하는 아버지, 테오도르 루오로부터."

엠마는 몇 분 동안을 이 거친 종잇장을 손에 들고 있었다. 틀린 철자들이 서로 엉겨 붙어 있었다. 엠마는 편지를 다 읽어 가는 동안 마치 가시나무 울타리 안에 반쯤 몸을 감추고 꼬꼬댁거리는 암탉처럼 느껴지는 달콤한 생각을 좇고 있었다. 아버지는 난로의 재로 글씨의 잉크를 말린 것 같았다. 편지에 묻은 재가 그녀의 드레스 위로 조금 떨어졌기 때문이다. 그녀는 아버지가 부젓가락을 집으러 아궁이로 몸을 굽히는 것이 보이는 것 같았다. 아버지 곁에서 난롯가의 나무 의자에 앉아 탁탁 튀며 타는 바다 골풀들의 활활 타오르는 불길에 부지깽이 끝을 태우던 것은 벌써 얼마나 오래된 일이 되어 버렸던가……. 그녀는 햇빛이 가득하던 여름날 저녁들을 회상했다. 망아지들은 사람들이 지나가면 힝힝거리며 울기도 했고, 이리저리 뛰어다니기도 했었지……. 내 창 밑에는 꿀벌통이 하나 있어 때론 벌들이 햇빛 속을 빙빙 돌며 날아다니다가 마치 튀어 오르는 황금 구슬들처럼 유리창에 부딪치곤 했었지. 그 시절은 얼마나 행복했던가! 얼마나 자유로웠던가! 얼마나 기대에 차 있었던가! 얼마나 많은 꿈에 부풀었던가! 그런데 지금은 이미 아무것도 남아 있지가 않았다. 그녀는 처녀 시절, 결혼, 사랑으로 이어지는 이 모든 상황들을 거치면서 영혼이 겪은 온갖 모험들에 그것들을 다 써 버렸던 것이다. 여행길 숙소에 재산을 조금씩 흘리고 떠나는 여행자처럼, 삶을 살아오면서 그렇게 계속 그것들을 잃어 온 것이었다.

그런데 도대체 누가 그녀를 이토록 불행하게 만들었던가? 그녀의 존재를 뒤엎어 버린 이 어마어마한 재앙은 어디에서 온 것이었던가? 그녀는 고개를 들어 마치 자기를 고통스럽게 하는 원인을 찾아내기라도 하려는 듯 주위를 둘러보았다.

4월의 햇살이 선반 위의 도자기들 위에서 아롱거리고 있었고, 난로에서는 불길이 타오르고 있었다. 엠마는 실내화 밑 양탄자의 부드러운 감촉을 느끼고 있었다. 날씨는 구름 한 점 없었고 대기는 포근했다. 아이가 웃음을 터뜨리는 소리가 들려왔다.

실제로 그때 어린 딸이 잔디밭 위에 널어 말리고 있는 풀 더미 가운데서 구르며 놀고 있었던 것이다. 아이는 이제 풀 더미 위에 엎드려 있었다. 하녀는 아이의 치마를 붙들고 있었다. 레스티부두아가 옆에서 풀을 긁어

모으고 있었는데, 그가 가까이 다가갈 때마다 아이는 두 팔을 허공에 휘저으면서 몸을 구부리곤 했다.

"애를 이리 데리고 와 봐! 사랑스러운 내 아기, 귀여운 아기! 사랑스러운 내 아기!" 하고 엠마가 아이를 안아 주려고 급히 달려가면서 말했다.

그러다가 애의 귀 끝이 좀 더러워진 것을 보고는 재빨리 초인종을 눌러 더운물을 가져오게 해서 씻겨 주고는 속옷과 양말, 구두를 갈아 신기고 마치 여행에서 돌아왔을 때처럼 아이의 건강에 대해 수도 없이 물어보았다. 이윽고 아이에게 키스해 주고, 눈물까지 조금 흘리면서 아이를 하녀에게 다시 넘겨주었다. 하녀는 이 지나친 애정 앞에서 몹시 어리둥절했다.

그날 저녁, 로돌프는 엠마가 평상시보다 더 심각하다고 생각했다.

'변덕이니 곧 끝날 거야.' 하고 그는 판단했다.

그러고 나서 그는 연속으로 세 번이나 밀회의 약속을 지키지 않았다. 그가 다시 나타났을 때 그녀는 쌀쌀맞은 태도를 보였고, 거의 경멸적이기까지 했다.

"아! 이런 식으로 시간 낭비하지 말아요, 내 귀여운……."

그렇게 말하고는 그는 그녀의 우울한 한숨 소리에 대해서도, 그녀가 손수건을 꺼내는 것에 대해서도 아주 모른 척했다.

엠마가 후회하기 시작한 것은 바로 그때였다.

그녀는 도대체 왜 자기가 샤를을 미워하고 있는지, 그를 사랑할 수 있다면 그것이 더 낫지 않을까 자문해 보기까지 했다. 그러나 샤를은 엠마의 이런 감정의 되돌림에 어떤 큰 계기를 만들어 주지 못했기에, 그녀는 희생할 의향이 있었지만 좀처럼 어찌할 바를 몰랐다. 그때 마침 약제사가 와서 그녀에게 기회를 제공해 주었다.

11

샤를은 최근에 새로운 안짱다리 치료법에 대해 찬미하는 기사를 읽은 적이 있었다. 그리고 그는 진보의 신봉자였기에 용빌에서도 '그 수준에 맞추기 위해서는' 안짱다리 수술을 할 수 있어야 한다는 그런 애향적인 생각을 품고 있었다.

"사실 무슨 위험이 있습니까? 한번 잘 살펴보십시오(그러면서 그는 수술의 시도가 가져다주는 이점을 손가락으로 꼽아 보았다). 성공은 거의 확실하지요, 환자에게는 위로를 주지요, 미관상도 보기 좋게 해 주지요. 또 수술 집도 의사는 곧 유명세를 치르게 될 겁니다. 이를테면 남편께서도 어찌 '황금빛 사자' 여관집의 불쌍한 이폴리트의 안짱다리의 여러 불편을 덜어 주고 싶지 않겠습니까? 모든 손님들에게 자기 치료에 대해 틀림없이 이야기할 것이라는 점에 주목하십시오. 그리고 또 (오메는 목소리를 낮추고는 주위를 둘러보았다) 제가 그에 대한 짧은 기사를 신문사로 써 보내는 것을 누가 막을 리 있겠습니까? 아 참! 정말! 기사는 회람될 것이고…… 사람들이 말해 댈 것이고…… 마침내는 그게 눈덩이처럼 퍼지게 될 것입니다! 그리고 누가 압니까? 누가 알겠어요?" 하고 그는 엠마에게 말했다.

사실, 보바리는 수술에 성공할 수 있었다. 엠마가 보아도 그가 능력이 없다고 생각할 이유가 전혀 없었다. 명성을 얻고 재산을 불릴 수 있는 방법을 권유하는 것은 그녀에게도 얼마나 만족스러운 일인가? 그녀는 사랑보다 더 견고한 그 무엇에 의지하는 것만을 기대하고 있을 뿐이었다.

샤를은 아내와 약제사의 간청에 그들의 뜻을 받아들였다. 그는 루앙에서 뒤발 박사의 책을 구하여 매일 밤 두 손으로 머리를 싸안고 그 책을 읽는 일에 몰두했다.

샤를이 첨족(尖足), 내반족, 외반족, 즉 스트레포카토포디, 스트레펜도포디, 스트레펙소포디(또는 더 쉽게 말해서 발의 다양한 변형, 즉 아래쪽으로 찌부러진 다리, 안으로 굽은 다리, 밖으로 굽은 다리)와 스트레피포포디, 스트레파노포디(달리 말하면 밑으로 꼬인 다리, 위로 꼬인 다리) 등을 연구하고 있는 동안 오메 씨는 여관집 하인에게 온갖 설명을 다 해 주면서 수술을 받으라고 설득했다.

"아마 통증은 거의 없을 거네. 피를 조금 뽑는 것처럼 주삿바늘로 한 번 정도 찔리면 될 테니까. 티눈 몇 개 빼는 것보다도 더 간단해."

이폴리트는 곰곰이 생각해 보면서 맹한 눈을 굴리고 있었다.

"그런데 그건 나와는 상관이 없는 일이야! 자네를 위한 일이지! 순전히 인정 때문이야! 이봐, 보기 싫은 절름대는 걸음도 낫고 요부(腰部)가 흔들리는 것도 나았으면 좋겠어. 요부가 흔들리면 어찌 됐든 일하는 데 크게 지장이 되거든." 하고 약제사가 말을 계속했다.

그러고 나서 오메는 그렇게만 되면 얼마나 더 활기차고 얼마나 더 민첩해지겠느냐고 충고해 주었고, 심지어 여자들의 마음을 사는 데도 더 유리할 거라고 넌지시 말해 주기까지 했다. 그러자 이 마부는 어설프게 웃기 시작했다. 오메는 다시 그의 허영심을 공략했다.

"쳇, 자네도 남자지 않아? 만약 군대라도 가서 깃발 아래 싸워야 할 처지가 되면, 도대체 이래 가지고 뭐가 되겠어? 안 그래, 이폴리트!"

그리고 오메는 과학의 혜택을 거절하다니 그 고집과 그 꽉 막힌 생각이 도무지 이해가 안 간다고 말하고는 떠나 버렸다.

불쌍한 사내는 굴복하고 말았다. 어떤 공모 같은 것이 있었기 때문이다. 남의 일에 절대 개입하지 않았던 비네, 르프랑수아 부인, 아르테미즈, 이웃 사람들, 그리고 튀바쉬 면장에 이르기까지 모두가 달려들어 그에게 권유하고, 훈계하고, 창피를 주기도 했던 것이다. 그러나 그에게 마침내 결심을 하게 만든 것은 '그가 수술비를 한 푼도 내지 않는다는 것'이었다. 보바리는 수술 도구를 구입하는 것까지 떠맡았다. 엠마가 이런 관대한 생각을 해 냈던 것이다. 샤를은 거기에 그저 동의하면서, 아내가 천사 같다고 마음속으로 생각했다.

샤를은 약제사의 조언에 따라, 세 번을 시도한 결과 마침내 목수에게 철물공의 도움을 받아 무게가 약 3.5킬로그램이나 나가는 일종의 상자 같은 수술대를 만들게 했다. 거기에는 쇠붙이, 나무, 철판, 가죽, 나사못, 너트 등이 사용되었다.

그러나 어느 힘줄을 절단해야 하는지를 알기 위해서는 이폴리트의 안짱다리가 어떤 종류의 것인지를 알아야 했다.

이폴리트는 발과 다리가 거의 일직선을 이루고 있어서 몸을 안쪽으로 굽히는 데는 거추장스럽지 않았다. 그래서 그의 다리는 내반족이 섞인 첨족, 아니면 첨족이 두드러지게 보이는 가벼운 내반족이었다. 하지만 실상은 말 다리처럼 심한, 꺼칠꺼칠한 피부에 딱딱한 힘줄, 굵은 발가락, 그리고 검은 발톱이 쇠못 같은 첨족, 즉 스트레피포포디를 끌고 그는 아침부터 저녁까지 사슴처럼 바삐 돌아다니고 있었다. 사람들은 그가 광장에서 길이가 다른 다리를 앞으로 내뻗치면서 마차 주위로 깡충깡충 뛰어다니는 것을 보았다. 그 불구의 다리가 다른 다리보다 더 힘이 있는 것같이 보이기도 했다. 너무도 많이 사용하여 그 다리는 인내와 기력이라는 미덕 같은 것을 얻게 되었다. 그리하여 어떤 큰일이 주어질 때면 그는 오히려 그 다리를 튼튼한 버팀목으로 삼는 것이었다.

그런데 그 발이 첨족이었기에 아킬레스건을 절단해야 했는데, 내반족에서 벗어나기 위해 전경골근을 자르는 일은 나중에 가서 하기로 했다. 왜냐하면 의사는 감히 한 번에 두 수술을 시도할 수 없었기 때문이다. 그는 이미 자기가 알지 못하는 어떤 중요한 부위를 잘못 손을 댈지도 모른다는 두려움에 떨고 있기까지 했다.

케르시우스 이래 15세기가 지나 처음으로 동맥을 직접 동여매는 일을 실시한 앙브루아즈 파레도, 두꺼운 뇌수층을 가로질러 종기를 째 낸 뒤 퓌트랑도, 위턱뼈 절제를 처음으로 한 장술도 확실히 '근육 절단용 메스'

를 손에 들고 이폴리트에게 다가갈 때의 보바리 씨보다 더 심장이 뛰고 손이 떨리고 정신이 긴장되지는 않았을 것이다. 병원에서처럼 옆 테이블 위에는 한 뭉치의 가제, 밀랍을 먹인 실, 붕대가 있었는데 피라미드처럼 쌓아 놓은 붕대는 약제사의 집에 있던 것을 모두 가져온 것이었다. 많은 사람들에게 경탄을 불러일으킬 뿐만 아니라 스스로도 어떤 환상을 품고 있었기에 아침부터 이 모든 것을 준비한 사람은 오메 씨였다. 샤를이 메스로 살갗을 찔렀다. 재깍하는 메마른 소리가 들렸다. 힘줄이 절단되었다. 수술이 끝났다. 이폴리트는 놀라움에서 깨어나지 못한 채 몸을 굽혀 보바리의 손에 키스를 퍼부었다.

"자, 그만 진정하게. 자네 은인에게 고마움은 나중에 표하고!" 하고 약제사가 말했다.

그러고는 그는 이폴리트가 똑바로 걸어서 나타날 것을 상상하면서 뜰에서 기다리고 있던 대여섯 명의 구경꾼들에게 결과를 알려 주러 내려갔다. 그리고 샤를은 환자를 운동기에 매어 놓고 집으로 돌아갔다. 엠마는 초조해하며 문 앞에서 그를 기다리고 있었다. 그녀는 샤를의 목을 끌어안았다. 그들은 식탁에 앉았다. 그는 많이 먹었다. 그는 디저트로 커피를 한잔 마시고 싶어 하기까지 했는데, 이것은 일요일에 손님들이 있을 때에만 허락되는 남용이었다.

그날 밤은 유쾌했고, 이런저런 이야기를 많이 나누었고, 많은 꿈을 공유했다. 그들은 미래의 행운과 가사에 도입해야 할 개선점들에 관해 말했다. 샤를은 자기에 대한 사람들의 존경이 널리 퍼지고, 행복이 커 가고, 아내가 변함없이 자기를 사랑해 주는 것을 상상하고 있었다. 그리고 그녀는 보다 더 건전하고 바람직한 새로운 감정을 맛보며 자기 역시 마음이 새로워지는 것을, 요컨대 자기를 지극히 사랑해 주는 이 가엾은 사람에 대해 약간의 애정을 느끼는 것이 행복했다. 잠시 로돌프에 대한 생각이 머릿속에 스쳐 지나갔지만 그녀의 눈은 샤를에게로 돌아갔다. 남편의 이가 뻐드렁니가 아니라는 것을 알고는 놀라기까지 했다.

그들이 침대에 있을 때 하녀의 만류에도 불구하고 오메 씨가 불쑥 들어왔는데, 손에는 방금 쓴 원고 한 장이 들려 있었다. 그것은 〈루앙의 표지등〉지에 보내기 위해 쓴 선전용 기사였다. 그들에게 읽어 주려고 가져왔던 것이다.

"직접 읽어 주세요." 하고 보바리가 말했다.

오메는 다음과 같은 내용의 글을 읽어 내려갔다.

"아직도 유럽의 일부를 그물처럼 뒤덮고 있는 편견들에도 불구하고, 우리의 시골에 빛이 비쳐 들기 시작하고 있다. 예를 들면 지난 화요일, 우리의 조그만 마을 용빌에서는 고귀한 박애의 일막(一幕)이기도 한 외과 수술 시도라는 연극이 상연되었다. 우리 지방의 가장 뛰어난 개업의 가운데 한 사람인 보바리 씨는……."

"아아! 지나칩니다! 지나쳐요!" 하고 샤를은 숨이 막힐 지경으로 감동이 북받쳐 오르며 말했다.

"천만에요, 절대 그렇지 않아요. 아니, 어떻습니까? '안짱다리 수술하다!'가. 저는 학문적인 용어를 쓰지 않았습니다. 아시다시피 신문에서는…… 아마 누구도 이해하지 못할 것 같기 때문입니다. 결국 대중들이……."

"사실, 그렇지요. 계속 읽어 주세요." 하고 보바리가 말했다.

"그럼, 다시 읽겠습니다. 우리 지방의 가장 뛰어난 개업의 가운데 한 사람인 보바리 씨는 르프랑수아 부인이 운영하는 라름 광장의 '황금빛 사자' 여관집에서 25년 전부터 일해 온 마부 이폴리트 토탱이라는 자의 안짱다리를 수술했다. 그 새로운 시도와 수술에 대한 큰 관심은 구름처럼 주민들을 모여들게 하여 여관집 문 앞에는 그야말로 큰 혼잡을 이루었다. 게다가 수술은 마치 요술처럼 살갗에 겨우 피 몇 방울 흐를 정도에 지나지 않게, 이를테면 질긴 힘줄도 결국 의술의 노력에 무릎을 꿇는 듯 실시되었다. 환자는 이상하게도(우리는 '보고 나서' 확언하는 것이다) 전혀 고통을 드러내 보이지 않았다. 지금까지 그의 상태는 매우 양호하다. 모든 점으로 보아 회복이 빠를 것으로 믿어진다. 게다가 다가오는 마을 축제 때 우리의 용감한 이폴리트가 쾌활한 친구들이 부르는 합창에 맞춰 바쿠스 춤을 함께 춤으로써, 그렇게 활기찬 모습과 앙트르샤[45]로 만인의 눈앞에서 자기의 완쾌를 증명하는 것을 볼 수 있을지 누가 알겠는가? 그러니 관대한 학자들에게 영광 있기를! 인류의 개선이나 고통의 완화를 위해 밤새워 연구하는 그 지칠 줄 모르는 정신의 소유자들에게 영광 있기를! 영광 있기를! 다시 한 번, 영광 있기를! 맹인이 앞을 보고 귀머거리가 들리고 절름발이가 일어서서 걷는다고 소리칠 계제가 아닌가? 그러나 예전에는 광신이 선택된 자들에게만 허락해 주었던 것을 오늘날에는 과학이 만인을 위해서 실현해 주고 있다. 우리는 이 주목할 만한 치료의 경과를 그때그때 우리의 독자들에게 알려 주겠다." 하고 약제사가 말했다.

그러나 결국 5일 후 르프랑수아 부인이 질겁하며 샤를의 집으로 달려와서는 이렇게 고함을 치는 것이었다.

"살려 주세요! 저 애가 죽어 가요. 어찌 해야 할지!"

샤를은 '황금빛 사자' 여관집으로 달려갔다. 그가 모자도 쓰지 않은 채 광장을 지나가는 것을 본 약제사도 약방을 박차고 나섰다. 그 역시 불안한 모습으로 얼굴이 새빨개진 채 숨을 헐떡거리며 나타나 계단을 올라가고 있는 사람마다 모두 붙잡고 이렇게 물었다.

"도대체 우리의 흥미로운 안짱다리 환자에게 무슨 일입니까?"

그 안짱다리 환자는 끔찍한 경련을 일으키면서 몸을 뒤틀고 있었는데, 다리를 넣어 매어 둔 운동기로 구멍이 뚫릴 정도로 벽을 차 대고 있었다.

다리의 자세가 흐트러지지 않도록 많은 주의를 기울이면서 다리에 고

---

45) 공중에 떠서 양발을 서로 엇갈리게 하는 동작을 가리킨다.

정시켜 둔 상자를 떼어 냈을 때 그 광경은 정말 끔찍했다. 발은 너무 부어올라 그 형태가 사라져 버렸으며, 살가죽은 온통 부르터 있었다. 살가죽은 화제의 그 기계에 의해 유발된 피하일혈로 뒤덮여 있었다. 이폴리트는 그로 인한 고통을 이미 호소하고 있었지만 아무도 그의 말에 주의를 기울이지 않았다. 그러나 그의 말이 전적으로 틀린 것만은 아님을 인정해야 했기에 몇 시간 동안 기계를 벗겨 놓았다. 그러나 부종이 약간 사라지자 그 두 과학자는 곧 환자의 다리를 기계에 다시 매어 두는 것이 옳다고 판단하고는 회복을 촉진시키기 위해 더욱 졸라매었다. 결국 사흘 뒤 이폴리트가 더 이상 견디지를 못해 그 두 과학자는 다시 한 번 기계를 벗겨 주었는데, 자신들의 눈에 비친 결과에 매우 놀랐다. 푸르스름한 종창이 다리에 퍼지고 있었던 것이다. 수포도 여기저기 몇 개가 나 있었는데 거기에서 시커먼 진물이 흘러나오고 있었다. 심각한 상태였다. 이폴리트가 답답해하자 르프랑수아 부인은 다소 기분 전환이라도 될 수 있게 그를 부엌 옆의 작은 홀로 옮겨 주었다.

그러나 매일 거기에서 저녁을 먹는 세무 관리가 환자를 그렇게 옆에 두는 것에 대해 신랄하게 불평을 늘어놓았기에, 이폴리트를 당구실로 옮겨 놓았다.

이폴리트는 두꺼운 이불을 둘러쓰고 끙끙 앓으면서 지냈는데, 얼굴은 창백했고 수염은 더부룩했으며 눈은 쑥 들어가 있었으며, 작은 날벌레들이 달려드는 지저분한 베개 위에서 이따금 땀에 젖은 머리를 이리저리 돌리고 있었다. 보바리 부인은 그를 보러 찾아오곤 했는데, 그럴 때마다 찜질용 천을 가지고 오기도 했고, 위로도 해 주고 격려를 해 주기도 했다. 그 밖에도 곁에 사람이 없지는 않았는데, 특히 장날에는 농부들이 그의 곁에서 당구공을 치고, 검처럼 큐를 휘두르고, 담배를 피우고, 술을 마시고, 노래를 하고, 떠들썩하게 고함을 치기도 했다.

"좀 어때? 이런! 우쭐대는 모습도 안 보이고! 어쨌든 자네 잘못이야.

이것도 해 보고 저것도 해 보고 해야지." 하고 그들은 그의 어깨를 치면서 말했다.

그러고는 다른 치료를 통해 완치된 사람들의 이야기를 했다. 그리고 위로 삼아 이렇게 덧붙였다.

"자넨 몸을 너무 아끼고 있어! 좀 일어나 봐. 마치 왕처럼 자기를 아끼는군. 아아! 상관없어, 이 늙은 광대 같은 환자야! 냄새가 좋지 않네!"

실제로 괴저는 갈수록 다리 위쪽으로 번져 올라오고 있었다. 보바리 자신도 그로 인해 도통 마음이 편치가 않았다. 그는 끊임없이 환자를 찾았다. 이폴리트는 두려움에 가득 찬 눈으로 그를 쳐다보고 흐느끼면서 더듬더듬 이렇게 말하는 것이었다.

"언제쯤 낫지요? 아, 살려 주세요! 전 참 불행한 놈이에요, 참 불행한 놈입니다!"

그럴 때마다 의사는 늘 그에게 식이 요법을 권하고는 돌아갔다.

"저 사람 말 듣지 마, 이 친구야. 고생시킬 만큼 널 충분히 고생시켰어. 더 쇠약해지겠다. 자, 어서 먹어!" 하고 르프랑수아 부인이 말했다.

그러면서 그녀는 맛있는 수프와 양 넓적다리 고기 슬라이스, 돼지 비곗살을 몇 조각 내놓았고, 때로는 작은 술잔에 브랜디도 내놓았지만 그것까지 입에 댈 용기는 없었다.

부르니지앵 사제는 이폴리트의 병이 악화되어 가고 있다는 것을 듣고 한번 봤으면 했다. 사제는 그의 불행을 동정하는 말로부터 시작해서, 하느님의 뜻이기에 오히려 기쁘게 받아들여야 하며 이 기회에 하루속히 하느님께 귀의해야 한다고 말해 주었다.

"왜냐하면 자네는 그동안 의무를 약간 게을리했기 때문이야. 교회에서 자네를 좀처럼 보지 못했던 것 같아. 성체를 받은 지 몇 년이나 되었지? 자네의 일과 세상의 번잡스러운 일로 구원에 대한 생각을 멀리했을 수도 있다는 걸 잘 알고 있네. 하지만 지금은 구원에 대해 깊이 생각해 볼 때

이네. 그렇다고 절망은 하지 말게. 하느님 앞에 심판을 받으러 나아갈 때가 거의 되어(자넨 아직 그럴 때가 아니라는 것을 난 잘 알고 있네) 하느님의 자비를 간청하고는, 확실히 지극히 평화로운 마음으로 죽어 간 대죄인들을 나는 알고 있네. 자네도 그들처럼 훌륭한 모범을 보여 주기를 기대해 보세! 그러니 그에 대한 대비책으로 아침저녁으로 '성총이 가득하신 마리아여, 당신을 경배합니다'와 '하늘에 계신 우리 아버지시여!'를 암송해 보게. 그래, 그렇게 해 보게. 나를 위해서, 나에게 은혜를 베푼다 생각하고 말이네. 돈 드는 일도 아니지 않는가. 약속해 주겠는가?" 하고 성직자가 인자한 어조로 말했다.

그 불쌍한 사내는 약속했다. 그 후 사제는 매일같이 찾아왔다. 그는 여관집 안주인과 잡담을 나누기도 하고 이폴리트가 이해하지 못하는 농담이나 말장난을 곁들여 이야기하기까지 했다. 그러다가 상황이 허락하면 금방 점잖은 표정을 지으면서 신앙에 관한 이야기로 되돌아오곤 했다.

사제의 열의는 성공한 것 같았다. 왜냐하면 오래지 않아 그 안짱다리는 병이 다 나으면 봉 스쿠르로 순례의 길을 떠나고 싶은 마음을 내비쳤기 때문이다. 이에 부르니지앵 씨는 아무 문제가 없을 것이라고 대답했다. 두 가지를 조심하는 것이 한 가지를 조심하는 것보단 더 나은 법이니까. '위험할 것은 전혀 없었다.'

약제사는 소위 그 '사제의 책략'에 분개했다. 그의 주장에 의하면, 그건 이폴리트의 회복을 방해하고 있다는 것이었다. 그는 르프랑수아 부인에게 이렇게 되풀이해서 말했다.

"환자를 가만 놔두세요! 놔두란 말이에요! 당신들의 그 신비 신앙으로 환자의 마음을 어지럽히고 있어요!"

그러나 부인은 더 이상 약제사의 말을 들으려 하지 않았다. 그 사람이 이 '모든 것의 원인'이었다. 그녀는 반항심에서 되레 성수반에 물을 가득 채워 회양목 가지와 함께 환자의 베개 맡에 덜렁 걸어 두기까지 했다.

그러나 종교도 외과학과 마찬가지로 그를 구해 주지는 못하는 것 같았다. 발에서부터 배 쪽으로 계속 썩어 들어가고 있었지만, 도저히 어떻게 할 길이 없었다. 물약을 바꿔 보고 찜질을 달리해 봐도 소용이 없었다. 근육이 매일 박리(剝離)되고 있었다. 그리하여 마침내는 르프랑수아 부인이 다른 수가 없으니 뇌샤텔의 명의 카니베 씨를 모셔 오면 안 되겠느냐고 묻자 샤를은 머리를 끄덕이며 곧장 승낙을 했다.

대단한 지위를 누리며 자신만만한 쉰 살의 의학 박사인 그 의사는 무릎까지 썩어 가고 있는 다리를 보자 경멸의 쓴웃음을 거리낌 없이 지어 보였다. 그리고 다리를 절단해야 한다고 잘라 말한 뒤 약제사의 집으로 가서는 한 불쌍한 젊은이를 그 지경으로 만들어 놓은 멍텅구리들에게 욕을 퍼부었다. 그는 약방 안에서 오메 씨의 프록코트 단추를 쥐고 흔들면서 고래고래 소리를 질러 댔다.

"이런 것이 바로 파리에서 발명된 것이라는 거요! 이런 것이 바로 수도의 그 잘난 학자들이라는 사람의 생각이란 말입니까! 그건 사팔뜨기 치료나 클로로포름 사용이나 결석 쇄석술, 그리고 그 밖의 수많은 기괴한 치료법 들과 같은 것으로 정부가 금지시켜야 합니다. 그런데도 그런 못된 짓거리를 하려 해요. 결과에 대해선 전혀 신경 쓰지도 않고 약을 환자 입에 쑤셔 넣고 있어요. 우린 그렇게 마음이 강하지가 못해요. 그런 사람들과는 달라요. 우린 학자도 아니고 한량도 아니며 멋이나 부리는 인간도 아니란 말입니다. 우린 그저 의사고, 병을 고치는 사람입니다. 건강이 아주 좋은 사람을 수술하는 건 상상이 안 됩니다! 안짱다리를 교정한다! 안짱다리를 교정할 수 있다고요? 예를 들자면 그건 마치 꼽추의 등을 펴려는 것과 마찬가지입니다!"

오메는 이 말을 들으면서 고통스러웠다. 그러나 용빌의 자기 약방까지 종종 처방을 보내오곤 했던 카니베 씨여서 그의 비위를 건드려서는 안 되기 때문에 아첨꾼의 미소를 드러내며 불편한 심기를 감추고 있었다. 그래서 그는 보바리를 옹호하지 않았다. 자기의 견해도 전혀 내비치지 않았다. 그는 자기의 원칙을 포기함으로써 상업상의 보다 더 중요한 이익을 위해 체면을 버렸다.

카니베 의사의 이 대퇴 절단 수술은 마을의 대사건이었다! 그날 마을 주민들은 모두 꼭두새벽부터 일어났다. 큰길은 사람들로 가득 차 있었지만 마치 사형 집행이라도 있는 것처럼 침울한 그 뭔가가 감돌았다. 식료품 가게에서는 사람들이 이폴리트의 병에 대해 의견을 나누고 있었다. 가게들은 문을 닫았다. 면장의 아내 튀바쉬 부인은 수술하는 의사가 오는 것을 보려고 조급해하며 창가를 떠나지 않았다.

수술의는 이륜 포장마차를 직접 몰고 도착했다. 그러나 그의 비만의 무게에 마침내 오른쪽 자리의 용수철이 내려앉아 마차는 달리면서 약간 기울어지는 일이 발생했다. 옆자리 방석 위에는 무두질한 붉은 양가죽으로 덮은 커다란 박스가 하나 보였는데 세 개의 구리 잠금쇠가 번쩍번쩍 빛나고 있었다.

의사는 '황금빛 사자' 여관집의 현관에 마치 회오리처럼 들이닥친 뒤 큰 소리로 외쳐 말을 수레에서 풀라고 명령했다. 그러고는 말이 귀리를 잘 먹고 있는지를 보러 마구간으로 갔다. 그는 환자의 집에 도착하면 우선 암말과 마차에 신경을 썼던 것이다. 그것 때문에 사람들은 이렇게 말하기까지 했다. "아! 카니베 씨, 아주 괴팍한 분이지!" 하고. 그런데 조금도 흔들림이 없는 침착함 때문에 사람들은 그를 더욱 존경했다. 세상 사람이 다 죽는다 해도 그는 자기의 습관을 결코 고치지 않을 것이었다.

오메가 나타났다.

"당신을 믿소. 준비됐지요? 갑시다!" 하고 의사가 말했다.

그러나 약제사는 얼굴을 붉히면서 자기는 너무 신경이 예민해서 그런 수술을 지켜보지 못한다고 고백했다.

"박사님도 아시다시피, 단순한 구경꾼일 때는 상상이란 것이 속을 썩여요. 게다가 저의 신경 조직은 너무도……" 하고 그가 말했다.

"에이! 벌써 졸도라도 한 것 같소. 그렇지만 그게 이상하지는 않아요. 왜냐하면 당신들 약제사는 늘 집에만 틀어박혀 있어서, 마침내 체질까지 변하고 마니까요. 자, 나를 한번 보시오. 매일 4시에 일어나 차가운 물에 면도를 해요(난 추워 본 적이 없어요). 난 플란넬 내복을 입지 않아요. 그래도 감기 같은 것에 걸리지 않아요. 흉곽이 이렇게 탄탄해요! 포크 가는 대로 아무거나 잘 먹으며 초연한 태도로 그럭저럭 그냥 잘 살지요. 그렇기에 당신들처럼 전혀 까다롭지가 않아요. 집에서 기르는 날짐승을 걸리는 대로 잡아 토막 내는 것과 기독교도의 다리를 절단하는 것이나 내겐 전혀 다를 게 없어요. 그래서 당신들은 이걸 습관…… 습관이라고 말하겠지요!" 하고 카니베가 말을 끊었다.

이불 속에서 불안에 떨며 땀을 흘리고 있는 이폴리트에 대해서는 전혀 고려하지 않고 그 두 사람은 그렇게 대화를 계속했다. 약제사는 의사의 침착성을 장군의 그것에 비교했는데, 그 비교가 마음에 들어 카니베는 의술이 요구하는 것들에 대해 아주 많은 말을 늘어놓았다. 카니베는 비록 의사들이 의술을 욕되게 하고 있지만 자신은 그것을 천직으로 여기고 있다고 했다. 이윽고 환자에게 돌아온 그는 오메가 가져온 붕대, 즉 안짱다리를 수술할 때 가져왔던 것과 동일한 붕대를 살펴보고는 누가 좀 환자의 사지를 붙잡아 줄 것을 부탁했다. 그래서 레스티부두아를 찾으러 사람을 보냈고, 카니베 씨는 소매를 걷어 올리고는 당구실로 갔다. 그사이 약제사는 아르테미즈와 여관집 안주인과 함께 남아 있었는데 둘 다 앞치마 색깔보다 더 창백한 얼굴을 하고 문 쪽에다 귀를 곤두세우고 있었다.

그러는 동안 보바리는 감히 집에서 나올 수가 없었다. 그는 아래층 거실의 불도 없는 벽난로 한구석에 앉아서 턱을 가슴께에 묻고 두 손을 모아 쥔 채 눈은 한 군데를 응시하고 있었다. 이 무슨 재난인지! 그는 생각했다. 이 무슨 실망스런 일이야! 그렇지만 그는 생각할 수 있는 모든 주의를 다 기울였다. 거기에는 운명이 끼어들었던 것이다. 어쩔 수 없는 일이 아닌가? 만일 나중에 이폴리트가 혹시 죽기라도 하면 그를 죽인 것은 바로 자신인 것이다. 게다가 왕진 때 누가 그 일에 대해 물어오면 어떤 식으로 해명을 할 것인가? 혹시 수술 중 무슨 실수라도 저지른 것은 아닌가? 그는 자기의 실수 가능성에 대해 이리저리 생각을 해 보았지만, 찾지를 못했다. 아무리 유명한 외과의들도 실수를 했다. 그런데 사람들이 절대 믿으려 하지 않는 것이 바로 그것이다. 오히려 그들은 비웃고, 험담을 해 댈 것이다. 이 소문은 포르주까지 퍼져 나갈 것이다. 뇌샤텔까지도! 아니, 루앙까지도! 아니다, 방방곡곡으로 퍼져 나갈 것이다! 동업자들이 그에게 불리한 글을 쓰지 않으리라 누가 아는가? 논쟁이 뒤따를 것이고, 그러면 신문에 답변을 하지 않으면 안 될 것이다. 이폴리트까지도 그를 고소할 수 있다. 그는 체면이 말이 아니게 되어 버린 자신을, 파산하고 파멸한 자신을 상상하고 있었다. 숱한 억측의 공격을 받은 그의 상상력은 마치 바다로 휩쓸려 가 파도 위에서 뒹구는 텅 빈 통처럼 그 억측들의 한복판에서 요동치고 있었다.

엠마는 남편과 마주 앉아서 그를 바라보고 있었다. 그녀는 남편의 굴욕을 함께하는 것이 아니라, 그와는 다른 굴욕을 느끼고 있었다. 남편의 시시함을 이미 스무 번도 더 보아 왔는데 언제까지 참아야 하느냐는 듯, 이런 사람이 무슨 가치가 있을 수 있을까 하는 생각에 도달한 것이었다.

샤를은 방 안을 이리저리 서성이고 있었다. 장화가 마루에서 빠드득 소리를 냈다.

"앉지 그래요. 신경 쓰여요." 하고 그녀가 말했다.

그는 다시 앉았다.

도대체 어떻게 해서 그녀(그토록 영리한 그녀인데!)는 또다시 남편에 대해 잘못 생각했던가? 게다가 무슨 고약한 괴벽이 희생으로 점철된 자신의 삶을 이렇게 구렁에 빠트렸는가? 그녀는 사치에 대한 자신의 모든 본능, 영혼의 온갖 궁핍, 보잘것없는 결혼과 비속한 살림살이, 다친 제비처럼 진흙탕 속에 처박힌 꿈들, 바랐던 모든 것, 멀리했던 모든 것, 가질 수도 있었을 모든 것을 떠올려 보았다! 그런데 왜? 왜?

마을에 가득한 정적 속에서 귀청을 찢는 듯한 비명이 대기를 가로질렀다. 보바리는 기절할 정도로 새파래졌다. 보바리 부인은 신경질적으로 눈썹을 찌푸렸다. 그러고는 계속 생각에 잠겼다. 바로 이 사람, 이 인간, 아무것도 이해하지 못하고, 아무것도 느끼지 못하는 이 남자 때문이었다! 그는 아주 태평하게 여기 이러고 있었으니 말이다. 조롱거리가 된 자기의 이름이 이제부터 그녀에게까지도 수치를 안겨 주리라는 것을 짐작조차 못하고 있었던 것이다. 그녀는 그를 사랑하려고 여러 가지 노력을 기울였었고, 다른 남자에게 몸을 맡겼던 것을 눈물을 흐리면서 뉘우치기도 했었다.

"그렇다면 그건 외반족이었나?" 하고 깊이 생각하고 있던 보바리가 갑자기 큰 소리로 말했다.

마치 은 쟁반 위에 날아든 납덩이처럼 그녀의 생각 위에 떨어진 이 말의 예기치 못한 충격에 엠마는 그의 말이 무슨 뜻인지 알아보려고 몸을 부르르 떨면서 고개를 들었다. 그들은 말없이 서로를 바라보았는데, 그런 의외의 행동에 깜짝 놀랐다. 그만큼 그들의 마음은 서로에게서 멀어져 있었던 것이다. 샤를은 꼼짝도 하지 않은 채 다리를 절단한 환자의 마지막 비명 소리에 온통 귀를 기울이면서 생기 없는 눈길을 아내에게 던지고 있었다. 그 소리는 단조롭게 길게 이어지기도 하고 극도의 고통에 헐떡거리며 끊기기도 하면서 계속되었는데, 마치 목을 베인 동물의 울부짖는 소리가 멀리서 들려오는 것 같았다. 엠마는 파랗게 질린 입술을 깨물고 있었다. 그리고 꺾어 든 산호 가지들을 손가락으로 만지작거리면서 마치 날아갈 채비가 된 두 개의 불화살처럼 이글거리는 예리

한 두 눈동자를 샤를에게서 떼지 않았다. 그의 표정, 복장, 말하지 않고 있는 것, 모든 인간적 면모, 요컨대 그의 존재 전체가 부아를 불러일으켰다. 그녀는 지난날 지켜 왔던 정절을 마치 범죄인 양 후회하고 있었고, 아직까지 남아 있던 정절도 자존심에 큰 상처를 받으면서 함께 무너져 내렸다. 그녀는 온갖 괴로운 빈정거림들 속에서도 대승을 거둔 간통에 쾌감을 느꼈다. 애인에 대한 추억이 어지러울 정도로 마음을 유혹하며 떠올랐다. 되살아나는 열정과 추억의 장면에 이끌리고 있던 그녀는 그 유혹에 영혼을 던져 버렸다. 그리고 샤를은 마치 그녀의 눈앞에서 죽어 가면서 단말마의 고통을 받고 있는 것처럼 그렇게 그녀의 삶에서 떨어져 나가서 영원히 부재하는, 존재한다고 믿기 어려운, 무로 돌아가 버린 것 같았다.

보도에서 발소리가 들려왔다. 샤를이 쳐다보았다. 카니베 박사가 보였다. 그는 내려진 미늘 덧문 틈으로 햇빛이 쨍쨍한 도매 시장 모퉁이에서 스카프로 이마를 닦고 있었다. 오메는 커다란 붉은색 상자 하나를 손에 들고 박사 뒤에서 걷고 있었다. 그들은 함께 약방 쪽으로 향하고 있었다.

그때 갑자기 마음이 약해지고 낙담하여 샤를이 아내 쪽으로 몸을 돌리면서 말했다.

"나 좀 안아 줘요, 여보!"

"저리 가요." 하고 화가 나 얼굴이 빨갛게 된 그녀가 말했다.

"왜 그래? 왜 그러느냐니까? 진정해요. 마음을 다잡아야지! 내가 당신을 사랑한다는 걸 잘 알잖아……. 자, 어서!" 하고 그가 망연히 되풀이했다.

"됐네요!" 하고 그녀가 무섭게 소리쳤다.

엠마가 거실에서 나가면서 문을 너무 세게 닫는 바람에 벽에 있던 기압계가 바닥에 떨어져 박살 나 버렸다.

샤를은 마음에 큰 충격을 받고는 안락의자에 털썩 주저앉았다. 그녀가 왜 저럴까 이유를 찾아보며, 신경성이라는 생각이 들며, 눈물을 흘리며, 뭔가 불길하고 이해할 수 없는 일이 자기 주변에 맴돌고 있다는 것을 어렴풋이 느꼈다.

그날 저녁 정원에 도착했을 때 로돌프는 현관 앞 층계 맨 아래 계단에서 자기를 기다리고 있는 정부를 발견했다. 그들은 서로를 꼭 부둥켜안았다. 그러자 모든 원한이 이 뜨거운 키스에 눈 녹듯 사라져 버렸다.

12

그들은 다시 사랑하기 시작했다. 심지어 대낮에도 엠마는 그에게 자주 느닷없이 편지를 썼다. 그리고 유리창 너머로 쥐스탱에게 신호를 보내면 그는 삼베 가운을 얼른 벗어 놓고는 라 위셰트로 날아가듯 달려갔다. 그러면 로돌프가 왔다. 그것은 그녀가 지루하다거나 남편이 지긋지긋하다거나 사는 게 끔찍하다는 것 등을 말하기 위해서였다.

"난들 별수가 있겠어요?" 하고 어느 날 그가 짜증을 내며 소리쳤다.

"아! 당신만 원한다면……."

그녀는 가르마 탄 머리를 풀어 내린 채 멍하니 아무 데나 바라보면서 그의 두 무릎 사이 마룻바닥에 앉아 있었다.

"아니, 뭘 말이에요?" 하고 로돌프가 말했다.

그녀는 한숨을 내쉬며 말했다.

"우리 딴 데로 살러 가요. 아무 데라도……."

"정말 정신이 나갔군요! 그게 가능하기나 한 일이에요?" 하고 그가 웃으면서 말했다.

엠마는 다시 그 이야기를 계속했다. 그러나 로돌프는 이해하지 못하겠다는 듯 화제를 바꿔 버렸다. 사랑 같은 그런 간단한 일 때문에 일어나는 그 모든 마음의 동요를 그는 도무지 이해할 수 없었다. 그녀에게는 그 애정에 대한 동기와 이유가, 그리고 그에 보조적인 역할을 하는 것이 있었다.

사실 이 애정은 남편에 대한 혐오감으로 날마다 더 커져 가고 있었다. 그녀는 한쪽에 몸을 맡기면 맡길수록 다른 쪽을 더욱 미워하게 되었다. 로돌프와 밀회를 가진 뒤 부부가 함께 있을 때만큼 샤를이 그렇게 불쾌하게 느껴진 적이 없었고, 손가락이 그렇게 뭉뚝하게 보이고 정신이 그렇게도 아둔하고 태도가 그렇게 저속하게 보인 적이 없었다. 남편과 함께 있을 때엔 착한 아내이자 정숙한 여인으로 처신하고 있었지만 검은 머리가 볕에 그을린 이마 위로 둥글게 말려 올라가 있는 그 얼굴, 아주 튼튼한 동시에 우아한 그 체격, 요컨대 분별력에 있어서 많은 경험을 소유하고 있고 욕망에 있어서도 그토록 열광적인 격정을 소유하고 있는 그 남자에 대한 생각으로 몸이 달아올랐다. 세공사처럼 정성 들여 손톱을 다듬고, 피부에 '콜드 크림'을 바르고, 손수건에 파출리 향유를 아무리 뿌려도 모자란 마음이 들었던 것은 다 그 사람을 위해서였던 것이다. 그녀는 팔찌와 반지와 목걸이 등을 걸쳤다. 그가 올 때가 되면 두 개의 커다란 푸른색 꽃병에 장미꽃을 가득 꽂아 놓았고, 마치 왕자를 기다리는 유녀(遊女)처럼 방을 치우고 몸을 치장했다. 하녀 펠리시테는 쉴 틈 없이 주인마님의 속옷을 세탁해야 했기에 하루 종일 부엌에서 떠나지 못했고, 쥐스탱은 자주 그녀가 일하는 것을 바라보면서 함께 있어 주곤 했다.

쥐스탱은 하녀가 다리미질을 하고 있는 긴 널빤지에 팔꿈치를 괴고 주변에 펼쳐 놓은 능직 면포 속치마, 세모꼴 숄, 케이프, 허리 부분이 넓고 아래로 내려오면서 통이 좁아지는 홈이 파인 속바지 등 온갖 여성용 옷가지들을 탐욕스레 바라보고 있었다.

"이건 뭣에 쓰는 거야?" 하고 젊은이는 페티코트나 훅 단추를 손으로 만지면서 물었다.

"그런 거 이제까지 전혀 본 적이 없어? 안주인인 오메 부인은 그런 걸 입지 않나 보네." 하고 펠리시테가 웃으면서 대답했다.

"아아! 오메 부인!"

그리고 생각에 잠긴 듯 이렇게 말하는 것이었다.

"오메 부인도 이 집 귀부인 같은 분이야?"

그러나 펠리시테는 쥐스탱이 그렇게 자기 주위를 얼쩡거리는 것을 보고 짜증이 났다. 그녀는 쥐스탱보다 여섯 살이 많았다. 게다가 기요맹 씨 집의 하인인 테오도르도 그녀의 마음에 들려고 애쓰고 있었다.

"그만 좀 귀찮게 굴어! 그럴 바에야 가서 아몬드라도 빻아. 여자들 옆에서 일만 망치지 말고. 지독히 말도 안 듣는구나, 이 애송이. 이런 일에 참견하기엔 아직 일러. 턱수염이나 나면 그래." 하고 그녀가 풀 항아리를 옮겨 놓으면서 말했다.

"그러지 마. 화내지 마. '그분의 반장화 내가 대신 닦아' 줄게."

그러고는 얼른 진흙(밀회 때 묻은 흙이었다)으로 떡이 진 채 선반 위에 올려져 있던 엠마의 구두를 집어 들고는 손가락으로 털어 내면서, 햇빛 속으로 천천히 날아오르는 흙먼지를 바라보고 있었다.

"혹시 상하게 할까 봐 아주 겁먹고 있구나!" 하고 하녀가 말했다. 그녀는 자기가 닦을 때에는 그 정도까지는 하지 않았다. 왜냐하면 마님은 장화가 더 이상 새것이 아니다 싶으면 즉시 그녀에게 물려주었기 때문이다.

엠마는 신발장에 반장화를 잔뜩 가지고 있었다. 사는 족족 그것들을 마구 신어 없애 버렸지만 샤를은 그에 대해 조금도 잔소리를 하지 않았다.

그런 식으로 샤를은 이폴리트에게 300프랑이나 들여 나무 의족을 하나 선물했는데, 엠마는 그 정도는 돼야 적당하다고 생각했던 것이다.

코르크 나무로 된 그 의족은 복잡한 기계였는데 관절들에는 용수철이, 그리고 끝에는 에나멜 장화가 붙어 있었고 검은색 바지로 씌워져 있었다. 그러나 이폴리트는 그토록 멋진 다리를 감히 매일같이 사용할 수가 없어서 보다 더 간편한 것을 하나 사 달라고 보바리 부인에게 간청했다. 의사는 물론 그 구입비를 또 지불해야 했다.

그래서 마구간지기는 조금씩 일을 다시 시작했다. 이전처럼 마을을 두루 돌아다니는 것이 보였는데, 둔탁한 의족 소리가 멀리서 들려오면 샤를은 얼른 자리를 피해 다른 길로 들어서곤 했다.

의족의 주문을 맡아 한 사람은 상인 뢰뢰 씨였다. 그 일은 그에게 엠마를 자주 만날 기회를 갖게 해 주었다. 그는 파리에서 도착한 신상품들과 여성들이 좋아하는 진기한 많은 물건들에 대해 이야기를 나누면서 그녀에게 아주 친절히 대했으나 구매한 물건들에 대한 돈은 절대 요구하지 않았다. 엠마는 자기의 온갖 변덕스런 욕망을 쉽게 채워 주는 그런 거래에 빠져들었다. 그리하여 엠마는 로돌프에게 선물하기 위해 루앙의 양산 가게에 있는 아주 고급의 승마용 채찍을 구하고 싶어 했다. 뢰뢰 씨는 그 다음 주에 그녀의 책상 위에 그것을 갖다 놓았다.

그러나 다음 날 그는 270프랑의 계산서를 들고 그녀의 집에 나타났다. 물론 상팁까지는 계산하지 않았다. 엠마는 아주 당황했다. 서랍은 돈 한 푼 없이 모두 비어 있었다. 레스티부두아에게는 2주일치 이상의 품삯이 빚져 있었고, 하녀에게는 반년치의 급료가 밀려 있었다. 물론 그 밖에도 갚아야 할 것들이 많았다. 그래서 보바리는 매년 성 베드로 축제일 무렵 지불해 주곤 했던 드로즈레 씨의 송금을 기대하고 있었다.

엠마는 처음 한동안은 뢰뢰를 구슬려 돌려보내는 데 성공했다. 하지만 결국 그는 더 이상 참지 못하게 되었다. 뢰뢰는 고소를 당하고 있는 처지이고, 돈도 한 푼도 없는 상태라는 것이었다. 그래서 만일 얼마 정도만이라도 외상값을 변통해 주지 않으면 그로서는 엠마가 구입한 물건들을 모두 되찾아 가야 할 수밖에 없다는 것이었다.

"좋아요! 그럼 다 가져가세요!" 하고 엠마가 말했다.

"오! 농담인걸요. 전 그저 그 승마용 채찍에 대해서만 아쉬워할 뿐입니다. 어쩔 수 없지요. 주인께 돌려 달라고 요구하겠습니다." 하고 그가 대꾸했다.

"안 돼요, 안 돼!" 하고 그녀가 말했다.

'어이구! 이제 됐다.' 하고 뢰뢰는 속으로 생각했다.

그러고는 채찍에 대한 내막을 알아냈다고 확신하면서 그는 늘 하던 대로 조그맣게 휘파람을 불면서 이렇게 작은 소리로 되풀이하며 나갔다.

"좋아요! 두고 봅시다! 두고 보자고요."

엠마는 어떻게 그 일에서 벗어날까를 곰곰이 생각하고 있었다. 그때 하녀가 들어와 벽난로 위에 푸른 종이로 싼 작은 두루마리 하나를 갖다 놓았는데 겉에는 '드로즈레 씨로부터.'라고 적혀 있었다. 엠마는 그것을 덮치듯 집어 들어 열어 보았다. 20프랑 금화 열다섯 개가 들어 있었다. 갚아야 할 그 액수였다. 샤를이 계단을 올라오고 있는 소리가 들렸다. 엠마는 그 금화를 서랍 속에 얼른 던져 넣고는 자물쇠를 잠갔다.

사흘 뒤 뢰뢰가 다시 찾아왔다.

"제가 수습법 한 가지를 제안하겠습니다. 만일 약정된 금액 대신 부인께서 의향이……." 하고 그가 말했다.

"자, 여기 있어요." 하고 그녀가 20프랑짜리 금화 열네 개를 그의 손에 건네주면서 말했다.

상인은 깜짝 놀랐다. 그렇지만 실망을 감추기 위해 사과의 말과 함께 몇 가지 제안을 늘어놓으며 힘껏 도와주겠다고 했지만 엠마는 모두 거절했다. 그리고 그녀는 잠시 동안 그에게서 거슬러 받아 앞치마 호주머니 속에 넣어 둔 100수짜리 은화 두 개를 만지작거리고 있었다. 그녀는 나중에 그 돈을 돌려주기 위해 절약을 하기로 결심했다.

'글쎄! 저이는 곧 이 돈을 생각하지 못할 거야.' 하고 그녀는 생각했다.

둥근 은장식이 달린 채찍 외에도 로돌프는 '마음속에 사랑을.'이라는 명구가 새겨진 스탬프도 하나 선물로 받았다. 그뿐만이 아니다. 목도리로 사용할 수 있는 스카프, 전에 샤를이 길에서 주워 가지고 엠마가 보관하고 있던 자작의 그것과 아주 비슷한 여송연 케이스도 받았다. 그러나이런 선물들에 그는 무안해했다. 그래서 그는 여러 번 거절했다. 하지만그녀는 끈질기게 우겨 댔다. 로돌프는 그녀가 폭군처럼 귀찮게 구는 여자라고 생각하고는 결국 받고 말았다.

그리고 또 엠마는 이상한 생각들도 갖고 있었다.

"자정이 울리면 저를 생각해 주세요!" 하고 그녀가 말했다.

그리고 그가 만일 그렇게 하지 않았다고 고백이라도 하면, 엄청난 비난이 그에게 쏟아졌다. 그런 다음 늘 똑같은 말로 끝을 맺었다.

"나를 사랑해요?"

"물론, 사랑해요!" 하고 그는 대답했다.

"많이요?"

"그럼요!"

"다른 여자들을 사랑한 적은 없는 거지요?"

"나를 숫총각으로 생각하는 거요?" 하고 그는 웃으면서 큰 소리로 말했다.

엠마는 눈물을 흘렸다. 그러자 그는 말장난으로 사랑의 맹세를 윤색하면서 그녀를 달래려고 애썼다.

"오! 당신을 사랑하기 때문에 그러는 거예요! 당신 없이는 못 살 만큼 당신을 사랑해요, 아세요? 때로 광란적인 사랑으로 괴로울 땐 당신이 보고 싶어 미치겠어요. 그러면서 이런 생각을 해 봐요. '그이는 지금 어디에 있을까? 아마 다른 여자들과 이야기를 나누고 있겠지? 여자들이 미소를 보낸다, 그이가 가까이 다가간다…….' 하고 말이에요. 오! 아니에요, 어떤 여자도 당신 마음에 들지 않아요, 그렇죠? 저보다 더 아름다운 여자들도 있겠지요. 하지만 저는 누구보다도 당신을 더 사랑할 수 있어요! 저는 당신의 종이고 첩이에요! 당신은 저의 왕이고 우상이에요! 당신은 착한 남자예요! 미남이고! 총명하고! 강하지요!" 하고 그녀가 다시 말했다.

로돌프는 이런 말을 너무도 많이 들어서 전혀 색다를 것이 없었다. 엠마는 모든 정부들과 다를 게 없었다. 그래서 색다름이 주는 매력은 마치 옷처럼 조금씩 벗겨져서 늘 똑같은 모양과 똑같은 말을 갖는 변함없이 단조로운 정열만을 알몸으로 보여 주고 있었다. 실제 경험이 풍부한 이 남자는 유사한 표현들 속에 감춰진 감정의 차이를 구별하지 못했다. 방종하거나 돈으로 살 수 있는 입술들도 똑같은 말을 그에게 속삭였기 때문에 로돌프는 엠마의 말의 순진성을 그다지 믿지 못하고 있었다. 그는 보잘것없는 애정을 감추기 위한 과장된 말들을 곧이곧대로 듣지 말고 적당히 깎아서 들어야 한다고 생각해 왔다. 그것은 마치 충만한 영혼이 의미가 텅 빈 비유들로 표현되지 못하는 것과 마찬가지이다. 왜냐하면 누구도 결코 자기의 욕구, 자기의 관념, 자기의 고통이 정확히 어느 정도인가를 표현할 수 없기 때문이고, 인간의 언어는 별을 감동시키고 싶지만 곰이나 춤추게 하는 정도의 멜로디밖에 낼 수 없는 깨진 냄비 같은 것이기 때문이다.

그러나 어떤 행동에서도 결코 앞으로 나서는 법이 없는 사람의 탁월한 비판력을 가진 로돌프는 이 사랑에도 이용할 수 있는 또 다른 향락이 있음을 보았다. 그는 일체의 정숙한 행동을 불편한 것으로 생각했다. 그는 엠마를 격식을 전혀 차리지 않고 허물없이 다루었다. 그는 그녀를 고분고분하고 타락한 그 무엇으로 만들어 버렸다. 그것은 로돌프에게는 찬미가, 엠마에게는 관능적 쾌락이 넘치는 어리석은 애착이었으며, 그녀를 마비시키는 황홀경이었다. 그녀의 영혼은 마치 달콤한 말부아지 포도주 통 속의 클래런스 공작[46]처럼 이 사랑의 도취 속에 빠져 익사해 가고 있었다.

오로지 사랑이라는 습관 하나가 보바리 부인의 행동거지를 바꿔 놓아 버렸다. 그녀의 시선은 더 대담해졌고, 말은 더욱 자유분방해졌다. 심지어 '마치 세상을 비웃기라도 하려는 듯' 입에 담배를 피워 물고 로돌프 씨와 산책을 하는 건방진 모습까지 보이기도 했다. '그렇게까지 할 리가.' 하고 아직 믿지 않던 사람들도 어느 날 그녀가 남자처럼 꽉 끼는 조끼를 입고 '제비호'에서 내리는 것을 보고는 마침내 더 이상 긴가민가하지 않았다. 그리고 남편과 끔찍하리만치 격하게 싸움을 벌인 뒤 아들 집으로 도망쳐 와 있던 보바리의 어머니도 이만저만 분노한 게 아니었다. 그 밖에도 다른 많은 일들로 그녀는 기분이 상했다. 우선 아내에게 소설 읽는 것을 금지시키라는 자기의 충고를 샤를은 듣고 있지 않았다. 그리고 '그집의 생활 방식'이 마음을 상하게 했다. 그녀는 몇 번이나 충고를 했고 특히 한번은 펠리시테에 관해서 화를 냈다.

보바리의 어머니는 그 전날 밤 복도를 지나가다가 부엌에서 한 남자와 함께 있는 하녀를 발견했던 것이다. 갈색 목걸이를 하고 있던 마흔 살 정도 된 그 남자는 그녀의 발소리에 재빨리 부엌에서 달아나 버렸다. 이 말을 듣자 엠마는 웃기 시작했다. 그러나 노부인은 버럭 화를 내면서 사회 도덕을 경시하지 않는 한 하인들의 품행을 감독해야 한다고 말했다.

"어머님은 어느 세상에서 오셨어요?" 하고 며느리가 말했다. 그 시선이 너무도 무례해서 노부인은 며느리에게 자기 자신을 변호하고 있는 것

---

46) George Plantagenet, duke of Clarence(1449~1478). 형 에드워드 4세에 대항해 몇 가지 중요한 음모에 가담했다. 체포되어 런던 탑에서 비밀리에 처형되었다. 처형 전에 마지막 소원을 묻자 달콤한 말부아지 포도주 통 속에 빠져 죽고 싶다고 했다 한다.

이 아닌지 물었다.

"나가세요." 하고 젊은 부인이 벌떡 일어서면서 소리쳤다.

"엠마! 어머니!" 하고 샤를이 두 사람을 화해시키려고 소리를 질렀다.

그러나 시어머니와 며느리는 모두 감정이 격해져 있었다. 엠마가 발을 구르면서 이렇게 되풀이했다.

"어이구! 예절 한번 대단하시네! 상스러운 시골뜨기 노파가!"

샤를이 어머니에게로 달려갔다. 그녀는 제정신이 아니어서 말까지 더듬거렸다.

"건방진 년! 경솔한 년! 아니, 그보다 더 몹쓸 년일 거야!"

그러고는 만일 며느리가 사과를 하지 않을 경우 당장 떠나려고 했다. 샤를은 아내에게로 다시 돌아와 어머니에게 가서 사과를 하라고 간청했다. 샤를은 무릎을 꿇기 시작했다. 그러자 그녀는 마침내 이렇게 대답했다.

"좋아요! 가겠어요."

실제로 엠마는 후작 부인처럼 위엄 있는 태도로 시어머니에게 손을 내밀면서 이렇게 말하는 것이었다.

"용서하세요, 어머님."

그렇게 말하고는 자기 방으로 다시 올라간 엠마는 침대에 몸을 던져 납작 엎드린 채 머리를 베개에 파묻고 마치 어린아이처럼 흐느껴 울었다.

그들, 즉 엠마와 로돌프 사이에는 특별한 일이 일어났을 때 엠마가 덧창에 흰 종잇조각을 붙여 놓기로 합의가 되어 있었다. 마침 로돌프가 용빌에 와 있다면 집 뒤의 골목으로 급히 달려오도록 하기 위해서였다. 엠마는 그 신호를 보내고 45분 정도 기다리고 있었는데, 그때 돌연 시장 모퉁이에서 로돌프가 나타난 것을 발견했다. 엠마는 창문을 열고 부르고 싶었지만, 이미 사라져 버리고 없었다. 그녀는 절망해서 다시 침대에 쓰러졌다.

그러나 곧 보도에서 누가 걸어오는 소리가 들리는 것 같았다. 틀림없이 로돌프일 것이었다. 그녀는 계단을 내려가 뜰을 가로질러 달려갔다. 바로 거기, 바깥에 그가 서 있었다. 그녀는 그의 품속으로 몸을 던졌다.

"이런, 조심해요." 하고 그가 말했다.

"아 정말! 만일 당신이 안다면!" 하고 그녀가 말을 이었다.

엠마는 사실을 과장하기도 하고 없었던 일을 꾸며 내기도 하면서 두서없이 모든 것을 이야기해 주기 시작했는데, 설명하는 삽입구를 쓸데없이 너무 많이 넣는 바람에 그는 뭐가 뭔지 도통 알아들을 수가 없었다.

"자, 가엾은 나의 천사, 용기를 내요. 진정하고. 좀 참아요!"

"하지만 전 벌써 4년이나 참고 있어요. 괴로워 죽겠어요……. 우리 같은 사랑은 하느님 앞에 고백해도 될 거예요! 저 사람들은 저를 괴롭히기만 해요. 더 참을 수가 없어요! 저를 좀 구해 주세요!"

엠마는 로돌프에게 바짝 달라붙었다. 눈물이 글썽글썽한 두 눈은 마치 물결에 비친 불꽃처럼 반짝이고 있었다. 젖가슴이 쿵덕쿵덕 빠르게 뛰고 있었다. 이제까지 그는 그녀를 이토록 사랑해 본 적이 없었다. 그래서 그는 분별을 잃고 이렇게 말했다.

"어떻게 해야지? 어떻게 해 주면 좋겠어요?"

"저를 데려가 줘요! 절 데리고 달아나 줘요. 오, 제발요!" 하고 그녀가 소리쳤다.

그러면서 그녀는 키스에서 발산된 뜻밖의 승낙을 움켜잡으려는 듯 로돌프의 입으로 달려들었다.

"하지만……." 하고 로돌프가 말을 이었다.

"또 뭐가요?"

"그럼 당신 딸은?"

엠마는 잠시 생각에 잠기더니 이렇게 대답했다.

"데리고 가요, 할 수 없지만!"

'이런 여잘 봤나!' 하고 그는 멀어져 가는 그녀를 쳐다보며 생각했다.

그녀가 막 뜰로 달아나고 있었기 때문이다. 누군가가 그녀를 부르고 있었던 것이다.

보바리의 어머니는 그날 이후로 며느리가 하루가 다르게 달라지는 것에 놀랐다. 실제로 엠마는 보다 더 온순한 모습을 보였고, 작은 오이를 절이는 법까지 물어보는 공손함을 보이기까지 했다.

그것은 두 사람을 감쪽같이 속이기 위한 속셈이었던가? 아니면 일종의 쾌감을 주는 인내를 통해 이제 버리고 가려는 것들의 쓴맛을 보다 더 깊이 음미하고 싶었던 것인가? 그러나 그와 반대로 그녀는 그런 것엔 전혀 관심을 두지 않았다. 그녀는 곧 닥쳐올 행복을 미리 맛보면서 마치 넋이 나간 여자처럼 살고 있었다. 그것은 늘 로돌프와 나누는 이야깃거리가 되었다. 그녀는 로돌프의 어깨에 기대고 이렇게 속삭였다.

"아아! 우리가 역마차 안에 있게 된다면⋯⋯. 당신도 생각해 보세요? 그렇게 되겠지요? 마차가 돌진해 나아가는 것을 느끼는 순간 우린 마치 기구를 타고 구름을 향해 날아가는 것 같을 거예요. 제가 날짜를 손꼽아 헤아리고 있는 것 아세요? 그런데 당신은⋯⋯."

보바리 부인은 이 무렵만큼 아름다웠던 적이 없었다. 그녀는 기쁨과 열광과 성공이 가져다주는 기질과 환경이 조화를 이룬 형언할 수 없는 아름다움을 드러내 보이고 있었다. 마치 거름과 비와 바람과 햇빛이 꽃에 대해 그러듯이 갈망, 슬픔, 쾌락에 대한 경험, 그리고 변함없이 활기가 넘치는 환상은 그녀를 점점 발달시켜서 마침내 천성을 풍성하게 살리면서 만개하고 있었다. 눈꺼풀은 눈동자가 꺼져 들어간 지긋한 사랑의 눈길을 위해 일부러 절개해 놓은 것 같았고, 또한 거칠게 내쉬는 숨결로 가녀린 콧구멍은 벌름거렸으며, 약간 거뭇한 솜털에 햇빛이 비춰 그늘진 두툼한 입술은 그 끝이 들어 올려지곤 했다. 퇴폐에 능한 한 예술가가 그녀의 머리 다발을 목덜미 위에 붙여 놓은 것 같았는데, 무거운 덩어리로 아무렇게나 말려 있는 그 머리카락들은 불가항력의 간통으로 매일 풀어 헤쳐지곤 했다. 목소리는 이제 보다 더 부드러운 억양을 가졌고, 몸매 역시도 그랬다. 보는 사람의 마음을 파고드는 미묘한 뭔가가 드레스의 주름과 발이 굽혀지는 부분에서조차 발산되어 나오고 있었다. 샤를은 아내가 신혼 때와 다름없이 홀딱 반할 정도로 매력적이라고 생각하고 있었다.

샤를은 한밤에 돌아오면 아내를 감히 깨우지 못했다. 도자기로 된 조그만 야등이 천장에 떨리는 빛을 동그랗게 비추고 있었고, 딸의 작은 요람에 드리운 커튼은 침대가 어둠 속에 불룩 내민 하얀 오두막집 같아 보였다. 샤를은 모녀를 바라보곤 했다. 아이의 가벼운 숨소리가 들려오는 것 같았다. 이제 아이는 커 가리라. 계절마다 부쩍부쩍 자라리라. 그는 잉크가 묻은 소매 달린 조끼를 입고 손에는 가방을 들고서 환하게 웃으며 해가 질 때에 돌아오는 딸애를 상상하고 있었다. 그다음에는 딸을 기숙학교에 넣어야 할 것이다. 그러면 돈이 많이 들 것이다. 어떻게 한담? 그래서 그는 곰곰이 생각해 보았다. 주변에 조그만 농장을 하나 빌려 매일 아침 환자를 보러 갈 때 자기가 그곳을 직접 돌볼까도 생각해 보았다. 거기에서 생기는 수입을 절약해서 은행에 저축하리라. 그다음에는 어느 곳 아무 데 것이든 좋으니 주식을 사 두리라. 게다가 환자도 늘겠지. 샤를은 그러리라 기대하고 있었다. 왜냐하면 베르트를 잘 교육시켰으면 좋겠고 재능이 많았으면 좋겠고 피아노를 가르쳤으면 좋겠기 때문이다. 아아! 훗날 열다섯 살이 되어 자기 엄마를 빼닮아 여름에 엄마처럼 커다란 밀짚모자를 쓰면 얼마나 예쁠까! 사람들은 멀리서 보고 마치 그 두 모녀를 자매로 착각하리라! 그는 저녁에 등불을 켜고 자기들 곁에서 공부를 하는 딸을 상상해 보았다. 딸애는 아버지의 실내화에 자수를 놓아 주리라. 집 안 청소도 돌볼 것이고, 그 애의 사랑스러움과 명랑함이 온 집 안을 채우리라. 마침내 결혼을 시키는 일을 생각하게 될 터인데, 확고한 지위를 가진 착한 청년을 딸애에게 구해 주리라. 그 청년은 딸을 행복하게 해 줄 것이고, 그렇게 행복은 영원히 지속될 것이리라.

엠마는 자지 않고 있었다. 자고 있는 척했을 뿐이다. 샤를이 자기 곁에 서 선잠에 빠져 있는 사이 그녀는 눈을 뜬 채 다른 백일몽을 꾸고 있었다.

그녀는 일주일 전부터 네 마리 말이 끄는 마차에 몸을 싣고 다시는 돌아오지 않을 어떤 새로운 고장으로 질주하고 있었다. 그녀와 샤를은 서로 팔짱을 끼고 아무 말 없이 달리고 또 달렸다. 종종 산 정상에서 뜻밖에 시야에 들어온 화려한 도시를 바라보곤 했다. 둥근 지붕들, 다리, 선박, 레몬 나무 숲, 뾰족한 종탑에 황새가 둥지를 틀고 있는 흰 대리석 성당 들이 눈에 들어왔다. 길에는 커다란 포석들이 깔려 있어서 보행자들은 천천히 걷고 있었고, 바닥에는 붉은 코르셋을 입은 여인들이 건네주는 꽃다발 들도 깔려 있었다. 교회의 종소리와 노새 우는 소리가 속삭이듯 기타 소리, 분수 쏟아지는 소리와 함께 들려오고 있었다. 분수들에서 피어오르는 수증기는 날려 흩어지면서 그 아래에서 미소 짓고 있는 창백한 조상 (彫像)들의 발아래 피라미드 모양으로 쌓아 놓은 과일 무더기들을 신선하게 유지해 주고 있었다. 그다음에 그들은 어느 날 저녁 해안의 절벽과 오두막집들을 따라 갈색 어망들을 말리고 있는 한 어촌에 도착했다. 그들이 도피하여 살려고 멈춰 선 것은 바로 그 마을이었다. 그들은 바닷가 만(灣)의 쑥 들어간 곳에 있는 종려나무 그늘이 드리운 평지붕의 낮은 집에서 살아갈 것이다. 곤돌라를 타고 주위로 소풍을 가기도 할 것이고, 달아맨 그물 침대에 누워 흔들리면서 즐거워하기도 할 것이다. 생활은 안락하고 비단옷처럼 넉넉할 것이며, 감탄하며 바라보는 감미로운 밤들처럼 아주 따사롭고 별이 총총할 것이다. 그렇지만 그녀가 마음속에 그려 보는 그 무한한 미래에는 특별한 것이 아무것도 나타나지 않았다. 하루도 빠짐없이 화려한 나날은 파도처럼 서로 비슷비슷했다. 그것은 무한하고 조화롭고 푸르스름하고 햇빛이 가득한 수평선에서 출렁이고 있었다.

그런데 그때, 요람 속에서 아이가 기침을 하기 시작했고 보바리는 더 크게 코를 골아 엠마는 아침에야 겨우 잠이 들었는데, 새벽빛이 유리창을 훤하게 비추고 있었고 어린 쥐스탱은 광장의 약방 덧창을 열고 있었다.

엠마는 뢰뢰 씨를 불러 이렇게 말했다.

"외투가 필요할 것 같아요. 칼라가 길고 안을 덧댄 커다란 외투가요."

"여행을 떠나시나 보죠?" 하고 그가 물었다.

"아니에요! 하지만⋯⋯. 아, 아무튼 상관없어요. 당신을 믿겠어요. 그래도 되겠지요? 빨리 좀 해 주세요!"

그는 고개를 끄덕였다.

"그것 말고 상자도 하나 필요해요. 너무 무겁지 않고 편리한 걸로요." 하고 그녀가 다시 말했다.

"예, 예, 알겠습니다. 길이 92센티미터에 폭 50센티미터짜리가 있어요. 요사이 나오고 있는 것입니다."

"나이트 백 하나도."

'분명히 이 집에 뭔가 말다툼이 있었어.' 하고 뢰뢰는 생각했다.

"그리고 자, 여기 있어요. 이걸 받으세요. 이걸로 물건 값을 치르겠어요." 하고 보바리 부인은 허리띠에서 회중시계를 꺼내면서 말했다.

그러나 상인은 엠마가 뭔가를 잘못 생각하고 있다며 소리를 질렀다. "서로 잘 알고 있는 사이인데 제가 부인을 못 믿는다는 겁니까? 그런 아이 같은 행동은 그만두세요." 그렇지만 엠마는 적어도 시곗줄만이라도 받으라고 고집했다. 어쩔 수 없이 뢰뢰가 그것을 호주머니에 넣고 문밖으로 나가고 있는데 엠마가 그를 다시 불렀다.

"물건은 다 댁의 가게에 놓아두세요. 외투도 가져오지 마세요. 그냥 만드는 사람 주소를 제게 주시고, 다 되면 알려만 주세요." 하고 그녀는 뭔가를 곰곰이 생각하고는 말했다.

그들은 다음 달에 도망가기로 되어 있었다. 엠마는 루앙에 심부름을 가는 것처럼 하고 용빌을 떠날 것이다. 로돌프는 마차의 좌석을 예약하고 여권을 준비할 것이고, 마르세유까지 마차 전체를 빌리기 위해 파리에 편지를 쓸 것이었다. 그곳에서 그들은 사륜 포장마차를 한 대 구입한 뒤, 제노바를 향해 쉬지 않고 달릴 것이었다. 아무도 의심하지 못하도록 엠마는 자기 짐을 뢰뢰의 집으로 보내어 거기서 직접 '제비호'에 신게 할 것이었다. 이 모든 계획 속에 아이는 전혀 문제가 되지 않았다. 로돌프는 이 문제에 대해 말하는 것을 피했다. 어쩌면 엠마도 아이 문제에 대해서는 생각을 하지 않는 듯했다.

로돌프는 처분할 일 몇 가지를 끝내야 한다며 2주를 더 원했다. 그런데 일주일이 지나자 그는 또 2주를 요구했다. 다음에는 또 아프다고 했고 다음에는 여행을 떠났다. 8월도 지나갔다. 이렇게 연기를 거듭한 끝에 그들은 9월 4일 월요일에 떠나기로 최종적으로 결정을 봤다.

드디어 출발 이틀 전날인 토요일이 되었다.

로돌프가 평상시보다는 좀 빨리 왔다.

"준비는 다 됐어요?" 하고 그녀가 로돌프에게 물었다.

"다 됐어요."

그들은 화단을 둘러본 뒤, 테라스 옆의 담장 테두리 돌 위에 걸터앉았다.

"우울해 보여요." 하고 엠마가 말했다.

"그렇지 않은데, 왜요?"

그러면서도 그는 엠마를 야릇하지만 다정한 눈길로 쳐다보고 있었다.

"떠나니까 그래요? 애착이 가는 것들, 생활을 버리고 떠나니까 그래요? 아! 이해해요……. 그러나 저는 이 세상에 아무것도 가진 게 없어요. 당신이 저의 전부예요. 저도 또한 당신의 전부가 되겠어요. 당신의 가족이 되고, 고향이 되겠어요. 당신을 정성으로 대하고 사랑하겠어요." 하고 엠마가 다시 말했다.

"당신은 정말 아름다워!" 하고 그는 그녀를 껴안으면서 말했다.

"정말요? 저를 사랑하지요? 그럼, 맹세해 주세요!" 하고 그녀가 관능적인 웃음을 지으며 말했다.

"사랑하느냐고! 사랑하느냐고요! 무척이나 사랑하지요. 오, 내 사랑!"

주홍빛 보름달이 목초지 저편에서 땅 위로 솟아오르고 있었다. 그것은 포플러 나뭇가지들 사이로 빠르게 떠오르고 있었는데, 나뭇가지들은 마치 구멍이 뚫린 검은 장막처럼 군데군데 달을 숨기고 있었다. 이윽고 희고 우아한 달은 텅 빈 하늘에 모습을 드러내어 환한 빛을 비추기 시작했다. 그것은 이제 속도를 늦추면서 시냇물 속에 무수한 별들로 이루어진 것 같은 커다란 반점 하나를 떨어뜨려 놓았다. 그 은빛 광채는 마치 빛나는 비늘로 덮인 머리 없는 뱀처럼 물속 깊은 곳에서까지 몸을 뒤틀고 있는 것 같아 보였다. 그것은 또 다이아몬드 빛이 나는 촛농들이 길게 흘러넘치고 있는 거대한 촛대 같기도 했다. 감미로운 밤이 그들 주위에 드리워져 있었고, 두껍게 깔린 어둠은 잎이 우거진 잔가지들 사이를 가득 채우고 있었다. 엠마는 불어오는 상쾌한 바람을 지그시 눈을 감고 깊게 들이마시고 있었다. 그들은 엄습해 오는 공상에 사로잡혀 서로 아무 말도 없었다. 지난날의 애정이 흐르는 시냇물처럼 조용히 그리고 충만하게, 그리고 고광나무 향기만큼이나 감미롭게 마음에 되살아나면서 풀 위에 길게 가지를 늘어뜨린 채 가만히 서 있는 버드나무들의 그것보다 훨씬 크고 더 우울한 그림자들을 그들의 추억 속으로 투영하고 있었다. 종종 고슴도치나 족제비 같은 밤 짐승이 먹을 것을 찾느라 나뭇잎들을 들쑤시기도 했고, 과수원에서 익은 복숭아가 호젓이 떨어지는 소리가 이따금 들리기도 했다.

"아아! 아름다운 밤이에요!" 하고 로돌프가 말했다.

"이런 밤들을 많이 갖게 될 거예요!" 하고 엠마가 말을 이었다.

그리고는 혼잣말을 하는 것처럼 이렇게 말했다.

"그래요, 여행하면 좋을 거야……. 그런데 왜 마음이 우울하지요? 낯선 것에 대한 두려움 때문인가, 익숙한 것을 버리고 떠나는 데서 오는 건가, 아니면……. 아니, 행복이 지나쳐서 그런 걸 거야! 저는 참 약한 여자지요, 안 그래요? 미안해요!"

"아직 늦지는 않았어요! 잘 생각해 봐요. 어쩌면 후회할지도 모를 테니까." 하고 로돌프가 큰 소리로 말했다.

"절대로요!" 하고 그녀가 격렬한 어조로 말했다.

그러고는 로돌프에게 다가오면서 이렇게 말했다.

"도대체 제게 어떤 불행이 닥칠 수 있겠어요? 당신과 함께라면 헤쳐 나가지 못할 사막도 벼랑도 대양도 없어요. 함께 살아감에 따라 삶은 날마다 더 바짝 밀착되어 완전한 포옹 같은 것이 될 거예요. 우리를 불안하게 하는 것은 아무것도 없을 거예요. 어떠한 걱정도 어떠한 장애도 없을 거예요! 우리는 영원히 우리 둘뿐일 거예요. 모든 것이 우리들 것이고……. 말해 봐요. 대답을 좀 줘요."

로돌프는 규칙적인 간격을 두고 "그럴 거요, 그럴 거예요." 하고 대답해 주었다.

엠마는 그의 머리를 쓰다듬어 주고 있었는데, 굵은 눈물을 흘리면서도 어린애 같은 목소리로 되풀이했다.

"로돌프! 로돌프! 아아, 사랑하는 로돌프!"

자정이 울렸다.

"자정이네요. 자, 이제 내일이에요! 아직도 하루가 남았어요." 하고 그녀가 말했다.

로돌프는 가려고 일어섰다. 그러자 이 몸짓이 마치 도망의 신호이기라도 한 것처럼 엠마는 돌연 명랑하게 이렇게 말했다.

"여권 가지고 있지요?"

"그래요."

"아무것도 잊은 것 없겠지요?"

"없어요."

"틀림없지요?"

"물론."

"저를 기다리겠다는 곳이 '프로방스 호텔' 맞지요? 정오지요?"

로돌프는 고개를 끄덕였다.

"그럼, 내일 봐요!" 하고 엠마가 마지막으로 포옹을 해 주면서 말했다.

그녀는 로돌프가 멀어져 가는 것을 보았다.

로돌프는 돌아보지 않았다. 엠마는 그를 따라 달려갔다. 그러다가 물가 가시덤불 사이로 몸을 구부리면서 소리쳤다.

"내일 봐요!"

그는 이미 시냇물 저편 목초지에서 빠르게 걷고 있었다.

로돌프는 몇 분 정도 지나서 멈춰 섰다. 흰옷 차림의 엠마가 마치 유령처럼 조금씩 어둠 속으로 사라져 가는 것을 보았을 때 너무도 가슴이 뛰어 쓰러지지 않으려고 나무에 몸을 기댔다.

"나는 얼마나 얼간이 같은 놈인지, 원! 아무래도 상관없다. 어쨌든 그녀는 예쁜 정부였어!" 하고 그가 욕설을 내뱉으면서 말했다.

그러자 곧 엠마의 아름다운 모습이 그 사랑에서 온 온갖 쾌락과 함께 다시 떠올랐다. 처음에는 측은한 마음이 들었지만, 곧 그녀에 대한 반발이 일었다.

"어쨌든 난 고향을 떠날 수도 없고, 또 아이를 부양할 수도 없어." 하고 그는 몸짓을 해 가면서 소리를 지르듯 말했다.

로돌프는 마음을 더욱 굳게 먹기 위해 이렇게 속으로 말하고 있었다.

'그뿐만이 아니야. 이런저런 걱정거리에다가 비용까지……. 아! 안 된다, 안 돼, 당치도 않아! 너무 바보 같은 짓이야!'

로돌프는 집에 도착하자마자 갑자기 사냥 기념으로 벽에 걸어 둔 사슴 머리 밑에 있는 책상에 앉았다. 그러나 펜을 들자 아무 생각도 나지 않아 팔꿈치를 괴고 곰곰이 생각하기 시작했다. 마치 자기가 내린 결정으로 인해 두 사람 사이에 갑자기 무한한 거리가 생긴 것처럼 엠마는 먼 과거로 멀어져 버린 것 같았다.

그녀에 대한 뭔가를 다시 떠올려 보기 위해 로돌프는 침대 머리맡에 놓인 장롱에서 오래된 랭스산 비스킷 상자를 찾아냈다. 평소 그 안에 여자들에게서 온 편지를 넣어 두었는데, 축축한 먼지 냄새와 시든 장미꽃 향기가 풍겨 나오고 있었다. 먼저, 그는 희미한 자국이 많이 묻어 있는 손수건을 보았다. 그것은 엠마의 것이었는데, 산책 도중 그녀가 코피를 닦은 적이 있었지만 그는 이제 기억하지 못했다. 그 옆에는 엠마가 보내 준 네 귀퉁이가 상한 초상화가 있었다. 그녀의 옷차림은 어색해 보였고, '비스듬한' 시선은 더 가련한 효과를 자아내고 있었다. 초상화를 바라보면서 그 모델을 추억해 보려고 노력한 나머지 엠마의 모습은 마치 실제 모습과 그림 속 모습이 마찰을 일으켜 서로를 지워 버린 것처럼 그의 기억 속에서 점점 뒤범벅이 되었다. 마지막으로 그는 그녀의 편지들을 읽어 보았는데, 그들의 여행에 관해 마치 사무적인 편지처럼 짧고 기술적이고 조급한 설명들로 가득 차 있었다. 그는 그 이전의 긴 편지들을 다시 읽어 보고 싶었다. 상자 바닥에 있는 그걸 찾느라 로돌프는 다른 편지들을 모조리 흩뜨려 놓았다. 그리고 그는 기계적으로 서류 뭉치와 물건들을 뒤지기 시작했는데, 꽃다발들과 스타킹 고정용 고무 밴드 하나, 검은 마스크 하나, 장식 핀들, 머리카락—머리카락들이라니! 거기에는 갈색과 금발 머리카락들도 있었다—들이 뒤죽박죽 섞여 있는 것을 발견했다. 어떤 것들은 상자의 철제 장식에 걸려서 상자를 열 때 끊어져 버리기도 했다.

그렇게 추억 속을 한가로이 거닐면서 그는 철자법만큼이나 다양한 편지들의 글씨체와 문체를 살펴보았다. 그 편지들 중에는 다정하고 명랑한 것도, 익살스러운 것도, 우울한 것도 있었다. 사랑을 요구하는 것도 있었고 돈을 요구하는 것도 있었다. 말 한마디에 관해서도 여러 얼굴들, 어떤 몸짓들, 목소리 등을 기억해 냈다. 그러나 때로는 아무것도 기억해 내지 못하기도 했다.

사실 그의 생각 속에서 한꺼번에 떠오르는 이 여인들은 마치 사랑의 수준기(水準器) 아래서 그 높이가 평준화된 것처럼 서로를 방해하면서 작아 보이게 만들었다. 그는 한동안 뒤섞인 편지들을 한 움큼 쥐고서 오른손에서 왼손으로 계속 떨어뜨리면서 놀았다. 마침내 그것도 싫증이 나고 졸음이 와서 로돌프는 상자를 장롱 속에 도로 집어넣으면서 중얼거렸다.

"대단한 농담 더미야!"

이 말은 그의 생각을 요약하고 있었다. 왜냐하면 쾌락은 학교 운동장의 학생들처럼 너무도 그의 마음을 쿵쿵 짓밟아 놓았기에 거기에는 푸른 풀이 전혀 자라지 못했다. 그런데 그 마음으로 지나갔던 여인들은 어린애들보다 더 경박해서 그들처럼 그의 마음 벽에 제 이름조차 새겨 놓지 못했기 때문이다.

"자, 시작해 보자!" 하고 그는 중얼거렸다.

그는 이렇게 써 내려갔다.

용기를 내요, 엠마! 용기를! 난 당신의 삶에 불행을 가져다주고 싶지는 않아요…….

'뭐니 뭐니 해도 이건 진실이다. 나는 그녀를 위해 이렇게 하고 있어.

그러니 난 정직한 거야.' 하고 로돌프는 생각했다.

당신은 자신의 결심에 대해 신중하게 생각해 보았습니까? 내가 당신을 끌고 들어갔던 심연을 알고 있습니까, 가엾은 천사여? 모르지요, 그렇지요? 당신은 행복과 미래를 믿으면서 나를 신뢰하고 내게 열중했습니다. 아아! 우리는 참 불행합니다! 무분별한 인간들이에요!

로돌프는 뭔가 좋은 변명을 찾아보려 여기에서 잠시 멈췄다.
'내 모든 재산을 다 날려 버렸다고 말해 줄까? 아! 아니다. 더구나 그때문에 방해될 건 없을 테니까. 그랬다가는 나중에 다시 시작해야 할 거야. 엠마와 같은 여자에게 알아듣게 설득할 수 있을까?'

그는 깊이 생각했다. 그리고 이렇게 덧붙였다.

나는 당신을 잊지 않겠습니다. 정말 믿어 주세요. 당신에 대해 깊은 애정을 변함없이 간직할 것입니다. 하지만 머지않은 어느 날 이 열렬함도(바로 그게 인간사의 운명일 것입니다) 틀림없이 식어 갈 것입니다! 우리에게도 권태가 올 것입니다. 그리고 내가 당신에게 회한을 야기할 수 있을 것이기에 당신의 그 회한을 목격하고 함께 나눠 가져야 하는 견딜 수 없는 고통을 맛보지 않으리라 누가 알겠습니까. 엠마, 당신이 느낄 그 슬픔을 그저 생각만 해도 몹시 괴롭습니다. 나를 잊어 주세요! 내가 왜 당신을 알아야 했지요? 어찌도 그렇게 당신은 아름다웠지요? 당신을 사랑한 것이 내 잘못인가요? 오 맙소사! 아닙니다, 아니에요. 운명만을 탓해 주세요!

'그래 바로 이 한마디, 언제나 효과가 있지.' 하고 그는 생각했다.

아아! 만일 당신이 아주 흔한 그렇고 그런 바람기 있는 여인이었다면 분명 나는 당신에 대해서도 내 이기적인 욕심을 채우려는 한 번의 경험이라고 생각했을 것입니다. 그러나 당신의 매력과 고통을 동시에 만들어 준 이 감미로운 열광 때문에 그토록 사랑스러운 당신은 우리가 미래에 처하게 될 그릇된 처지를 이해하지 못했습니다. 나 또한 처음에는 그 점에 대해 깊이 생각해 보지 못했습니다. 나는 결과에 대해서는 예측해 보지도 못한 채 만치닐 나무의 그늘에서처럼 그 이상적 행복의 그늘에서 휴식을 취하고 있었던 것입니다.

"그녀는 아마 내가 자기와 절연하는 것이 인색함 때문이라고 생각하겠지……. 아아! 상관없다! 할 수 없지, 끊어야 해!"

엠마, 세상은 냉혹합니다. 우리가 어디를 가든 세상은 우리를 뒤쫓을 것입니다. 당신은 불쾌한 질문과 비방, 경멸, 어쩌면 모욕까지도 견뎌 내야 할 것입니다. 당신에게 모욕이라니! 오, 이런! 당신을 왕좌에 앉히고 싶은 나인데! 당신의 생각들을 부적처럼 지니고 다니는 나인데! 사실은 당신에게 내가 가한 모든 고통에 대한 벌로 나 자신을 유배시키기로 해서 나는 떠납니다! 어디로요? 나도 모릅니다. 지금은 제정신이 아닙니다. 안녕히! 언제나 행복하세요! 당신을 잃은 이 불행한 자의 추억을 간직해 주세요. 당신의 아이에게 내 이름을 가르쳐 주어, 아이가 기도할 때 나를 위해서도 기도하게 해 주세요.

두 자루의 촛불 심지가 바람에 흔들리고 있었다. 로돌프는 일어나서 창문을 닫았다. 그리고 자리에 다시 앉으면서 이렇게 혼잣말을 중얼거렸다.

"이만하면 다 된 것 같은데. 아니야! 아직 이게 있어. 그 여자가 와서 '성가시게 굴까' 두려운 것 말이다."

그래서 그는 이렇게 덧붙였다.

당신이 이 우울한 편지를 읽을 때면 나는 이미 먼 곳에 있을 겁니다. 당신을 또 한 번 보고 싶은 유혹을 피하기 위해 가능한 한 빨리 멀리 달아나고 싶기 때문입니다. 마음을 약하게 먹지 마세요! 다시 돌아올 테니. 아마 그때 우리는 옛날의 사랑에 대해 함께 아주 냉정하게 이야기를 나누게 되겠지요! 그럼, 안녕히!

그리고 작별 인사(Adieu)를 한 번 더 써 놓았는데, 두 단어 즉 'A Dieu'[47]로 나뉘어 있었다. 그는 그걸 뛰어난 센스로 생각하고 있었다.

'이제 서명은 어떻게 하지? 당신의 변함없는……, 아니야. 당신의 친구? 좋아, 그렇게 하자.' 하고 그는 생각했다.

당신의 친구.

그는 편지를 다시 읽어 보았다. 훌륭하다고 생각했다.

'가엾은 여인!' 하고 그는 연민의 감정으로 생각에 잠겼다. '그녀는 나를 바위보다도 더 무심하다고 생각할 거야. 그러면서도 틀림없이 몇 방울의 눈물을 흘리겠지. 하지만 나는 눈물이 나지 않는다. 그건 내 잘못이 아니다.' 그렇게 생각하며 로돌프는 유리컵에 물을 따라서 손가락을 넣어 적셔 가지고는 편지지 위에 물방울 하나를 떨어뜨렸다. 그것은 잉크에 번지면서 희미한 얼룩을 만들어 놓았다. 그리고 편지를 봉하려 하고 있었는데, '마음속의 사랑'이라는 봉인이 눈에 띄었다.

"이 상황에는 어울리지 않아……. 에이! 아무려면 어때!"

그 후, 그는 파이프 담배 세 대를 연거푸 피운 뒤, 잠자리에 들었다.

다음 날, 로돌프는 일어나자마자(그는 늦게 자기 때문에 오후 2시경에 일

---

47) '하느님에게'라는 뜻.

어났다) 살구를 한 바구니 따 오라고 시켰다. 그는 바구니 안에 편지를 넣은 뒤 포도나무 잎으로 덮어 쟁기질 머슴인 지라르에게 곧 그것을 보바리 부인 집에 조심스럽게 가져다주라고 시켰다. 그는 계절에 따라 과일이나 사냥감을 그녀에게 보내면서 이런 방법으로 편지를 주고받았던 것이다.

"만일 보바리 부인이 내 소식을 물으면 여행을 떠났다고 해라. 그런데 바구니는 부인 손에 직접 전해야 해. 그럼, 어서 가 봐. 조심하고!" 하고 그가 말했다.

지라르는 새 작업복을 걸치고 손수건으로 살구 바구니를 붙들어 매고는 쇠로 밑창을 댄 투박한 구두를 신고 용빌을 향해 천천히 걸어갔다.

지라르가 보바리 부인 집에 도착했을 때 그녀는 펠리시테와 함께 부엌 탁자에 앉아 속옷 꾸러미를 정리하고 있었다.

"이것을 제 주인어른께서 부인께 갖다 드리라고 했습니다." 하고 하인은 말했다.

보바리 부인은 어떤 두려움에 사로잡힌 채, 호주머니에서 동전을 찾으면서 얼빠진 듯한 눈초리로 그를 빤히 쳐다보았다. 하인도 이 정도의 선물이 그토록 감동을 줄 수 있다는 것이 이해가 되지 않아 깜짝 놀라 그녀를 바라보았다. 이윽고 지라르가 나갔다. 펠리시테는 그곳에 남아 있었다. 엠마는 더 이상 견딜 수가 없어서 마치 살구를 가져다 두려는 척하며 부엌으로 달려갔다. 그러고는 바구니를 뒤집어엎어 포도나무 잎들을 치운 뒤 편지를 찾아내어 봉투를 뜯었다. 그녀는 마치 자기 뒤에 끔찍한 불길이라도 뒤따라오는 듯 겁에 질려 자기 방으로 도망치기 시작했다.

샤를이 거기에 있었다. 그녀도 그를 보았다. 그가 아내에게 뭐라고 말을 했지만, 아무 말도 들리지 않았다. 그녀는 술에 취한 듯이 정신을 잃고 헐떡거리며 급히 층계를 계속 뛰어 올라갔다. 손에는 그 끔찍한 종잇장을 꼭 쥐고 있었는데, 손가락 사이에서는 그 종잇장이 마치 양철 판처럼 펄럭거리고 있었다. 그녀는 3층 다락방 문 앞에 멈춰 섰다. 문은 닫혀 있었다.

그래서 그녀는 마음을 가라앉히려 해 보았다. 편지가 기억났다. 그것을 다 읽어야 했다. 하지만 감히 그러지를 못했다. 게다가 어디서, 어떻게? 마치 누군가가 보고 있을 것만 같았다.

'아아! 그래, 여기라면 괜찮을 거야.' 하고 그녀는 생각했다.

엠마는 문을 열고 안으로 들어갔다.

슬레이트 지붕에서 곧장 하강하는 찌는 듯한 열기가 관자놀이를 옥죄면서 숨이 턱턱 막히기 시작했다. 닫혀 있는 지붕창까지 간신히 가서 빗장을 풀었다. 눈부신 햇빛이 한꺼번에 쏟아져 들어왔다.

맞은편 지붕들 저편으로는 들판이 멀리까지 끝없이 펼쳐져 있었다. 저 아래로 보이는 마을 광장은 텅 비어 있었다. 인도의 조약돌들이 반짝이고 있었고, 집들의 풍향계는 미동도 않고 있었다. 길모퉁이의 아래층에서는 코를 고는 듯한 소리가 요란하게 들려왔다. 비네가 선반을 돌리고 있었던 것이다.

엠마는 다락방 창가에 몸을 기대고 분노 어린 냉소를 띠면서 편지를 다시 읽어 보았다. 그러나 주의를 기울이면 기울일수록 머릿속이 혼란스러워졌다. 로돌프의 모습이 떠오르고 있었고, 목소리가 들려오고 있었고, 두 팔로 그를 껴안고 있었다. 가슴에서는 말뚝 박는 기계 소리처럼 쿵덕쿵덕하는 심장의 고동 소리가 불규칙적으로 빨라지고 있었다. 그녀는 지구가 꺼져 버렸으면 하는 마음으로 주위를 둘러보았다. 왜 끝장내 버리지 못하는 건가? 도대체 누가 그녀를 말리는 것인가? 그녀는 어떠한 구속도 받고 있지 않았다. 그녀는 앞으로 몸을 내밀었다. 그러고는 눈 아래 포도를 바라보면서 이렇게 중얼거렸다.

"어서! 어서!"

아래로부터 곧장 올라오고 있는 빛줄기가 그녀의 몸무게를 심연으로 끌어내리고 있었다. 광장의 땅이 흔들리면서 벽을 따라 뒤틀리며 솟구쳐 올라오는 것 같았고, 마룻바닥은 앞뒤로 흔들리는 배처럼 한쪽 끝으로 기울고 있는 것 같았다. 그녀는 거대한 공간에 둘러싸여 있었고, 거의 공중에 매달려 있는 것처럼 벼랑 끝에 몸을 가누고 서 있었다. 하늘의 푸르름이 그녀에게로 밀려들었고, 바람이 그녀의 텅 빈 머릿속을 회오리치고 있었다. 이제 저항하지 않고 몸을 내맡기기만 하면 되었다. 선반 돌아가는 소리가 마치 그녀를 불러 대는 성난 목소리처럼 계속 들려왔다.

"여보! 여보!" 하고 샤를이 소리쳤다.

그녀는 발을 멈췄다.

"당신 어디 있는 거요? 이리 와요!"

죽음에서 벗어났다고 생각하자 엠마는 극도의 공포로 인해 기절할 뻔했다. 그녀는 눈을 감았다. 그리고 누군가의 손이 소매에 와 닿는 것을 느끼고는 소스라치게 몸을 떨었다. 펠리시테였다.

"주인어른께서 기다리고 계세요, 마님. 식사 준비가 됐습니다."

그러니 내려가야 했다! 식탁으로 가야 했다!

엠마는 음식을 입에 대 보려고 노력했다. 한 입 한 입 먹을 때마다 숨이 막혔다. 그래서 마치 수선된 상태를 살펴보기라도 하듯 냅킨을 펼쳤다가 실제로 그 일에 열중해 보려 했고 천의 실올을 세어 보려 했다. 그때 편지에 대한 생각이 불현듯 떠올랐다. 그 편지를 잃어버렸나? 어디서 찾지? 그러나 정신적으로 너무 피로를 느끼고 있어서 식탁에서 일어날 구실을 도저히 만들어 낼 수가 없었다. 게다가 마음이 약해져 있었기에, 샤를이 두려웠다. 그는 모든 것을 알고 있을 것이다. 분명하다! 실제로 샤를은 이상하게도 이런 말을 하는 것이었다.

"로돌프 씨를 당분간 보지 못할 것 같다는 소문이 있던데."

"누가 그런 말을 하던가요?" 하고 엠마가 소스라치며 물었다.

"누가 그러더냐고? 지라르가. 조금 전 '카페 프랑세' 문 앞에서 만났어.

로돌프가 여행을 떠났다던가, 떠날 거라던가, 그러던데." 하고 그녀의 퉁
명스러운 말투에 약간 놀란 샤를이 대꾸했다.

엠마가 흐느꼈다.

"왜 그리 놀라는 거요? 종종 즐기려 집을 비우기도 하던데. 그래! 난
그런 삶을 이해해요. 재산도 좀 있고, 독신이니. 게다가 그 사람, 멋있게
즐기지! 영락없는 어릿광대야. 그리고 랑글루아 씨가 말해 주던데……."

샤를은 하녀가 들어왔기에 체면상 입을 다물었다.

하녀는 선반에 쏟아져 있던 살구를 다시 바구니에 주워 담았다. 샤를
은 아내의 얼굴이 붉어진 이유를 알아차리지 못하고 바구니를 가져오라
고 해서는 하나를 꺼내 그대로 깨물었다.

"야! 아주 맛이 좋은데. 자, 맛 좀 봐." 하고 그가 말했다.

그러면서 그가 바구니를 내밀었지만 엠마는 가만히 뿌리쳤다.

"이런! 그럼, 냄새라도 좀 맡아 봐. 살구 냄새가 참 좋아!" 하고 엠마의
코밑에 여러 번 바구니를 갖다 대었다. "숨이 막혀요!" 하고 그녀가 벌떡
일어서면서 소리쳤다.

가까스로 꾹 참자 경련은 사라졌다. 그러자 그녀는 "아무것도 아니에
요! 그저 신경질이 좀 난 것뿐이에요. 앉아서 어서 드세요." 하고 말했다.

그것은 남편이 왜 그러느냐고 묻거나 신경을 써 주느라 자신의 곁을
떠나지 않을까 봐 걱정이 되었기 때문이다.

샤를은 아내의 말을 따라 다시 앉았다. 그리고 살구씨를 손에 뱉어서
접시에 다시 쏟아 놓았다.

그때 느닷없이 푸른색 이륜 경마차 한 대가 광장을 질주하여 지나갔
다. 엠마는 외마디 소리를 지르더니 뻣뻣하게 굳어진 채로 바닥에 벌렁
나자빠졌다.

실제로 로돌프는 많이 생각한 끝에 루앙으로 떠나기로 결심했다. 그
런데 라 위셰트에서 뷔시까지 가려면 용빌을 거쳐 가는 길 이외의 다른

길이 없었기에 그 마을을 지나가지 않을 수 없었다. 그리하여 엠마는 번개처럼 저녁 어스름을 가르며 비치던 초롱불에 로돌프를 알아보았던 것이다.

약제사가 엠마의 집에서 들려오는 떠들썩한 소리에 달려왔다. 식탁은 모든 접시들과 함께 뒤집혀 있었다. 소스, 고기, 나이프, 소금 통, 기름병 등이 바닥에 널브러져 있었다. 샤를은 도와 달라고 외쳤고, 베르트는 잔뜩 겁에 질려 울어 대고 있었다. 펠리시테는 손을 벌벌 떨면서 부인의 코르셋을 풀어 주고 있었는데, 부인은 몸 전체에 경련을 일으키고 있었다.

"내 약제실로 가서 방향성 각성제를 좀 갖고 오겠습니다." 하고 약제사가 말했다.

엠마가 각성제를 들이마시고 눈을 뜨자 약제사가 다시 말했다.

"이럴 줄 알았어요. 이 약은 죽은 사람도 깨어나게 해 줄 겁니다."

"말 좀 해 봐요. 말 좀 해 보라니까! 정신 차리고! 나야, 나, 당신을 사랑하는 샤를이야! 나 알아보겠어? 자, 당신 딸도 여기 있어요. 애를 좀 안아 줘요!" 하고 샤를이 말했다.

베르트는 엄마의 목에 매달리려고 두 팔을 내밀었다. 그러나 엠마는 고개를 돌리면서 발작적인 목소리로 이렇게 말했다.

"아냐, 싫어……, 아무도!"

엠마는 다시 기절해 버렸다. 그녀는 침대로 옮겨졌다.

엠마는 눈꺼풀이 닫힌 채 입을 벌리고 팔을 축 늘어뜨리고 꼼짝도 않고 누워 있었는데, 마치 밀랍 조상처럼 얼굴이 창백해 보였다. 눈에서는 두 줄기 눈물이 베개 위로 조용히 흘러내리고 있었다.

샤를은 알코브 안쪽에 서 있었고, 그 곁에 서 있던 약제사는 인생의 엄숙한 상황들에서는 그렇게 해야 하는 것이 예의인 듯, 명상에 잠겨 침묵을 지키고 있었다.

"안심하세요. 고비는 지나간 것 같습니다." 하고 약제사가 샤를의 팔꿈치를 쿡 찌르면서 말했다.

"그런 것 같아요. 이제 좀 잠이 든 것을 보니! 가엾은 사람! 가엾은 사람! 또 이러다니!"

엠마가 잠을 자고 있는 것을 바라보면서 샤를이 대답했다.

그러자 오메는 어떻게 이런 가슴 아픈 일이 일어났느냐고 물었다. 샤를은 아내가 살구를 먹던 도중 갑자기 일어난 것이라고 대답해 주었다.

"기이한 일이네요! 그러나 살구가 기절을 유발할 가능성도 있지요. 어떤 종류의 냄새에 아주 민감한 체질도 있습니다. 이건 병리학적인 측면에서나 생리학적인 측면에서나 연구해 볼 만한 좋은 문제이기도 할 겁니다. 의식 때면 항상 방향성 물질을 사용해 온 사제들은 냄새의 중요성을 알고 있었던 겁니다. 그것은 이성을 마비시키고 황홀경을 야기하기 위한 것입니다. 게다가 더 예민한 여성들에게서 효과를 거두기가 쉽습니다. 불에 탄 동물의 뿔이나 갓 구워 낸 부드러운 빵 냄새에 기절을 하는 사람들도 있다고 하던데요." 하고 약제사가 말을 계속했다.

"이 사람이 깨지 않도록 조심하세요." 하고 보바리가 낮은 목소리로 말했다.

"인간만 아니라 동물도 이런 비정상의 대상이 됩니다. 예를 들어, 속칭 고양이풀이라 부르는 '네페타 카트리아'가 고양이과 동물에 야기하는 특이한 최음 효과에 대해 선생님께서도 모르시지 않을 겁니다. 한편 제가 틀림없이 보증하는 예를 하나 들어 보면, (저의 오랜 친구 가운데 한 사람으로 지금은 마팔뤼 거리에 살고 있는) 브리두는 코담배 갑을 갖다 대기만 해도 즉각 경련을 일으키며 쓰러지는 개 한 마리를 기르고 있습니다. 자주 그는 기욤 숲에 있는 자기 정자에서 친구들을 모아 놓고 그 실험을 합니다. 단순한 재채기 유발 약이 네발짐승의 조직체에 그런 큰 영향을 줄 수 있다는 게 믿어집니까? 정말 신기한 일이에요, 그렇지 않습니까?" 하고 약제사는 말을 계속했다.

"그러네요." 하고 샤를이 말했지만 그는 듣고 있지 않았다.

"그건 신경 조직에는 무수히 많은 이상이 존재한다는 것을 증명해 줍니다. 고백컨대, 부인께서는 늘 아주 예민한 분으로 보였습니다. 선생님, 그래서 저는 증세를 퇴치한다는 구실하에 체질을 손상시키는 이른바 치료 약이라는 것을 어느 것 하나도 권하고 싶지 않습니다. 그렇습니다. 무익한 약은 쓰면 안 되지요. 식이 요법, 그거면 됩니다! 진통제, 완화제, 감미제 같은 것들 말이에요. 그리고 또 혹시 상상력을 자극해야 할 필요가 있다고는 생각지 않으신가요?" 하고 약제사는 너그러우면서도 만족스러운 태도로 말했다.

"무엇에 관해서요? 어떻게?" 하고 보바리가 말했다.

"아아! 바로 그게 문제입니다! 요전에 신문에서 읽었던 'That is the question'입니다!"

그러자 그때 엠마가 잠에서 깨어나면서 외쳤다.

"그 편지? 그 편지?"

사람들은 그녀가 정신 착란에 빠진 거라고 생각했다. 그녀는 한밤중부터 실제로 그 상태에 빠졌다. 뇌막염이라는 진단이었다.

43일 동안 샤를은 아내 곁을 떠나지 않았다. 자기 환자들도 모두 내버려 둔 채 침상에 눕지도 않고 계속 아내의 맥박을 짚어 보기도 하고 겨자 찜질 연고를 발라 주기도 하고 냉수 습포를 해 주기도 했다. 얼음을 구하러 쥐스탱을 뇌샤텔까지 보내기도 했는데, 오는 도중 녹아 버리면 그를 다시 보내기도 했다. 카니베 씨를 불러 상담을 하기도 했다. 또 루앙에서 그의 옛 스승인 라리비에르 박사를 모셔 오기도 했다. 하지만 보바리는 절망하고 있었다. 그가 가장 두려운 것은 엠마의 쇠진이었다. 왜냐하면 그녀는 말도 하지 않았고 아무것도 듣지도 못했으며, 심지어는 마치 몸과 영혼이 함께 모든 운동을 쉬고 있는 것처럼 전혀 고통을 느끼는 것 같지도 않았기 때문이다.

10월 중순경, 엠마는 베개를 등에 대고 침대에 겨우 앉을 수 있게 되었다. 샤를은 아내가 처음으로 잼을 바른 빵을 먹는 것을 보면서 눈물을 흘렸다. 기력이 다시 회복되었던 것이다. 오후에는 몇 시간 동안 일어나 있기도 했는데, 기분이 더 좋아 보이는 어느 날 그는 아내를 부축하여 정원을 한 바퀴 산책시키는 일을 시험 삼아 해 보았다. 정원 사잇길에 쌓여 있던 모래는 낙엽에 뒤덮여 있었다. 엠마는 실내화를 끌면서 한 발짝 한 발짝 걸었다. 샤를의 어깨에 기대어 걸으면서 줄곧 미소를 지어 보였다.

그들은 그렇게 뜰 안쪽 테라스 근처까지 갔다. 엠마는 천천히 몸을 일으켜 손을 눈앞에 갖다 대고는 먼 곳을 바라보았다. 그녀는 멀리, 아주 멀리 바라보았다. 그러나 지평선에는 언덕 여기저기에서 연기를 내며 풀을 태우고 있는 불길밖에 보이지 않았다.

"여보, 피곤하겠어요." 하고 보바리가 말했다.

그러고는 그녀를 정자 아래로 들어가도록 살그머니 밀면서 말했다.

"여기, 이 벤치에 좀 앉아요. 편할 거요."

"아이! 싫어요. 거기는, 거긴 싫어요!" 하고 그녀가 아주 약해진 목소리로 말했다.

엠마는 현기증이 났다. 그리고 그날 저녁부터 병이 재발했다. 더 불안하고 더 복잡한 양상을 띠고서 때로는 심장이, 다음에는 가슴, 머리, 팔다리가 아파 왔다. 갑작스럽게 구토가 찾아왔는데, 샤를이 보기에는 초기 암 증세 같았다.

그리고 이 불쌍한 사내는 아내의 병 걱정 외에도 금전상의 걱정까지 있었다.

14

우선 샤를은 오메 씨의 집에서 가져온 모든 약에 대해 어떻게 보상해 주어야 할지 몰랐다. 물론 의사라는 입장에서 지불하지 않을 수도 있겠지만, 이 채무에 대해 좀 낯부끄럽게 여겨졌다. 다음으로 하녀가 안주인 역할을 하고 있는 지금 생활비가 엄청나게 들었다. 명세서가 빗발치듯 날아들었고, 거래하는 상인들도 불평을 쏟아 내고 있었다. 특히 뢰뢰 씨가 집요하게 괴롭히고 있었다. 실제로 이 사내는 엠마의 병세가 절정에 달해 있을 때 이 상황을 이용하여 계산서를 부풀려 매기려고 재빨리 외투와 나이트 백, 주문한 상자 하나 대신 두 개를, 그 밖에 다른 물건들도 많이 가져왔다. 샤를이 아무리 그런 것들은 필요치 않노라고 해도 소용이 없었다. 상인은 이 물건들은 모두 주문을 해서 가져온 것들이라 되가져 가지는 않겠다고 거만하게 대답했다. 뿐만 아니라 그랬다가는 회복기에 있는 부인이 짜증을 낼지도 모르니 의사 선생께서도 곰곰이 잘 생각해 보라는 식이었다. 요컨대, 그는 자기의 권리를 포기하고 물건들을 도로 가져가기보다는 보바리를 고소하는 쪽으로 결심을 했던 것이다. 그 후에 샤를은 물건들을 그의 가게로 되돌려 보내도록 일렀다. 그러나 펠리시테가 깜빡 잊어버렸다. 샤를은 또 다른 걱정거리들이 있어서, 그 문제에 대해서는 더 이상 생각지도 않고 있었다. 뢰뢰 씨는 물건 값을 다시 요구해 왔다. 그는 위협하기도 하고 우는 소리도 하면서 약삭빠르게 수를 써서 결국 샤를에게 6개월 만기 어음을 서명하게 하는 데 성공했다. 그러나 샤를은 이 어음에 서명을 하자마자 대담한 생각이 하나 떠올랐다. 뢰뢰 씨에게서 1천 프랑을 빌리자는 것이었다. 그래서 샤를은 난처한 태도를 보이며 그 금액을 좀 빌릴 수 없는지 물어보았다. 상환 기한은 1년이고 이자는 원하는 대로 주겠다는 말도 덧붙였다. 뢰뢰는 즉각 가게로 달려가 돈을 가지고 와서는 또 다른 어음을 쓰게 했다. 그에 따르면 보바리는 다음 해 9월 1일에 1070프랑을 지불해야 했다. 그렇게 되면 이미 서명하여 약정한 180프랑을 합쳐 딱 1250프랑이 되었다. 따라서 수수료의 4분의 1에 이자율 6퍼센트로 빌려 주게 되었고, 납품한 물건들은 적어도 그 물건 값의 3분의 1의 수익은 족히 가져다줄 것이기에 열두 달 동안에 130프랑의 이득을 보는 것이었다. 게다가 그는 거래가 이것으로 끝나지 않고 어음을 결재할 수 없어서 자꾸 갱신하기를 바랐던 것이다. 그리하여 그의 얼마 안 되는 돈이 마치 요양원에 들어간 듯 의사의 집에서 영향을 섭취하여 자라나 어느 날 엄청나게 통통히 살이 찌고 또 자루가 찢어질 정도로 불어나서 그에게로 되돌아오기를 바랐다.

게다가 그는 성공적인 결과를 얻고 있었다. 뇌샤텔 병원의 능금주 공급자로 낙찰되었고, 기요맹 씨는 그에게 그뤼메닐 토탄광 주식을 팔기로 약속했으며, 아르괴이와 루앙을 오가는 새로운 합승 마차 운행 사업 진출을 꿈꾸고 있었다. 그것은 아마 머지않아 '황금빛 사자' 여관집의 고물 마차를 파산시킬 것이고 보다 싸게 더 많은 짐을 실을 수 있고 더 빨리 달릴 것이기에 용빌의 모든 거래가 그의 수중으로 들어올 것이었다.

샤를은 그 많은 돈을 무슨 수로 다음 해에 갚을 수 있을지 여러 번 생각해 보았다. 아버지에게 도움을 청하거나 아니면 무엇을 팔거나 하는 등 돈을 마련할 수 있는 수단을 모색해 보았다. 그러나 아버지는 들으려 하지도 않을 것이고, 자기에게는 팔 것이 아무것도 없었다. 그래서 자기가 곤경에 처해 있음을 잘 알고 있었지만, 그런 불쾌한 문제들을 재빨리 머리에서 쫓아 버렸다. 그는 그런 일로 엠마를 잊고 있었던 것을 자책했다. 마치 그의 모든 생각은 아내의 것이기에 끊임없이 그녀를 생각하지 않는 것은 그녀에게서 뭔가를 빼앗아 가는 것 같았다.

겨울은 혹독하게 추웠다. 부인의 회복은 느렸다. 날씨가 좋을 때면 그녀를 안락의자에 앉혀 광장이 내려다보이는 창가에 데려다 놓곤 했다. 왜냐하면 이제 엠마는 뜰을 싫어해서 그쪽 덧창을 항상 닫아 놓았기 때문이다. 엠마는 말도 팔아 버리기를 바랐다. 전에는 좋아했지만 지금은 싫어진 것이다. 그녀의 모든 생각은 오직 자신을 돌보는 데만 국한되어 있는 것 같았다. 자기 침대에서 간단히 식사를 하기도 하고, 하녀를 불러 탕약이 어떻게 됐는지 알아보거나 그녀와 이야기를 나누곤 했다. 시장 건물 지붕 위에 쌓인 눈의 반사광이 그녀의 방 안을 순결하고 고요하게 비추다가, 곧이어 빗방울이 떨어지는 것이었다. 엠마는 불안 속에서 빠짐없이 되풀이되는 자잘한 사건들을 매일같이 기다리고 있었지만, 그것들은 그러나 그녀에게는 별로 중요하지가 않았다. 그 가운데서도 가장 중요한 사건은 저녁에 '제비호'가 도착하는 일이었다. 그럴 때면 여관집 주인은 소리를 질렀고 다른 목소리들이 거기에 대답을 하며 쫓아 나왔다. 그사이 덮개 위에 싣고 온 상자들을 찾고 있는 이폴리트의 손에 들린 초롱이 마치 어둠 속의 별과 같이 보였다. 정오가 되면 샤를이 돌아왔다가 곧 다시 나갔고, 그녀는 수프를 먹었다. 5시경 해가 질 무렵 길바닥에 나막신을 끌면서 학교에서 돌아오는 아이들이 하나같이 자 막대기로 덧창 걸쇠를 잇달아 두드리며 지나갔다.

바로 이 시간에 부르니지앵 씨가 엠마를 보러 왔다. 그녀의 건강을 묻고 여러 소식을 전해 주기도 했고 재미가 없지만은 않은 가볍고 달콤한 수다를 떨면서 믿음을 권하기도 했다. 사제복을 보는 것만으로도 그녀에게는 위로가 되었다.

병이 절정에 달해 죽어 가고 있다고 생각한 어느 날, 엠마는 성체 배령을 요청했다. 그래서 방에 성사 준비가 행해졌는데 제단에 시럽이 가득 담긴 상이 놓이고 펠리시테가 달리아 꽃을 방바닥에 뿌려 놓는 동안 엠마는 자신의 몸을 스쳐 지나가면서 고통과 지각과 감정에서 깔끔하게 벗어나게 해 주는 강한 뭔가를 느꼈다. 가뿐해진 그녀의 몸은 이제 아무것도 느껴지지 않았고 또 다른 생명이 시작되고 있었다. 신을 향해 올라가는 그녀의 존재는 마치 타고 있는 향이 연기가 되어 흩어지듯 그 사랑

속에서 사라져 가는 것만 같았다. 침대 시트에 성수를 뿌렸다. 사제는 성체기에서 흰 영성체를 꺼냈다. 그녀는 사제가 내미는 구세주의 성체를 맞이하려 입술을 앞으로 내밀었을 때 천상의 기쁨에 실신할 지경이었다. 알코브의 커튼이 마치 구름처럼 그녀 주위로 부드럽게 부풀어 올랐고, 서랍장 위에서 타고 있는 두 개의 촛불은 신의 눈부신 후광처럼 보였다. 그 순간 그녀는 하늘에서 천사들의 하프 소리를 듣는 듯했고, 창공에 초록빛 종려나무를 받쳐 들고 있는 성자들 가운데 황금 옥좌에 앉아 있는 하느님 아버지를 보는 듯해서 다시 머리를 떨구었다. 그분은 숭고한 빛을 발하면서 사랑의 불꽃의 날개를 단 천사들에게 지상으로 내려가 그녀를 품에 안고 오라고 신호를 내리고 계셨다.

이 눈부신 환상은 인간이 꿈꿀 수 있는 것 중 가장 아름다운 것으로 그녀의 기억에 남았다. 그래서 그녀는 이제 전보다는 덜 외곬수이지만 마찬가지로 깊은 감미로움 속에서 계속되고 있는 또 다른 사랑의 감정을 다시 잡아 보려고 애쓰고 있었다. 자존심 때문에 녹초가 된 그녀의 영혼은 마침내 기독교적인 겸양 속에서 휴식을 취하고 있었다. 약한 존재로서의 기쁨을 음미하면서 엠마는 자기 자신에게서 의지가 사라져 가는 것을 바라보았는데, 그로 인해 은총의 쇄도에 문을 활짝 열어 놓게 되었다. 그리하여 지상의 행복 대신 보다 더 큰 지복들이, 모든 사랑을 초월하는 중단 없고 끝도 없고 영구히 커지는 또 다른 사랑이 존재하는 것이었다! 그녀는 희망에 의한 환영들 속에서 어떤 순수 상태가 땅 위에 떠서 하늘과 뒤섞이는 것을 어렴풋이 보자 자기도 그곳에 있고 싶었다. 그녀는 성녀가 되고 싶었다. 묵주를 샀고, 부적도 몸에 지녔다. 방 침대맡에 에메랄드를 박은 성유물함을 갖다 놓고 저녁마다 입을 맞추고 싶었다.

사제는 엠마의 종교가 너무 열광적인 나머지 결국에는 이단으로, 심지어는 괴상한 것으로 변질될 수도 있다고 생각했지만 아무튼 그러한 태도에 감탄하고 있었다. 그러나 그런 문제에는 조예가 깊지 못했기에 그

것이 어느 정도를 넘어서자마자 그는 주교의 단골 서점 주인인 불라르 씨에게 편지를 써서 '재기에 넘치는 여성에게 아주 좋은 책'을 보내 달라고 부탁했다. 서점 주인은 흑인들에게 쇠그릇을 보내는 것만큼이나 관심도 두지 않고 당시 시중에서 판매되던 종교 서적들을 마구잡이로 포장해서 보내 주었다. 그것은 문답 형식으로 된 개론서들, 드 메스트르 씨 식의 건방진 투의 팸플릿, 장밋빛 하드커버 장정에 달콤한 문체로 중세 음유 시인 흉내를 내는 신학생들이나 유식한 체하는 회개한 여류 작가들이 쓴 소설들이었다. 그중에는 〈깊이 유념해야 할 사항〉이라든가, 〈여러 번 훈장을 수상한 ○○○ 씨의 마리아의 발밑에 무릎 꿇은 사교계의 남자〉라든가, 〈젊은이들을 위한 볼테르의 오류들〉 등과 같은 것들도 있었다.

보바리 부인은 아무것에나 진지하게 열중할 수 있을 만큼 또렷한 정신을 아직 되찾지 못했다. 게다가 그녀는 그것들을 너무 성급하게 읽으려 들었다. 그녀는 종교의식의 규칙들에 짜증이 났고, 자기가 알지는 못하지만 사람들을 악착같이 괴롭히는 그 논쟁적인 글들의 교만이 싫었다. 종교로 포장하고 있는 세속적 이야기들은 세상일에 대해 너무도 무지해서 진리의 증명을 기대하고 있던 그녀를 자기도 모르는 사이에 진리로부터 멀어지게 하고 있었다. 그렇지만 그녀는 독서를 계속했고, 손에서 잠시 책을 뗐을 때에는 지극히 순수한 영혼이 느낄 수 있는 가톨릭적인 우수에 사로잡히곤 했다.

로돌프에 대한 추억은 마음속 깊은 곳에 묻어 놓았다. 그리하여 그는 지하실에 안치된 왕의 미라보다도 더 엄숙하고 더 고요하게 거기에 머물러 있었다. 영원히 향기로운 그 위대한 사랑에서 어떤 향기가 발산되어 나와 모든 것을 가로질러 지나온 다음 그녀가 누리고 살고 싶은 순결한 분위기를 애정으로 향기롭게 해 주고 있었다. 고딕식의 기도대에 무릎을 꿇을 때에 그녀는 지난날 불륜의 사랑을 쏟으면서 애인에게 속삭였던 것과 똑같은 감미로운 말로 하느님께 기도드렸다. 그것은 신앙심이 생기도록 하기 위함이었다. 그러나 어떠한 기쁨도 하늘에서 내려오지 않았다. 그러면 그녀는 사지가 피곤해지고 크게 속은 것 같은 감정을 느끼면서 기도대에서 일어서곤 했다. 이런 신앙의 추구는 한 가지 공덕을 더 늘리는 일일 뿐이라고 그녀는 생각하고 있었다. 신앙심에 대해 자부심을 느끼며 그녀는 옛날의 그 위대한 부인들과 스스로를 비교해 보기도 했다. 그녀는 라 발리에르의 초상화를 보면서 그런 귀부인들의 영광을 꿈꾸기도 했는데, 그 귀부인들은 엄숙하게 번쩍이는 장식으로 치장된 긴 드레스의 옷자락을 끌면서 고독한 곳으로 물러나 삶에서 상처받은 가슴속의 눈물을 모두 그리스도상 발밑에 쏟아 놓았던 것이다.

그러자 엠마는 과도한 애덕의 실천에 몰두했다. 가난한 자들을 위해 옷을 깁기도 했고, 산후조리 중인 여인들에게 땔감을 보내기도 했다. 어느 날 집으로 돌아온 샤를은 부엌의 식탁에서 수프를 먹고 있는 세 명의 건달을 보기도 했다. 엠마는 자기가 아플 때 남편이 유모의 집에 맡겨 두었던 딸을 다시 데려오게 했다. 딸에게 글 읽는 것을 가르치고 싶었던 것이다. 베르트가 아무리 울어도 엠마는 더 이상 화를 내지 않았다. 그것은 인종에 대한 단호한 결심이자 만사에 대한 관용이었던 것이다. 무엇에 대해서든 그녀의 말은 이상적인 표현들로 가득 차 있었다. 딸에게는 이렇게 말하기도 했다.

"설사는 다 나았어, 나의 천사야?"

보바리의 어머니도 며느리가 자기 집 행주를 깁는 대신 고아들에게 줄 캐미솔만 열심히 뜨는 일을 제외하면 며느리를 나무랄 일을 전혀 발견하지 못했다. 그러나 노부인은 부부 싸움에 신물이 나 있었기에 이 평온한 집에 있는 것이 좋았다. 그래서 성금요일마다 순대를 주문하는 보바리 영감의 빈정거림을 피하려고 부활절이 지날 때까지 머물러 있었다.

엄정한 판단과 근엄한 태도로 그녀의 마음을 다소 든든하게 해 주는 시어머니와 함께 있는 것 외에도 엠마는 거의 매일 다른 부인들과 교제를 나누고 있었다. 랑글루아 부인, 카롱 부인, 뒤브뢰이 부인, 튀바쉬 부인이 그들이었고, 2시에서 5시까지는 훌륭한 오메 부인이 어김없이 찾아왔는데, 그녀는 이웃인 보바리 부인에 대해서 사람들이 내뱉는 험담을 전혀 믿으려 하지 않았다. 오메의 아이들도 엠마를 보러 오곤 했는데, 쥐스탱이 그들을 데리고 왔다. 그는 아이들과 함께 방으로 올라가 문 옆에 꼼짝도 않고 아무 말 없이 서 있었다. 보바리 부인은 종종 그가 있는 것에 주의하지 않고 화장을 시작하기도 했다. 그녀는 우선 머리빗을 뽑은 뒤 머리를 거칠게 한 번 흔들었다. 새까만 곱슬머리가 풀어지면서 머리칼 전체가 무릎까지 흘러내리는 모습을 처음으로 보았을 때 이 가엾은 쥐스탱은 어떤 새롭고 기이한 세계 속으로 갑자기 들어온 것 같아서 그 찬란함에 두려움을 느꼈다.

엠마는 물론 쥐스탱의 그 무언의 열정도 그 수줍음도 눈치채지 못하고 있었다. 자기의 삶에서 사라져 버린 사랑이 거기, 자기 옆에, 그 투박한 천의 셔츠 속에서, 자기가 발산하는 아름다움을 향해 열린 그 청년의 심장 속에서 요동치고 있을 줄은 전혀 짐작도 하지 못했다. 게다가 그녀는 요즈음 모든 것에 너무도 무관심했고, 다정한 말과 고상한 시선, 다양한 태도를 보였기에 사람들은 이기주의와 애덕을, 미덕과 타락을 더 이상 구별하지 못했다. 예를 들면, 어느 날 밤 외출을 허락해 달라면서 어떤 구실을 중얼중얼 늘어놓는 하녀에게 화를 버럭 냈다가, 다시 갑자기 이런 말을 하는 것이었다.

"그 남자를 사랑하고 있는 거지?"

그러고는 얼굴이 빨개진 펠리시테의 대답을 기다리지도 않고 슬픈 모습으로 이렇게 덧붙였다.

"그래, 달려가 봐! 즐기라고!"

봄이 오자 그녀는 보바리의 충고를 무릅쓰고 뜰을 전부 뒤집어엎게 했다. 그렇지만 샤를은 어찌 됐든 아내가 뭔가 의욕을 보이는 것을 보고 행복해했다. 건강이 회복되어 감에 따라 그녀는 그런 의욕을 더 많이 보여 주었다. 먼저, 엠마는 유모 롤레 부인을 마침내 쫓아냈다. 그 여자는 엠마의 회복기 동안 젖먹이 둘과 식인종보다도 더 식욕이 왕성한 맡아 기르는 남자애를 데리고 너무 자주 부엌으로 찾아오는 버릇이 붙어 있었다. 그다음, 그녀는 오메의 가족에게서 벗어났고 다른 방문자들도 차례차례 모두 쫓아 버렸으며, 심지어는 교회에 나가는 일도 전보다는 열심히 하지 않았다. 약제사는 엠마의 이런 태도에 대찬성이어서 이렇게 친절하게 말했다.

"적절히 잘 갈겨 주었습니다!"

부르니지앵 씨는 전과 다름없이 매일 교리 문답을 끝내면 불시에 찾아오곤 했다. 그는 '작은 숲 속에서' 바람을 쐬는 것을 더 좋아한다고 했다. 그는 정자를 그렇게 불렀던 것이다. 그때는 마침 샤를이 돌아오는 시간이었다. 그들은 더위를 느꼈다. 달콤한 능금주가 나왔고 그들은 부인의 완전한 회복을 축하하면서 함께 마셨다.

비네도 거기, 즉 조금 아래쪽 테라스의 벽에 기대고 서서 가재를 낚고 있었다. 보바리가 시원한 것을 한잔 들자고 청했다. 비네는 병마개를 아주 잘 땄다.

"이렇게 탁자 위에 병을 똑바로 세워 놓고 끈을 끊은 다음 코르크를 가볍게 치면서 조금씩, 조금씩 밀어 올리는 겁니다. 마치 식당에서 젤테르수 마개를 따듯이 말입니다." 하고 그는 먼저 자기 주위로, 이어 저 멀리 지평선 끝까지 흐뭇한 시선을 던지면서 말했다.

그러나 능금주는 그의 시범 도중에도 자주 그들의 얼굴에 정통으로 뿜어져 올라왔는데, 그러면 사제는 얼굴에 우중충한 웃음을 띠고 이런 농담을 빼놓지 않았다.

"당신의 호의가 눈 속까지 튀는군요!"

사실 사제는 친절한 사람이었다. 심지어는 어느 날 약제사가 부인의

275

기분 전환을 위해 샤를에게 유명한 테너 가수 라가르디가 공연하는 루앙의 극장에 아내를 데리고 가 보라고 권할 때도 전혀 화를 내지 않았다. 사제의 그 침묵에 놀란 오메는 그의 견해를 알고 싶었다. 그러자 사제는 음악이 문학보다 풍속에 해가 덜하다고 생각한다고 말했다.

그러나 약제사는 문학을 옹호했다. 연극은 편견을 조롱하는 데 쓸모가 있고, 재미라는 가면을 쓰고 미덕을 가르친다고 주장했다.

"'카스티가트 리덴도 모레스.'[48]이지요, 부르니지앵 씨! 가령 볼테르의 대부분의 비극을 보세요. 거기에는 사람들에게 도덕과 삶의 수완에 관한 참된 교훈이 되는 철학적 성찰들이 교묘하게 넘쳐 납니다."

"나도 예전에 〈파리의 부랑아〉라고 하는 연극을 본 적이 있는데, 정말 훌륭한 늙은 장군 역할이 눈에 띄더군요! 그는 한 여직공을 유혹한 명문가의 아들을 매몰차게 대하는데, 결국⋯⋯." 하고 비네가 말했다.

"물론이지요! 좋지 못한 약이 있는 것처럼 좋지 못한 문학도 있습니다. 하지만 예술에서 가장 중요한 부문까지도 도매가로 비난하는 것은 갈릴레이를 감금한 그 끔찍한 시대에나 어울릴 어리석은 짓, 구식의 사고로 보입니다." 하고 오메가 말했다.

"나도 잘 압니다." 하고 사제가 반박했다. "좋은 작품, 좋은 작가가 있다는 것을 말입니다. 그러나 세속적인 화려함으로 황홀하게 장식되어 있는 방에 한데 모인 남녀, 그리고 이교도적인 변장과 분과 샹들리에와 여자 같은 목소리 등 이 모든 것은 결국 어떤 정신적인 방종을 야기하고 파렴치한 생각과 불순한 유혹을 갖게 하고 말 것입니다. 이것이 적어도 모든 성직자들의 의견입니다." 하고 사제는 담배 한 줌을 엄지손가락으로 말면서 갑자기 신비로운 어조로 이렇게 덧붙였다. "결국 교회가 연극을 금한 것은 옳은 일이었습니다. 그러니 우리는 교회 법령에 따라야 합니다."

---

48) '웃으면서 풍속을 바로잡는다.'라는 뜻이다.

"왜 교회는 배우들을 파문하지요? 예전에는 교회 의식에 공공연히 공헌했잖아요. 성사극이라 불리는 희극 같은 것을 성가대와 함께 공연하기도 했지요. 그 속에서는 종종 예의범절에 위배되는 것도 있었지만 말입니다." 하고 약제사가 말했다.

사제는 한숨만 쉬는 것에 그쳤다. 그러자 약제사가 계속했다.

"성서에서도 마찬가지입니다. 그 안에도…… 아시다시피, 폐부를 찌르는…… 묘사도 많이 있지만, 정말로…… 외설적인…… 내용들도 있으니까요!"

그러자 부르니지앵 씨는 화난 듯한 몸짓을 했지만 약제사는 아랑곳없이 자기 말을 계속했다.

"아아! 신부님도 성서가 젊은이들 손에 둘 책은 아니라는 것을 인정하시겠지요. 저도 화가 날 것입니다. 만일 아탈리가……."

"아니 성경을 권하는 것은 신교도들이지 우리가 아닙니다!" 하고 짜증이 난 사제가 소리쳤다.

"어쨌든 말입니다! 개화된 세기인 오늘날에도 해를 끼치지도 않고 오히려 도덕적이고 심지어 때로는 건강에도 좋은 지적 위안을 금지하는 일에 여전히 고집을 부리다니 놀랍습니다. 안 그렇습니까? 의사 선생님?" 하고 오메가 말했다.

"물론이지요." 하고 같은 생각이지만 누구의 마음에도 거슬리고 싶지 않아서였는지, 아니면 처음부터 의견이 없어서 그랬는지 의사는 별 열의도 없이 대답했다.

대화가 끝나 갈 때, 약제사는 마지막 일격을 가하는 것이 적절하겠다고 판단했다.

"평복을 입고 무희들이 사지를 흔드는 것을 보러 가는 사제들도 저는 몇 알고 있습니다."

"이런, 설마!" 하고 사제가 말했다.

"아니에요! 알고 있다니까요!"

오메는 말의 음절을 끊어 가면서 되풀이했다.

"저는—알고—있어요."

"그렇다면! 그들이 잘못한 것이죠." 하고 부르니지앵은 체념한 듯이 말했다.

"그럼요, 다른 짓들도 많이 합니다!" 하고 약제사가 소리쳤다.

"이보시오!" 하고 사제가 너무도 험악한 눈초리를 하고 말을 했기에 약제사는 겁을 먹었다.

"저는 단지 관용이야말로 영혼을 종교로 인도할 수 있는 가장 확실한 수단이라는 것을 말씀드리고 싶었던 것뿐입니다." 하고 그는 당돌함이 누그러진 어조로 대꾸했다.

"맞아요! 맞습니다!" 하고 그 호인은 약제사의 말을 인정하면서 의자에 다시 앉았다.

그러나 그는 잠시 동안밖에 거기에 있지 않았다. 그가 떠나자 오메 씨가 의사에게 말했다.

"이것이 바로 말다툼이라는 겁니다! 보셨다시피 제가 멋지게 한번 속여 넘겼습니다! 어쨌든 부인을 극장에 모시고 가 보세요. 빌어먹을, 일생에 한번 저런 까마귀들의 화를 돋워 보기 위해서라도 말입니다! 만일 누군가가 저 대신 일을 좀 해 줄 수 있다면 제가 직접 모시고 갈 텐데. 서두르세요! 라가르디는 단 한 번밖에 출연하지 않을 테니까요. 그는 막대한 보수에 영국으로 가기로 계약이 되어 있습니다. 확실한 소문에 따르면 그는 쾌남이라는데요! 호화로운 생활을 하고, 정부가 셋이나 되고 요리사도 있대요! 그런 유명한 예술가들은 모두가 낭비로 몸을 해치게 되어 있습니다. 그들에게는 상상력을 자극하는 방탕한 생활이 필요합니다. 그러나 젊었을 때 절약하는 일에 신경을 쓰지 않았기에 죽을 때는 구제원에서 죽습니다. 자, 그럼 식사 맛있게 드시고, 내일 뵙지요!"

공연을 보러 간다는 생각이 곧 보바리의 머릿속에서 싹트기 시작했다. 실제로 그는 즉각 아내에게 그 생각을 말해 줬다. 처음에는 피곤과 귀찮음과 경비를 내세우면서 거절했다. 그러나 이상하게도 이번에는 샤를이 양보하지 않았다. 그만큼 그는 기분 전환이 그녀에게 유익하리라 판단했던 것이다. 그 일에 어떠한 장애도 보이지 않았다. 어머니는 기대하지 않았던 300프랑을 보내 주었고, 곧 갚아야 할 빚의 액수도 크지 않았고, 뢰뢰 씨에게 지불해야 할 어음 기한도 아직 한참이나 남아 있어서 생각할 필요가 없었다. 게다가 아내가 양심상 사양을 한다고 생각하고는 샤를은 더욱더 끈질기게 요구했다. 그래서 그녀도 남편의 귀찮은 요구에 못 이겨 마침내 그러겠다고 마음을 정하고 말았다. 그리하여 다음 날 8시에 그들은 '제비호'에 몸을 실었다.

용빌에 자기를 붙잡아 두는 것은 없었지만 그곳에서 떠나서는 안 된다고 생각한 약제사는 두 사람이 출발하는 것을 보고 한숨을 지었다.

"그럼, 잘 다녀오십시오! 두 분 참 행복해 보입니다!" 하고 그는 샤를 부부에게 말했다.

그러고는 네 갈래 주름 장식이 끝에 달린 푸른색 비단 드레스를 입고 있는 엠마에게 이렇게 말했다.

"사랑의 여신처럼 우아하십니다! 루앙에 가시면 크게 이목을 끄시겠는데요."

승합 마차는 보부아진 광장 '적십자' 여관 앞에 그들을 내려 주었다. 그곳은 모든 지방 도시의 변두리에서 볼 수 있는 그런 여관 가운데 하나였다. 커다란 마구간과 조그만 객실들이 있었고, 안마당 가운데에서는 닭들이 진흙으로 더럽혀진 행상인들의 이륜마차 밑에서 귀리를 쪼아 먹고 있었다. 이런 낡은 숙소들은 겨울밤이면 케케묵은 나무 발코니가 바람에 삐거덕거렸고, 언제나 손님들과 소란과 음식으로 가득했다. 시커먼 탁자들에는 '글로리라' 커피의 끈적끈적한 흔적으로 더럽혀져 있었고 두꺼운 유리창들은 파리똥으로 누렇게 변해 있었으며 축축한 냅킨들에는 싸구려 적포도주의 얼룩이 져 있었다. 평복 차림의 머슴처럼 항상 시골티가 나는 이런 숙소들은 도로변으로 카페가 하나 있고 들 쪽으로는 채소밭이 하나 있었다. 샤를은 곧 밖으로 나왔다. 극장 무대 위층 양측에 있는 귀빈석과 일반 관람석을 혼동하고 '1층 앞쪽 마루 좌석'과 칸막이 좌석을 혼동하여 설명을 요구했지만 그래도 이해가 되지 않아 극장 검표원에게 갔다가 다시 지배인에게까지 갔다가 또 여관으로 되돌아갔다가 다시 극장 사무실로 가는 등 이렇게 여러 번 극장에서 대로까지 긴 거리를 걸어 다녔다.

엠마는 모자와 장갑, 그리고 꽃다발 하나를 구입했다. 샤를은 공연 시작 시간에 도착하지 못할까 봐 많이 걱정했다. 그래서 수프조차 제대로 마시지 못하고 극장 앞에 나타났는데, 문은 아직 닫혀 있었다.

15

많은 청중이 난간들 사이로 대칭을 이루듯 벽을 따라 늘어서 있었다. 인접한 길들의 모퉁이에는 '뤼시 드 람메르무어[49]⋯⋯ 라가르디⋯⋯ 오페라⋯⋯ 등등'이 괴상야릇한 글씨로 적힌 거대한 포스터들이 나붙어 있었다. 날씨가 좋았다. 더웠다. 곱슬머리 속에서 땀이 흘러내려 모두가 손수건을 꺼내 빨개진 이마를 훔치고 있었다. 때로 강 쪽에서 불어오는 미적지근한 바람에 작은 카페들 문에 걸려 있는 아마포 천막의 가장자리 장식이 부드럽게 흔들리고 있었다. 그러나 좀 더 내려간 곳에서는 비계

---

[49] 이탈리아의 오페라 작곡가인 도메니코 가에타노 마리아 도니체티(Domenico Gaetano Maria Donizetti, 1797~1848)의 오페라. 그의 가장 유명한 작품으로는 〈람메르무어의 루치아〉, 〈사랑의 묘약〉이 있다. 도니체티는 빈첸초 벨리니, 로시니와 함께 19세기 전반 벨칸토 오페라를 주도하였다.

냄새, 살가죽 냄새, 기름 냄새가 나는 몹시 찬 공기가 불어와 시원했다. 그것은 큰 술통들을 굴려 옮기고 있는 크고 캄캄한 창고들이 꽉 들어찬 샤레트 거리에서 풍겨 나오는 바람이었다.

엠마는 자기 꼴이 우습게 보일까 봐 극장에 들어가기 전에 항구를 한 바퀴 산책하고 싶어 했다. 그러자 보바리는 조심을 하기 위해 바지 주머니 속에 표를 쥔 손을 찔러 넣고는 배 위에 꼭 누르고 다녔다.

극장의 입구로 들어서자 그녀의 가슴이 두근거리기 시작했다. 엠마는 '일등석'으로 통하는 계단을 올라가는 동안 다른 복도를 통해 오른쪽으로 몰려가는 많은 관객을 보면서 허영심에서 본의 아니게 웃음이 나왔다. 마치 어린아이처럼 융단을 덮어씌운 문을 손가락으로 밀면서 그녀는 기쁨을 느꼈다. 그녀는 먼지 낀 복도들에서 나는 냄새를 한껏 들이마셨다. 그리고 자기의 칸막이 좌석에 앉자 마치 공작 부인처럼 의젓하게 몸을 뒤로 젖혔다.

극장이 다 들어차기 시작하자 어떤 사람들은 안경집에서 오페라글라스를 꺼내고 있었고, 정기 예약자들은 멀리서 서로를 알아보고 인사를 나누고 있었다. 그들은 예술 속에서 장사에 대한 불안을 풀러 왔던 것이다. 그러나 '사업'을 잊어버리지 못하고 여전히 면사, 증류주, 남색 염료 등에 대한 이야기를 나누고 있었다. 노인들의 무표정하면서도 평화로운 얼굴도 간간이 보였는데, 머리와 안색이 희끄무레한 그들은 납증기에 노출되어 퇴색한 은메달들처럼 보였다. 멋쟁이 청년들은 열어젖힌 조끼 사이로 장밋빛이나 밝고 선명한 초록빛 넥타이를 과시하면서 '마루 좌석'으로 으스대며 걸어가고 있었다. 보바리 부인은 노란색 장갑을 낀 손바닥으로 금색 손잡이가 달린 가는 단장을 짚고 있는 그들의 모습을 위에서 내려다보며 감탄하고 있었다.

그사이, 오케스트라 좌석의 촛불들이 켜졌다. 샹들리에가 천장에서 내려와서 유리의 단면에서 발하는 광채로 극장에 돌연한 유쾌함을 쏟아부어 주고 있었다. 이어 악기 연주자들이 차례로 입장했다. 처음에는 붕붕거리는 소리를 내는 저음 악기들과 쇠붙이를 가는 듯 끽끽대는 소리를 내는 바이올린, 날카로운 소리를 내는 코넷, 삐익삐익 소리를 내는 플롯과 플래절렛 등이 내는 시끄러운 소리가 길게 들려왔다. 마침내 무대에서 뭔가를 두드리는 소리가 세 번 났고, 둥둥거리는 팀파니 소리가 나기 시작했으며 동관 악기들이 화음을 골랐다. 그러더니 막이 오르면서 풍경이 나타났다. 떡갈나무 그늘 아래 샘이 하나 왼쪽으로 있는 숲 속의 교차로였다. 몇몇의 농부와 귀족들이 망토를 어깨에 걸치고 함께 사냥의 노래를 합창했다. 이어 한 장교가 불쑥 나타나 두 팔을 쳐들면서 악의 천사에게 기원했다. 또 한 장교가 나타났고, 그들이 함께 퇴장하자 사냥꾼들이 다시 노래를 불렀다.

엠마는 젊은 시절에 읽었던 작품들, 그중에서도 월터 스콧의 작품 한복판에 있었다. 히드 숲에서 울려 퍼지는 스코틀랜드 백파이프 소리가 뿌연 안개를 뚫고 들려오는 것 같았다. 게다가 그 소설의 기억이 대본의 이해를 도와주었기에 그녀는 줄거리를 한 문장 한 문장 따라가고 있었다. 다른 한편 머릿속에 떠오르는 포착하기 힘든 생각들이 음악의 폭풍에 의해 곧 흩어져 버리곤 했다. 그녀는 멜로디의 흔들림에 몸을 맡긴 채 마치 바이올린의 활이 자신의 신경을 켜기라도 하는 것처럼 온몸이 전율하는 것을 느꼈다. 그녀는 의상과 무대 장치, 인물들, 배우가 걸을 때마다 흔들거리는 색칠한 나무, 비로드로 된 기수 모자, 외투, 검 등 마치 딴 세상의 분위기 속에 있는 듯 조화롭게 움직이는 그 모든 상상의 산물을 다 눈으로 좇지 못했다. 그때 한 젊은 여인이 초록색 옷을 입은 시종에게 다가와 돈지갑을 던졌다. 그녀가 혼자 남게 되자 플롯 소리가 샘물의 졸졸거리는 소리나 새의 지저귐처럼 들려왔다. 뤼시는 비극적인 표정으로 G장조의 '카바티나'를 부르기 시작했다. 그녀는 사랑의 신에게 항의하면서 날개를 달아 줄 것을 요구했다. 엠마 역시 생활에서 도망쳐서 누군가의 포옹을 받으며 날아가고 싶었다. 그때 갑자기 라가르디가 등장했다.

그는 남부의 정열적인 혈통에 대리석의 위엄 같은 뭔가를 더해 주는 눈부시게 창백한 얼굴을 하고 있었다. 건장한 몸에는 꼭 끼는 갈색 상의를 입고 있었고, 끌로 조각된 작은 단검 하나가 왼쪽 허벅지에 톡톡 부딪치고 있었다. 그는 흰 이를 드러내면서 수심에 잠긴 시선을 이리저리 굴리고 있었다. 소문에 의하면, 한 폴란드 공주가 어느 날 밤 비아리츠 해안에서 작은 배를 수리하면서 그가 부른 노래를 듣고 사랑에 빠졌다고 한다. 그녀는 이 가수 때문에 파멸하고 말았다. 다른 여자들에게 끌려 그 공주를 버렸던 것이다. 그러나 이 애정으로 인한 명성은 그의 예술적인 명성을 드높이는 데 이용되고 있었다. 삶의 수완이 탁월한 이 뜨내기 가수는 자기의 육체적인 매력과 영혼의 섬세함에 관한 시적인 문구를 광고 속에 항상 슬쩍 끼워 넣도록 신경을 썼다. 아름다운 목소리, 지적이기보다는 관능적인 기질, 서정적이기보다는 과장적인 동작, 조금도 흔들리지 않는 태도는 이발사와 투우사의 풍모를 지닌 이 놀라운 사기꾼의 천성을 돋보이게 했다.

첫 장면부터 그는 청중을 열광시켰다. 그는 뤼시를 두 팔로 껴안았다가 멀어졌다가 다시 또 돌아왔다. 그는 절망한 모습이었다. 그는 분노했다가, 이어 한없이 부드러운 애가로 힐떡거렸다. 그러면 흐느낌과 입맞춤으로 가득 찬 음들이 드러난 목에서 흘러나왔다. 엠마는 그를 보기 위해 몸을 앞으로 내밀다가 손톱으로 칸막이 좌석의 비로드를 긁어 흠집이 났다. 마치 폭풍우의 소용돌이 속 조난자들의 절규처럼 콘트라베이스의 반주에 맞춰 길게 이어지는 그 감미로운 비탄의 선율로 그녀의 마음은 가득 메워졌다. 그녀는 목숨을 앗아 갈 뻔했던 그 모든 황홀과 번민을 기억해 내고 있었다. 여가수의 목소리는 자신의 의식의 메아리인 것만 같았고 그녀를 매료시키는 그 환영도 자신의 삶의 뭔가에 지나지 않는 것 같았다. 하지만 이 지상의 누구도 그녀를 이와 같이 사랑해 준 적은 없었다. 마지막 그날 밤 달빛 아래에서 그들이 서로에게 "내일 봐요, 내일 또 봐요!" 하고 말할 때에도 로돌프는 에드가르처럼 눈물을 흘리지는 않았다. 극장은 박수갈채로 무너져 내릴 듯했고, 이어 화려한 종결부 전체가 다시 연주되기 시작했다. 두 연인은 자기들의 무덤의 꽃과 맹세와 이별, 운명, 희망 등에 대해 이야기했다. 한숨 속에서 그들이 마지막 작별 인사를 건넸을 때 엠마는 날카로운 비명을 질렀지만 그것은 마지막 화음의 진동과 뒤섞여 묻혀 버렸다.

"아니, 왜 저 귀족은 여자를 괴롭히는 거지?" 하고 보바리가 물었다.

"그게 아니에요. 그는 저 여자의 애인이에요." 하고 그녀가 대답했다.

"하지만 그는 그녀의 가족에게 복수하겠다고 맹세를 했고 반면 다른 사람, 그래 방금 나왔던 저 사람은 '나는 뤼시를 사랑해. 뤼시도 나를 사랑하고 있는 것 같아.'라고 말했잖아요. 뿐만 아니라 그는 그녀의 아버지와 서로 팔짱을 끼고 나갔고. 닭 깃털 달린 모자를 쓰고 있는 저 작고 못생긴 사람이 분명 그녀의 아버지일 테니까, 안 그래요?"

엠마의 설명에도 불구하고, 샤를은 질베르가 주인인 아쉬통에게 그의 가증스러운 계략을 고백하는 이중창이 시작되자 뤼시를 속이는 가짜 약혼반지를 보고는 그것을 에드가르가 보낸 사랑의 기념품이라고 믿었다. 게다가 그는 음악 때문에 대사가 들리지 않아 줄거리를 잘 이해하지 못하겠다고 실토했다.

"그게 무슨 상관이에요? 좀 조용히 하세요!" 하고 엠마가 말했다.

"그건 당신도 알다시피 이해를 하면서 보고 싶어서 그래." 하고 아내의 어깨에 몸을 기대면서 그가 다시 말했다.

"조용히 하라니까요! 조용히!" 하고 엠마가 짜증을 내며 말했다.

뤼시가 오렌지 화환을 머리에 쓰고 반쯤 시녀들의 부축을 받으면서 앞으로 나왔다. 그녀의 얼굴은 드레스의 흰 새틴 천보다도 더 창백했다. 엠마는 자기의 결혼식 날에 대한 공상에 빠졌다. 사람들이 교회 쪽으로 걸어가고 있을 때 그곳 밀밭 사이의 오솔길에 서 있는 자신의 모습이 떠올랐다. 도대체 왜 그녀는 저 여자처럼 저항하거나 애원하지 않았던가? 그 반대로 그녀는 자기가 뛰어들고 있는 심연에 대해 눈치채지도 못하고 유쾌해하고 있었던 것이다. 아아! 만일 결혼의 오점과 불륜의 환멸을 느끼기 전 싱싱하게 아름다웠을 때 어떤 훌륭하고 든든한 남자에게 인생을 맡겼더라면 정숙과 애정과 관능과 의무가 융합되어 그토록 고귀한 행복으로부터 결코 굴러떨어지지 않았으리라. 하지만 그 행복이라는 것은 모든 욕망이 좌절된 사람에게는 틀림없이 하나의 꾸며 낸 환상에 지나지 않았던 것이다. 이제 그녀는 예술이 부풀려 말하는 정열의 보잘것없음을 알고 있었다. 그래서 딴 데로 생각을 돌리려고 애쓰면서 자신의 고통을 재현하는 이 작품이 눈을 속이기에 좋은 아름다운 환상일 뿐이라고 믿고 싶어 했고, 심지어 내심 경멸적인 연민의 미소까지 짓고 있었다. 그런데 바로 그때, 무대 안쪽 비로드 장막 아래에서 한 남자가 검은색 외투를 걸치고 나타났다.

커다란 스페인풍의 모자가 그의 몸짓에 벗겨져 떨어졌다. 그러자 곧 악기와 가수들이 6중주곡을 부르기 시작했다. 분노로 번뜩이는 듯한 에드가르는 보다 더 낭랑한 목소리로 다른 모든 가수들을 압도했다. 아쉬통은 그에게 장중하고 낮은 음조로 살기를 띤 도전장을 던졌다. 뤼시는 날카로운 탄식을 내뱉었고 아르튀르는 멀리 떨어져서 중간 음으로 노래했다. 사제의 저음은 오르간처럼 낭랑하게 울려 나왔고, 반면 여자들의 목소리가 그의 말을 되풀이하면서 감미롭게 다시 합창을 하기 시작했다. 그들은 모두 일렬로 줄을 지어 줄곧 몸짓을 해 댔다. 분노, 복수, 질투, 공포, 자비, 그리고 놀라움이 그들의 반쯤 벌어진 입에서 동시에 흘러나왔다. 모욕을 당한 연인은 칼을 뽑아 휘둘렀다. 가슴이 움직일 때마다 기퓌르 깃 장식이 급격하고 불규칙적으로 솟아올랐고, 발목이 나팔 모양으로 벌어지는 부드러운 장화의 도금한 박차로 무대 바닥을 쿵쿵 치면서 성큼성큼 좌우로 움직이고 있었다. 이렇게 많은 청중에게 저토록 풍부한 사랑을 토로하는 것을 보면 저 사람은 마르지 않는 사랑을 갖고 있음에 틀림없을 거라고 엠마는 생각했다. 그녀를 사로잡은 그 배역의 시적 아름다움은 깎아내려 볼까 하는 생각을 싹 사라져 버리게 만들었다. 그리고 극중 인물에 대한 환상에 의해 그 남자에게 마음이 끌린 엠마는 그의 삶을, 만일 운명이 원했다면 그녀도 살아갈 수 있었을 그런 떠들썩하고 비범하며 화려한 삶을 상상해 보려고 애를 썼다. 어쩌면 그들은 서로 알게 되었을 것이고 서로 사랑할 수도 있었을 것이다. 그녀는 그와 함께 유럽의 모든 왕국의 수도를 이리저리 여행할 수도 있었을 것이고, 그의 피로와 자랑을 함께 나누어 가지기도 하고 그에게 던지는 꽃을 줍기도 하고 손수 그의 의상에 수를 놓아 주기도 했을 것이다. 그리고 매일 밤 칸막이 좌석 안쪽, 금빛 격자창 뒤에서 그녀만을 위해 노래를 부를 그 영혼의 토로를 입을 벌리고 감탄하며 받아들였을 것이고, 그는 무대에서 연기를 하면서 줄곧 그녀를 바라보았을 것이다. 그때 터무니없는 생각이 그녀를 사로잡았다. 그가 지금 자기를 바라보고 있다는 생각이 들었던 것이다. 틀림없어! 그녀는 그의 품속으로 달려들어 사랑 그 자체의 화신인 것 같은 그의 저항할 수 없는 힘 속으로 도피하고 싶었고, 이렇게 말하고 외치고 싶었다.

"저를 데려가 주세요, 데리고 가 줘요, 함께 떠나요! 당신 것이에요, 당신 것! 저의 모든 정열과 모든 꿈은!"

막이 내렸다.

가스 냄새가 사람들의 입김에 뒤섞이고 있었다. 부채질 바람이 실내 공기를 더욱더 숨 막히게 했다. 엠마는 밖으로 나가고 싶었지만 청중들이 복도를 막고 있었다. 그래서 그녀는 가슴이 두근거려 숨이 막히면서 다시 의자에 쓰러지듯 누워 버렸다. 샤를은 아내가 기절을 할까 봐 두려워 보리 시럽을 한잔 구해다 주러 구내식당으로 달려갔다.

그는 자리로 다시 돌아오는 데 아주 애를 먹었다. 들고 있는 보리 시럽 잔 때문에 발을 내디딜 때마다 사람들의 팔꿈치에 부딪쳤기 때문이다. 설상가상 그는 소매가 짧은 옷을 입은 한 루앙 부인의 어깨 위에 시럽의 4분의 3 정도를 엎질러 버리고 말았는데, 차가운 액체가 허리로 흘러내리는 것을 느끼자 그녀는 마치 누가 살해라도 한 듯이 날카로운 비명을 몇 번이나 질러 댔다. 방적업자인 그녀의 남편은 이 미숙한 남자에게 버럭 화를 냈다. 아내가 자기 손수건으로 버찌 색 아름다운 타프타 드레스에 묻은 얼룩을 닦는 동안, 그는 퉁명스러운 말투로 변상이니 비용이니 환불이니 등의 말을 중얼거리고 있었다. 마침내 샤를은 아내 곁에 돌아와 가쁘게 숨을 헐떡거리며 이렇게 말하는 것이었다.

"정말, 거기서 못 빠져나올 줄 알았어! 사람들이 워낙 많아야지! 너무 많아!"

그는 덧붙였다.

"저 위에서 누굴 만났는지 알아맞혀 보겠어? 레옹 씨야!"

"레옹?"

"그래, 그 사람! 당신에게 인사하러 올 거야."

샤를이 말을 마치기가 무섭게 예전의 용빌의 서기가 칸막이 좌석 안으로 들어왔다.

그는 신사답게 허물없이 손을 내밀었다. 보바리 부인도 분명 자기보다 더 강한 어떤 의지의 인력에 끌려 기계적으로 손을 내밀었다. 그녀는 푸른 잎사귀들 위로 비가 내리고 있던 그 봄날 저녁 창가에서 작별 인사를 나눈 이래 그런 인력을 느끼지 못했다. 그러나 이런 상황에서 어떻게 하면 좋을지 생각이 떠오르자 그녀는 곧 그 기억으로 인한 무감각 상태를 털어 버리려고 애쓰면서 빠른 말로 이렇게 더듬거리면서 말하기 시작했다.

"아! 안녕하세요. 어떻게, 당신이 여기에?"

"쉿, 조용!" 하고 아래층 뒷좌석에서 누군가가 소리쳤다. 3막이 시작되고 있었던 것이다.

"아니, 지금 루앙에 있으세요?"

"예."

"언제부터요?"

"나가요! 나가!"

사람들이 그들 쪽으로 돌아보고 있었기에 그들은 입을 다물었다.

그러나 그때부터 그녀에게는 아무것도 들리지 않았다. 초대받은 손님들의 합창도, 아쉬통과 하인들의 장면도, D장조의 웅장한 이중창도 마치 악기들이 잘 울리지 않고 인물들도 더 멀리 떨어져 있는 것처럼 그녀에게는 모두가 먼 곳으로 사라져 버렸다. 엠마는 약제사 집에서 즐겼던 카드놀이, 유모 집으로 같이 갔던 산책, 정자 밑에 같이 앉아서 책을 읽었던 일, 난롯가에 단둘이 앉아 나눴던 대화 들을 떠올리고 있었다. 그토록 조용했고 그토록 길었으며, 그토록 비밀스러웠고 그토록 정다웠던 그 모든 애틋한 사랑의 순간들을 그렇지만 그녀는 그동안 잊고 있었던 것이다. 그런데 그는 왜 다시 돌아왔는가? 어떤 우연의 조합이 그를 그녀의 삶 속으로 되돌려 놓았는가? 레옹은 그녀 뒤에서 칸막이 벽에 어깨를 기댄 채 서 있었다. 때때로 그녀는 머리카락 속으로 스며드는 레옹의 콧구멍에서 새어 나오는 훈훈한 콧김에 몸이 부르르 떨리는 것을 느끼곤 했다.

"저것 재미있으세요?" 하고 그는 콧수염 끝이 그녀의 뺨에 스칠 정도로 그녀에게 몸을 가까이 숙이면서 말했다.

엠마는 데면데면 대답했다.

"오오! 아니에요! 별로 재미없어요."

그러자 레옹은 극장 밖으로 나가 어딘가로 아이스크림이나 먹으러 가자고 제안했다.

"아! 아직은! 좀 더 있읍시다. 저 여자가 머리를 풀어 헤쳤어요. 저건 비극적으로 전개되리라는 걸 예고하는 것 같아요." 하고 보바리가 말했다.

그러나 엠마는 그 광란의 장면에 전혀 관심이 없었다. 여가수의 연기는 과장돼 보일 뿐이었다.

"저 여자는 소릴 너무 크게 지르는 것 같아요." 하고 그녀는 귀를 기울이고 있던 샤를에게 몸을 돌리면서 말했다.

"맞아. 약간 그런 것도 같아⋯⋯." 하고 재미있다고 솔직히 말해야 할지 아내의 의견을 존중해야 할지 어쩔 줄 몰라 하며 샤를이 대꾸했다.

그러자 레옹이 한숨을 쉬면서 말했다.

"극장 안이 더워서⋯⋯."

"힘드네요, 정말!"

"고통스러워요?" 하고 보바리가 물었다.

"예, 숨이 막혀요. 나가요."

레옹 씨는 레이스 달린 긴 숄을 그녀의 어깨 위에 조심스럽게 걸쳐 주었다. 셋은 함께 선창가의 한 카페의 유리창 앞 야외에 앉았다. 레옹 씨를 지루하게 할까 봐 걱정이라며 샤를의 말을 엠마가 이따금 가로막곤 했지만 그녀의 병이 먼저 거론되었다. 레옹은 탄탄한 공증인 사무실에서 일을 배우며 2년 정도 루앙에서 보내려 왔다고 그들 부부에게 말해 주었다. 노르망디에서의 일은 파리에서 다루는 것과는 다르기 때문이라는 것이었다. 그러고 나서 그는 베르트와 오메 가족, 그리고 르프랑수아 부인의 안부를 물었다. 샤를이 있는 곳에서 그들이 나눌 수 있는 이야기가 더이상 없었기 때문에 곧 대화는 끊겨 버렸다.

극장에서 나온 몇몇 사람들이 '오 아름다운 천사, 나의 뤼시여!' 하며 콧노래를 부르거나 목청껏 소리를 지르면서 보도를 지나갔다. 그러자 레옹은 음악 애호가인 척하려고 음악에 대해 이야기하기 시작했다. 그는 탐부리니, 루비니, 페르치아니, 그리지를 다 보았다는 것이다. 라가르디는 대단히 화려하기는 하지만 그들에 비하면 재능이 없다고 했다.

"그렇지만 마지막 막에서는 정말 훌륭했다고 말하던데요. 다 보지 못하고 나온 것이 후회가 됩니다." 하고 럼주를 곁들인 소르베를 홀짝홀짝 마시면서 샤를이 말을 가로막았다.

"아, 그래요? 그 사람은 곧 또 한 번 공연을 할 거예요." 하고 서기가 말을 이었다.

그러나 샤를은 자기들은 내일이면 돌아간다고 대답했다.

"당신 혼자 남아 있고 싶으면 모를까. 생각이 어때요?" 하고 샤를은 아내를 돌아보면서 덧붙였다.

자신의 소망을 이룰 수 있는 이 뜻밖의 기회 앞에서 젊은 서기는 작전을 바꾸어 마지막 대목에서의 라가르디를 칭찬하기 시작했다. 기가 막혔을 것이고 감탄할 만한 것이었으리라고 말했다. 그러자 샤를이 이렇게 주장했다.

"당신은 일요일에 와요. 자, 결정을 내려요! 그러는 게 조금이라도 건강에 도움이 된다고 느끼는 데도 안 남는다면 잘못일 거야."

그러는 동안에 옆 테이블들이 치워지고 있었다. 한 종업원이 그들 앞에 조심스럽게 와 섰다. 샤를은 눈치를 채고는 지갑을 꺼냈다. 서기는 샤를의 팔을 잡고 만류하며 자기가 계산을 했다. 게다가 은화 두 닢을 소리 나게 대리석 탁자 위에 던져 놓는 것도 잊지 않았다.

"미안합니다, 정말. 당신이 이렇게 계산을⋯⋯." 하고 보바리가 중얼거렸다.

레옹은 아주 다정한 태도를 보였지만 좀 거만스러웠다. 그리고 모자를 집어 들면서 다시 말했다.

"그럼 약속된 거지요, 내일 6시에?"

샤를은 자기는 더 오래 자리를 비울 수 없다고 다신 한 번 큰 소리로 말했다. 하지만 엠마는 아무 지장이 없다는 것이었다.

"그건⋯⋯ 잘 모르겠어요." 하고 그녀가 야릇한 미소를 띠면서 말을 더듬었다.

"아니! 천천히 생각해 봐요, 두고 봅시다. 자고 나면 뭔가 결정이 서겠지……."

그러고는 곁에 따라오고 있는 레옹에게 이렇게 말했다.

"이제 이렇게 우리 고장에 돌아왔으니 종종 와서 식사라도 청하고 그러세요!"

서기는 그렇지 않아도 사무실 일로 용빌에 갈 필요가 있는데 꼭 그러겠다고 말했다. 그들은 생 테르블랑 샛길 앞에서 헤어졌는데, 성당에서 11시 반을 알리는 종소리가 들려오고 있었다.

제3부

1

레옹 씨는 법학을 공부하면서 '쇼미에르'도 꽤 자주 드나들었다. 그곳
에서 그는 '고상한 풍모'를 가졌다며 따르는 젊은 여공들에게 상당히 큰
인기를 끌기까지 했다. 그는 학생들 중에서 가장 예의가 바른 학생이었
다. 머리칼은 너무 길지도 너무 짧지도 않았고 3개월 학기분의 학비를
월초에 다 써 버리지도 않았으며 교수들과도 좋은 관계를 유지했다. 소
심하기도 하고 조심성이 많기도 해서 무절제하게 행동하지 않으려고 늘
주의했다.

방에서 책을 읽고 있을 때나 저녁에 뤽상부르 공원 보리수나무 밑에
앉아 있을 때 곧잘 법전을 땅에 떨어뜨리곤 했는데, 그럴 때면 엠마와의
추억이 떠오르곤 했다. 그러나 조금씩 그런 감정도 약해져 갔고, 그 위에
다른 욕망들이 쌓여 갔다. 그럼에도 불구하고 그 추억은 끈질기게 그 사
이를 뚫고 올라왔다. 레옹은 희망을 전부 잃지는 않았기 때문이다. 그에
게는 마치 어떤 환상적인 나뭇잎에 달려 있는 황금 과일처럼 미래 속에
흔들거리고 있는 불확실한 약속 같은 것이 있었다.

그랬기에 3년 만에 다시 만나자 그의 정열은 되살아났던 것이다. 그

는 이번에야말로 그녀를 소유하기로 결심했다. 게다가 그의 소심함도
쾌활한 사람들의 무리와 접하면서 완화되어, 다시 시골로 내려온 그는
큰길의 아스팔트를 에나멜 구두를 신고 밟아 보지 못한 인간들을 모두
깔보고 있었다. 훈장을 달고 고급 마차를 타고 다니는 유명 인사, 즉 유
명한 의사의 응접실에서 레이스로 장식한 옷차림의 파리 여자 곁에 있
을 때에는 분명코 이 초라한 서기도 어린애처럼 쩔쩔맸을 것이다. 그러
나 이곳 루앙의 선창가에 있는 이런 별 볼 일 없는 의사의 아내쯤은 충
분히 현혹시키리라 자신했기에 편안하게 느껴졌다. 침착함이라는 것은
스스로가 처한 환경에 의해 좌우된다. 중이층(中二層)에 사는 사람들에
게 5층에 사는 사람들에게 하듯 말하지 않는다. 그리고 부잣집 여자는
정조를 지키기 위해 코르셋 안감 속에 자기의 모든 돈을 마치 갑옷처럼
두르고 있는 것 같다.

전날 저녁 보바리 부부와 헤어진 뒤 레옹은 멀리 떨어져 그들의 뒤를
따라갔었다. 그들이 '적십자' 여관 앞에서 멈춰 서는 것을 보자 그는 발
길을 돌려 저녁 내내 계획을 짜면서 보냈다.

그리하여 다음 날 5시경, 그는 목이 잠기고 뺨은 창백해진 채 누구도
말릴 수 없는 겁쟁이들처럼 결의를 다지며 여관의 식당으로 들어갔다.

"그 남자분은 안 계십니다." 하고 한 종업원이 대답했다.

그것은 좋은 징조라고 생각되었다. 그는 층계를 올라갔다.

엠마는 레옹이 그렇게 찾아온 것에 당황해하지 않았다. 오히려 자기들
이 어디에 머물고 있는지 미처 말해 주지 않았던 것을 사과했다.

"오! 어디 계실지 이미 짐작했었습니다." 하고 레옹이 말했다.

"어떻게요?"

그는 본능이 이렇게 그녀에게 데려다 주었노라고 했다. 그녀는 웃기
시작했다. 그러자 자기의 어리석은 말을 만회하기 위해 레옹은 그녀를
찾기 위해 지금까지 시내의 모든 여관을 돌아다니다 왔다고 말했다.

"그럼, 더 머물기로 마음먹으신 건가요?" 하고 그가 덧붙였다.

"예. 그런데 잘못한 것 같아요. 주위에 할 일이 많을 때 무리해서 재미를 찾는 버릇이 들어서는 안 되니까요."

"오오! 상상이 갑니다."

"오! 아닐 거예요. 당신은 여자가 아니라서."

그러나 남자들 역시 시름이 있었다. 그리하여 대화는 몇 가지 철학적인 성찰로 옮겨 갔다. 엠마는 현세의 사랑의 비참함과 마음이 매몰돼 있는 영원한 고독 등에 대해 아주 길게 늘어놓았다.

자신을 돋보이게 하기 위해서든 아니면 자기의 우울을 자극하는 상대방의 그 우울을 순진하게 흉내 내서든 그 젊은이는 자기도 공부하는 동안 내내 굉장히 따분했노라고 말했다. 소송법이 짜증이 났고 다른 직업들이 마음을 끌었으며 어머니는 편지를 할 때마다 잔소리를 해 댔다는 것이다. 그들은 자신들이 겪은 고통의 동기들을 솔직히 털어놓았으므로, 이야기를 해 나감에 따라 점차 드러나는 속내에 흥분을 느꼈다. 그러나 이따금 자기들의 생각을 완전히 드러내기 직전에 말을 멈추고는 그 생각을 표현할 수 있는 다른 어떤 말을 찾아보려고 애쓰곤 했다. 엠마는 다른 남자에 대한 열정에 대해서는 고백하지 않았고, 레옹 또한 엠마를 잊고 있었다는 말은 하지 않았다.

어쩌면 레옹은 무도회가 끝난 뒤 하역 인부로 가장한 여자들과 먹었던 밤참들에 대해서, 그리고 또 엠마는 이른 아침에 풀밭을 가로질러 애인의 저택으로 달려가곤 했던 옛날의 밀회들에 대해서 아마 기억하지 못했을 것이다. 시내의 소음은 그들에게까지는 거의 들려오지 않았다. 그리고 방은 그들의 호젓함을 한층 더 정답게 하기 위해 일부러 작게 꾸민 것 같았다. 능직 면포로 된 실내복을 입은 엠마는 낡은 안락의자 등받이에 쪽진 머리를 기대고 있었다. 노란색 벽지가 그녀 뒤에서 금빛 배경을 이루고 있었다. 거울 속에는 모자를 쓰지 않은 머리가 가운데에 난 흰 가르마와 함께 비치고 있었고 귓불 끝이 머리카락 밑으로 비죽 나와 있었다.

"아, 미안해요. 실례를 한 것 같아요! 끝없이 늘어놓은 저의 하소연에 지루했겠어요." 하고 그녀가 말했다.

"아닙니다, 전혀요, 전혀!"

"만일 제가 꿈꾸고 있던 것을 당신이 모두 알고 있었더라면!" 하고 그녀는 눈물이 한 방울 흘러내리는 아름다운 눈을 들어 천장을 바라보면서 다시 말했다.

"그런데 저도! 오! 저도 무척 괴로웠습니다. 자주 밖으로 나가 어디론가 걸었지요. 군중들의 북적거리는 소리에 딴 데로 마음을 돌려 보려고 부둣가를 따라 배회하곤 했지만 늘 따라다니는 생각을 떨칠 수가 없었습니다. 큰길가의 한 판화 가게에 뮤즈를 묘사한 이탈리아 판화 한 장이 있습니다. 그 여신은 무릎까지 내려오는 옷을 걸치고 풀어 헤친 머리에 물망초를 꽂고서 달을 바라보고 있었어요. 뭔가가 저를 끊임없이 그곳으로 가도록 충동질했어요. 그 판화 앞에서 몇 시간이고 서 있곤 했습니다."

그는 떨리는 목소리로 계속했다.

"그 여신은 얼마쯤 당신을 닮았습니다."

보바리 부인은 입술에 떠오르는 억누를 수 없는 미소를 감추려 고개를 돌렸다.

"자주 당신께 편지를 썼지만 곧 찢어 버리고 말았습니다." 하고 그가 말했다.

엠마는 대꾸를 하지 않고 있었다. 그러자 그가 계속했다.

"때로는 당신을 우연히 만날 수 있으리라 생각하기도 했습니다. 길모퉁이에서 당신을 본 것 같기도 했어요. 그래서 당신의 것과 같은 숄이나 베일이 삯마차의 휘장에 나부끼는 것을 보면 뒤쫓아 달려가곤 했습니다."

엠마는 레옹의 말을 끊지 않고 계속하도록 내버려 두리라 작정을 한 것 같았다. 팔짱을 끼고 고개를 숙인 채 그녀는 실내화의 장미꽃 무늬를 바라보고 있었다. 그러면서 이따금 새틴 천 실내화 속에서 발가락을 약간씩 꼼지락거리곤 했다.

그러면서도 그녀는 한숨을 내쉬며 이렇게 말했다.

"가련하기 짝이 없는 일은 저처럼 쓸모없는 삶을 연명하는 것이 아니겠어요? 차라리 우리의 고통이 누군가에게 도움이라도 될 수 있다면 희생한다 치고 마음을 달래기라도 할 텐데!"

레옹은 그것을 어떻게 만족시킬지 알지는 못했지만 그 자신도 믿을 수 없을 만큼의 헌신적 욕구를 느끼고 있었기에 미덕과 의무와 말 없는 희생을 찬양하기 시작했다.

"저는 정말 병원의 수녀 간호사라도 되고 싶어요." 하고 그녀가 말했다.

"아아! 남자들에겐 그런 성스러운 임무도 주어지지 않습니다. 아마 의사가 아니고는…… 어디에도 그런 일자리를 찾아보지 못할 겁니다." 하고 그가 대꾸했다.

엠마는 가볍게 어깨를 으쓱하면서 그의 말을 끊고는 하마터면 목숨을 잃을 뻔했던 자기의 병에 대해 하소연을 했다. 유감천만이다! 그때 죽었더라면 지금까지 괴로워하지 않아도 되었을 것이다. 레옹은 곧 '무덤의 정적'을 부러워했다. 심지어 어느 날 밤에는 엠마에게서 선물로 받은 비로드 띠를 두른 그 아름다운 침대 커버에 싸서 자기를 묻어 달라는 유서를 써 놓기도 했다고 말했다. 왜냐하면 그들은 각자가 하나의 이상을 만들어 놓고 거기에 과거의 생활을 맞춤으로써 자기들의 과거가 이랬으면 하고 바랐기 때문이다. 게다가 말은 언제나 감정을 길게 늘이는 압연기 같은 것이다.

그러나 지어낸 그 침대 커버 이야기에 대해 "그런데 왜 그랬어요?" 하고 그녀가 물었다.

"왜냐고요?"

그는 머뭇거렸다.

"당신을 무척 사랑했기 때문이지요!"

어려운 질문을 잘 받아넘긴 것에 만족해하면서 레옹은 곁눈질로 엠마의 얼굴을 엿보았다.

그것은 마치 한 점 바람에 의해 구름이 걷힌 뒤의 푸르른 하늘 같았다. 우울하게 만들고 있던 잡다한 슬픈 생각들이 그녀의 푸른 눈에서 싹 사라져 버린 것 같았다. 얼굴이 온통 환하게 빛났다.

그는 기다렸다. 마침내 그녀가 대답했다.

"그런 것 같다는 짐작은 저도 늘 하고 있었어요……."

그러자 그들은 지나간 삶 속에서의 자잘한 사건들에 관해 서로 이야기했고, 그 시절의 삶을 기쁨과 우울이라는 한마디로 요약했던 것이다. 레옹은 클레마티스 넝쿨 시렁이며 그녀가 입고 있던 드레스들이며 그녀의 방에 놓인 가구 등 그녀의 집에 대한 모든 것을 떠올리고 있었다.

"그리고 우리의 가련한 선인장들은 어디에 있지요?"

"겨울에 얼어 죽었어요."

"아아! 얼마나 많이 생각했는데, 알고 계시지요? 여름날 아침, 태양이 덧창에 강하게 내리쬘 때면 자주 옛날 그대로의 모습이 떠오르곤 했으니까요. 그리고 꽃들을 다듬는 당신의 드러난 두 팔이 보이곤 했습니다."

"저런, 가엾기도 해라!" 하고 그녀는 그에게 손을 내밀면서 말했다.

레옹은 재빠르게 그 손에 입술을 갖다 댔다. 그러고는 안도의 한숨을 크게 내쉬면서 말했다.

"그 시절 저에게 당신은 저의 삶을 사로잡는 뭔지 모를 어떤 힘이었습니다. 예컨대 한번은 제가 당신의 집에 찾아갔었지요. 물론 기억하지 못하시겠지요?"

"아니에요, 기억나는데요. 어서 계속해 보세요." 하고 그녀가 말했다.

"당신은 아래층 옆방에서 외출할 채비를 하고서 층계 맨 아래 계단에서 있었습니다. 푸른색 작은 꽃무늬 장식이 달린 모자까지 쓰고 계셨어요. 그런데 함께 가자는 말도 없었는데 저도 모르게 당신을 따라나섰습니다. 그렇지만 갈수록 어리석음을 깨닫게 되었어요. 전적으로 용기 있게 따라가는 것도 아니었고 그렇다고 헤어지고 싶지도 않아서 어정쩡하게 당신 곁에서 계속 걸었습니다. 당신이 가게에 들어가면 저는 길에 서서 창유리 너머로 당신이 장갑을 벗고 계산대에서 지불할 돈을 세고 있는 것을 바라보고 있었습니다. 그러고 나서 당신은 튀바쉬 부인의 집으로 가서 초인종을 울렸지요. 문이 열렸습니다. 당신이 들어간 뒤 저는 다시 닫혀 버린 그 크고 육중한 문 앞에서 마치 바보처럼 서 있었습니다."

보바리 부인은 그의 말을 들으면서 자신이 그렇게 나이를 먹었다는 생각에 놀라고 있었다. 다시 기억되는 그 모든 일들은 자기의 존재를 확장시켜 주는 것 같았다. 그것은 자기가 빠져들곤 했던 광대한 감정의 공간과도 같았다. 그리하여 그녀는 이따금 지그시 눈을 감고 낮은 목소리로 이렇게 말하곤 했다.

"그래요, 맞아요! 맞아요! 사실이에요!"

그들은 기숙사와 교회, 버려진 대저택 들이 즐비한 보부아진 거리의 시계들이 8시를 치는 것을 들었다. 그들은 이제 말이 없었다. 그러나 그들은 서로를 바라보면서 머릿속에서 어떤 소리를 느끼고 있었다. 그것은 마치 서로에게 고정된 눈동자에서 울려 나오는 어떤 낭랑한 소리 같았다. 그들은 서로 손을 잡았다. 그러자 과거와 미래와 어렴풋한 추억과 꿈 등 그 모든 것이 감미로운 황홀경 속에서 용해되었다. 어둠이 짙어 가고 있는 벽에는 《넬 탑》[50]의 네 장면을 묘사한 조잡한 색채의 판화 네 장이 어둠 속에서 반쯤 빛을 잃은 채 아직도 빛나고 있었는데, 판화 밑에는 스

---

50) 알렉상드르 뒤마 페르(Alexandre Dumas père, 1802~1870)의 작품. 루이 10세 때의 한 귀부인의 사랑과 살인 사건을 주제로 한 사극이다.

페인 어와 프랑스 어로 탑에 관한 전설이 적혀 있었다. 내리닫이창을 통해서는 뾰쪽한 지붕들 사이로 한 조각의 검은 밤하늘이 보였다.

엠마는 일어나서 서랍장 위에 있는 두 개의 촛대에 불을 켜고는 돌아와 다시 자리에 앉았다.

"아, 그래서요?" 하고 레옹이 말했다.

"그래서요?" 하고 그녀가 대꾸했다.

레옹은 끊긴 대화를 이을 방도를 궁리하고 있었는데, 바로 그때 그녀가 이렇게 말을 꺼냈다.

"어째서 지금까지 아무도 제게 이런 감정을 털어놓은 적이 없었을까요?"

그러자 서기는 이상적인 천성은 이해하기 어려운 법이라고 반박하듯 말했다. 자기는 첫눈에 그녀를 사랑했었다고 말했다. 만일 우연의 가호로 더 일찍 만나서 서로 굳게 맺어졌더라면 갖게 되었을 행복을 생각하면서 절망하고 있었다고도 했다.

"저도 이따금 그런 생각을 했어요." 하고 그녀가 말을 받았다.

"참 멋진 꿈이에요!" 하고 레옹이 속삭였다.

그러고는 그녀의 긴 흰색 허리띠의 푸른색 가두리를 가볍게 만지작거리면서 그가 덧붙였다.

"그러니 우리가 다시 시작하는 것을 막을 자 누가 있습니까?"

"안 돼요. 보세요, 저는 너무 나이를 먹었어요, 당신은 젊고요……. 잊어 주세요! 당신을 사랑하는 여자들이 있을 거예요. 당신도 그 여자들을 사랑하게 될 거고요." 하고 그녀가 대답했다.

"다 당신 같지는 못해요!" 하고 그가 소리쳤다.

"어린애같이! 자, 제 말을 들어야 해요! 부탁이에요!"

그녀는 레옹에게 그들의 사랑의 불가능성에 대해 설명하면서 예전처럼 단순히 남매간의 우정을 나누는 사이로 지내야 한다고 충고해 주었다.

그녀가 그렇게 말한 것은 진심에서였을까? 유혹의 매력과 그 유혹으로부터 자신을 지켜야 한다는 데 온통 정신이 팔려 있어서 엠마 자신도 그 점에 대해서는 전혀 알지 못했다. 감동받은 눈빛으로 젊은이를 바라보면서 그녀는 레옹의 떨리는 손이 시도하는 소심한 애무를 부드럽게 밀쳐 냈다.

"아! 용서하세요." 하고 그는 물러서면서 말했다.

그러자 엠마는 양팔을 벌리고 다가오는 로돌프의 대담성보다 더 위험하다고 느껴지는 이 소심함 앞에서 막연한 두려움에 사로잡혔다. 이제껏 어떠한 남자도 이토록 아름답게 보인 적이 없었다. 그의 몸가짐에서는 부드러운 순진함이 발산되어 나오고 있었다. 그는 휘어진 길고 가는 속눈썹을 아래로 내리깔고 있었다. 부드러운 그의 뺨은 육체의 욕구로 상기되어 있다는 생각이 들었다. 그러자 엠마는 그 뺨에 키스를 해 주고 싶은 주체할 수 없는 충동을 느꼈다. 그래서 시간을 보려는 듯 시계로 몸을 기울이면서, "어머나, 늦었어요! 너무 수다를 떨었나 봐요!" 하고 그녀가 말했다.

레옹은 말의 속뜻을 알아채고는 모자를 찾았다.

"오페라 보러 가는 것도 잊고 있었네요! 가엾은 보바리가 일부러 저를 남겨 두고 갔는데! 그랑 퐁 거리의 로르모 씨가 아내와 함께 저를 데리고 가 주기로 했는데."

그래서 그녀는 기회를 놓치고 말았다. 다음 날 엠마는 돌아가야 하기 때문이었다.

"정말이세요?" 하고 레옹이 말했다.

"예."

"그렇지만 다시 뵈어야 해요. 드릴 말씀이 있어서……." 하고 그가 다시 말했다.

"뭔데요?"

"중대하고, 진지한…… 일입니다. 아! 아닙니다, 떠나시진 못할 거예요.

정말 못 떠나실 겁니다! 그걸 아신다면…… 제 말을 좀 들어 주세요. 그럼 제가 드린 말을 이해하지 못하신 건가요? 짐작도 못하셨어요?"

"하지만 말을 잘하시던데요." 하고 엠마가 말했다.

"아아! 농담을! 됐습니다, 됐어요! 제발 당신을 만나게 해 주십시오. 한 번만…… 딱 한 번만……."

"그러시다면……."

그녀는 말을 멈췄다. 그리고 생각을 다시 해 본 듯이 이렇게 말했다.

"오! 여기서는 안 돼요!"

"원하시는 곳이면 어디라도."

"그렇다면……."

그녀는 곰곰이 생각하는 것 같았다. 그러더니 무뚝뚝한 어조로 다시 말을 했다.

"내일 11시, 성당에서."

"거기 있겠습니다." 하고 그는 그녀의 두 손을 잡으면서 큰 소리로 말했다. 하지만 그녀는 자기의 손을 뺐다.

그렇게 머리를 숙이고 있는 엠마의 뒤에 서 있자, 레옹은 그녀의 목을 향해 몸을 굽혀 오랫동안 목덜미에 키스를 했다.

"아니, 미쳤군요! 아아! 미쳤어요!" 하고 그녀는 소리를 내어 작게 웃으면서 말했다. 그사이 키스는 계속 되풀이되었다.

그러고 나서 그는 그녀의 어깨 너머로 얼굴을 내밀면서 엠마의 눈빛에서 승낙을 구하는 것 같았다. 하지만 차가운 위엄으로 가득 찬 눈빛이 그에게 떨어졌다.

레옹은 나가려고 세 발자국 뒷걸음질을 쳤다. 그는 문턱에서 다시 멈췄다. 그러고는 떨리는 목소리로 이렇게 속삭였다.

"그럼, 내일 봐요."

그녀는 머리를 끄덕여 대답하고는 새처럼 옆방으로 사라져 버렸다.

그날 저녁 엠마는 서기에게 긴 편지를 썼다. 약속을 취소하면서 이젠 모든 것이 끝났다는 것과 서로의 행복을 위해 더 이상 만나서는 안 될 거라는 내용이었다. 그러나 편지를 봉하고 났을 때 레옹의 주소를 몰라 어찌할 바를 몰랐다.

　'내가 직접 건네줘야지. 내일 성당으로 올 테니까.' 하고 그녀는 생각했다.

　다음 날 레옹은 창문을 활짝 열어 놓고 발코니에서 콧노래를 부르며 직접 무도화를 여러 번 닦아 윤기를 냈다. 흰 바지에 고급 양말, 초록색 상의를 걸친 뒤 손수건에는 향수를 있는 대로 담뿍 뿌렸다. 뒷머리는 컬을 줬다가 더 자연스러운 멋이 느껴지도록 다시 폈다.

　'아직 너무 이르구나!' 하고 그는 9시를 치고 있는 이발소의 뻐꾸기시계를 바라보면서 생각했다.

　오래된 패션 잡지를 뒤적이다가 밖으로 나와 시가를 한 대 피운 뒤 길을 세 개나 더 거슬러 올라갔다. 그런 뒤 이제 시간이 되었거니 생각하고 노트르담 성당의 앞뜰로 천천히 걸어갔다.

　날씨가 좋은 여름날 오전이었다. 금은 세공품 가게에서는 은 제품들이 반짝이고 있었고, 성당을 비스듬히 비추는 햇빛은 회색 돌의 절단면에 반사되어 반짝이고 있었다. 푸른 하늘에는 한 무리의 새 떼가 클로버 무늬의 작은 첨탑 주위를 맴돌고 있었다. 떠드는 소리가 와자지껄 울려 퍼지고 있는 광장에는 포도를 따라 장미꽃, 재스민, 카네이션, 수선화, 월하향(月下香) 등의 꽃향기가 풍겨 나오고 있었고, 이 꽃들 사이사이에는 고양이풀과 별꽃의 축축이 젖은 잎사귀들이 띄엄띄엄 자리 잡고 있었다. 광장 중앙에 있는 분수에서는 꾸르륵거리며 물 흘러가는 소리가 들리고 있었고, 피라미드 모양으로 쌓아 놓은 멜론들 사이에 꽂힌 널따란 우산 밑에서는 여자 상인들이 모자를 쓰지 않은 채 제비꽃 다발을 종이에 말아 싸고 있었다.

젊은이는 그것을 한 다발 집어 들었다. 그가 여자를 위해 꽃을 사는 것은 이번이 처음이었다. 그 꽃의 향기를 맡자 그의 가슴은 마치 한 여자에게 바치는 이 헌정이 자기에게로 되돌아오는 양 자부심으로 부풀어 올랐다.

그렇지만 그는 사람들의 눈에 띌까 두려웠다. 그는 마음을 단단히 먹고 성당 안으로 들어갔다.

그때 왼쪽 현관문 한가운데 〈춤추는 마리안〉 조각 바로 밑 문턱에 문지기가 서 있었다. 머리에는 깃털 장식 모자를 쓰고 장딴지에는 긴 칼을 차고 손에는 단장을 쥐고 있는 그는 추기경보다도 더 위엄이 있었고 마치 성스러운 성체기처럼 빛이 났다.

그는 레옹 쪽으로 다가와서는 성직자들이 아이들에게 질문을 할 때 취하는 그 번지르르하고 인자한 미소를 보내면서 이렇게 말했다.

"아마 이 고장분이 아니시지요? 성당의 진귀한 물건들을 둘러보고 싶으신가요?"

"아닙니다." 하고 레옹이 대답했다.

그러고는 먼저 교회의 측량을 한 바퀴 돌아보았다. 이어 광장을 둘러보러 왔다. 엠마는 아직 오지 않고 있었다. 그는 성가대석까지 다시 올라갔다.

물이 그득 담긴 성수반에는 첨두아치의 끝과 스테인드글라스 몇 조각과 더불어 교회의 중앙 홀이 반사되고 있었다. 그러나 그림들의 반사는 대리석 가장자리에서 부서져서 마치 얼룩덜룩한 양탄자처럼 바닥돌 위로 멀리까지 늘어져 있었다. 바깥의 대낮의 햇빛은 활짝 열린 세 개의 현관문을 통해 세 줄기의 거대한 광선으로 성당 안에 길게 뻗어 있었다. 때때로 저 안쪽에서 성기 관리 책임자가 제단 앞을 지나가면서 바삐 무릎을 반쯤 꿇어 절을 하곤 했다. 크리스털 샹들리에는 미동도 하지 않고 천장에 조용히 걸려 있었다. 성가대석 안쪽에 놓인 은 등잔에서는 불이 타오르고 있었다. 측면의 기도실들과 성당 안의 컴컴한 곳에서는 이따금 탄식과도 같은 소리가 높은 궁륭 밑으로 메아리치면서 떨어지는 철문 소리와 더불어 흘러나오곤 했다.

레옹은 엄숙한 발걸음으로 벽을 따라 걸어갔다. 인생이 이토록 아름답게 느껴진 적이 없었다. 엠마는 매력적인 모습으로, 들뜬 마음으로, 뒤에서 쳐다보는 시선들을 살피면서 곧 올 것이었다. 밑단 장식이 달린 드레스를 입고, 금테 안경을 쓰고, 날씬한 구두를 신고, 그가 여태껏 음미해본 적이 없는 온갖 멋을 부리면서, 그리고 또 정조가 무너질 때의 그 이루 말할 수 없는 유혹을 느끼면서. 성당은 마치 거대한 규방처럼 그녀를 중심으로 배치되어 있었다. 궁륭들은 어둠 속에서 그녀의 사랑 고백을 듣기 위해 몸을 굽히고 있었고, 스테인드글라스들은 그녀의 얼굴을 환하게 비추기 위해 눈부시게 빛나고 있었으며, 향로들은 피어오르는 향기 속에서 그녀가 천사처럼 나타나도록 하기 위해 타오르고 있었다.

그렇지만 그녀는 여전히 오지 않았다. 레옹은 의자에 앉았다. 바구니를 나르는 뱃사공이 그려진 푸른 유리창에 시선이 닿았다. 그는 오랫동안 그것을 주의 깊게 바라보면서 고기비늘과 몸에 꼭 끼는 윗저고리의 단춧구멍을 세어 보았다. 그러면서 그의 생각은 엠마를 찾아 방황하고 있었다.

저만치 서 있는 문지기는 혼자 성당을 둘러보려는 이 작자에 대해 내심 화가 나 있었다. 그에게 그런 행동은 도리에 어긋난 짓이며 자기에게서 뭔가를 도둑질해 가는 짓이며 신성 모독에 가까운 짓이었다.

그때 포석 위에 비단 옷이 가볍게 스치는 소리가 나면서 모자 테와 검은색 어깨 망토가 보였다. 그녀였다! 레옹은 일어나 그녀를 맞으러 달려갔다.

엠마는 창백해 보였고, 빠른 걸음으로 걸어오고 있었다.

"읽어 보세요! 오오, 안 돼요!" 하고 레옹에게 종이쪽지 한 장을 내밀면서 그녀가 말했다.

그녀는 내밀었던 손을 재빨리 뿌리치더니 성모실로 들어가 의자에 무릎을 꿇고 앉아 기도를 올리기 시작했다.

젊은이는 이 편협한 신앙심을 가진 사람의 변덕에 화가 났다. 그러면서도 밀회 도중에 마치 안달루시아 후작 부인처럼 그렇게 기도에 빠져 있는 그녀를 보고는 어떤 매력을 느끼기도 했다. 그렇지만 이내 그는 싫증이 났다. 그녀가 기도를 끝내지 않고 있었기 때문이다.

엠마는 하늘에서 어떤 갑작스런 결정이 내려오기를 기대하면서 기도하고 있었다. 아니, 보다 정확히 말해 기도하려고 애를 쓰고 있었다. 신의 구원을 구하기 위해서 그녀는 성체를 모셔 둔 감실의 광채를 눈에 가득 담듯 바라보고 커다란 꽃병에 만발한 흰 헤스페리초의 향기를 들이마시고 성당 안의 고요에 귀를 기울였다. 그러나 그 고요는 마음의 동요를 더할 뿐이었다.

그녀가 일어섰다. 두 사람이 나가려 하자 문지기가 재빨리 다가와서 말했다.

"부인은 아마 이곳 분이 아니시지요? 성당의 진기한 물건들을 둘러보고 싶으신가요?"

"아니, 아닙니다!" 하고 서기가 소리쳤다.

"왜 아니라고 하세요?" 하고 그녀가 말을 이었다.

그녀는 흔들리는 정조를 성모 마리아와 조각과 무덤들, 그리고 그 밖의 모든 구실들에 매달리고 있었기 때문이다.

그래서 '순서대로' 보여 주기 위해서 문지기는 그들을 광장 근처 입구까지 데리고 가서는 거기에서 검은 포석으로 깔아 만든 큰 원을 지팡이로 가리켰다. 그것에는 비문도 조각도 없었다.

"이것이 바로 그 아름다운 앙부아즈 종의 원주입니다. 종의 무게가 1,800킬로그램이나 되지요. 유럽 전체를 통틀어서도 그런 종은 없었습니다. 그 종을 주조한 주조공은 기쁜 나머지 죽어 버렸지요…….” 하고 그가 위엄 있게 말했다.

“갑시다.” 하고 레옹이 말했다.

문지기는 다시 걷기 시작했다. 성모실로 되돌아오자 그는 시범이라도 보여 주려는 듯 큰 몸짓으로 두 팔을 쭉 뻗었다. 그것은 시골 지주가 자신의 과수원을 보여 줄 때보다 더 뽐내는 태도였다.

“이 별것 아닌 포석이 바렌과 브리삭의 영주였던 피에르 드 브레제의 묘입니다. 그분은 푸아투의 대원수이자 노르망디의 총독이기도 했습니다. 1465년 7월 16일 몬테리 전투에서 전사했습니다.”

레옹은 입술을 깨물며 발을 구르고 있었다.

“그리고 오른쪽으로 뒷발로 서 있는 말 위에서 철갑옷을 입고 있는 분은 방금 말씀드린 분의 손자인 루이 드 브레제이십니다. 브레발과 몽쇼베의 영주이자 몰브리에 백작, 모니 남작이기도 했고, 국왕의 시종장으로 훈장을 받은 기사이기도 했으며 마찬가지로 노르망디 총독을 지내셨습니다. 비명에 새겨진 바와 같이 1531년 7월 23일 일요일에 사망했습니다. 그리고 그 밑에 막 무덤으로 들어가려 하고 있는 사람은 동일 인물입니다. 죽음을 이보다 더 완벽하게 표현한 그림은 아마 보지 못할 것입니다, 안 그렇습니까?”

보바리 부인이 코안경을 썼다. 레옹은 가만히 서서 그녀를 바라보고 있었다. 그러나 더 이상 어떠한 말이나 몸짓을 하려고도 하지 않았다. 그만큼 그는 장광설과 무관심이라는 이 이중의 결의 앞에서 풀이 꺾이고 말았다.

안내자는 끊임없이 계속 지껄여 댔다.

“그 곁에 무릎을 꿇고 울고 있는 부인은 그의 아내인 디안 드 푸아티에입니다. 브레제 백작 부인, 발랑티누아 공작 부인으로 1499년에 태어나 1566년에 죽었습니다. 그리고 왼쪽에 어린아이를 안고 있는 저 부인은

성모 마리아입니다. 이제 이쪽을 돌아봐 주세요. 바로 이게 앙부아즈 가
문의 묘지입니다. 두 분 모두 루앙의 추기경과 대주교를 지내셨습니다.
그리고 이분은 루이 12세의 대신이셨습니다. 이 성당을 위해 좋은 일을
많이 하셨지요. 가난한 사람들에게 주라고 3만 에퀴를 유언장과 함께 남
겨 놓기도 하셨습니다."

　그는 멈추지 않고 계속 말을 해 대면서 난간이 복잡한 소성당 안으로
그들을 밀치듯 들어가게 하더니 그중 몇 개의 난간을 들추어 덩어리 같
은 것 하나를 보여 주었다. 그것은 분명 실패한 조상이었으리라.

　"저것은 옛날에 영국 국왕이자 노르망디 공작이셨던 리샤르 쾨르 드
리옹의 무덤을 장식하고 있었지요. 저것을 이 모양으로 만들어 놓은 것
은 모르시겠지만, 칼뱅파들입니다. 그들은 이것을 심통스럽게도 대주
교님의 주교좌 밑 땅속에 묻어 버렸습니다. 보세요, 이 문이 바로 대주
교님이 자신의 거처로 들어가던 문입니다. 그러면 이제 석루조(石漏槽)
의 스테인드글라스를 보러 가시겠습니다." 하고 그는 긴 한숨을 내쉬면
서 말했다.

　그러나 레옹은 재빨리 호주머니에서 은화 한 닢을 꺼내어 주고는 엠
마의 팔을 잡았다. 문지기는 그 타지 사람에게 아직도 볼 게 많은데 이
런 갑작스러운 선심에 그 진의를 이해하지 못한 채 아주 망연해하며 서
있었다.

　그러더니 그를 다시 부르면서 말했다.

　"아니! 첨탑을! 저기 저 첨탑을······."

　"고맙지만 이제 됐습니다." 하고 레옹이 말했다.

　"안 보고 가면 서운할 겁니다! 저것은 134미터나 되니까요. 이집트의
대피라미드보다 2.5미터 정도 모자랍니다. 전부 주철로 되어 있는데 이
건······."

　레옹은 달아나고 있었다. 왜냐하면 거의 두 시간 전부터 성당 안에 돌

처럼 꼼짝도 하지 못하고 갇혀 있는 그의 사랑이, 어떤 엉터리 주물공의 기상천외한 시도 같은, 성당 위에 아주 괴상하게 위험을 무릅쓰고 걸쳐 놓은 부러진 파이프 같은, 길쭉한 홈 구멍과 채광창이 달린 굴뚝 같은 것을 통해서 이제는 연기처럼 사라질 것만 같았기 때문이다.

"그런데 어디로 가고 있는 거지요?" 하고 그녀가 말했다.

그는 대답도 하지 않고 빠른 걸음으로 계속 걷고 있었다. 그리고 보바리 부인이 이미 성수에 손가락을 담갔을 때 헐떡거리는 숨소리와 규칙적인 지팡이 소리가 뒤섞여 뒤에서 들려왔다. 레옹이 돌아보았다.

"여보십시오!"

"무슨 일입니까?"

문지기였다. 그는 스무 권 가까이 되는 가제본된 두꺼운 책을 배로 떠받치며 팔로 껴안고 있었다. '성당에 대해 다루고 있는' 책이었다.

"얼간이 같으니라고!" 하고 레옹은 투덜대면서 성당 밖으로 달려 나갔다.

한 아이가 성당 앞뜰에서 장난을 치고 있었다.

"얼른 가서 마차 한 대만 불러 줘라!"

아이는 카트르 방 거리로 총알처럼 달려갔다. 그러자 그들은 둘만 남아 몇 분 동안 얼굴을 마주한 채 좀 멋쩍어하며 서 있었다.

"아아, 레옹! 정말 난 모르겠어요······. 제가 꼭 이래야만······."

엠마가 애교를 부렸다. 그러고는 심각한 표정으로 이렇게 말했다.

"이런 건 아주 무례한 짓이에요, 아시지요?"

"뭐가요? 이런 짓은 파리에서는 보통입니다!" 하고 서기가 대꾸했다.

이 말은 결정적인 논거처럼 그녀의 마음을 결심케 했다.

마차는 아직 오지 않았다. 레옹은 엠마가 성당 안으로 다시 들어갈까 봐 걱정이 됐다. 이윽고 마차가 나타났다.

"어쨌든 북쪽 문으로 나가십시오. 〈부활〉, 〈최후의 심판〉, 〈낙원〉, 〈다윗

왕〉, 지옥의 불길 속의 〈신에게서 버림받은 자들〉을 보려면 말입니다." 하고 문간에 서 있던 문지기가 그들에게 소리쳤다.

"어디로 모실까요?" 하고 마부가 물었다.

"아무 데나, 가고 싶은 데로!" 하고 레옹은 엠마를 마차 안으로 밀치듯 떠밀면서 말했다.

무거운 마차는 출발했다.

마차는 그랑 퐁 거리로 내려가서 아르 광장, 나폴레옹 강변도로, 퐁 뇌프 다리를 지나 피에르 코르네유 조상 앞에서 갑자기 멈춰 섰다.

"계속 가세요!" 하고 안쪽에서 목소리가 들려왔다.

마차는 다시 출발했다. 라파예트 사거리를 지나 내리막길을 질주하여 역으로 들어갔다.

"아니, 그리로 가지 말고 똑바로 가세요!" 하고 같은 목소리가 소리쳤다.

마차는 철문을 빠져나와서 곧 산책로에 이르자 느릅나무들 사이로 천천히 달렸다. 마부는 이마를 훔치고 가죽 모자를 무릎 사이에 낀 채 마차를 샛길 밖 물가 잔디밭 옆으로 몰았다.

마차는 강을 따라 마른 자갈이 깔린 예인로(曳引路)를 지나 섬들 저 너머 와젤 쪽으로 오랫동안 달렸다.

그러나 마차는 갑자기 카트르마르, 스코트빌, 그랑드 쇼세, 엘뵈르 거리를 단숨에 내질러 식물원 앞에서 세 번째로 멈췄다.

"아니, 계속 가라니까!" 하고 더 화가 난 목소리가 소리쳤다.

그래서 마차는 즉시 다시 달리기 시작하여 생 스베르, 퀴랑디에 강변로, 뢸 강변로를 지나 다시 한 번 그 다리를 건너 샹 드 마르스 광장을 통과하여, 병원 뜰 뒤편으로 달렸다. 그곳에는 검은색 상의를 입은 늙은이들이 송악나무들로 푸르게 뒤덮인 테라스를 따라 햇볕을 쬐며 산책하고 있었다. 마차는 부브뢰이유 대로를 따라 올라가다가 코슈아즈 대로를 거쳐 몽 리부데를 죽 가로질러 드빌 언덕까지 내달렸다.

마차는 간 길로 다시 돌아왔다. 그러면서 어디로 갈지 방향도 없이 무턱대고 계속 헤매고 다녔다. 사람들은 그 마차가 생 폴, 레스퀴르, 가르강 산, 라 루즈 마르, 가이야르부아 광장, 말라드르리 거리, 디낭드리 거리, 생 로맹 앞, 생 비비앵, 생 마클루, 생 니케즈 성당—세관 앞—바스 비에이 투르, 트루아 피프, 모뉘망탈 공동묘지 등을 지나는 것을 볼 수 있었다.

때때로 마부는 자기 자리에 앉아서 술집들로 절망적인 시선을 던지곤 했다. 그는 어떤 광적인 열정이 이 사람들을 이렇게 멈출 줄 모르고 달리도록 충동질하고 있는지 알 길이 없었다. 그는 종종 멈춰 보려고 시도도 해 봤지만 그때마다 뒤에서 계속 가라는 성난 외침만이 즉각 들려왔던 것이다. 그래서 그는 땀에 흠뻑 젖은 두 늙은 말을 더욱 거칠게 후려치곤 했다. 마차가 요동치는 것에 대해서는 조심을 하지 않아 여기저기에서 접촉 사고가 났지만 상관하지 않고 풀이 죽은 채 갈증과 피로와 근심으로 거의 울고 싶을 지경이었다.

그리하여 선창가에서는 짐수레와 수통들 사이에서, 거리에서는 경계 표지들이 있는 구석진 곳들에서, 사람들은 이런 지방에서는 좀처럼 보기 드문, 즉 창문에 발을 쳐 무덤보다도 더 밀폐된 채 배처럼 흔들리면서 그렇게 계속 나타나는 마차를 휘둥그레진 눈으로 바라보았다.

딱 한 번, 들 한복판에서 은빛의 낡은 초롱에 햇살이 아주 뜨겁게 내리쬐고 있는 한낮에, 장갑을 끼지 않은 손 하나가 노란색 장식용 천이 달린 작은 커튼들 아래로 나오더니 찢어진 종이쪽지들을 뿌렸다. 그러자 그것들은 바람에 흩어져 마치 하얀 나비들처럼 멀리 빨간 클로버 꽃이 만발한 들판으로 떨어졌다.

이윽고 6시경에 마차는 보부아진 거리의 한 골목에서 멈춰 섰고, 한 여인이 내렸다. 그녀는 베일을 내려 쓴 채 돌아보지도 않고 걸어가고 있었다.

2

여관에 도착한 보바리 부인은 승합 마차가 보이지 않는 것을 보고 놀랐다. 이베르는 53분 동안이나 그녀를 기다리다가 마침내 떠나 버렸던 것이다.

떠날 것을 강요하는 사람은 없었지만, 그녀는 그날 저녁에 떠날 거라고 말을 해 두었던 것이다. 게다가 샤를도 기다리고 있을 터였다. 그녀는 많은 여자들에게 불륜에 대한 벌인 동시에 치러야 할 대가이기도 한 그 비겁한 순종을 이미 마음속에 느끼고 있었다.

급히 짐을 싸고 여관비를 계산한 다음 앞뜰에서 이륜 포장마차를 탔다. 그리고 마부를 재촉하고 격려하면서, 그리고 또 달려온 시간과 거리를 연거푸 물어 가면서 캥캥푸아 마을로 들어가는 길목의 몇 가구를 지나 '제비호' 마차를 따라잡는 데 마침내 성공했다.

마차의 한쪽 구석에 자리를 잡고 앉자마자 그녀는 눈을 감았다. 언덕 아래쯤에 와서 눈을 다시 떴을 때 멀리 제철공의 집 앞에서 마차를 기다리고 있는 펠리시테가 눈에 들어왔다. 이베르가 말고삐를 당겨 말을 세웠다. 그러자 하녀가 마차 문 위에 나 있는 작은 여닫이창까지 발돋움을 하고는 이렇게 은밀하게 말했다.

"마님, 오메 씨 집으로 곧바로 가 보셔야 할 것 같아요. 급한 일인 것 같아요."

마을은 여느 때처럼 조용했다. 길모퉁이에 있는 자그마한 장밋빛 무더기들에서 김이 피어오르고 있었다. 잼을 만드는 때였던 것이다. 용빌에서는 모두가 같은 날 잼을 만들었다. 그러나 그녀는 약방 앞에 훨씬 더 큰 무더기를 보면서 놀랐다. 훨씬 많은 양을 필요로 했기 때문인데, 당연히 가마 또한 일반 가정에서 쓰는 것보다 커야 했다.

그녀는 약방으로 들어갔다. 커다란 안락의자가 뒤집혀 있었고, 〈루앙의 표지등)지도 바닥에 떨어져 두 개의 절구 공이 사이에 널브러져 있었다. 그녀는 복도의 문을 밀쳤다. 그러자 부엌 한가운데에서는 탈곡한 까치밥나무 열매, 가루 설탕, 각설탕이 가득 든 갈색 항아리, 탁자 위에 놓인 저울, 불에 얹어 놓은 냄비 들 사이에서 오메 가족 모두가 턱까지 닿는 앞치마를 걸치고 손에 포크를 들고 있는 것을 볼 수 있었다. 쥐스탱은 서서 고개를 떨구고 있었고 약제사가 고함을 치고 있었다.

"누가 너더러 창고 방에서 이걸 찾아오라 했어?"

"왜 그래요? 무슨 일이에요?"

"무슨 일이냐고요? 모두가 잼을 만드느라 정신이 없었지요. 잼을 끓이는데 거품이 너무 일어 넘치려 해서 냄비를 하나 더 찾아오라고 시켰지요. 그랬더니 이놈이 늘어지게 게으름을 피우면서 조제실 못에 걸려 있는 창고 방 열쇠를 가지고 갔지 뭡니까!" 하고 약제사가 대답했다.

약제사는 자기 직업에 관련된 도구나 약품들을 가득 넣어 둔 지붕 밑 방을 그렇게 불러 왔다. 자주 그는 그곳에서 혼자 라벨을 붙이기도 하고 액체를 다른 용기에 옮겨 붓기도 하고 끈으로 다시 묶기도 하면서 오랜 시간을 보냈다. 그래서 그는 그곳을 단순한 창고가 아니라 진정한 성역으로 생각하고 있었고, 거기에서 자기의 유명세를 인근에 떨치게 하는 온갖 종류의 약들, 즉 달걀 모양의 큰 환약, 탕약, 치료액과 물약 등을 직접 만들어 냈던 것이다. 어느 누구도 거기에는 발을 들여놓지 못했다. 그곳을 너무도 소중히 여긴 나머지 청소도 그 자신이 직접 했다. 요컨대 누구에게나 개방된 약방이 그의 자랑을 과시하는 곳이라면 이곳은 오메의 피난처였는데, 거기에서 홀로 정신을 집중하면서 자기가 특히 좋아하는 것을 하면서 만끽하곤 했다. 그렇기에 쥐스탱의 경솔한 짓은 그에게 엄청난 불경으로 보였던 것이다. 까치밥나무 열매보다도 더 빨개진 그는 이렇게 되풀이해 소리쳤다.

"그래, 창고를! 산과 가성 알칼리를 넣고 잠가 둔 그 열쇠를! 거기서만

315

사용하려고 챙겨 둔 냄비를 가져오다니! 뚜껑으로 덮어 둔 냄비를! 나도 절대로 사용하지 않는 냄비를! 거기 모든 것이 내 까다로운 조제에 중요한 것들인데! 그런데 도대체 어찌 이런 일을! 잘 구별을 해서 조제용을 집안일에는 쓰지 말아야지! 이건 마치 메스로 살찐 영계를 써는 것과 마찬가지야. 또 마치 사법관이……."

"좀 진정하세요!" 하고 오메 부인이 말했다.

그리고 아탈리도 오메의 프록코트를 잡아당기면서 말했다.

"아빠! 아빠!"

"아냐, 넌 가만있어! 가만있으라니까! 이런! 차라리 식료품상이나 되는 게 더 낫겠다, 내 명예를 걸고 말한다만! 자, 해 봐! 체면 지킬 것 없으니! 깨뜨려 봐! 부셔 봐! 거머리들을 풀어 놔 봐! 접시꽃도 태워 버리고! 약병에다가는 오이를 절이고, 붕대도 박박 찢어 버리고!" 하고 약제사가 다시 말했다.

"그런데……." 하고 엠마가 말했다.

"잠깐만요! 네가 얼마나 위험했는지 알기나 해? 왼쪽 구석 세 번째 선반에서 본 게 없어? 말해 봐. 대답해 보란 말이야. 뭐라고 말 좀 해 봐!"

"잘 몰라요." 하고 청년이 우물우물 말했다.

"그래, 모르시겠다! 나 참! 그래, 나는 알아, 난! 노란 밀랍으로 봉인된 푸른 유리병을 보았겠지. 안에는 흰 가루가 들어 있고. 병에다 '위험!'이라고까지 써 놓았어. 그 안에 든 것이 뭔지 아니? 비소란 말이야! 네 손에 닿을 뻔한 거야! 옆에 있는 냄비를 집어 왔으니."

"비소라고요? 넌 우리 식구를 다 독살시킬 뻔했구나!" 하고 오메 부인이 두 손을 맞잡으면서 소리쳤다.

그러자 아이들은 마치 이미 창자에 참을 수 없는 고통을 느끼는 듯 비명을 질러 대기 시작했다.

"그렇지 않으면 어떤 환자를 독살했을 수도 있었을 거야! 너 도대체

내가 중죄 재판소 범죄자석에 앉아 있기를 바랐던 거야? 단두대로 끌려 가는 것을 보고 싶었던 거야? 내 비록 노발대발하는 습성이 있지만 약품 취급 때만은 세심하게 주의를 기울인다는 것을 모르는구나. 자주, 내 책 임을 생각하면 두렵기까지 해! 정부는 우리를 박해하고 있고, 우리를 규 제하는 터무니없는 법은 마치 머리 위에 걸려 있는 다모클레스의 칼[51] 같 기 때문이야!" 하고 약제사가 계속 말했다.

엠마는 오메 씨가 자기를 왜 보자고 한 건지 더 이상 물어볼 생각을 하 지 않고 있었다. 약제사는 헐떡거리면서 말을 계속했다.

"그래, 네게 베푼 호의에 대한 고마움을 어찌 이런 식으로 갚을 수 있 는 거냐! 아낌없이 베푼 아버지 같은 보살핌에 어찌 이런 식으로 보답할 수 있느냔 말이야! 내가 없었다면 넌 지금 어디에 있을 것 같니? 뭘 하 고 있을 것 같아? 누가 네게 의식주를 해결해 주고 교육을 시켜 주고 또 훗날 사회에 나가서 명예롭게 살아갈 모든 능력을 키워 주고 있겠어? 그 러나 그렇게 되려면 열심히 땀 흘려 일해야 하고 사람들이 말하듯이 손 에 굳은살이 박혀야만 해. '파브리칸도 피트 파베르, 아게 쿠오드 아지 스.'[52]란 말이야."

그는 라틴 어를 인용했다. 그만큼 그는 화가 나 있었다. 만일 중국어 나 그린란드 어를 알고 있었다면 그것들도 인용했을 것이다. 왜냐하면 마치 폭풍우에 의해 해변의 모자반에서부터 심연의 모래에 이르기까지

---

51) 다모클레스(Damokles)는 기원전 4세기 전반 시칠리아 시라쿠사의 참주(僭主) 디오니시오스 2세 의 측근이었다. 한번은 디오니시오스가 그를 연회에 초대하여 한 올의 말총에 매달린 칼 아래에 앉혔 다. 참주의 권좌가 '언제 떨어져 내릴지 모르는 칼 밑에 있는 것처럼 항상 위기와 불안 속에 유지되고 있 다.'는 것을 가르쳐 주기 위해서였다고 한다. 이 이야기는 로마의 명연설가 키케로에 의해 인용되어 유 명해졌다. 위기일발의 상황을 강조할 때 '다모클레스의 칼(Sword of Damocles)'이라는 말을 사용하기 시작했다고 한다.
52) '대장장이는 대장장이 일을 해야 한다.'는 뜻으로 자신이 하고 있는 일을 꾸준히 해 나가야 한다는 의미이다.

반쯤 열어 드러내 보이는 대양처럼, 그의 영혼이 안에 감추고 있는 모든 것을 무차별하게 그러내 보여 주고 싶은 그런 발작 상태에 처해 있었기 때문이다.

그는 계속했다.

"널 떠맡은 게 몹시 후회가 되기 시작하는구나! 네 그 비천한 신분 상태와 가난에 빠져 살도록 내버려 둘 걸 그랬어! 넌 뿔 달린 짐승이나 지키는 놈이 되는 것이 적절해! 학문에는 전혀 재주가 없어! 라벨이나 겨우 붙일 줄 아는 정도니. 그런 주제에 넌 내 집에서 교회 참사원처럼 대우를 근사하게 받으면서 편하게 지내고 있는 거야."

이윽고 엠마는 오메 부인 쪽으로 몸을 돌리면서 말했다.

"저를 좀 오라고 하셨다면서요······."

"아이고! 어머나! 정말 어떻게 말씀을 드려야 좋을지? 불행한 일이어서요······." 하고 그 부인은 슬픈 표정으로 말을 가로막았다.

그녀는 말을 맺지 못했다. 약제사가 고함을 지르며 말했다.

"냄비를 비워! 그리고 닦아서 제자리에 갖다 놔! 자, 어서!"

그러면서 쥐스탱의 작업복 칼라를 잡고 흔들자 그의 호주머니에서 책한 권이 떨어졌다.

아이가 몸을 굽혔다. 오메가 더 빨랐다. 얼른 책을 집어 들여다본 그는 눈이 휘둥그레지면서 입을 딱 벌렸다.

"부부의······ 사랑! 아아, 꼴좋다! 꼴좋아! 아주 멋져요. 그리고 이 삽화들 하며······. 아, 이건 해도 너무 심해!" 하고 그는 천천히 말을 끊어서 했다.

오메 부인이 다가왔다.

"안 돼, 만지지 마!"

아이들이 삽화를 보려고 했다.

"다 나가거라!" 하고 오메가 명령조로 말했다.

아이들이 나갔다.

그는 우선 손가락 사이에 책을 펼쳐 쥐고 성큼성큼 이리저리 걸으면서 책장 위로 눈을 굴렸다. 그는 숨이 막히고 가슴이 부풀어 올라 졸도라도 할 것 같았다. 이윽고 그는 곧장 그의 견습생에게 다가가 팔짱을 끼고 앞을 막아서면서 말했다.

"이 녀석아, 도대체 넌 온갖 못된 짓은 다 하고 있구나? 조심해, 넌 지금 나쁜 길로 빠지고 있는 거야! 이 지저분한 책이 애들 손에 들어가 머릿속에 악의 불씨를 지펴, 아탈리의 순진함을 잃게 하고 나폴레옹을 타락시킬 수 있으리라는 것을 깊이 생각해 보지 않은 것 같구나! 그 앤 벌써 어른마냥 성숙해. 너는 쟤들이 이것을 읽지 않았다고 장담할 수 있어? 보증할 수 있어?"

"자, 그만하시고, 제게 하실 말씀이 있으시다고요?"하고 엠마가 말했다.

"그렇습니다, 부인. 부인의 시아버님이 돌아가셨습니다!"

실제로 보바리의 아버지는 전전날 저녁에 식사가 끝난 뒤 뇌졸중으로 갑자기 사망했던 것이다. 예민한 엠마를 너무 걱정한 나머지 샤를은 오메 씨에게 그 끔찍한 소식을 조심스럽게 그녀에게 알려 달라고 부탁했던 것이다.

오메는 이 소식을 어떻게 말해 주면 좋을지 궁리해 보고는 전할 말을 모가 나지 않게 다듬고 리듬도 붙여 두었었다. 그것은 신중함, 완곡함, 세심한 표현과 세련됨이 조합된 걸작이었는데 쥐스탱에 대한 노여움이 그만 스타일을 구겨 버렸던 것이다.

엠마는 더 자세하게 물어보는 것을 포기하고 약방을 떠났다. 오메 씨가 다시 비난을 퍼붓기 시작했기 때문이다. 그러나 그는 진정이 되어서 이제는 아버지처럼 중얼거리면서 그리스식 챙 없는 모자로 열심히 부채질을 하고 있었다.

"내가 그 책을 전적으로 혐오하기 때문은 아니다! 저자가 의사였으니까. 그 안에는 성인이 알아서 나쁘지만은 않은 과학적인 측면도 몇 가지 있어. 그런 것은 성인이면 알아 둘 필요가 있다고도 말하겠지. 하지만 나중에, 나중에 가서 알면 되는 거야! 적어도 어른이 되어서 기질이 형성될 때까지는 기다려라."

엠마가 문을 여는 소리에 기다리고 있던 샤를은 두 팔을 벌리고 다가와 눈물 어린 목소리로 말했다.

"아아! 내 소중한 당신……."

그러고는 포옹을 해 주려고 부드럽게 몸을 굽혔다. 그러나 입술이 와닿자 다른 남자에 대한 추억이 그녀를 사로잡았다. 엠마는 몸을 떨면서 손으로 얼굴을 가렸다.

그러면서 그녀는 대답했다.

"예, 알아요……, 알고 있어요."

샤를은 아내에게 자기 어머니가 어떠한 감상적인 위선도 없이 사실을 기술하고 있는 편지를 보여 주었다. 보바리의 어머니는 단지 남편이 두드빌의 한 거리의 카페에서 퇴역 장교들과 애국적인 만찬을 마치고 나오다가 그 입구에서 죽었기에 종교의 구원을 받지 못한 것에 대해서만 애석해하고 있었다.

엠마는 편지를 돌려주었다. 그러고 나서 저녁 식사 때에는 예의상 식사할 마음이 별로 내키지 않은 척했다. 그러나 그가 먹어야 한다고 자꾸 권했기에 그녀는 주저 없이 먹기 시작했다. 그러는 사이, 마주 앉아 있던 샤를은 아주 괴로운 자세로 꼼짝도 않고 있었다.

이따금 그는 머리를 들어 비탄에 잠긴 시선으로 그녀를 오랫동안 바라보았다. 한번은 길게 한숨을 내쉬면서 이렇게 말하는 것이었다.

"아버님을 한 번 더 뵙고 싶었는데!"

그녀는 말이 없었다. 마침내 무슨 말이든 해야 한다는 것을 깨닫고는 이렇게 말했다.

"아버님 연세가 어떻게 되셨지요?"

"쉰여덟!"

"아!"

그리고 끝이었다.

15분 정도가 지나 그는 이렇게 덧붙였다.

"가엾은 어머님은…… 이제 어떻게 되실까?"

엠마는 자기도 모르겠다는 몸짓을 했다.

아내가 그리 말이 적은 것을 보고 샤를은 그녀도 애통해서 그런 것으로 짐작하고는, 아내를 슬프게 만드는 그런 고통을 자극하지 않으려고 단 한 마디도 애써 꺼내지 않고 있었다. 그렇게 있는 동안, 자기의 슬픔을 털어 내면서 이렇게 말했다.

"어제 아주 재미있었어?" 하고 그가 물었다.

"예."

식사가 끝났지만 보바리는 일어서지 않았다. 엠마도 자리를 뜨지 않았다. 그런데 남편의 얼굴을 바라보고 있을수록 그 단조로운 광경이 그녀의 마음속 연민의 감정을 조금씩 다 쫓아 버렸다. 그녀의 눈에 그는 초라하고 나약하며 형편없이 보였다. 요컨대 아무리 보아도 변변치 못한 남자 같았다. 어떻게 그에게서 벗어날 수 있을까? 얼마나 긴긴 밤인지! 아편 연기와도 같은 마비시키는 그 무엇이 그녀를 혼미하게 하고 있었다.

현관 마룻바닥에서 울리는 메마른 지팡이 소리가 들려왔다. 이폴리트가 부인의 짐을 가져오고 있었던 것이다. 그것을 내려놓기 위해 그는 의족으로 4분의 1쯤 되는 원을 그렸다.

'남편은 이제 그 일에 대해선 생각조차 하지 않겠지!' 하고 그녀는 숱이 많은 붉은 머리가 땀에 젖어 역겨운 냄새를 풍기는 그 불쌍한 사내를 바라보면서 생각했다.

보바리는 지갑 속에서 동전 한 닢을 찾고 있었다. 그의 구제 불능인 무능에 대한 비난의 화신인 양 이 사내가 거기 서 있는 것만으로도 그에게는 수치일 텐데, 그는 그것을 전혀 느끼지 못하는 것 같았다.

"이런, 예쁜 꽃다발이 있네!" 하고 벽난로 위에 있는 레옹에게서 받은 제비꽃 다발을 가리키면서 그가 말했다.

"예, 아까 산 거예요. 구걸하는 여자에게서요." 하고 그녀는 담담하게 대답했다.

샤를은 제비꽃 다발을 집어 들고 그것으로 울어서 벌겋게 충혈된 눈을 식히며 가만히 향기를 맡았다. 엠마는 재빨리 그것을 남편의 손에서 빼앗아 가지고 물컵에 꽂아 두었다.

다음 날, 보바리의 어머니가 도착했다. 그녀와 아들은 많이 울었다. 엠마는 주문할 것이 있다는 핑계를 대고 어디론가 가 버렸다.

다음 날, 장례 문제에 대해 함께 알아보아야 했다. 그들은 바느질 상자를 들고 물가 정자 밑으로 가 앉았다.

샤를은 아버지를 생각하고 있었다. 그리고 그때까지만 해도 그저 사랑한다고만 여겼던 그에게 이토록 애정을 느끼고 있다는 것에 놀랐다. 보바리의 어머니도 남편을 생각하고 있었다. 힘들었던 지난날들이 다시 떠오르면서 오히려 부럽게만 느껴졌다. 모든 것이 너무도 오랜 습관에서 온 본능적인 회한에 묻혀 사라져 가고 있었다. 바느질을 하는 동안 이따금 굵은 눈물방울이 콧등을 따라 흘러내리는 바람에 한동안 중단하곤 했다.

엠마는 불과 이틀 전, 세상에서 멀리 떨어진 채 도취경에 빠져 서로에게서 눈을 떼지 못하고 함께 있었던 일을 생각했다. 지나가 버린 그날의 극히 자잘한 일까지도 다시 붙잡아 보려고 애쓰고 있었다. 그러나 시어머니와 남편이 앞에 있는 것이 방해가 되었다. 그녀는 자기가 어떻게 해도 외부의 감각들 때문에 사라져 가고 있는 사랑의 명상을 방해받지 않기 위해서 아무 소리도 듣고 싶지 않고 아무것도 보고 싶지 않았다.

엠마는 드레스의 안감을 뜯어내고 있었고, 그 조각 천들이 주위에 흩어져 있었다. 보바리의 어머니는 눈을 들지 않은 채 가위질만 하고 있었다. 샤를은 테두리 장식이 달린 실내화를 신고 실내복으로 입는 갈색 프록코트를 걸친 채 두 손은 호주머니에 쑤셔 넣고 그 역시 더 이상 아무 말도 하지 않고 있었다. 그들 곁에서 베르트는 흰색 앞치마를 두르고 정원의 오솔길 모래를 삽으로 긁으며 졸고 있었다.

별안간 옷감 상인인 뢰뢰가 살문으로 들어오는 것이 보였다.

그는 '불가항력의 사태를 고려하여' 도움을 주러 왔다는 것이었다. 엠마는 도움이 없어도 될 것 같다고 대답했다. 상인은 물러나지 않았다.

"매우 죄송합니다만, 특별히 좀 나눌 말씀이 있어서요." 하고 그가 말했다.

그러고는 작은 소리로 계속했다.

"그 일에 관한 겁니다. 아시지요?"

샤를은 귀까지 빨개졌다.

"아! 그럼요……, 알고말고요."

그는 불안을 느끼며 아내 쪽으로 몸을 돌렸다.

"이야기 좀 나눠도 괜찮겠지, 여보?"

그녀는 그의 말을 이해한 것 같았다. 자리에서 일어섰기 때문이다. 그러자 샤를이 어머니에게 말했다.

"아무것도 아닙니다! 그냥 사소한 집안일이에요."

그는 어음에 관한 문제를 어머니가 알기 원하지 않았다. 잔소리가 두려웠기 때문이다.

둘만 남게 되자 꽤 솔직하게 엠마가 물려받을 상속에 대해 축하를 한 뒤 과수장, 수확, 그리고 언제나 '그럭저럭, 좋지도 나쁘지도 않은' 자신의 건강 등의 사소한 문제에 관해 이야기를 늘어놓았다. 실제로 그는 소문과는 달리 정신없이 동분서주하지만 빵에 발라 먹을 버터를 살 돈조차 벌지 못한다는 것이었다.

엠마는 그가 지껄이는 대로 내버려 두었다. 그녀는 이틀 전부터 지독하게 따분해하고 있었다.

"이제 완전히 회복되셨습니까? 정말로 남편께서는 힘들어하셨어요. 좋은 분입니다. 저와는 관계가 좀 불편했지만." 하고 그가 말했다.

엠마는 그 불편한 일이 뭐였는지 물어보았다. 왜냐하면 샤를은 주문한 물건들에 대해 다툰 일에 대해서는 그녀에게 숨기고 있었기 때문이다.

"아니, 잘 알고 계실 텐데요! 부인의 그 충동적인 구매 때문이었지요. 그 여행용 가방들 때문에 말입니다." 하고 뢰뢰가 말했다.

그는 모자를 눈 위까지 눌러쓰고 있었다. 두 손으로는 뒷짐을 지고 방긋 웃기도 하고 휘파람도 불면서 아주 불쾌하게 그녀를 쳐다보았다. 그가 뭘 눈치채고 있었던가? 그녀는 온갖 불안에 빠져들었다. 그리고 마침내 그가 말을 계속했다.

"우린 서로 화해를 했는걸요. 이번엔 다른 합의 하나를 제안하러 왔습니다."

보바리가 서명한 어음을 갱신하는 게 그것이었다. 그러나 남편께서는 좋으실 대로 해도 좋다, 그렇지만 특히 힘든 일이 많이 생기려는 지금 그런 일로 고민해서는 안 된다는 것이었다.

"뿐만 아니라 누군가에게, 가령 부인에게 책임을 떠맡기는 게 더 나을 겁니다. 위임장 하나로 간단히 해결됩니다. 그렇게 되면 자잘한 문제들은 부인과 제가 함께 처리하면 될 거고요."

엠마는 이해하지 못하고 있었다. 뢰뢰는 입을 다물었다. 그러고는 자기의 장사 이야기로 돌아가서 그는 부인이 자기에게서 뭔가를 꼭 구입할 게 있을 거라고 주장했다. 그러면서 드레스를 만들 검은색 바레주 직물 12미터를 보내 주겠다고 했다.

"부인께서 지금 입고 있는 옷은 집에서나 입을 옷입니다. 외출용 옷으로 다른 게 필요하시겠어요. 들어오면서 단번에 알아보았는데요. 제 눈은 아주 예리하지요."

뢰뢰는 그 옷감을 보내지 않고 직접 가지고 왔다. 그러고는 치수를 재기 위해 다시 왔다. 다른 구실을 대면서 또 오곤 했는데, 그때마다 오메의 말처럼 상냥하고 서글서글하게 보이려고 애썼고 충성심을 보였다. 그러면서 계속 위임장에 대한 조언을 몇 마디씩 넌지시 귀띔해 주곤 했다. 그는 어음에 대해서는 전혀 말을 꺼내지 않았다. 엠마도 그 일에 대해서는 생각하지 않고 있었다. 병이 회복되기 시작했을 때 샤를이 어음에 대해 뭔가 분명히 말을 해 주었지만 머리가 복잡한 일들이 너무 많아서 더 이상 그것을 기억하지 못하고 있었다. 게다가 돈 관련 문제라면 무엇이 됐든 이야기를 꺼내지 않도록 조심했다. 보바리의 어머니는 그런 엠마를 보고 놀랐는데, 그런 심정의 변화를 그녀가 아플 때 얻은 종교심으로 돌렸다.

그러나 시어머니가 떠나자마자 엠마는 곧 실제적인 상식으로 보바리를 감탄하게 했다. 상속에 대해 잘 알아보고 저당권을 정확히 확인하여 경매에 붙여야 할지 아니면 청산해야 할지 생각해 봐야 한다는 것이었다.

그녀는 되는대로 전문적인 용어들을 써 가면서 이서(裏書)니 최고장이니 공제 조합이니 하는 거창한 용어들을 내뱉으면서 끊임없이 상속의 거추장스러운 절차를 과장했다. 그리하여 어느 날 그녀는 '그 일의 관리, 모든 차입, 모든 어음의 서명 및 이서, 모든 지불 등등'을 위한 총괄적인 승인에 대한 견본을 샤를에게 보여 주었다. 그녀는 뢰뢰에게서 들은 지식을 활용했던 것이다.

샤를은 어리석게도 그 견본이 어디서 난 건지 물어보았다.

"기요맹 씨한테서요."

그녀는 지극히 냉정하게 이렇게 덧붙였다.

"전 그분을 별로 믿지는 않아요. 공증인에 대한 평이 너무 안 좋으니까요! 아마 상담을 받아 볼 필요는 있을 텐데, 우리가 아는 사람이라곤……. 오! 아무도 없네요."

"레옹이면 모를까……." 하고 곰곰이 생각하고 있던 샤를이 대꾸했다.

그러나 편지로 알아보기란 쉬운 일이 아니었다. 그래서 그녀는 자기가 가서 만나고 오겠다고 나섰다. 샤를은 그럴 것까지는 없다고 사양했다. 엠마는 고집했다. 그것은 누가 더 친절한지에 대한 내기와도 같았다. 마침내 그녀는 반항하는 체하며 소리쳤다.

"괜찮아요, 제가 가겠다니까요."

"당신은 참 착한 사람이야!" 하고 그녀의 이마에 키스를 해 주면서 그가 말했다.

다음 날 당장 그녀는 레옹 씨와 상담을 하기 위해 루앙행 '제비호'에 몸을 실었다. 그녀는 거기에서 사흘을 머물렀다.

3

충만하고 감미롭고 기막히게 멋진 사흘이었다. 진정한 밀월이었다.

그들은 선창가의 '불로뉴 호텔'에서 묵었다. 마룻바닥에 꽃을 뿌리고 덧문을 닫고 문은 걸어 잠근 채 아침부터 날라다 주는 얼음 담긴 시럽을 마시며 지냈다.

저녁때가 되면 그들은 덮개가 달린 작은 배를 타고 섬으로 저녁을 먹으러 갔다.

조선장에서 선체에 널빤지 틈을 메우는 직공의 망치 소리가 들려오는 무렵이었다. 나무들 사이에서는 타르를 태우는 연기가 솟아오르고 있었고, 강물 위에는 둥둥 떠다니는 피렌체산 청동 판들처럼 커다란 기름방울들이 자줏빛 햇살을 받으며 제멋대로 일렁이고 있었다.

그들은 정박되어 있는 선박들 사이로 내려갔다. 그 배에 비스듬히 매어진 긴 닻줄들이 그들이 탄 작은 배의 위를 스치곤 했다.

수레 굴러가는 소리, 떠들썩한 목소리, 갑판에서 위 강아지들이 낑낑대는 소리 등 도시의 소음들이 서서히 멀어져 가고 있었다. 엠마는 모자끈을 헐렁하게 늦추고 그들이 가려는 섬에 이르렀다.

그들은 대문에 검은 어망을 걸쳐 놓은 어느 선술집의 천장이 낮은 홀에 앉았다. 그들은 바다빙어 튀김과 크림과 버찌를 먹었다. 그들은 풀밭에 누워 있기도 했고, 멀리 떨어진 포플러 나무 밑에서 서로를 포옹하기도 했다. 황홀했기에 이 지상에서 가장 아름답게 느껴지는 그 작은 섬에서 그들은 마치 두 사람의 로빈슨 크루소처럼 영원히 살고 싶었다. 나무와 푸른 하늘과 잔디밭을 보는 것은, 그리고 물 흐르는 소리와 나뭇잎 사이로 부는 산들바람 소리를 듣는 것은 이번이 처음이 아니었다. 그러나 마치 이전에는 자연이 존재하지 않았던 것처럼, 혹은 욕구가 다 채워진 뒤에야 겨우 자연이 아름답게 느껴지기 시작했던 것처럼 이번처럼 자연의 그 모든 것에 감탄해 본 적은 확실히 없었다.

밤에 그들은 다시 출발했다. 작은 배는 섬들의 가장자리를 따라 나아갔다. 그들은 배 안쪽 어두컴컴한 곳에 단둘이 숨어 말없이 앉아 있었다. 각진 노들이 쇠 놋좆들 사이에서 삐걱대고 있었다. 그 소리는 마치 메트로놈의 박자처럼 고요 속에서 또렷이 들려오고 있었고 한편 배 뒤에서는 늘어진 닻줄이 끌려오면서 물속에서 줄곧 작고 부드럽게 찰랑대는 소리를 내고 있었다.

어떤 때는 달이 드러났다. 그러면 그들은 시정으로 가득 찬 우수 어린 그 달을 바라보면서 멋진 말들을 한마디씩 내뱉는 일을 놓치지 않았다. 심지어 엠마는 노래까지 부르기 시작했다.

어느 날 저녁이었지. 그대는 기억하는가? 우리는 노를 젓고 있었지.

아름답고 가냘픈 그녀의 목소리는 물결에 묻혀 사라져 갔다. 새가 날
개를 퍼덕이듯 자기 주위를 스치며 바람에 실려 가는 그 룰라드 선율에
레옹은 귀 기울이고 있었다.

엠마는 배의 격벽(隔壁)에 몸을 기댄 채 레옹과 마주 보고 있었다. 열
린 덧문을 통해 달빛이 비쳐 들고 있었다. 옷 주름이 부채처럼 퍼져 있는
까만 드레스는 그녀를 더욱 날씬하고 키가 커 보이게 했다. 그녀는 두 손
을 맞잡은 채 고개를 들어 하늘을 바라보고 있었다. 종종 버드나무 그림
자에 몸이 완전히 가려졌다가는 마치 하나의 환영처럼 돌연 달빛 속으
로 다시 나타나곤 했다.

그녀의 곁, 선체 바닥에 앉아 있던 레옹은 손바닥에 집히는 선홍색 비
단 리본 하나를 발견했다.

뱃사공이 그것을 살펴보더니 마침내 이렇게 말했다.

"아아! 이건 아마 엊그저께 내가 태워다 준 일행의 것 같습니다. 익살
스런 남녀 한 패가 왔었지요. 과자와 샴페인, 코넷 등을 준비해 와서는 아
주 와자지껄했습니다! 특히 키가 크고 콧수염을 짧게 기른 잘생긴 남자
가 한 명 있었는데 대단히 재미있는 사람이었어요! 그들은 그에게 이렇
게 말하곤 했지요. '자, 뭔가 이야기 좀 해 주시오, 아돌프……. 아니, 도돌
프였나…….' 뭐 그런 이름이었던 것 같아요."

엠마는 몸을 부르르 떨었다.

"어디 아파요?" 하고 레옹은 그녀에게 다가가면서 말했다.

"아! 아무것도 아니에요. 밤이 차가워서 그런 것 같아요."

"아마 그 사람도 여자가 없지는 않은 것 같지요?" 하고 낯선 손님에게
그렇게 말하는 것이 예의라고 믿는 늙은 뱃사공이 조용히 말했다.

그러고는 손에 침을 뱉은 뒤 다시 노를 잡았다.

그렇지만 그들은 헤어지지 않으면 안 되었다. 이별은 슬픈 일이었다. 레옹은 자기의 편지를 롤레 아주머니 집으로 보내기로 했는데 엠마가 이중 봉투의 사용에 대해 너무도 자세하게 충고를 해 주어서 레옹은 그녀의 사랑의 계략에 크게 놀랐다.

"그럼, 모든 일이 다 잘되리라는 걸 믿어도 되겠지요?"

"그럼요, 물론이지요!"

'그런데 도대체 왜 그 위임장에 대해 저토록 크게 집착하는 걸까?' 하고 그는 여러 거리를 혼자 걸어 돌아오면서 생각했다.

4

레옹은 곧 동료들 앞에서 거만한 태도를 취했고, 그들과 함께 있기를 피했으며, 사무실 서류들에 대해서는 완전히 나 몰라라 했다.

그는 그녀의 편지를 기다리고 있었고, 편지를 받으면 여러 번 다시 읽곤 했다. 그도 그녀에게 편지를 썼다. 그는 욕망과 기억의 힘을 다 기울여 그녀를 회상하고 있었다. 그녀를 다시 만나고 싶은 욕망은 떨어져 있어서 덜해지기는커녕 더 커져 갔다. 그리하여 어느 토요일 아침, 그는 사무실을 빠져나갔다.

언덕 위에서 골짜기에 있는 성당의 종탑과 거기에 달린 양철 깃발이 바람에 회전하고 있는 것을 보자 그는 백만장자들이 고향을 다시 찾았을 때 갖게 되는 의기양양한 허영심과 이기적 감동이 뒤섞인 그런 희열을 느꼈다.

그는 그녀의 집 주위를 어슬렁거렸다. 부엌에는 불빛이 하나 빛나고 있었다. 그는 커튼 뒤로 그녀의 그림자가 나타나기를 기다렸다. 그러나 아무것도 나타나지 않았다.

르프랑수아 부인은 레옹을 보자 크게 탄성을 질렀다. 그가 '키가 크고 날씬해졌다.'는 것이다. 반면 아르테미즈는 '살이 찌고 얼굴이 탔다.'고 했다.

그는 예전처럼 작은 홀에서 저녁을 먹었다. 그러나 세무 관리가 없이 혼자 먹었다. 비네는 '제비호'를 기다리는 데 '지쳐서' 결국 식사 시간을 한 시간 앞당겼기 때문이다. 그리하여 이제 5시 정각에 저녁을 먹는데 그래도 '낡아 빠진 마차가 늦는다.'고 자주 주장하고 있었다. 레옹은 그래도 결심을 한 듯 의사의 집으로 찾아가 문을 두드렸다. 보바리 부인은 방에 있었지만 15분 정도가 지난 뒤에야 방에서 내려왔다. 보바리는 그를 다시 보자 매우 반가운 듯했다. 그러나 그는 그날 밤도 그다음 날도 하루 종일 집에 꼼짝 않고 있었다.

레옹은 그날 밤 아주 늦게야 뜰 뒤쪽 오솔길에 혼자 나와 있는 그녀와 만났다. 다른 남자와 만날 때처럼 그 오솔길에서! 심한 비바람이 불었다. 그들은 우산을 같이 쓴 채 번갯불이 치는 어둠 속에서 밀회를 속삭였다.

그들의 이별은 견디기 힘든 것이 되어 버렸다.

"차라리 죽어 버렸으면!" 하고 엠마가 말했다.

그녀는 레옹의 팔을 잡고 몸을 비틀면서 눈물을 흘렸다.

"안녕! 안녕히! 언제 다시 만나지요?"

그들은 가던 길을 돌아와 다시 한 번 포옹을 했다. 바로 그때 엠마는 적어도 일주일에 한 번은 자유롭게 지속적으로 만날 수 있는 기회를 무슨 수를 써서라도 곧 만들겠다고 그에게 약속했다. 엠마는 그렇게 할 수 있으리라는 것을 의심하지 않았다. 게다가 그녀는 희망에 가득 차 있었다. 곧 돈이 손에 들어올 것이었다.

그래서 엠마는 자기 방에 치기 위해 뢰뢰 씨가 싸다고 떠들어 댔던 굵은 줄무늬가 새겨진 노란색 커튼 한 장을 구입했다. 양탄자도 하나 요구하자, 뢰뢰는 '그건 그리 어렵지 않은 일이다.'라고 단언하면서 한 장 가져오겠노라고 그녀에게 공손히 약속했다. 그녀는 이제 그의 도움 없이는 지낼 수가 없었다. 하루에도 스무 번은 그를 부르러 보냈는데 그때마다 즉각 그는 군소리 없이 자기 일을 제쳐 두고 달려왔던 것이다. 사람들은 왜 롤레 아주머니가 매일 그녀의 집에서 점심을 먹는지, 왜 그녀의 집을 특별히 자주 찾아가는지 이해하지 못했다.

엠마가 음악적 열정에 사로잡힌 것처럼 보인 것은 바로 그 무렵, 즉 겨울이 시작될 때였다.

샤를이 연주를 듣고 있던 어느 날 밤, 그녀는 연속으로 네 번이나 같은 소곡을 되풀이했는데 그때마다 그녀는 잘 안 된다며 계속 짜증을 냈다. 그러나 듣고 있던 샤를은 그 네 번의 연주에 어떤 차이점이 있는지 구별도 못하면서 이렇게 소리치는 것이었다.

"멋져, 아주 좋은데……. 당신이 잘못 생각한 것 같아! 아주 잘하는걸. 자, 계속해 봐요!"

"에이, 아니에요. 형편없어요! 손가락이 굳어 버렸어요."

다음 날, 샤를은 아내에게 '자기를 위해 뭣이든 하나 연주해 달라고' 부탁했다.

"좋아요. 당신을 즐겁게 하는 일이라면!"

샤를은 다 듣고 난 뒤 그녀의 연주가 전보다 좋지 않은 것 같다고 털어놓았다. 그녀는 악보를 잘못 읽고 서투르게 연주를 하다가는 갑자기 멈추면서 "아아, 이제 끝이야! 레슨이라도 좀 받아야 할까 봐. 하지만…… 레슨비가 20프랑이라니, 너무 비싸!" 하고 입술을 깨물며 말했다.

"그래, 정말 좀 그렇군. 하지만 어쩌면 더 싸게 할 수도 있을 것 같은데. 종종 유명한 사람들보다 실력은 더 있으면서 이름은 나 있지 않은 예술가도 있으니까." 하고 샤를이 바보처럼 히죽히죽 웃으면서 말했다.

"그런 사람을 좀 찾아 주세요." 하고 엠마가 말했다.

다음 날 집으로 돌아온 샤를은 음흉한 눈으로 아내를 감탄하듯 바라보더니 끝내 참지 못하고 이렇게 말하는 것이었다.

"당신도 때론 고집이 참 센 것 같아! 오늘 바르푀셰르로 왕진을 갔었어. 그런데 리에자르 부인이 말하길, 수도원 여학교에 다니는 자기 딸 셋은 1회에 50수를 주고 레슨을 받고 있다더군. 그것도 아주 유명한 여선생에게서 말이야."

엠마는 어깨를 으쓱했다. 그러고는 더 이상 피아노를 열지 않았다.

그러나 악기 옆을 지나갈 때에 (보바리가 거기에 있으면) 그녀는 한숨을 쉬면서 이렇게 말하곤 했다.

"아아! 내 가엾은 피아노!"

그리고 사람들이 자기를 보러 올 때면 그녀는 어쩔 수 없이 음악을 포기했고, 이제 다시 시작할 수도 없다고 말하는 것을 잊지 않았다. 그러면 그들은 그녀를 동정해 주었다. 참 안됐다! 재능이 그리도 많은데! 사람들은 그 이야기를 보바리에게까지도 말했다. 사람들은 그에게 부끄러움을 느끼게 하곤 했는데, 특히 약제사가 더 그랬다.

"선생님이 잘못하신 겁니다! 타고난 재능을 묻어 두어서는 결코 안 됩니다. 게다가 선생님, 이 점을 좀 생각해 보세요. 지금 부인께 피아노 공부를 시켜 두시면 후에 선생님 아이들의 음악 교육에 드는 비용을 절약할 수 있으시리라는 것을 말입니다! 저는 아이들은 어머니가 가르쳐야 한다고 생각합니다. 그건 루소의 생각인데 아마 아직도 좀 새롭긴 할 겁니다. 그러나 모유 수유나 백신 접종처럼 마침내 승리를 거두리라 확신합니다."

그래서 샤를은 그 피아노 문제를 다시 한 번 언급했다. 엠마는 그걸 파는 게 더 낫겠다고 독살스럽게 대답했다. 엠마에게 그토록 허영심을 만족시켜 주었던 그 가엾은 피아노가 팔려 가는 것을 보는 일이란 왠지 모르게 보바리에게는 엠마의 어느 한 부분이 자살하는 것과 같이 생각되었다.

"당신이 원한다면…… 때때로 한 번씩 레슨을 받아 봐요. 어쨌든 그렇게 돈이 많이 들지는 않을 테니까." 하고 그는 말했다.

"하지만 레슨은 계속 받아야만 도움이 되는 거예요." 하고 그녀가 대꾸했다.

그리하여 그녀는 일주일에 한 번 그녀의 애인을 보러 시내로 나가는 허락을 남편으로부터 얻어 냈던 것이다. 심지어 사람들은 한 달이 지나 그녀가 상당히 발전했다고 생각하기까지 했다.

5

목요일이었다. 엠마는 일어나 샤를을 깨우지 않도록 조용히 옷을 차려 입었다. 뭐가 바빠서 그리도 일찍부터 준비하느냐고 남편이 잔소리를 할 것 같았기 때문이다. 옷을 차려입은 그녀는 방 안을 이리저리 걸어다니다 창가에 서서 광장을 내려다보았다. 새벽빛이 시장 건물의 기둥들 사이를 떠돌고 있었고, 아직 덧문이 닫혀 있는 약방 간판의 대문자 글씨들은 희미한 여명 속에서 서서히 드러나 보이고 있었다.

괘종시계가 7시 15분을 가리키자 엠마는 '황금빛 사자' 여관집으로 갔다. 그 집의 아르테미즈가 하품을 하면서 엠마에게 문을 열어 주었다. 그녀는 부인을 위해서 재 속에 묻어 둔 숯불을 꺼냈다. 엠마는 혼자 부엌에 있었고, 이따금 밖으로 나와 보곤 했다. 이베르는 여유롭게 마차에 말을 매면서 한편으로는 쪽문으로 면 모자를 쓴 머리를 내밀고는 심부름거리를 알려 주고, 다른 사람이라면 기억을 잘 못할 정도로 긴 설명을 늘어놓고 있는 르프랑수아 부인의 말에 귀를 기울이고 있었다. 엠마는 편상화 구두창을 마당의 포석에 콩콩 구르고 있었다.

마침내 그는 수프를 마시고 외투를 걸치고 파이프에 불을 붙인 뒤 말

채찍을 쥐고는 의자에 조용히 앉았다.

'제비호'는 천천히 출발했다. 4킬로미터 정도를 가는 동안 여기저기에 멈춰 서서 길가나 뜰의 울타리 앞에 서서 마차가 오기를 기다리고 있던 손님들을 태웠다. 전날 미리 기별해 놓았던 사람들은 마차를 기다리게 했는데, 그중 몇몇은 아직도 침대 속에 있기까지 했다. 이베르는 빨리 나오라고 불러 대기도 했고 고함을 치기도 했으며 욕설을 내뱉기도 했다. 그의 자리에서 내려와 문들을 세게 두드리기까지도 했다. 벌어진 마차 창문 틈으로는 세찬 바람이 불어 들어오고 있었다.

그러는 사이에 네 개의 긴 의자는 사람들로 가득 찼고, 마차는 달렸으며, 사과나무들은 줄지어 뒤쪽으로 달아나고 있었다. 황톳물이 가득 괸두 도랑 사이로 난 길은 지평선 쪽으로 좁아지면서 길게 뻗어 있었다.

엠마는 그 길을 처음부터 끝까지 속속들이 잘 알고 있었다. 목장을 지나면 도로 푯말이 있고, 다음에는 느릅나무 한 그루와 곡물 창고 아니면 도로 보수 인부의 오두막집이 있다는 것을 알고 있었다. 때때로 그녀는 자기 자신을 놀래키기 위해 마차 위에서 눈을 감기까지 했다. 그러나 정확히 얼마를 왔는지 달려온 거리에 대해 틀려 본 적이 결코 없었다.

마침내 벽돌집들이 가까워지고 마차 바퀴 밑에서 땅이 울리기 시작하면 '제비호'는 몇 개의 뜰 사이를 미끄러지듯 달려 들어갔다. 그러면 살울타리 사이로 동상과 정자와 잘 다듬은 주목들, 그리고 그네가 보였다. 그것들을 지나고 나면 도시가 한눈에 들어왔다.

계단식 원형 극장 모양으로 내려가면서 안개 속에 묻혀 있는 시내는 다리들 저 너머로 어렴풋이 펼쳐져 있었다. 이어서 넓은 들판이 단조로운 변화를 보이며 다시 높아지다가 멀리 희미한 하늘의 흐릿한 저변에 닿아 있었다. 이처럼 위에서 보면 풍경 전체가 한 폭의 그림처럼 움직임이 없어 보였다. 한 외진 곳에는 닻을 내린 배들이 빽빽하게 들어차 있었고, 강물은 푸른 언덕 밑으로 굽어 흐르고 있었으며, 길쭉한 모양의 섬들은 물 위에 정지해 있는 크고 검은 물고기처럼 보였다. 공장 굴뚝들 끝에서는 갈색 연기들이 뿜어져 나와 뭉게뭉게 피어오르고 있었다. 주물 공장의 부르릉대며 엔진 돌아가는 소리가 안개 속에 솟아 있는 성당들의 맑은 주명종 소리와 뒤섞여 들려오고 있었다. 집들 사이로 난 큰길의 잎이 진 가로수들은 보랏빛 덤불을 이루고 있었고, 빗물에 번들거리는 지붕들은 시내 구역들의 높이에 따라 고르지 않게 번쩍거리고 있었다. 이따금 한 줄기의 바람이 불어와 마치 절벽에 부딪쳐 조용히 부서지는 대기의 파도처럼 생트 카트린 언덕 쪽으로 구름을 몰아가곤 했다.

겹겹이 쌓여 있는 그 삶들로부터 현기증을 일으키는 그 무엇이 발산되고 있는 것 같아서 그녀의 가슴은 그로 인해 잔뜩 부풀어 올랐다. 마치 거기에 고동치고 있는 12만 영혼이 그들에게 있을 것으로 추측되는 정열의 기운을 일제히 보내 주기라도 하는 것만 같았다. 그녀의 사랑은 그 공간 앞에서 커져 갔고, 막연히 들려오는 웅웅거리는 소리로 가득 차 있었다. 그녀는 그 사랑을 밖으로, 즉 광장과 산책길과 거리 위에 다시 쏟아부었고, 노르망디의 이 옛 도시는 마치 거대한 수도처럼, 바빌론처럼 눈앞에 펼쳐지고 있었다. 그녀는 마차 문 위쪽에 달린 여닫이창 밖으로 두 손을 내밀어 산들바람을 들이쉬고 있었다. 세 마리의 말은 질주하고 있었다. 진흙 속에서 돌들이 바퀴에 닿아 삐걱거렸고, 그때마다 승합 마차는 좌우로 흔들렸다. 이베르는 멀리서 길 위에 늘어서 있는 짐수레들을 소리쳐 불렀고, 한편 교외에 있는 부아 기욤 주택가에서 저녁을 보낸 시민들은 조그만 자가용 마차를 타고 여유롭게 언덕을 내려오고 있었다.

시내로 들어가는 문 앞에서 마차가 멈춰 섰다. 엠마는 나막신을 벗고, 다른 장갑으로 바꿔 끼고, 숄을 고쳐 두른 뒤 '제비호'가 20보 정도 더 가서 멈추자 마차에서 내렸다.

그때 도시는 잠에서 깨어나고 있었다. 그리스식 모자를 쓴 점원들이 가게 진열창을 문질러 닦고 있었고, 허리에 바구니를 낀 여자 행상인들은 거리 모퉁이에서 이따금 낭랑한 소리로 외쳐 대고 있었다. 엠마는 눈을 내리깔고 담벼락을 스치듯 걸어가면서 드리워진 검은 베일 안에서는 기뻐서 미소 짓고 있었다.

남이 볼까 봐 그녀는 통상 지름길을 택하지 않았다. 그녀는 어두컴컴한 골목길들로 숨어들어 땀에 흠뻑 젖은 채 나쇼날 거리 아래쪽 분수 옆까지 왔다. 그곳은 작은 카페들과 창녀들이 많은 극장가였다. 종종 짐수레가 그녀 곁을 지나갔는데, 싣고 가는 무대 도구들이 흔들거렸다. 앞치마를 두른 식당 종업원들이 푸른 관목들 사이 포석 위에 모래를 뿌리고 있었다. 압생트 주 냄새, 시가 냄새, 굴 냄새가 풍겨 왔다.

엠마는 굽은 길을 돌아가고 있었는데, 모자 밖으로 삐져나온 곱슬머리를 보고 그임을 알아보았다.

레옹은 인도를 계속 걸어가고 있었다. 엠마는 그를 호텔까지 뒤따라갔다. 그는 계단을 올라갔다. 문을 열었다. 그리고 들어갔다. 열정적인 포옹!

여러 번의 키스가 끝나자 그동안 못했던 이야기를 쏟아 냈다. 주 중에 있었던 괴로움과 예감들, 그리고 편지에 대한 걱정 등에 대해 이야기를 나누었다. 그러나 이제는 모든 것을 다 잊었다. 그들은 마주 앉아 서로의 얼굴을 바라보며 관능적인 미소를 보내고 정답게 서로의 이름을 불렀다.

침대는 작은 배 모양의 커다란 마호가니 침대였다. 근동 지방이 원산인 붉은색 비단 커튼은 천장에서부터 끝이 벌어진 침대 머리맡 가까이까지 아주 낮게 드리워 휘어져 있었다. 수줍은 몸짓으로 살이 드러난 두 팔로 얼굴을 가릴 때 이 커튼의 자줏빛에 또렷이 부각되는 그녀의 갈색 머리와 하얀 피부만큼 아름다운 것은 이 세상에 없었다.

은은한 색상의 양탄자와 명랑한 색채로 장식된 포근한 방은 은밀한 정열을 위해서는 아주 적합해 보였다. 커튼의 봉은 끝이 화살 모양이었고, 구리 옷걸이와 벽난로 안 장작 받침쇠의 큰 장식구(裝飾球)들은 햇빛이 들어올 때마다 번쩍거리곤 했다. 벽난로 위의 큰 촛대들 사이에는 장밋빛 커다란 조개껍질도 두 개가 있어서 그것들에 귀를 갖다 대면 바다 소리가 들리는 듯했다.

화려함이 다소 퇴색했지만 명랑함이 가득한 그 멋진 방을 그들은 얼마나 좋아했던가! 가구들은 어김없이 제자리에 놓여 있었고, 때로는 전주 목요일에 잊어버리고 간 머리핀들이 괘종시계 받침돌 밑에 그대로 놓여 있기도 했다. 그들은 난롯가 상감 자단 원탁 위에서 점심을 먹곤 했다. 엠마는 온갖 아양을 떨면서 고기를 썰어 레옹의 접시 위에 놓아 주곤 했고, 샴페인 거품이 가벼운 잔에서 넘쳐 반지에 흘러내릴 때엔 낭랑하고 음탕한 웃음을 웃어 대기도 했다. 그들은 서로를 소유한 상태에서 너무도 홀딱 빠져 있어서 그곳이 자기 집인 것처럼 착각하고 있었고, 마치 영원히 젊은 부부처럼 죽을 때까지 거기서 살게 될 것으로 믿고 있었다. 그들은 우리 방, 우리 양탄자, 우리 안락의자라고 말했고, 심지어 엠마는 자신이 갖고 싶다고 하여 레옹이 선물한 색다른 모양의 실내화를 내 것이라고까지 말했다. 그것은 백조의 깃털로 테를 두른 장밋빛 새틴 실내화였다. 그녀가 레옹의 무릎에 앉아 있을 때엔 다리가 너무 짧아 바닥에 닿지 않고 공중에 떠 있었다. 그러면 뒤축에 가죽이 붙어 있지 않은 귀여운 신발은 발가락 끝에 겨우 걸려 있었다.

레옹은 난생처음으로 여성의 우아함에서 느껴지는 형언할 수 없는 미묘함을 맛보고 있었다. 그는 결코 그와 같은 우아한 말과 조심스러운 옷차림새와 졸고 있는 비둘기 같은 자태를 접해 본 적이 없었다. 그는 그녀의 영혼의 열광과 스커트의 레이스에 감탄하곤 했다. 게다가 그녀는 '사교계의 부인', 즉 결혼한 부인이었던 것이다! 요컨대 진짜 정부가 아닌가?

침울하다가는 명랑하고 수다스럽다가는 말이 없고 화를 내다가는 태평해지는 등 기분이 변덕스럽게 바뀌면서 그녀는 레옹에게 수많은 욕망을 자극하기도 했고, 본능이나 추억을 환기시키기도 했다. 그녀는 모든 소설 속에 나오는 사랑에 빠진 여자이기도 했고, 모든 연극의 여주인공이기도 했으며, 모든 시집 속의 막연한 '그녀'이기도 했다. 그는 그녀의 어깨에서 '목욕하는 터키 궁녀'의 호박색 빛을 보았다. 엠마는 영지의 성주 부인들이 입는 긴 블라우스를 입고 있었고, '바르셀로나의 창백한 여인'을 닮기도 했지만 그녀는 무엇보다 천사였다!

자주 엠마를 바라보고 있노라면 그의 영혼이 엠마에게로 빠져나가서 마치 파도처럼 그녀의 머리 주위로 흩어지다가 마침내는 그녀의 흰 가슴속으로 빨려들어 가는 것 같기도 했다.

레옹은 그녀 앞에 바닥에 앉아 있었다. 두 팔꿈치를 그녀의 무릎에 괴고 이마를 내밀어 미소를 보내면서 그녀를 쳐다보고 있었다.

엠마는 그에게 몸을 굽히고 마치 황홀하여 숨이 막힌다는 듯이 속삭였다.

"오! 가만히 있으세요! 말도 하지 말고요! 저를 봐요! 당신의 눈에서 뭔가 아주 다정한 것이 느껴져서 기분이 좋아요!"

엠마는 레옹을 사랑하는 애기라고 부르기도 했다.

"사랑하는 애기, 저를 사랑해요?"

그러나 대답이 들려오는 대신 밑에서 레옹의 입술이 그녀의 입으로 달려들었다.

괘종시계 위에 놓인 조그만 청동 큐피드는 팔을 둥글게 벌리고 애교를 떨고 있었고, 그 위로는 금빛 꽃 장식이 걸려 있었다. 그들은 그것을 보면서 여러 번 함께 웃었다. 그러나 헤어져야 할 때에는 모든 것이 심각하게 느껴졌다.

서로 마주 보고 꼼짝 않고 서 있으면서 그들은 이런 말만 되풀이했다.

"목요일에! 목요일에!"

별안간 그녀는 그의 머리를 두 팔로 껴안고서 이마에 재빨리 키스를 하며 "안녕!" 하고 소리를 치면서 계단으로 내달렸다.

그녀는 코미디 거리에 있는 미용실로 가서 머리의 매무새를 다듬었다. 어둠이 내리고 있었다. 가게에는 불이 켜지고 있었다.

공연 시간을 알리며 뜨내기 배우들을 부르는 극장의 작은 종소리가 들려오고 있었다. 그러자 흰 분을 칠한 남자들과 빛바랜 복장의 여자들이 그녀의 앞을 지나 무대 뒷문으로 들어가는 것이 보였다.

가발과 포마드들이 널브러져 있고, 가운데 난로가 탁탁거리며 타고 있는 천장이 몹시 낮은 그 좁은 미용실은 더웠다. 머리를 만지며 다듬고 있는 기름 묻은 손과 헤어 아이론 냄새 때문에 그녀는 곧 현기증이 났다. 그래서 그녀는 화장복을 입은 채로 잠깐 선잠이 들었다. 미용실 보조원은 머리를 손질하면서 가면무도회의 입장권을 종종 권하기도 했다.

다 마치자 엠마는 거기서 나왔다. 길들을 따라 올라갔다. '적십자' 여관에 도착하여, 아침에 긴 의자 밑에 숨겨 두었던 나막신을 다시 찾아 신고 마차가 출발하기를 초조하게 기다리는 손님들 사이를 비집고 들어가 자리를 찾아 앉았다. 그들이 짜증을 냈다. 몇 사람이 언덕 밑에서 내렸다. 엠마는 마차에 혼자 남게 되었다.

모퉁이를 돌 때마다 혼잡하게 늘어선 집들 위로 널다랗게 뿌연 안개 빛을 발하고 있는 도시의 모든 조명이 점점 더 또렷이 보이기 시작했다. 엠마는 좌석의 방석에 무릎을 꿇고 앉아서 이 눈부신 불빛들 속에서 눈을 어디에 둘지 몰랐다. 그녀는 흐느껴 울기도 하고 레옹을 부르기도 하면서 다정한 말과 키스를 보냈지만 바람에 묻혀 사라져 버렸다.

언덕 위에는 오가는 합승 마차들 틈에서 지팡이를 짚고 서성이는 불쌍한 사내가 하나 있었다. 어깨에는 누더기가 걸쳐져 있었고, 구멍이 난 낡은 비버 털모자가 마치 대야처럼 둥글게 얼굴을 덮고 있었다. 그러나 모자를 벗으면 눈꺼풀이 있어야 할 자리에 피투성이가 된 두 개의 눈구멍이 뻥 뚫려 있었다. 살갗은 뻘건 살점들로 흐느적거렸다. 거기서 진물이 흘러내려 시커먼 콧구멍이 경련을 일으키듯 훌쩍거리는 코까지 초록색 옴처럼 엉겨 붙어 있었다. 사람들에게 말을 걸어올 때면 그는 머리를 뒤로 젖히고는 백치처럼 씨익 웃는 것이었다. 그러면 푸르스름한 눈동자가 계속 구르면서 관자놀이 부근의 아직 색이 선명한 상처 가장자리에 가 부딪치곤 했다.

그는 마차를 따라오면서 이런 짤막한 노래를 부르곤 했다.

자주, 화창한 날의 따뜻한 햇볕은
아가씨에게 사랑을 꿈꾸게 하네.

그리고 그 밖에도 새들과 태양과 녹음에 대한 노래도 불렀다.

때로 그는 모자를 벗고서 불쑥 엠마 등 뒤에서 나타나기도 했다. 그때마다 그녀는 비명을 지르며 나자빠지듯 상체를 뒤로 젖혔다. 이베르가 그에게 농담을 걸어왔다. 그 녀석에게 생 로맹 시장에서 너절한 집이라도 한 채 구하라고 권하기도 하고 애인은 어떻게 지내느냐고 물어보면서 웃어 대기도 했다.

종종 마차가 달리고 있을 때 마차의 문 위쪽에 나 있는 작은 창으로 그의 모자가 불쑥 들어오기도 했고, 흙탕물이 튄 바퀴 위의 발판을 딛고 서서 다른 한쪽 팔로는 마차에 매달려 있기도 했다. 목소리는 처음에는 약하고 가냘팠는데, 갈수록 날카로워져 갔다. 그것은 마치 뭔지 알 수 없는 고뇌의 어렴풋한 비탄의 소리처럼 어둠 속에서 길게 이어졌다. 그리고 방울 소리, 나뭇잎 살랑거리는 소리, 텅 빈 마차가 내는 귀 멍멍한 소리를 통해 들려오는 그 목소리에는 엠마의 마음을 뒤집어 놓는 아련한 그 무엇이 있었다. 그것은 마치 심연의 소용돌이처럼 그녀의 영혼 깊숙한 곳으로 내려가면서 그녀를 무한한 우수의 공간 속으로 끌고 갔다. 그러나 마차가 균형을 잃고 한쪽으로 쏠리는 것을 알아챈 이베르는 그 장님에게 채찍을 사정없이 휘둘렀다. 채찍 끝이 그의 상처를 후려치자 그는 비명을 내지르면서 진창 속으로 나가떨어졌다.

그러고 나서 '제비호'의 손님들은 마침내 잠이 들어 버렸다. 어떤 사람들은 옆 사람의 어깨에 기댄 채 입을 벌리고 자고 있었고 또 어떤 사람들은 고개를 숙이고 자고 있었다. 어떤 사람들은 또 손잡이 벨트에 팔을 걸치고 있기도 했는데, 마차가 흔들릴 때마다 어김없이 건들거렸다. 마차 밖의 말 엉덩이 위에서 흔들리고 있는 초롱 불빛이 초콜릿색 면포 커튼을 통해 마차 안으로 스며들면서 조용히 잠에 빠진 그 모든 승객들 위에 핏빛의 그림자를 드리우고 있었다. 슬퍼서 제정신이 아닌 엠마는 옷 속에서 몸을 떨고 있었고, 지독한 고통과 함께 발이 점점 더 차가워지는 것을 느꼈다.

샤를은 집에서 엠마를 기다리고 있었다. '제비호'는 목요일이면 항상 도착이 늦었다. 부인이 마침내 도착했다! 그녀는 어린 딸을 겨우겨우 껴안아 주었다. 저녁은 준비되어 있지 않았지만 상관없었다. 그녀는 하녀를 용서했다. 이젠 하녀가 모든 일을 자기 하고 싶은 대로 하고 있었다.

종종 남편은 엠마의 창백함을 눈여겨보고는 아프지 않느냐고 물어보았는데, 그날도 그랬다.

"아니에요." 하고 그녀는 대답했다.

"그런데 당신, 오늘 밤에는 매우 이상한데?" 하고 그가 대꾸했다.

"아니, 아무것도 아니에요! 아무것도!"

엠마는 집으로 돌아오자마자 자기 방으로 곧장 올라가 버리는 날도 있었다. 그러면 마침 거기에 있던 쥐스탱은 조용조용 방 안을 왔다 갔다 하면서 하녀보다도 더 기가 막히게 시중을 들었다. 그는 성냥과 촛대와 책을 갖다 놓기도 했고 캐미솔을 갖다 놓기도 했으며 잠자리를 준비해 놓기도 했다.

"자, 됐으니 이젠 가 봐!" 하고 그녀가 말했다.

그가 두 손을 축 늘어뜨리고 마치 갑작스럽게 밀려든 수많은 몽상의 끈들 속에 둘둘 말려 있는 것처럼 눈을 멀뚱히 뜬 채 서 있었기 때문이다.

다음 날은 끔찍했다. 그 후 며칠도 그녀는 행복을, 즉 이미 경험해 본 영상들로 인해 불타오르는 맹렬한 욕망을 다시 붙잡고 싶은 안달로 더욱 더 견디기 힘들었다. 그 욕망은 물론 일주일이 지나 레옹의 애무 속에서 거리낌 없이 폭발했다. 레옹의 열정은 엠마에 대한 감탄과 감사의 토로 속에 감춰져 있었다. 엠마는 그 사랑을 조심스럽게, 그러나 정신을 온통 빼앗긴 채 음미하고 있었고 애정의 온갖 기교를 다 사용하여 그것을 유지하고 있었지만, 언젠가 그 사랑을 잃지 않을까 약간은 걱정이 되었다.

종종 그녀는 우수 어린 달콤한 목소리로 그에게 말하곤 했다.

"아아! 저를 떠나겠지요, 당신도! 결혼도 하겠고! 당신도 다른 남자들과 다름이 없겠지요."

그는 물었다.

"딴 남자들이라뇨?"

"아, 어쨌든 남자들 말이에요." 하고 그녀가 대답했다.

그러고는 괴로운 듯한 몸짓으로 그를 떠밀면서 덧붙였다.

"남자들은 모두가 야비해요!"

그들이 이 세상의 환멸들에 대해 철학적으로 이야기를 나누던 어느 날, 엠마는 (레옹의 질투심을 시험해 보기 위해서였는지 아니면 자신의 심정을 털어놓고 싶은 강렬한 욕구를 견뎌 내지 못해서였는지) 옛날에 한 남자를 사랑했었다고 말하게 되었다. 그러면서 얼른 "당신만큼은 사랑하지 않았어요!" 하고 말하면서 '아무 일도 없었다.'는 것을 자기 딸의 목숨을 걸고 맹세했다.

젊은이는 그녀의 말을 믿었지만 그가 뭘 하는 사람이었는지를 물었다.

"해군 대령이었어요."

그렇게 말한 것은 더 캐묻는 것을 막기 위함과 동시에 정중한 예의를 차려 여자를 대하는 호탕한 성격의 한 남자를 매료시켰다는 점을 들어 자기의 주가를 높여 보려 함이 아니었을까?

그러자 서기는 자기의 처지가 초라하다는 것을 느끼고는 견장과 훈장과 작위를 부러워했다. 그런 모든 것이 틀림없이 그녀의 마음에 들었을 것이다. 그녀의 사치스런 습관에 비추어 그랬을 것이라고 그는 짐작했다.

그러나 엠마는 루앙으로 자기를 데려다 주도록 영국 말이 끄는 푸른색 2인승 이륜 경마차와 위쪽이 접힌 승마용 장화를 신고 그것을 모는 젊은 마부를 고용하고 싶다는 그런 수많은 엉뚱한 욕망들은 말하지 않았다. 그녀에게 이 변덕스런 욕망을 불러일으킨 것은 바로 쥐스탱이었는데 그는 자기를 시중꾼으로 써 달라고 애원했던 것이다. 그런데 이런 시중꾼이 없는 것이 레옹을 만날 때마다 그곳에 도착하는 기쁨이 줄어들지는 않더라도 돌아올 때 느끼는 쓰라린 감정은 분명 더 커지게 했다.

종종 그들이 파리에 대해 이야기를 나눌 때면 그녀는 종국에 가서는 이렇게 속삭이는 것이었다.

"아아! 우리가 거기 산다면 얼마나 좋을까!"

"지금은 행복하지 않습니까?" 하고 젊은이는 그녀의 머리를 쓰다듬으면서 부드럽게 물었다.

"아뇨, 행복해요. 제가 미쳤지요. 이런 말을 하다니, 키스해 줘요!" 하고 그녀가 대답했다.

엠마는 남편에게 그 어느 때보다도 상냥했다. 피스타치오 열매가 든 크림을 만들어 주기도 하고 저녁 식사를 마친 뒤에는 왈츠를 연주해 주기도 했다. 그래서 그는 세상에서 가장 운이 좋은 남자라고 생각하고 있었기에 엠마는 아무런 걱정 없이 살고 있었다. 그런 어느 날 저녁, 느닷없이 엠마에게 이렇게 물어 왔다.

"당신에게 레슨을 해 주는 선생이 랑프뢰르 양이지, 그렇지?"

"예."

"아! 아까 오후에 봤어요. 리에자르 부인 댁에서. 당신에 대해 말했지. 그런데 웬일인지 당신을 모른다고 하던데." 하고 샤를이 말을 받았다.

마치 청천벽력과 같았다. 그러나 그녀는 천연스럽게 이렇게 대꾸했다.

"아! 아마 제 이름을 잊어버렸을 거예요!"

"어쩌면 루앙에 랑프뢰르라는 피아노 레슨 선생이 여럿 있는지도 모르지?" 하고 의사가 말했다.

"그럴 수도 있고요!"

그러고 난 뒤 얼른 이렇게 대꾸했다.

"그렇지만 전 영수증이 있어요. 자, 보세요."

그녀는 책상으로 가서 모든 서랍을 뒤지고 서류들을 뒤죽박죽 만들어 놓았는데 드디어는 너무도 제정신이 아닌 것 같아 샤를은 그런 하찮은 영수증 때문에 그렇게 애쓸 필요는 없다고 말했다.

"오! 찾아내고야 말 거예요." 하고 그녀가 말했다.

실제로 그다음 주 금요일에 샤를은 그의 옷이 포개지듯 걸려 있는 캄캄한 골방에서 장화를 찾아 신다가 구두 가죽과 양말 사이에 종이 한 장이 끼어 있는 것이 느껴졌다. 그는 그것을 꺼내 들었는데 거기에는 이렇게 적혀 있었다.

'3개월치 레슨비 플러스 기타 용품비로 65프랑을 영수함. 음악 교사, 펠리시 랑프뢰르.'

"도대체 어떻게 해서 이게 내 구두 속에 들어 있는 거지?"

"모르면 몰랐지, 아마 선반 끝에 있는 낡은 청구서함에서 떨어졌을 거예요." 하고 엠마가 대답했다.

그때부터 그녀의 삶은 거짓말투성이일 뿐이어서 자신의 사랑을 숨기기 위해 마치 베일로 감싸듯 거짓말로 싸서 숨겨 놓았다.

만일 그녀가 어제 어떤 길을 오른쪽으로 걸어갔다고 말하면 왼쪽으로 갔다고 믿어야 할 정도로 거짓말은 필요한 것이 되었고 괴벽(怪癖)이 되었으며 쾌락이 되어 버렸던 것이다.

습관에 따라 아주 가볍게 옷을 걸치고 막 집을 나선 어느 날 아침, 갑자기 눈이 내리기 시작했다. 마침 샤를은 창밖으로 날씨가 좀 어떤지 보고 있었는데 루앙으로 가고 있는 튀바쉬 씨의 이륜마차에 탄 부르니지앵 씨가 보였다. 그러자 그는 뛰어 내려가 '적십자' 여관에 도착하는 대로 자기 아내에게 전해 달라며 큰 숄을 사제에게 맡겼다. 여관에 도착하자 사제는 용빌에서 온 의사 부인이 어느 방에 투숙하고 있느냐고 물었다. 여관 안주인은 그녀가 자기 여관에는 거의 오지 않는다고 대답했다. 그래서 그날 저녁 '제비호' 마차에 타고 있는 보바리 부인을 보자 사제는 오전에 자기가 겪었던 당혹감을 말했지만, 그 일을 별로 대수로워하지 않는 듯했다. 사제는 그 무렵 성당에서 훌륭한 일을 해내고 있는 한 설교자를 칭찬하기 시작하면서 모든 부인들이 그 설교를 들으러 달려온다는 말을 했기 때문이다.

어쨌든 비록 사제가 어떻게 된 일이었는지 설명을 요구하지는 않았지만 이후에 다른 사람들은 사제보다 입이 덜 무거울 수도 있을 것이었다. 그래서 그녀는 마을 사람들이 계단에서 그녀와 마주치고도 아무런 의심을 하지 않도록 매번 '적십자' 여관에 묵는 것이 이로울 거라는 판단을 내렸다.

그런데 어느 날 뢰뢰 씨는 레옹의 팔에 안겨 '불로뉴 호텔'에서 나오는 엠마와 우연히 마주치게 되었다. 그녀는 그가 떠들어 대리라 생각하고는 겁이 났다. 그는 그 정도로 바보는 아니었다.

하지만 사흘 후 뢰뢰가 그녀의 방으로 들어와 문을 닫고는 이렇게 말했다.

"돈이 좀 필요한데요."

엠마는 갚을 돈이 없다고 말했다. 뢰뢰는 죽는 소리를 쏟아 내면서 자기가 베풀었던 온갖 호의를 상기시켰다.

실제로 샤를이 서명한 두 장의 어음 중 엠마는 지금까지 한 장밖에 지불하지 못했다. 나머지 어음에 대해서 상인은 엠마의 부탁으로 다른 두 장으로 바꿔 주는 데 동의하면서 지불 기한을 아주 길게 갱신시켜 주기까지 했던 것이다. 뢰뢰는 다시 호주머니에서 아직 대금을 지불하지 않은 물건들, 즉 커튼, 양탄자, 안락의자용 천, 여러 벌의 드레스, 그리고 여러 가지 화장품에 대한 목록을 꺼냈다. 그 대금을 합치면 약 2천 프랑이나 되었다.

엠마는 고개를 숙였다. 그러자 그가 말을 계속했다.

"하지만 현금은 없으시더라도 '재산'은 있으시겠지요."

그러면서 그는 별로 큰 이득을 가져다주지 못하고 있는 오말 부근의 바른빌에 있는 보잘것없는 누옥 한 채에 대해 말해 주었다. 그것은 전에 보바리의 아버지가 팔아 버린 조그만 농장에 딸린 것이었는데, 뢰뢰는 그 집의 크기와 이웃에 사는 사람들의 이름까지 모든 것을 알고 있었다.

"제가 부인이라면 팔아서 빚을 갚아 버릴 겁니다. 게다가 갚고 남는 돈도 좀 있을 거고요." 하고 그가 말했다.

엠마는 구입할 사람을 찾기가 힘들다는 핑계를 댔다. 그러자 뢰뢰가 구할 수 있다는 희망을 주었다. 그러자 그녀는 자기가 팔려면 어떻게 하면 되느냐고 물었다.

"위임장을 갖고 있지 않으시던가요?" 하고 그가 대답했다.

그 말은 그녀에게 갑작스레 이는 시원한 바람처럼 다가왔다.

"그 고지서를 놓고 가세요!" 하고 엠마가 말했다.

"오오! 그럴 필요는 없습니다!" 하고 뢰뢰가 말을 받았다.

뢰뢰는 다음 주에 다시 와서는 꽤 많이 교섭을 하고 다닌 결과 마침내 가격은 말하지 않았으나 오래전부터 그 집을 탐내고 있는 랑글루아라는 사람을 찾았노라고 자랑을 했다.

"가격은 상관없어요!" 하고 그녀가 소리쳤다.

그럴 게 아니라 기다리면서 사겠다는 그 작자의 마음을 떠볼 필요가 있다는 것이었다. 한번 가 볼 필요는 있지만 그녀가 그럴 수 없기 때문에 자기가 대신 가서 랑글루아와 흥정을 해 보겠다는 제안을 했다. 그리하여 일단 다녀오더니 매입자가 4천 프랑을 주겠단다고 알려 주었다.

엠마는 이 소식을 듣자 마음이 밝아졌다.

"솔직히 말해서 그 정도면 좋은 가격입니다." 하고 그가 말했다.

그녀는 즉각 액수의 절반을 받았다. 그러고는 계산서의 금액을 청산하려고 하자 상인이 말했다.

"그렇게 '큰' 액수를 단번에 내놓으시게 하니 도리상 마음이 좀 아픕니다."

그러자 엠마는 지폐를 바라보았다. 그러고는 그 2천 프랑이면 레옹과 얼마나 많은 밀회를 가질 수 있을 것인가에 대한 공상에 빠지면서 "뭐, 뭐라고요!" 하고 더듬거리면서 말했다.

"오오! 필요한 액수를 청구서에 써 놓으세요. 쉽지 않은 살림살이에 대해 제가 모를 리 있겠습니까?" 하고 그는 순진한 모습으로 웃으면서 말을 계속했다.

그는 손에서 두 장의 길쭉한 서류를 두 손톱으로 살며시 집어 들고는 그녀를 빤히 쳐다보고 있었다. 이윽고 서류 가방을 열더니 1천 프랑짜리 약속 어음 넉 장을 꺼내어 책상 위에 펼쳐 놓았다.

"이것에 서명해 주시지요. 그리고 이 돈은 모두 넣어 두시고요." 하고 그가 말했다.

엠마는 분개하며 격렬히 반대했다.

"그런데 제가 부인께 초과 금액을 내드린다면 부인께 도움을 드리는 게 아니겠습니까, 안 그래요?" 하고 뢰뢰 씨가 뻔뻔스럽게 대답했다.

그러면서 그는 펜을 들고 계산서 하단에 이렇게 적었다.

'보바리 부인으로부터 4천 프랑을 영수함.'

"부인께서는 파신 그 누옥의 미불금을 6개월 후면 받게 되실 거고, 저는 마지막 어음의 지불 기일을 그 돈이 지급된 후로 잡아 드릴 테니, 걱정할 일이 뭐가 있으십니까?"

엠마는 그의 복잡한 계산에 약간 당황해했다. 그리고 마치 터진 자루에서 금화들이 쏟아져 나와 쨍그랑거리며 그녀 주위의 마룻바닥에 온통 흩어지듯 귀에서 이상한 소리가 울려 퍼졌다. 이윽고 뢰뢰는 루앙에 뱅사르라는 은행업자 친구가 있는데 그 친구가 넉 장의 어음을 할인해 줄 것이니 거기서 실제 빚을 갚고 난 잔액을 부인에게 직접 갖다 드리겠노라고 설명해 주었다.

하지만 그는 2천 프랑이 아니라 1800프랑만 가지고 왔다. 친구 뱅사르가 ('당연히') 어음 할인 수수료로 200프랑을 뗐기 때문이다.

그러고는 그는 별로 대수롭지 않게 수령증을 요구했다.

"부인께서도 아시겠지요. 장사에서는…… 때론…… 수령 날짜와 함께, 죄송하지만, 날짜를 좀."

그때 실현 가능한 환상의 전망이 그녀 앞에 열렸다. 엠마는 처음 석 장의 어음 기한이 도래했을 때 지불하려고 1천 에퀴를 따로 떼어 놓을 만큼 신중했다. 그런데 넉 장째 어음이 어느 목요일에 집으로 우연히 전달되었다. 그러자 당황한 샤를은 자초지종을 묻기 위해 아내를 초조하게 기다렸다.

그녀가 남편에게 그 어음에 대해 알리지 않았던 것은 그에게 집안의 걱정거리에 신경을 쓰지 않도록 하려 함이었다는 것이다. 그러면서 남편의 무릎 위에 올라앉아 애무를 해 주는가 하면 달콤한 말을 속삭이면서 불가피하게 외상으로 들여놓은 모든 물건들에 대해 장황하게 설명을 늘어놓았다.

"당신도 인정하겠지만 가짓수로 봐서 그리 비싸지는 않아요."

샤를은 많은 생각 끝에 곧 변함없이 뢰뢰에게 도움을 청했다. 만일 샤를이 700프랑짜리 어음 두 장을 서명해 주고 그 한 장은 3개월 후에 지불해 주기만 하면 일을 해결해 주겠노라고 약속했다. 이 일을 적절히 처리하기 위해 샤를은 어머니에게 비장한 편지를 한 통 보냈다. 그러자 어머니는 답장을 보내지 않고 자신이 직접 왔다. 어머니에게서 남편이 뭘 좀 빼냈는지 엠마가 알고 싶어 하자 그는 이렇게 대답했다.

"응, 그런데 청구서를 보자고 해서." 하고 그는 대답했다.

다음 날 동이 틀 무렵 엠마는 뢰뢰 씨의 집으로 달려가 1천 프랑이 넘지 않게 청구서 한 장을 다시 써 달라고 부탁했다. 왜냐하면 4천 프랑짜리 계산서를 보여 주려면 그중 3분의 2는 지불했다는 것과, 그렇게 되면 그 상인을 통해 교섭이 잘 이루어져 땅을 팔았다는 것을 말해 주어야 했기 때문이다. 그렇지만 실제로 훨씬 나중에야 탄로가 났다.

각각의 물품 가격은 아주 쌌지만 보바리의 어머니는 지출이 과도하다는 생각을 지울 수 없었다.

"양탄자 없이는 지낼 수 없었니? 안락의자 천은 왜 또 벌써 갈았어? 내가 젊었을 땐 나이 든 사람을 위해 집에 하나밖에 없었단다―적어도 내 어머님 집에서는 그랬어. 정말 그분은 성실한 분이셨어―모두가 부자일 수는 없는 거야! 아무리 많은 재산도 낭비가 심하면 얼마 못 가는 법이야! 난 창피해서라도 너희처럼 안일하게 살지는 못하겠다. 하지만 나도 이젠 늙었어. 몸이 편치 못해 시중도 필요하고…… 이것 좀 봐라! 이런 것들 말이야! 옷들 하며 장신구들 하며! 아니, 비단 안감이 2프랑이나 돼! 10수만 줘도 면직으로 안감을 댈 수 있는데. 아니, 8수만 줘도 좋은 거로 댈 수 있는데!"

엠마는 안락의자에 앉아 몸을 뒤로 젖히고는 최대한 침착하게 이렇게 대꾸했다.

"아니! 어머님, 됐어요! 이제 그만하세요."

보바리의 어머니는 그들이 결국 양로원 신세를 지고 말 것이라고 예언을 하면서 그녀에게 계속 훈계를 해 댔다. 게다가 그것은 보바리의 잘못이라는 것이었다. 다행히도 그는 그 위임장을 무효화시키겠다고 어머니에게 약속을 했다.

"뭐라고요?"

"그래! 네 남편이 그러겠다고 약속을 했단다." 하고 보바리의 어머니가 계속했다.

엠마는 창문을 열고 샤를을 불렀다. 그러자 그 가엾은 사내는 어머니의 강요로 어쩔 수 없이 했던 그 약속에 대해 실토하지 않을 수 없었다.

엠마는 획 나가 버렸다가 곧 다시 들어와서는 시어머니에게 두꺼운 서류 한 장을 당당하게 내밀었다.

"고맙다." 하고 노부인이 말했다.

그러고는 그 위임장을 불 속에 던져 버렸다.

엠마는 귀청을 찢을 듯이 날카로운 웃음을 계속 웃어 대기 시작했다. 히스테리 발작이 일어났던 것이다.

"아아, 이런 참! 아니! 어머님도 잘못하셨어요, 어머님도요! 싸움을 걸러 오신거로군요!" 하고 샤를이 소리쳤다.

어머니는 어깨를 으쓱하면서 '저건 다 제스처일 뿐이라고' 주장했다.

하지만 샤를은 난생처음으로 반항하며 아내를 두둔했다. 그러자 노부인은 가 버리겠다고 했다. 그녀는 다음 날 떠났다. 샤를이 문지방에서 어머니를 붙잡으려 하자 그녀는 이렇게 쏘아붙였다.

"싫다, 싫어! 나보다 네 아낼 더 사랑하니. 그야 옳은 일이겠지 뭐. 그게 정상이고. 할 수 없는 노릇이지! 두고 봐라! 아무쪼록 건강해라! 네 말대로 이젠 싸움을 걸러 오지 않을 거다."

샤를은 엠마와 마주 대하자 역시 어쩔 줄을 몰라 했다. 자기를 믿어 주지 않았다며 품은 원망을 숨기지 않았기 때문이다. 그래서 그녀가 위임장을 다시 받아 두겠다는 데 동의하기까지 몇 번을 빌어야 했다. 심지어 그는 기요맹 씨 집으로 아내를 데리고 가서 지난번 것과 똑같은 위임장을 다시 만들어 주기까지 했다.

"이해가 됩니다. 과학자는 실생활의 자질구레한 일에 시달려서는 안 되지요." 하고 공증인이 말했다.

그러자 샤를은 그 번지르르한 말에 마음이 가벼워지는 것을 느꼈다. 그 말은 보다 중요한 일에 전념하고 있다는 미화된 겉모습을 그의 나약함에 덧씌우는 것이었기 때문이다.

다음 목요일, 엠마는 호텔 방에서 레옹과 함께 얼마나 무절제한 짓거리를 해 댔던가! 엠마는 웃고 울고 노래하고 춤추고 소르베를 가지고 올라오게 하고 담배까지 피우려고 했다. 그에게 그건 좀 과하게 보였지만 그래도 사랑스럽고 멋지게 보였다.

그녀의 전 존재가 무슨 반발로 인하여 더욱더 생의 쾌락으로 치닫는 것인지 레옹은 알지 못했다. 그녀는 과민해졌고 식도락을 즐기게 되었으며 향락적이 되었다. 그리하여 그녀는 당당하게 머리를 치켜들고 레옹과 함께 거리를 활보했다. 그러면서 자기에 대해 어떻게 말하든 두렵지 않다고도 했다. 그러나 가끔 엠마는 로돌프를 만날 수도 있다는 생각에 갑자기 몸이 부르르 떨리곤 했다. 왜냐하면 비록 영원히 헤어졌다고는 하지만 자기가 그와의 관계에서 완전히 벗어난 것 같지는 않아 보였기 때문이다.

어느 날 밤, 엠마는 용빌로 돌아가지 않았다. 샤를은 매우 당황해했고 어린 베르트는 엄마 없이는 자고 싶지 않다면서 가슴이 찢어질 듯이 흐느껴 울었다. 쥐스탱은 무작정 길로 나가 보았다. 오메 씨도 그 때문에 약방을 비운 채 찾아보러 나갔다.

마침내 11시가 되자 샤를은 더 이상 견디지 못하고 그의 보크에 말을 매고 펄쩍 뛰어 올라타고는 채찍을 가하여 새벽 2시경에 '적십자' 여관에 도착했다. 아무도 없었다. 그는 아마도 서기는 자기 아내를 보지 않았을까 하고 생각했다. 그러나 그가 어디에 살고 있는 것인지? 샤를은 다행히도 그의 주인의 주소를 기억해 냈다. 그는 그리로 달려갔다.

날이 새고 있었다. 그는 어느 집 문간 위에 방패꼴 표지[53]가 있는 것을 발견하고 문을 두드렸다. 누군가가 문도 열어 보지 않고 야밤에 잠을 방해하는 사람들에게나 해 대는 욕설을 퍼부으면서 묻는 것만 안에서 큰 소리로 내뱉었다.

서기가 사는 집은 초인종도 노커도 문지기도 없었다. 샤를은 덧창을 주먹으로 세게 두드려 댔다. 마침 경찰이 한 사람 지나갔다. 샤를은 겁이 나서 가 버렸다.

'내가 미쳤지. 어쩌면 로르모 씨 댁에서 저녁을 먹고 가라고 아내를 붙잡아 놓았을지도 몰라.' 하고 그는 생각했다.

그런데 로르모 가족은 이미 루앙에 살고 있지 않았다.

"뒤브뢰이 부인을 간호하며 남아 있는지도 몰라. 참! 뒤브뢰이 부인은 열 달 전에 이미 죽었지! 아, 이 사람은 도대체 어디 있는 거지?"

생각이 하나 떠올랐다. 그는 한 카페에 들어가서 '연감'을 좀 빌려 달라고 부탁하여 서둘러 랑프뢰르 양의 이름을 찾았다. 그녀는 라 르넬 데 마로키니에 거리 74번지에 살고 있었다.

샤를이 그 거리에 들어서고 있을 때 엠마가 길 반대쪽 끝에서 나타났다. 그는 아내를 포옹했다기보다는 몸을 던졌던 것이다. 그는 소리쳤다.

"어제 누구한테 잡혀 있었던 거요?"

"아팠어요."

"아니, 뭐? 어디가? 어떻게?"

엠마는 이마에 손을 얹으면서 대답했다.

"랑프뢰르 양 집에서요."

---

53) 공증인이나 집달리 따위의 사무실에 붙인 표지이다.

"그럴 거라 믿었어! 그래서 그리로 가고 있었지."

"오! 그럴 필요 없어요. 방금 전에 외출했어요. 하지만 앞으로는 마음 편히 있으세요. 당신도 알다시피 조금만 늦어도 그렇게 당신이 불안해한다고 생각하면 전 조금도 자유롭지가 못하잖아요." 하고 엠마가 말했다.

그것은 집을 빠져나오는 데 제약을 받지 않기 위해 얻어 낸 허락의 한 수단이었다. 그녀는 그것을 거리낌 없이 널리 이용했다. 레옹을 만나고 싶은 욕망에 사로잡힐 때마다 그녀는 아무 구실이라도 대고 나올 수 있었다. 그렇지만 그런 날은 레옹이 기다리고 있지 않았기 때문에 그녀는 그의 사무실로 찾아가곤 했다.

처음 몇 번은 그렇게 하는 행동이 대단한 행복이었다. 그러나 이내 그는 사실을, 즉 그의 주인이 그런 방해에 대해 매우 못마땅해한다는 사실을 숨기지 않았다.

"흥! 그냥 나와요, 어서." 하고 그녀는 말했다.

그러면 그는 빠져나오곤 했다.

그녀는 레옹이 루이 13세의 초상과 닮도록 검은 옷을 입고 뾰족한 턱수염을 기르기를 원했다. 그녀는 그의 숙소를 알고자 했고, 보고 난 뒤에는 초라하다고 생각했다. 그 말에 레옹은 부끄러워 얼굴이 붉어졌지만 엠마는 그에 개의치 않고 자기 것과 같은 커튼을 사라고 조언을 해주자, 그는 비용이 만만치 않다는 핑계를 댔다. 그러자 그녀가 웃으면서 말했다.

"아이! 그까짓 얼마 안 되는 돈에 집착하시는군요."

만날 때마다 레옹은 지난번 밀회 이후에 자기가 한 행동에 대해 모두 그녀에게 보고해 바쳐야 했다. 그녀는 시를, 그녀를 위한 시를, 그녀를 위한 '연애 시 한 편'을 요구했지만, 그는 두 번째 시구(詩句)의 운을 맞추는 데 성공하지 못했다. 그래서 결국 증정용 호화 장정 앨범에서 소네트 하나를 베끼고 말았다.

그것은 허영심 때문이라기보다는 오로지 그녀의 비위를 맞추기 위해서였다. 그는 엠마의 생각에 이의를 제기하지 않았고, 그녀의 모든 취미를 받아들였다. 엠마가 그의 정부라기보다는 그가 그녀의 정부가 되었던 것이다. 엠마는 키스와 사랑의 속삭임으로 그의 혼을 다 빼놓았다. 너무도 깊게 감춰져 있는 나머지 비물질적이기까지 한 이런 타락을 그녀는 도대체 어디에서 배웠을까?

6

엠마를 만나러 갈 때 레옹은 종종 약제사의 집에서 저녁을 먹었기에 예의상 자기가 초대하지 않을 수 없다고 생각하고 있었다.

"기꺼이 한번 가겠네! 그런데 나도 내 자신에게도 좀 활력을 줄 필요가 있는 것 같아. 여기서만 있으니 이렇게 무기력해지는 것도 같고. 극장도 가고 식당에도 가고 그러세. 미친 짓 같은 것도 좀 해 보고!" 하고 오메 씨가 대답했다.

"아이고, 여보!" 하고 남편이 저지를지도 모를 막연한 위험에 겁이 난 오메 부인이 상냥하게 속삭였다.

"아니, 왜? 허구한 날 뿜어 대는 이 약 냄새 속에서 사는 것이 내 건강에 그리 크게 해가 되지 않는다고 생각하는구먼! 하기야 여자들의 특징은 이렇지. 학문도 질투하고, 정당하게 기분 전환을 하는 것도 반대하고 말이야. 하지만 상관없어. 나를 믿게. 조만간 루앙으로 나가겠네. 함께 '전(錢)'을 좀 뿌려 보자고."

약제사는 예전에는 이런 말투를 많이 조심했다. 그러나 지금은 자신이 가장 고상한 취향이라고 생각하는 좀 장난기 섞인 파리풍의 스타일에 빠져 있었다. 그래서 이웃인 보바리 부인처럼 그는 서기에게 수도의 풍속에 대해 호기심을 가지고 물어보곤 했고, 심지어는 손님들의 마음을 끌기 위해 튀른(turne),[54] 바자르(bazar),[55] 쉬카르(chicard),[56] 쉬캉다르(chicandard),[57] 브레다 스트리트(Breda-Street)[58] 그만 간다(Je m'en vais)라는 뜻으로 즈 므 라 카스(Je me la casse) 같은 은어들을 곧잘 쓰곤 했다.

그래서 어느 목요일 엠마는 '황금빛 사자' 여관집 식당에서 여행복 차림의 오메 씨를, 즉 한 손에는 여행용 가방을 다른 손에는 약방에서 신던 모피를 댄 슬리퍼를 들고 그동안 한 번도 입은 것을 본 적이 없는 낡은 외투를 걸치고 있는 오메 씨와 맞닥뜨리고는 놀랐다. 그는 약방을 비우면 사람들이 불안해할까 봐 두려워 아무에게도 자기의 계획을 말하지 않고 있었던 것이다.

젊었을 때 살았던 곳을 다시 찾았다는 생각에 그는 들떠 있었다. 가는 동안 줄곧 떠들어 대는 것을 멈추지 않았기 때문이다. 루앙에 도착하자마자 그는 마차에서 즐겁게 뛰어내려 레옹을 찾으러 나섰다. 서기가 아무리 발버둥을 쳐도 소용없었다. 오메 씨가 끌듯이 '노르망디'라는 큰 카페로 그를 데리고 갔다. 그는 공공장소에서 모자를 벗는 것을 아주 촌스러운 일로 생각하고 모자를 쓴 채 위엄 있게 카페로 들어갔다.

엠마는 45분이나 레옹을 기다렸다. 드디어 그녀는 그의 사무실로 쫓아갔다. 그러고는 온갖 억측 속에서 그의 무심함을 원망하기도 하고 자기의 약한 마음을 탓하기도 하면서 창에서 이마를 떼지 않은 채 오후를 보냈다.

오메와 레옹은 2시인데도 여전히 테이블에 마주 앉아 있었다. 큰 홀

---

54) '누추한 집이나 방'이라는 뜻.

55) '흐트러진 물건들이나 잡동사니'라는 뜻.

56) '멋진, 근사한'이라는 뜻.

57) chicard와 같은 의미.

58) '바로 그거야.'라는 뜻.

은 비어 있었다. 종려나무 모양의 난로 연통은 천장에 금빛 다발을 둥그렇게 그려 놓고 있었다. 그들 곁 유리창 너머로는 해가 내리쬐고 있었고 작은 분수가 대리석 연못 속에서 꾸르륵 꾸르륵 소리를 내며 떨어지고 있었으며 수반에는 물냉이와 아스파라거스들 사이에 꼼짝 않고 있는 세 마리의 바닷가재가 무더기 지어 모로 누워 있는 메추라기들에까지 발을 뻗치고 있었다.

오메는 만끽하고 있었다. 맛있는 음식보다는 사치스러움에 훨씬 더 취해 있었지만 그래도 맛있는 포마르산 포도주에 다소 흥이 돋았고, 또 럼주를 넣어 향을 낸 오믈렛이 나오자 여자들에 관한 외설적인 이론을 펴기도 했다. 무엇보다도 자기 마음을 사로잡는 것은 '멋'이라는 것이었다. 자기는 가구가 잘 갖추어진 방에서 우아한 옷을 입고 있는 여자를 아주 좋아하며 여자의 육체적 특성에 관해서라면 '살덩어리'도 싫지 않다고 했다.

레옹은 속절없이 괘종시계만 바라보고 있었다. 약제사는 마시고 먹고 지껄여 댔다.

"자네는 틀림없이 루앙에서 쓸쓸히 살고 있겠지. 게다가 사랑하는 여자들이 멀지 않은 곳에 살고 있으니." 하고 그가 불쑥 말했다.

레옹이 얼굴을 붉히자 그가 다시 말했다.

"자, 솔직해 봐! 부인하겠나, 자네 용빌에서?"

젊은이가 우물우물 들리지도 않는 말을 했다.

"보바리 부인 댁에서 치근댄 일이 전혀 없단 말이야?"

"아니, 도대체 누구에게요?"

"하녀에게 말이야!"

그는 농담을 하는 게 아니었다. 그러나 레옹은 아주 조심을 해야겠다고 생각했지만 자존심이 상해서 자기도 모르게 아니라고 크게 소리를 내지르고 말았다. 더구나 자기는 갈색 머리 여자만 좋아한다는 것이었다.

"나도 자네 생각에 동의해. 갈색 머리 여자들이 관능적인 욕구가 더 강하거든." 하고 약제사가 말했다.

그러면서 그는 친구의 귀에 몸을 기울이며 어떤 여자가 성적인 욕구가 강한지 알게 하는 특징들을 말해 주었다. 그는 민족지적인 여담으로 빗나가기까지 했다. 가령 독일 여자는 음울하고 프랑스 여자는 방종하며 이탈리아 여자는 정열적이라는 것이었다.

"그럼 흑인 여인들은요?" 하고 서기가 물었다.

"예술가가 좋아하지. 이봐, 작은 잔으로 커피 두 잔만!" 하고 오메가 말했다.

"이제 가요?" 하고 마침내 레옹이 안달하면서 말했다.

"예스."

그러나 오메는 나가기 전에 카페의 주인을 좀 보고 싶다고 하더니 그에게 몇 마디 칭찬을 해 주는 것이었다.

그러자 젊은이는 이제 혼자 가 보기 위해 볼일이 있다는 핑계를 내세웠다.

"아! 내 자네를 모셔다 주지." 하고 오메가 말했다.

그러고는 레옹과 함께 길을 따라 내려가면서 자기 아내와 아이들과 그들의 장래 문제, 자기의 약방에 대해, 그리고 예전에는 그 약방이 얼마나 내리막길이었는데 이제 자기가 일으켜 세워서 완벽한 상태가 되었다는 등등의 이야기를 했다.

'불로뉴 호텔' 앞에 다다르자 레옹은 부리나케 오메와 헤어진 뒤 계단을 뛰어 올라가 정부를 만났는데, 그녀는 크게 흥분해 있었다.

약제사의 이름을 듣자 그녀는 버럭 화를 냈다. 그러나 레옹은 그럴듯한 이유들을 주워 댔다. 이를테면 자기 잘못이 아니라는 것이었다. 엠마도 오메 씨를 잘 알고 있지 않느냐는 것이었고, 자기가 엠마와 같이 있는 것보다 오메 씨와 같이 있는 것을 더 좋아한다고 생각할 수 있느냐는 것이었다. 그래도 엠마는 돌아서 있었다. 레옹은 그녀를 붙들었다. 그러고는 털썩 무릎을 꿇고서 육욕과 애원으로 가득 찬 괴로운 자세로 그녀의 허리를 두 팔로 끌어안았다.

엠마는 서 있었다. 타는 듯한 눈을 크게 뜨고 레옹을 심각하게, 소름 끼칠 정도의 눈빛으로 쏘아보고 있었다. 그러다가 곧 눈물이 눈을 가리었고 장밋빛 눈꺼풀이 내리깔리더니 두 손을 그에게 내맡겨 버렸다. 그가 그 두 손을 입으로 가져가려는데, 그때 종업원이 나타나 어떤 분이 찾아왔노라고 알려 주었다.

"곧 돌아오는 거지요?" 하고 엠마가 말했다.

"그럼요."

"언제요?"

"당장."

"'속임수'였군. 귀찮아할 것 같아 그만 돌아갈까 했는데. 하여튼 브리두의 집에 가서 가뢰스나 한잔하세." 하고 레옹을 보며 약제사가 말했다.

레옹은 사무실에 가 보아야 한다고 딱 잘라 말했다. 그러자 약제사는 서류와 소송 절차에 대해 빈정거렸다.

"퀴자스나 베르톨[59]은 좀 내버려 두게. 제기랄! 자네를 막을 자 누가 있어? 좀 대담해져 봐! 브리두의 집에나 가세. 거기 가면 개 한 마리를 볼 수 있지. 아주 신기한 놈이야!"

그런데도 서기가 여전히 고집을 부리자 오메가 다시 말했다.

"그럼, 나도 자네 사무실에 가겠네. 기다리면서 신문이나 읽든지 아니면 법전이나 뒤적이든지 하겠네."

레옹은 엠마의 화풀이와 오메 씨의 수다, 그리고 어쩌면 점심 먹었던 것이 위에 부담을 주는지 얼이 빠져 마음을 정하지 못한 채 되풀이하는

---

59) 유명한 법학자들이다.

약제사의 말에 홀려 있는 것 같았다.

"브리두의 집에나 가자니까! 아주 가까워. 말괄뤄 거리니까."

그러자 무기력과 우둔함, 그리고 내키지 않지만 끌려 들어가는 차마 말로 표현할 수 없는 그런 어정쩡한 마음 때문에 그는 브리두의 집으로 끌려가고 말았다. 브리두는 그의 작은 뜰에 있었는데, 헐떡거리며 소다수 제조기의 커다란 바퀴를 돌리고 있는 세 종업원을 지켜보고 있었다. 오메는 그들에게 조언 몇 마디를 해 주고 브리두를 껴안으며 인사를 하고 나서 가뤼스를 마셨다. 레옹은 스무 번은 가고 싶어 했으나, 그때마다 오메는 그의 팔을 붙들면서 이렇게 말하는 것이었다.

"조금만 더 있다 가세! 나도 가네. 〈루앙의 표지등〉지에 있는 사람들을 만나러 가세. 토마생에게 소개시켜 주겠네."

그러나 이번에야말로 레옹은 그를 뿌리치고는 호텔까지 단숨에 달려 갔다. 엠마는 거기에 있지 않았다.

그녀는 머리끝까지 화가 치밀어서 막 가 버리고 없었던 것이다. 그녀는 이제 레옹을 증오하고 있었다. 밀회의 약속을 어기는 것은 그녀에게는 모욕 같았다. 그 외에도 그녀는 그에게서 멀어지기 위한 또 다른 이유들을 계속 찾고 있었다. 그는 용기 있는 인물도 못 되고 나약하고 시시하고 여자보다도 더 무르고 게다가 구두쇠이자 소심한 자라는 식이었다.

그녀는 마음이 진정되자 자기가 그를 함부로 헐뜯었다는 것을 깨닫게 되었다. 그러나 사랑하는 사람들에 대한 중상은 늘 그들에게서 다소 마음이 멀어지게 만드는 법이다. 그러니 우상에 손을 대서는 안 된다. 금가루가 손에 묻어나기 때문이다.

엠마와 레옹은 자기들의 사랑과 관계없는 것들을 더 자주 이야기했다. 엠마가 보낸 편지 속에서도 꽃이랄지 시랄지 달, 그리고 별 들이 큰 부분을 차지하고 있었다. 시든 정열을 외부의 온갖 도움으로 타개해 보려는 소박한 방편들이었다. 그녀는 다음에 가면 어떤 강렬한 행복을 맛보리라 기대했으나 갔다 오면 아니나 다를까 아무것도 특별한 것을 느낀 것이 없었음을 자인하곤 했다. 그러한 실망은 새로운 희망에 의해 곧 묻혀 버리고 더욱 불타는 마음으로, 더욱 갈구하는 마음으로 엠마는 그에게 다시 가곤 했다. 그녀는 코르셋의 가느다란 끈을 풀면서 잽싸게 옷을 벗곤 했는데, 그럴 때마다 마치 뱀이 미끄러져 갈 때 나는 소리처럼 휙 하는 소리를 내며 벗겨져 내렸다. 맨발로 발뒤꿈치를 들고 문이 잘 잠겨 있는지를 다시 한 번 보러 가서 이상이 없는 것을 확인한 뒤 옷을 단번에 싹 벗어 버렸다. 그리고 그녀는 창백하고 심각한 모습으로 아무 말 없이 레옹의 가슴팍 안으로 파고들어 오랫동안 몸을 떠는 것이었다.

그렇지만 식은 땀방울들로 뒤덮인 이마, 말을 더듬는 입술, 넋 나간 듯한 눈동자 속, 그리고 두 팔의 포옹 속에는 뭔가 극렬하고 막연하고 불길한 어떤 것이 있었는데, 레옹에게는 그것이 그들을 헤어지게 만들려는 듯 그들 사이에 슬그머니 미끄러져 들어오는 것 같았다.

레옹은 그녀에게 감히 물어보지 못하고 있었다. 그러나 그녀가 그토록 노련한 것을 보면 고통과 쾌락의 온갖 시련을 겪어 왔음에 틀림없으리라 생각하고 있었다. 전에 그를 매혹시켰던 것들도 이제는 좀 두렵게 느껴졌다. 게다가 그는 자기 인격이 그녀에게 점점 더 흡수되어 가는 것에 내심 반발하고 있었다. 그는 그렇게 계속 승리를 거두고 있는 엠마를 원망하고 있었다. 그는 그녀를 사랑하지 않으려고 애써 보기까지 했다. 그러나 엠마의 반장화 소리가 똑똑똑 하고 들려오면 그는 마치 독주 앞에 있는 술꾼들처럼 마음이 푹 누그러지는 것을 느꼈다.

사실 그녀는 식탁에 신경을 쓰는 일에서부터 우아한 옷차림, 사랑의 번민이 깃든 눈길에 이르기까지 레옹에게 온갖 배려를 아끼지 않았다. 용빌에서 장미 꽃송이들을 가슴속에 숨겨 가지고 와서 레옹의 얼굴에 던지기도 했고, 그의 건강을 걱정하기도 했으며, 처신에 대해 조언을 해 주기도 했다. 그를 더 붙잡아 두기 위해서 하늘의 도움을 간절히 바라면서 레옹의 목에 성모상을 걸어 주기도 했다. 그녀는 유덕한 어머니처럼 레옹에게 사귀는 친구들에 대해 물어보기도 했다. 그녀는 이렇게 말하곤 했다.

"그런 사람들과 만나지 말아요. 밖에 나가지도 말고 우리 일만 생각하세요. 저를 사랑해 주세요!"

엠마는 레옹의 생활을 감시하고 싶어서, 그를 미행시켜 봐야겠다는 생각도 들었다. 호텔 근처에는 여행자들에게 다가가 말을 거는 뜨내기 같은 사람이 늘 있었다. 그에게 부탁하면 거절하지 않으리라……. 하지만 자존심이 허락하지 않았다.

"그래! 할 수 없지! 날 속여 보라지. 무슨 상관이야! 내가 그런 일에 신경이나 쓸 줄 알아?"

어느 날 일찍 헤어져 혼자서 큰길로 돌아오고 있을 때 그녀는 예전에 있던 수녀원의 벽이 보였다. 그래서 그녀는 느릅나무 그늘 밑에 놓인 벤치에 앉았다. 그 시절엔 얼마나 마음이 평안했던가. 책을 읽어 가면서 상상해 보려고 노력했던 그 말로 표현할 수 없는 사랑의 감정을 얼마나 부러워했던가!

신혼 초 몇 달 동안 말을 타고 갔던 숲 속의 산책들, 왈츠를 추던 그 자작, 노래하는 라가르디 등 그 모든 것들이 눈앞을 스쳐갔다. 그리고 갑자기 레옹도 다른 모든 사람들과 마찬가지로 먼 곳에 있는 것 같았다.

'하지만 난 그를 사랑하고 있어!' 하고 그녀는 생각했다.

그게 무슨 상관인가! 그녀는 행복하지 않았고, 그 이전에도 행복했던 적이 없었다. 도대체 삶에 대한 이런 불만, 의지하고 있는 것들의 이런 삽시간의 썩어 문드러짐은 어디에서 오는 걸까? 그러나 어딘가에 아름답고 강한 존재가, 열광과 세련미가 동시에 넘쳐 나는 용감한 사람이, 칠현금의 청동 줄을 튕기며 하늘을 향해 애절한 결혼 축가를 울리는 천사의 모습을 한 시인의 마음이 존재한다면 우연이라도 그녀가 그런 존재를 만나지 못하리라는 법이 있는가? 오! 얼마나 불가능한 일인가! 게다가 수고를 하며 추구해 볼 만한 가치 있는 것은 아무것도 없었다. 모든 것이 속임수였다! 미소마다 권태의 하품이, 기쁨마다 저주가, 그리고 모든 쾌락은 환멸이 그 이면에 숨겨져 있었다. 아무리 달콤한 키스라 해도 더 큰 관능에 대한 실현 불가능한 욕망만 입술 위에 남겨 놓을 뿐이었다.

금속성의 헐떡거리는 소리가 공중에서 길게 이어지면서 수녀원의 종소리가 네 번 들려왔다. 4시였다. 그런데 그녀는 그 벤치에 무척 오래전부터 앉아 있는 것 같은 느낌이 들었다. 좁은 공간 속에 무수히 많은 사람이 들어찰 수 있는 것처럼 단 1분의 시간 속에도 무수한 상념이 담길 수 있다.

엠마는 온통 자신의 정념에 빠져 살고 있어서 돈에 대해서는 대공비보다도 더 걱정하지 않았다.

그러나 한번은 대머리에 얼굴이 몹시 붉은 보잘것없는 외모의 한 남자가 그녀의 집을 찾아와서는 루앙에서 뱅사르 씨가 보내서 왔노라고 했다. 그는 긴 초록색 프록코트 옆 주머니를 봉해 두었던 핀을 뽑아 소매에 꽂고는 서류 한 장을 공손하게 내밀었다.

그것은 그녀가 서명했던 700프랑짜리 어음으로, 뢰뢰는 자기의 모든 약속들에도 불구하고 뱅사르의 이서에 따라 지불하게끔 권리를 양도해 버렸던 것이다.

엠마는 뢰뢰의 집으로 하녀를 보냈다. 그는 올 수가 없다고 했다.

그러자 짙은 블론드 색 눈썹 밑에 감춰진 호기심 어린 눈길로 좌우를 두리번거리면서 서 있던 그 낯선 사람은 순진한 표정으로 이렇게 묻는 것이었다.

"뱅사르 씨에게 어떤 답변을 전할까요?"

"글쎄요! 그분에게 지금 돈이 없어서…… 다음 주에나 드리겠다고…… 좀 기다려 달라고 전해 주세요……. 그래요, 다음 주에." 하고 엠마가 대답했다.

그러나 다음 날 정오 엠마는 어음 지불 거절 증서를 한 장 받았다. 굵은 글씨로 '뷔시의 집달리 아랑.'이라고 여러 번 찍힌 인지가 붙은 그 공문서 용지를 보고 너무도 겁에 질려 그녀는 다급히 옷감 상인의 집으로 달려갔다.

엠마는 가게 안에서 끈으로 짐을 묶고 있는 그를 만났다.

"안녕하십니까! 찾는 것을 말씀만 하세요. 도와 드리겠습니다." 하고 그가 능청스럽게 말했다.

그러면서도 뢰뢰는 열세 살가량의 약간 곱추인 여자아이의 도움을 받으면서 그 일을 계속했다. 그 애는 점원인 동시에 식모로 그 집에서 일하고 있었다.

일을 마치고 나더니 그는 가게 마룻바닥에 나막신 소리를 딱딱 내며 엠마가 기다리고 있는 2층으로 올라가 그녀를 좁은 방으로 다시 안내했다. 전나무로 된 큰 책상 위에는 장부 책이 몇 권 놓여 있었는데, 맹꽁이 자물쇠를 채운 쇠로 된 틀 속에 보관되어 있었다. 벽에는 인도 사라사 천들로 덮어 놓은 금고가 하나 보였는데, 크기가 너무도 큰 것으로 보아 어음이나 지폐 외에 다른 것들도 들어 있는 것이 분명했다. 실제로 뢰뢰 씨는 전당포도 겸하고 있었다. 바로 거기에 보바리 부인의 금 시곗줄과 더불어 가엾은 텔리에 영감의 귀고리가 보관되어 있었다. 결국 '카페 프랑세'를 팔지 않을 수 없었던 그 영감은 캥캉푸아에서 초라한 잡화상 하나를 사서 운영하면서 켜 놓은 양초보다도 더 누런 얼굴을 한 채 죽어 가고 있었다.

뢰뢰는 짚으로 된 큰 안락의자에 앉으면서 말했다.

"무슨 새로운 일이라도 있습니까?"

"이거 한번 보세요."

그러면서 그녀는 서류를 보여 주었다.

"아이고! 전들 별수가 있겠습니까?"

그러자 그녀는 화를 내면서 어음을 다른 사람에게 팔지 않겠다고 한 그의 약속을 상기시켰다. 그도 그 점을 인정했다.

"하지만 저도 어쩔 수가 없었습니다. 목에 칼이 들어와서요."

"그럼 이제 어떻게 되는 거예요?" 하고 엠마가 물었다.

"아! 무척 간단해요. 법원의 판결, 그리고 차압이…… '제기랄!'"

엠마는 그를 마구 때려 주고 싶었지만 참고 있었다. 그러고는 뱅사르 씨의 마음을 누그러뜨릴 방도가 없는지 조용히 물었다.

"아, 예! 뱅사르의 마음을 누그러뜨린다 그 말씀이지요! 부인께선 그를 잘 모르고 계시는군요. 아랍 인보다도 더 잔인한 인간이거든요."

그렇지만 뢰뢰 씨가 그 일에 신경을 써 줘야 하지 않겠느냐고 말하자 그는 이렇게 대답했다.

"자, 보십시오! 지금까지 부인께 해 드릴 만큼 잘해 드렸다고 자부합니다."

그리고 장부 하나를 펼치면서 말했다.

"여기 보세요."

그는 손가락으로 책장을 거슬러 올라가면서 말했다.

"자아…… 봅시다. 아, 여기…… 8월 3일…… 200프랑, 7월 17일…… 150프랑, 3월 23일…… 46프랑, 4월에는……."

그는 무슨 실수나 하지 않을까 두려워하는 듯 말을 멈췄다.

"그런데 의사 선생님께서 서명한 어음들에 대해서는 아직 말도 꺼내지 않은 겁니다. 700프랑짜리와 300프랑짜리에 대해서는 말입니다! 잔액도 그 이자와 함께 아직 마무리가 안 됐고, 하여간 복잡해서. 더 이상 저도 관여하지 못하겠습니다!"

엠마는 눈물을 흘리고 있었다. 그리고 그를 '나의 착한 뢰뢰 씨!'라고 부르기까지 했다. 그러나 그는 여전히 '상스러운 뱅사르'에게 떠넘기기만 했다. 게다가 자기는 1상팀도 없는 데다가 현재 누구 한 사람 돈을 갚지도 않고, 빚쟁이는 등에 걸친 옷조차 벗겨 가려고만 드는 자기 같은 가난뱅이 가게 주인은 가불을 해 줄 수 없다는 것이었다.

엠마는 말없이 있었다. 그러자 펜대의 깃털을 깨물고 있던 뢰뢰 씨가 이렇게 다시 말을 이은 걸 보면 엠마의 침묵이 분명 신경 쓰였던 것 같다.

"어쨌든 근일 중에 얼마간이라도 돈이 들어오면…… 해 드릴 수도……."

"그런데 바른빌의 잔금을 받으면 곧……." 하고 그녀가 말했다.

"어쩐다고요?"

랑글루아가 아직 잔금을 지불하지 않은 것을 알고 그는 매우 놀란 듯했다. 그리고 짐짓 상냥한 목소리로 말했다.

"그래서 합의를 보자, 이런 말씀이신 건가요?"

"오! 좋으실 대로요."

그러자 뢰뢰는 눈을 감고 깊이 생각을 하다가 몇 가지 숫자를 끄적거렸다. 그러더니 그건 위험이 크게 따르는 일로 까딱하면 '자기 피를 뽑아야 할' 테니 자기로서는 아주 어려울 것 같다고 말했다. 그러더니 지불 기한이 각각 한 달 간격인 250프랑짜리 어음 넉 장을 강요했다.

"뱅사르가 동의해 줘야 할 텐데! 어쨌든 그렇게 된 걸로 합시다! 전 질질 끄는 성질이 아닙니다. 일 처리 하나는 아주 빠르고 정확하거든요."

그러고 나서 그는 엠마에게 여러 가지 신상품을 이것저것 되는대로 보여 주었다. 하지만 자기 생각에 부인에게 어울리는 것은 하나도 없다고 했다.

"글쎄, 이건 미터당 7수짜리인데 염색도 아주 잘 되었다며 팔고 있지 뭡니까! 그래도 덮어 놓고 믿는다니까요! 부인께서도 그러리라 생각하시겠지만, 우린 손님에게 사실대로 다 말하면서 팔진 않습니다." 하고 다른 사람들에게는 거짓말을 한다고 실토함으로써 그녀에 대한 자신의 정직함을 오롯이 납득시키려고 그가 말했다.

그리고 그녀를 다시 불러 최근 '한 경매'에서 구한 3미터 길이의 기퓌르 레이스를 보여 주었다.

"아름답지요! 요즈음 안락의자 머리 덮개로 많이 사용됩니다. 요즘 취향이니까요." 하고 뢰뢰가 말했다.

그러고는 손재주를 피우는 마술사보다도 더 재빠르게 그것을 푸른색 종이에 싸서 엠마의 손에 쥐어 주었다.

"적어도 알기라도 해야지요?"

"아아! 값은 나중에……." 하고 발꿈치로 몸을 빙그르르 돌리면서 그가 대답했다.

그날 저녁부터 엠마는 보바리를 옥죄어 어머니에게 편지를 쓰게 했다. 아직 넘겨주지 않은 상속분 전부를 빨리 보내 달라고 말하라는 것이었다. 그에 시어머니는 더 이상 가진 게 없다는 답장을 보내왔다. 정리는 다 끝났고, 그들 부부에게는 바른빌 이외에 600리브르의 연금이 남아 있는데 그것은 어김없이 보내 주겠다는 것이다.

그래서 엠마는 두세 명의 환자에게 진료 청구서를 보냈다. 그녀는 곧 이 방법을 널리 사용했는데, 성공적이었다. 엠마는 신경을 써서 추신으로 이렇게 덧붙이는 것을 늘 잊지 않았다. '남편께는 이 사실을 말하지 말아 주세요. 얼마나 자존심이 강한 분인지 잘 아실 테니까요. 죄송합니다…… 그럼…….' 이의를 제기해 오는 답신도 몇 통 있었지만 엠마가 중간에서 가로챘다.

돈을 만들기 위해 엠마는 자기의 헌 장갑이나 모자, 고철을 팔기 시작했다. 그녀는 악착스럽게 흥정을 했다. 그녀의 몸에 흐르는 농촌 여자의 피가 이득이 되었다. 루앙에 갈 때에는 살 사람이 없더라도 뢰뢰 씨만은 확실히 사들일 만한 골동품들을 사들였다. 타조 깃털, 중국산 도자기, 궤짝 들을 샀다. 펠리시테, 르프랑수아 부인, '적십자' 여관 주인의 아내 등 아무한테서나 닥치는 대로 돈을 빌렸다. 마침내 바른빌에서 돈을 받았다. 그녀는 그걸로 어음 두 장만 지불하고, 나머지 1천 500프랑은 다 써 사라져 버렸다. 그녀는 또 돈을 빌렸다. 계속 그런 식이었다!

종종 계산을 해 보려고 노력했던 것도 사실이다. 그러나 일이 너무도 터무니없이 커져 버려서 믿어지지가 않았다. 그래도 다시 계산을 해 보았지만 곧 복잡해져 버려서 모든 걸 다 포기해 버리고 더 이상 생각하지 않았다.

이제 집 안은 아주 을씨년스러웠다! 물건을 대 준 상인들이 성난 얼굴로 집에서 나오는 것이 보였다. 난로 위에는 손수건들이 널브러져 있었고, 어린 베르트는 구멍 뚫린 양말을 신고 있어서 오메 부인의 역정을 사기도 했다. 샤를이 머뭇거리다가 용기를 내어 충고라도 한마디 하면 그건 자기 탓이 아니라는 퉁명스러운 대답이 그녀에게서 돌아왔다.

왜 이런 격한 어조로 말하는 걸까? 그는 이 모든 것이 예전에 앓았던 신경병 때문이라고 생각했다. 그러면서 그는 지병일 뿐인 것을 성격적 결함으로 잘못 생각한 걸 후회하고 자기의 이기주의를 자책하면서 아내에게 달려가 껴안아 주고 싶었다.

'오! 이러면 안 되지. 귀찮아할 거야!' 하고 그는 생각했다.

그러고는 가만히 앉아 있었다.

저녁을 먹은 뒤 그는 혼자서 정원을 산책하곤 했고, 어린 베르트를 무릎에 앉히고는 의학 잡지를 펼쳐 글자를 가르쳐 주려고도 해 보았다. 공부를 해 본 적이 없는 아이는 곧 슬픈 눈을 크게 뜨고서 울기 시작했던 것이다. 그러면 아이를 달래기도 했고, 물뿌리개에 물을 떠 와서 모래 위에 실개천을 만들어 주기도 했으며, 쥐똥나무 가지들을 꺾어다가 화단에 심어 주기도 했다. 그런데도 화단이 온통 긴 잡초들로 어지럽게 뒤덮여 있었기에 정원의 미관을 해치지는 않았다. 레스티부두아에게도 정원 손질 일당이 얼마나 많이 빚져 있는가! 이윽고 아이는 이제 춥다고 하면서 엄마를 찾았다.

"가정부 언니를 부르렴. 잘 알고 있지? 엄마는 귀찮게 하는 걸 싫어하잖니." 하고 샤를이 말했다.

가을이 와서 벌써 낙엽이 지고 있었다(2년 전 아내가 아플 때처럼!). 도대체 언제 이런 일들이 다 끝날지! 샤를은 뒷짐을 진 채 계속 걷고 있었다.

엠마는 자기 방에 있었다. 아무도 거기에는 올라가지 않았다. 무기력해진 그녀는 거의 옷도 제대로 입지 않은 채 하루 종일 틀어박혀 있었다. 그리고 종종 루앙에 있는 한 알제리 사람이 운영하는 가게에서 산 원뿔꼴의 훈향을 피워 놓았다. 저녁에는 남편이 자기 곁에 누워 늘어지게 잠을 자는 것이 싫어서 오만상을 찡그리며 싫은 기색을 보이곤 했는데, 그럴 때마다 그는 결국 3층으로 쫓겨나고 마는 것이었다. 그러면 그녀는 유혈이 낭자한 장면들이 펼쳐지고 음란한 그림들이 삽입되어 있는 이상야릇한 책들을 아침까지 읽었다. 이따금 공포에 질려 비명을 내지르면 샤를이 달려 내려왔다. 그러면 엠마는 다시 이렇게 소리를 내지르는 것이었다.

"아! 왜 그래요, 나가세요."

또 어떤 때는 간통이 활활 타오르게 하는 은밀한 마음의 불길로 몸이 아주 뜨겁게 달아오른 그녀는 흥분이 되어 숨을 헐떡거리면서 정욕에 강하게 사로잡혀서 창을 활짝 열어젖히고 찬바람을 들이쉬었다. 그리고 너무도 무겁게 느껴지는 머리카락을 바람에 날리며 별을 바라보면서 왕자의 사랑을 동경했다. 그녀는 그 남자, 레옹을 생각하고 있었던 것이다. 그럴 때면 그녀는 자기의 욕망을 채워 주는 단 한 번의 밀회를 위해서라면 모든 것을 다 바칠 것 같았다.

그런 날들은 그녀의 축제 날이었다. 그녀는 그날들이 화려하기를 바랐다! 그래서 레옹이 혼자서 비용을 부담할 수가 없을 때엔 그녀가 초과 금액을 관대하게 보탰는데, 어떻게 보면 거의 매번 그랬다. 레옹은 다른 곳에, 즉 보다 더 저렴한 호텔에서 묵어도 좋다는 것을 이해시키려 애써 보았지만, 그때마다 그녀는 반대했다.

어느 날 엠마는 핸드백에서 작은 은으로 도금한 수저 여섯 개(그것은 루오 영감이 준 결혼 선물이었다)를 꺼내더니 전당포에 대신 좀 맡겨 달라고 부탁했다. 레옹은 그런 일이 싫었지만 엠마의 말에 복종했다. 그는 자기에 대한 소문이 안 좋게 날까 봐 두려웠던 것이다.

그리고 곰곰이 생각해 보니 자기의 정부가 취하는 행동이 좀 이상하다는 것을, 그렇게 보면 그녀와 손을 끊으라는 사람들의 말이 틀린 게 아니라고 생각했다.

실제로 누군가가 그의 어머니에게 장문의 편지를 보내 아드님이 '한 유부녀와 불륜을 저지르며 신세를 망치고 있다.'고 알려 주었었다. 그러자 그 부인은 가정의 영원한 도깨비, 즉 사랑의 심연 속에 환상적으로 도사리고 있는 그 불분명하고 위험천만한 부정한 여자, 요부, 괴물이 보이는 것 같아 즉각 그런 일을 완벽하게 처리하는 아들의 주인인 뒤보카주 씨에게 편지를 썼다. 그는 레옹을 45분여 동안 붙들고서 잘못을 깨우치게 하고 굴러떨어질 수 있는 나락에 대해 말해 주었다. 그런 밀통은 훗날 그의 결혼에도 해가 될 수 있다는 것도 말해 주었다. 그는 그 여자와 관계를 끊으라고 간곡히 말했는데, 만일 레옹 자신을 위해 그런 희생을 치를 수 없다면 적어도 자기를, 즉 뒤보카주를 위해서라도 그렇게 해 달라는 것이었다!

결국 레옹은 엠마를 더 이상 만나지 않겠다고 맹세했다. 그러나 아침이면 난롯가에서 지껄여 대는 동료들의 농담은 차치하고라도 그 여자 때문에 자기가 계속 처하게 될 곤경과 빈말들을 생각하자 그 약속을 지키지 않은 자신이 후회가 되었다. 게다가 그는 곧 서기장이 될 참이었다. 그렇기에 신중하게 처신해야 할 때였다. 그래서 플루트도 포기하고 열정적 감정과 공상도 포기했다. 왜냐하면 소시민이라면 누구나 끓어오르는 청춘기에는 단 하루, 단 1분 동안일지라도 엄청난 열정을 바치고 고상한 일을 해낼 수 있으리라 믿기 때문이다. 가장 별 볼 일 없는 방탕아도 터키 군주의 왕비들을 동경했을 것이고, 공증인들도 마음속에는 저마다 시인의 편린을 지니고 있는 법이다.

레옹은 이제 엠마가 느닷없이 그의 가슴에서 흐느껴 울 때면 지겨웠다. 그리고 아무리 좋은 노래도 여러 번 들으면 싫증이 나는 것처럼 그의 마음은 요란스러운 사랑에 무관심한 채 졸고 있을 뿐 그 미묘함이 더 이상 느껴지지 않았다.

그들은 서로를 너무 잘 알고 있어서 기쁨을 백배로 더해 주는 그 놀라운 소유의 기쁨도 느끼지 못했다. 레옹이 그녀에게 진력이 난 것만큼이나 그녀도 레옹에게 싫증을 느끼고 있었다. 엠마는 그 간통 속에서 결혼 생활에서 느꼈던 진부함을 모두 다시 발견하고 있었다.

그렇지만 어떻게 그 간통에서 벗어날 수 있을까? 그래서 그녀는 그러한 행복의 저속함에 굴욕을 느껴도 보았지만 소용이 없었다. 습관으로 인해, 또는 타락으로 인해 거기에 집착하고 있었다. 그래서 날이 갈수록 더 큰 행복을 원하다가 그 행복의 샘을 고갈시킬 정도로 더욱더 거기에 열을 올리곤 했다. 그녀는 마치 레옹이 자기를 배신이라도 한 것처럼 자기의 실망에 대해 그를 탓했다. 심지어 어떤 큰일이라도 일어나 그들을 헤어지게 해 주었으면 하고 바라기까지 했다. 그녀에게는 헤어질 결심을 할 용기가 없었기 때문이다.

그럼에도 불구하고 그녀는 어쨌든 애인에게 편지를 써야 한다는 생각에서 레옹에게 계속 편지를 썼다.

하지만 편지를 쓰면서 그녀는 다른 남자의 모습을 떠올렸다. 그것은 그녀의 가장 열렬한 추억들과 가장 아름답게 읽었던 책들과 가장 강렬한 욕망으로 이루어진 어떤 환영이었다. 그것은 마침내 접근 가능한 실제 존재처럼 변하여 그녀는 그 앞에서 가슴이 두근거리곤 했다. 그럼에도 불구하고 그것을 선명하게 상상할 수는 없었다. 그만큼 신처럼 많은 속성으로 둘러싸인 채 모습을 감추고 있었던 것이다. 그 남자는 발코니에서 달빛을 받으며 꽃향기 속에서 흔들리고 있는 비단 사다리가 있는 푸르스름한 나라에 살고 있었는데, 마치 자기 곁에 있는 느낌이 들었고, 곧 다가와 강렬한 키스를 퍼부으면서 자기를 데려갈 것만 같았다. 그러고 나서 그녀는 녹초가 되어 쓰러졌다. 그 막연한 사랑의 충동이 질펀한 방탕보다도 더 그녀를 피곤하게 만들었기 때문이다.

엠마는 이제 온몸이 계속 쑤시고 아팠다. 자주 소환장과 인지가 붙은 공문서를 받았지만 거의 들여다보지 않았다. 더 이상 살고 싶지 않았다. 아니면 계속 잠 속에 빠져 살고 싶었다.

사순절 세 번째 목요일, 그녀는 용빌로 돌아가지 않았다. 밤에 가면무도회에 갔던 것이다. 엠마는 비로드 바지에 빨간 양말을 신고 한 가닥 뒷머리채가 붙은 가발과 귀 위까지 내려오는 삼각모를 썼다. 광적인 트롬본 소리에 맞춰 저녁 내내 펄쩍펄쩍 뛰며 춤을 추었다. 사람들이 그녀를 가운데 두고 둘러쌌다. 아침이 되어 그녀는 자기가 극장의 회랑에서 하역 인부나 선원 마스크를 쓴 대여섯 사람들 사이에 끼어 있는 것을 알게 되었는데 그들은 레옹의 친구들로 밤참을 먹으러 가자는 이야기를 하고 있었다.

주변 카페들은 만원이었다. 그들은 선창가에 있는 아주 초라한 음식점 하나를 찾아냈는데 주인은 5층의 작은 방 문을 열어 주었다.

남자들은 한쪽 구석에서 뭔가를 소곤대고 있었는데 아마 비용에 대해 서로 상의하는 것 같았다. 거기에는 서기 한 명, 의과 대학생 두 명, 사무원이 한 명 끼어 있었다. 그녀로서는 얼마나 실망스런 어울림이었던가! 식당에 함께 있던 여자들에 대해서도 엠마는 목소리의 음색을 통해 그 여자들 거의 대부분이 최하급 신분임을 곧 알아챘다. 그러자 엠마는 무서워서 의자를 뒤로 잡아당기고 눈을 내리깔았다.

다른 사람들은 먹기 시작했다. 엠마는 먹지 않았다. 이마는 열이 나서 마치 불 같았고 눈꺼풀은 따끔거렸으며 살은 얼음처럼 시렸기 때문이다. 머릿속에서는 무도회장의 마룻바닥이 떠올랐는데 아직도 수많은 발들이 리드미컬한 박자에 맞춰 춤을 추고 있는 것 같았다. 그리고 여송연 연기와 더불어 펀치 술 냄새로 현기증이 났다. 엠마는 정신을 잃고 주저앉아 버렸다. 사람들이 그녀를 창문 앞으로 옮겨다 놓았다.

해가 뜨기 시작하자 주홍빛의 커다란 반점 하나가 생트 카트린 구역 쪽 희미한 하늘에서 커져 가고 있었다. 푸르스름한 강물이 바람에 잔잔히 떨고 있었고 다리에는 지나가는 사람이 아무도 없었으며 가로등은 꺼져 있었다.

그사이, 엠마는 깨어났다. 문득 하녀의 방에서 자고 있을 베르트 생각이 떠올랐다. 그러나 기다란 철판을 가득 실은 짐마차가 지나가면서 귀를 멍멍하게 하는 금속성 진동으로 건물 벽들이 흔들리고 있었다.

엠마는 일행의 눈에 띄지 않게 부리나케 도망을 나와서 옷을 벗어 던지고 집으로 돌아가야 할 것 같다고 레옹에게 말했다. 마침내 그녀는 '불로뉴 호텔'에 혼자 남게 되었다. 모든 것이, 아니 자기 자신조차도 참을 수가 없었다. 새처럼 아주 멀리 순결한 어디론가 도망쳐 날아가서 다시 젊어지고 싶었다.

엠마는 밖으로 나가서 큰길과 코슈아즈 광장과 마을을 지나 정원들이 내려다보이는 앞이 탁 트인 길까지 나왔다. 그녀는 빨리 걸었다. 신선한 공기가 그녀의 마음을 가라앉혀 주었다. 무도회에 있던 사람들의 얼굴들, 가면들, 카드릴 춤, 샹들리에, 밤참, 그리고 그 여자 들도 모두 마치 쓸려 가는 안개처럼 차츰 사라져 가고 있었다. 다시 '적십자' 여관으로 돌아온 그녀는 《넬 탑》의 그림이 몇 장 걸려 있는 3층 작은 방의 침대에 몸을 던졌다. 오후 4시에 이베르가 그녀를 깨웠다.

집에 돌아오자 펠리시테가 괘종시계 뒤에 있던 회색 서류를 한 장 꺼내어 그녀에게 보여 주었다. 엠마는 읽었다.

'판결 집행장의 등본에 의거하여⋯⋯.'

무슨 판결이란 말인가? 실제로 그 전날 밤 또 다른 서류를 하나 받았지만 그녀는 그것이 무엇인지 모르고 있었다. 그래서 그녀는 이어지는 이 말에 몹시 놀랐다.

'국왕 및 법과 법정의 이름으로 보바리 부인에게 집행을 명령하니⋯⋯.'

몇 줄 건너뛰어서 다음 말이 보였다.

'24시간 내로.' 도대체 이건 뭐지? '8천 프랑의 금액을 지불할 것.' 더 아래에는 이런 말까지 있었다. '모든 법적 수단, 특히 가구 및 의복의 압류에 의하여 강제 집행될 것임.'

어떻게 해야 하는가? 24시간의 여유밖에 없었다. 내일까지였다! 틀림 없이 뢰뢰가 자기에게 겁을 주려고 그런 것이라고 엠마는 생각했다. 뢰뢰의 모든 책략, 그리고 그 친절의 의도를 간파했기 때문이다. 그 과다한 금액 자체가 오히려 그녀를 안심시켰다.

그렇지만 물건을 끊임없이 사고는 값을 지불하지 않았고, 그래서 어음을 끊었고, 다시 그 어음의 지불 기간을 연장함으로써 그럴 때마다 액수가 불어났기에 결국 그녀는 뢰뢰 씨에게 한 재산을 마련해 주게 된 것이었다. 뢰뢰는 투기를 하기 위해 그렇게 되기를 고대하고 있었다.

엠마는 거리낌 없는 태도로 뢰뢰의 집에 나타났다.

"제게 무슨 일이 일어났는지 아시죠? 물론, 아마 농담이시겠지만!"

"아닙니다."

"어떻게 이런 일이?"

뢰뢰는 천천히 몸을 돌리더니 팔짱을 끼고 그녀에게 말했다.

"부인, 부인께선 제가 세상이 끝날 때까지 공짜로 물건을 대 주는 상인 겸 은행가라고 생각하셨습니까? 저도 받아야 할 돈을 받아야겠습니다. 서로 공평해야지요!"

엠마는 부채의 액수에 대해 격렬히 항의했다.

"아아, 어쩔 수 없지요! 법원에서 그렇게 인정한 거니까요! 판결이 그렇게 났습니다. 부인께 통고도 되었고요. 하지만 이건 제가 아니라 뱅사르입니다."

"당신이 어떻게 좀……."

"오! 전혀 어떻게 할 수 없어요."

"그래도…… 그렇지만…… 함께 좀 생각을 해 봐요."

그녀는 허튼소리를 해 댔다. 자기는 아무것도 모르고 있었다, 뜻밖의 일이다…… 등등.

"누가 잘못한 거지요? 제가 흑인 노예처럼 열심히 일하고 있는 동안 부인께선 즐거운 한때를 보내고 계셨던 겁니다." 하고 빈정대며 절을 하면서 뢰뢰가 말했다.

"아아! 훈계는 그만하세요!"

"결코 해롭지는 않을걸요." 하고 그가 대꾸했다.

엠마는 맥이 빠져서 그에게 애원했다. 그녀는 자기의 길고 흰 예쁜 손을 상인의 무릎 위에 얹어 놓기까지 했다.

"아니, 이러지 마세요! 절 유혹하려는 것 같군요!"

"못난 사람 같게도!" 하고 그녀가 소리쳤다.

"오오! 어찌 뻔뻔스레 그런 말씀을!" 하고 그는 웃으면서 말을 받았다.

"당신이 어떤 사람인지 알리겠어요. 제 남편에게 이야기하겠어요……."

"그래요! 그렇다면 저도 부인의 남편께 보여 드릴 게 있습니다!"

그러면서 뢰뢰는 금고에서 1천 800프랑짜리 영수증을 꺼냈다. 그건 뱅사르가 어음을 할인해 줄 때 그녀가 준 것이었다.

"부인께선 부인의 이 작은 도둑질을 그 가엾은 사람이 모르리라 생각하시는 모양이지요?" 하고 뢰뢰가 덧붙였다.

엠마는 뒤통수를 둔기로 한 대 얻어맞은 것보다 더 큰 충격을 받고 쓰러지듯 주저앉고 말았다. 뢰뢰는 창문과 책상 사이를 어슬렁거리면서 계속 되풀이했다.

"아암! 분명히 보여 드리겠어요. 부인의 남편께 분명히 보여 드리겠다고요⋯⋯."

그러고는 엠마에게 다가가 부드러운 목소리로 이렇게 말하는 것이었다.

"유쾌한 일은 아니라는 것, 저도 압니다. 어쨌든 이 일로 누가 죽는 일은 없을 겁니다. 부인에게서 제 돈을 돌려받을 수 있는 수단이라고는 그저 이것밖에 없는걸요."

"하지만 그 돈을 어디서 나요?" 하고 엠마가 자기의 두 팔을 꼬면서 말했다.

"아아, 설마요! 부인께는 남자 친구들까지 있으면서!"

그가 너무도 예리하고 두려운 눈빛으로 바라보았기 때문에 그녀는 창자까지 오싹했다.

"약속하겠어요, 서명하겠어요⋯⋯." 하고 그녀가 말했다.

"이제 지긋지긋합니다. 부인의 서명 같은 건!"

"그럼, 더 팔겠어요⋯⋯."

"설마요! 부인께선 가진 게 더 이상 아무것도 없잖아요." 하고 그가 어깨를 으쓱하며 말했다.

그러고는 문구멍을 통해 가게에다 대고 소리쳤다.

"안네트! 14번 이자 증서 세 장, 잊지 말아."

하녀가 나타났다. 엠마는 눈치를 채고 '모든 소추(訴追)를 취하시키려면 돈이 얼마나 필요한지'를 물었다.

"너무 늦었습니다!"

"하지만 만일 제가 몇 천 프랑을, 총액의 4분의 1이나 3분의 1을, 아니

거의 전부를 가지고 온다면요?"

"아 참! 안 된다니까요. 소용없어요!"

그는 엠마를 계단 쪽으로 슬그머니 밀어내고 있었다.

"제발요, 뢰뢰 씨. 며칠만 더!"

엠마는 흐느껴 울고 있었다.

"저런! 우시다니!"

"당신은 저를 절망에 빠지게 하고 있어요!"

"그러시더라도 제가 알 바는 아닌 것 같습니다." 하고 뢰뢰는 문을 닫으면서 말했다.

7

다음 날 집달리 아랑이 입회인 두 명을 데리고 압류 조서를 작성하러 집에 나타났을 때 엠마는 의연하게 대처했다.

집달리 일행은 보바리의 진찰실부터 시작했다. 그러나 '그의 직업상의 도구'로 간주된 골상학용 두개골은 목록에 기재하지 않았다. 그러나 부엌의 접시와 냄비, 의자, 촛대, 그리고 침실 선반에 있는 모든 자질구레한 물건 들까지 전부 기재했다. 그들은 엠마의 옷가지들과 리넨 제품과 화장하는 방을 조사했다. 그리하여 그녀의 사생활은 마치 해부대 위의 시체처럼 가장 깊숙한 구석들까지 그 세 남자의 눈앞에 낱낱이 들춰졌다.

날씬한 검은 옷에 단추를 채우고 흰색 넥타이에 각반을 아주 팽팽하게 차고 있는 아랑은 이따금 이렇게 되풀이해 말하곤 했다.

"죄송합니다, 부인! 죄송합니다!"

종종 그는 감탄을 하기도 했다.

"멋진데! 아주 예쁜데!"

그러면서 그는 왼손에 들고 있는 뿔 잉크병에 펜을 찍어서 다시 쓰기 시작하곤 했다.

방들에 대한 조사가 끝나자 그들은 다락방으로 올라갔다.

엠마는 거기에 로돌프에게서 받은 편지들을 넣어 둔 작은 책상을 놓아 두고 있었다. 그것도 열어 보여야 했다.

"아! 편지로군요! 하지만 죄송합니다. 저로서는 이 상자 속에 또 다른 것이 있나 확인을 해야 해서요." 하고 은근한 미소를 지으면서 아랑이 말했다.

그러고는 그 안에 나폴레옹 금화라도 있어서 떨어지게 하려는 듯 그 편지들을 가볍게 기울였다. 그때 마치 괄태충(括胎蟲)처럼 붉고 물렁물렁한 손가락을 가진 살찐 손이 자신의 가슴을 두근거리게 만들었던 그 편지들 위에 닿는 것을 보자 그녀는 분노에 사로잡혔다.

마침내 그들이 방에서 나갔다. 보바리가 돌아오는 것을 보고 펠리시테가 들어왔다. 보바리를 잠시 따돌리기 위해 하녀를 보내 망을 보게 했던 것이다. 엠마와 하녀는 차압 물건의 법정 관리인을 신속히 다락방으로 올라가 있게 했고, 그는 그곳에서 한동안 숨어 있겠다고 다짐했다.

그날 저녁, 그녀가 보기에 샤를이 뭔가를 걱정하는 것 같았다. 엠마는 불안에 가득 찬 눈초리로 남편을 살피곤 했는데 그때마다 그의 주름살 속에 깃든 비난들이 자기에게로 쏟아져 들어오는 것만 같았다. 시선이 중국산 열 완충용 가리개가 쳐진 벽난로, 넓은 커튼, 안락의자 등 요컨대 그녀의 생활에 쓰라린 감정들을 달래 주곤 했던 그 모든 것들 위로 차례차례 옮겨질 때마다 그녀는 어떤 회한에, 더 정확히 말해 엄청난 애석함의 감정에 사로잡혔다. 그런데 그 감정은 정념을 없애 주기는커녕 오히려 자극하고 있었다. 샤를은 두 발을 장작 받침쇠 위에 올려놓은 채 여유롭게 불을 뒤적거리고 있었다.

숨어 있던 관리인이 지겨워서였는지 잠시 소리를 좀 냈다. 그러자 샤틀이 말했다.

"위에서 누가 걸어다니는 것 같은데?"

"웬걸요! 열린 천창이 바람에 흔들리면서 나는 소리예요." 하고 그녀가 얼른 대답했다.

다음 날 일요일, 엠마는 루앙으로 떠났다. 이름을 아는 모든 은행업자들을 찾아가 보기 위해서였다. 그런데 대부분 시골에 가 있거나 여행 중이었다. 엠마는 물러서지 않았다. 만날 수 있는 사람들에게는 돈이 필요하다, 꼭 갚겠다고 하소연하면서 먼저 좀 빌려 달라고 요구했다. 어떤 사람들은 코웃음을 쳤다. 어쨌든 모두가 거절했다.

2시에 엠마는 레옹의 집으로 달려갔다. 문을 두드렸다. 문을 열어 주는 사람이 없었다. 마침내 레옹이 나타났다.

"무슨 일이에요?"

"방해가 돼요?"

"아닙니다. 하지만……."

그러고는 그는 집주인이 '여자들'을 초대하는 것을 좋아하지 않는다고 털어놓았다.

"할 말이 있어요." 하고 그녀가 말을 계속했다.

그러자 그는 열쇠를 집어 들었다. 엠마는 말렸다.

"오! 아니에요. 저기, 우리들 집으로 가요."

그래서 그들은 '불로뉴 호텔'에 있는 그들의 방으로 갔다.

엠마는 방으로 들어오자 큰 컵으로 물을 한잔 들이켰다. 아주 창백해져 있었는데 레옹에게 이렇게 말했다.

"레옹, 한 가지만 좀 도와주세요."

그녀는 꼭 잡고 있던 그의 두 손을 흔들면서 이렇게 덧붙였다.

"제 말 좀 들어 봐요. 전 지금 8천 프랑이 필요해요!"

"아니, 미쳤군요!"

"아직은 아니에요!"

그녀는 즉각 압류 이야기를 해 주면서 자기의 고뇌를 털어놓았다. 샤를이 아무것도 모르고 있고, 시어머니는 자기를 미워하고 있고, 친정아버지는 아무것도 해 줄 수가 없다, 그러나 그, 레옹만은 꼭 필요한 그 돈을 구해 주기 위해 전력을 다해 줄 것이기 때문이라는 것이었다.

"어떻게 제가 그런 일을 해 주기를…….."

"정말 비겁하네요!" 하고 그녀가 소리쳤다.

그러자 그는 바보처럼 이렇게 말했다.

"곤경을 과장하고 있는 것 같아요. 아마 3천 프랑 정도면 그 사람 마음을 누그러뜨릴 수 있을 텐데."

그렇다면 더더욱 어떤 교섭을 시도해 보는 게 당연하다. 3천 프랑을 구하지 못할 것 같지는 않았다. 더구나 레옹은 엠마를 대신해서 빚을 질 수도 있는 것이었다.

"자! 어떻게 좀 해 주세요! 그 돈이 없으면 안 돼요! 어서! 오오, 좀 애써 줘요. 당신을 많이많이 사랑해 줄게요!"

그는 나갔다가 한 시간쯤 지난 뒤 돌아와서는 심각한 얼굴로 말했다.

"세 집에 가 보았는데…… 소용없었어요!"

그러고는 그들은 벽난로 양쪽 모서리에 마주 앉아 꼼짝도 하지 않았다. 말 한마디도 없었다. 엠마는 발을 동동 구르면서 어깨를 으쓱거리곤 했다. 그는 그녀가 이렇게 중얼거리는 소리를 들었다.

"만일 제가 당신 입장이라면, 전 어떻게 해서든 돈을 구해 올 거예요!"

"도대체 어디서요?"

"당신 사무실에서요!"

엠마는 그렇게 말하고는 그를 쳐다보았다.

끔찍한 어떤 요염함이 그녀의 타는 듯한 눈동자에서 발산되어 나왔고, 용기를 주듯 선정적으로 눈꺼풀이 깜박거렸다. 그리하여 젊은이는 자기에게 죄를 저지르라고 권하고 있는 그 여인의 무언의 뜻에 마음이 약해지고 있는 것을 느꼈다. 그러자 그는 두려워졌는데 구구한 설명을 피하기 위해 이마를 치면서 이렇게 소리를 쳤다.

"아, 모렐이 오늘 밤에 돌아오기로 되어 있어요! 그 친구라면 내 부탁을 거절하지 못할 거예요(그는 부자 상인의 아들로 그의 친구였다). 그럼 내일 갖다 드릴게요." 하고 그가 덧붙였다.

엠마는 그가 생각한 만큼 그 희망을 기쁘게 맞이하는 것 같지 않았다. 그의 말이 거짓말이라고 의심했던가? 그는 얼굴을 붉히면서 다시 말했다.

"하지만 3시까지 제가 안 오면 더 기다리지 말아요, 사랑하는 엠마. 가봐야겠어요. 죄송해요. 그럼 안녕히!"

레옹은 그녀의 손을 잡았지만 전혀 생기가 느껴지지 않았다. 엠마는 더 이상 어떠한 감정도 가질 힘이 없었다.

시계가 4시를 쳤다. 그러자 엠마는 마치 자동인형처럼 습관의 동력에 따라 일어서서 용빌로 발길을 돌렸다.

날씨가 좋았다. 아주 맑은 하늘에 태양이 빛나는 3월의 화창하고 매섭게 추운 그 어느 하루였다. 나들이옷을 입은 루앙 사람들은 행복한 표정으로 산책을 하고 있었다. 엠마가 파르비 광장에 다다랐을 때 많은 사람들이 저녁 기도를 마치고 쏟아져 나오고 있었다. 그들은 마치 다리의 세 아치 사이로 흘러가는 강물처럼 성당의 세 개의 문을 통해 흘러나오고 있었다. 그 한가운데에는 문지기가 바위보다도 더 꼼짝 않고 서 있었다.

그러자 엠마는 자기 앞에 펼쳐진, 자기의 사랑보다 더 깊지 않은 그 커다란 성당의 중앙 홀 안으로 희망에 가득 차서 아주 초조한 마음으로 들어갔던 그날을 회상했다. 그녀는 베일 속으로 눈물을 흘리면서 계속 걸었다. 현기증으로 인해 비틀거리면서 실신을 할 뻔했다.

"조심하세요!" 하고 열려 있는 마차 출입문에서 한 외침이 들려왔다.

엠마는 검은 말 한 마리가 앞발을 걷어차면서 끌고 가는 이륜 경마차가 지나가도록 멈춰 섰다. 검은 담비 모피 옷을 입은 한 신사가 몰고 있었다. 아니, 저 신사가 누구더라? 엠마가 아는 사람이었다. 마차는 돌진했고, 곧 사라져 버렸다.

그 사람은, 바로 그 자작이었다! 엠마는 몸을 돌렸다. 거리는 텅 비어 있었다. 그러자 그녀는 너무도 낙심하고 슬퍼서 쓰러지지 않으려고 벽에 몸을 기댔다.

잠시 후, 그녀는 자기가 착각에 빠졌었다고 생각했다. 게다가 그녀는 뭐가 뭔지 아무것도 알 수가 없었다. 자기 내부나 외부의 모든 것이 그녀를 저버리는 것이었다. 그녀는 설명할 수 없는 심연 속에서 아무렇게나 굴러다니면서 갈피를 잡지 못함을 느꼈다. '적십자' 여관에 도착했을 때, 구입한 의약품들을 가득 담은 상자를 '제비호'에 싣고 있는 친절한 오메 씨가 보이자 무척 기쁠 정도였다. 그는 아내에게 주려고 '슈미노' 빵 여섯 개를 얇은 비단에 싸서 손에 들고 있었다.

오메 부인은 사순절 때 소금을 넣은 버터를 발라서 먹는 터번 모양의 그 작고 묵직한 빵을 아주 좋아했다. 그것은 아마 십자군 시대로 거슬러 올라가는 고딕 시대 음식의 마지막 견본으로, 옛날에 노란 횃불 아래서 식탁에 향료를 넣어 빚은 이포크라스 포도주 병들과 엄청나게 큰 돼지고기 덩어리들 사이에서 탐욕스럽게 먹고 있는 사라센 인들의 머리통 같다고 느끼면서 건장한 노르만 인들이 배를 가득 채우던 그 빵이었다. 약제사의 아내는 자기의 고약한 치아 상태에도 불구하고 그들처럼 용감하게 그 빵을 와작와작 씹어 먹었다. 그래서 오메 씨는 루앙에 갈 때마다 항상 마사크르 거리에 있는 그 큰 빵가게에서 그걸 사다가 아내에게 갖다 주는 것을 잊지 않았다.

"이렇게 뵙게 되니 반갑습니다!" 하고 그는 '제비호'에 오르는 그녀를 돕기 위해 손을 내밀면서 말했다.

그는 가는 그물 선반의 가죽 끈에 '슈미노' 빵을 매달고 모자를 벗은 다음 팔짱을 낀 채 앉아 생각에 잠긴 듯한 나폴레옹 같은 자세를 취하고 있었다.

그러나 여느 때처럼 그 장님이 언덕 밑에서 나타나자 그는 이렇게 소리쳤다.

"당국이 저토록 비난받아 마땅한 행위를 아직도 내버려 두고 있다니 이해가 안 가! 저런 인간들은 가두어서 강제로 일을 시켜야 하는 건데! 진보라는 것도 정말 거북이걸음이야! 우린 아직도 야만 시대의 진창 속을 걷고 있는 거야!"

맹인이 모자를 내밀었다. 그것은 마치 못이 빠진 벽걸이 장식 주머니처럼 마차 문가에서 흔들리고 있었다.

"그런데 저 작자는 선주창에 걸렸잖아!" 하고 약제사가 말했다.

그러고는 그 불쌍한 인간을 알고 있으면서도 마치 처음 보는 것처럼 '각막'이니 '불투명한 각막'이니 '공막'이니 '안색'이니 하는 말들을 중얼거리더니 온정이 넘치는 말투로 이렇게 물었다.

"이보게, 그 끔찍한 병에 걸린 게 오래되었는가? 술집에서 곤드레만드레 술이나 퍼 먹지 말고 식이 요법을 지키는 게 나을 거야."

오메는 좋은 포도주나 좋은 맥주, 좋은 구운 고기를 먹으라고 권하기도 했다. 맹인은 계속 노래를 부르고 있었다. 게다가 그는 거의 백치 같았다. 마침내 오메는 지갑을 열었다.

"이보게, 일수야. 2리야르를 거슬러 줘. 내가 해 준 말 잊지 말게. 덕을 보게 될 거야."

이베르는 그런 처방의 효력에 대해 약간은 의심이 간다고 실례를 무릅쓰고 말하기까지 했다. 하지만 약제사는 자기가 만든 항염(抗炎) 연고로 치료해 주겠다고 확약했다. 그러면서 맹인에게 자기 주소를 가르쳐 주었다.

"시장 근처 오메 씨를 찾아. 잘 알 테니까."

"어이! 그 대가로 코미디나 한 편 보여 줘야지." 하고 이베르가 말했다.

맹인은 무릎을 꿇고 털썩 주저앉았다. 머리를 뒤로 젖히고 푸르스름한 눈을 힘껏 굴리면서 혀를 내밀고 두 손으로 배를 문질러 댔다. 그러면서 마치 굶주린 개가 울부짖는 것처럼 둔탁한 신음 소리를 질러 댔다. 혐오감에 사로잡힌 엠마는 어깨 너머로 5프랑짜리 동전 하나를 던져 주었다. 그것은 그녀가 갖고 있는 전 재산이었다. 그걸 그렇게 던져 버리는 것이 그녀에겐 멋있어 보이는 듯했다.

마차가 다시 출발하고 있었다. 그때 오메 씨가 마차의 여닫이창 밖으로 몸을 내밀면서 소리쳤다.

"전분이 든 음식은 먹지 말게, 우유가 든 것도! 살갗이 닿는 곳은 모직 옷을 걸치고, 아픈 부분은 노간주나무 열매 연기를 쐬어 줘!"

눈앞에 연속으로 펼쳐지는 낯익은 풍경은 점차 엠마의 마음에서 현재의 고통을 잊게 해 주었다. 견딜 수 없는 피로가 엄습해 와서 얼이 빠지고 낙심한 채 거의 졸면서 집에 도착했다.

'운명에 맡기는 수밖에!' 하고 그녀는 생각했다.

게다가 누가 아는가? 놀라운 사건이 돌발적으로 발생하지 말라는 법이 어디 있는가? 뢰뢰가 죽어 버릴 수도 있는 일이었다.

엠마는 아침 9시에 광장에서 들려오는 웅성거림에 잠이 깼다. 시장 옆의 어떤 기둥에 붙어 있는 커다란 게시문을 읽기 위해 많은 사람들이 모여 있었다. 그런데 곧 쥐스탱이 경계석 위로 올라가더니 그것을 뜯어내는 모습이 눈에 들어왔다. 그 순간 전원 감시인이 그의 멱살을 잡아챘다. 오메 씨가 약방에서 나왔고 군중 속에서 르프랑수아 부인이 거드름을 피우며 뭔가를 말하고 있는 것 같았다.

"마님! 마님! 끔찍한 일이 일어났어요." 하고 펠리시테가 들어오면서 소리쳤다.

그러면서 이 가엾은 소녀가 흥분하여 방금 문에서 뜯어 온 노란색 종이 한 장을 엠마에게 내밀었다. 엠마는 자기 집 동산 전부가 경매에 붙여졌다는 것을 한눈에 읽었다.

엠마와 하녀는 말없이 서로를 바라보았다. 그들은 서로 아무런 비밀이 없었다. 마침내 펠리시테가 한숨을 내쉬며 말했다.

"마님, 제가 마님이라면 기요맹 씨를 찾아가겠어요."

"그렇게 생각해?"

그런데 이 질문은 '넌 하인을 통해 그 집 사정을 잘 알고 있겠지. 그 집 주인이 종종 내 이야기를 했다더냐?' 하는 의미를 갖고 있었다.

"예, 어서 가 보세요. 도움이 되실 거예요."

엠마는 옷을 차려입었다. 검은 드레스에 검은색 옥이 여러 개 박힌 모자를 썼다. 그러고는 사람들 눈에 띄지 않으려고 (광장에는 항상 많은 사람들이 있었다) 개울가의 오솔길을 통해 마을 밖으로 빠져나갔다.

엠마는 숨을 헐떡거리면서 공증인의 집 철문 앞까지 왔다. 하늘은 우중충했고 눈이 조금 내리고 있었다.

초인종 소리에 붉은색 조끼를 입은 테오도르가 현관 앞 층계에 나타났다. 그는 잘 아는 사람이나 되는 것처럼 문을 열어 준 뒤 식당으로 그녀를 안내하는 것이었다.

알코브를 가득 채우고 있는 선인장 밑에서는 커다란 자기 난로가 타닥타닥 소리를 내며 타고 있었고, 떡갈나무 무늬의 벽지를 바른 벽에는 검은색 나무 액자가 걸려 있었는데, 그 속에는 쇼팽의 '퓌티파르'와 스퇴방의 '에스메랄다'가 끼어져 있었다. 차려져 있는 식탁과 두 개의 은 풍로와 크리스털로 된 문의 손잡이, 마룻바닥, 그리고 가구 등 모두가 영국식으로 구석구석 깨끗하게 닦여져 반짝거리고 있었고, 유리창은 귀퉁이마다 색유리로 아름답게 장식되어 있었다.

'정말 우리 집에도 이런 식당이 있어야 하는 건데.' 하고 엠마는 생각했다.

왼손으로 종려나무 무늬의 실내복을 여미면서 공증인이 들어왔다. 다른 한 손으로는 짐짓 멋을 부리며 오른쪽으로 비스듬히 쓰고 있던 챙 없는 밤색 비로드 모자를 벗었다가 곧바로 다시 눌러썼다. 모자 밑으로는 뒤통수에서 가져와 대머리를 부자연스럽게 감싸고 있는 세 가닥의 금발 머리카락 끝이 늘어져 있었다.

그는 엠마에게 의자를 권한 뒤 자신의 무례에 대해 여러 번 용서를 빌면서 식사를 하기 위해 앉았다.

"공증인님, 부탁드릴 것이 있어서요⋯⋯." 하고 그녀가 말했다.

"무슨 부탁입니까, 부인? 말씀해 보십시오."

엠마는 사정을 설명하기 시작했다.

공증인 기요맹은 그 사정을 잘 알고 있었다. 옷감 상인과 은밀하게 관계를 맺고 있어서 누가 담보 대출 계약을 요구해 올 때면 언제나 그 상인에게서 자금을 구해다 주었기 때문이다.

그래서 그는 그 어음들의 긴 역사를 (그녀보다 더 잘) 알고 있었다. 처음에는 소액의 어음들이었지만 배서인을 바꿔 어음마다 지불 만기일 간격을 길게 잡아 계속 갱신시켜 주다가 마침내 상인이 이 어음들의 거절 증서를 모두 모아 가지고는, 잔인한 자로 통하고 싶지 않아 친구 뱅사르에게 그의 명의로 대신 고소해 줄 것을 부탁한 날까지의 그 긴 역사를 말이다.

엠마는 자기의 이야기에 뢰뢰에 대한 비난을 섞어 넣었다. 하지만 공증인은 그 비난에 가끔씩 건성으로 응하곤 했다. 갈비를 뜯고 차를 마시면서 그는 턱을 하늘색 넥타이 속으로 파묻었는데, 거기에는 금줄에 매달린 두 개의 다이아몬드 핀이 꽂혀 있었다. 그는 느른하고 모호하게 야릇한 미소를 짓고 있었다. 그러나 엠마의 젖은 두 발을 보자 이렇게 말했다.

"이런, 난로 가까이로 오세요. 좀 더 위에⋯⋯ 그 자기 위에 발을 올려

놓으세요."

엠마는 자기를 더럽힐까 봐 겁이 났다. 공증인이 정중한 말투로 다시 말했다.

"아름다운 것은 아무것도 더럽히지 않아요."

엠마는 그의 마음을 움직여 보려고 애를 썼다. 그러다가 되레 자기가 먼저 흥분해서 가정의 옹색함과 고생과 곤궁에 대해 이야기하기에 이르렀다. 그는 잘 이해한다는 것이었다. 우아한 부인이 어떻게 그런 처지에! 그는 계속 먹으면서 완전히 그녀 쪽으로 몸을 돌리고 있었기 때문에 무릎이 그녀의 편상화를 살짝살짝 건드리곤 했다. 편상화는 난로 열에 바닥이 휘어진 채 김이 올라오고 있었다.

그러나 엠마가 1천 에퀴만 빌려 달라고 요구하자 그는 입을 꾹 다물어 버렸다. 그러고는 자기가 재산 관리를 해 주었더라면 좋았을 텐데 그럴 기회가 닿지 않아 아주 마음이 아프다고 했다. 부인일지라도 돈을 늘릴 수 있는 아주 적절한 방법이 수없이 많기 때문이라는 것이었다. 그뤼메닐의 이탄광이나 아브르의 토지에 거의 확실한 방법으로 훌륭하게 투기를 감행할 수 있었으리라는 것이다. 그러면서 그녀가 확실히 벌었을 엄청난 돈을 생각하게 함으로써 격심한 고통으로 괴로워하게 만들었다.

"어째서 부인께서는 제 사무실에 한 번도 오시지 않았습니까?" 하고 그가 계속했다.

"모르겠어요." 하고 그녀가 대답했다.

"아니, 왜 그랬어요? 도대체 제가 언제 부인에게 무섭게라도 했습니까? 아니, 원망을 해야 할 건 바로 저일 것 같습니다! 이제 겨우 서로 알게 되었으니 말입니다. 그렇지만 저는 부인께 아주 헌신적입니다. 부인께서도 그 점을 의심하지 않으시지요?"

그는 손을 내밀어 그녀의 손을 잡고 굶주린 듯 키스를 퍼붓고 나서 그 손을 자기의 무릎 위에 올려놓았다. 그러고는 그녀의 손가락들을 부드럽게 만지작거리면서 감언을 늘어놓았다.

그의 생기 없는 목소리가 마치 흐르는 시냇물처럼 속삭이고 있었다. 번쩍거리는 안경 너머의 동공에서는 불꽃이 튀고 있었고, 두 손은 엠마의 팔을 더듬으려고 소매 속으로 미끄러져 들어갔다. 뺨에 그의 헐떡이는 숨결이 느껴졌다. 그녀는 이 인간이 지겹도록 역겨웠다.

엠마는 벌떡 일어서며 그에게 말했다.

"공증인님, 기다리고 있어요!"

"아니, 뭐요?" 갑자기 극도로 창백해지면서 공증인이 말했다.

"그 돈을요."

"그렇지만……."

이윽고 너무도 강렬한 욕망의 난입에 굴복하면서 그가 말했다.

"그래요, 좋습니다!"

그는 자기의 실내복이 어떻게 되든 전혀 생각하지도 않고 그녀 쪽으로 무릎을 꿇고 기어왔다.

"제발, 가지 말아 주십시오! 당신을 사랑합니다!"

공증인은 엠마의 허리를 움켜쥐었다.

진홍빛 핏물결이 보바리 부인의 얼굴에 순식간에 치밀어 올랐다. 그녀는 가혹한 표정을 하고 뒤로 물러서면서 소리를 질렀다.

"이보세요, 당신은 파렴치하게도 저의 곤경을 이용하고 있어요! 저는 동정을 구하러 왔지 절 팔려고 오지 않았어요!"

그녀는 그렇게 쏘아붙이고는 나가 버렸다.

공증인은 수를 놓은 아름다운 실내화에서 눈을 떼지 않은 채 너무도 망연해했다. 그것은 사랑하는 사람이 선물한 실내화였다. 그것을 바라보고 있자니 마침내 위로가 되었다. 게다가 엠마에 대한 그런 모험은 너무 지나쳤을 것이라는 생각이 들었다.

"파렴치한 인간 같으니! 별 상스런 인간을 다 봤나! 어떻게 그런 야비한 짓을!"

그녀는 이렇게 중얼거리면서 짜증스런 발걸음으로 길가의 사시나무 밑을 도망치듯 걸어갔다. 돈을 구하지 못했다는 실망 때문에 모욕당한 수치심에서 오는 분노가 더욱더 커지고 있었다. 그녀가 생각하기에 신이 자기를 악착같이 괴롭히는 것 같았다. 그래서 자부심으로 으쓱해진 그녀는 이제까지 스스로에 대해 이토록 긍지를 느껴 본 적도 없었고 타인에 대해 이토록 경멸의 심정을 느껴 본 적도 없었다. 호전적인 뭔가가 그녀를 휩쓸고 있었다. 그녀는 남자들을 패 주고 싶었고 얼굴에 침을 뱉어 주고 싶었으며 모조리 부셔 없애 버리고 싶었다. 그러면서 계속 빠른 걸음으로 걸었다. 마치 자기를 질식시키고 있는 증오심을 아주 즐기고 있기라도 하듯 눈물 젖은 눈으로 텅 빈 지평선을 샅샅이 더듬으면서 걷고 있는 그녀는 분노에 차 파랗게 질려 몸을 떨고 있었다.

자기 집이 보이자 엠마의 몸은 마비가 되어 버렸다. 더 이상 걸을 수가 없었다. 그러나 걸어가야 했다. 게다가 어디로 도망친단 말인가?

펠리시테가 문 앞에서 그녀를 기다리고 있었다.

"어떻게 되셨어요?"

"못 빌렸어." 하고 엠마가 말했다.

그리고 15분가량 엠마와 하녀는 용빌에서 어쩌면 엠마를 구해 줄지도 모를 사람들을 생각해 보았다. 그러나 펠리시테가 누군가의 이름을 댈 때마다 엠마는 이렇게 대꾸하는 것이었다.

"가능할까? 그러려고 하지 않을 거야!"

"하지만 주인님이 곧 돌아오실 텐데요!"

"잘 알고 있어……. 나 혼자 있게 해 줘."

엠마는 모든 시도를 다 해 보았다. 이제는 더 이상 할 수 있는 일이 아무것도 없었다. 그러니 샤를이 나타나면 이렇게 말할 것이었다.

"저리 가세요. 당신이 밟고 있는 그 양탄자는 이제 우리 게 아니에요.

당신의 집에는 가구 하나, 핀 하나, 지푸라기 하나 당신 것이 없어요. 당신을 파멸시킨 건 바로 저예요, 불쌍한 사람!"

그러면 그는 하염없이 오열을 할 거야. 그리고 많은 눈물을 쏟을 거고. 그렇지만 결국 놀라움이 지나가면 용서해 줄 거야.

"그래, 남편은 날 용서해 줄 거야. 날 이해해 줘서 고맙다고 사과만 하면 내게 100만 프랑을 줘도 아까워하지 않을 사람이니까……. 절대 안 아까워하지! 절대!" 하고 엠마는 이를 갈면서 중얼거렸다.

자기에 대해서 보바리가 우월한 입장에 서게 된다는 생각에 그녀는 화가 치밀었다. 그러나 그녀가 실토를 하든 하지 않든 당장 혹은 내일 정도면 그는 어쨌든 이 파멸을 알게 될 것이다. 그러니 이 무시무시한 장면을 기다리고 있다가 그의 무거운 아량을 감수해야 할 필요가 있었다. 뢰뢰의 집에 다시 가 보고 싶은 마음이 들었다. 그러나 가 봐야 무슨 소용이 있겠는가? 아버지에게 편지를 쓰고 싶은 마음도 들었다. 그러나 이미 늦었다. 어쩌면 지금 그녀는 그 공증인에게 몸을 맡기지 않은 것을 후회하고 있는지도 몰랐다. 바로 그때 오솔길에서 말이 달려오는 소리가 들렸다. 바로 그 사람, 샤를이었다. 그가 살문을 열었다. 그는 회벽보다도 더 창백했다. 엠마는 계단을 뛰어 내려가 재빨리 광장으로 빠져나갔다. 성당 앞에서 레스티부두아와 잡담을 나누고 있던 면장 아내가 엠마가 세무 관리의 집으로 들어가는 것을 보았다.

면장 아내는 카롱 부인에게 그 사실을 알리려 달려갔다. 두 부인은 다락방으로 올라가서 장대 위에 널어놓은 빨래 뒤에 숨어서 비네의 방을 소상히 들여다볼 수 있도록 편안하게 자리를 잡았다.

그는 다락방에서 혼자 뭐라 묘사할 수 없는 상아 세공품을 본떠 나무로 깎고 있는 중이었다. 그것은 초승달 모양의 것들과, 서로 겹쳐 패인 구형들이 새겨져 있었는데 오벨리스크처럼 반듯했지만 아무 쓸모는 없는 것이었다. 그는 마지막 한 부분을 깎기 시작하고 있었는데 완성이 되어 가고 있었다! 작업실의 희미한 불빛 속에서 달리는 말발굽의 징에서 튕겨 나오는 깃털 모양의 불티처럼 그의 연장에서 블론드 색 먼지가 날아오르고 있었다. 두 개의 톱니바퀴가 돌아가며 윙윙거리는 소리를 내고 있었다. 비네는 턱을 내리고 콧구멍을 벌린 채 미소를 짓고 있었는데, 마침내 어떤 완전한 행복 속에 잠겨 있는 것 같았다. 그것은 물론 어렵지만 풀기 쉬운 난제들을 통해서 두뇌를 즐겁게 해 주고, 실현되어 더 이상 꿈꿀 게 없는 상태로 두뇌를 만족시켜 주는 평범한 소일거리에서나 얻을 수 있는 그런 완전한 행복이었다.

"아! 마침내 보이네요!" 하고 튀바쉬 부인이 말했다.

그러나 선반 소리 때문에 엠마가 무엇을 말하는지 들을 수가 없었다.

두 부인은 겨우 '프랑'이라는 말이 들리는 것 같았다. 그러자 튀바쉬 부인이 아주 낮은 소리로 소곤거렸다.

"세금 납부를 좀 연기해 달라고 부탁하고 있어요."

"분명해요!" 하고 옆에 있던 부인이 거들었다.

두 부인은 엠마가 벽에 걸려 있는 둥근 냅킨 고리, 촛대, 공 모양의 난간 장식 들을 살펴보면서 왔다 갔다 하는 것을 보았다. 그러는 사이 비네는 수염을 만족스럽게 쓰다듬고 있었다.

"뭔가를 주문하러 온 걸까요?" 하고 튀바쉬 부인이 말했다.

"아닐 거예요. 비네 씨는 아무것도 팔지 않아요!" 하고 옆에 있던 부인이 그 말에 반대했다.

세무 관리는 마치 알아듣지 못하는 듯 눈을 아주 크게 뜨고 엠마의 말에 귀를 기울이는 것 같았다. 엠마는 애원하듯 상냥하게 계속 말을 하고 있었다. 그녀가 비네에게 다가섰다. 젖가슴이 헐떡거렸다. 그들은 이제 아무 말도 하지 않고 있었다.

"비네에게 수작을 거는 걸까요?" 하고 튀바쉬 부인이 말했다.

비네는 귀까지 빨개졌다. 엠마가 그의 손을 잡았다.

"아아! 저건 너무 심한데!"

엠마가 비네에게 어떤 가증스러운 것을 제안한 것이 틀림없었다. 세무 관리인—그는 용맹스러웠다. 바우첸과 루첸 전투에서 적과 싸웠고 프랑스 전투에 참가하여 '십자 훈장의 후보'이기까지 했다—이 뱀이라도 본 것처럼 흠칫 뒤로 물러서면서 소리쳤기 때문이다.

"부인! 설마, 그럴 생각은 아니겠지요?"

"저런 여자들은 채찍으로 마구 때려 줘야 해!"

"그런데 어디 있지요?" 하고 카롱 부인이 대답했다.

두 부인이 그런 이야기를 나누는 사이 그녀가 시야에서 사라져 버렸기 때문이다. 이윽고 큰길로 접어들어 묘지에라도 가려는 듯 오른쪽으로 도는 엠마를 보자 두 부인은 여러 가지 억측을 해 댔다.

"롤레 아줌마, 숨이 막힐 것 같아요! 코르셋 좀 풀어 줘요!" 하고 유모의 집으로 들어서면서 엠마가 말했다.

엠마는 침대 위에 쓰러져 흐느꼈다. 롤레 부인은 엠마를 치마로 덮어 주고 곁에 서 있었다. 그러고 나서 자기가 하는 말에 엠마가 더 이상 응답을 하지 않자 그 부인은 물러나 물레를 잡고 아마실을 잣기 시작했다.

"오! 그만해요." 하고 그녀는 비네의 선반 돌아가는 소리가 아직도 들리는 듯 중얼거렸다.

'뭣 때문에 저렇게 괴로워하는 걸까? 왜 여길 왔을까?' 하고 유모는 궁금해했다.

엠마는 집에 있다가 일종의 공포에 내밀려 그곳을 찾아왔던 것이다.

반듯이 누워 꼼짝도 하지 않고 백치처럼 뭔가를 뚫어지게 바라보며 주의를 집중하고 있었지만 사물들이 어렴풋이 분간될 뿐이었다. 그녀는 비늘처럼 벗겨져 일어나는 벽지, 끝이 서로 붙어 연기를 내며 타고 있는 두 개의 깜부기불, 머리 위 작은 대들보 틈새로 기어가고 있는 기다란 거미한 마리 등을 응시하고 있었다. 마침내 생각을 가다듬었다. 그리고 그녀는 추억에 잠겼다. 어느 날, 레옹과 함께했던…… 오, 벌써 얼마나 오래된 일이 되어 버렸는가! 태양이 강물 위에 번쩍이고 있었고 참으아리속 풀들이 향기로웠다……. 마치 거품을 부글거리며 흐르는 급류처럼 그렇게 추억에 휩쓸려 가던 그녀는 곧 그 전날의 일을 회상하기에 이르렀다.

"지금 몇 시예요?" 하고 엠마가 물었다.

롤레 부인이 밖으로 나가서 하늘이 가장 맑은 쪽으로 오른손 손가락들을 들어 올린 뒤 천천히 들어오면서 말했다.

"곧 3시예요."

"아! 고마워요! 고마워요!"

레옹이 곧 올 것이었기 때문이다. 틀림없이 올 것이다. 돈을 구했을 것이다. 그러나 엠마가 여기 와 있으리라고는 생각하지 못하고 아마 집으로 갈 것이다. 그래서 엠마는 유모에게 자기 집으로 뛰어가서 레옹을 데려오라고 부탁했다.

"어서 좀 갔다 오세요!"

"아, 예, 부인, 갑니다! 가요!"

이제 엠마는 왜 처음부터 레옹을 생각하지 않았는지 놀라워하고 있었다. 어제 그는 약속을 했었다. 그걸 어기지는 않을 것이다. 그녀는 이미 뢰뢰의 집에 가서 책상 위에 석 장의 지폐를 늘어놓고 있는 자기 모습을 상상하고 있었다. 그러고는 보바리에게 사정에 대해 설명해 주기 위해 이야기를 꾸며 낼 필요가 있었다. 어떤 이야기가 좋을 것인가?

그동안 유모는 아주 지체되고 있었다. 그러나 그 초가집에는 괘종시계가 없었기 때문에 어쩌면 시간이 더 길게 느껴지는 것이 아닐까 생각되었다. 그녀는 뜰로 나와 천천히 걸으면서 산책을 하기 시작했다. 울타리를 따라 오솔길로 나갔다가 유모가 다른 길로 해서 와 있을지도 모른다는 기대를 갖고 급히 돌아왔다. 마침내 기다림에 지치고 떨치려 해도 떨

처지지 않는 의심에 휩싸여 거기에 와 있는 것이 한 세기 전부터인지 아니면 1분 전부터인지 구분하지 못한 채 그녀는 방 한쪽 구석에 앉아 눈을 감고 귀를 틀어막았다. 살문이 삐걱거리는 소리가 들렸다. 그녀는 벌떡 일어섰다. 엠마가 말을 하기 전에 롤레 부인이 먼저 이렇게 말했다.

"아무도 없던데요!"

"뭐요?"

"오! 아무도 안 왔어요! 주인께서만 울고 계셨어요. 부인을 부르면서요. 사람들도 부인을 찾고 있었어요."

엠마는 아무 대답도 하지 않았다. 그녀는 숨을 헐떡거리면서 주위를 두리번거리고 있었다. 시골 부인은 엠마의 그런 얼굴을 보고 두려움에 사로잡혀 그녀가 미쳐 버렸다고 생각하면서 본능적으로 뒤로 물러섰다. 그때 느닷없이 엠마는 자기의 이마를 치면서 큰 소리를 내지르는 것이었다. 마치 어두운 밤에 번쩍이는 커다란 번갯불처럼 로돌프에 대한 기억이 그녀의 마음속에 스쳐 지나갔기 때문이다. 그는 너무도 친절했고 너무도 고상했고 너무도 너그러웠다! 게다가 설사 그가 자기를 도와주기를 주저할지라도 눈 깜짝할 사이에 예전의 실연을 상기시키면서 자기의 부탁을 들어주게 할 수 있을 것이었다. 그래서 엠마는 전에 자기를 그토록 크게 화나게 했던 작자에게 몸을 바치러 달려가고 있다는 것도, 그리고 그런 게 바로 매춘 행위라는 것도 전혀 생각지 못하고 라 위세트로 출발했다.

8

엠마는 걸어가면서 이렇게 생각하고 있었다. '무슨 말을 할까? 무슨 말부터 꺼낼까?' 앞으로 나아감에 따라 전에 보았던 덤불숲, 나무, 언덕 위의 등심초, 저편의 저택 등이 눈에 들어왔다. 그녀는 처음 느꼈던 애정의 격한 감정 속에 다시 휘말리게 되었다. 그리고 억눌려 있던 가련한 마음이 민감하게 부풀어 오르고 있었다. 포근한 바람이 얼굴을 애무해 주고 있었고 눈 녹은 물이 풀싹에서 한 방울 한 방울 떨어지고 있었다.

엠마는 전에도 그랬던 것처럼 정원의 문으로 들어가서 빽빽한 보리수나무들이 두 줄로 에워싸고 있는 앞뜰에 다다랐다. 나무들은 휙휙 소리를 내며 긴 가지들을 흔들어 대고 있었다. 개집 안에 있던 개들이 일제히 짖기 시작했다. 그 소리가 요란하게 울려 퍼졌지만 아무도 나타나지 않았다.

엠마는 똑바로 난, 나무 난간이 달린 넓은 계단을 따라 올라갔다. 그것은 먼지로 뒤덮인 포석을 깐 복도로 이어졌는데 마치 수도원이나 여관처럼 그 양옆으로는 연달아 죽 붙어 있는 방들의 문이 모두 열려 있었다. 로돌프의 방은 왼쪽 맨 끝 저 안쪽에 있었다. 손가락이 자물쇠에 닿자 갑자기 맥이 쫙 빠져 버렸다. 그녀는 로돌프가 없을까 봐 겁이 났지만 그러기를 거의 바라고 있기도 했다. 그러나 그것이 엠마의 유일한 희망이었고 마지막 구원의 기회였다. 엠마는 잠시 정신을 가다듬고 당장 필요한 돈을 생각하고는 용기를 다시 얻어 방으로 들어갔다.

로돌프는 난로 앞에서 두 발을 난로 틀 위에 올려놓고 파이프 담배를 피우고 있는 중이었다.

"아니! 당신이!" 하고 급히 일어나면서 그가 말했다.

"예, 저예요! 로돌프, 한 가지 의논하고 싶은 일이 있어서요."

그러고는 아무리 애를 써도 더 이상 입을 열 수가 없었다.

"당신은 조금도 변하지 않았군요. 여전히 매력적인걸요!"

"오! 서글픈 매력이겠지요, 로돌프. 당신이 그걸 거절했으니 말이에요." 하고 그녀가 쓸쓸하게 말을 받았다.

그러자 로돌프는 더 그럴싸한 이유를 지어내지 못해 애매한 말들로 사과를 하면서 자기의 지난 행동에 대해 해명을 하기 시작했다.

엠마는 그의 말에, 아니 그보다도 그의 목소리와 풍채에 훨씬 빠져들었다. 그래서 그들의 결별에 대한 남자의 핑계를 믿는 척했다. 아니, 어쩌면 믿고 있는지도 몰랐다. 어떤 제삼자의 명예와 목숨까지 걸려 있는 비밀 때문에 그랬다는 것이다.

"상관없어요! 아주 마음 아프기는 했지만." 하고 엠마는 우울하게 그를 쳐다보면서 말했다.

로돌프는 철학적인 말투로 이렇게 대답했다.

"인생이란 그런 거지요!"

"그렇지만 어쨌든 우리가 헤어진 뒤로 당신에게 그 인생이라는 것이 행복했나요?" 하고 엠마가 다시 말을 받았다.

"오! 행복하진 않았지만…… 불행하지도 않았어요."

"어쩌면 우린 헤어지지 않았으면 더 나았을지 모르겠어요."

"그래요…… 어쩌면!"

"그렇게 생각하세요?" 하고 그녀는 가까이 다가가며 말했다.

그러고는 한숨을 쉬며 이렇게 말했다.

"오, 로돌프! 만일 당신이 내 마음을 아신다면…… 전 당신을 정말로 사랑했어요!"

엠마가 로돌프의 손을 잡은 것은 바로 그때였다. 그렇게 그들은 얼마 동안 손을 잡은 채 있었다. 농업 경진 대회에서 처음 만났던 날처럼! 그는 자존심을 지키기 위해 감동을 어찌할 줄 모르고 발버둥 치고 있었다. 그러나 엠마는 쓰러지듯 로돌프의 가슴속으로 파고들면서 말했다.

"어떻게 제가 당신 없이 살기를 바라셨어요? 느껴 온 행복을 빼앗기곤 더 살 수가 없어요! 저는 절망에 빠졌었어요! 꼭 죽는 줄 알았어요! 언젠간 다 이야기해 드리겠어요. 두고 보세요. 그런데 당신은 제게서 달아나 버렸던 거예요!"

3년 전부터 그는 남성들의 천성적 특징이기도 한 그 비열함에서 엠마를 철저히 피해 왔기 때문이다. 엠마는 귀엽게 머리를 흔들어 대면서 발정 난 암고양이보다 더 아양을 떨며 말을 계속했다.

"당신은 다른 여자들을 사랑하고 있지요. 고백해 보세요. 오오! 전 그 여자들의 마음을 이해해요. 좋아요! 그 여자들을 용서하겠어요. 저한테 한 것처럼 유혹했을 테니까요. 당신은 남자예요. 사랑받는 데 필요한 건 다 갖추고 있고요. 하지만 우리 다시 시작해요, 네? 사랑하기로 해요! 보세요, 저 웃고 있어요, 행복해요! 그러니 뭐라고 말 좀 해 주세요!"

뇌우가 지나간 뒤 푸른 꽃받침에 매달린 빗방울처럼 눈에서 눈물 한 방울이 떨어지고 있는 그녀는 고혹적으로 보였다.

로돌프는 엠마를 무릎 위로 끌어 올리고는 윤기 흐르는 머리칼을 손등으로 쓰다듬어 주었다. 그 머리에는 황혼의 마지막 햇살이 황금 화살처럼 반짝이고 있었다. 엠마는 이마를 숙이고 있었다. 로돌프는 마침내 입술 끝으로 그녀의 눈꺼풀에 아주 감미롭게 키스를 해 주었다.

"이런, 울었잖아요! 왜 그래요?" 하고 그가 말했다.

엠마는 울음을 터뜨렸다. 로돌프는 그녀의 사랑이 폭발한 것이려니 생각했다. 그녀가 말없이 있었기에 이 침묵을 몸을 맡기기 전 마지막 수줍음이라고 여기고는 이렇게 크게 말했다.

"아! 용서해 줘요! 당신이야말로 내가 좋아하는 유일한 여자예요. 난 어리석었고 못된 놈이었어요! 당신을 사랑해요. 영원히 사랑하겠어요! 그런데 왜 그래요? 말을 해 봐요!"

로돌프는 무릎을 꿇고 있었다.

"그래요, 말씀드리겠어요……. 저는 파산했어요, 로돌프! 제게 3천 프랑만 빌려 주세요!"

"이런…… 하지만……." 하고 그는 천천히 몸을 일으키면서 말했다. 반면 얼굴 표정은 굳어져 있었다.

"당신은 알고 계시잖아요. 남편이 전 재산을 한 공증인에게 맡겨 두었었다는 것을 말이에요. 그런데 그 사람이 도망쳐 버렸어요. 그래서 돈을 꿔 살고 있는데 환자들이 치료비를 지불하지도 않아요. 그러나 결산이 되면 돈을 좀 받을 수 있을 거예요. 하지만 오늘 3천 프랑이 없으면 압류를 당해요. 지금, 당장요. 그래서 당신을 믿고 찾아온 거예요." 하고 엠마는 얼른 말을 이었다.

'아! 그래서 이 여자가 찾아온 것이구나!' 하고 돌연 창백해지면서 로돌프는 생각해 보았다.

이윽고 그가 아주 침착한 표정으로 말했다.

"그만한 돈이 없습니다, 부인."

그는 거짓말을 하는 게 아니었다. 그런 선행을 하는 데 대체로 내켜 하지는 않지만 그만한 돈이 있었다면 이번만은 틀림없이 주었을 것이다. 금전상의 요구는 사랑을 기습하는 모든 돌풍 가운데서도 가장 차가운 것이고 사랑을 뿌리째 뽑아 버리는 것이다.

엠마는 처음에는 한동안 그를 빤히 바라보고만 있었다.

"돈이 없다고요!"

엠마는 여러 번 되풀이했다.

"돈이 없다고요! 이 마지막 치욕은 피했어야 했는데. 당신은 저를 조금도 사랑하지 않았군요! 당신도 다른 남자들보다 나은 게 없어요!"

엠마는 자기의 본심을 드러내고 말았다. 갈피를 잡지 못하고 있었다.

로돌프는 그녀의 말을 끊으면서 자기 자신도 '돈이 궁한' 형편이라고 잘라 말했다.

"아! 참 안됐네요! 그래요, 정말 안됐어요!" 하고 엠마가 말했다.

그녀는 무구(武具) 장식 속에 반짝이는 은으로 상감한 총에 눈길을 멈추고는 이렇게 말했다.

"그런데 그렇게 가난하면 총 개머리판에 은을 박고 그러지는 않아요!

조개껍질로 상감한 괘종시계를 사지도 않고요!" 그녀는 불식(式) 벽시계를 가리키면서 말을 계속했다. "말채찍에 다는 은도금한 호각도 사지 않을 거고요." 엠마는 그것들을 만지고 있었다. "시곗줄에 다는 보석 장신구들도 사지 않겠지요. 오! 방 안에 술병을 올려놓는 대까지 없는 게 없군요! 자신만 사랑하기 때문이겠지요. 잘살고 있네요. 저택도 있고 농장도 있고 숲도 있고. 기마 사냥도 하고 파리도 가고…… 아니, 그런 건 그렇다 치더라도." 하고 엠마는 벽난로 위에 놓인 커프스의 단추들을 집어 들면서 소리쳤다. "이런 아주 하찮은 것들만 해도! 이런 것들만 팔아도 돈이 되잖아요! 오오! 필요 없어요! 당신이나 가지세요."

엠마는 커프스단추 두 개를 아주 멀리 던져 버렸는데, 벽에 부딪치면서 그 금줄이 끊어져 버렸다.

"하지만 저 같았으면 한 가닥의 미소와 한 번의 눈짓을 받기 위해서라면, 그리고 또 '고마워요.'라는 한마디를 듣기 위해서라면 당신에게 모든 것을 다 바쳤을 거예요. 모든 것을 갖다 팔았을 거고 제 손으로 일을 했을 거고 길거리에서 구걸이라도 했을 거예요. 그런데 당신은 거기 안락의자에 그토록 태평하게 앉아 있군요, 마치 아직도 제게 고통을 덜 주었다는 듯이 말이에요? 잘 알고 있겠지요. 당신이 없었다면 전 행복하게 살았을 거예요! 누가 당신에게 사랑을 강요했나요? 일종의 도박이었나요? 그렇지만 당신은 저를 사랑했잖아요, 저를 사랑한다고 말하기도 했고요……. 그리고 방금 전에도 또…… 아! 차라리 저를 쫓아 버리는 편이 더 나았을 거예요! 저의 두 손은 당신이 퍼부은 키스로 아직도 따뜻해요. 그리고 양탄자 위의 저 자리를 보세요. 당신은 제 무릎을 끌어안고 저를 영원히 사랑하겠다고 맹세했잖아요. 당신은 그걸 제가 믿도록 만들었어요. 2년 동안 당신은 저를 가장 멋지고 가장 감미로운 꿈속으로 데리고 다녔으니까요! 우리의 여행 계획, 기억나지요? 오오! 당신의 편지, 당신의 그 편지! 그 편지는 저의 마음을 갈기갈기 찢어 놓았어요. 그런데도 저는 부자이고 행복하고 자유로운 당신에게 돌아와서 애원을 하기도 하고 온갖 애정을 다 바쳐 누구라도 들어줄 도움을 청했더니 3천 프랑이 아까워서 저를 뿌리치고 있는 거예요!"

"그만한 돈이 없어요!" 하고 로돌프는 완벽할 정도로 냉정하게 대답했다. 그것은 마치 방패로 막듯 체념한 노여움을 감싸고 있는 그런 냉정함이었다.

엠마는 나가 버렸다. 벽이 흔들리고 천장이 내려앉으며 그녀를 짓누르는 것만 같았다. 그녀는 그 긴 오솔길을 다시 지나왔다. 바람에 흩어지는 낙엽 더미에 발이 걸려 비틀거리기도 했다. 마침내 그녀는 철문 앞에 패인 도랑까지 왔다. 자물쇠에 손톱이 찢어졌다. 그만큼 성급하게 문고리를 열었던 것이다. 그런 다음 100보쯤 더 가다가 숨이 가빠 쓰러지려고 하여 멈춰 섰다. 그때 뒤를 돌아보니 정원과 화단, 세 개의 안뜰, 그리고 정면이 모두 유리창인 그 무심한 저택이 다시 한 번 눈에 들어왔다.

엠마는 혼미해진 상태로 서 있었다. 맥박 뛰는 소리에 의해서만 자기 자신을 의식할 뿐이었는데, 그 소리는 마치 자기의 몸에서 빠져나가 귀를 멍멍하게 하는 음악이 되어 들판을 가득 채우는 것만 같았다. 발밑의 땅은 물결보다도 더 물렁한 것 같았고 밭고랑들은 부서지는 거대한 갈색의 파도 같았다. 머릿속에 있는 모든 어렴풋한 기억과 생각이 수많은 폭죽의 불꽃처럼 한꺼번에 쏟아져 나왔다. 아버지, 뢰뢰의 사무실, 밀회를 나누었던 그들의 방, 그리고 또 다른 풍경이 떠올랐다. 정신 착란이 그녀를 사로잡고 있었다. 그녀는 두려웠다. 그러나 어렴풋이 정신을 차리는 데 성공했다. 그건 사실이었다. 그녀는 자기를 이러한 끔찍한 상태로 몰아넣은 원인이 바로 그 돈 문제였음을 전혀 기억하지 못했기 때문이다. 엠마는 단지 사랑 때문에 괴로워하고 있었던 것이다. 그리고 마치 부상자가 죽어 갈 때 피가 흐르는 상처를 통해서 생명이 빠져나가는 것을 느끼듯 그녀는 사랑의 기억들을 통해서 자신의 몸에서 영혼이 빠져

나가는 것을 느꼈다.

어둠이 내리고 있었고 갈까마귀들이 날아갔다.

갑자기 불빛의 둥근 입자들이 마치 폭발하는 탄알들처럼 공중에서 폭발하여 부서지면서 빙글빙글 돌더니 나뭇가지들 사이의 눈 위로 떨어져 녹아 버리는 것 같았다. 하나하나의 원형 입자 한가운데에는 로돌프의 얼굴이 나타나 보였다. 그것들은 수가 늘면서 가까이 다가와 그녀에게로 파고들어 갔다. 그리고 모든 것이 사라져 버렸다. 엠마는 멀리 안개 속에서 반짝이는 집들의 불빛을 보았다.

그러자 그녀가 처한 상황이 깊은 구렁처럼 앞에 나타났다. 엠마는 가슴이 터질 것처럼 숨을 헐떡거렸다. 이윽고 어떤 영웅적인 격정 상태에서 즐거움까지 느끼면서 그녀는 언덕을 달려 내려가서 소들이 건너는 널빤지 다리와 오솔길과 산책길, 그리고 시장을 지나 약제사의 가게 앞에 이르렀다.

아무도 없었다. 엠마는 안으로 들어가려 했다. 그러나 초인종 소리가 나면 누가 나올지도 몰랐다. 그래서 울타리를 통해서 슬그머니 들어가서 숨을 죽이면서 벽을 더듬어 부엌 문턱까지 갔다. 화덕 위에는 촛불이 하나 타고 있었다. 쥐스탱이 겉저고리를 벗은 채 음식을 나르고 있었다.

"아! 저녁 식사를 하고 있구나. 기다리자."

쥐스탱이 되돌아왔다. 엠마는 유리창을 두드렸다. 쥐스탱이 나왔다.

"열쇠 좀 줘요! 위층 열쇠. 그것들이 있는······."

"무슨 말씀이시지요!"

그러면서 쥐스탱은 엠마의 얼굴이 너무도 창백한 것을 보고 크게 놀라면서 그녀를 바라보았다. 어두운 밤을 배경으로 흰 얼굴이 뚜렷이 대조를 이루며 드러나 보였다. 이상하리만치 엠마는 특별히 아름다웠고 마치 환영처럼 위엄 있게 보였다. 그녀가 원하는 것이 무엇인지는 모르지만 그는 소름 끼치는 그 뭔가를 예감했다.

엠마는 작고 부드러우며 살살 녹이는 목소리로 재빠르게 말했다.

"그게 필요해요. 그 열쇠 좀 갖다 줘요."

칸막이벽이 얇았기 때문에 식당에서 접시에 포크 부딪치는 소리가 옆방에도 들렸다.

엠마는 쥐들 때문에 잠을 잘 수가 없어 잡아야겠다고 말했다.

"주인님께 말씀을 드려야 해요."

"안 돼요! 가지 말아요!"

그러고는 아무렇지도 않은 태도로 다시 말했다.

"아니! 그럴 것 없어요. 좀 있다가 내가 말씀드리겠어요. 자, 불을 좀 비춰 줘요!"

엠마는 조제실 문이 있는 복도로 들어갔다. '창고'라 쓰인 종이쪽지가 붙어 있는 열쇠가 벽에 걸려 있었다.

"쥐스탱!" 하고 짜증을 내면서 약제사가 소리쳤다.

"어서 올라가요!"

그 말에 쥐스탱은 엠마를 따라 올라갔다.

열쇠가 자물쇠 속에서 돌아갔다. 그녀는 곧바로 세 번째 선반 쪽으로 갔다. 그만큼 전에 들은 기억에 따라 잘 찾아갔다. 그녀는 푸른색 약병을 집어 뚜껑을 빼내고 손을 쑤셔 넣었다. 그러고는 흰 가루를 한 움큼 집어내더니 그대로 먹기 시작했다.

"안 돼요!" 하고 엠마에게 달려들면서 쥐스탱이 소리쳤다.

"조용! 누가 오겠어요……."

쥐스탱은 절망에 빠져 사람을 부르려고 했다.

"아무 말도 하지 말아요. 주인에게 책임이 몽땅 돌아갈 테니까요!"

그러고 나서 그녀는 갑자기 마음이 진정되었고, 어떤 의무를 다한 뒤에 느끼는 평온한 상태로 돌아갔다.

압류에 관한 소식에 강한 충격을 받은 샤를이 집으로 돌아왔을 때 엠마는 막 나가고 없었다. 그는 울부짖고 눈물을 흘리고 기절을 했다. 그러나 엠마는 돌아오지 않았다. 그녀는 어디에 있었을까? 샤를은 펠리시테를 오메의 집으로, 튀바쉬의 집으로, 뢰뢰의 집으로, '황금빛 사자' 여관 집으로, 사방으로 보내 보았다. 그리고 간간이 고통이 가라앉을 때면 물거품이 되어 버린 세상의 존경, 다 잃어버린 재산, 산산조각 난 베르트의 장래에 대해 생각해 보았다. 무엇 때문에! 한마디 설명도 없었다! 샤를은 저녁 6시까지 기다렸다. 마침내 더 견딜 수가 없어서 그는 아내가 루앙으로 갔다고 생각하고서 큰길로 나가 루앙 쪽으로 2킬로미터 정도를 걸어가 보았지만 아무도 만나지 못하자 좀 더 기다려 보았다가 집으로 돌아왔다.

그녀는 집에 돌아와 있었다.

"무슨 일이 있었소? 왜 그랬소? 설명 좀 해 주겠소?"

엠마는 책상에 앉아 편지를 쓴 다음 천천히 봉하고는 날짜와 시간을 써넣었다. 그러고는 엄숙하게 말했다.

"내일 읽어 주세요. 그때까지는 제발 한마디도 묻지 말아 주세요! 정말이에요. 한마디도!"

"하지만……."

"오오! 절 그냥 내버려 둬요!"

그러고는 침대에 길게 누워 버렸다.

입속에서 느껴지는 자극적인 맛에 그녀는 눈을 떴다. 그녀는 샤를을 잠시 보더니 다시 눈을 감아 버렸다.

엠마는 고통이 느껴지는지 어떤지를 분간하기 위해 주의 깊게 자기를 관찰해 보았다. 아무렇지도 않았다! 아직 아무런 이상도 없었다. 엠마는 괘종시계의 똑딱거리는 소리, 타닥타닥 난롯불이 타는 소리, 침대 곁에 서 있는 샤를의 숨소리까지 들을 수 있었다.

'아아! 정말 별것 아니구나, 죽음이라는 게! 곧 잠이 들겠지. 그러면 모든 것이 끝나는 거야!' 하고 그녀는 생각했다.

엠마는 물을 한 모금 마시고는 벽 쪽으로 돌아누웠다. 몹시 불쾌한 잉크 맛 같은 것이 계속 느껴졌다.

"목이 말라요! 오! 너무 목이 말라요!" 하고 그녀가 한숨을 내쉬었다.

"도대체 왜 그래?" 하고 샤를이 물컵을 내밀면서 말했다.

"아무것도 아니에요! 창문 좀 열어 줘요……, 숨이 막혀요!"

그녀는 갑자기 구토를 했기 때문에 베개 밑의 손수건을 집어 들 새도 없었다.

"이 베개를 좀 치워 주세요. 버려요." 하고 그녀가 급히 말했다.

샤를은 아내에게 물어보았다. 아내는 대답을 하지 않았다. 아내는 조금만 움직여도 토할까 겁이 나서 꼼짝도 하지 않았다. 그러는 동안 발끝에서부터 가슴까지 얼음 같은 냉기가 올라오는 것이 느껴졌다.

"아아! 이제 정말 시작이구나!" 하고 그녀는 중얼거렸다.

"그게 무슨 말이요?"

엠마는 고통이 가득 찬 얼굴로 천천히 머리를 가로저었다. 마치 혀에 아주 무거운 무언가가 놓여 있는 것처럼 계속 입을 벌리고 있었다. 8시에 구토가 다시 시작되었다.

샤를은 자기 대야 밑바닥에 흰 결석 같은 것이 붙어 있는 것을 발견했다.

"이상한데! 놀라운 일이야!" 하고 그는 되풀이했다.

그러나 엠마는 큰 소리로 말했다.

"아니에요. 잘못 생각한 거예요!"

그러나 부드럽게, 애무해 주듯 샤를은 아내의 배에 손을 대 보았다. 엠마는 날카로운 비명을 질렀다. 샤를은 흠칫 놀라 뒤로 물러섰다.

이윽고 엠마는 앓는 소리를 내기 시작했다. 처음에는 약한 소리였다.

몸이 많이 떨리면서 어깨가 흔들리고 있었고 얼굴은 불끈 쥔 손가락들을 파묻고 있는 침대 시트보다 더 창백해졌다. 고르지 못한 맥박도 이젠 거의 느껴지지 않았다.

발산하는 금속의 증기 속에 엉겨 붙어 있는 것 같은 푸르스름한 얼굴에는 땀방울이 배어 나오고 있었다. 이가 부딪치는 소리가 났고 휑하게 뜬 두 눈은 주위를 멍하니 바라보고 있었다. 남편이 뭔가를 물을 때마다 머리만 좌우로 흔들어 대답할 뿐이었다. 심지어 두세 번 미소를 지어 보이기까지 했다. 신음 소리가 점점 더 커졌다. 둔탁한 비명도 입에서 새어 나왔다. 그녀는 나아지고 있으니 곧 일어나게 될 거라고 했다. 그러나 경련이 엄습했고 그때마다 소리를 질렀다.

"아아! 너무 힘들어요, 하느님!"

샤를은 침대 앞에 무릎을 꿇었다.

"말해 봐요! 뭘 먹었소? 대답 좀 해 봐요, 제발!"

그는 이제껏 본 적이 없는 애정이 담뿍 담긴 눈빛으로 그녀를 바라보았다.

"그래요, 저기…… 저기!" 하고 그녀는 스러져 가는 목소리로 말했다.

샤를은 책상으로 달려가서 봉투를 찢고는 큰 소리로 편지를 읽었다. "아무도 책망하지 말아요……." 샤를은 잠시 멈추고 손으로 눈을 비볐다. 그리고 다시 읽어 나갔다.

"아니, 이런! 사람 살려요! 나 좀 도와줘요!"

그러고서 그는 "독약을 먹었어! 독약을 먹었어!" 하는 말밖에 되풀이하지 않았다. 펠리시테가 오메의 집으로 달려갔다. 오메는 광장에서 이 말을 외쳐 댔다. 르프랑수아 부인은 '황금빛 사자' 여관집에서 그 소리를 들었다. 몇 사람이 잠에서 깨어나 이웃에게 알렸다. 그리하여 저녁 내내 그 마을은 잠이 깨어 있었다.

이성을 잃고 쓰러질 듯 비틀거리면서 샤를은 방 안을 빙빙 돌고 있었다. 그는 가구에 부딪치기도 하고 머리카락을 쥐어뜯기도 했다. 약제사는 이토록 끔찍한 광경이 벌어질 수 있으리라고는 상상도 해 보지 못했었다.

오메는 카니베 씨와 라리비에르 박사에게 편지를 쓰러 집으로 돌아갔다. 당황해서 열다섯 번 이상이나 다시 썼다. 이폴리트는 뇌샤텔로 출발했다. 쥐스탱은 보바리의 말을 어찌나 세게 몰았던지 기진맥진해져 버려 부아 언덕에 내버려 둔 채 길을 떠났다.

샤를은 의학 사전을 훑어보려고 했지만 한 줄도 눈에 들어오지 않았다. 글자가 춤을 추고 있었던 것이다.

"침착하세요! 뭔가 강력한 해독제만 투여하면 될 테니까요. 그런데 무슨 독약입니까?" 하고 약제사가 말했다.

샤를이 편지를 보여 주었다. 바로 비소였다.

"이런 참! 분석을 해 봐야겠지요." 하고 오메가 말을 이었다.

어떤 중독도 분석을 해 봐야 한다는 것을 그는 잘 알고 있었기 때문이다. 하지만 샤를은 무슨 말인지도 모르고 이렇게 대답하는 것이었다.

"아아! 해 주세요! 해 주세요! 아내를 살려 주세요!"

아내 곁으로 되돌아간 샤를은 양탄자 위에 털썩 주저앉아 침대 끝에 머리를 기대고는 흐느껴 울기 시작했다.

"울지 말아요! 곧 당신을 더 이상 괴롭히지 않게 될 거예요!" 하고 엠마는 말했다.

"왜? 누가 당신을 이렇게 만든 거요?"

엠마는 대꾸했다.

"어쩔 수 없었어요, 여보."

"당신은 행복하지 않았소? 내 잘못인 거요? 난 그래도 할 수 있는 데까진 했는데!"

"그래요…… 맞아요. 착한 분이에요, 당신은!"

그녀는 남편의 머리를 천천히 쓰다듬었다. 이 다정한 감촉은 샤를의 슬픔을 더욱 북받쳐 오르게 했다. 그는 아내를 잃게 된다는 생각에 자신의 전 존재가 절망으로 무너져 내리는 것 같은 느낌이 들었다. 반면에 엠마는 그 어느 때보다도 더 큰 사랑을 남편에게 고백하고 있었다. 그런데 그는 아무것도 생각하지 않고 있었다. 아무것도 알지 못했고 아무것도 할 용기가 나지 않았다. 당장 뭔가 결단을 내려야 한다는 절박감에 마음은 뒤죽박죽이 되어 있었다.

엠마는 그 모든 배신과 천한 행동, 그리고 그녀를 괴롭히던 수많은 탐욕도 이젠 다 끝났다고 생각했다. 그녀는 이제 아무도 미워하지 않았다. 삶의 끝의 지리멸렬한 생각들이 밀려들고 있었다. 지상의 모든 소리 중 엠마에게 들려오는 것이라고는 이 가엾은 가슴의 부드럽고 희미한 간헐적 탄식뿐이었다. 그것은 마치 사라져 가는 교향악의 마지막 메아리 같았다.

"어린것을 좀 데려와 주세요." 하고 엠마는 팔꿈치로 몸을 일으켜 세우며 말했다.

"상태가 더 나빠진 것은 아니지, 그렇지?" 하고 샤를이 물었다.

"그래요! 더 나빠지지 않았어요!"

하녀가 아이를 안고 들어왔다. 시무룩한 표정의 아이는 긴 잠옷을 입고 있었는데 잠옷 밖으로는 맨발이 드러나 보였고 아직 꿈에서 깨어나지 않은 것 같았다. 그리고 아주 어수선한 방을 놀란 눈으로 바라보면서 가구들 위에서 타오르고 있는 촛불들에 눈이 부신지 자주 깜빡거렸다. 이 촛불들은 아마 아이에게 새해 아침이나 사순절의 3주째 목요일 아침을 생각나게 했을 것이다. 그런 날이면 아이는 환히 켜진 촛불에 아침 일찍 깨어나 엄마 침대로 찾아와 선물을 받곤 했다. 그래서 아이는 이렇게 말을 하기 시작했다.

"그거 어디 있어, 엄마?"

그리고 모두가 아무 말도 하지 않고 있자 아이는 다시 말했다.

"내 예쁜 구두가 안 보이잖아!"

펠리시테가 아이를 엄마의 침대 쪽으로 기울여 주었지만 아이는 여전히 벽난로 쪽만 바라보고 있었다.

"유모가 혹시 가져간 거야?" 하고 아이가 물었다.

자신의 불륜과 불행을 기억 속에 되살아나게 하는 그 유모라는 말에 보바리 부인은 마치 입속에서 또 다른 더 강한 독약 냄새가 느껴져 구역질이라도 나는 것처럼 머리를 돌렸다. 베르트는 그동안 침대 위에 앉아 있었다.

"우아! 엄마, 엄마 눈 정말 크다! 왜 이렇게 얼굴이 파래! 땀도 정말 많이 나!"

엄마는 아이를 바라보고 있었다.

"무서워!" 하고 아이가 뒤로 물러서면서 말했다.

엄마가 아이의 손을 잡고 키스를 해 주려 했다. 그러자 아이가 발버둥 쳤다.

"됐어! 데리고 나가!" 하고 알코브에서 흐느끼고 있던 샤를이 말했다.

이윽고 증세가 잠시 멎었다. 엠마는 흥분이 좀 덜한 것 같았다. 아내가 별 의미 없는 말을 할 때마다, 좀 더 진정된 아내의 가슴이 숨을 쉴 때마다 샤를은 희망을 되찾았다. 마침내 카니베가 들어오자 샤를은 눈물을 흘리면서 달려가 그의 두 팔을 붙잡았다.

"아아! 드디어 오셨군요! 고맙습니다! 친절하시게도! 다행히도 모든 게 좋아지고 있습니다. 자, 좀 보세요……."

동업자는 생각이 전혀 달랐다. 그리하여 그는 위를 완전히 비우기 위해 그 자신의 말처럼 '단도직입적으로' 구토제를 처방했다.

엠마는 곧 피를 토했다. 입술은 더 한층 죄어들었고 사지는 경련을 일으키고 있었다. 몸은 갈색 반점으로 뒤덮였고 맥박은 팽팽한 실처럼, 끊어지려고 하는 하프의 현처럼 손가락 밑에서 미끄러지듯 뛰고 있었다.

엠마는 끔찍하게 비명을 다시 지르기 시작했다. 독약을 저주하기도 하고 욕설을 퍼붓기도 하면서 약 기운이 빨리 번져 끝장을 내 주기를 애원하고 있었다. 그리고 자기보다 더 빈사 상태에 있는 샤를이 애를 쓰며 마셔 보게 하려는 것을 뻣뻣해진 두 팔로 모두 밀쳐 냈다. 그는 손수건을 입술에 대고 거칠게 숨을 헐떡이며 울고 서 있었는데 발뒤꿈치까지 흔들리는 흐느낌으로 숨이 막힐 지경이었다. 펠리시테는 어쩔 줄 몰라 방 안을 이리저리 쫓아다녔고 오메는 꼼짝도 하지 않은 채 땅이 꺼질 듯한 한숨만 내쉬고 있었다. 그때까지 침착함을 잃지 않고 있던 카니베 씨도 그러나 마음이 불안해지기 시작했다.

"제기랄! 그런데…… 해독이 되었으니, 원인이 제거된 이상……."

"결과도 사라질 겁니다. 틀림없습니다." 하고 오메가 말했다.

"제 아내를 꼭 좀 살려 주세요!" 하고 보바리가 소리쳤다.

그래서 카니베는 '이것은 아마 발작의 절정으로 이제 나아질 일만 남았을 거다.'라는 가정을 용기를 내어 제시해 보는 약제사의 말을 귀담아 듣지도 않고 테리아카 해독제를 투여하려고 하고 있었다. 그때 철썩하고 말을 채찍질하는 소리가 들려왔다. 유리창이 전부 가볍게 흔들렸다. 귀까지 진흙투성이가 된 말 세 마리가 힘차게 끄는 사륜 역마차가 시장 모퉁이에서 일거에 나타났다. 바로 라리비에르 박사였다.

신이 나타났어도 이보다 더 감동을 자아내지는 못했을 것이다. 보바리는 두 손을 쳐들었고 카니베는 딱 멈춰 섰으며 오메는 박사가 들어서기도 전에 그리스식 모자를 벗어 들었다.

라리비에르 박사는 비샤[60] 학설의 후예인 위대한 외과학파의 일원이

---

60) 비샤(Marie François Xavier Bichat, 1771~1802)는 프랑스의 유명한 외과 의사로 생리학자이자 해부학자이다. 그의 저서 《생(生)과 사(死)에 관한 생리학적 연구(Recherches physiologiques sur la vie et la mort)》에서 "생명이란 죽음에 대항하는 기능의 총화이다."라고 말함으로써 그의 생명관을 잘 보여 주고 있다.

었다. 지금은 사라졌지만 비샤 시대에는 자기들의 의술을 광적인 사랑으로 소중히 여기면서 열성과 지혜로 비샤의 학설을 실천에 옮겼던 철학자 개업의 가운데 한 사람이었다. 그가 화를 내기 시작하면 병원에서 일하는 모두가 두려워 떨었지만 제자들은 그를 너무도 존경해서 병원을 차리자마자 최선을 다해 그를 닮으려고 애썼다. 그리하여 그 주변 도시들에서는 그들이 스승이 입고 있던 것과 똑같은 긴 메리노 솜 외투와 헐렁한 검은 예복을 입는 것을 볼 수 있었다. 단추를 채우지 않은 박사의 커프스는 비참한 환자들에게 보다 신속히 다가가려는 듯 결코 장갑을 끼지 않는 아름답고 통통한 손을 살짝 덮고 있었다. 훈장이나 칭호, 학회 따위는 거들떠보지도 않고 빈자들에게 친절하고 관대하고 온정이 넘치며 미덕을 의식하지는 않으면서 몸소 실천하는 그는 만일 그의 날카로운 정신이 다른 사람들에게 악마 같은 두려움을 불러일으키지만 않았다면 거의 성자로 통했을 것이다. 자기의 외과용 메스보다 더 날카로운 그의 눈빛은 사람들의 마음속으로 예리하게 뚫고 들어가 변명들과 부끄러워하는 태도들을 가로질러 그 속의 모든 거짓을 간파해내는 것이었다. 그는 뛰어난 재능과 지위에 대한 자각과 40년 동안의 근면하고 나무랄 데 없는 생애가 부여한 그 온후한 위엄이 가득하게 그렇게 살아오고 있었다.

그는 문에 들어서면서부터 입을 벌린 채 바닥에 등을 대고 누워 있는 엠마의 아주 파리한 얼굴을 보자 심하게 눈살을 찌푸렸다. 그러고는 카니베의 말을 듣는 척하면서도 집게손가락을 엠마의 콧구멍 밑에 갖다 대며 이렇게 되풀이했다.

"그래, 그래, 알겠어."

그러나 그는 어깨를 천천히 으쓱했다. 보바리는 그 행동을 눈여겨보았다. 시선이 서로 마주쳤다. 고통의 광경에 아주 익숙해져 있는 그였지만 가슴 장식 위로 떨어지는 눈물을 억제할 수 없었다.

그는 카니베를 옆방으로 데리고 가려 했다. 샤를도 그를 따라갔다.

"병세가 아주 안 좋지요, 그렇지요? 찜질 연고를 붙여 보면 어떨까요? 어떻게 해야 할지 도무지 모르겠습니다. 선생님께서는 저런 환자 목숨을 많이 구하셨으니, 살릴 방도를 좀 찾아 주십시오!"

샤를은 두 팔로 라리비에르 박사를 껴안았다. 그러고서 겁에 질려 애원하는 태도로 반쯤 기절하여 박사의 가슴에 쓰러지면서 그를 쳐다보았다.

"자, 이 사람아, 용기를 내게! 더 어떻게 해 볼 수가 없네."

그렇게 말하고는 라리비에르 박사는 얼굴을 돌렸다.

"가시는 겁니까?"

"곧 또 오겠네."

박사는 마부에게 떠날 준비를 시키려는 듯 카니베 씨와 함께 밖으로 나갔다. 카니베 씨 또한 자기 눈앞에서 엠마가 죽어 가는 것을 보고 싶어 하지 않았던 것이다.

약제사는 광장에서 그들을 따라잡았다. 그는 체질상 그 유명한 사람들과 그대로 헤어질 수가 없었다. 그래서 라리비에르 씨에게 점심을 같이할 특별한 영광을 베풀어 주십사 간청했다.

약제사는 서둘러 사람을 보내 '황금빛 사자' 여관집에서는 비둘기 고기 몇 마리를, 정육점에서는 거기에 있는 갈비 전부를, 튀바쉬 집에서는 크림을, 레스티부두아 집에서는 계란을 가져오게 했고, 약제사 자신도 음식 준비를 손수 도왔다. 한편 오메 부인은 캐미솔 끈을 잡아당겨 매만지면서 이렇게 말하는 것이었다.

"용서하세요, 선생. 이런 가난한 고장에서는 전날 미리 말해 주지 않는 이상⋯⋯."

"굽 달린 술잔이나 어서 줘요!" 하고 오메가 소곤소곤 말했다.

"적어도 도시에 산다면 속을 채운 돼지 다리 몇 개는 준비할 수 있을 텐데."

"입 좀 그만 다물어요! 식탁으로 가시지요, 박사님."

첫 번째 고기 요리가 나온 뒤 오메는 엠마의 그 참사에 대해 좀 더 자세히 말해 두는 것이 좋겠다고 판단했다.

"처음에는 인두(咽頭) 건조 상태를 느끼다가 다음에는 윗배에 견디기 힘든 복통을 느끼더니 구토, 설사, 혼수상태로 순으로 이어졌습니다."

"도대체 어떻게 해서 독약을 먹은 겁니까?"

"모르겠습니다, 박사님. 부인이 어디서 그 비산을 구했는지조차 모르니까요."

그때 마침 접시를 한 더미 가지고 온 쥐스탱이 느닷없이 몸을 떨기 시작했다.

"왜 그래?" 하고 약제사가 물었다.

그 물음에 젊은이는 접시를 몽땅 바닥에 떨어뜨리고 말았다. 깨지는 소리가 요란하게 울려 퍼졌다.

"이런 바보를 봤나! 서툴기는, 둔하기 짝이 없는 놈! 지독한 멍청이 같으니라고!" 하고 오메가 소리쳤다.

그러나 곧 자제를 하며 이렇게 말을 하는 것이었다.

"그래서 박사님, 분석을 해 보려고 했습니다. '먼저' 시험관 속에 조심스럽게 넣은 것은……."

"부인의 목구멍에 손을 넣어 보는 게 더 나았을 거요." 하고 외과 의사가 말했다.

동업자 카니베는 입을 다물고 있었다. 조금 전 그가 처방한 구토제에 대해 은밀히 심한 질책을 받았기 때문이다. 그래서 이폴리트의 안짱다리 수술 때에는 그토록 거만하고 말이 많던 그 대단한 카니베도 오늘은 완전히 기가 죽어 있었다. 그는 동의한다는 태도로 줄곧 미소를 지었다.

오메는 이 접대에서 자기가 주인 역을 한다는 자부심에서 표정이 밝았고, 보바리에 대한 비통한 생각이 오히려 자기 자신과의 이기적인 비교로 말미암아 막연하게나마 그의 즐거움을 더해 주고 있었다. 게다가 박사가 지금 자기 집에 와 있는 것에 그는 감격하고 있었다. 그는 자신의 박식을 늘어놓았고 칸타리스 정력제와 자바산 유파스 독과 만치닐 나무와 독사 등에 대해 마구잡이로 떠들어 댔다.

"그 밖에도 중독에 관한 다양한 사례들을 읽어 보았는데, 박사님, 너무 강한 연기로 찐 순대를 먹고 벼락을 맞은 것처럼 뻗어 버린 사람들도 있었습니다. 어쨌든 그것은 제 스승이자 약학계의 최고 권위자 가운데 한 분이신 그 유명한 카데 드 가시쿠르 선생님이 쓴 아주 뛰어난 논문에 있는 내용입니다!"

오메 부인이 오래된 절름발이 곤로를 하나 들고 다시 나타났다. 그것은 에틸알코올을 연료로 사용하는 것이었다. 오메가 식탁에서 손수 볶고 빻고 섞어서 커피를 끓이고 싶어 했기 때문이다.

"'사카룸'[61]을 좀 타시지요, 박사님." 하고 설탕을 내밀면서 오메가 말했다.

그러고는 자기 아이들의 체질에 대한 외과 의사의 의견을 듣고 싶어서 모두 내려오게 했다.

마침내 라리비에르 씨가 떠나려 하자 이번에는 오메 부인이 자기 남편에 대한 진찰을 부탁했다. 그는 저녁에 식사를 하고 바로 잠자리에 들기 때문에 피가 진해졌다는 것이다.

"오오! 주인분께 문제가 되는 것은 '상(sens)'[62]이 아닐 텐데요."

박사는 아무도 알아듣지 못하는 그 말장난에 약간 미소를 지으면서

---

61) '설탕'이라는 뜻의 라틴 어이다.

62) 피를 의미하는 sang과 감각 기능을 의미하는 sens은 발음이 같다.

문을 열었다. 그러나 약방에는 사람들이 가득 들어차 있었다. 그래서 그는 아내가 재 속에 가래침을 뱉는 버릇이 있어서 폐렴이 아닌지 의심이 된다는 튀바쉬 씨, 이따금 심한 허기증을 느낀다는 비네 씨, 몸을 바늘로 콕콕 찌르는 것 같다는 카롱 부인, 현기증을 느낀다는 뢰뢰, 류머티즘을 앓고 있는 레스티부두아, 마지막으로 신물이 자주 오른다는 르프랑수아 부인 등을 뿌리치느라 큰 애를 먹었다. 마침내 세 마리의 말이 도망치듯 달아났다. 그러자 모두들 그가 호의를 베푸는 데 인색하다고 불만을 토로했다.

부르니지앵 씨의 출현으로 사람들의 관심이 그쪽으로 돌려졌다. 그는 성유를 들고 시장 건물 밑을 지나가고 있었다.

오메는 자기의 신조에 따라 사제들을 시체 냄새를 맡고 모여드는 까마귀 떼에 비유했기에 그들을 보는 일이 마뜩하지 않았다. 사제가 입는 수단이 수의를 연상시켰기 때문이다. 그래서 한쪽에 대한 두려움이 다른 한쪽까지 약간 혐오하게 만들었다.

그러나 오메는 이른바 '자신의 천직' 앞에서 물러서지 않고 카니베와 함께 보바리의 집으로 다시 갔다. 라리비에르 씨는 떠나기 전에 그렇게 하도록 카니베에게 단단히 부탁을 해 두었던 것이다. 더욱이 오메는 아내의 부드러운 항의가 없었다면 두 아들까지 함께 데리고 갔을 것이다. 아이들을 모진 상황에 익숙하게 만들어서 훗날까지도 교훈과 본보기, 또는 엄숙한 장면으로 그들의 뇌리에 남게 하기 위해서였다.

그들이 들어갔을 때 방 안은 온통 초상집 같은 엄숙한 분위기였다. 흰 책상보로 덮어 놓은 바느질 작업대 위에는 큰 십자가상 옆, 타고 있는 두 개의 촛대 사이에 대여섯 개의 솜뭉치가 은 쟁반에 담겨 있었다. 엠마는 턱을 가슴에 붙인 채 눈을 휘둥그레 부릅뜨고 있었고, 가련한 두 손은 시트 위에서 이미 수의를 입고 싶어 하는 듯 임종을 맞는 사람들의 그 끔찍하고 허약한 동작으로 간신히 움직였다. 얼굴은 조상처럼 창백해지고 눈은 숯불처럼 빨개진 샤를은 침대 발치에서 아내와 마주 보고 서 있었지만 이제 눈물은 흘리지 않았다. 반면 사제는 한쪽 무릎을 꿇고 나직이 혼잣말로 뭔가를 중얼거리고 있었다.

엠마는 천천히 얼굴을 돌리더니 사제의 보라색 스톨라를 보고는 갑자기 환희에 사로잡힌 듯했다. 아마도 이제 시작되고 있는 영원한 지복에 대한 환영과 더불어 그동안 잃고 있었지만 지난날 느꼈던 그 신비로운 갈망들의 쾌감을 이 특이한 평정 속에서 되찾고 있었기 때문일 것이다.

사제는 일어서서 십자가상을 집었다. 그러자 엠마는 목마른 사람처럼 목을 빼서 그리스도의 상에 입술을 바짝 갖다 대고 죽어 가는 사람으로서 있는 힘을 다해 이제껏 해 본 것 가운데 가장 뜨거운 사랑의 키스를 쏟았다. 이어 사제는 '하느님, 우리를 긍휼히 여기소서' 시편과 '속죄' 시편을 암송한 다음 오른손 엄지손가락을 성유에 담가서 도유식을 시작했다. 먼저, 지상의 온갖 호화로움을 그토록 탐냈던 눈에서부터 시작하여 다음에는 훈훈한 산들바람과 사랑의 냄새를 열렬히 좋아했던 콧구멍에, 다음에는 거짓말을 위해 벌어지고 자존심 때문에 비명을 지르고 음행을 저지르면서 소리를 내질렀던 입에, 다음으로는 감미로운 접촉을 즐겼던 두 손에, 그리고 마지막으로는 이전에 욕망을 채우기 위해서 달릴 때는 그토록 빨랐지만 지금은 더 이상 걷지도 못하는 발바닥에 성유를 발랐다.

사제는 손가락을 닦고 나서 성유가 묻은 솜 조각들을 불 속에 던져 넣은 다음, 죽어 가는 그녀 곁으로 다시 다가와 이제 자신의 고통을 예수 그리스도의 고난에 함께 묶어서 하느님의 자비에 몸을 맡겨야 한다고 말해 주었다.

설교를 마치자 사제는 곧 그녀를 감싸게 될 하늘의 영광의 상징인 성촉을 손에 쥐어 주려 했다. 너무도 힘이 빠져 있던 엠마는 손가락을 쥘

수가 없었으므로 부르니지앵 씨가 아니었더라면 그 촛불이 바닥에 떨어
져 버렸을 것이다.

그렇지만 엠마는 그렇게까지 창백하지는 않았다. 마치 그 성사(聖事)
에 의해 치유라도 된 듯 얼굴은 평온한 표정이었다.

사제는 주의 깊게 엠마의 그 표정을 지켜보았고, 주님은 때로 구원을
주기에 합당하다고 판단될 때는 사람의 생명을 연장시켜 주신다고 보바
리에게 설명했다. 그러자 샤를은 전에 엠마가 이처럼 곧 죽어 갈 때 성체
배령을 받았던 날을 기억했다.

'어쩌면 절망할 필요가 없었는지도 몰라.' 하고 샤를은 생각했다.

실제로 엠마는 꿈에서 깨어난 사람처럼 주위를 천천히 둘러보았다.
그러고 난 뒤 또렷한 목소리로 거울을 좀 갖다 달라고 하여 한동안 몸
을 굽히고 그 안을 들여다보고 있더니 마침내 닭똥 같은 눈물이 눈에서
떨어졌다. 그리고 한숨을 내쉬더니 머리를 젖히면서 베개 위로 다시 쓰
러졌다.

이내 그녀의 가슴이 가쁘게 헐떡거리기 시작했다. 혀 전체가 입 밖으
로 빠져나왔고 눈은 뒤집히면서 마치 꺼져 가는 두 개의 전구처럼 희미
해지고 있었다. 마치 영혼이 육신에서 떨어져 나가기 위해 껑충껑충 뛰
기라도 하듯 가쁜 숨결에 의해 더해 가는 늑골의 무서운 떨림이 없었다
면 이미 죽은 것으로 생각되었을 것이다. 펠리시테는 십자가상 앞에 무
릎을 꿇고 있었고 약제사도 약간 무릎을 꿇었지만 카니베 씨는 광장을
멍하니 바라보고 있었다. 자기 뒤로 길게 늘어져 끌리는 검은 수단을 입
은 부르니지앵 사제는 엠마의 침대 모서리에 대고 다시 기도를 올리기
시작했다. 샤를은 반대쪽에 무릎을 꿇고 엠마에게 두 팔을 뻗치고 있었
다. 그는 아내의 두 손을 잡고 있었는데, 아내의 심장이 뛸 때마다 마치
무너져 내리는 폐허의 충격을 받은 것처럼 소스라치면서 그 손들을 꼭
쥐곤 했다. 빈사자의 거친 숨결이 가빠져 감에 따라 사제의 기도도 빨라

졌고, 그 소리는 보바리의 숨죽인 흐느낌 소리와 뒤섞이고 있었다. 그리고 이따금 모든 것이 마치 조종처럼 울려오는 라틴 어 음절들의 둔탁한 중얼거림 속으로 사라져 버리는 것 같기도 했다.

그때 갑자기 지팡이 스치는 소리와 함께 커다란 나막신 소리가 보도 위에서 들려왔다. 그리고 이렇게 노래하는 어떤 쉰 목소리가 밑에서 들려왔다.

> 자주, 화창한 날의 따뜻한 햇볕은
> 아가씨에게 사랑을 꿈꾸게 하네.

전기 충격을 받은 시체처럼, 머리카락은 풀어 헤치고 눈동자는 뭔가를 멍하니 바라보고 있고, 입을 크게 벌리고 있던 엠마가 벌떡 일어났다.

> 낫이 베어 놓은 이삭들을
> 부지런히 거두어들이려고
> 나의 나네트는 허리를 구부리고
> 이삭들이 흩어져 있는 밭이랑을 따라가네.

"맹인이야!" 하고 엠마는 소리쳤다.

그러더니 마치 공포에 빠트리는 괴물처럼 영원한 어둠 속에서 솟아오르는 그 거지의 흉측한 얼굴을 보는 듯 끔찍하고 미친 듯한 절망적인 웃음을 웃기 시작했다.

> 그날은 바람이 아주 거세게 불었지.
> 짧은 치마가 뒤집히며 날아올랐어!

한바탕 경련을 일으키며 엠마는 매트리스 위에 다시 쓰러졌다. 모두가 놀라 다가갔다. 엠마는 더 이상 살아 있지 않았다.

9

누군가가 죽고 나면 언제나 처하게 되는 망연자실 같은 것이 있다. 그만큼 갑작스럽게 도래하는 허무를 이해하고 체념하여 그것을 믿는 것은 쉬운 일이 아니다. 엠마의 굳은 몸을 보자 샤를은 달려들면서 울부짖었다.

"잘 가요! 잘 가!"

오메와 카니베는 방 밖으로 그를 끌고 나갔다.

"진정하세요!"

"예. 좀 있으면 나아질 겁니다. 아내에게 해가 되는 일은 아닐 테니 절 좀 놔두세요! 아내가 보고 싶습니다. 저 사람은 제 아내예요!" 하고 샤를이 몸부림치면서 말했다. 그는 눈물을 흘리고 있었다.

"우세요, 실컷 우세요. 마음이 좀 가벼워질 겁니다!" 하고 약제사가 말을 이었다.

어린애보다도 더 허약해진 샤를은 아래층 거실로 끌려 내려갔다. 오메는 곧 집으로 돌아갔다.

광장에 나서자 맹인이 말을 걸려고 다가왔다. 항염 연고를 구할 희망으로 몸을 끌고 용빌까지 간신히 온 그는 지나가는 사람마다 붙잡고 약제사가 어디 사는지 묻고 있었다.

"이런, 내가 지금 할 일이 없는 줄 알아! 아아! 안됐지만 할 수 없지, 나중에 다시 와 보게!"

그렇게 말하고는 약제사는 서둘러 약방으로 들어가 버렸다.

그는 두 통의 편지를 써야 했고 보바리를 위해 진정제를 조제해야 했고 엠마의 음독 사실을 감추기 위한 거짓말을 생각해 내야 했고 또 〈루앙의 표지등〉지에도 그 거짓말을 기사로 써서 보내야 했다. 물론 엠마의 음독에 관한 소식을 들으려고 그를 기다리고 있는 사람들은 그만두고라도 말이다. 그리고 용빌 사람들 모두에게 엠마가 바닐라 크림을 만들면서 비소를 설탕으로 잘못 알고 넣었다는 그가 꾸며 낸 이야기를 들려준 다음 오메는 다시 보바리의 집으로 갔다.

오메는 홀로(카니베 씨는 막 떠났다) 창가 안락의자에 앉아서 멍한 눈길로 거실의 포석들을 바라보고 있는 샤를을 보았다.

"이제는 의식 날짜를 선생님이 직접 잡아야 할 겁니다." 하고 약제사가 말했다.

"왜요? 무슨 의식을요?"

그러고는 두려움에 떨며 더듬대는 목소리로 계속했다.

"아! 안 됩니다. 안 그래요? 안 됩니다. 저는 아내를 보내고 싶지 않습니다."

오메는 태연한 척하며 선반 위의 물병을 집어 들어 제라늄에 물을 주었다.

"아아! 고맙습니다. 친절하시게도!" 하고 샤를이 말했다.

그는 약제사의 이 행동이 환기시켜 주는 수많은 추억 때문에 숨이 막힐 것 같아 말을 맺지 못했다.

그러자 의사의 기분을 풀어 주기 위해 오메는 원예에 관한 이야기를 좀 해 주는 것이 적절할 것 같다는 생각이 들었다. 그래서 식물은 습기를 필요로 한다고 하자 샤를은 자기도 그렇게 생각한다는 뜻으로 고개를 끄덕였다.

"게다가 이제 화창한 날들이 올 겁니다."

"아!" 하고 보바리는 말했다.

약제사는 여러 생각 끝에 유리창의 조그만 커튼을 조용히 열어젖히기 시작했다.

"아, 저기 튀바쉬 씨가 지나가는군요."

샤를이 기계처럼 되풀이했다.

"튀바쉬 씨가 지나가는군요."

오메는 장례 준비에 관해 샤를에게 감히 말을 다시 꺼내지 못했다. 이 문제를 마침내 샤를에게 결심케 한 것은 사제였다.

샤를은 진찰실에 틀어박혀 펜을 들고 한동안 흐느껴 울다가 이렇게 써 내려갔다.

'나는 아내가 결혼식 때 입었던 예복을 입은 채로 흰 구두에 화환을 얹어 묻히기를 바랍니다. 머리카락을 어깨 위로 늘어뜨려 주십시오. 관은 떡갈나무 관, 마호가니 관, 그리고 납관 이렇게 세 겹으로 해 주십시오. 내게는 아무 말도 말아 주십시오. 나는 곧 기운을 차릴 것입니다. 아주 커다란 초록색 비로드 천으로 아내를 덮어 주십시오. 부탁드립니다. 그렇게 해 주십시오.'

두 사람은 보바리의 낭만적인 생각에 많이 놀랐다. 곧 약제사가 샤를에게 가서 이렇게 말했다.

"이 비로드는 쓸데없이 추가되는 것 같습니다. 게다가 비용도……."

"그게 당신과 무슨 상관입니까? 제가 하는 대로 내버려 두세요! 당신은 엠마를 사랑한 적이 없지 않습니까! 돌아가 주세요!" 하고 샤를이 소리쳤다.

사제는 그의 팔을 끼고서 정원을 한 바퀴 산책시켰다. 그는 세속적인 것들의 무상함에 대해 말해 주었다. 하느님은 참으로 위대하고 참으로 선하시다고 말했다. 그러니 불평 없이 그분의 뜻에 복종해야 하고 또 감사해야 한다는 것이었다.

샤를은 신성을 모독하는 언사를 퍼부었다.

"저는 저주합니다, 당신의 하느님을!"

"당신에게 아직도 반항하는 마음이 남아 있군요." 하고 사제가 한숨을 내쉬었다.

보바리는 저만치 떨어져 있었다. 그는 과수장에 면한 벽을 따라 성큼성큼 걸어가면서 이를 갈며 하늘을 향해 저주의 시선을 보내고 있었다. 그러나 그 시선에 나뭇잎 하나 까딱하지 않았다.

가랑비가 내리고 있었다. 맨가슴으로 있던 샤를이 마침내 몸을 덜덜 떨기 시작했다. 그는 부엌으로 들어가 앉았다.

6시가 되자 광장에서 요란한 소리가 들려왔다. '제비호'가 도착했던 것이다. 샤를은 유리창에 이마를 대고 마차에 탄 사람들이 차례차례 다 내릴 때까지 바라보았다. 펠리시테가 거실에 매트리스를 깔아 주었다. 샤를은 거기에 몸을 던지고 잠이 들었다.

철학자임에도 불구하고 오메 씨는 죽은 사람을 존중했다.

그래서 그는 불쌍한 샤를에 대해서 감정을 품지 않고 저녁에 책 세 권과 메모를 위한 노트를 가지고 상가(喪家)에서 밤샘을 하러 다시 찾아왔다.

부르니지앵 씨도 거기에 있었다. 알코브 밖으로 꺼내 놓은 침대 머리맡에 커다란 촛불 두 개가 타고 있었다.

침묵을 짐스럽게 여긴 약제사는 곧 그 '불운의 젊은 부인'에 대해 애도의 말을 몇 마디 표명했다. 그러자 사제는 이제 부인을 위해 기도드리는 길밖에 없다고 대답했다.

"그렇지만 두 가지 중 하나일 겁니다. 즉 (성당에서 그렇게 말하듯이) 부인이 은총 속에서 세상을 떠나셨다면 그녀에게 우리의 기도는 필요가 없습니다. 그렇지 않고 부인이 회개하지 않은 채 (이것도 성직자의 표현 같습니다만) 세상을 떠나셨다면, 그때는⋯⋯." 하고 오메가 다시 말을 이었다.

부르니지앵은 오메의 말을 끊더니 그래도 기도를 해야 한다고 퉁명스러운 말투로 즉각 응수했다.

"하지만 신이 우리가 뭘 필요로 하는지 다 아시는데 기도가 뭔 소용이 있습니까?" 하고 약제사가 반박했다.

"뭐라고요! 기도가 어쩐다고요! 그럼 당신은 신자가 아니군요?" 하고 사제가 말했다.

"용서하십시오! 저는 기독교를 찬미합니다. 기독교는 우선 노예를 해방시켰고 또 세상에 도덕을 들여왔습니다……." 하고 오메가 말했다.

"그게 중요한 게 아니에요. 모든 성서의 구절은……."

"오! 오! 성서에 대해서라면 역사서를 떠들어 보십시오. 예수회 수도사들에 의해 날조되었다는 것쯤은 압니다."

샤를이 들어왔다. 그는 침대 쪽으로 다가가 침대 방장을 서서히 당겨서 열었다.

엠마는 오른쪽 어깨 위로 고개를 기울이고 있었다. 벌린 입의 언저리는 얼굴 아래쪽으로 난 검은 구멍처럼 보였고 두 엄지손가락은 손바닥 안으로 접혀져 있었다. 눈썹 위에는 흰 먼지 같은 것들이 붙어 있었고 두 눈은 마치 거미가 거미줄을 쳐 놓은 것처럼 얇은 막 같은 점액질의 창백한 기운 속으로 사라져 가기 시작하고 있었다. 덮고 있는 시트는 가슴에서 무릎까지 푹 패어 들어갔다가 발가락 끝에서 다시 불룩하게 위로 쳐들려 있었다. 샤를에게는 마치 한없이 큰 덩어리들이, 엄청난 무게가 그녀를 짓누르고 있는 것처럼 보였다.

성당의 종이 2시를 쳤다. 테라스 밑 어둠 속에서 시냇물 흐르는 소리가 크게 들려왔다. 부르니지앵은 이따금 요란스럽게 코를 풀곤 했고 오메는 종이 위에 글씨를 쓰면서 펜 긁는 소리를 냈다.

"자아, 이제 그만하세요! 물러가 계세요. 그렇게 계속 보고 계시면 오히려 가슴만 더 미어집니다!" 하고 오메가 말했다.

샤를이 일단 나가자 약제사와 사제는 토론을 다시 시작했다.

"볼테르를 읽어 보십시오!" 하고 약제사가 말했다. "올바크를 읽어 보세요. 《백과사전》도 읽어 보세요!"

"《포르투갈 유대인들이 쓴 서한》을 읽어 보세요! 사법관이었던 니콜라가 쓴 《기독교의 논거》도 한번 읽어 보세요!" 하고 사제가 말했다.

그들은 열이 올라서 얼굴이 붉어지기도 했고 상대방의 말을 듣지 않고 동시에 자기 말들만 해 대기도 했다. 부르니지앵은 그런 당돌함에 분개했고 오메는 그런 어리석음에 감탄했다. 그리하여 그들은 서로에게 욕설이라도 해 댈 태세였는데 그때 샤를이 불쑥 다시 나타났다. 어떤 마력에 이끌렸던 것이다. 그는 계속 층계를 다시 올라가곤 했다.

샤를은 아내를 더 잘 바라보려고 그녀와 마주하여 자리를 잡고서 넋을 놓고 쳐다보고 있었는데 그 눈길이 너무도 깊어서 더 이상 고통스러워 보이지 않았다.

샤를은 가사 상태에 관한 이야기와 최면술의 기적에 대한 기억을 되살렸다. 아내가 되살아나기를 너무도 바라고 있었기에 어쩌면 자기가 아내를 되살릴 수도 있으리라 생각해 보기도 했다. 그래서 한번은 죽은 아내에게 몸을 굽히고는 아주 나지막하게 "엠마! 엠마!" 하고 외쳐 보기까지 했다. 그가 아주 세게 숨을 내쉬는 바람에 촛대의 불꽃이 벽 쪽으로 흔들렸다.

동이 틀 무렵 보바리의 어머니가 도착했다. 샤를은 어머니를 껴안고 또다시 한없는 눈물을 흘렸다. 어머니는 약제사가 시도했던 것처럼 장례 비용에 대해 몇 가지 조언을 해 보려고 했다. 그러나 그가 너무도 화를 냈기에 그녀는 그만 입을 다물었다. 심지어 아들은 어머니에게 당장 시내에 가서 필요한 것들을 구입해 오게까지 했다.

샤를은 오후 내내 혼자 남아 있었다. 베르트는 오메 부인 집에 데려다 놓았다. 펠리시테는 르프랑수아 부인과 함께 2층 방에 있었다.

저녁이 되자 샤를은 조문객을 받았다. 그는 일어서서는 아무 말도 없이 그저 악수만 나누었다. 조문객들은 벽난로 앞에 빙 둘러앉아 있는 먼저 온 사람들 틈에 자리를 잡았다. 그들은 고개를 숙인 채 다리를 꼬고 앉아서 이따금 깊은 한숨을 내쉬며 다리를 흔들고 있었다. 모두가 아주 지루해했지만 자리를 뜨지는 않았다.

오메는 9시에 다시 왔는데(이틀 전부터 광장에는 그만 보였다) 장뇌와 안식향과 향초를 다량 가지고 왔다. 그는 또 독기를 제거하기 위해 염소를 병에 가득 담아 가지고 왔다. 마침 그때 하녀와 르프랑수아 부인, 그리고 보바리의 어머니가 엠마의 옆을 왔다 갔다 하면서 염을 하고 있었는데, 그녀들은 뻣뻣한 긴 베일을 아래로 잡아당겨서 엠마의 새틴 구두까지 덮어 주었다.

펠리시테는 흐느껴 울었다.

"아아! 불쌍한 우리 마님! 우리 불쌍한 마님!"

"부인을 좀 봐요. 아직도 저렇게 예쁘시네요! 금방이라도 일어나실 것 같아요." 하고 여관집 안주인이 한숨을 내쉬면서 말했다.

그녀들은 엠마에게 화환을 씌워 주려고 몸을 구부렸다.

머리를 약간 들어 올리지 않으면 안 되었는데, 그러자 마치 구토를 하듯 입에서 시커먼 액체가 흘러나왔다.

"어머나, 옷이! 조심해요!" 하고 르프랑수아 부인이 큰 소리로 말했다.

그러고는 다시 약제사에게 말했다.

"여기 좀 도와줘요! 혹 무서워하는 건 아니지요?"

"제가 무서워한다고요? 쳇! 약학 공부할 때 시립 병원에서 이런 것을 많이 봤지요. 해부학 강의실에서 펀치를 만들어 마시기도 했는데요. 철학자에게는 죽음이 두렵지 않습니다. 게다가 종종 말하는 바이지만, 저는 후에 과학의 발전에 쓰도록 제 시신을 병원에 기증할 요량인데요." 하고 오메가 어깨를 으쓱하면서 대꾸했다.

사제는 들어오면서 샤를이 좀 어떠느냐고 물어보았다. 그리고 약제사의 대답에 이렇게 계속했다.

"아시다시피 충격이 지나간 지 얼마 안 됐으니!"

그러자 오메는 사제에게 세상 사람들처럼 사랑하는 동반자를 잃을 염려가 없어서 좋겠다고 칭찬을 했다. 그로부터 사제의 독신 생활에 대한 논쟁이 이어졌다.

"왜냐하면 남자가 여자 없이 산다는 것은 자연스럽지가 못하니까요. 우리가 본 범죄자들이⋯⋯." 하고 약제사가 말했다.

"이런, 이 양반 보시게! 어떻게 결혼한 사람이, 예를 들면 고해의 비밀 같은 것을 지킬 수 있겠소?" 하고 사제가 소리쳤다.

오메는 고해에 대해 공격을 가했다. 부르니지앵은 그것을 옹호했다. 그는 고해가 인간에게 행하는 교정(矯正) 작용에 대해 늘어놓았다. 그는 갑자기 정직한 인간이 된 여러 도둑들의 일화를 예로 들었다. 또 어떤 군인들은 고해소에 다가가자 눈에서 비늘 같은 것이 떨어져 나가는 것을 느꼈다는 것이다. 프라이부르그에서는 한 대신이⋯⋯.

토론 상대자는 잠이 들어 있었다. 그러자 지나치게 답답한 방 안 공기에 약간 숨이 막혀 사제는 창문을 열었다. 그 소리에 약제사는 잠에서 깼다.

"자, 코담배를 한 대 피워 봐요! 정신이 맑아질 테니." 하고 사제가 오메에게 말했다.

먼 곳에서 개 짖는 소리가 계속 들려오고 있었다.

"저 개 짖는 소리 들리십니까?" 하고 약제사가 말했다.

"개들은 시체 냄새를 맡는다는군요. 벌들도 그렇지요. 사람이 죽으면 벌통에서 날아온답니다." 하고 사제가 대답했다. 오메는 이 편견들에 대해 응수하지 않았다. 또다시 잠이 들어 있었기 때문이다.

부르니지앵 씨는 약제사보다 더 건장했기 때문에 한동안 계속 뭐라

뭐라 낮은 소리로 말하면서 입술을 움직였다. 이윽고 그 역시 자기도 모르는 사이에 턱을 떨구더니 크고 검은 책을 떨어뜨리고 코를 골기 시작했다.

그들은 배를 앞으로 내밀고 부어오른 얼굴로 인상을 쓰며 서로 마주 보고 잠이 들어 있었다. 그토록 많은 대립의 칼날을 세운 뒤 드디어 인간이면 누구나 갖는 약점에서 서로 의견의 일치를 본 것이었다. 그들은 옆에 잠들어 있는 것 같은 시체와 마찬가지로 꼼짝도 하지 않았다.

샤를이 들어와도 그들은 깨지 않았다. 그게 마지막이었다. 그는 아내에게 작별 인사를 하러 들어온 것이었다.

향초에서는 아직도 연기가 피어오르고 있었고, 푸르스름한 연기가 선회하면서 밖에서 들어오는 안개와 유리창가에서 서로 뒤섞였다. 별이 몇 개 보였다. 온화한 밤이었다.

촛대에서 촛농이 굵은 눈물방울처럼 침대 시트 위로 떨어지고 있었다. 샤를은 촛불이 타는 것을 바라보고 있었다. 노란 불빛에 눈이 피곤해졌다.

달빛처럼 흰 새틴 옷 위에 물결 모양의 무늬들이 일렁이고 있었다. 엠마는 그 밑으로 사라져 가고 있었다. 샤를에게는 엠마가 자기의 몸 밖으로 흘러나와 주위의 사물 속으로, 고요 속으로, 밤의 어둠 속으로, 스쳐 지나가는 바람 속으로, 피어오르는 축축한 향기 속으로 어렴풋이 사라져 가는 것 같았다.

그러다가 그는 갑자기 토트의 뜰 안의 가시 울타리 옆 벤치에 앉아 있는 아내를 그려 보기도 했고, 루앙의 여러 거리와 자기 집 문턱과 베르토 농장의 뜰에 있는 아내를 그려 보기도 했다. 사과나무 밑에서 즐겁게 춤추던 소년들의 웃음소리가 아직도 들려오고 있었다. 방 안은 그녀의 머리카락 향기로 가득 찼고 그녀의 옷은 그의 두 팔 안에서 탁탁 튀기는 소리를 내면서 바스락거렸다. 엠마가 지금 입고 있는 옷은 바로 그때 그 옷이었다!

샤를은 이렇게 오랫동안 사라져 버린 그 모든 행복, 아내의 자태와 몸짓과 목소리를 떠올렸다. 한 가지 절망적인 생각이 지나가면 또 다른 것이 떠오르면서 마치 쇄도하는 밀물처럼 끝없이 밀려왔다.

아주 무서운 호기심이 생겨났다. 그리하여 그는 가슴을 두근거리며 천천히 손가락 끝으로 베일을 쳐들었다. 그러나 두려워 비명을 내지르고 말았고 자고 있던 두 사람이 놀라 잠에서 깼다. 그들은 샤를을 아래층 거실로 데리고 내려갔다.

그런 뒤 펠리시테가 와서 주인이 엠마의 머리카락을 좀 원한다고 말했다.

"그래? 잘라 가!" 하고 약제사가 대꾸했다.

그렇지만 하녀가 감히 자르지를 못하고 있자 약제사가 직접 손에 가위를 들고 다가갔다. 그는 너무도 떨려서 엠마의 관자놀이의 살갗 여러 곳을 찔렀다. 마침내 흥분을 누르려고 안간힘을 쓰면서 오메는 되는대로 두세 번 뭉텅뭉텅 가위질을 했다. 그래서 그 검고 아름다운 머리카락 사이로 흰 살결이 드러나 보였다.

약제사와 사제는 다시 그들의 일에 몰두했지만 이따금 잠이 들기도 했는데 눈을 뜰 때마다 잠만 잔다며 서로를 못마땅하게 생각했다. 그러면 부르니지앵은 방에 성수를 뿌렸고 오메는 염소를 마룻바닥에 조금 뿌렸다.

펠리시테가 그들을 위해 서랍장 위에 브랜디 한 병과 치즈와 커다란 브리오슈 빵 한 개를 갖다 놓았는데, 새벽 4시쯤 되자 약제사는 더 이상 참을 수 없어 한숨을 내쉬며 이렇게 말하는 것이었다.

"아이고, 영양 섭취를 좀 해야 할 것 같네요!"

사제도 전혀 마다하지 않았다. 그는 미사를 드리러 나갔다가 다시 돌아왔다. 그리고 그들은 슬픔의 시간이 지난 뒤 사로잡히는 그 막연한 즐거움에 흥분되어 까닭도 모르고 약간 히죽히죽 웃기까지 하면서 먹고 마셨다. 마지막 술잔을 비울 때는 사제가 약제사의 어깨를 툭툭 치면서 이렇게 말하는 것이었다.

"우린 결국 서로를 이해하게 될 거요!"

그들은 아래층 현관에 이미 도착해 있는 일꾼들과 마주쳤다. 그때부터 샤를은 두 시간 동안 관의 널빤지 위에 울리는 망치 소리의 형벌을 감내해야 했다. 이윽고 엠마의 시신은 떡갈나무 관 속에 안치되고 그 위에 다른 두 개의 관을 다시 끼워 넣었다. 그러나 관이 너무 커서 매트리스의 양털로 틈새를 메워야 했다. 마침내 세 관의 뚜껑을 대패질하고 못을 박아서 땜질을 마친 뒤 문 앞에 옮겨 놓았다. 그런 다음 대문을 활짝 열어젖히자 용빌 사람들이 모여들기 시작했다.

루오 영감이 도착했다. 그는 광장에서 관을 덮어 놓은 검은 천을 보자 정신을 잃었다.

10

루오 영감은 엠마가 죽고 난 지 서른여섯 시간이 지나서야 약제사로부터 편지를 받았었다. 오메 씨는 루오 영감의 민감성을 고려하여 사정을 정확히 잘 파악하지 못하도록 편지를 썼었다.

루오 영감은 편지를 읽고 처음에는 마치 졸도하듯이 쓰러졌다. 곧이어 그는 딸이 죽은 것이 아니라고 이해했다. 그러나 죽었을지도 모른다고 생각했다. 마침내 그는 헐렁한 작업복을 걸치고 모자를 눌러쓰고 구두에 박차를 걸고는 전속력으로 말을 몰았다. 오는 동안 내내 루오 영감은 숨을 헐떡이면서 불안에 시달렸다. 한번은 말에서 내리기까지 해야 했다. 더 이상 눈은 보이지 않고 주위로부터는 헛소리들이 들려와서 미쳐 버릴 것 같았기 때문이다.

해가 떴다. 검은 암탉 세 마리가 나무 위에서 졸고 있는 것이 보였다. 그는 이 흉조에 겁이 나서 등골이 오싹했다. 그래서 그는 미사 때 사제가 입는 상제의 세 벌을 바칠 것과 베르토 묘지에서 바송빌 성당까지 맨발로 순례할 것을 성모 마리아에게 맹세했다.

루오 영감은 마롬 마을에 들어서자 여관집 사람을 소리쳐 부르며 어깨로 문을 밀치고 들어가 귀리 한 자루를 집어 사료 통에 능금주 한 병과 함께 쏟아붓고는 다시 말에 올라탔다. 조랑말은 혈기 충만해져서 필사적으로 달렸다.

그는 의사가 반드시 딸을 살리리라 생각하고 있었다. 의사들이 치료약을 찾으리라 확신하고 있었다. 그는 그동안 들었던 모든 기적적인 치유들을 떠올렸다.

그러다가 또 딸은 이제 그에게 죽은 모습으로 나타났다. 딸이 바로 거기, 그의 눈앞에, 길 한가운데에, 벌렁 누워 있었다. 그는 말고삐를 잡아당겼다. 그러자 환영은 사라져 버렸다.

기운을 차리기 위해 그는 캥캉푸아에서 커피 세 잔을 연거푸 마셨다.

그는 편지의 수취인의 이름을 잘못 썼을 것이라는 생각도 해 보았다. 그래서 주머니 속에 손을 넣어 편지를 찾아 만져 보았지만 감히 꺼내 펴 보지는 못했다.

루오 영감은 마침내 그게 어쩌면 '짓궂은 장난'이거나 아니면 누군가의 앙갚음이거나 아니면 기분 좋게 술 한잔 마신 자의 변덕일 거라고 추측하기에 이르렀다. 더군다나 만약 딸이 죽었다면 누구나 그걸 알고 있을 것이 아닌가? 아니야, 절대 죽었을 리 없다! 들판에는 특별한 게 아무것도 없었다. 하늘은 푸르고 나무들은 흔들거리고 양 떼 한 무리가 지나갔다. 마을이 눈에 들어왔다. 사람들은 말 등에 몸을 바짝 구부리고 달려오는 그를 보았다. 그는 채찍을 세게 휘둘러 댔고 말의 뱃대끈에서는 핏

방울이 흘러내리고 있었다.

의식을 되찾자 그는 눈물을 쏟으며 보바리의 품에 쓰러졌다.

"내 딸! 엠마가! 내 아이가! 말 좀 해 주겠는가?"

그러자 보바리는 흐느끼면서 대답했다.

"모르겠습니다, 저도 모르겠어요! 날벼락입니다!"

약제사가 그들을 떼어 놓았다.

"이 끔찍한 일을 자세히 설명드릴 필요는 없습니다. 제가 가르쳐 드리겠습니다. 손님들이 이렇게 오고 있잖아요. 이러지 마시고 품위를 지키세요! 평정을 잃지 마세요!"

가련한 사내는 의연하게 보이려고 몇 번이나 이렇게 되풀이했다.

"그러겠습니다……, 용기를 내야지!"

"아니, 아니야! 나도 용기를 내야지, 어떻게든! 딸애를 끝까지 따라가겠어." 하고 영감이 소리쳤다.

종이 울리고 있었다. 준비가 다 끝났다. 이제 떠나야만 했다.

성가대석 앞에 나란히 붙어 앉아 있는 그들 앞으로 세 명의 성가대원이 끊임없이 왔다 갔다 하며 시편을 읊조리고 있었다. 뱀 모양의 관악기 주자가 가슴이 터져라 나팔을 불어 댔다. 정장을 한 부르니지앵은 날카로운 목소리로 성가를 불렀다. 이어 성궤에 대고 절을 한 다음 두 손을 쳐들어 팔을 벌리곤 했다. 레스티부두아는 고래 뼈로 만든 단장을 들고 성당 안을 돌아다니고 있었다. 보면대(譜面臺) 옆에는 관이 놓여 있었고 네 줄의 촛불이 그것을 에워싸고 있었다. 샤를은 일어서서 그것들을 꺼 버리고 싶었다.

그렇지만 그는 신앙심을 불러일으켜서 아내와 다시 만나게 될 내세에 대한 희망 속으로 뛰어 들어가 보려고 노력했다. 그는 아내가 오래전부터 아주 먼 곳으로 여행을 떠나 있다고 상상해 보았다. 그러나 아내는 지금 저 밑에 있고 모든 것이 다 끝나 곧 땅속에 묻힌다는 생각이 들자 그는 절망적이고 증오 어린 극심한 분노에 사로잡혔다. 이따금 더 이상 아무것도 느낄 수 없는 것 같기도 했고, 비참한 인간이 된 것을 스스로 깊이 자책하면서도 고통이 완화되는 것을 음미하고 있었다.

그때 쇠를 박은 지팡이로 포석을 두드리는 것 같은 둔탁한 소리가 규칙적으로 들려왔다. 그것은 성당 안쪽에서 들려오다가 측랑에서 갑자기 멈춰 섰다. 큼직한 갈색 상의를 입고 있는 사내가 힘들게 무릎을 꿇었다. '황금빛 사자' 여관집 하인 이폴리트였다. 그는 새 의족을 끼고 있었다.

성가대원 중의 한 사람이 헌금을 거두려 신자들이 앉아 있는 중앙 홀을 한 바퀴 돌았다. 큰 동전들이 차례차례 은 접시 위에 던져지는 소리가 났다.

"빨리 좀 해요! 정말 괴롭소!" 하고 보바리가 화를 내며 5프랑짜리 동전 한 닢을 던져 넣으면서 소리쳤다.

그는 꾸벅 절을 하며 그에게 감사를 표했다.

사람들은 성가를 불렀다가 무릎을 꿇었다가 또 일어섰다가를 반복했는데, 그 일이 좀처럼 끝날 줄을 몰랐다! 샤를은 결혼 초에 단 한 번 아내와 함께 미사에 참석했던 기억을 떠올렸다. 그들은 저쪽 오른쪽 벽 밑에 앉아 있었다. 종소리가 또 울리기 시작했다. 의자 움직이는 소리가 또 한 번 크게 났다. 관 메는 일꾼들이 세 개의 막대기를 관 밑으로 밀어 넣었다. 그리고 모두들 성당 밖으로 따라 나왔다.

그때 쥐스탱이 약방의 문지방에 나타났다. 그는 갑자기 얼굴이 새파래지더니 비틀거리며 다시 약방 안으로 들어가 버렸다.

마을 사람들은 창문에 기대어 서서 장례 행렬이 지나가는 것을 구경하고 있었다. 샤를은 맨 앞에서 몸을 꼿꼿이 하고 걷고 있었다. 그는 담대한 척하면서 골목이나 문에서 나와 군중 속에 합류하는 사람들에게 눈짓으로 인사를 보냈다. 관 양쪽에는 셋씩 모두 여섯 사람이 숨을 헐떡이며 종종걸음으로 걷고 있었다. 사제들과 성가대원들, 그리고 두 복사가

'애도가'를 부르고 있었는데, 그들의 목소리는 물결치듯 높아졌다가 낮아졌다가 하면서 들판으로 퍼져 가고 있었다. 이따금 그들은 오솔길 모퉁이에서 사라져 보이지 않기도 했지만 커다란 은 십자가는 언제나 나무들 사이로 솟아 있었다.

여인들은 접힌 두건이 달린 소매 없는 검정색 외투를 입고 따라가고 있었다. 그들은 타고 있는 커다란 촛불을 손에 하나씩 들고 있었다. 그래서 샤를은 촛불과 수단에서 풍기는 구역질 나는 냄새 속에서 그 끊임없이 반복되는 기도와 촛불들 때문에 기절할 것만 같았다. 시원한 산들바람이 불어오고 있었다. 호밀과 유채가 푸르렀고 길가의 가시울타리 위에는 이슬방울들이 떨고 있었다. 멀리서 바큇자국을 따라 삐걱거리며 굴러가는 수레바퀴 소리, 계속되는 수탉 우는 소리, 사과나무 밑으로 달아나는 망아지의 발굽 소리 등 온갖 종류의 즐거운 소리가 지평선까지 가득 차 있었다. 맑은 하늘에는 장밋빛 구름이 얼룩져 있었고 붓꽃으로 뒤덮인 초가지붕 위에는 푸르스름한 빛이 낮게 깔려 있었다. 샤를은 지나가면서 농가의 낯익은 뜰들을 알아보았다. 그는 환자를 왕진한 다음 이런 뜰을 거쳐 아내에게로 돌아가곤 했던 아침나절을 떠올렸다.

흰 눈물 모양의 무늬가 여기저기 그려진 검은색 관 덮개가 이따금 바람에 들춰져 관이 드러나 보이곤 했다. 관 메는 일꾼들이 지쳐서 발걸음을 늦추곤 했다. 그래서 관은 파도가 칠 때마다 흔들리는 작은 배처럼 줄곧 불규칙하게 흔들리면서 앞으로 나아갔다.

묘지에 도착했다.

남자들은 아래쪽 잔디밭 가운데 묘혈을 파 놓은 곳까지 계속 내려갔다.

사람들이 그 주위에 둘러섰다. 사제가 기도를 올리는 동안 가장자리에 파 놓은 붉은 흙이 여기저기에서 소리 없이 계속 흘러내리고 있었다.

이윽고 밧줄 네 개가 놓이자 관을 그 위에 올려놓았다. 샤를은 묘혈 속으로 관이 내려가는 것을 보고 있었다. 그것은 끝없이 내려가고 있었다.

마침내 관이 땅에 부딪치는 소리가 쿵 하고 들렸다. 밧줄들이 쓸리는 소리를 내면서 다시 올라왔다. 그러자 부르니지앵은 레스티부두아가 건네는 삽을 받아 들었다. 그는 오른손으로는 계속 성수를 뿌리면서 왼손으로 흙을 크게 한 삽 떠서 힘차게 밀어 넣었다. 그러자 관 널빤지에 자갈 부딪치는 소리가 우르르르 하고 크게 들렸는데, 마치 영원의 메아리인 것만 같았다.

사제는 성수 살포기를 옆 사람에게 건네주었다. 오메 씨였다. 그는 그것을 엄숙하게 흔든 다음 샤를에게 건네주었다. 샤를은 흙이 무릎까지 덮도록 털썩 주저앉아서 두 손에 흙을 가득 담아 뿌리면서 "잘 가요!" 하고 크게 소리쳤다. 그는 죽은 아내에게 여러 번 키스를 보냈다. 그러면서 아내와 함께 파묻히겠다며 무덤 안으로 기어 들어갔다.

사람들은 그를 끌어냈다. 그러자 그는 모든 다른 사람들처럼 마침내 일을 끝냈다는 막연한 만족감을 느껴서인지 곧 진정이 되었다.

루오 영감도 돌아오면서 태연하게 파이프 담배를 한 대 피우기 시작했다. 오메는 내심 그것을 바람직한 일이 못 된다고 생각했다. 그는 또 비네 씨가 나타나지 않았던 일, 튀바쉬가 미사를 마치자 '도망쳐 버린' 일, 그리고 공증인의 하인 테오도르가 (이런 제기랄! 예의인데도 마치 검은 예복을 구할 수 없다는 듯) 푸른색 옷을 입고 온 것을 지적했다. 그리고 자기가 관찰한 그 사실들을 알리기 위해 그는 모여 있는 사람들 사이를 여기저기 돌아다녔다. 그들은 엠마의 죽음을 애도하고 있었다. 특히 뢰뢰가 그랬는데, 그는 장지까지 따라오는 것을 잊지 않았다.

"얼마나 가엾은 부인인지! 남편께서는 또 얼마나 괴로우시겠어요!"

약제사가 말을 받았다.

"아시겠지만, 내가 아니었다면 저분은 스스로에게 뭔가 치명적인 일을 저질렀을 겁니다!"

"그렇게도 착하신 부인인데! 지난 토요일에는 우리 가게에서 뵙기까지 했는데!"

"내겐 저분의 무덤에 바칠 몇 마디 말을 준비할 시간도 없었습니다." 하고 오메가 말했다.

집으로 돌아오자 샤를은 입고 있던 옷을 갈아입었다. 루오 영감도 다시 푸른 작업복을 걸쳤다. 그 옷은 새것이었는데 딸 집에 오는 동안 종종 소매로 눈물을 훔쳤기에 얼굴에 작업복 물이 들어 있었다. 그리고 얼굴을 더럽힌 먼지 막 위에는 몇 줄기 눈물 자국이 남아 있었다.

보바리의 어머니도 그들과 함께 남아 있었다. 그들 셋 모두 말이 없었다. 마침내 루오 영감이 한숨을 내쉬며 말했다.

"여보게, 자네가 첫 번째 아내를 잃고 얼마 안 됐을 때 내가 토트에 한 번 갔었는데 기억나는가? 그때 난 자네를 위로해 주었었어! 해 줄 말이 있었거든. 하지만 지금은……."

그리고는 가슴이 온통 쳐들릴 정도로 길게 한숨을 내뱉으면서 말했다.

"아아! 자네도 알겠지만 내겐 이번이 마지막이야! 아내를 먼저 보냈지……. 다음엔 아들, 그리고 오늘은 이렇게 딸까지!"

루오 영감은 이 집에서는 잠이 오지가 않는다며 즉시 베르토로 돌아가려 했다. 그는 손녀를 보는 것조차 마다했다.

"아냐! 싫네! 너무 큰 상처만 받을 것 같네. 자네나 그저 따뜻하게 잘 안아 주게! 그럼, 잘 있게……. 자넨 참 좋은 사람이야! 그리고 이걸 절대로 잊지 않겠네. 염려 말게나, 칠면조도 계속 보내 줄 테니." 하고 그가 자기의 넓적다리를 툭 치면서 말했다.

그러나 언덕 꼭대기에 이르자 루오 영감은 옛날에 딸과 헤어지면서 생 빅토르 길에서 그랬던 것처럼 뒤를 돌아보았다. 목초지 위로 지는 해의 기운 햇살에 마을의 창문들이 붉게 타오르는 것 같았다. 그는 한 손을 들어 눈앞을 가렸다. 지평선 부근에 담장으로 둘러쳐진 곳이 눈에 들어왔다. 그 안에는 흰 바위들 사이에 나무들이 여기저기 검은 덤불숲을 이루고 있었다. 조랑말이 다리를 절뚝거렸기 때문에 그는 느릿느릿 길을 갔다.

샤를과 그의 어머니는 저녁에 피곤함에도 불구하고 아주 오랫동안 함께 이야기를 나눴다. 그들은 지난 일과 다가올 일을 이야기했다. 샤를의 어머니는 용빌에 와서 아들과 함께 살면서 살림을 꾸려 나갈 것이었다. 이제 그들은 떨어져 살지 않을 것이었다. 샤를의 어머니는 그토록 오래 전부터 빼앗겼던 아들의 애정을 되찾는다는 생각에 내심 기뻐하며 아들에게 다정하고 은근하게 대했다. 자정의 종소리가 울렸다. 마을은 평상시처럼 고요했다. 샤를은 잠을 이루지 못하고 여전히 아내를 생각하고 있었다.

기분을 풀려고 온종일 숲을 휘젓고 돌아다녔던 로돌프는 자기 저택에서 편안히 잠을 자고 있었다. 레옹도 저 멀리 거기에서 자고 있었다.

그러나 그 시간에 잠을 이루지 못하고 있는 사람이 또 하나 있었다.

전나무들 사이 무덤가에서 한 아이가 무릎을 꿇고서 울고 있었다. 흐느낌으로 찢어질 듯한 그의 가슴은 달빛보다도 더 부드럽고 밤보다도 더 헤아릴 수 없는 무한한 회한에 짓눌려 어둠 속에서 헐떡이고 있었다. 갑자기 철책 문이 삐거덕거리는 소리가 났다. 레스티부두아였다. 아까 두고 간 삽을 찾으러 온 것이었다. 그는 담을 기어 넘어 도망가는 쥐스탱을 알아보았다. 그때서야 그는 자기의 감자를 훔쳐 가곤 했던 도둑놈이 누군지를 알게 되었다.

11

다음 날 샤를은 어린 딸을 다시 데려오게 했다. 아이는 엄마를 찾았다.

엄마는 지금 집에 없다고, 곧 돌아올 텐데 장난감을 사 가지고 올 거라고 아이에게 대답해 주었다. 베르트는 여러 번 엄마에 대해 말했지만, 마침내 더 이상 생각하지 않게 되었다. 어린애가 즐겁게 노는 것을 보고 보바리는 몹시 가슴이 아팠다. 그는 또 약제사의 견딜 수 없는 위로의 말을 참고 들어야 했다.

돈 문제가 곧 다시 시작되었다. 뢰뢰가 친구 뱅사르를 다시 부추겼기 때문이다. 그래서 샤를은 터무니없이 많은 빚을 짊어지게 되었다. 왜냐하면 '그녀'의 것이었던 가구라면 아무리 하찮은 것일지언정 파는 데 절대로 동의하지 않았기 때문이다. 어머니는 아들의 그런 태도에 크게 화를 냈다. 아들은 어머니보다 더 화를 냈다. 샤를은 완전히 변해 있었다. 어머니는 집을 떠나 버렸다.

그러자 저마다 그를 '이용해 먹기' 시작했다. 랑프뢰르 양은 엠마가 (보바리에게 보여 주려 영수증에 서명했지만) 한 번도 레슨을 받은 적이 없었음에도 불구하고 6개월분의 레슨비를 요구했다. 영수증 문제는 그녀들 둘 사이의 합의였다. 도서 대여실에서는 3년치의 구독료를 청구했다. 롤레 부인은 약 스무 통의 편지 우송료를 요구했다. 그래서 샤를이 그 이유를 묻자 그녀에게서 아주 미묘한 대답이 돌아왔다.

"아! 저야 아무것도 모르지! 부인의 일로 보냈던 것이니까요."

빚을 갚을 때마다 샤를은 이젠 다 갚았다고 생각했다. 그러나 계속 또 다른 빚이 불쑥 나타나곤 했다.

샤를은 오래전의 왕진료 미불금들을 받으려 했다. 그러면 사람들은 그의 아내가 보냈던 편지들을 내밀었다. 그래서 그는 사과를 해야만 했다.

펠리시테가 이제는 엠마의 옷을 입었다. 그러나 전부 입었던 것은 아니다. 그중 몇 벌은 샤를이 보관하고 있었기 때문이다. 그는 아내가 화장을 하던 방으로 그 옷들을 보러 가 거기에 틀어박혀 있곤 했다. 펠리시테는 그의 아내의 몸 사이즈와 거의 같았다. 그래서 샤를은 종종 하녀의 뒷모습을 볼 때마다 어떤 환영에 사로잡혀 이렇게 같은 말을 되풀이하곤 했다.

"오오! 그대로 있어 봐! 그대로!"

그러나 성심 강림절 날 그녀는 옷장에 남아 있던 옷을 모두 훔쳐 가지고는 테오도르를 따라 용빌에서 도주해 버렸다.

과부인 뒤피 부인이 '이브토의 공증인이자 자기의 아들인 레옹 뒤피와 봉드빌의 레오카디 르뵈프 양의 결혼'을 샤를에게 통지하는 영광을 갖게 된 것은 바로 그 무렵이었다. 샤를은 레옹에게 축하의 말을 써서 보냈는데, 그 가운데는 이런 문장도 있었다.

'내 가엾은 아내가 얼마나 기뻐했을지요!'

어느 날 별생각 없이 집 안을 이리저리 돌아다니다가 다락방까지 올라가게 되었는데, 샤를은 신고 있던 실내화 밑창에서 동글동글하게 뭉쳐진 얇은 종이가 밟히는 것이 느껴졌다. 그는 그걸 펴 보았다. 거기에는 이렇게 적혀 있었다. '용기를 내세요, 엠마! 용기를 내요! 저는 당신의 삶을 불행하게 만들고 싶지는 않습니다.' 그것은 로돌프의 편지로, 다락방에 놓여 있던 상자 사이의 바닥에 떨어졌다가 천창으로 들어온 바람 때문에 문 쪽으로 밀려와 있었던 것이다. 샤를은 예전에 엠마가 자기보다 훨씬 더 파리해져서는 절망으로 죽으려 했던 바로 그 자리에 입을 다물지 못하고 꼼짝 않고 서 있었다. 마침내 그는 두 번째 장 아랫부분에 쓰인 소문자 R을 발견했다. 이게 누구더라? 그는 로돌프가 엠마에게 베풀었던 호의들, 갑작스럽게 사라진 것, 그리고 그 후 두세 번 만났을 때 그가 보여 주었던 어색한 표정이 생각났다. 하지만 편지의 정중한 어조가 그를 착각하게 만들었다.

'둘이 아마 플라토닉한 사랑을 했던 것 같아.' 하고 그는 생각했다.

게다가 샤를은 사태의 핵심을 파고드는 그런 부류가 아니었다. 그리하여 그는 명백한 증거물 앞에서 물러나 버렸고 그의 어렴풋한 질투심은 무한한 슬픔 속에서 사라져 버리고 말았다.

　사람들은 틀림없이 아내를 무척 좋아했을 것이라고 그는 생각했다. 남자라면 누구나 아내를 탐냈을 것임에 틀림없다. 그렇게 생각하니 아내가 한층 더 아름답게 생각되었다. 그러자 그녀에 대한 끈질긴 욕망이 더욱 고조되면서 미칠 것 같았다. 그의 절망감에 불을 지르는 그 욕망은 이제는 실현 불가능한 것이기에 더더욱 끝이 없었다.

　샤를은 마치 아내가 살아 있는 것처럼 그녀를 즐겁게 해 주기 위해 그녀가 특히 좋아했던 것들과 생각들에 맞춰 나갔다. 그리하여 에나멜 구두를 샀고 흰 넥타이를 맸다. 콧수염에 포마드를 발랐고, 그녀처럼 약속 어음에 서명했다. 엠마는 무덤 저편에서 샤를을 타락시키고 있었던 것이다.

　샤를은 은 제품을 하나하나 팔지 않을 수 없었다. 다음에는 거실의 가구들을 팔았다. 모든 방의 장식물들이 팔려 없어져 버렸다. 그러나 방, 그녀의 침실만은 옛날과 같이 그대로였다. 저녁을 먹고 나면 샤를은 거기로 올라가곤 했다. 난로 앞으로 둥근 탁자를 밀쳐놓고 '그녀의' 안락의자를 옆에 가져다 놓았다. 그러고는 그 안락의자와 마주하고 앉았다. 도금한 촛대들 가운데 하나에서 촛불이 타고 있었다. 그 옆에서는 베르트가 판화에 색칠을 했다.

　가엾은 샤를은 가정부가 거의 신경을 쓰지 않아 딸이 끈 없는 장화를 신고 소매가 허리까지 찢어진 블라우스를 입는 등 옷차림이 형편없는 것을 보면서 괴로웠다. 그러나 아이는 너무도 유순하고 사랑스러웠다. 아름다운 금발을 장밋빛 볼 위로 늘어뜨리고 귀여운 머리를 우아하게 숙이고 있는 모습은 그에게 무한한 희열을 가져다주었다. 그것은 잘못 빚어져 송진 냄새가 나는 포도주처럼 온통 쓴맛이 섞인 기쁨이었다. 그는 장난감을 수선해 주기도 하고 마분지로 꼭두각시 인형을 만들어 주거나 인형의 터진 배를 다시 꿰매 주기도 했다. 그러다가 바느질 상자나 널브러져 있는 리본, 또는 탁자 틈새에 끼여 있는 바늘 하나만 눈에 띄어도 그는 공상에 잠기기 시작했는데, 그럴 때마다 그가 너무도 슬픈 모습이어서 아이도 아빠처럼 슬퍼지는 것이었다.

이제 아무도 그들 부녀를 보러 오지 않았다. 쥐스탱은 루앙으로 달아나서 식료품점 점원이 되었고, 오메 씨가 그들의 사회적 지위가 달라진 것을 보고 친밀한 관계를 지속시키려고 하지 않았기에 약제사의 아이들도 갈수록 베르트를 보러 오지 않았기 때문이다.

그가 자신이 만든 연고로 치료해 주지 못한 그 맹인은 부아 기욤 언덕으로 돌아가서 그곳을 지나가는 사람들에게 약제사의 무익한 시도에 대해 떠들어 대는 바람에 오메는 루앙에 갈 때면 맹인과 마주치는 것을 피하려고 '제비호'의 커튼 뒤로 몸을 숨길 정도였다. 그는 맹인을 몹시 싫어했다. 그래서 그 자신의 평판을 위해서라도 어떻게든 그를 쫓아 버리고 싶었기에 그는 자기의 지혜의 깊이와 허영심의 악랄함을 드러내 보여 주는 계략을 몰래 세웠다. 그리하여 사람들은 6개월 동안 〈루앙의 표지등〉지에서 다음과 같이 씌어진 짤막한 기사들을 읽을 수 있었다.

'비옥한 피카르디 지방 쪽으로 향해 가는 사람은 누구나 필시 부아 기욤 언덕에서 얼굴에 끔찍한 상처가 있는 한 빈자를 보게 될 것이다. 그는 당신들에게 귀찮게 굴고 괴롭히고 여행자들에게 진짜 세금을 징수한다. 우리는 아직도 부랑자들이 십자군 원정에서 옮겨 온 나병과 연주창을 공공장소에 드러내는 것을 허용했던 중세의 그 흉측한 시대에 살고 있는 것인가?'

또는 이런 기사도 있었다.

'부랑을 금지하는 법이 제정되어 있음에도 불구하고 우리의 대도시 변두리에는 여전히 거지 떼들이 들끓고 있다. 혼자 돌아다니는 부랑자도 있지만 물론 위험한 것은 마찬가지다. 우리의 시 당국자들은 무엇을 생각하고 있는가?'

오메는 또 이런 일화들을 꾸며 내기도 했다.

'어제, 잘 놀라는 말 한 마리가 부아 기욤 언덕에서……' 그러고는 그 뒤로 그 맹인의 모습을 보고 놀라 일어난 우발적 사고에 대한 이야기가 이어졌다.

그가 너무도 솜씨 좋게 일 처리를 했기에 맹인은 투옥되고 말았다. 그 러나 그는 다시 풀려났다. 맹인은 다시 그 짓을 시작했다. 그러자 오메도 다시 시작했다. 그것은 싸움이 되어 버렸다. 오메가 승리했다. 그의 적이 구제원에 종신 칩거를 선고받았기 때문이다.

이 성공으로 그는 더 대담해졌다. 그래서 그때부터 이 지역에서는 마 차에 치인 개, 불이 난 곳간, 매 맞은 여인 등 어느 것 하나 그가 기사화하 지 않은 것이 없었는데, 오로지 진보에 대한 사랑과 사제들에 대한 증오 에서였다. 그는 종교 교육소를 비판하면서 그것을 공립 학교와 비교하였 고, 교회에 주어진 100프랑의 보조금 건에 관해서는 성 바르텔레미 대학 살 사건을 상기시켰으며, 악습들을 고발했고 독설을 날렸다. 그의 말은 죄다 그런 식이었다. 오메는 사회 체제를 위태롭게 하고 있었다. 그는 위 험한 인물이 되어 가고 있었다.

그러나 그는 저널리즘의 좁은 한계 속에서 답답해했다. 그래서 곧 책 이, 저작물이 필요했다. 그리하여 그는 〈용빌 지역의 일반 통계 및 기후 학적 관찰〉을 썼고, 통계학은 그를 철학으로 나아가게 했다. 그는 사회 문제, 빈곤 계층의 교화, 양어법, 고무 제조업, 철도 등 굵직한 문제들에 몰두했다. 마침내 그는 자신이 일개 중산층의 보통 시민일 뿐임을 부끄 러워하기에 이르렀다. 그는 '예술가 족속'인 척하며 담배를 피웠다. 자 신의 거실을 꾸미기 위해 퐁파두르 양식의 '멋진' 소상(小像) 두 점을 구 입했다.

오메는 그렇다고 약방을 소홀히 하지는 않았다. 아니 그 반대였다! 그 는 의학적 발견들에 대해 늘 아주 잘 알고 있었다. 초콜릿 시장의 큰 변화에도 관심을 기울였다. 그는 센 앵페리외르 지방에 '쇼-카'와 '르발렌시아'[63]를 최초로 들여왔던 사람이기도 하다. 그는 퓔베르마셰식 수력 전기 장치에도 열광하여 자신도 직접 하나를 몸에 지니기도 했다. 그리하여 밤에 그가 플란넬 조끼를 벗을 때면 오메 부인은 몸을 온통 감싸고 있는 금빛의 나선형 줄들에 감탄을 금치 못했는데 스키타이 인보다도 더 비틀어 매어 동방 박사처럼 눈부신 이 남자에 대한 자신의 열정이 배가 되는 것을 느꼈다.

오메는 또 엠마의 무덤에 대해서도 멋진 생각들을 가지고 있었다. 처음에는 천을 두른 기둥 토막을 제안했다가 다음에는 피라미드를, 그다음에는 원형 건물 양식의 베스타 신전 모양이거나…… 아니면 '폐허의 더미'를 제안했다. 그리고 또 이 모든 계획들에는 자기 생각에 슬픔의 상징으로 없어서는 안 될 수양버들이 빠져서는 안 된다고 고집했다.

샤를과 그는 루앙에 함께 나가서 한 장의사를 찾아가 묘비들을 구경했다. 브리두의 친구로 보프릴라르라는 한 화가도 동행했는데 그는 끊임없이 신소리를 지껄여 댔다. 100여 개의 도안을 살펴보고 견적서를 떼어 본 다음 다시 한 번 루앙을 다녀와서 샤를은 마침내 앞뒤 면에 '꺼진 횃불을 든 정령'을 새긴 영묘(靈廟)형으로 정했다.

비명에 대해서는 오메는 '나그네여, 발길을 멈추어라(Sta viator)!' 만큼 멋진 것이 생각나지 않아 그 정도로 그쳤다. 그는 더 좋은 것을 찾으려 기억을 더듬어 보았지만 '나그네여, 발길을 멈추어라!'만 되풀이할 뿐이었다. 드디어 그는 '사랑스러운 아내 여기 잠들다(amabilem conjugem calcas)!'라는 문구를 생각해 냈고, 그것이 채택되었다.

이상한 일은 보바리가 엠마를 끊임없이 생각하고 있음에도 불구하고 그녀를 잊어 가고 있었다는 사실이다. 샤를은 엠마를 마음속에 붙잡아

---

63) 밀가루를 주재료로 이용하여 만든 환자용 음식.

두려고 노력하는 중에도 자기의 기억에서 엠마의 모습이 사라지는 것을 느끼는 데 대해 실망하고 있었다. 그렇지만 그는 밤마다 엠마를 꿈에서 보았다. 항상 똑같은 꿈이었다. 그는 아내에게 다가가지만 껴안으려고 하면 아내는 그의 품속에서 썩어 문드러져 버렸다.

한 주일 동안 저녁이면 그가 성당으로 들어가는 것이 보였다. 부르니지앵도 그를 두세 번 찾아가고 난 다음 그만두었다. 한편으로 오메의 말에 의하면 그 노인이 불관용적이고 광신적으로 되어 가고 있다는 것이었다. 사제는 시대정신에 노발대발했고 두 주일마다 하는 설교에서는 누구나 다 알고 있는 그 이야기, 즉 자신의 배설물을 먹으면서 죽은 볼테르의 임종 이야기를 빼놓지 않았다.

아껴서 생활하고 있음에도 불구하고 보바리는 도저히 옛날 빚을 상환할 수 없었다. 뢰뢰는 어떤 어음도 갱신해 주기를 거절했다. 압류가 임박했다. 그러자 보바리는 어머니에게 도움을 청했다. 어머니는 자기 재산을 저당 잡혀도 좋다고 승낙은 했지만 엠마에 대한 비난을 몽땅 적어 보냈다. 그리고 자기가 그렇게 희생하는 대가로 펠리시테가 훔쳐 가지 못한 숄을 보내 달라고 했다. 샤를은 거절했다. 그들은 사이가 틀어졌다.

어머니는 손녀를 보내 주면 위안이 될 것이라고 제안하면서 먼저 화해를 청했다. 아들은 동의했다. 그러나 정작 떠나보내려는 순간 용기가 싹 사라져 버렸다. 그러자 그들 간에는 완전하고 결정적인 단절이 오고 말았다.

애정을 쏟을 대상이 사라져 감에 따라 보바리는 아이에게 더욱 사랑을 쏟게 되었다. 그러나 딸이 걱정이 되었다. 이따금 기침을 하고 양쪽 광대뼈 주위로 붉은 반점이 생겼기 때문이다.

반면 샤를의 눈앞에 보이는 약제사 가족은 번창과 행복이 가득한 모습이었고 세상만사가 곧 즐거움이었다. 나폴레옹은 조제실에서 아버지를 도왔고 아탈리는 그의 그리스식 모자에 수를 놓아 주었고 이르마는 잼 통을 덮을 종이들을 둥글게 오려 놓았고 프랑클랭은 구구단을 단숨에 외워 대는 것이었다. 오메는 세상에서 가장 행복한 아버지였고 가장 운이 좋은 사람이었다.

잘못 생각했다! 남모를 야심이 그를 괴롭히고 있었던 것이다. 오메는 훈장을 타고 싶었다. 자격이 없는 것은 아니었다.

첫째, 콜레라가 유행했을 때 무한한 헌신으로 이름을 떨친 점. 둘째 자비를 들여 공익성 저서를 출판했다는 점. 이를테면 그는 〈능금주와 그 제작법과 효과 그리고 그에 대한 몇 가지 새로운 고찰〉이라는 제목의 논문과 아카데미에 보낸 바 있는 털진덧물에 대한 고찰들, 통계학에 관한 저서, 그리고 자신의 약제사 논문까지 기억해 보았다. 그리고 '이런 것들을 그만두고라도 여러 학회의 회원(그러나 그는 한 학회의 회원일 뿐이었다)이라는 점.

"하기야 화재가 발생했을 때 나서서 이름을 떨친 것만으로도 충분하겠지만!" 하고 그는 발끝으로 한 바퀴 빙그르르 돌면서 중얼거렸다.

그래서 오메는 권력 쪽으로 기울어 갔다. 그는 선거에서 은밀히 도지사를 크게 도왔다. 그는 마침내 몸을 팔고 말았다. 지조를 버린 것이다. 심지어 '자신의 공적을 인정해 달라.'고 간청하는 청원서를 군주에게 보내기까지 했는데 그는 군주를 '우리의 훌륭하신 국왕!'이라고 칭하면서 앙리 4세에 비유하기도 했다.

그리고 매일 아침 약제사는 자기의 훈장 지명 소식이 있는가를 확인하기 위해 서둘러 신문을 펼쳐 들곤 했다. 그러나 그 소식은 없었다. 마침내 그것에 더 이상 집착하지 않게 된 그는 뜰에 레지옹 도뇌르 훈장의 별 모양을 본떠 잔디를 디자인하게 하고, 거기에 달린 리본을 흉내 내기 위해 그 꼭대기에서부터 풀로 된 두 줄기의 꽈배기 모양의 끈이 내려오도록 만들어 놓았다. 그리고 그는 팔짱을 끼고 정부의 무능과 인간의 배은망덕에 대해 깊이 생각하면서 그 주위를 어슬렁대며 거닐곤 했다.

엠마에 대한 존중에서든 아니면 뭔가를 천천히 뒤져 봄으로써 맛보는 일종의 관능적 쾌감에서든 샤를은 아직 아내가 상용하던 자단 탁자의 비밀 서랍을 열어 보지 않고 있었다. 어느 날 마침내 샤를은 그 앞에 앉아서 열쇠를 돌리고 서랍의 용수철을 밀었다. 레옹에게서 받은 편지가 전부 그 안에 들어 있었다. 더 의심의 여지가 없었다, 이번에는! 그는 마지막 한 통까지 모조리 읽어 보았다. 그러고는 정신을 잃고 미친 듯이 흐느끼기도 하고 울부짖기도 하면서 모든 가구와 서랍에서부터 벽 뒤쪽까지 구석구석 뒤져 보았다. 그는 상자 하나를 발견했다. 한번에 걷어차서 부쉈다. 뒤죽박죽이 된 연애편지들 속에서 로돌프의 초상화가 그의 얼굴로 날아들었다.

사람들은 실의에 젖어 있는 그를 보고 놀랐다. 그는 이제 밖으로 나오지 않았고 문을 열어 주지 않았으며 환자를 왕진하는 것까지도 거절했다. 그러자 사람들은 그가 '집에 틀어박혀 술만 마시고 있다.'고 말하는 것이었다.

그러나 이따금 호기심 많은 사람이 뜰의 울타리 위로 몸을 치켜세우고 안을 들여다보면 덥수룩한 수염에 지저분한 옷을 걸친 채 험상궂은 얼굴로 이리저리 거닐면서 큰 소리로 몹시 슬프게 울고 있는 것이 보여 대경실색을 했다.

여름이 되자 그는 저녁이면 어린 딸을 엠마의 묘지에 데리고 가곤 했다. 그들은 밤이 깊어 돌아왔는데 광장에는 비네의 천창만이 불이 밝혀져 있을 뿐이었다.

그러나 그의 고통이 주는 쾌락은 완전한 것이 못 되었다. 주변에 그것을 함께 나눌 사람이 아무도 없었기 때문이다. 그리하여 그는 르프랑수아 부인을 몇 번 찾아가 '그녀'에 대해 이야기를 나눌 수 있었다. 그러나 여관집 안주인도 샤를과 마찬가지로 괴로운 일이 좀 있어서 그의 말을 한쪽 귀로 흘려들을 뿐이었다. 뢰뢰가 마침내 '레 파보리트 드 코메르스'

라는 역마차 회사를 얼마 전에 세운 데다 용무를 잘 처리해 주어 평판이 아주 좋은 이베르가 급료 인상을 요구하면서 들어주지 않을 경우 '경쟁 회사'로 가 버리겠다고 위협하고 있기 때문이었다.

말—마지막 남은 재산인—을 팔러 아르괴이 시장에 갔던 어느 날, 샤를은 로돌프를 만났다.

그들은 서로를 알아보자 머쓱해졌다. 엠마가 죽었을 때 엽서만 보내고 말았던 로돌프는 처음에는 몇 마디 변명을 중얼거리더니 이윽고 대담해져서 뻔뻔스럽게도 (8월이어서 아주 더웠다) 선술집으로 맥주나 한잔 마시러 가자는 말까지 했다.

팔꿈치를 괴고 샤를과 마주 앉은 로돌프는 이야기를 하면서 여송연을 씹어 댔고 샤를은 아내가 사랑했던 그 인물을 앞에 놓고 여러 몽상에 잠겼다. 샤를은 그에게서 아내의 것이었던 뭔가를 다시 보는 것 같았다. 그 것은 감탄스러운 일이었다. 그는 자기가 이 남자가 되고 싶었다.

상대방은 경작과 가축과 사료에 대한 이야기를 계속 늘어놓으면서 어떤 암시가 끼어들 수도 있는 틈만 생기면 그저 그렇고 그런 이야기들로 틀어막았다. 샤를은 그의 말을 듣고 있지 않았다. 로돌프는 그것을 알아차리고서 그의 표정의 변화에 따라 일어나는 추억들의 추이를 따라가고 있었다. 샤를의 얼굴은 점점 붉어지고 콧구멍은 빠르게 벌름거리며 입술은 떨리고 있었다. 심지어 치밀어 오르는 분노에서 샤를이 어두운 표정으로 로돌프를 노려보자 그는 공포 같은 것을 느끼면서 말을 멈춰 버리기까지 했다. 그러나 곧 샤를의 얼굴에는 전과 마찬가지로 낙담한 표정이 침울하게 다시 나타났다.

"난 당신을 탓하지 않습니다." 하고 샤를이 말했다.

로돌프는 잠자코 있었다. 그러자 샤를은 두 손으로 얼굴을 감싸 쥐고 한없는 괴로움을 체념한 어조로 다시 이렇게 말했다.

"그래요, 난 더 이상 당신을 탓하지 않습니다!"

심지어 그는 이제까지 유일하게 단 한 번도 말해 본 적이 없는 이런 굉장한 말을 덧붙이기까지 했다.

"다 운명 탓이지요!"

이 운명을 이끌었던 로돌프로서는 이 말이 그 같은 입장에 처해 있는 사람이 하는 말치고는 너무 관대하고 우스꽝스럽기까지 하며 약간 비굴하게도 생각되었다.

다음 날 샤를은 정자 안의 벤치에 가서 앉았다. 햇살이 나무 격자 틈으로 새어 들고 있었다. 포도나무 잎들이 모래 위에 그림자를 그려 놓고 있었고 재스민 꽃이 향기를 뿜고 있었다. 하늘은 푸르고, 만발한 백합꽃 주위에는 가뢰들이 윙윙거리며 날고 있었다. 샤를은 그의 괴로운 심장을 부풀게 하는 그 막연한 사랑의 향기에 소년처럼 숨이 막혀 왔다.

7시쯤, 오후 내내 한 번도 아빠를 보지 못한 어린 베르트가 저녁을 먹으라고 그를 찾아왔다.

샤를은 머리를 뒤로 젖혀 벽에 기대고 눈을 감은 채 입을 벌리고 있었고, 두 손에는 길고 검은 머리카락 한 타래가 쥐어져 있었다.

"아빠, 어서 가!" 하고 베르트가 말했다.

그러고는 아빠가 장난을 치고 싶어 하나 보다 생각하고는 그를 가만히 밀었다. 그는 땅바닥에 푹 쓰러졌다. 그는 죽어 있었다.

서른여섯 시간이 지난 뒤, 약제사의 요청으로 카니베 씨가 달려왔다. 그는 샤를의 시체를 해부해 보았지만 아무것도 발견하지 못했다.

모든 것을 다 팔고 나니까 12프랑 70상팀이 남았는데, 그 돈은 보바리 양이 할머니한테로 가는 여비로 사용되었다. 그러나 할머니도 그해에 죽었다. 루오 영감은 중풍에 걸려 있었기 때문에 한 숙모가 맡았다. 그녀는 가난해서 베르트를 면방적 공장에 보내 생활비를 벌게 하고 있다.

보바리가 죽은 뒤 용빌에는 세 사람의 의사가 차례로 개업을 했지만 아무도 성공하지 못했다. 그 정도로 오메 씨가 곧 그들을 여지없이 공격해 박살을 내 버렸던 것이다. 그에게는 엄청난 단골이 있다. 당국은 그를 조심스레 배려하고 있고 여론은 그를 엄호하고 있다.

그는 얼마 전에 레지옹 도뇌르 훈장을 받았다.

마담 보바리

'무엇'을 쓸 것인가가 아닌
'어떻게' 표현할 것인가에 대한 성찰

1849년, 플로베르는 1년 전부터 쓰기 시작한《성 앙투안의 유혹》을 친구인 뒤 캉(Du Camp)과 부이예(Bouilhet)에게 낭독해 준다. 그러나 단번에 '실패한' 작품으로 혹평을 받는다. 지나치게 공상적이고 낭만적이며, 구성상 통일성도 부족하고 산만하다는 것이었다. 그러면서 부이예로부터 당시 사람들 입에 떠들썩하게 오르내리던 '들라마르 사건' 같은 실제로 일어난 사건에서 소재를 얻어 좀 더 사실적인 수법으로 써 볼 것을 권유받는다.

그러나 플로베르는 그해 11월 뒤 캉과 함께 중동으로 여행을 떠난다. 당시에는 많은 문인들이 동양으로 여행을 다녀와 여행기를 출판하고 있었다. 그들은 알렉산드리아, 카이로, 베이루트, 예루살렘, 다마스, 트리폴리, 콘스탄티노플, 아테네, 로마, 베니스 등을 돌아다녔다. 그는 여행 도중에도 일단 미뤄 둔《성 앙투안의 유혹》에서 생각을 떼지 않았으며, '들라마르 사건'을 어떤 식으로 이용할까 끊임없이 생각에 잠겼다. 그는 이미《마담 보바리》를 구상하고 있었던 것이다. 그는 아프리카 대륙의 풍경을 완상하면서도 노르망디의 풍경을 계속 몽상하고 있었다. 뒤 캉의 증언에 의하면, 나일 강을 따라 내려가던 중 플로베르는 뒤 캉을 부르면서 느닷없이 이렇게 소리를 질렀다는 것이다. "찾았어, 바로 이거야! 이거! 그녀를 엠마 보바리라고 하겠어!"[64]라고. 그만큼 그는 그 작품의 구상에 계속 몰두하고 있었다.

플로베르 문체의 진미

1851년 6월 여행에서 돌아온 그는 크루아세(Croisset)에 틀어박혀 《마담 보바리》 집필에 온갖 노력을 기울인다. 하루에 열두 시간 정도씩을 집필에 쏟아붓지만 거의 4년 반이 지난 1856년 초에야 작품이 완성된다. 집필 기간 동안 그 작품에 대한 몰입은 너무도 커서 애인 루이즈 콜레(Louise Collet)는 그가 창조하고 있는 인물인 엠마의 그늘에 가려 밀려날 정도였다. 그리하여 플로베르의 진짜 애인은 현실 속의 루이즈 콜레가 아니라 문학적 창조물인 엠마였다고 말할 정도가 되었다. 실제로 콜레가 애인에게 그의 진짜 감정이 어떤 것이냐고 물을 때면 자기의 소설 속 인물들의 감정을 인용하여 대답을 함으로써 그녀에게 큰 불평을 사곤 했다고 한다. 이런 몰두에도 불구하고 그처럼 완성이 늦어졌던 것은 완벽을 향한 그의 집념 때문이었다. 족히 두 달을 넘게 작업한 결과가 고작 27쪽 정도였고, 또 그것을 부이예에게 낭독해 주면서도 형편없다는 평을 받지나 않을까 크게 걱정을 했다. 이 작품 속 농업 경진 대회 때 주의원 리외뱅이 읽어 나가는 연설문만 하더라도 그는 일곱 번이나 완전히 다시 썼다고 한다. 이 작품에서 뿐만 아니라 완벽을 위한 플로베르의 노력과 집념은 잘 알려져 있는데, 비평가 앙투안 알바라트(Antoine Albalat)는 그에

---

64) *Oeuvres : Flaubert* ; édition établie et annotée par A. Thibaudet et R. Dumesnil/Flaubert, Gustave Gallimard, 1952, p.273.

대해 이렇게 쓰고 있다.

문체의 진미를 맛보기 위해 플로베르보다 더 오래도록 큰 고통 속에서 보낸 작가는 없었다. 그는 문학의 그리스도이다. 20년 동안 그는 말과 싸웠다. 그는 문장들 앞에서 죽어 갔다. 그는 손에 펜을 쥔 채 급사했다. 그의 경우는 가히 전설적이다. 그 점에 대해서는 그동안 샅샅이 다 언급되었다. 그의 완벽에 대한 갈망, 불안에서 터져 나오는 외침, 일관되게 오로지 예술에 대한 숭배에 바쳐진 그의 훌륭한 생애 등은 이미 수많은 연구 대상이 되었고, 비평가들에겐 앞으로도 영원히 찬미와 동정의 대상이 될 것이다. 플로베르에게 문체 작업은 그야말로 진짜 병과 같았다. (…) 특히 그는 너무 흔히 사용되는 표현들로 이루어진 상투적이고 진부한 문체, 잘못 사용된 은유, 진부한 관용어법 등을 몹시 싫어했고, (…) 반복을 용인하지 않았다. 그 작업은 그가 까다롭다는 것을 잘 알고 있던 사람들에게도 놀라웠다. 투르게네프도 그의 그와 같은 까다로움에 혀를 내두를 정도였다.[65]

사실주의 논쟁의 선두, 《마담 보바리》

《마담 보바리》는 마침내 완성이 되어 뒤 캉이 부이예와 함께 공동으로 경영하는 〈르뷔 드 파리〉지에 6부로 나뉘어 그해 10월부터 연재되기 시작한다.

그러나 이 작품이 공중도덕 및 종교적 미풍양속을 해쳤다는 이유로 플로베르는 1857년 1월에 피소된다. 이때 변론을 맡아 피고 측에 무죄 선고를 이끌어 낸 변호사가 곧 세나르(Sénard)인데, 그는 내무부 장관까지 했던 중량감 있는 인물로 마침내 그해 7월에 플로베르에게 무죄 선고를

---

65) 앞의 책, p.276.

받아 낸다. 그 떠들썩한 소송으로 말미암아《마담 보바리》는 본의 아니게 대중에게 많이 알려지게 된다. 그때를 이용해 미셸 레비는 플로베르에게 5년 계약으로 당시 돈 800프랑을 주고 그 원고를 사서 4월에 출판을 하는데, 큰 성공을 거두어 두 달 후 재판을 찍게 되고 플로베르는 500프랑을 더 받지만 그 작품에 대한 소송을 진행하느라 변호사비로 다 들어가 그에게 남는 돈은 거의 없었다. 그러나 어쨌든 자신의 작품이 유명해지게 된 것은 그 소송과, 그 소송에서 무죄 판결을 받아 낸 세나르 변호사의 도움이 컸기에 그는 1857년 미셸 레비 출판사에서 출간한 단행본 서두에 그에 대한 헌사를 추가한다.

친애하는, 그리고 고명하신 친구시여,

당신의 이름을 이 책의 머리에, 게다가 헌사보다도 먼저 새겨 넣는 것을 허락해 주십시오. 왜냐하면 이 책이 출판되게 된 것은 무엇보다 당신 덕분이기 때문입니다. 당신의 아주 훌륭한 변호를 거치면서, 저의 작품은 제 자신에게 뜻하지 않은 어떤 권위 같은 것을 가져다주었습니다. 그러므로 여기 저의 감사의 마음을 표하니 받아 주십시오. 감사의 마음이 아무리 클지라도 당신의 열변과 헌신에 보답하는 데까지는 결코 미치지 못할 것입니다.[66]

《마담 보바리》가 출판된 당시에는 사실주의 논쟁이 거세게 일고 있었다. 1856년 쿠르베(Courbet)가 관전(官展)에서 낙선한 뒤 그 관전에서 수상한 작품들이 전시되고 있던 곳 바로 앞 건물에서 전시를 하고 있었는데, 그 전시회 작품 목록 서문을 샹플뢰리(Champfleury)가 집필했다. '사실주의 선언'이라는 제목이 달린 그 서문에는 사실주의자들의 주장이 기

---

66) 본 역서 서두.

술되어 있었다. 미술 평론가로서 쿠르베와 교류를 갖고 있던 샹플뢰리는 뒤랑티(Duranty)와 함께《마담 보바리》가 출간된 같은 해(1857)에 〈사실주의(Le Réalisme)〉지를 창간하는 등 사실주의 논쟁을 이끌고 있었다.

그렇지만 뒤랑티는 플로베르의 이 작품을 자기들이 옹호하는 사실주의에 우호적인 것으로 받아들이지 않았다. 그는《마담 보바리》를 "감동도 없고 감정도 생동감도 없지만 묘사에 대해서만은 끈질긴, 이를테면 묘사의 걸작"으로 비아냥거리듯 평가를 한다. 이처럼 플로베르는 당시의 사실주의 파벌에게서 외면을 당한다.

《마담 보바리》에 대한 평은 대체로 호의적이지는 않았지만 생트 뵈브(Sainte Beuve)는 우호적이었으며 통찰력이 있었다. 그는 5월 4일 〈모니퇴르〉지에 연재하고 있던 '월요 이야기'에서 이 작품을 '뛰어난 작품'으로 평가하면서 플로베르를 "유명한 의사를 아버지로 둔 그는 다른 작가들과 마찬가지로 자기의 손에 메스를 쥐고 있으며 (문학에서의) 해부학자, 생리학자"로 치켜세우고 있다. 당시 비평계에 큰 영향력을 행사하고 있던 생트 뵈브의 이와 같은 호의적인 평가는 사실상 그 이후로 많은 비평가들의 비판적인 견해를 잠재워 버렸다.

들라마르 사건에서 얻은 영감

앞서 말한 '들라마르 사건'에 대해 좀 더 언급할 필요가 있을 것 같다. 당시 루앙 근처 리(Ry)라는 마을에 델펜 들라마르(Délphine Delamare)라는 부인이 있었는데, 그녀는 그곳에서 개업을 하고 있던 한 의사의 아내였다. 플로베르의 아버지의 한 제자인 그 의사는 뛰어난 미모를 가진 그 여인과 재혼을 했다. 그런데 그녀는 허영과 사치가 많았다. 남편과의 무미건조한 결혼 생활에 권태를 느껴 여러 남자들과 바람을 피우는 등 방탕한 생활을 일삼았다. 그와 같은 생활로 인해 그녀는 산더미처럼 빚을

지게 되었고, 그 빚에 허덕이다가 결국 음독자살로 생을 마감하고 말았다. 이 사건은 물론 신문에도 나는 등 한동안 노르망디 지역을 떠들썩하게 만들었고, 부이예 또한 이 기사를 읽었다. 그는 플로베르에게 이 사건에 대해 말해 주면서 그와 같은 실제 사건을 모델로 하여 작품을 써 볼 것을 권유했다.

그런데 플로베르가 자기 작품의 모델로 삼은 델핀 들라마르라는 여인 말고도 또 다른 모델이 있다. 루이즈 프라디에(Louise Pradier)라는 여인이 바로 그 인물로, 플로베르는 1846년 애인 루이즈 콜레를 만났던 살롱에서 그 여인을 소개받아 알고 있었다. 그녀는 조각가를 남편으로 둔 여인이었는데, 그녀의 실제 이야기가 이미 누군가에 의해 '뤼도비카 부인의 회상(Mémoires de Madame Ludovica)'이라는 제목으로 출판이 되었다. 플로베르도 이 책을 이미 가지고 있었다. 실제로 플로베르는 그의 친구 르 푸아트뱅(Le Poittevin)에게 그녀에 관해 이렇게 편지를 썼다. "그 부인이 내가 (여행에서) 돌아오면 점심을 같이 하자고 초대했어."[67] 이 여행은 물론 1845년 여동생 카롤린의 신혼여행에 부모와 함께 동행했던 이탈리아 여행을 가리킨다. 그러나 그가 여행에서 돌아와 그녀의 초대에 응했는지는 확실치 않다. 그런데 그녀 역시 마음이 약해 많은 남성들에게 유혹을 당했으며, 구태여 남자들의 유혹에 저항하지도 않았다고 한다. 게다가 남편 모르게 애인들에게 선물을 사 주느라 빚도 많이 지게 되었다. 그리하여 마침내 그녀의 집은 차압을 당해 강제 매각이 되는 수모를 겪었다. 그녀는 애인들에게 도움을 청했으나 모두 거절을 당했다. 그 일이 벌어지기까지 아무것도 모르고 있던 남편은 어느 날 집에 돌아와 매각이 진행되고 있는 상황 앞에서 마치 날벼락을 맞은 듯 거의 미쳐 버

67) Flaubert, *Madame Bovary*, sommaire biographique, introduction, note bibliographique, relevé des variantes et notes par C. Gothot-Mersch,Edition Garnier Frères, 1971, p.152.

리고 말았다. 결국 그는 자살로 생을 마감해 버렸다. 그러나 루이즈는 목숨을 끊지 않았다.

루이즈 콜레 역시 돈 문제로 허덕였지만 위의 두 여인, 즉 델핀 들라마르와 루이즈 프라디에의 실제 이야기는 서로 융합이 되어 그의 작품, 즉 《마담 보바리》 발생에 큰 영감을 주었던 것이다.

이 작품에 대한 주변 이야기는 대략 이 정도면 될 것 같다. 이 작품이 문학사 속에서 갖는 의미랄지 소설 미학적인 가치랄지 등은 이 해설의 범주에서 벗어나는 이야기인 것 같다. 지금까지 이 작품에 대한 연구는 이미 넘쳐 나도록 많이 행해졌다. 그러나 그것들은 하나같이 그 연구자들의 시각을 갖고 있다. 그래서 그 연구들을 소개하는 것은 자칫하면 이 작품을 그들의 시각으로 바라보게 하여 독자의 자유로운 상상과 생각의 흐름을 차단하여 그쪽으로 몰고 갈 위험이 있을 것이다. 그러니 그런 연구자들의 시각은 여기에서는 더 이상 말하지 않는 것이 나을 것 같다는 생각이 든다. 독자마다 자유롭게 읽고 자유롭게 상상하고 자유롭게 몽상하고 자유롭게 생각했으면 한다.

역자는 그동안 이 작품의 번역서를 읽으면서 그 묘사의 섬세함에 대해서는 별로 주의를 기울이지 않았다. 줄거리가 더 흥미진진했기 때문이다. 아마 대부분의 독자들도 그러리라. 엠마의 방탕은 도대체 어디까지 갈 것인지? 샤를은 끝에 가서 어떤 신세가 될 것인지? 등의 궁금증이 묘사보다는 줄거리에 더욱 매달리게 했다. 그렇기에 묘사 부분들에 대해서는 대충대충 훑고 넘어갔다. 그와 같은 묘사가 꼭 필요한 것인가 하는 생각도 컸다. 그러나 역자는 이 작품을 직접 번역하면서 '묘사 공포증' 같은 것이 생겼다. 묘사 앞에서 어떤 두려움을 느꼈다. 어떤 한 사물, 한 인물, 한 배경, 한 장면이 보이기 시작할 때마다 마주치게 되는 그 세세한 묘사를 번역해야 할 의무가 있는 역자로서는 그런 것들이 출현할 때마다 지레 두려움에 사로잡혔던 것이다. 아, 또 복잡한 묘사가 시작되는구나. 그런 복잡한 묘사들은 우리말로 해 보라 해도 그렇게 쉽지만은 않을 것이다. 그러나 다른 한편으로는 플로베르의 진가를 확인하는 계기도 되었다. 이 작가가 왜 이토록 인구에 회자되는지, 왜 이토록 중량감 있는 작가로 간주되는지를 알 수 있었다. 그만의 모든 능력과 장점을 떠나서 사물이나 인물, 장소, 장면 들을 이토록 섬세하고 정확하고 명료하게 묘사해 내는 능력 하나만으로도 그만한 대우를 받을 만하다는 생각이 들었다.

《마담 보바리》는 대단한 고전이어서 이미 여러 차례 번역이 되었다. 이 번역은 Oeuvres : Flaubert ; édition établie et annotée par A. Thibaudet et R. Dumesnil, Gallimard, 1952.에 들어 있는 텍스트를 원본으로 삼았다. 그리고 이미 출판된 다음의 역서들(플로베르 뒤마, 김기봉 옮김, 《보바리 부인/춘희》, 대양서적, 1976.과 귀스타브 플로베르, 김화영 옮김, 《마담 보바리》, 민음사, 2000)의 도움도 받았다. 초역을 마친 뒤 교정을 해 나가는 과정에서 위 번역서들의 아주 멋진 표현과 어휘들(이런 것들은 내 능력으로는 만들어 낼 수 없다고 판단됐다!)을 참고하기도 했다. 텍스트의 어려운 문장들의 번역도 부분적으로 참고했다. 깊이 감사드린다. 또한 작품 해설을 쓰면서 위에 적은 원서와 역서 외에도 다음의 두 판본을 참고했다.

Flaubert, *Madame Bovary*, chronologie et préface par Jacques Suffel, Garnier-Flammarion, 1979.

Flaubert, *Madame Bovary*, sommaire biographique, introduction, note bibliographique, relevé des variantes et notes par C. Gothot-Mersch, Edition Garnier Frères, 1971.

특히 작가 연보는 Jacques Suffrel이 작성한 것을 많이 참고했다.

김중현

1821년 12월 12일, 아버지 아쉴-클레오파스 플로베르(Achille-Cléophas Flaubert)가 외과 의사로 있는 루앙 시립 병원에서 출생. 어머니는 쥐스틴-카롤린 플뢰리오(Justine-Caroline Fleuriot).

1832년 2월, 루앙 왕립 학교에 입학한다.

1836년 여름, 트루빌 해변에서 엘리자 푸코(Elisa Foucault), 즉 슐레쟁제르(Schléinger) 부인을 만나 짝사랑에 빠진다. 플로베르는 당시 스물여섯 살이던 그녀를 일생 동안 흠모하게 된다. 후에 《감정 교육(L'Education sentimentale)》의 여주인공 아르누 부인의 모델이 된다.

1837년 루앙에서 발행되는 문예지 〈르 콜리브리(Le Colibri)〉지에 처음으로 글을 발표한다(〈지옥의 꿈, 정열과 미덕(Rêve d'enfer, Passion et vertu)〉).

1838년 첫 번째 자전적 이야기 〈광인의 수기(Mémoires d'un fou)〉를 집필한다.

1839년 〈스마르(Smahr)〉를 집필. 후에 《성 앙투안의 유혹(La Tentation de saint Antoine)》의 바탕이 된다.

1840년 대학 입학 자격시험에 합격. 클로케 박사와 함께 피레네 산맥과 코르시카를 여행한다.

1841년 파리 법과 대학에 입학. 공부에 별로 흥미를 갖지 못한다.

1842년 두 번째 자전적 이야기 〈11월(Novembre)〉을 완성. 제비뽑기로 군복무를 면제받는다.

1843년 《감정교육》을 쓰기 시작. 막심 뒤 캉(Maxime Du Camp)과 알게 된다.

1844년 1월, 형 아쉴(플로베르보다 여덟 살이 많다)과 함께 퐁-레베크(Pont-l'Evêque)로 말을 타고 가다가 신경 발작을 일으켜 말에서 떨어진다. 학업을 중단하고 아버지가 매입한 크루아세(Croisset)의 집에서 본격적으로 창작 활동을 시작한다. 이후 생애의 대부분을 이곳에서 보낸다.

1845년 1월 7일, 《감정교육》 초판을 완성한다. 이 초판 원고는 플로베르가 죽고 난 뒤 30년이 지나서 출판된다. 여동생 카롤린의 신혼여행을 가족과 함께 이탈리아 북부와 스위스로 여행한다.

1846년 1월과 3월, 아버지와 여동생 카롤린 사망. 8월, 루이즈 콜레(Louise Colet)와 관계를 맺는다. 1855년까지 편지 교환이 지속된다.

1847년 막심 뒤 캉과 함께 투렌 지방과 브르타뉴 지방을 여행한다.

1848년 2월, 파리에서 2월 혁명을 목격한다. 5월, 《성 앙투안의 유혹》을 쓰기 시작한다.

1849년 9월, 《성 앙투안의 유혹》을 완성한다. 11월, 막심 뒤 캉과 동방 여행길(알렉산드리아, 카이로 도착)에 오른다. 여행 중 《마담 보바리(Madame Bovary)》를 착상한다.

1850년 이집트, 베이루트, 예루살렘, 다마스, 트리폴리, 콘스탄티노플, 그리스 아테네를 여행한다.

1851년 1월, 그리스에서 계속 체류. 3~5월, 이탈리아를 여행한다. 6월, 여행에서 돌아온다. 9월, 크루아세의 집에서 《마담 보바리》를 쓰기 시작한다.

1856년 4월, 《마담 보바리》 완성. 이어 〈르뷔 드 파리(Revue de Paris)〉지 (10~12월호)에 발표한다.

1857년 1월, 공중도덕과 종교 도덕을 해쳤다는 이유로 《마담 보바리》가 기소된다. 2월 7일, 무죄 판결을 받는다. 4월, 《마담 보바리》를 출간(미셸 레비 출판사)하여 큰 성공을 거둔다. 9~12월, 《카르타고(Carthage)》(후에 《살람보(Salammbô)》로 개칭)를 쓰기 시작한다.

1858년 파리에서 사교계에 출입하면서 생트 뵈브, 고티에 등과 교류한다. 《살람보》 집필을 위해 튀니지와 알제리를 여행(4~6월)한다.

1862년 2월, 《살람보》 완성. 11월, 《살람보》를 출간(미셸 레비 출판사)하여 많은 논란과 함께 큰 성공을 거둔다.

1863년 1월, 조르주 상드와 서신을 교환하기 시작한다. 투르게네프를 만난다.

1864년 9월, 《감정교육》을 쓰기 시작한다.

1866년 7월, 런던 여행. 8월, 레지옹 도뇌르 수훈자로 결정된다. 8월과 11월, 조르주 상드가 크루아세로 플로베르를 방문한다.

1869년 5월, 《감정교육》을 완성하여 11월에 출간(미셸 레비 출판사)한다. 12월, 노앙의 조르주 상드를 방문한다.

1870년 《감정교육》에 대한 혹평으로 실망한다. 보불 전쟁 발발, 국민군 중위로 복무한다. 11월, 프러시아 군이 크루아세에 들어온다.

1872년 4월, 어머니가 사망한다. 6월 이후(여름), 《성 앙투안의 유혹》 제3고(결정고)를 완성한다.

1874년 4월, 《성 앙투안의 유혹》을 출간(샤르팡티에 출판사)한다. 6월, 20여 년 전부터 생각해 오던 《부바르와 페퀴셰(Bouvard et Pé-cuchet)》 집필을 준비하기 시작한다. 7월, 스위스에 체류.

1875년 《수도사 성 쥘리앵 전(La Légende de saint Julien l'Hospitalier)》을 쓰기 시작한다.

1876년 1~3월,《수도사 성 쥘리앵 전》을 완성하고《순박한 마음》을 쓰기 시작한다. 3월, 루이즈 콜레가 사망한다. 6월, 노앙에 조르주 상드 장례식에 참석한다. 8월,《순박한 마음》완성. 11월,《에로디아(Hérodias)》를 쓰기 시작한다.

1877년 2월,《에로디아》를 완성한다. 4월,《세 이야기》를 출간(샤를팡티에 출판사)한다. 6월, 1857년 이후 집필이 중단되었던《부바르와 페퀴셰》를 다시 쓰기 시작한다.

1880년 5월 8일, 크루아세에서 뇌일혈로 사망한다. 11일, 루앙 시의 기념 묘지에 묻힌다. 12월, 미완성작《부바르와 페퀴셰》가 〈라 누벨 르뷔(La Nouvelle revue)〉지에 연재되기 시작한다.

옮긴이 김중현

한국외국어대학교 불어과와 동 대학원을 졸업했으며, 프랑스 낭시 2대학에서 불문학 박사 학위를 받았다. 현재 한국외국어대학교에서 강의하고 있다. 지은 책으로《발자크—작가와 작품세계》《발자크 연구》《사드》《세기의 전설》《키워드로 읽는 퀘벡 이야기》(공저) 등이 있으며, 옮긴 책으로 《사회계약론》《인간불평등 기원론》《에밀》《고독한 산책자의 몽상》《학문과 예술에 대하여》《신엘로이즈》《텔레마코스의 모험》 등이 있다.

마담 보바리

개정판 1쇄 펴낸 날 2020년 11월 6일
개정판 2쇄 펴낸 날 2020년 12월 25일

지 은 이   귀스타브 플로베르
옮 긴 이   김중현
펴 낸 이   장영재
펴 낸 곳   (주)미르북컴퍼니
자 회 사   더클래식
전   화   02)3141-4421
팩   스   02)3141-4428
등   록   2012년 3월 16일(제313-2012-81호)
주   소   서울시 마포구 성미산로32길 12, 2층 (우 03983)
E-mail   sanhonjinju@naver.com
카   페   cafe.naver.com/mirbookcompany

(주)미르북컴퍼니는 독자 여러분의 의견에 항상 귀 기울이고 있습니다.

파본은 책을 구입하신 서점에서 교환해 드립니다.
책값은 뒤표지에 있습니다.

더클래식

세계문학
컬렉션

＊더클래식 세계문학 컬렉션은 계속 출간될 예정입니다.